AF554914

RAINTREE

LINDA HOWARD

LINDA WINSTEAD JONES

BEVERLY BARTON

Editado por Harlequin Ibérica.
Una división de HarperCollins Ibérica, S.A.
Núñez de Balboa, 56
28001 Madrid

REINTREE, Nº 59 - 1.4.08
Publicada originalmente por Silhouette® Books.
Traducido por María Perea Peña

I.S.B.N.: 978-84-671-6218-9
Depósito legal: B-9408-2008

ÍNDICE

Dante Raintree

LINDA HOWARD

Prólogo

Siempre ha habido algunos entre nosotros que son más que humanos. Al principio eran pocos, pero los de la misma casta se atraen, y así fue desde el principio, cuando la humanidad era nueva y se apiñaba en grutas iluminadas con hogueras. Algunas veces, huían a causa del miedo, o amenazados por puños que blandían palos. Otras veces, se marchaban en busca de otros semejantes a ellos. Y aunque había pocos, y la Tierra era grande, se encontraron, atraídos por el instinto, el poder y el conocimiento que los hacía diferentes desde el inicio de los tiempos, y por la voluntad de sobrevivir; porque sólo formando un grupo encontrarían la seguridad. Con el tiempo, aquellas comunidades crecieron, y hubo lucha entre aquellos que querían usar sus poderes para tomar lo que deseaban de los humanos más débiles, y otros que preferían vivir en armonía con los que no poseían dones. Hace siete mil años se convirtieron en dos tribus, y más tarde, en dos reinos: los Raintree y los Ansara. Aquellos dos reinos se enzarzaron en una guerra eterna, y la Tierra, en toda su dimensión, se convirtió en su campo de batalla.

Así fue, y así es.

1

Dante Raintree observaba, con los brazos cruzados, a una mujer en el monitor. La imagen era en blanco y negro, para mostrar mejor los detalles; el color distraía el cerebro. Se concentró en sus manos y estudió todos sus movimientos, pero lo que más le extrañó fue lo inmóvil que estaba; no jugueteaba con las fichas ni miraba a los demás jugadores. Echó un único vistazo a sus cartas, y después no volvió a tocarlas. Pidió otra dando unos golpecitos con un dedo en el tapete.

Sin embargo, el mero hecho de que no estuviera prestando atención al resto de los jugadores no significaba que estuviera tan distraída como aparentaba.

–¿Cómo se llama? –preguntó Dante.

–Lorna Clay –respondió su jefe de seguridad, Al Rayburn.

–¿Es su nombre de verdad?

–Sí. Lo he comprobado.

Si Al no la hubiera investigado ya, Dante se habría sentido decepcionado. Le pagaba a Al unos altos honorarios para que fuera eficiente y minucioso.

–Al principio pensaba que estaba contando –dijo Al–. Pero no presta la suficiente atención.

–Claro que sí presta atención –murmuró Dante–; lo que pasa es que no vemos cómo lo hace.

Un jugador que contaba las cartas era uno que recordaba

todas las cartas que se habían jugado. Supuestamente, contar las cartas no era posible, con todas las barajas que se usaban en los casinos, pero ningún establecimiento de juego quería un contador de cartas en sus mesas. Había individuos, aunque pocos, que podían calcular las posibilidades de ganar incluso con múltiples barajas.

–Eso también lo había pensado –respondió Al–, pero fíjate en esta parte del vídeo. Alguien conocido se le acerca y le habla, ella se da la vuelta, charla un rato y pierde por completo el hilo del juego. Ni siquiera presta atención cuando le llega el turno de nuevo; se limita a golpear en el tapete con el dedo. Y demonios, vuelve a ganar. Otra vez.

Dante observó el monitor con atención, rebobinó la cinta y miró de nuevo la escena grabada. Después la vio una tercera vez. Tenía que estar perdiéndose algo, porque no percibió ni una sola señal sospechosa.

–Si hace trampas –dijo Al, con una actitud casi de respeto–, es la mejor que he visto en mi vida.

–¿Qué te dice el instinto? –le preguntó Dante.

Confiaba en su jefe de seguridad. Al llevaba treinta años en el negocio de los casinos, y se decía de él que era capaz de distinguir a un tramposo según entraba por la puerta del establecimiento. Si Al pensaba que aquella mujer hacía trampas, entonces Dante tomaría medidas. Además, no estaría viendo aquella cinta en aquel momento si Al no le hubiera transmitido cierta inquietud al respecto.

Al se rascó la mandíbula pensativamente. Era un hombre grande y fornido, pero nadie que lo observara con atención podría pensar que era lento, ni física ni mentalmente. Por fin, dijo:

–Si no está haciendo trampas, es la mujer con más suerte del mundo. Gana. Una semana sí, la otra también. Nunca gana cantidades grandes, pero he comprobado la contabilidad, y gana unos cinco mil a la semana. Cuando sale del casino, se detiene en alguna máquina tragaperras y echa un dólar; nunca se va con menos de cincuenta. Tampoco es siempre la misma máquina. La he tenido vigilada, he hecho que la siguieran, incluso he buscado a la gente que coincide en el casino cada vez que ella está aquí, y no soy capaz de encontrar un denominador común.

–¿Está hoy aquí?

–Entró hace media hora. Está jugando al blackjack, como siempre.

–¿Quién es el crupier?

–Cindy.

Cindy Josephson era la mejor crupier de Dante, y casi tan buena a la hora de distinguir a un tramposo como Al. Llevaba trabajando para él desde que había abierto el Inferno, y confiaba plenamente en ella.

–Traed a esa mujer a mi despacho –dijo Dante, después de tomar una rápida decisión–. No llaméis la atención.

–Está bien –dijo Al.

Después salió de la sala de seguridad, donde los monitores mostraban todos los rincones del casino.

Dante también salió y se dirigió hacia su despacho. Normalmente, habría dejado que Al se encargara de la tramposa, pero tenía curiosidad. Aquella mujer era muy buena en lo que hacía, y su habilidad le estaba proporcionando cuantiosas ganancias: cinco mil dólares a la semana equivalían a doscientos sesenta mil dólares al año, y eso sólo de su casino. Probablemente, ella trabajaba en todos los casinos de la ciudad, y tenía cuidado de mantener las cifras relativamente bajas para no hacerse notar.

Se preguntó cuánto tiempo llevaría robándole; cuánto tiempo habría estado ganando un poco de allí, otro poco de allá, antes de que Al se hubiera dado cuenta.

Las cortinas de su despacho aún estaban abiertas por completo a ambos lados de la enorme cristalera de su oficina. Aquel ventanal estaba orientado al oeste, de modo que Dante pudiera admirar las puestas de sol. En aquel momento, el sol estaba bajo, y el cielo estaba teñido de púrpura y dorado.

En su casa, en las montañas, la mayor parte de las ventanas estaban orientadas al este, y eso le permitía ver siempre el amanecer. Tenía algo en su interior que anhelaba el saludo y el adiós del sol. Siempre se había sentido atraído por la luz del astro rey, quizá porque el fuego era el elemento que él debía controlar.

Comprobó su reloj interno: quedaban cuatro minutos para la puesta de sol. Sabía con exactitud, sin tener que consultar la tabla todos los días, cuándo el sol se ocultaría detrás de las montañas. No tenía despertador. No lo necesitaba. Estaba tan sintonizado con la posición del sol que sólo tenía que consultarse a sí mismo para saber la hora. Era capaz de despertarse a una hora determinada, aunque aquella capacidad no tenía nada que ver con el hecho de ser un Raintree, así que no tenía por qué ocultarla. Mucha gente normal tenía la misma habilidad.

Sin embargo, él era poseedor de otros dones que debía ocultar cuidadosamente. Los largos días de verano le infundían un poder que había de contener, pero que sentía zumbándole bajo la piel. En aquellos días, debía tener un extremo cuidado para no encender las velas espontáneamente, tan sólo con su presencia, y para no provocar incendios al dirigir una simple mirada a unos arbustos secos. Le encantaba Reno, y no quería reducirlo a cenizas. Se sentía tan vivo con el sol de verano que hubiera deseado dejar que toda aquella energía trascendiera desde su cuerpo hacia el exterior, en vez de contenerla.

Así debía de ser también como se sentía su hermano cada vez que hacía estallar un relámpago, con todo aquel poder atravesándole los músculos y los huesos. Su hermano y él tenían aquello en común: una conexión con la energía en estado puro. Todos los miembros del antiquísimo clan de los Raintree tenían algún tipo de poder, pero sólo los miembros de la familia real eran capaces de canalizar y controlar la energía natural de la Tierra.

Dante no era sólo un miembro de la familia real. Era el Dranir, el líder de todo el clan. Dranir era sinónimo de rey, pero la posición que él ocupaba no era sólo ceremonial, sino que verdaderamente poseía el poder de un monarca. Él era el hijo mayor del difunto Dranir, pero habría rechazado aquel estatus si no hubiera heredado también las habilidades necesarias para desempeñar sus funciones adecuadamente.

Gideon era la persona que más poder tenía, después del mismo Dante; si algo le ocurriera al hermano mayor y muriera sin un hijo que hubiera heredado también sus poderes, Gideon se convertiría en el Dranir.

Aquélla era una posibilidad que aterrorizaba a Gideon, y por ese motivo, en el escritorio de Dante había un amuleto de fertilidad. Había llegado por correo aquella misma mañana. Gideon se los enviaba regularmente porque estaba haciendo todo lo posible por asegurarse de que su hermano tuviera descendencia, y de aquel modo, disminuir la probabilidad de que él mismo tuviera que heredar aquel cargo. Siempre que conseguían reunirse, Dante tenía que rebuscar cuidadosamente entre su ropa y en todos los rincones para asegurarse de que Gideon no le había dejado uno de aquellos talismanes en un lugar oculto.

Gideon estaba perfeccionando la técnica de fabricación de los amuletos, pensó Dante. Después de todo, con la práctica llegaba la perfección, y su hermano había hecho muchos amuletos de aquel tipo durante los últimos años. Había conseguido que fueran más potentes. Algunos eran muy evidentes: piezas de plata que debían llevarse colgadas del cuello, por ejemplo, pese a que Dante no solía llevar joyas ni colgantes.

Otros eran sutiles y diminutos, como el que Gideon le había enviado incrustado en su nueva tarjeta de negocios, sabiendo que Dante se la guardaría en el bolsillo. Su hermano había cometido un error al no darse cuenta de que el poder que irradiaba el amuleto era notable. Dante había sentido sus vibraciones, aunque le había costado mucho encontrarlo.

Tras él, oyó que Al llamaba a la puerta de su despacho. La antesala estaba vacía, porque su secretaria se había ido a casa horas antes.

–Adelante –dijo, sin darse la vuelta para no perder ni un instante de la puesta de sol.

La puerta se abrió, y Al dijo:

–Señor Raintree, aquí tiene a Lorna Clay.

Dante se volvió y miró a la mujer con todos los sentidos en alerta. Lo primero que notó fue el color radiante de su pelo, un castaño oscuro y rojizo con todos los matices que iban desde el bronce al burdeos. La cálida luz ámbar se reflejaba en sus mechones brillantes, y Dante sintió una punzada de deseo en el vientre. Mirar aquella melena era casi como mirar al fuego.

La segunda cosa que Dante percibió fue que aquella mujer estaba furiosa.

2

Pasaron varias cosas, tan seguidas las unas de las otras, que podrían haber sido simultáneas. Con los sentidos tan agudizados, aquel latigazo de deseo colisionó con la reacción visceral de Dante hacia el fuego, enviándole explosiones de sensación por todos sus caminos neurológicos, con tanta rapidez que él no pudo controlarse. Al otro lado de la habitación, todas las velas se encendieron con unas llamas muy rápidas, salvajes, más brillantes de lo que debieran. Y, sobre su escritorio, el dichoso amuleto de fertilidad que le había enviado Gideon comenzó a vibrar de poder, como si de repente, alguien lo hubiera puesto en funcionamiento.

¿Qué demonios...

No tenía tiempo para analizar lo que estaba ocurriendo. Tenía que dominarse, y rápidamente, porque de lo contrario, toda la habitación se incendiaría. No había sufrido una pérdida de control tan humillante desde que había entrado en la pubertad y sus hormonas desatadas le habían jugado malas pasadas a todas horas.

Sin piedad, Dante comenzó a ejercitar su voluntad sobre aquel poder. No era fácil. Aunque se mantenía inmóvil, se sentía como si estuviera montando a un toro enorme y desbocado. La inclinación natural de la energía era ser libre, y resistía cualquier intento de domesticarla, de volver a confinarla entre muros mentales. El control de Dante era normalmente extraordinario.

Después de todo, no era el poder lo que hacía un Dranir, sino el hecho de tenerlo y someterlo. La falta de control llevaba directamente a la devastación y a la exposición pública. Los Raintree habían sobrevivido a lo largo de los siglos gracias a su capacidad para mezclarse con la gente corriente, así que aquél no era un asunto para tomarse a la ligera.

Dante había trabajado durante toda su vida para dominar el poder y las energías que poseía, y aunque sabía que, como se acercaba el solsticio de verano, debía esforzarse doblemente para conseguirlo, no estaba acostumbrado a aquel grado de dificultad. Se concentró profundamente e hizo un ejercicio de sometimiento sobre las fuerzas de la naturaleza. Podría haber apagado las velas, pero con un esfuerzo aún mayor las dejó encendidas, porque extinguirlas en aquel momento habría llamado la atención más que el hecho de haberlas prendido involuntariamente en primer lugar.

Lo único que consiguió escapar al dictado de su voluntad fue aquel dichoso amuleto de fertilidad que había sobre su escritorio. Seguía zumbando y vibrando. Aunque sabía que Al y la señorita Clay no percibían la energía que irradiaba el objeto, tuvo que hacer otro esfuerzo inmenso para que su mirada no quedara atrapada en él.

Gideon se había superado. La próxima vez que viera a su hermano menor, iba a decirle unas cuantas cosas. Si Gideon pensaba que aquello era divertido, tendría que cambiar de opinión cuando Dante le diera la vuelta a la situación. Gideon no era el único que sabía hacer amuletos de fertilidad.

Cuando el fuego estuvo una vez más bajo control, él volvió a prestarle atención a su invitada.

Lorna intentó una vez más zafarse de la mano de aquel gorila que la estaba sujetando por el brazo, pero él la estaba agarrando con firmeza, aunque no con la suficiente presión como para hacerle daño. Pese a que le agradecía aquella atención, se sentía furiosa y también asustada, tanto, que quería enfrentarse a él con todas sus fuerzas, mordiendo, pateando y arañando, haciendo todo lo posible por liberarse.

Sin embargo, al ver al hombre que estaba ante ellos, inmóvil y silencioso, el instinto de supervivencia le indicó que mantuviera la calma en la medida de lo posible. Tuvo la sensación de que aquel hombre era una amenaza mucho más temible que el gorila.

Notó que se le formaba un nudo de terror en la garganta. No sabía qué era lo que le producía aquel miedo, pero sólo se había sentido así una vez en su vida, en un callejón de Chicago. Estaba acostumbrada a cuidar de sí misma en las calles de la ciudad, y normalmente utilizaba aquel callejón como atajo de camino a su casa, una habitación de paredes desconchadas y sucias en un edificio medio abandonado.

Sin embargo, una noche, cuando iba a entrar en aquel callejón, tuvo una aguda sensación de alarma que le puso el vello de punta y la dejó helada, incapaz de dar un paso más. No veía nada sospechoso, no oía nada, pero no podía seguir avanzando. El corazón le latía con tanta fuerza en el pecho que apenas podía respirar, y de repente, el miedo fue tan abrumador que salió corriendo hacia la calle principal y tomó el camino más largo hacia su casa.

A la mañana siguiente, la policía había encontrado en aquel callejón el cuerpo de una prostituta que había sido violada y salvajemente asesinada. Lorna supo que habría podido ser ella la asesinada de no haber sentido aquel pánico, aquella advertencia.

En aquel momento, sentía algo muy parecido: era el aviso de un peligro inminente. Aquel hombre, fuera quien fuera, representaba una amenaza para ella. Dudaba que la asesinara y la mutilara, pero había otros peligros, otros tipos de destrucción que ella podría sufrir.

Comenzó a sentir dificultad para respirar, y su visión se hizo borrosa. Con horror, pensó que quizá fuera a desmayarse, y no quería perder el conocimiento; aquello la pondría en una posición de indefensión completa.

–Señorita Clay –dijo él. Tenía una voz calmada, suave, como si no percibiera en absoluto su pánico, y nadie más supiera que ella estaba a punto de ponerse a gritar–. Siéntese, por favor.

Aquella indicación tuvo el bendito efecto de ponerla en movimiento. Consiguió tomar aire sin jadear, una, dos veces; no iba a suceder nada. No tenía por qué dejarse dominar por el pánico. Sí, aquello era algo alarmante, y probablemente no le permitirían volver a jugar al Inferno, pero no había contravenido ninguna ley ni las normas del casino. Estaba a salvo.

Aquellos pequeños destellos de luz brillaron de nuevo. ¿Qué...? Con desconcierto, Lorna volvió la cabeza y vio dos enormes velas de un metro de altura, una sobre el suelo y la otra sobre un dado de mármol blanco. Las llamas danzaban en las múltiples mechas de las velas.

Con un sobresalto, Lorna se dio cuenta de que se había quedado mirando fijamente las velas y que no había respondido al requerimiento de que se sentara. Volvió a mirar al hombre que estaba junto al ventanal, intentando recordar cómo lo había llamado el gorila.

–¿Quién es usted? –preguntó con tirantez. Después tiró una vez más del brazo, pero no consiguió liberarse–. ¡Suéltame! –le ordenó al gorila.

–Suéltala –dijo aquel hombre, en tono de diversión–. Gracias por traerla.

El gorila la soltó.

–Estaré en la central de seguridad –murmuró y, silenciosamente, salió del despacho.

Al instante, Lorna comenzó a estudiar sus posibilidades de huida, pero por el momento se mantuvo inmóvil. No quería salir corriendo. El casino tenía su nombre y su descripción. Si corría, entraría en una lista negra, y no sólo del Inferno, sino de todos los casinos de Nevada.

–Soy Dante Raintree –dijo el hombre, y después esperó un segundo para comprobar si aquel dato producía alguna reacción en Lorna. Para ella, aquel nombre no significaba nada, así que arqueó ligeramente las cejas. Entonces, él prosiguió–: Soy el propietario del Inferno.

¡Vaya! Los dueños de los casinos tenían mucho peso en la comisión de juego. Tendría que conducirse con mucho cuidado, aunque Lorna sabía que llevaba ventaja. Él no podía demostrar que ella había hecho trampas, porque la mera realidad era que no las había hecho.

–Dante. Inferno. Lo entiendo –respondió ella, en tono displicente.

Seguramente, aquel hombre era tan rico que pensaba que todo el mundo quedaría sobrecogido ante él. Si quería que ella sintiera reverencia, debía tener algo más que riqueza. Lorna valoraba el dinero como todos los demás, porque ciertamente, facilitaba la vida. Le asombraba lo bien que dormía últimamente, una vez que había conseguido un pequeño colchón financiero; era un alivio no tener que preocuparse de cómo iba a conseguir la siguiente comida. Sin embargo, al mismo tiempo despreciaba a la gente que creía que su riqueza les hacía merecedores de un trato especial.

Además, el nombre de aquel individuo era ridículo. Quizá fuera cierto que se apellidaba Raintree, pero con toda probabilidad, había elegido el nombre de pila para que encajara con el nombre del casino. Seguramente se llamaría Melvin o Fred.

–Por favor, siéntese –le pidió él de nuevo, indicándole un sofá de cuero blanco que había a su derecha, mientras se acercaba lentamente.

Cuando sintió su cercanía, Lorna se dio cuenta rápidamente de que su sensación inicial había sido certera: aquel hombre era un peligro. Se movía con una gracia indolente, pero no tenía nada de lento ni perezoso. Era un hombre alto. Ella medía un metro setenta y cinco, y él debía de superarla en unos diez centímetros. Llevaba un traje elegante, aunque el corte de la chaqueta no conseguía disimular por completo la fuerza de los músculos que había debajo de la tela.

Lorna se dio cuenta de que había estado evitando mirarlo directamente a la cara para sentirse más segura; sin embargo, sabía que el hecho de ignorar cuál era su aspecto no serviría como defensa, sino más bien todo lo contrario. Lorna había aprendido mucho tiempo antes que no debía esconder la cabeza en la tierra y esperar que todo saliera bien.

Él se sentó frente a ella, y en aquel momento, Lorna lo miró a los ojos.

Y sintió que el estómago le daba un vuelco.

Volvió a sentirse mareada y tuvo que agarrarse al brazo del sofá.

Aquel hombre tenía el pelo negro y los ojos verdes. Eran colores comunes; sin embargo, él no tenía nada de común. Llevaba el pelo largo hasta los hombros, y lo tenía muy brillante. A ella no le gustaba que los hombres llevaran el pelo largo, pero el suyo parecía muy suave, muy limpio, y Lorna tuvo ganas de hundir las manos en su melena.

Se apartó aquella idea de la mente con firmeza, pero sin poder evitarlo, su mirada la atrapó. Sus ojos eran de un verde tan intenso que parecía que llevaba lentillas de colores. Sin embargo, cuando las velas destellaron nuevamente, notó que sus pupilas se expandían y supo, por instinto, que todo lo que veía, desde la negrura brillante de su pelo hasta el verde fascinante de sus ojos era real.

Él la estaba atrayendo. Lorna percibía un poder que no entendía, pero que tiraba de ella. Las llamas danzaban salvajemente, más brillantes una vez que el sol se había puesto y el atardecer oscurecía el cielo más allá del ventanal de aquel despacho. Aquellas velas eran en aquel momento la única fuente de luz que había en la sala. Marcaban todos los ángulos del rostro del hombre, y arrancaban centelleos de sus ojos verdes.

No habían dicho nada desde que se habían sentado, pero Lorna se sentía como si estuviera inmersa en una batalla por conservar su voluntad, su fuerza, la independencia de su vida. Volvió a sentir pánico. «Lo sabe», pensó, y estuvo a punto de echar a correr. Olvidar los casinos, olvidar todo el dinero que había reunido, olvidarlo todo salvo la supervivencia. ¡Correr!

No obstante, su cuerpo no obedeció a su mente. Lorna continuó allí sentada, como petrificada… hipnotizada.

–¿Cómo lo hace? –preguntó él finalmente, con el mismo

tono calmado de voz, como si fuera completamente ajeno a las oleadas de poder que estaban sacudiéndola.

De nuevo, pareció que aquella voz atravesó el caos interior de Lorna y la devolvió a la realidad. Asombrada, ella lo miró fijamente. ¿Él pensaba que era ella la que estaba ocasionando aquella atmósfera tan extraña?

–Yo no soy –balbuceó–. Pensaba que era usted.

Quizá estuviera equivocada, porque él se quedó perplejo.

–Las trampas –aclaró él–. ¿Cómo me está robando?

3

Quizá él no lo supiera.

Su franqueza le produjo un alivio perverso. Lorna respiró profundamente. Al menos, en aquel momento estaba enfrentándose a algo que entendía. Hizo caso omiso de las extrañas corrientes de energía que había en aquella habitación y alzó la barbilla con los ojos entornados, devolviéndole la mirada a aquel hombre.

–¡Yo no he hecho trampas!

Aquello era cierto, al menos, en cuanto al significado habitual de la frase.

–Claro que sí. No hay nadie que pueda tener tanta suerte, a menos que esté haciendo trampas.

–Repito que yo no he hecho trampas –respondió Lorna con vehemencia.

–Lleva un tiempo frecuentando el Inferno. Cada semana sale de aquí con cinco mil dólares. Eso es un cuarto de millón al año, y de mi casino sólo. ¿A cuántos otros acude a jugar?

Entonces, la recorrió con una mirada fría de pies a cabeza, como si se estuviera preguntando por qué no vestía mejor teniendo tanto dinero.

Lorna notó que se ruborizaba, y aquello la enfureció. Hacía tiempo que no se avergonzaba por nada, porque la vergüenza era un lujo que no podía permitirse, pero el escrutinio de aquel hombre hacía que tuviera ganas de retorcerse en el asiento. Ciertamente, ella no era la persona más elegante del mundo, pero iba limpia y dignamente vestida, y aquello era lo más importante, pese a que su ropa fuera de las rebajas de unos grandes almacenes. Sencillamente, no era capaz de gastarse cien dólares en un par de zapatos cuando otro par de doce dólares le quedaba perfectamente. Y la seda no sólo era cara, sino que además, era difícil de mantener. Ella prefería usar prendas de mezcla de algodón y poliéster, que no había que planchar.

–He preguntado a cuántos casinos acude usted a jugar cada semana.

–Lo que yo haga no es asunto suyo –dijo Lorna, clavándole una mirada asesina.

Se alegraba de sentir tanta ira, porque aquello le daba fuerzas. Sentir ira era mejor que sentirse herida. No permitiría que la opinión de su interlocutor le importara tanto como para hacerle daño. Quizá su ropa fuera barata, pero no estaba rota. Ella iba limpia y aseada, y no iba a avergonzarse de su aspecto.

–Al contrario. Yo la he descubierto, así que le indicaré a Al que avise a los jefes de seguridad del resto de los casinos.

–¡Usted no me ha descubierto haciendo nada! –exclamó Lorna. Estaba segura de ello, porque no había hecho nada que él pudiera descubrir.

–Tiene suerte de que yo sea el responsable –continuó él, como si ella no hubiera dicho nada–. Hay cierto sector en Reno que piensa que hacer trampas es un crimen merecedor de la pena capital.

A ella se le aceleró el corazón. Lo que él acababa de decir era cierto. Corrían rumores por la calle, noticias de gente que intentaba desviar la fortuna en su provecho y que desaparecía o moría. ¿Y acaso él le estaba diciendo que la acusaría públicamente, o que mantendría la situación como un asunto privado del Inferno?

Pero, ¿por qué iba a hacer eso? A Lorna sólo se le ocurrían dos razones. Una era que quisiera cambiarle aquel favor por sexo; la otra era que quizá sospechara que ella hacía trampas, pero no tenía pruebas, y lo único que estaba haciendo era intentar que ella se delatara, o echarla para siempre del Inferno. Si se trataba de la primera razón, entonces aquel tipo era un canalla, y ella sabía cómo tratar a los canallas. Si se trataba de la segunda, bueno, entonces aquel tipo era un buen tipo.

Y eso era desafortunado para él.

La estaba observando con toda atención, leyendo hasta la más mínima expresión de su rostro. Lorna tuvo que hacer un esfuerzo por no moverse nerviosamente, pero el hecho de ser el centro de semejante concentración hacía que se sintiera muy inquieta. Prefería mezclarse con la multitud, permanecer en un segundo plano. El anonimato equivalía a la seguridad.

–Cálmese. No voy a chantajearla para que se acueste conmigo. No es que no esté interesado –puntualizó él–, pero no necesito obligar a nadie para tener relaciones sexuales cuando lo deseo.

Ella se sobresaltó. O le había leído la mente, o acaso su semblante dejaba entrever todos sus pensamientos. Sabía que no se había vuelto torpe a la hora de mantener neutral la expresión de su rostro, porque llevaba muchos años dependiendo de aquella facultad para mantenerse con vida. No era posible que hubiera perdido los hábitos defensivos de toda su existencia; así pues, él le había leído el pensamiento.

De nuevo sintió un ataque de pánico, pero se disipó inmediatamente debido a las imágenes que invadieron su mente: ellos dos manteniendo relaciones sexuales, en la cama, desnudos, con los cuerpos sudorosos y entrelazados, ambos jadeantes, a punto de alcanzar el clímax...

Se apartó bruscamente todo aquello de la cabeza, horrorizada, segura de que iba a humillarse a sí misma dejando entrever lo que estaba imaginando. Apenas podía mantenerse en el presente. El atractivo de aquel placer imaginado era tan fuerte que quería volver, perderse en aquel sueño, o alucinación, o lo que fuera.

Algo iba mal. No tenía el control de sí misma y no podía evitar que los flujos de energía que campaban a sus anchas en aquella estancia la manejaran. Tampoco podía aferrarse a algo el tiempo suficiente como para examinarlo; justo cuando pensaba que se había estabilizado, se veía abrumada por una nueva reacción, otra emoción salvaje que surgía hasta la superficie sin freno.

Él volvió a hablar.

–Tienes precognición –le dijo, observándola con la cabeza ladeada, como si estuviera estudiando un espécimen interesante, con una vaga sonrisa–. También tienes sensibilidad, y quizá, telequinesia. Interesante.

–¿Está loco? –le preguntó ella con espanto.

¿Interesante? Aquel hombre estaba a punto de destrozar su vida, ella se estaba volviendo loca, ¿y él pensaba que era interesante?

–No lo creo. No, estoy seguro de que conservo la cordura –contestó él con una mirada de diversión, más cálida que las anteriores–. Adelante, Lorna, termina la frase por mí. La única razón por la que puedes tener el don de la precognición es que…

Ella siguió inmóvil, mirándolo fijamente. ¿Le estaba diciendo que realmente era capaz de leer el pensamiento de los demás, o le estaba tendiendo alguna trampa que ella era incapaz de ver? ¿Era él la fuente de la agitación que reinaba en aquel despacho?

–Puedes relajarte. No hay manera de que yo pueda demostrarlo, así que no puedo acusarte de hacer trampas. Pero supe lo que eres en cuanto dijiste que pensabas que era yo quien estaba haciéndolo. ¿Haciendo qué? No lo has dicho, pero esa frase ha sido como una aclaración, porque significa que eres sensible a las corrientes de la habitación. Una persona normal no habría sentido nada. Muchas veces, una habilidad psíquica va de la mano de muchas otras, así que ahora me resulta evidente por qué ganas tan a menudo. Sabes qué carta va a salir, ¿verdad? Y sabes cuáles son las máquinas que están a punto de dar el premio. Quizá incluso puedas manipular los ordenadores para que te concedan más de un premio.

Lorna apretó la mandíbula, temerosa de decir algo. No podía entablar una conversación sobre habilidades paranormales con aquel hombre. Por lo que sabía, seguramente tenía aquella habitación vigilada con cámaras y micrófonos, y todo lo que se dijera iba a ser grabado.

¿Y si una de aquellas extrañas alucinaciones se adueñaba de ella otra vez? Quizá ella dijera todo lo que él quería oír, quizá admitiera cualquier acusación que él pudiera hacer. Demonios, quizá todo lo que estaba sintiendo fuera el resultado de algunos efectos especiales que él tuviera instalados en el despacho.

–Sé que no eres una Raintree –continuó él suavemente–. Conozco a los míos. Así pues, la gran pregunta es... ¿eres de los Ansara, o eres simplemente una descarriada?

En aquella ocasión, la estupefacción la rescató.

–¿Una descarriada? –repitió, y volvió a un mundo que le resultaba real.

Tomó aire profundamente y contuvo un arrebato de furia. Él acababa de compararla con un perro callejero al que nadie quería. Bajo la ira, sin embargo, sintió la punzada acerada de la vieja y amarga desesperación. Siempre había sido aquello: un animal callejero al que nadie quería.

Durante un tiempo, un momento maravillosamente dulce, había pensado que eso cambiaría, pero le habían robado incluso aquella última esperanza, y ya no tenía ánimos para intentarlo de nuevo. En su alma, algo se había rendido. Sin embargo, el dolor no se había mitigado.

Él hizo un gesto para quitarle importancia a lo que había dicho.

–No me refiero a ese tipo de descarriada. Usamos esa palabra para describir a una persona que tiene poderes pero no tiene afiliación.

–¿Afiliación a qué? ¿De qué está hablando?

–De alguien que no es Raintree ni Ansara.

Aquellas explicaciones dibujaban círculos, igual que los pensamientos de Lorna. Con frustración, con temor, hizo un gesto brusco con las manos y le espetó:

–¿Quién demonios es esa Sara?

Él echó la cabeza hacia atrás y soltó una carcajada, un sonido rápido y fácil, como si riera a menudo. Ella sintió un cosquilleo en el estómago. El imaginarse el sexo con él le había bajado las defensas, y el reconocimiento distante del atractivo de aquel hombre se había convertido en algo mucho más intenso. Contra su voluntad, Lorna no pudo dejar de admirar su cuello musculoso, la línea marcada de su mandíbula... él era... asombroso. Sus rasgos eran fascinantes, demasiado como para describirlo como alguien guapo. Además, lo primero que Lorna había percibido en él no era su belleza, sino su poder.

–No he mencionado a ninguna Sara –le dijo él, riéndose–. Ansara. Ansara –repitió, y le deletreó el apellido.

–No lo había oído nunca –dijo ella cautelosamente, preguntándose si le estaba preguntando por una familia mafiosa. Sabía que el crimen organizado no era algo exclusivo de las familias italianas de Nueva York y Chicago.

–¿De veras? –le preguntó él, y aunque lo hizo en un tono agradable, ella supo que él no la creía, y percibió una amenaza implícita en aquella cuestión.

Tenía que mantener sus reacciones bajo control. Claramente, no sabía qué estaba ocurriendo, pero debía protegerse a sí misma, como había hecho siempre. Él estaba esperando a que ella respondiera a sus preguntas retóricas, pero Lorna no le prestó atención y se concentró en sus escudos...

¿Escudos? ¿De dónde había sacado aquella palabra? Nunca había pensado que tuviera escudos. Sabía que era fuerte, y que su corazón estaba marchito y endurecido por todo lo que había tenido que pasar. Pensaba que era una persona fría.

Sin embargo, nunca había pensado que tuviera escudos.

Hasta aquel momento.

Tenía la sensibilidad más expuesta que él hubiera visto, pensó Dante mientras la veía luchar contra el flujo de poder. Reaccionaba como una principiante ante los pensamientos de Dante y su afinidad al fuego. En aquel momento, Dante mantenía su talento bajo estricto control, pero para ponerla a prueba, había enviado suaves ráfagas por la habitación y había hecho que las llamas de las velas danzaran. Ella se había aferrado a los brazos del sofá como si necesitara anclarse, y había mirado a su alrededor con miedo, como si estuviera buscando monstruos.

Cuando él había captado que esperaba que la chantajeara a cambio de sexo, Dante se había permitido una pequeña y agradable fantasía, a la cual ella había respondido como si él la tuviera realmente desnuda en la cama. Su boca se había vuelto roja, suave, y se le habían cubierto las mejillas de rubor. Bajo su jersey barato, los pezones se le habían endurecido tanto que se le habían dibujado visiblemente bajo el sujetador.

Demonios; durante unos segundos, ella había estado en peligro de que aquella fantasía se convirtiera en realidad.

Quizá fuera una Ansara, pero si lo era, no tenía ninguna instrucción; o por el contrario, era tan hábil que sabía fingir que no había sido instruida. Si era una Ansara de verdad, Dante se inclinaba por pensar lo último. Ser un Raintree tenía muchas ventajas, pero también tenía una desventaja: un enemigo implacable. La hostilidad entre aquellos dos clanes había provocado una gran batalla unos doscientos años antes. Los Raintree habían resultado victoriosos, y los Ansara habían sido prácticamente destruidos.

Los supervivientes de aquel clan, que una vez había sido poderoso, estaban desperdigados por todo el mundo, y nunca se habían recuperado como para volver a declararles la guerra a los Raintree. No obstante, eso no significaba que algún Ansara solitario no intentara causarles problemas.

Como los Raintree, los Ansara tenían distintos dones y diferentes grados de fuerza. Aquellos con los que Dante se había cruzado estaban tan bien instruidos como cualquier Raintree, así que no se les debía tomar a la ligera. Dante sabía que, aunque ya no representaran la misma amenaza que en tiempos pasados, cualquiera de ellos aprovecharía encantado la oportunidad de vengarse de los Raintree.

Así pues, no sería de extrañar que un Ansara disfrutara del hecho de hacer trampas en su casino. Había casinos más grandes en Reno, pero robarle al Inferno sería un triunfo personal, si ella era realmente una Ansara.

Él tenía también la habilidad de la empatía, aunque no tan desarrollada como su hermana Mercy, pero lo suficiente como para percibir los pensamientos de la mayoría de la gente con sólo tocarla. Las excepciones eran sobre todo los Ansara, porque ellos sabían cómo protegerse de un modo que los humanos desconocían. Los sensitivos debían protegerse, o podían resultar abrumados por las fuerzas que los rodeaban... tal y como parecía que Lorna Clay se había sentido abrumada.

O tal vez fuera una excelente actriz.

La luz de las velas era magia en su piel y en su pelo. Era una mujer muy bella, con una estructura ósea muy delicada, aunque tuviera una actitud crispada y hostil; pero qué demonios, él también sería hostil si lo hubieran atrapado haciendo trampas en un casino.

Dante quería tocarla para comprobar si era capaz de percibir algo. Sin embargo, probablemente ella saldría corriendo si le ponía un dedo encima. Estaba tan inquieta que quizá diera un salto hacia atrás en el asiento si él le pegaba un susto. Pensó en hacerlo, sólo por diversión.

Y lo habría hecho, de no ser por el grave asunto de las trampas.

En aquel momento, percibió un sonido alto, aunque no desagradable, seguido de otro y de otro más. Notó una inyección de adrenalina en el organismo. Se puso en pie, tomó a Lorna Clay por el brazo y tiró de ella para que se levantara del sofá antes de que emitieran el aviso grabado.

–¿Qué pasa? –gritó ella, que había palidecido.

–Fuego –respondió él lacónicamente, mientras la arrastraba hacia la puerta.

Cuando sonaron las alarmas de incendio, todos los ascensores se detuvieron según el protocolo de actuación.

Y ellos estaban en el piso décimo noveno.

4

Lorna se tropezó y estuvo a punto de caer de rodillas mientras Dante Raintree tiraba de ella. Se golpeó la cadera contra el marco de la puerta. Después recuperó el equilibrio, dio una sacudida hacia delante y se precipitó hacia el pasillo con tanta velocidad que impactó en la pared opuesta. Sin embargo, él no dejó de tirar de ella sin piedad. Lorna no dijo nada, no gritó, casi ni sintió el dolor, porque la pesadilla en la que se veía atrapada eclipsaba todo lo demás.

¡Fuego!

Vio que él le lanzaba una mirada de comprensión. Después le soltó el brazo y le rodeó la cintura, aferrándola a su costado mientras corría hacia las escaleras. Estaban solos en el pasillo, pero en cuanto él abrió la puerta de emergencia, Lorna oyó el estruendo de los pasos de la gente que bajaba en estampida por las escaleras.

El aire del pasillo estaba limpio, pero cuando la puerta se cerró tras ellos, Lorna lo olió: era el hedor del humo. Se le aceleró el corazón. Tenía miedo del fuego. Siempre lo había temido, pero no sólo por la precaución que tenían todas las personas normales. Si ella tuviera que elegir el peor modo de morir, sería perecer en un incendio.

Sufría pesadillas en las cuales estaba atrapada detrás de una cortina de llamas, incapaz de llegar a alguien… ¿quizá un niño?, una persona más importante para ella que su propia vida. Justo cuando las llamas la alcanzaban y comenzaban a abrasarle la piel, Lorna se despertaba, temblando, llorando de terror.

No le gustaba ninguna llama, ni las de las velas, ni las de una chimenea, ni las de una cocina de gas. Y en aquel momento, Dante Raintree la estaba llevando al corazón de la bestia, cuando su instinto le pedía que subiera hacia el aire fresco, que se alejara del fuego todo lo posible.

Cuando llegaron al primer descansillo, el caos mental que le provocaba el pánico comenzó a adueñarse de ella, y tuvo que luchar por dominarse. Por lógica, sabía que debían descender, que saltar desde el tejado no era una solución viable. Apretó los dientes y se concentró en mantener el equilibrio, en dar los pasos con firmeza, aunque tal y como Dante Raintree la estaba sujetando, dudaba que pudiera caer.

Alcanzaron a un grupo de personas que también bajaba, pero no dejaban de gritarse los unos a los otros porque el paso estaba bloqueado y no podían seguir avanzando. En aquel tumulto, nadie conseguía hacerse entender, y algunos estaban tosiendo porque el humo era cada vez más espeso.

–¡No pueden subir! –bramó Raintree por encima de los gritos que se estaban produciendo en aquel atolladero.

Entonces, Lorna se dio cuenta de que el altercado se estaba produciendo por que había personas que querían subir a toda costa y empujaban hacia arriba a aquellos que querían seguir bajando.

–¿Quién demonios es usted? –le gritó alguien a Raintree desde abajo.

–Soy el dueño del Inferno –respondió él–. Yo construí el edificio, y sé adónde voy. Den la vuelta y sigan bajando. Ésa es la única salida.

–¡Pero el humo es mucho peor abajo!

–Entonces, quítese la camisa y átesela alrededor de la boca y la nariz. Que lo haga todo el mundo –ordenó él, gritando para que todo el mundo pudiera oírlo.

Entonces, el mismo Raintree soltó a Lorna y se quitó la

americana. Se sacó una navaja del bolsillo y separó el forro de la tela gris; después rasgó el forro en dos y le entregó una de las piezas de tela a Lorna.

–Utiliza esto –le dijo mientras se guardaba la navaja en el bolsillo.

Ella pensó que la gente seguiría empujando hacia arriba, sin hacer caso de lo que él había dicho, pero no fue así. Varios de los hombres, que llevaban chaquetas, imitaron el gesto de Raintree y les tendieron piezas de tela a los demás, y cuando todo el mundo tuvo protegidas la nariz y la boca, todos comenzaron a bajar las escaleras obedientemente, como un rebaño de ovejas.

Lorna vio que sus pies empezaban a moverse como si no fueran suyos, llevándola más y más abajo, acercándola más y más al infierno de fuego que los esperaba. Todas las células de su cuerpo estaban gritando, protestando, y tenía la respiración entrecortada, pero aun así, siguió bajando las escaleras como si no tuviera voluntad propia.

Raintree siguió avanzando inexorablemente y ella sintió el olor acre del humo. Comenzaron a llorarle los ojos y notó cómo subía la temperatura a medida que descendían. En el siguiente descansillo, miró el número del piso: décimo quinto. ¿Eso era todo? ¿No habían avanzado más que cuatro pisos? Intentó recordar cuántos descansillos habían pasado, pero había estado demasiado abrumada por el terror como para prestar atención.

Iba a morir en aquel edificio. Notaba el frío aliento de la muerte, como si los estuviera esperando al otro lado de las llamas que no podía ver, pero que sentía en la piel, como si fueran una gran fuerza que tiraba de ella. Aquélla era la razón por la que siempre había temido al fuego: siempre había sabido que su destino era quemarse. Pronto moriría, abrasada o asfixiada...

Y nadie la echaría de menos.

Dante hizo que todo el mundo continuara bajando. La coacción mental que estaba usando le garantizaba una evacuación ordenada. Nunca había intentado utilizar aquella habilidad en concreto, ni siquiera sabía que la poseyera, y seguramente, si el solsticio de verano no estuviera tan próximo, no hubiera podido valerse de ella.

Al principio no estaba seguro de que funcionara, y menos con un grupo tan grande. Sin embargo, se había visto obligado a hacerlo, porque el incendio amenazaba con destruir el casino que él había levantado de la nada con tanto esfuerzo. Había puesto toda su voluntad en las palabras, en el pensamiento, y el grupo había obedecido.

Oía cómo lo llamaba el fuego, como si fuera un canto de sirena. Tal vez, incluso, las llamas estuvieran alimentando su poder, porque la cercanía de las llamas elevaba el nivel de adrenalina de su cuerpo. Aunque el humo le estuviera causando escozor en los ojos y se le filtrara por la tela de seda con la que se protegía la nariz y la boca, se sentía tan vivo que su piel apenas podía contenerlo. Quería reír, quería abrir los brazos de par en par y retar al fuego a una lucha en la que pudiera doblegarlo con su voluntad, tal y como había hecho con aquella gente.

De no ser por el nivel de concentración que necesitaba para mantener la coacción mental que estaba ejerciendo sobre el grupo, ya se habría enzarzado en la batalla. Todo su cuerpo le pedía que lo hiciera. Y él sometería las llamas, sí. Sin embargo, antes debía poner a salvo a aquellas personas.

Lorna seguía a su lado, pero con una rápida mirada, Dante supo que ella continuaba bajando escaleras sólo porque él la estaba obligando mentalmente. Por encima de la seda, su piel estaba blanca como el papel, y tenía los ojos vidriosos de terror. La agarró con más fuerza. Quería que estuviera a su lado cuando llegaran al piso bajo, porque de otro modo, quizá su pánico fuera tan intenso que pudiera liberarse de la coacción y salir corriendo. Dante no había terminado con ella todavía; de hecho, con aquel maldito incendio, probablemente hablara con Lorna Clay de algo más que de las trampas en el blackjack.

Si era una Ansara, si estaba involucrada en aquel incendio, moriría. Las cosas eran así de sencillas.

La había tocado, pero no había podido saber si era Ansara o no. En aquel momento no podía concentrarse en leerle la mente. El hecho de que no percibiera nada podía significar que era una descarriada o que era Ansara, y lo suficientemente fuerte como para poner una barrera entre su verdadera identidad y él. En cualquiera de los dos casos, aquello tendría que esperar.

El humo era cada vez más intenso, pero aún permitía respirar. La gente continuaba bajando las escaleras entre toses y murmullos.

Dante sintió que el fuego estaba concentrado en el casino, por el momento; sin embargo, se estaba propagando rápidamente hacia la parte del edificio ocupada por el hotel. Seguramente, los huéspedes del hotel estarían ya a salvo, pero Dante no sabía qué podría haberles ocurrido a aquellas personas que estaban jugando en el casino. Él no podía ayudarlos en aquel momento, así que siguió concentrado en los que estaban a su cargo en aquel instante. Si aquella gente sucumbía al pánico, si comenzaban a empujarse y a correr, podrían caer y ser pisoteados. Además, seguramente taponarían la puerta de salida y no podrían abrirla. Aquello había ocurrido muchas veces, y seguramente ocurriría más, pero no en su casino, si él podía evitarlo.

Llegaron a otro descansillo, y él miró el número del piso. El tercero. Sólo quedaban otros dos, gracias a Dios. El humo era ya tan espeso que le ardían los pulmones.

–Ya casi hemos llegado –dijo, para mantener la concentración de la gente, y oyó cómo algunos se lo repetían a los demás.

Siguieron bajando hasta que por fin descendieron los últimos pisos. Llegaron a una puerta que se abría a un pasillo jalonado de oficinas. Él sostuvo la puerta mientras la gente salía a aquel pasillo.

–Tomen el pasillo de la derecha. Pasen las puertas dobles que hay al final y vuelvan a tomar el camino de la derecha. La puerta que hay después de las máquinas de refrescos se abre al aparcamiento, al nivel del suelo. ¡Vamos, vamos, vamos!

Todos obedecieron, impulsados por su coacción mental, y se movieron rápidamente. Allí, el aire era espeso y caliente, y la visión sólo alcanzaba unos cuantos metros; las personas que pasaban ante él parecían fantasmas que desaparecían en segundos. Sólo sus toses y el sonido de sus pasos le indicaban el progreso del grupo.

Notó que Lorna se movía a su lado, intentando que él la soltara, tratando de obedecer a un tiempo el mandato mental de Dante y las órdenes de su propio instinto, dominada por el pánico. Él la agarró con más fuerza para evitar que escapara.

Dante notaba el fuego a su espalda, mucho más cerca. Cuando no quedaban más figuras envueltas en humo en aquel pasillo, se dio la vuelta, aferrando a Lorna, y se alejó del aparcamiento y de la seguridad para dirigirse hacia el demonio del fuego.

–Nooo.

Aquel sonido fue poco más que un gemido. Lorna comenzó a retorcerse dentro del círculo de su brazo. Rápidamente, Dante le dio un rápido empujón mental a la gente que aún atravesaba el aparcamiento de camino a la salida y después transfirió la coacción solamente hacia Lorna.

–Quédate conmigo.

Inmediatamente, ella dejó de resistirse, aunque Dante oía los sonidos ahogados de terror que ella emitía mientras caminaban, entre el humo, hacia la puerta que se abría al vestíbulo.

Dante la abrió y pasó al infierno, con Lorna a su lado.

El sistema de rociadores antiincendio estaba haciendo un valiente esfuerzo, pero el calor era como el de un horno monstruoso que evaporaba la lluvia de agua antes de que pudiera llegar al suelo. Los golpeó como una ola. Dante murmuró una maldición y el calor retrocedió. Al ser parte del fuego, el calor y el humo eran también posesiones suyas, como las llamas.

Dante reunió toda su concentración y desvió los fogonazos. Después creó una burbuja protectora, un campo de fuerza que los rodeó a los dos, evitando que el calor y el humo pudieran dañarlos.

El fuego estaba devorando el casino, consumiendo todo aquello que estaba a su alcance. Las columnas de la sala actuaban como velas que conducían las llamaradas hacia el suelo. Él comenzó a ejercer allí su poder para doblegar el fuego. Muy despacio, las llamas que lamían las columnas comenzaron a extinguirse, sometidas por una fuerza superior.

Lograr aquello al mismo tiempo que mantenía la burbuja protectora requirió todo su poder. Había algo que no iba bien. Comenzó a sentir un terrible dolor de cabeza, y supo que apagar el fuego no debería costarle un esfuerzo tan grande. Las llamas respondían con lentitud a su mandato, y Dante se preguntó si quizá la energía que había tenido que utilizar para dirigir al grupo de gente hacia la salida le habría dejado agotado. No se sentía cansado, pero notaba que algo marchaba mal.

Cuando sólo quedaban unas volutas de humo rodeando las columnas, Dante se concentró en las paredes y comenzó a debilitar el fuego que las consumía...

Por el rabillo del ojo vio que las columnas ardían de nuevo.

Con un rugido de furia e incredulidad, desató toda su voluntad sobre aquellas llamas, y de nuevo, se extinguieron.

¿Qué demonios...?

Las ventanas explotaron en aquel momento y enviaron esquirlas de cristal en todas las direcciones. Unos chorros brutales de agua entraron por los huecos, por cortesía del Cuerpo de Bomberos de Reno, pero las llamas comenzaron a brillar más y más. Una de las dos enormes arañas que había colgadas del techo cayó al suelo y se hizo añicos, enviando dardos de cristal en todas las direcciones. Uno de ellos le cortó la mejilla a Dante e hizo brotar la sangre de la herida.

Quizá debieran agacharse, pensó con ironía.

Notaba cómo Lorna temblaba a su lado mientras emitía sonidos de terror, pero sabía que ella no podía liberar la mente de la coacción que él ejercía. ¿Le había alcanzado alguno de los cristales? No tenía tiempo para comprobarlo.

Con un gran chasquido, una enorme lengua de fuego se extendió por el techo, sobre sus cabezas, consumiéndolo todo a su paso, incluido el oxígeno disponible. Entonces, comenzó a abrasar lo que había tras ellos, cerrándoles el paso.

Él empujó las llamas mentalmente, obligándolas a que se retiraran, valiéndose de todas sus reservas de fuerza y poder. Él era el Dranir de los Raintree; el fuego le obedecería.

Pero no lo hizo.

En vez de eso, comenzó a avanzar por la moqueta, hacia ellos, y Dante no podía controlarlo.

Nunca jamás había encontrado una llama a la que no pudiera doblegar, pero aquello era algo que estaba más allá de su poder. Usar sus poderes para coaccionar a aquella gente debía de haberlo debilitado. Era algo que no había hecho antes, así que no sabía cuáles podían ser las consecuencias. Y se negaba a aceptar que aquellas consecuencias fueran su muerte y la de Lorna.

La burbuja de protección se debilitó y el humo penetró en su interior. Lorna comenzó a toser convulsivamente, forcejeando para liberarse de Dante. Él siguió enfrentándose a las llamas, y sabía que necesitaba más poder. Si Gideon o Mercy estuvieran allí, habría podido vincularse a ellos, combinar su fuerza con la de sus hermanos, pero aquel tipo de asociación requería proximidad, así que Dante sólo podía contar con su propia fortaleza. No había otra fuente de poder de la que poder alimentarse…

Salvo Lorna.

No preguntó. No se tomó el tiempo de explicarle lo que iba a hacer. Se limitó a abrazarla por la espalda y se abrió camino en su mente, tomando sin escrúpulos todo lo que necesitaba. Se sintió aliviado al descubrir que podía disponer de mucho más poder del que había esperado. No se detuvo a analizar de qué clase era aquel poder, porque en aquella situación, el poder era como la electricidad. Máquinas distintas podían alimentarse del mismo poder y hacer cosas diferentes, como emitir música o aspirar el suelo. Era el mismo principio. Ella tenía poder, y él lo utilizó.

Lorna gritó y se desplomó en sus brazos. Después, quedó rígida.

Él atacó a las llamas furiosamente; lanzó una ráfaga mental que extinguió el muro de fuego que había a su espalda. La vaharada de oxígeno renovado hizo que las llamas que tenía frente a sí se incrementaran, así que Dante volvió a atacar. Notaba que sus reservas estaban renovadas, porque había tomado todo el poder de Lorna y lo había sumado al suyo.

Todo su cuerpo estaba vibrando. Le quemaban los músculos debido al esfuerzo. La burbuja de protección que los rodeaba comenzó a resplandecer. Sudando, haciendo caso omiso del dolor de cabeza, él siguió luchando con el fuego, mientras calculaba mentalmente cuánto tiempo llevaba allí, cuánto necesitaría darle a la gente del hotel para que consiguiera escapar. Había varias escaleras, y estaba seguro de que no todas las evacuaciones serían tan ordenadas como la que él había dirigido. No podía parar hasta que el fuego estuviera controlado.

Sin embargo, por algún motivo desconocido, no era capaz de apagarlo por completo. Lo único que pudo hacer fue mantener a raya las llamas. Finalmente, oyó gritos y, al volver la cabeza ligeramente, vio a los bomberos avanzando con las mangueras. Rápidamente, dejó que se disolviera la burbuja de protección, dejándolos a Lorna y a él expuestos al humo y al calor.

Con la primera inspiración, el humo ardiente le quemó los pulmones. Se ahogó, tosió, intentó respirar de nuevo. Lorna cayó de rodillas, y él cayó a su lado cuando el primer bombero llegaba hasta ellos.

5

Lorna estaba sentada en el parachoques trasero de una unidad médica móvil, envuelta en una manta térmica. Aquella noche era cálida, pero ella estaba empapada en sudor, y no era capaz de dejar de temblar. El médico había dicho que no estaba en estado de shock, porque aunque tenía un poco alta la presión sanguínea, algo comprensible, su pulso era normal. Sólo tenía frío porque estaba mojada.

Sin embargo, todo lo que había a su alrededor estaba... enmudecido, como si hubiera una pantalla de cristal entre ella y el resto del mundo. Tenía la mente paralizada. Cuando el médico le había preguntado su nombre, no había sido capaz de recordarlo, y menos de articularlo. Sin embargo, había recordado que llevaba el carné de conducir en el bolsillo, y se lo había mostrado al doctor. Era un carné de Missouri, porque aún no había sacado una licencia de Nevada. Para ello, debía ser residente del estado y tener un trabajo remunerado, y aquella última condición no se cumplía.

–¿Es usted Lorna Clay? –le había preguntado el médico.

Ella asintió.

–¿Le duele la garganta?

A Lorna le pareció que aquélla era una buena explicación para su silencio, así que asintió de nuevo. Él le examinó la garganta y pareció que se quedaba brevemente sorprendido.

Después le dio oxígeno para respirar, y le dijo que debían hacerle un examen completo en el hospital.

Sí, claro. Ella no tenía ninguna intención de ir a un hospital. Sólo quería marcharse a su casa.

No obstante, permaneció exactamente donde estaba mientras examinaban también a Raintree. Tenía sangre en la cara, pero resultó que sólo era por un pequeño corte. Ella oyó cómo les decía a los médicos que estaba bien, y que no creía que ninguno de los dos tuviera quemaduras, que habían sido muy afortunados.

Y un cuerno. Aquel pensamiento fue algo completamente nítido que emergió de entre el caos de ideas que había en su mente. Lorna sabía que él la había sujetado allí, en mitad de aquel infierno, durante una eternidad. Deberían estar ambos calcinados. O, al menos, deberían estar intentando tomar aire a través de sus vías respiratorias destrozadas, en vez de estar bien. Ella sabía los daños que causaba el fuego. Lo había visto, lo había olido, y era feo. Las llamas destruían todo lo que había en su camino. Lo que no hacían era danzar alrededor de uno y dejarlo indemne.

Cada vez que Lorna pensaba en el hecho de que no estaba muerta, de que ni siquiera tenía un leve rasguño, le dolía tanto la cabeza que apenas podía soportar el hecho de respirar, y el cristal que se interponía entre la realidad y ella se hacía cada vez más grueso.

Así que intentó no pensar en el hecho de estar viva, ni muerta, ni nada más. Siguió allí sentada mientras la escena de pesadilla seguía desarrollándose a su alrededor: los destellos de las luces, la multitud moviéndose, los bomberos apagando las llamas que aún persistían... Los motores de los camiones vibraban con tanta fuerza que Lorna quiso taparse los oídos con las manos, pero tampoco lo hizo.

Siguió esperando.

No sabía por qué. Debería marcharse. Pensó muchas veces en alejarse, pero no consiguió pasar del pensamiento a la acción. Por mucho que quisiera irse, estaba atrapada por una inercia contra la que no podía luchar. Lo único que podía hacer era estar allí sentada.

Entonces, Raintree se puso en pie y, bruscamente, ella se puso en pie también, debido a un impulso incomprensible. Estaba demasiado exhausta como para dar con una razón lógica. Al ver que él se acercaba, con paso decidido, a un grupo de policías, se sintió alarmada. ¿Iba a acusarla sin pruebas? Desesperadamente, quiso marcharse, pero en vez de hacerlo, se vio siguiéndolo dócilmente.

¿Por qué estaba haciendo aquello? ¿Por qué no se marchaba? Él ni siquiera la había mirado. No se enteraría de su huida. ¿Por qué su cerebro trabajaba con tanta lentitud? A nivel superficial, sus procesos mentales parecían normales, pero en lo más profundo no había más que torpeza. Había algo importante que debía recordar, algo que había emergido brevemente, sólo durante el tiempo necesario como para causarle cierta inquietud, y que después había desaparecido como una voluta de humo. Frunció el ceño, intentando recuperar aquel recuerdo, pero el esfuerzo sólo sirvió para intensificar su dolor de cabeza, así que dejó de hacerlo.

Raintree se acercó a dos policías y se presentó. Lorna intentó pasar inadvertida, pero todos la miraron con una mezcla de sospecha y curiosidad, y notó que se le aceleraba el corazón. ¿Qué iba a hacer si Raintree la acusaba de hacer trampas? ¿Correr? ¿Mirarlo como si fuera idiota? Quizá ella fuera la idiota, esperando allí como un chivo expiatorio.

Aquella imagen fue un gran impulso para ella, más grande que ningún otro. No estaba dispuesta a ser una víctima voluntaria. Intento alejarse, pero no pudo. Lo único que era capaz de hacer era seguir a su lado.

«Quédate conmigo».

Aquellas palabras le resonaron en la mente. Con cansancio, se frotó la frente, preguntándose por qué había oído aquellas palabras y por qué tenían importancia.

–¿Dónde estaba cuando comenzó el incendio, señor Raintree? –preguntó uno de los detectives. Acababan de presentarse, pero a Lorna se le borraron sus nombres de la cabeza en cuanto los hubo oído.

–En mi despacho, hablando con la señorita Clay.

Ellos la miraron con más atención aún. Entonces, el detective que había estado hablando a Raintree se dirigió a ella.

–Mi compañero le tomará declaración mientras yo hablo con el señor Raintree, para ganar tiempo.

Claro, pensó Lorna con sarcasmo. Lo que en realidad querían los policías era separarlos para que ella no pudiera oír lo que él iba a decir y después confirmar su versión. Si un negocio estaba produciendo pérdidas, algunas veces los propietarios eran capaces de quemarlo para cobrar la póliza del seguro.

El otro detective se acercó a ellos. Raintree se giró levemente y la miró.

–No te alejes. No quiero que te pierdas entre la multitud.

¿Qué se proponía? Había hecho que sonara como si tuvieran una relación, o algo parecido. Pero cuando el detective dijo que hablarían allí al lado, Lorna caminó a su lado, obedientemente, y se detuvo a unos pocos metros de repente, como si no pudiera caminar más.

–Aquí –dijo, sorprendida de lo áspera y débil que era su voz.

–Claro –respondió el detective, y se volvió hacia ella–. Soy el detective Harvey. Y su nombre es…

–Lorna Clay.

–¿Vive en Reno?

–Por el momento sí, pero no he decidido todavía si me quedaré.

Lorna sabía que no iba a quedarse. Nunca permanecía demasiado tiempo en el mismo sitio. Unos cuantos meses, seis como máximo, y se mudaba. El policía le pidió su dirección y ella se la recitó. Si aquel detective solicitaba que comprobaran sus antecedentes, sólo daría con una multa por exceso de velocidad que le habían impuesto tres años antes, y que había pagado sin protestar.

Así pues, siempre y cuando Raintree no la acusara de hacer trampas en su casino, todo iría bien. Quería mirar hacia atrás, para observarlo, pero sabía que era mejor no aparentar nerviosismo.

–¿Dónde estaba cuando se declaró el incendio?

–No sé cuándo se declaró –respondió ella con irritación–. Estaba en el despacho del señor Raintree cuando sonó la alarma.

–¿Y a qué hora fue eso?

–No tengo reloj. No lo sé. De todos modos, no habría pensado en mirar la hora. El fuego me provoca terror. Cuando entré al despacho estaba atardeciendo. Eso es todo lo que puedo decirle.

Él anotó aquella respuesta. Sólo Dios sabía qué estaba pensando aquel detective sobre lo que Raintree y ella estaban haciendo en el despacho. Sin embargo, a ella no le importó.

–¿Qué hicieron cuando sonó la alarma de incendios?

–Salimos corriendo hacia la escalera.

–¿En qué piso estaban?

Aquello sí lo sabía. Había mirado los números cuando subía en el ascensor.

–En el décimo noveno.

Él apuntó aquello, también.

–¿Qué ocurrió después?

–Había mucha gente en las escaleras –dijo ella lentamente, intentando dar forma a los recuerdos–. Sólo pudimos bajar un par de pisos antes de quedarnos atascados, porque la gente de los pisos inferiores estaba intentando subir. El señor Raintree les dijo… les dijo que tenían que bajar, que no encontrarían ninguna salida más arriba.

–¿Y se opusieron?

–No. Todos se dieron la vuelta. Ninguno tuvo un ataque de pánico.

Ninguno, salvo ella. Apenas podía respirar, y no a causa del humo. Cada vez recordaba las cosas con más claridad, y se sentía asombrada de lo ordenadamente que se había realizado la evacuación. Nadie había empujado, nadie había corrido. La gente se había dado prisa, por supuesto, pero no de un modo imprudente, sin arriesgarse a caer. Pensándolo bien, su comportamiento había sido anormal dadas las circunstancias. ¿Cómo era posible que hubieran conservado la calma de aquel modo? ¿Acaso no sabían lo que podía hacer el fuego?

Sin embargo, Lorna se dio cuenta de que ella tampoco había corrido. No había empujado a nadie. Había avanzado a un ritmo constante, guiada por el brazo de Raintree.

–¿Señorita Clay?

–Yo... ¿qué? –preguntó, mirando con desconcierto al detective.

–¿Qué hicieron cuando salieron?

–No salimos –respondió ella, que no podía dejar de temblar–. Cuando llegamos al piso bajo, el señor Raintree envió al resto de la gente hacia la derecha, hacia el aparcamiento, y después él... nosotros... –en aquel punto, le falló la voz.

Sabía que había intentado luchar contra él, que había intentado seguir a los demás. Entonces, Raintree le había ordenado que se quedara con él, y ella había obedecido porque no tenía voluntad para oponérsele, pese a que estaba enloquecida de pánico.

Después, cuando él se había sentado, ella se había sentado. Cuando él se había puesto en pie, ella lo había imitado. Y cuando él se había movido, ella lo había seguido. Hasta aquel momento, no había podido alejarse ni un paso de él. Comenzó a tener una terrible sospecha. Raintree la estaba controlando de algún modo, quizá por medio del hipnotismo, aunque Lorna no sabía cuándo ni cómo había podido hipnotizarla. En su despacho habían ocurrido cosas extrañas. Quizá aquellas velas despidieran gases con los que la había drogado.

–Continúe –le dijo el detective Harvey, sacándola de su ensimismamiento.

–Fuimos hacia la izquierda –dijo ella, temblando–. El fuego trepó por el techo y nos rodeó. Quedamos atrapados.

–¿Quiere sentarse? –le preguntó el policía, al ver lo violentamente que temblaba.

Sin embargo, Lorna negó con la cabeza.

–Estoy bien. Sólo estoy mojada y tengo frío.

Él la miró sin convencimiento, y después de unos segundos, asintió y siguió preguntando.

–¿Qué hicieron entonces?

Lo mejor sería no contarle que se había sentido como si estuviera dentro de una burbuja. Quizá no lo entendiera. Y tampoco quería contarle que había sentido una brisa fresca en el pelo. Seguramente, estaba drogada. No había otra explicación.

–No podíamos hacer nada. Estábamos atrapados. El señor Raintree estaba soltando juramentos. Yo me ahogaba, y me caí al suelo. Entonces, los bomberos nos encontraron y nos salvaron.

Ella sabía que había algo más, pero no conseguía acordarse. Había ocurrido algo más. Ella lo sabía, pero no podía pensar qué era. Quizá después de tomar una ducha y dormir unas cuantas horas pudiera recordarlo.

El detective Harvey miró hacia atrás y cerró su libreta.

–Tiene suerte de estar viva. ¿La han examinado para ver si ha sufrido intoxicación por humo?

–Sí, gracias. Estoy bien.

El médico se había quedado asombrado al comprobar su buen estado, pero Lorna no se lo contó al detective.

–Me imagino que el señor Raintree tendrá que quedarse aquí durante un buen rato, pero usted puede marcharse a casa. ¿Tiene algún número de teléfono donde pueda localizarla si tenemos más preguntas que hacerle?

Lorna asintió y le dio su número de teléfono móvil.

–Gracias por su colaboración –le dijo el detective. Después, asintió para despedirse y se alejó.

Lorna se sentía exhausta y sucia. Le dolía la cabeza. Una vez que el detective Harvey había terminado de interrogarla, iba a marcharse a casa.

Lo intentó. Hizo varios intentos para caminar, pero no consiguió mover los pies. Se sintió frustrada y miró a Dante. Lo vio, más o menos solo. Era evidente que él también había terminado de responder al interrogatorio del otro policía; la estaba observando fijamente. Movió los labios. Con todo el ruido de fondo, Lorna no consiguió oír lo que él le estaba diciendo, pero le leyó los labios con facilidad.

Él le había dicho:

–Ven aquí.

6

Y Lorna fue. No pudo evitarlo. Comenzó a mover los pies automáticamente. Tenía los ojos abiertos de par en par debido a la sorpresa y la alarma que sentía. ¿Cómo estaba haciendo aquello Raintree? ¿Cómo era capaz de controlar sus movimientos? Sin embargo, aquello no era lo más preocupante. Lo peor era saber que él la controlaba, porque eso podía provocar situaciones muy desagradables.

Mientras ella se acercaba, él la miró con una sonrisa petulante de satisfacción, y eso terminó de enfurecerla. Sin delatar sus intenciones, ella mantuvo una expresión de sorpresa hasta que estuvo junto a él. Entonces, le lanzó un puñetazo a la barbilla.

Él ni siquiera se lo esperaba, y aquel fuerte golpe hizo que le castañetearan los dientes. Lorna notó un agudo dolor en los nudillos, pero la satisfacción que sintió al golpearlo la compensó. Él se tambaleó, pero recuperó rápidamente el equilibrio con gracia de atleta, y extendió la mano para agarrarle a Lorna la muñeca en el momento en que ella le lanzaba otro puñetazo.

–Me merecía un golpe –le dijo él, sujetándola–, pero no admitiré el segundo.

–Suéltame –respondió ella–. ¡Y no me refiero sólo a la mano!

–Entonces, lo has comprendido –dijo él con frialdad.

–Al principio no me di cuenta, pero al verme en mitad de un incendio caí en la cuenta. No sé cómo ni por qué lo estás haciendo, pero…

–El motivo es evidente.

–¡Para mí no!

–Has hecho trampas en mi casino. ¿O es que creías que iba a olvidarlo debido al incendio?

–Yo no he… Espera un momento. No has podido hipnotizarme mientras bajábamos diecinueve pisos, y si lo hiciste mientras estaba en tu despacho, eso fue antes de que comenzara el incendio. Ahora, deshaz el encantamiento, o el vudú, o lo que sea. ¡No puedes mantenerme así!

–Sí puedo hacerlo.

Lorna nunca se había sentido tan furiosa ni tan frustrada. Estaba indefensa, y odiaba sentirse indefensa. Había construido su vida sobre la premisa de no ser una persona indefensa, de no volver a ser una víctima.

–Suéltame.

–Aún no. Todavía tenemos algunas cosas de las que hablar.

Raintree, a quien no parecía que importase demasiado la furia de Lorna, miró a su alrededor para estudiar aquella escena de destrucción. El hedor del humo lo impregnaba todo, y las luces rojas y azules de los vehículos de emergencia creaban un efecto de luz estroboscópica que intensificaba su dolor de cabeza.

Lorna estaba viendo los mismos detalles que él percibía, y los destellos de las luces le recordaban la bola de fuego… no, no las llamas… otra cosa. Sintió una dolorosa palpitación en la cabeza que la hizo jadear.

–Entonces vamos a hablar ahora –le dijo, llevándose la mano a la frente en un gesto instintivo para contener el dolor.

–Aquí no –dijo él, mirándola de nuevo–. ¿Te encuentras bien?

–Me duele muchísimo la cabeza. Podría irme a casa y tumbarme en la cama, si no fueras tan idiota.

–Pero soy idiota, así que ahora, cállate y compórtate como una buena chica. Voy a estar ocupado durante un rato. Cuando haya terminado, iremos a mi casa y charlaremos.

Lorna se quedó en silencio, y cuando él se alejó, ella permaneció inmóvil, como clavada al suelo. Maldito fuera aquel hombre, pensó con lágrimas de rabia que se le derramaron por las mejillas manchadas de humo. Alzó las manos y se enjugó las lágrimas. Al menos, él le había permitido que usara las manos. No podía hablar y no podía caminar, pero podía secarse la cara. En cuanto estuviera cerca de Raintree otra vez, volvería a darle un puñetazo.

Entonces, Lorna se quedó helada. Aquella breve ráfaga de ira se disipó, y fue reemplazada por el miedo.

¿Qué era aquel hombre?

Un hombre y una mujer que habían estado observando todo lo sucedido tras el cordón policial se dieron la vuelta y se dirigieron a su coche.

–Maldita sea –musitó la mujer con expresión sombría.

Se llamaba Elyn Campbell, y era la maestra del fuego más poderosa de todo el clan Ansara. Todo lo que sabían sobre Dante Raintree, y todo lo que ella sabía sobre el fuego, además de unos cuantos hechizos poderosos, había sido combinado para idear un plan que debería haber conseguido la muerte del Dranir de los Raintree. En vez de eso, su misión había sido un fracaso.

–Sí –dijo Ruben McWilliams, sacudiendo la cabeza. Todos sus minuciosos cálculos habían terminado en humo, literalmente–. ¿Por qué no ha funcionado?

–No lo sé. Debería haber salido bien. Él no es tan fuerte. Nadie lo es, ni siquiera un Dranir. Ha sido una exageración.

–Entonces, es evidente que él es el Dranir más fuerte que nunca haya existido. O eso, o uno de los más afortunados.

–O abandonó antes de lo que nosotros pensábamos. Quizá le entró miedo y salió corriendo a ponerse a salvo, en vez de intentar controlar el fuego.

Ruben exhaló un suspiro.

–Quizá. No vi cuándo lo sacaban, así que quizá estuviera por ahí durante un rato antes de que yo lo viera. Todo el equipo de emergencia estaba en medio.

Ella alzó la cabeza y miró al cielo.

–Así que hay dos posibilidades: la primera, que él se acobardara y huyera del incendio. La segunda, y la más probable, es que sea más fuerte de lo que habíamos pensado. A Cael no le va a gustar nada.

Ruben volvió a suspirar y se enfrentó a lo inevitable.

–Supongo que ya lo hemos aplazado suficientemente. Tenemos que llamar –dijo con renuencia.

Cualquier cosa que pudiera evitar aquella llamada a Cael Ansara sería de agradecer. Cael era primo carnal suyo, por parte de madre, pero aquel parentesco no significaba nada para aquel miserable. Quizá aquella sociedad secreta que había formado con Cael contra el Dranir Ansara actual, Judah, no fuera lo más inteligente que había hecho en su vida. Aunque había acordado con Cael que los Ansara eran fuertes, después de doscientos años de recuperación para vengarse de los Raintree y destruirlos, quizá se hubiera equivocado. Quizá Cael se hubiera equivocado también.

Sabía que Cael se inclinaría automáticamente por la primera posibilidad: que Dante Raintree se había acobardado y había huido del fuego en vez de intentar contenerlo. Descartaría la posibilidad de que Raintree fuera más fuerte de lo que ellos habían pensado. Cael no admitiría que no estaba en lo correcto, y pensaría que Ruben y Elyn no habían ejecutado adecuadamente el plan.

Ruben, sin embargo, sabía que no habían cometido errores. Todo había salido según lo previsto, salvo el resultado. Se suponía que Raintree iba a ser devorado por un fuego al que no podría contener, pero en vez de eso, había salido indemne.

Habría sido más eficaz dispararle un tiro a la cabeza, pero Cael no quería hacer nada que alertara al clan de los Raintree, y un asesinato abierto lo haría. Todo tenía que parecer accidental, lo cual creaba más problemas. La familia real, los

Raintree más poderosos, tenían que ser liquidados de un modo que no hiciera sospechar a nadie. Los miembros del clan Raintree entenderían que Dante Raintree pereciera en un incendio de su casino, porque sabrían que él habría luchado hasta el final para contener las llamas y salvar a los huéspedes del hotel.

Sin embargo, aquella noche algo había salido mal, y Dante Raintree aún estaba vivo. Eso era algo nefasto. El gran asalto al hogar de los Raintree, Santuario, estaba fijado para el solsticio de verano, para el cual sólo quedaba una semana. Elyn y él tenían una semana para matar a Dante Raintree… o Cael los mataría a ellos.

7

Con expresión grave, Dante se acercó al lugar donde había dejado a Lorna. No quería marcharse, pero sabía que no podía hacer nada más allí. Cuando la policía había terminado de interrogarlo, sólo pensaba en ir en busca de sus empleados para saber si había algún fallecido.

Para su profunda tristeza, la respuesta fue que habían rescatado un cadáver calcinado de entre las ruinas humeantes del casino. Los policías estaban trabajando para averiguar si había algún desaparecido. Quizá no hubiera un número definitivo de muertes hasta un par de días después.

Había encontrado a Al Rayburn, que tenía la voz muy rasgada y no dejaba de toser a causa de la inhalación de humo; sin embargo, su jefe de seguridad se negaba a ir al hospital, y seguía intentando mantener el orden entre los huéspedes evacuados del hotel. El personal estaba haciendo un trabajo admirable.

El edificio del hotel había sufrido escasos daños, y todos sus ocupantes, tanto trabajadores como huéspedes, habían salvado la vida. Probablemente, el hotel pudiera abrir de nuevo en dos semanas, pero, ¿quién iba a alojarse en él, si el casino había quedado reducido a cenizas?

Los medios de comunicación habían acudido en masa, y los continuos requerimientos de los reporteros para conseguir una entrevista o unas declaraciones interferían con sus intentos de organizar a sus empleados, de encontrar otro alojamiento para los huéspedes del hotel y para acordar con Al cómo iban a permitir a los huéspedes que retiraran sus pertenencias, evitando que los ladrones pudieran hacerse pasar por los ocupantes de las habitaciones para robarles.

Además, tenía que hablar con su aseguradora, y tenía que llamar a Gideon y a Mercy para contarles lo que había sucedido antes de que pudieran enterarse por la televisión. Ambos estaban en el huso horario del este, así que Dante debía ponerse en contacto con ellos enseguida.

Finalmente, tuvo que aceptar que no podría hacer mucho más aquella noche. Sus empleados eran muy eficientes. Podía irse a casa y tomar una ducha.

Aquello le dejaba el problema de Lorna. ¿Sería una Ansara? Era una pregunta que le quemaba la mente, y para la cual debía encontrar respuesta rápidamente. Si no lo era, Dante había sido despiadado con una mujer que estaba lejos de ser su enemiga.

Rodeó un camión junto al que los bomberos estaban recogiendo las mangueras y subió al bordillo. Entonces, la vio. Estaba en el mismo lugar en el que él había dejado. Estaba muy sucia, y tenía el pelo enmarañado y apelmazado por el humo, el hollín y el agua. Su postura corporal transmitía un profundo cansancio. Aún estaba envuelta en la manta, y continuaba de pie. Él sintió una punzada de impaciencia y de simpatía al mismo tiempo. ¿Por qué no se había sentado? Él no le había ordenado que no lo hiciera.

Cuando ella lo vio, en sus ojos brilló una furia que desplazó su expresión de fatiga. Si él hubiera esperado que ella estuviera acobardada, se habría sentido decepcionado. Por el contrario, sintió cierta atracción. Después de todo lo que había pasado, aún estaba en pie por sí misma. Al recordar la gran cantidad de poder que había descubierto cuando había entrado en su mente, Dante se preguntó si ella sabría lo poderosa que era en realidad.

–Ven conmigo –dijo él, y ella lo siguió obedientemente.

Sin embargo, lo miró con odio, y lo tomó del brazo bruscamente. Cuando él se volvió hacia ella, ella le indicó su boca con un gesto. Quería hablar. Probablemente, tenía varias cosas que decirle.

Dante empezó a liberarla de su coacción, pero se detuvo y sonrió.

–Creo que disfrutaré del silencio durante unos momento más –dijo, aunque sabía que aquello la enfurecería más–. No hay nada que tengas que decir que no pueda esperar a que estemos a solas.

Al había dispuesto que uno de los empleados de seguridad estuviera esperando a Dante con su coche fuera del aparcamiento. El Lotus Exige negro estaba con el motor y las luces encendidos, escondido de las miradas de la muchedumbre por los camiones de bomberos. Dante condujo a Lorna por el contorno del aparcamiento hasta que llegaron a su coche. El empleado salió del vehículo y dijo:

–Aquí tiene, señor Raintree.

–Gracias, José.

Dante abrió la puerta del pasajero. Lorna le lanzó una mirada asesina y se las arregló para hundirle el codo en las costillas cuando se agachaba para sentarse en el asiento. Él disimuló un gesto de dolor y cerró la puerta. Después ocupó su sitio tras el volante.

Aquella noche, le habría gustado conducir a toda velocidad por el campo desolado para mitigar su furia y la tristeza que sentía. Necesitaría poner el motor de aquella máquina a toda potencia, alcanzar sus límites.

Sin embargo, condujo calmadamente, consciente de que debía dominar sus impulsos con mano firme. El hecho de que fuera de noche ayudaba, pero estaban demasiado cerca del solsticio de verano como para que él se arriesgara.

Demonios, ¿habría sido él quien había ocasionado el incendio? ¿Era el responsable de la pérdida de una vida, como mínimo?

El jefe de bomberos había dicho que las investigaciones preliminares apuntaban a que todo había comenzado en la parte trasera, donde estaban las instalaciones eléctricas, pero el escenario del incendio aún estaba demasiado caliente como para que los investigadores pudieran entrar a comprobarlo. Si el fuego había comenzado debido a un problema eléctrico, entonces él no tendría nada que ver.

Sin embargo, a Dante le angustiaba la posibilidad de que el incendio hubiera comenzado de manera distinta. Su control había fallado cuando había visto a Lorna por primera vez, cuando los últimos rayos del sol de poniente habían transformado su pelo en un fuego brillante. Dante había encendido las velas sin darse cuenta. ¿Habría encendido algo más?

No. No lo había hecho, estaba seguro. Si él hubiera sido la causa, las llamas hubieran estallado por el hotel y el casino, y no en un solo lugar distante. Él había contenido su poder, había sabido mantener las riendas. El incendio había sido provocado por otros motivos.

Después de media hora de trayecto, él abrió la puerta de su casa con el control remoto y llevó el Lotus hasta el garaje de la vivienda, que estaba encajada en la ladera oeste de Sierra Nevada. Con otro botón del mando hizo que se elevara la puerta basculante del garaje. Aparcó el coche junto a un Jaguar plateado, y salió.

–Vamos –le dijo a Lorna antes de cerrar la puerta.

Ella miró hacia delante mientras él se acercaba a ella para precederla por el camino hacia la cocina. Marcó el código de seguridad en el panel de la alarma y, cuando ambos hubieron entrado, volvió a ponerla en funcionamiento. Después se volvió hacia Lorna. Ella estaba de espaldas a él, a un par de metros, con los hombros rígidos y, a juzgar por el ángulo de su cabeza, con la barbilla elevada.

Lamentando que en un segundo iba a terminar aquel agradable silencio, Dante dijo:

–Está bien, puedes hablar.

Lorna se giró a mirarlo, y él se preparó para la sarta de imprecaciones que iba a oír.

–¡El baño! –gritó ella.

8

El cambio de expresión de Dante habría sido cómico si ella hubiera estado de buen humor. Rápidamente, él le señaló un pasillo y le dijo:

–La primera puerta a la derecha.

Ella dio un paso frenético, y después se quedó inmóvil. ¡Maldito fuera, aún la estaba controlando! Le clavó una mirada venenosa que habría podido conseguir lo que el fuego no había logrado, abrasarle todo el pelo de la cabeza.

–No te alejes –le dijo él, al darse cuenta de que no la había liberado.

Lorna salió corriendo. Cerró de un portazo el baño, pero no se tomó el tiempo de hacerlo con el pestillo. Consiguió llegar a su destino justo a tiempo, y sintió un alivio tan grande que se estremeció. Después se quedó allí sentada, con los ojos cerrados, intentando calmarse. ¡Él la había llevado a su casa! ¿Qué pretendía hacer? Fuera lo que fuera, de todos modos, aquel hombre seguía controlándola, y ella no podía liberarse. Al pensarlo sentía tanta furia que quería gritar y patear el suelo, aunque sólo fuera para mitigar la presión.

Abrió los ojos. Iba a tirar de la cadena cuando oyó su voz y se quedó inmóvil, intentando escuchar lo que él estaba diciendo. ¿Habría alguien más en la casa? Justo cuando empezaba a relajarse un poco, se dio cuenta de que él estaba hablando por teléfono.

–Siento despertarte –dijo, y después de una breve pausa prosiguió–: Ha habido un incendio en el casino. Podría haber sido peor, pero de todos modos ha sido un desastre. No quería que te enteraras por las noticias de mañana. Llama a Mercy en un par de horas y dile que estoy bien. Me da la impresión de que voy a estar muy ocupado estos próximos días.

Otra pausa.

–Gracias, pero no. No tienes por qué tomar un avión esta semana, y por aquí todo está controlado. Sólo quería llamarte antes de liarme por completo con el papeleo y no tener un segundo libre para tomar el teléfono.

La conversación continuó durante un minuto, y él siguió asegurándole a su interlocutor que no necesitaba ayuda y que aunque las cosas no habían ido bien del todo, al menos estaban controladas. Contó además que había fallecido una persona, al menos, y que el casino había quedado muy dañado, mientras que el hotel sólo tenía unos cuantos desperfectos.

Cuando colgó, Lorna oyó una imprecación salvaje y después un golpe seco, como si él hubiera dado un golpe en la pared.

No le parecía que fuera de los que pegaban puñetazos en los muros, pero en realidad, no lo conocía. Quizá se hubiera desmayado, y el golpe lo hubiera causado su cuerpo al caer al suelo.

A ella le gustó aquella idea. Aprovecharía la oportunidad para darle patadas mientras estaba inconsciente. Literalmente.

La única manera de saber si estaba tirado en el suelo era salir del baño. De mala gana, tiró de la cadena y se acercó al lavabo para lavarse las manos. Al mirarse al espejo, vio su rostro ennegrecido por el humo y el hollín, y su pelo hecho una maraña sucia y húmeda. Tenía un aspecto terrible que hizo que se encogiera ante su propia imagen. Con los ojos tan rojos y la cara tan negra, parecía un demonio.

Se estremeció al recordar lo cerca que había estado de las llamas. No entendía cómo le quedaba pelo en la cabeza, así que no debería quejarse de tenerlo enmarañado. Con el champú lo remediaría. Su ropa estaba destrozada, pero tenía más. Estaba viva e indemne, y no sabía cómo.

Mientras se lavaba las manos, intentó reconstruir la secuencia de los hechos. Entonces, el dolor de cabeza, que se le había mitigado, volvió a golpearle las sienes con tanta intensidad que tuvo que agarrarse con las manos enjabonadas al borde del lavabo.

El dolor le nubló la vista, y se concentró en las burbujas de jabón para intentar reunir fuerzas e incorporarse. ¿Estaría teniendo un derrame? El dolor era tan grande que tenía la sensación de que iba a explotarle la cabeza.

Pompas de jabón.

Las burbujas brillantes… le recordaban algo… algo que había estado a su alrededor…

Una burbuja brillante. El recuerdo se abrió paso en su mente dolorida con tanta claridad que se le llenaron los ojos de lágrimas. Ella la había visto, rodeándolos, protegiéndolos del calor y del humo.

En aquel momento sí que había tenido la sensación de que iba a estallarle la cabeza. Había sufrido un impacto tan grande que no podía compararlo con nada que le hubiera ocurrido en su vida. Era como si las células de su cerebro se hubieran disuelto, y todo lo que había sido, lo que era y lo que iba a ser se lo hubieran robado, lo hubieran utilizado. Se había sentido tan indefensa como un recién nacido, y no había podido resistir ni el dolor ni tampoco al hombre que le había quitado todo aquello con tanta crueldad.

De repente, todas las piezas encajaron, como si aquel recuerdo hubiera sido la última que necesitaba para completar el rompecabezas.

Lo recordó todo: cada uno de los momentos de insoportable terror que había pasado, su incapacidad para actuar, el modo en que él la había utilizado.

Todo.

–Ya has tenido suficiente tiempo –le dijo él desde la cocina–. He oído que tirabas de la cadena. Ven aquí, Lorna.

Como un perrito, ella se incorporó y salió del baño con las manos enjabonadas. Estaba furiosa. Él tenía una expresión sombría, y a cada paso que daba Lorna, más encolerizada se sentía.

–¡Idiota! –le gritó, y le dio una patada en el tobillo al pasar junto a él. Sólo pudo dar un par de pasos más antes de dar con el muro invisible que la detuvo. Así que se dio la vuelta y volvió a dirigirse hacia Raintree–. ¡Imbécil! –gritó otra vez, y le clavó el codo en las costillas.

No debía de haberle hecho mucho daño, porque él parecía más asombrado que dolorido. Y aquello la enfureció aún más.

–Me obligaste a ir hacia el fuego –dijo Lorna, y le pellizcó la cintura con todas sus fuerzas–. A mí me da terror el fuego, pero a ti no te importó –prosiguió, rabiosa, y le dio una patada en la rodilla–. No, claro que no, yo tuve que estar a tu lado mientras tú hacías tu numerito… y después me violaste el cerebro, idiota, gorila, doctor Frankenstein –dijo, y terminó dándole un puñetazo en el riñón.

Finalmente, intentó golpearle la barbilla, pero en aquella ocasión, Raintree bloqueó el golpe con un rápido movimiento del antebrazo, así que, como no pudo salirse con la suya, Lorna aprovechó para pisotearle un pie.

–¡Ay! –gritó él, pero el muy idiota se estaba riendo, y con uno de sus rapidísimos movimientos, la tomó entre sus brazos y la pegó a su cuerpo. Ella abrió la boca para chillar, y él inclinó la cabeza y la besó.

Al contrario que las tácticas autoritarias que había estado usando con ella durante toda la noche, aquel beso fue algo suave y delicado, casi dulce.

–Lo siento –murmuró, y volvió a besarla.

Raintree olía tan mal como ella, pero el cuerpo que había bajo su ropa destrozada era sólido como una roca, y muy cálido.

–Sabía que te dolería… no tenía tiempo de darte explicaciones…

Entre frases, él siguió besándola, y cada roce de sus labios se volvió más profundo, más largo.

El asombro mantuvo inmóvil a Lorna. Era asombro porque él la estuviera besando, pero también porque ella se lo estuviera permitiendo después de todo lo que aquel hombre le había hecho.

Raintree no la estaba obligando a besarlo. Aquello no tenía nada que ver con sus manejos anteriores. Ella había posado las palmas de las manos en su torso musculoso, pero no estaba haciendo ningún esfuerzo por empujarlo.

Él deslizó la boca hacia la suavidad del cuello de Lorna, bajo su oreja, y después volvió a darle un beso, uno que no tuvo nada de dulce. Su lengua penetró en la boca de Lorna, saboreándola, mientras él bajaba la mano hasta su trasero y le acariciaba las curvas. Finalmente, empujó las caderas de Lorna hacia delante para que se tocaran con las suyas.

Lorna no confiaba en la pasión. Por lo que había visto, era una emoción egoísta. Ella no era inmune al deseo, pero no confiaba en él del mismo modo que no confiaba en los hombres. No confiaba en que nadie la cuidara, y estaba acostumbrada a velar por sus propios intereses. Se abrió a la pasión lenta, cautelosamente.

Si no hubiera estado tan cansada, tan estresada, tan traumatizada, habría tenido control sobre sí misma. Sin embargo, se había sentido desconcertada desde que el jefe de seguridad del casino la había acompañado hasta su oficina. En aquel momento también estaba desconcertada, mareada, como si la cocina diera vueltas, como si el suelo se inclinara bajo sus pies. Él, por el contrario, era sólido y cálido. Tenía los brazos más fuertes que ella hubiera conocido, y su cuerpo respondió a él como si no hubiera otra cosa más que el simple placer de aquel momento. Estar pegada a él era agradable. Su increíble cuerpo era agradable. La gruesa longitud de su erección, que le presionaba contra el vientre, le producía una sensación agradable, tan agradable que se había puesto de puntillas para acomodarlo mejor, y no recordaba cuándo.

Con retraso, sin entender por qué no había actuado con su habitual cautela, Lorna apartó la boca de la de él y lo empujó.

–Esto es una estupidez –murmuró.

–Tienes razón –convino él, que tenía la respiración acelerada. Fue lento a la hora de soltarla, así que fue ella quien se apartó. Dante dejó caer los brazos de mala gana.

Él no se retiró, así que lo hizo ella, mirando a su alrededor para no tener que mirarlo a él.

–Me has secuestrado –le dijo con el ceño fruncido.

Él reflexionó un momento y después asintió.

–Es cierto.

Sin saber por qué, se sintió más molesta con aquel asentimiento que si él le hubiera llevado la contraria.

–Si vas a acusarme de hacer trampas, hazlo ya –le espetó Lorna–. No puedes demostrarlo, así que cuanto antes hagas el ridículo, mejor para mí, porque podré irme y no verte más.

–No voy a acusarte de nada –le dijo él–. Tienes razón. No puedo demostrar nada.

Aquella súbita admisión la dejó anonadada.

–Entonces, ¿por qué me has traído a tu casa?

–He dicho que no puedo demostrar que lo hicieras, pero eso no significa que seas inocente. De hecho, eres culpable. Usar tus dones paranormales en un juego de azar es hacer trampas.

–Yo no he... –automáticamente, ella comenzó a negar que tuviera dones, pero él alzó una mano para interrumpirla.

–Por ese motivo violé tu mente, tal y como tú lo has descrito. Necesitaba una reserva extra de poder para dominar el fuego, y sabía que tenías un don. Sin embargo, me quedé perplejo al comprobar los límites de tu poder. Es enorme.

Lorna no sabía cómo reaccionar. El que él hubiera admitido con tanta frialdad lo que le había hecho la había enfurecido, pero la acusación de que ella tenía poderes la dejó sintiéndose tan insegura que comenzó a negar con la cabeza frenéticamente.

–Números –balbuceó–. Se me dan bien los números.

–Tonterías.

–¡Eso es todo! Yo no adivino el futuro, ni leo los posos del café. ¡Déjame en paz!

–No puedo dejarte en paz. Quítate la ropa.

9

–¡No! –gritó Lorna con todas sus fuerzas, mientras se alejaba de él todo lo que podía, que no era mucho.

–Entonces lo haré yo –respondió él, acercándose a medida que ella se retiraba–. No puedo evitarlo. Mira, no voy a atacarte. Sólo tienes que quitarte la ropa y todo habrá terminado.

Ella siguió retirándose, agarrándose la blusa con las manos y mirando a su alrededor en busca de algún arma. Aquello era una cocina, después de todo, y debía haber algún cuchillo en la encimera. Sin embargo, no había nada.

Él respiró profundamente, y después exhaló como si aquello le provocara aburrimiento.

–Puedo hacerlo sin necesidad de tocarte. Tú lo sabes y yo también. Entonces, ¿por qué quieres hacerlo de la manera más difícil?

Tenía razón, pensó ella con impotencia. Fuera lo que fuera lo que él pretendía hacer, no podía obligarla a hacer todo lo que quisiera.

–¡Esto no es justo! –le gritó–. ¿Cómo me estás haciendo esto?

–Soy el doctor Frankenstein, ¿no te acuerdas? Y ahora vamos, quítate la ropa.

Ella sacudió la cabeza. Sin embargo, él continuó avanzando inexorablemente mientras ella retrocedía hasta que llegaron al pasillo y pasaron junto al baño que había utilizado. Entonces, Lorna se dio cuenta de que él la estaba dirigiendo hacia algún lugar, y el corazón le dio un vuelco. ¿Acaso era un asesino en serie, o un enfermo mental que se había escapado de un sanatorio? Realmente, él no se comportaba como el millonario dueño de un casino. Se comportaba como una especie de... señor de la guerra.

Ella se tropezó contra el marco de una puerta y perdió momentáneamente el equilibrio, y después se dio cuenta de que él había hecho que entrara en otro baño. Entonces, Raintree encendió las luces, que eran tan blancas y brillantes que ella tuvo que protegerse los ojos con una mano.

–Y ahora, ya está bien –le dijo él–. Quítate la ropa, o lo haré yo.

Lorna miró a su alrededor. Estaba acorralada.

–Vete al infierno –le dijo, e hizo lo que hacían los animales acorralados: atacar.

Durante un corto espacio de tiempo, él se limitó a evitar sus puñetazos, patadas y mordiscos, con una facilidad que enfureció más y más a Lorna. Entonces, ella notó algo así como una oleada de impaciencia que emanaba de él, y en tres segundos, Raintree la tenía doblada sobre la encimera del lavabo con las manos sujetas detrás de la espalda.

Él se apretó contra su cuerpo, usando sus poderosas piernas para controlar las patadas de Lorna, y agarró el cuello de su camisa. Entonces, sin piedad, tiró de la prenda hasta que la rasgó completamente y la abrió. Después le desabrochó el cierre del sujetador, mientras ella se retorcía frenéticamente, como una anguila, gritando hasta que se quedó ronca. Él ignoró sus insultos y sus súplicas, mientras la desnudaba en silencio. Ella emitió sollozos de pánico mientras él le bajaba la cremallera de los pantalones. Sin embargo, antes de bajarle los pantalones y la ropa interior, se detuvo.

Ella se quedó flácida, llorando, con la cara apretada contra la fría encimera del lavabo. Él dejó de tirarle de la ropa y Lorna notó el calor de su mano sobre el cuello. Él le levantó la melena enredada y se la apartó. Después pasó la palma de la mano por los hombros. Sin dejar de sujetarla, siguió mirando cada centímetro de su piel: los laterales del pecho, las costillas, su cintura, las caderas… lo examinó todo, e incluso le bajó las bragas para escrutar las curvas de sus nalgas. Mortificada, ella se retorció y sollozó, pero él fue implacable.

Al cabo de unos instantes, suspiró y dijo:

–Te debo otra disculpa.

Entonces, la soltó y dio unos pasos hacia atrás para liberarla de la presión de su cuerpo. De camino a la salida dijo:

–Te traeré algo de ropa. Si quieres, date una ducha, descansa un poco y hablaremos luego –hizo una pausa y añadió–: No salgas de esta habitación.

Después, silenciosamente, cerró la puerta.

Sollozando, Lorna se deslizó desde la encimera al suelo y se quedó acurrucada. Al principio no podía dejar de llorar y temblar. Después de un rato, se enfureció de nuevo y gritó. Lloró un poco más. Finalmente, se secó la cara con los jirones de su camisa y gritó hacia la puerta:

–¡Canalla!

Se sintió un poco mejor, y aunque tenía los ojos hinchados y la nariz taponada, pudo reunir la suficiente calma como para levantarse del suelo, aunque no fue fácil con las bragas alrededor de las rodillas. Aquella indignidad hizo que se ruborizara de vergüenza, pero no tenía sentido volver a ponérselas. En vez de eso, se desnudó por completo y se quedó inmóvil, con una rara indecisión.

Finalmente, decidió que se ducharía. La entrada de la ducha era un muro curvo de piedra que conducía a una balda de obra, llena de toallas de color cobre y más allá, a los tres escalones de una ducha cuadrada de dos metros cuadrados con varios rociadores. Lorna entró y abrió el grifo del agua caliente. Cuando notó el vapor del agua en la cara, se situó bajo el diluvio.

El hecho de poder concentrarse en la limpieza, y en ninguna otra cosa, le dio un respiro a sus nervios. El agua caliente salpicando su cuerpo le proporcionó un masaje calmante. Se lavó el pelo y se lo desenredó. Se frotó la piel varias veces con el gel de ducha para quitarse el hollín por completo. Finalmente, se dio cuenta de que había estado tanto tiempo en la ducha que se le habían arrugado las yemas de los dedos.

Salió de la ducha, bajó los tres escalones y tomó una de las esponjosas toallas para envolverse el cuerpo. Después se puso otra a modo de turbante en la cabeza y salió a la zona principal del baño. Estaba sola… en aquel momento. En el taburete que había junto a la encimera del lavabo descubrió un albornoz doblado que le dio a entender que él había estado allí mientras ella se duchaba.

Lorna se miró al espejo. Estaba muy pálida. Tenía tensa la piel de los pómulos, y eso le confería a su rostro una expresión descarnada, de horror.

Bien. Así era como se sentía: débil, horrorizada.

Él le había dicho que no saliera del baño. Lorna estaba tan agotada que ni siquiera lo intentó, así que no supo si había sido una sugerencia u otra de sus órdenes mentales.

Rebuscando por los cajones del lavabo, encontró crema corporal y un secador. Después de aplicarse la crema, se cepilló el pelo y se lo secó, y cuando hubo terminado, se puso el albornoz que, evidentemente, era de Raintree. Las mangas le estaban muy largas, y el bajo casi llegaba al suelo. Era gracioso, pensó ella distraídamente. No le parecía el tipo de hombre que llevara albornoz.

Se quedó esperando en mitad del baño, balanceándose ligeramente, descalza. Podría haber abierto la puerta, pero no tenía ninguna prisa por verle la cara de nuevo, ni por averiguar si era una prisionera en aquella habitación. Ya habría tiempo suficiente para eso. Tiempo suficiente para enfrentarse otra vez a su enemigo.

Él le había dicho que hablarían, y ella no quería hablar. Sólo quería volver a su casa y dormir en una cama a la que estuviera acostumbrada.

Sin previo aviso, la puerta se abrió y él apareció en el vano, alto y ancho de hombros, tan vital como si aquella noche no hubiera sido larga y traumática. También se había duchado, y tenía el pelo húmedo, cepillado hacia atrás, dejando al descubierto las exóticas líneas de su rostro. Se había afeitado y tenía la cara fresca y suave. Llevaba sólo unos pantalones de pijama. Nada más, ni siquiera una sonrisa.

Dante la miró con atención y se dio cuenta de que estaba pálida de agotamiento.

–Hablaremos mañana por la mañana. Dudo que ahora puedas articular una frase con coherencia. Vamos, te enseñaré dónde está la habitación.

Ella se encogió de temor.

–Tu habitación –dijo él con énfasis–. No la mía. No te lo he ordenado, pero lo haré si es necesario. No creo que estuvieras cómoda durmiendo en el baño.

–Pues tendrás que ordenármelo, porque de lo contrario no podré salir del baño.

–Ven conmigo –respondió Dante, y con aquella orden, la liberó de permanecer en el baño, pero la obligó a seguirlo como un patito.

Él la guió hasta una espaciosa habitación con grandes ventanales desde los que se veía la ciudad de Reno, iluminada por incontables letreros de neón.

–El baño del dormitorio está ahí –le dijo él, señalándole una puerta–. No te molestaré ni te haré daño. No salgas de la habitación.

Con aquello, se marchó.

Sería mejor que recordara darle siempre aquella orden, pensó Lorna. Maldito fuera aquel tipo. Sin embargo, en aquel momento no tenía las fuerzas suficientes como para intentar escapar. Sólo pudo echarse en la enorme cama, sin quitarse el albornoz. Se acurrucó bajo las sábanas y el edredón, pero aún se sentía demasiado expuesta, así que se echó la ropa de cama por la cabeza y se quedó dormida.

10

Lunes

–¿Te encuentras bien?

Lorna se despertó, como siempre, con una vaga sensación de peligro y miedo. No fueron aquellas palabras lo que la alarmaron, porque rápidamente reconoció la voz, pero estuviera donde estuviera, el temor siempre estaba allí, dentro de ella, como si le hubiera calado hasta los huesos.

Siguió acurrucada bajo el edredón.

–¿Estás bien? –repitió Dante.

–Maravillosamente bien –ironizó ella, irritada, deseando que él se marchara.

–Me alegro. ¿Cómo tomas el café?

–No tomo café. Tomo té –replicó Lorna.

Hubo un silencio, tras el cual Dante suspiró.

–Veré lo que puedo hacer. ¿Cómo tomas el té?

–Con mis amigos.

Ella oyó algo que parecía un gruñido, y después, la puerta del dormitorio se cerró con algo más de fuerza de la necesaria. ¿Había sido ingrata? ¡Bien! Si Raintree pensaba que, después de todo lo que le había hecho, iba a aplacarla con un ofrecimiento de té o café, se equivocaba.

Lorna no quería levantarse ni hablar con él, porque no se

imaginaba cuál podía ser el tema de conversación. Sin embargo, el doloroso vacío que tenía en el estómago le recordó que, si quería comer algo, tenía que salir de aquella habitación. De mala gana, apartó las sábanas, y lo primero que vio fue a Dante Raintree junto a la puerta. Aquel matón no se había marchado; sólo lo había fingido.

Él arqueó una sola ceja con un gesto sardónico de interrogación.

Muy molesta, ella lo miró con los ojos entornados.

–Eso es inhumano.

–¿Qué?

–Arquear sólo una ceja. La gente de verdad no puede hacerlo. Sólo los demonios.

–Yo sí puedo hacerlo.

–Lo cual confirma mis palabras.

Él sonrió, lo cual molestó todavía más a Lorna, que no quería divertirlo.

–Si quieres levantarte, este demonio te ha lavado la ropa...

–Querrás decir lo que no hiciste tiras ayer –intervino ella agriamente, para disimular su angustia. ¿Le habría vaciado los bolsillos? No se lo preguntó, porque si no lo había hecho, quizá su carné de conducir y el dinero continuaran allí.

–...y este demonio te ha prestado una de sus camisas. Por el momento, con eso valdrá. Para desayunar, hay cereales, fruta y panecillos con queso. Cuando te vistas, ven a la cocina. Desayunaremos allí –dijo Dante. Después se marchó y la dejó a solas.

Resignadamente, ella se incorporó y notó todos los músculos del cuerpo doloridos. Su ropa limpia estaba a los pies de la cama, junto a una camisa de seda. Lo primero que hizo fue comprobar si sus cosas estaban en los bolsillos, pero no encontró nada: estaban vacíos. Además, sus sandalias, que habían salido disparadas por el baño durante la lucha de la noche anterior, no estaban allí.

Después de terminar en el baño, donde encontró un cepillo de dientes y pasta, además de un cepillo del pelo nuevo y un pequeño estuche de costura, se vistió y salió al pasillo, descalza. Ante ella había dos tramos de escaleras: uno, el de la derecha, iba directamente hacia el piso superior, y el de la izquierda conducía a una terraza.

Lorna frunció el ceño. No recordaba haber visto escaleras la noche anterior. ¿Había estado tan aturdida? Recordaba el momento en el que habían llegado a la casa, y recordaba que había pisos, así que evidentemente tenía que haber escaleras, pero ella no las recordaba. Tener aquel agujero en la memoria era un poco angustioso, porque, ¿qué más cosas habría olvidado?

Comenzó a descender los escalones y, cuando llegó al piso bajo, se detuvo. Estaba en una habitación espectacular... ¿un salón? Ella nunca había visto nada igual. El techo abovedado tenía una altura de tres pisos. En un extremo había una fabulosa chimenea, y la pared del lado opuesto estaba ocupada por una inmensa cristalera. Era evidente que a Raintree le gustaba el cristal, porque tenía mucho. La vista le dejaba a una sin aliento; sin embargo, ella no recordaba nada de eso, tampoco.

Había un pasillo que salía de un lateral del salón, y ella lo siguió cautelosamente. Encontró algo que le resultó familiar, al menos, y abrió la puerta del baño en el que se había duchado la noche anterior, y en el cual él le había rasgado la ropa. Entró para buscar sus sandalias, pero no estaban allí. Con resignación, pensó que debía seguir descalza. Salió del baño y continuó hasta la cocina.

Él estaba sentado en la barra, en un taburete, con una taza de café en una mano y el periódico en la otra. Alzó la vista cuando ella entró.

–He encontrado algo de té, y el agua está hirviendo.

–Tomaré solo agua.

–¿Porque tú solamente tomas té con tus amigos? –preguntó él. Después cerró el periódico y se levantó. Abrió un armario, sacó un vaso y lo llenó de agua del grifo–. Espero que no quieras agua embotellada, porque me parece malgastar el dinero.

Lorna se encogió de hombros.

–El agua es agua.

Él le tendió el vaso y arqueó las cejas. Ambas.

–¿Prefieres cereales o panecillo con queso?

–Panecillo con queso.

–Buena elección.

Mientras él ponía el pan en el tostador, ella miró a su alrededor.

–¿Qué hora es? No he visto ni un solo reloj.

–Son las ocho menos diez –respondió él, sin darse la vuelta–. Y yo no tengo relojes. Bueno, salvo el que está en el horno, y quizá en el microondas. Sí, supongo que hoy día un microondas tiene reloj.

Ella miró hacia atrás. El reloj del horno era digital, y marcaba las ocho menos diez en números azules. Lorna se dio cuenta de que le estaba bloqueando la visión del reloj, y que él ni siquiera se había vuelto a mirar. Debía de haber visto la hora cuando estaba cogiendo el queso de la nevera.

–Mi teléfono móvil también tiene reloj –continuó Raintree–. Y mis ordenadores, y mis coches. Así que supongo que sí tengo relojes, pero no tengo un reloj personal. Todos ellos están integrados en otra cosa.

–Si te crees que con un poco de charla vas a conseguir que se me olvide todo y me relaje, te equivocas.

–Ya lo sabía –dijo él, y por fin, la miró. El verde de sus ojos era tan intenso que ella casi dio un paso atrás–. Necesitaba saber si eras una Ansara, y para conseguir la respuesta te traté de un modo muy duro. Lo siento.

Ella sintió una terrible frustración. No entendía la mitad de las cosas que él había dicho, y estaba empezando a cansarse.

–¿Se puede saber quiénes son esos tipos de Ansara, y se puede saber dónde están mis zapatos?

11

–La respuesta a tu segunda pregunta es fácil: tiré tus sandalias. Estaban destrozadas.

–Muy bien –murmuró ella. Se miró los pies y encogió los dedos, que se le estaban quedando fríos sobre los azulejos de la cocina.

–He pedido que te compren un par. Uno de mis empleados los está trayendo.

Lorna frunció el ceño. No le gustaba aceptar nada de nadie y, sobre todo, no quería aceptar nada de él; pero parecía que no importaba en absoluto lo que ella sintiera. Por otra parte, él había tirado sus zapatos y le había destrozado la blusa, y lo mínimo que podía hacer era reemplazarlos.

–¿Y quiénes son esos Ansara? –insistió ella con irritación.

–Ésa es una explicación más larga. Sin embargo, después de lo de anoche, tienes derecho a saberlo.

Sonó un pequeño tilín y el tostador impulsó el panecillo hacia arriba. Él lo partió en dos y lo colocó en un plato pequeño, junto a la crema de queso. Después se lo tendió a Lorna con un cuchillo.

Ella se sentó en el taburete más alejado de él y extendió el queso en una de las mitades del panecillo.

–Adelante –le indicó Lorna secamente, para que le diera la explicación que le había prometido.

–Antes hay algunas otras cosas que me gustaría aclarar. Lo primero –dijo Dante, y se metió la mano al bolsillo de los pantalones. De allí sacó un fajo de billetes y los posó en la barra, ante ella.

Lorna miró hacia abajo. El carné de conducir estaba metido entre los billetes.

–¡Mi dinero! –exclamó mientras tomaba ambas cosas y se las metía al bolsillo.

–Querrás decir mi dinero –la corrigió él, aunque no había hecho ademán de quedárselo–. Y no vuelvas a decirme que no has hecho trampas, porque sé que no es cierto. No estoy seguro de que sepas que lo estabas haciendo, ni cómo.

Ella fijó la vista en el panecillo, sin decir nada. Él se estaba adentrando de nuevo en tierras de la parapsicología, pero ella no tenía por qué viajar con él.

–No he hecho trampas –dijo obstinadamente.

–No lo sabes... espera, me vibra el teléfono móvil –dijo Dante. Se sacó el móvil del bolsillo, lo abrió y respondió la llamada–. Raintree... sí. Sí, le preguntaré –murmuró. Después miró a Lorna y le preguntó–. ¿Cuánto dices que han costado tus zapatos nuevos?

–Ciento veintiocho con noventa –respondió ella automáticamente, y le dio un mordisquito al panecillo.

Él cerró el teléfono y volvió a guardárselo.

Después de unos segundos, el silencio de la cocina hizo que Lorna alzara la vista. Él la estaba mirando fijamente.

–No me llamaba nadie al móvil –le dijo.

–Entonces, ¿por qué me has preguntado...

Lorna se quedó sin palabras al darse cuenta de lo que había respondido cuando él le había preguntado el precio de los zapatos, y palideció. Abrió la boca para decirle que él debía de haber mencionado el precio antes, pero no dijo nada, porque sabía que no lo había hecho. Se le había encogido el estómago.

–No soy un bicho raro –murmuró con un hilillo de voz.

–La palabra es superdotada. Tienes un don especial. Acabo de demostrártelo. Yo no necesitaba pruebas, porque lo sabía. Mi don es incluso más fuerte que el tuyo.

–Lo que te pasa es que estás loco.

–Tengo una ligera empatía, la suficiente como para poder conocer a la gente muy bien, sobre todo si los toco. Ésa es la razón por la que siempre le doy la mano a todo el mundo al comienzo de una reunión de trabajo –continuó él, sin prestarle atención–. Como tú sabes muy bien, tan sólo usando la mente puedo obligar a la gente a actuar en contra de su voluntad. Eso es algo nuevo para mí, pero qué demonios, estamos muy cerca del solsticio de verano. Eso, añadido al incendio, probablemente ha provocado la reacción. Puedo hacer muchas cosas distintas, pero mi don principal es que soy un maestro del fuego de primera clase.

–¿Y eso qué significa? ¿Que trabajas en el circo de tragafuegos?

Él extendió la palma de la mano, hacia arriba, y una pequeña llama azul se prendió espontáneamente sobre su piel. Despreocupadamente, él la apagó soplando con suavidad.

–No puedo mantenerla demasiado tiempo –dijo–, o me quema.

–Eso sólo es un truco. Los especialistas lo hacen continuamente en las películas.

De repente, el panecillo comenzó a arder.

Ella se quedó mirándolo, helada, mientras el pan se quemaba y echaba humo. Él tomó el plato y echó el panecillo al fregadero. Después abrió el grifo y apagó el fuego.

–No quiero que salte la alarma antiincendios.

Tras él se encendió una vela.

–Tengo muchas velas por la casa –le explicó a Lorna–. Es como si midieran mi energía.

De repente, ella se quedó horrorizada.

–¡Tú le prendiste fuego al casino!

Dante negó con la cabeza. Volvió a sentarse en su taburete y tomó la taza de café.

–No. Mi control es muy bueno, incluso estando cerca del solsticio. No fue mi fuego.

–Eso lo dices tú. Si eres un maestro del fuego, ¿por qué no lo apagaste?

–Ésa es la misma pregunta que me he estado haciendo.

–¿Y cuál es la respuesta?

–No lo sé.

–Vaya, eso es muy esclarecedor.

Él sonrió.

–¿Nunca te han dicho que eres una lista?

Ella tuvo que contenerse para no hacer un gesto de dolor como respuesta automática. Sí, había oído aquel comentario muchas veces, y casi siempre acompañado de una bofetada.

No alzó la vista para comprobar si él había notado algo extraño en su reacción. Se concentró en untar queso en otro panecillo.

–Como nunca había hecho control mental, es posible que se me agotara la energía –continuó Dante después de un momento. Ella no quiso mirarlo, pero sentía la intensidad con que él la observaba–. No me sentía cansado. Todo me parecía normal, pero hasta que estudie los parámetros, no sabré cuáles son los efectos del control mental. Quizá no estaba tan concentrado como debía estar. Quizá no estaba haciendo uso de toda mi atención. Demonios, sé que no lo estaba haciendo. Anoche hubo muchas cosas poco corrientes.

–¿De veras piensas que podías haber apagado el fuego?

–Sé que podía haberlo apagado. Normalmente. El jefe de bomberos habría pensado que los rociadores antiincendios habían funcionado muy bien. En vez de eso…

–¡En vez de eso, me arrastraste a aquel incendio y estuviste a punto de causar la muerte de los dos!

–¿Tienes alguna quemadura?

–No –respondió ella de mala gana.

–¿Has sufrido una intoxicación por inhalación de humo?

–¡No, maldita sea!

–¿Y no crees que al menos deberías tener algún mechón de pelo quemado.

Ella no respondió, porque él sólo estaba diciendo cosas que ella ya se había preguntado una y otra vez.

–Formé una burbuja protectora a nuestro alrededor. Después, al final, cuando estaba usando tu poder combinado con el mío, la burbuja se solidificó un poco. Brilló, como una…

–Pompa de jabón –susurró ella.

–Ah –dijo suavemente Dante–. Así que has recuperado la memoria.

–¿Te haces una idea de lo mucho que duele eso?

–¿Que tomen tu poder? No, no lo sé, pero me lo imagino.

–No. No puedes –declaró Lorna. El dolor que había sentido era indescriptible.

–Lo siento. No tenía elección. O lo hacía, o podíamos morir, además de la gente que aún estaba saliendo del hotel.

–Tienes un modo de disculparte que da a entender que volverías a hacer lo mismo, así que es difícil creer que lo sientes.

–Eso es porque no sólo tienes el don de la precognición, aunque no tengas adiestramiento, sino que también eres muy sensible a la energía paranormal que te rodea. Ayer, en mi despacho, estabas reaccionando a unas energías que no habrías notado si no tuvieras poderes.

–Creía que eras malo –dijo ella–, y nada de lo que has hecho desde ayer me ha hecho cambiar de opinión.

–¿Porque me excitaste? –le preguntó Dante–. Sólo con verte, todas las velas de la habitación se encendieron. Normalmente no pierdo el control, pero tuve que concentrarme para dominarlo todo. Entonces, seguí mirándote y pensando en tener relaciones sexuales contigo, y tú no tardaste en unirte a la fantasía.

Oh, Dios, ¿él sabía aquello? Lorna se ruborizó de vergüenza, e hizo que su azoramiento se convirtiera en ira.

–¿Me estás haciendo una proposición? –le preguntó con incredulidad–. ¿De verdad tienes la frescura de pensar que voy a dejar que me toques después de lo que me hiciste ayer? No quiero estar en la misma habitación que tú. Cuando me marche de aquí, no quiero volver a verte la cara. ¡Ya sabes por dónde puedes meterte tus fantasías, Raintree!

–Dante –corrigió él–. Y eso que has dicho me lleva de nuevo a los Ansara. Estaba buscando una marca de nacimiento. Todos los Ansara tienen una luna creciente azul en la espalda.

Ella se enfureció.

–Y mientras buscabas esa marca en mi espalda, decidiste echarle un vistazo al trasero también, ¿verdad?

–Tienes un trasero muy bonito, pero no. La espalda es una localización imprecisa. En algunos casos, he visto esas marcas por debajo de la cintura, y algunos la tienen en la nalga. Dada la gravedad del incendio, y el hecho de que yo no pudiera extinguirlo, tenía que asegurarme de que tú no me habías tendido una trampa.

–¿Y cómo? –gritó ella, que no se sentía aplacada por aquella explicación.

–Si tú también hubieras sido una maestra del fuego, podrías haber estado alimentando el fuego mientras yo intentaba apagarlo. Ninguna llama se había escapado nunca de mi control, hasta anoche.

–¡Pero tú mismo has dicho que nunca habías usado el control mental, así que no sabes cómo te afectó! ¿Por qué has pensado automáticamente que yo tenía que ser una Ansara?

–No lo pensé. Sé que hay varias posibilidades. Sin embargo, tenía que eliminar la posibilidad de que fueras una Ansara.

–Si se te da tan bien conocer a la gente cuando la tocas, entonces deberías haber sabido que no lo soy.

–Buena deducción –dijo él–. Pero los Ansara reciben instrucción desde niños, y saben cómo manejar sus dones y protegerse, al igual que los Raintree. Un Ansara poderoso podría haber construido un escudo de defensa que yo no habría podido detectar. Como he dicho, mis habilidades de empatía son someras.

Ella estaba a punto de estallar de frustración.

–Si yo hubiera tenido uno de esos escudos, idiota, ¡no habrías podido violarme el cerebro!

Él tamborileó los dedos sobre la barra, observándola con los ojos entornados.

–De veras, de veras, no me gusta ese término.

–Pues te fastidias. De veras, de veras, a mí no me gusta que me violen el cerebro.

Él asintió.

–En eso tienes razón. Volviendo al tema de los escudos, tú los tienes, pero no de la clase de la que estamos hablando. Tienes un escudo que has desarrollado naturalmente, de la vida. Proteges tus emociones. Me refiero a una barrera mental que has erigido deliberadamente para esconder una parte de la energía de tu cerebro. Y, en cuanto a lo de que tú hubieras podido mantenerme a raya, cariño, sólo hay una persona, que yo sepa, que hubiera podido impedirme la entrada a su mente, y tú no eres él.

–Oooh, así que eres tremendamente poderoso, ¿no?

Él asintió lentamente.

–Sí.

–Entonces, ¿por qué no eres como... el rey del mundo, o algo así?

–Soy el rey de los Raintree, y para mí eso es suficiente.

Extrañamente, de todas las cosas que él le había dicho, aquélla era la que más inverosímil le parecía. Se tapó la cabeza con las manos, deseando que aquel día hubiera terminado. Quería olvidar que lo había conocido. Obviamente, aquel tipo era un lunático.

No. No podía consolarse con aquella ilusión; había estado en medio del fuego con él, literalmente. Él podía hacer cosas que ella nunca hubiera creído posibles. Así que quizá, y sólo quizá, realmente fuera una especie de líder, aunque lo de ser un rey tal vez fuera llevar las cosas demasiado lejos.

–Está bien, me lo creo –dijo con cansancio–. ¿Y quiénes son los Raintree, y quiénes son los Ansara? ¿Son como dos países distintos habitados por bichos raros?

Él apretó los labios como si estuviera reprimiendo una sonrisa.

–Superdotados. Superdotados. Somos dos clanes distintos, dos clanes de enemigos. Y esa lucha se remonta a siglos atrás.

–¿Sois los equivalentes en bicho raro a los Hatfield y los McCoy?

Entonces, él sí se rió, mostrando toda su blanca dentadura.

–Nunca lo había pensado así, pero en cierto modo… sí. En cierto modo. Salvo que lo que hay entre los Raintree y los Ansara no es una mera enemistad, sino una guerra. Hay diferencias.

–Entre una enemistad y una guerra, sí. Pero, ¿cuál es la diferencia entre los Raintree y los Ansara?

–Supongo que es el modo de ver la vida. Ellos usan sus dones para engañar, para hacer daño, para su beneficio personal. Los Raintree ven sus habilidades como un medio para hacer las cosas mejor.

–Vosotros sois los del sombrero blanco.

–En el espectro de la naturaleza humana, sí. El sentido común me da a entender que los Raintree no son tan diferentes de los Ansara en lo referente a su actitud. Pero si quieren seguir siendo miembros del clan Raintree, tienen que hacer lo que yo ordene.

–Así que puede que no todos los Ansara sean malos, pero si quieren permanecer en su familia, tienen que hacer lo que les ordene el rey de los Ansara.

Dante asintió.

–Más o menos.

–Admites que seguramente os parecéis más de lo que os diferenciáis.

–En algunas cosas sí. Pero hay una diferencia capital.

–¿Cuál?

–Desde el principio, si un Raintree y un Ansara tenían un hijo, los Ansara mataban al niño. Sin excepciones.

–Entonces, supongo que no ha habido muchos matrimonios entre ambos clanes, ¿no?

–Durante siglos, no. ¿Qué Raintree iba a arriesgarse?

Dante se levantó del taburete y retiró los platos del desayuno. Después, volvió a sentarse para hablar de algo diferente.

–Tú necesitas instrucción –le dijo a Lorna–. Tienes unos dones demasiado fuertes como para vayas por ahí sin protección. Cualquier Ansara podría utilizarte…

–¿Como hiciste tú? –le preguntó ella, sin intentar siquiera disimular la amargura de su tono de voz.

–Exacto –admitió él–. Pero ellos te utilizarían para alimentar el fuego, en vez de para extinguirlo.

–Pues yo no voy a dejar que me instruyas en nada. ¿Acaso tengo la palabra idiota grabada en la frente?

–Tendrás muchos problemas si no aprendes a manejar tus dones rápidamente.

–Entonces, ya me las arreglaré, como he hecho siempre. Además, tú tienes tus propios problemas, ¿no te parece?

–Las próximas semanas serán difíciles, pero no tanto para mí como para la gente que ha perdido a alguien. Se ha encontrado otro cuerpo antes del amanecer entre los restos del incendio. Son dos muertes ya –dijo él, con una expresión sombría.

–No estoy hablando de eso. Me refiero a los policías. Ahí hay algo raro. De otro modo, no habría dos detectives interrogando a la gente antes de que el jefe de bomberos hubiera determinado si el incendio fue provocado o accidental.

La expresión y la mirada de Dante se hicieron distantes. Aquel pequeño detalle se le había escapado, pese a todos sus dones, pensó Lorna. Sin embargo, si había algo que a ella le había enseñado la vida, era cómo funcionaba la ley. Aquellos detectives no tenían ningún motivo para estar allí antes de que el jefe de bomberos hubiera averiguado qué había ocurrido; y eso seguramente no ocurriría hasta uno o dos días después del incendio.

–Maldita sea –musitó él, y se sacó el teléfono del bolsillo–. No vayas a ningún sitio. Tengo que hacer unas llamadas.

Lorna descubrió que se lo había dicho literalmente cuando intentó salir de la cocina. No pudo pasar de la puerta.

–¡Maldito seas, Raintree! –le gritó.

–Dante –corrigió él.

–¡Maldito seas, Dante!

–Mucho mejor –le dijo Dante, y le guiñó un ojo.

12

Dante comenzó a hacer llamadas, comenzando por Al Rayburn. Lorna tenía razón: en aquel asunto había algo sospechoso. Él se sentía molesto porque hubiera sido ella la que había tenido que hacérselo ver. En vez de responder las preguntas de los detectives, él debería haberles preguntado a ellos qué estaban haciendo allí. Un incendio no era el escenario de un crimen hasta que así lo confirmara el jefe de bomberos.

Por el momento, no consiguió ninguna respuesta a sus cuestiones, pero no esperaba conseguirlas tan rápidamente. Lo que estaba haciendo era revertir el flujo de información, y eso tomaría tiempo.

Una vez que empezaron a hacer preguntas, tanto Al, como un amigo de Dante que trabajaba en el ayuntamiento y un miembro del clan Raintree que, al llevar una vida un tanto disipada tenía contactos interesantes, habría un montón de cosas que comenzarían a verse desde una perspectiva distinta.

Dante tenía intención de averiguar lo que estaba sucediendo, aunque tuviera que pedirle ayuda a su hermana Mercy, cuyo don era la telepatía. El poder de Mercy para conocer los pensamientos de los demás siempre había tenido mucha fuerza y se fortalecía más y más a medida que pasaban los años.

Dante esperaba no tener que requerir su presencia. El lugar en el que su hermana se encontraba más cómoda era Santuario, el hogar del clan Raintree, donde no debía paralizar su capacidad a causa de los asaltos emocionales y mentales perpetrados por otros seres humanos que no sabían cómo blindarse.

De vez en cuando, Mercy acudía a visitar a uno de sus dos hermanos junto a su hija Eve, de seis años. Mercy adoraba ir de compras, y Gideon y Dante siempre se alegraban de poder cuidar de su sobrina mientras su hermana recorría las tiendas. Sin embargo, Mercy era la guardiana del Santuario, y cuidarlo era su responsabilidad. Además, dirigía su funcionamiento y disfrutaba haciéndolo. Dante no la llamaría si tenía otras opciones.

Durante todo el tiempo que él pasó haciendo llamadas, Lorna permaneció allí donde se veía obligada a estar, en la cocina, echando humo por las orejas, protestando y enfureciéndose más y más a cada minuto que pasaba.

Él podría haberla liberado, al menos para dejar que se moviera por los confines de la casa, pero temía que ella usara aquella libertad para atacarlo de alguna manera. Además, Dante tenía que admitir que se lo pasaba muy bien con sus enfados y sus comentarios poco halagadores.

De hecho, se lo pasaba muy bien con ella.

Nunca se había sentido tan encantado con alguien, ni tan conmovido. Cuando había oído aquellos quejidos que ella hacía mientras dormía, se le había encogido el corazón. Lo que realmente le había entristecido era darse cuenta de que ella sabía que estaba emitiendo aquellos sonidos; probablemente, lo hacía siempre. Sin embargo, lo había negado diciendo que roncaba.

Lorna Clay se negaba a ser una víctima. A Dante le gustaba aquello. Incluso cuando le ocurría algo malo, Lorna se esforzaba por no mostrar ni la más mínima señal de vulnerabilidad, ninguna señal de que era menos fuerte que King Kong. No se molestaba en defenderse; se limitaba a atacar con ferocidad, con valentía y con una lengua afilada.

Él había sido muy cruel con ella. No sólo la había aterrorizado y la había maltratado mentalmente, sino que la había humillado y avergonzado al quitarle la ropa para examinarla. Ojalá ella hubiera cooperado... pero no lo había hecho, y él no podía culparla. Nada de lo que había pasado le podía inspirar confianza. Además, Dante no siempre había pensado que no iba a hacerle daño. Si hubiera resultado ser una Ansara... bien, jamás se habría encontrado su cuerpo.

Al no encontrar la marca de nacimiento de los Ansara en su piel, Dante había sentido un agudo alivio. Había tenido ganas de abrazarla y consolarla, pero probablemente, ella le habría sacado los ojos a la menor oportunidad. En aquel momento, Lorna no quería otra cosa que alejarse de él.

El modo en que ella había crecido era una desgracia. Debería haber recibido instrucción para saber cómo controlar y desarrollar su don, y también para protegerse a sí misma. Tenía la reserva de energía más ingente que él hubiera visto nunca en una persona que no pertenecía ni a los Ansara ni a los Raintree, lo cual significaba que también tenía un enorme potencial para maltratar a los demás o para sufrir maltrato.

Pensándolo bien, probablemente su don no era la precognición, sino la clarividencia. Ella no tenía visiones, como el primo de Dante, Echo. Lorna, sencillamente, sabía las cosas, como por ejemplo, cuál sería la siguiente carta, qué máquina tragaperras iba a dar premio, cuánto costaban sus zapatos nuevos.

Dante no entendía por qué prefería jugar en los casinos antes que comprar lotería, a menos que hubiera elegido, instintivamente, permanecer en el anonimato. Ciertamente, Lorna tenía la capacidad de ganar todo el dinero que quisiera, porque parecía que su don estaba inclinado hacia los números.

Dante tenía que reconocer las dos grandes verdades que prevalecían en aquel asunto: la primera, que Lorna Clay le molestaba muchísimo. La segunda, que la deseaba.

Aquellas dos verdades deberían contradecirse la una a la otra, pero no era así. Aunque ella le molestara a menudo, también le hacía reír. Y Dante no sólo la deseaba físicamente, también quería que ella aceptara su propia singularidad, que lo aceptara a él con todas sus diferencias, que aceptara su protección, su guía para aprender cómo controlar y dar forma a su don; todo lo cual era rechazado de plano por ella, lo cual le llevaba a pensar nuevamente en lo mucho que le molestaba.

Llamaron a la puerta. El empleado del hotel al que Dante le había encargado los zapatos le entregó la caja del calzado, y Dante le dio las gracias y se despidió. Después, llevó la caja a la cocina, donde Lorna seguía esperando.

–Aquí tienes tus sandalias. Pruébatelas –le dijo.

Ella le lanzó una mirada venenosa y no hizo ademán de tocar la caja.

Él sacó las sandalias y se puso de rodillas ante Lorna. Esperaba que ella rechazara obstinadamente su ayuda, pero ella le permitió que le tomara el pie, que le pasara la mano por la planta para quitarle cualquier suciedad y que le pusiera la sandalia. Dante repitió la operación con el otro pie y permaneció de rodillas, observándola desde abajo.

–¿Te quedan bien? ¿No te hacen daño?

Aquellas sandalias eran muy parecidas, en cuanto al diseño, a las que ella llevaba. Sin embargo, eran de muy buena calidad, mientras que las otras estaban hechas de un plástico fino y quebradizo.

–Sí, me quedan bien –dijo Lorna de mala gana–. Pero no tan bien como para costar ciento veintiocho dólares.

Él se rió suavemente mientras se incorporaba. Debería liberarla de la coacción mental que la mantenía confinada en la cocina, pero si la dejaba marchar, ella se iría. Y no sólo de aquella casa, sino de Reno. Dante lo sabía con una certeza que lo dejó helado. No estaba acostumbrado, como Dranir de los Raintree, a que le desobedecieran.

–Puedes moverte con libertad por la casa –le dijo.

Después, silenciosamente, añadió una cláusula: en caso de peligro, la coacción terminaría. Si la casa se incendiaba, él quería que ella pudiera escapar. Después de lo que había ocurrido la noche anterior, Dante tenía aquello bien presente.

–¿Y por qué no puedo marcharme? –preguntó Lorna.

Tenía los ojos brillantes de ira, pero al menos no le dio un puñetazo ni una patada.

–Porque huirías.

–¿Y qué? No me buscan por ningún crimen.

–Soy responsable de ti. Hay muchas cosas que tienes que saber acerca de tus dones, y yo puedo enseñarte.

Aquélla era tan buena razón como otra cualquiera, y sonaba lógica.

–Yo no…

Lorna iba a empezar a negar que tuviera algún don, pero se interrumpió y respiró profundamente. No tenía sentido intentar negar lo evidente. Cuando él había abordado aquel asunto por primera vez, en su despacho, ella lo había negado inmediata y rotundamente. Al menos, en aquel momento, había empezado a aceptar lo que era.

¿Cómo había llegado Lorna a negar tan categóricamente su naturaleza? Dante sospechaba que lo sabía, pero a menos que ella estuviera dispuesta a hablar de ello, él no iba a preguntarle.

Después de un momento, ella dijo con obstinación:

–Yo soy responsable de mí misma. No quiero tu caridad, ni la necesito.

–Mi caridad no. Mi conocimiento, sí. Creo que me equivoqué cuando te dije que eras precognitiva. Creo que podrías ser clarividente. ¿Has oído hablar de eso alguna vez?

–No.

–¿Y del *el-sike*?

–Me suena a nombre árabe.

Dante sonrió. Era cierto. Sonaba a árabe.

–Es una forma de controlar las tormentas. Mi hermano Gideon tiene ese don. Puede atraer los rayos.

Ella lo miró con lástima.

–¿Y no será que tiene dañado el cerebro? ¿Quién iba a querer acercarse a un rayo?

–Gideon. Él se alimenta de electricidad. También tiene psicokinesis eléctrica. Hace explotar las farolas. Fríe los ordenadores. Para él no es seguro volar a menos que yo le envíe un amuleto de protección.

–¿Y por qué no se hace él esos amuletos?

–Es por la misma razón por la que un precognitivo no conoce su propio futuro. Sólo los miembros de la familia real pueden regalar amuletos. Nunca pueden hacerlos para sí mismos. Gideon es policía, detective de homicidios, así que yo le hago muchos amuletos protectores y, si tiene que volar, le envío un amuleto que blinda su energía eléctrica, de modo que no queme todos los ordenadores de a bordo.

– Psicokinesis eléctrica –dijo Lorna pensativamente–. Suena algo extraño.

–A mí también me lo parece –respondió Dante irónicamente–. Mira, te diré lo que vamos a hacer –le dijo, como si acabara de ocurrírsele una estupenda idea, cuando en realidad, llevaba toda la mañana pensando en ello–. ¿Por qué no accedes a quedarte aquí durante un corto periodo de prueba, digamos que de una semana, y me dejas que te enseñe algunas técnicas básicas para que puedas protegerte? Eres tan sensible a cualquier onda de energía que me sorprende que puedas estar con otras personas. Además, podría hacerte algunas pruebas para saber cuál es tu capacidad en diferentes áreas.

Dante vio el rechazo instantáneo que le produjo aquella proposición a Lorna, pero inmediatamente, en su rostro se reflejó la curiosidad. Y luego siguió la precaución; ella no se ponía en manos de los demás con facilidad.

–¿Y qué tendría que hacer? –le preguntó con reticencia.

–No tendrías que hacer nada. Si estás en contra de la idea de aprender cosas nuevas, yo no voy a atarte a la silla y obligarte a que estudies. Pero, ya que de todos modos vas a estar aquí durante unos días, podrías hacer algo útil y aprender cosas sobre ti misma.

–Necesitaré mi ropa –dijo ella, lo cual estaba muy cerca de una capitulación.

–Dame tu dirección y pediré que te la traigan.

–Esto será sólo durante unos días. Quiero que me des tu palabra de que, después de eso, me liberarás de esta estúpida coacción y dejarás que me marche.

Dante lo pensó. Él era el Dranir; no podía, no quería dar su palabra a la ligera. Finalmente, dijo:

–Dentro de una semana lo consideraré. Eres lista y puedes aprender mucho en una semana, pero ahora no puedo hacerte una promesa definitiva.

13

–¿Qué es lo que salió mal, exactamente?

Cael Ansara tenía un tono de voz agradable y calmado, pero aquello no engañó a Ruben McWilliams en absoluto. Aunque fueran primos, Cael siempre había tenido un carácter que hacía que Ruben tuviera mucho cuidado cuando estaban juntos. Cuando Cael era más agradable, era cuando más cautela había que guardar. Ruben no apreciaba mucho a aquel desgraciado, pero la rebelión obligaba a forjar alianzas extrañas.

–No sabemos –respondió por el auricular del teléfono–. Por nuestra parte, todo salió perfectamente. Elyn estaba conectada conmigo, con Stoffel y Pier, utilizando nuestro poder y el suyo para alimentar el fuego. Dijo que habían superado a Raintree, que estaba perdiendo terreno rápidamente. Entonces… ocurrió algo. Es posible que se diera cuenta de que no podía controlar el fuego y se retirara. O quizá sea más poderoso de lo que pensábamos.

Cael estaba silencioso, y Ruben se movió con incomodidad sobre la cama de su habitación de motel. Se había esperado que Cael se aferrara con deleite a la posibilidad de que Dante Raintree hubiera huido del fuego, pero como de costumbre, Cael fue impredecible.

–¿Qué dijo Elyn? –preguntó–. Si Raintree huyó, si dejó

de luchar contra el fuego, sin su resistencia, el fuego hubiera devorado todo el edificio. Ella lo sabe, ¿verdad? Habría notado la fuerza.

–No lo sabe –dijo Ruben.

–¿Que no lo sabe? ¿Cómo no va a saberlo? Ella es una Maestra del Fuego, y ése era su incendio. Debería saber todo lo relativo a su fuego.

–Lo único que sabe es que ella estaba conduciendo el fuego hacia el hotel, pero que perdió contacto con él. Sabía que estaba allí, pero no sabía qué hacían las llamas. Y dice la verdad, porque yo estaba unido a ella. Sentí su sorpresa. Elyn cree que tuvo que haber algún tipo de interferencia, quizá un escudo protector.

–Está buscando excusas. Los escudos de ese tipo sólo se producen en el hogar de la familia. Nunca hemos detectado algo similar en ninguna otra propiedad de los Raintree.

–Lo sé. Sin embargo, Elyn no está buscando excusas. Ella simplemente me preguntó si podía darse el caso de que existiera un escudo así, y yo le dije que no, que me habría dado cuenta si hubiera habido alguno.

–¿Dónde estaban los demás Raintree?

–Todos estaban controlados –respondió Ruben.

Ninguno de los otros miembros de la familia estaban lo suficientemente cerca como para que el Dranir hubiera podido ponerse en contacto con ellos y hubiera podido usar su poder para fortalecerse, como había hecho Elyn con los demás. Habían hecho seguir a los Raintree de Reno, que sólo eran ocho sin contar al Dranir, y ninguno de ellos estaba cerca del Inferno.

–Así que, pese a todas las garantías que me disteis, habéis fracasado y no sabéis por qué.

–Todavía no –dijo Ruben–. Hay otra posibilidad. Había otra persona con Raintree, una mujer. Ninguno de nosotros vimos cómo salían del casino, porque los camiones de bomberos nos impedían la vista, pero estábamos haciéndonos pasar por los tasadores del seguro y preguntando.

–¿Cómo se llama esa mujer?

–Lorna Clay. Uno de los médicos consiguió su nombre y su dirección. No estaba registrada en el hotel, y la dirección de su carné es de Missouri. No es válida. Ya lo he comprobado.

–Continúa.

–Evidentemente, estaba con Raintree desde el principio, en su despacho del hotel, porque salieron juntos del edificio. Estaban en la escalera oeste con mucha más gente. Él guió a todo el mundo hasta la salida a través del aparcamiento, pero Raintree y esta mujer se dirigieron en la dirección opuesta. Hay varias cosas sospechosas. Una, que ella no tenía ninguna quemadura. Otra, que Raintree tampoco.

–Una burbuja de protección. Judah también sabe construirlas –dijo Cael. Cada vez que pronunciaba el nombre de Judah, su hermanastro, sentía un sabor a hiel en la boca. Judah era el Dranir Ansara, y aquello le producía envidia y amargura. Había estado resentido toda su vida.

–Háblame de esa mujer –dijo de repente, con aspereza, sacando a Ruben de su silenciosa admiración por Judah.

–He visto una copia de su declaración. Concuerda con la de Raintree, y ninguna de las dos es posible, dado el lapso de tiempo que transcurrió. He calculado que él estuvo ocupado con el fuego al menos media hora –explicó Ruben. Aquello era una eternidad, en relación con la supervivencia.

–Raintree debería de haber estado abrumado. Debería haber gastado tanta energía intentando controlar el fuego que no habría podido mantener la burbuja. Es un héroe –dijo Cael despreciativamente–. Él se sacrificaría a sí mismo para salvar a la gente del hotel. Esto tendría que haber salido bien. Su gente no habría sospechado nada. Habrían entendido que él se comportara con honorabilidad, como un valiente. Esa mujer tiene que ser la clave. Tiene que tener poderes. Él se vinculó con ella y ella le proporcionó poder.

–Pero no es una Raintree –le dijo Ruben–. Creo que es una desafiliada, pero ellos no tienen tanto poder. Si hubieran sido varios, quizá hubieran tenido suficiente energía como para que él contuviera el fuego.

Sin embargo, Ruben lo dudaba. Después de todo, había cuatro Ansara, todos ellos poderosos, alimentando las llamas. Por muy poderoso que fuera Dante, no le habría bastado con las fuerzas adicionales de una desafiliada.

–Sigue tu propia lógica –le dijo Cael con aspereza–. Los descarriados no son tan poderosos. Por lo tanto, ella no puede serlo.

–No es una Raintree –insistió Ruben.

–O no es una Raintree oficial –respondió Cael, sin usar la palabra ilegítima.

El viejo Dranir lo había reconocido como hijo, pero eso no le había dado a Cael precedencia sobre Judah, aunque él fuera mayor. Aquella injusticia siempre lo había corroído por dentro como si fuera un ácido. Aquellos que rodeaban a Cael habían aprendido pronto a no sugerir que quizá Judah fuera el Dranir por su poder, y no por derecho de nacimiento.

–Para que él hubiera podido obtener tanto poder de ella, esa mujer debería ser de la familia real –dijo Ruben, con muchas dudas.

Aquello era imposible. El derecho de nacimiento se tomaba demasiado en serio como para pasar desapercibido. Los miembros de la familia real eran muy poderosos.

–Quizá sí lo sea. Aunque sea de una rama que se separó de la principal hace siglos, seguirían conservando su poder.

Como dominantes genéticos, incluso si un miembro del clan tenía un hijo con un humano, lo cual sucedía a menudo, los descendientes eran completamente Ansara o Raintree. Los miembros de las familias reales de ambos clanes eran los más poderosos de todos los superdotados, motivo por el cual se habían convertido en familias reales originalmente.

Como dominantes, sus poderes se transmitían intactos de generación en generación. Para Ruben, aquello sólo servía para confirmar el argumento de que ningún individuo con sangre real podía pasar inadvertido durante mucho tiempo, y menos durante siglos.

–Bien, sea lo que sea esa mujer, ¿dónde está ahora?

–En su casa. Él la llevó anoche, y aún sigue allí.

Cael se quedó en silencio, así que Ruben se limitó a esperar mientras su primo se estrujaba el retorcido cerebro.

–Está bien –dijo Cael de repente–. Ella tiene que ser la clave. Venga de donde venga, su poder es tan grande como para superaros a vosotros cuatro juntos. Pero eso ya ha pasado. No podéis usar el fuego de nuevo sin que ese bastardo sospeche, así que tendréis que pensar en otra cosa que pueda parecer un accidente, o que no se pueda relacionar con nosotros. No me importa cómo lo hagáis, sólo quiero que lo hagáis. La próxima vez que me llaméis, será mejor que sea para decirme que Dante Raintree está muerto. Y de paso, matad también a la mujer.

Cael colgó de golpe. Ruben colgó más despacio, y después se pellizcó el puente de la nariz. Tácticamente, matar a la familia real de los Raintree primero era lo más inteligente. Si se cercenaba la cabeza de la serpiente, era muy fácil acabar con el cuerpo.

La comparación no era completamente exacta, porque cualquier Raintree tenía un fuerte poder, pero también los Ansara lo tenían. Con todos los miembros de la realeza muertos, la ventaja sería suya, y el resultado sería inevitable.

El error que habían cometido los Ansara doscientos años antes era no haber acabado primero con la familia real, y aquel error había tenido consecuencias desastrosas. Los Ansara habían sido destruidos casi por completo. Los supervivientes habían sido enviados al exilio a una isla del Caribe, donde aún permanecía la mayoría de ellos.

Sin embargo, durante aquellos doscientos años, el clan había recuperado en silencio su fuerza, y en aquel momento eran lo suficientemente fuertes como para enfrentarse una vez más a su enemigo. Cael lo pensaba, de todos modos, y Ruben también. Sólo Judah los mantenía a raya y recomendaba precaución. Judah era banquero, por el amor de Dios, ¿qué sabía él de arriesgarse?

El descontento se había extendido entre los Ansara durante años, y habían llegado a un punto de crisis. Los Raintree tenían que morir, y Judah también. Cael nunca lo dejaría con vida, ni siquiera en el exilio.

El poder de Ruben era sustancial. Por aquella razón, y porque era el primo de Cael, se le había asignado la tarea de eliminar al Raintree más poderoso de todos. Y además, Cael se había empeñado en que su muerte pareciera accidental. Lo que menos necesitaban era que todos los Raintree se dirigieran al hogar del clan para protegerlo. El poder del Santuario era casi místico. Hasta qué punto era real, o hasta qué punto era una cuestión de percepción, era algo que Ruben no sabía y en lo que no estaba interesado.

El plan era sencillo: matar a los miembros de la familia real, romper los escudos protectores de Santuario y tomarlo. Después de eso, el resto de los Raintree serían muy débiles, y destruirlos sería un juego de niños.

Los Raintree habían cometido un error inconmensurable doscientos años antes: no destruir a todos los Ansara y no destruir su hogar. Los Ansara no les devolverían el favor.

Ruben se quedó pensativo durante un largo rato. Alcanzar a Raintree sería mucho más fácil si estuviera distraído. La mujer, Lorna Clay, y él, eran amantes, evidentemente. De otro modo, ¿por qué iba a llevarla a su casa? Ella sería la más fácil de eliminar, y si ella era el objetivo y la muerte de Raintree parecía un daño colateral, el clan no sospecharía nada.

Cael había tenido una buena idea. Debían matar a la mujer.

14

Lunes por la mañana

–¿Qué pasa si tú mueres? –le preguntó Lorna, con el ceño fruncido mientras él abría la puerta del garaje–. ¿Y si te da un mareo y pierdes el control del coche y te despeñas? ¿Y si tienes una embolia pulmonar? ¿Y si a un transportista de pollos se le rompen los frenos del camión y aplasta tu coche? ¿Yo me quedaría aquí atrapada? ¿Esa maldición tan graciosa tuya me domina incluso cuando estás inconsciente o si mueres?

Dante se detuvo a medio camino de la salida y se volvió hacia ella, con una mirada de diversión e incredulidad al mismo tiempo.

–¿Un transportista de pollos? ¿Es que no se te ocurre una manera más digna para que yo muera?

Ella alzó la nariz con desdén.

–La muerte es la muerte. ¿Qué importa? –respondió. Entonces, se le ocurrió algo que le produjo una gran inseguridad–. Eh… puedes morir, ¿verdad?

A él se le escapó una carcajada.

–Ahora no me queda más remedio que preguntarme si estás pensando en liquidarme.

–Es una idea –dijo ella sin miramientos–. ¿Y bien?

–Soy tan mortal como tú... casi. Gracias a Dios. La mortalidad es un rollo, pero la inmortalidad debe de ser peor aún.

Lorna dio un paso atrás.

–¿A qué te refieres con lo de casi?

–Ésa es otra conversación, y ahora no tengo tiempo. Para responder a tu otra pregunta, no lo sé. Quizá sí, quizá no.

Ella estuvo a punto de saltar de indignación.

–¿Cómo? ¿Cómo? ¿No sabes si me quedaré aquí atrapada para siempre si te sucede algo, pero de todos modos vas a salir y me vas a dejar aquí?

Él lo pensó durante unos instantes, después asintió y dijo:

–Sí.

Y salió por la puerta.

Lorna agarró la puerta del garaje antes de que se cerrara.

–¡No me dejes aquí! Por favor.

Odiaba suplicar, y lo odiaba a él por obligarla a hacerlo, pero de repente, se sentía muy angustiada por el hecho de quedarse allí encerrada durante el resto de su vida.

Él entró en el Jaguar y le dijo:

–Estarás bien.

Después, el sonido de la puerta del garaje al bascular ahogó cualquier cosa que ella hubiera podido estar diciendo.

Ella dio un portazo furioso para cerrar la puerta de la cocina y, en un ataque de rabia, echó el cerrojo. El hecho de cerrarle la puerta de su propia casa era inútil, porque se habría llevado sus llaves, pero estaba tan enfadada que mereció la pena.

Oyó que el coche salía del garaje y que la puerta volvía a bajar.

¡Maldito fuera aquel tipo! Se había marchado de verdad y la había dejado allí, encadenada.

Un poco antes, un empleado de Raintree le había llevado la ropa y ella se había cambiado, así que él ni siquiera habría tenido que esperar a que se arreglara, ni nada parecido. No tenía ningún motivo para dejarla allí confinada, teniendo en cuenta que podía evitar con toda facilidad que escapara de su lado con una de aquellas malditas órdenes mentales.

Con impotencia, Lorna miró a su alrededor por la cocina. Ser rey de su clan, o lo que fuera, había hecho que se le subieran los humos. Hacía siempre lo que le apetecía, sin preocuparse de lo que querían los demás. Era evidente que no había estado casado, y probablemente nunca lo estaría, porque ninguna mujer que se preciara estaría dispuesta a aguantarlo.

De repente, tuvo una idea y comenzó a buscar por los armarios de la cocina hasta que encontró el salero, y a su lado, un paquete de sal de reserva.

Se había dado cuenta de que, para desayunar, él se servía una cucharada de azúcar en el café. Lorna sacó la sal del salero y la reemplazó por azúcar, y después puso la sal en el azucarero. Al rey no le gustaría mucho su primer café de la mañana con sal.

Después, se volvió creativa.

Más o menos una hora después de que él se hubiera marchado, sonó el teléfono. Lorna miró el identificador de llamadas, pero no se molestó en responder. Ella no era su secretaria. La persona que llamaba no dejó mensaje.

Se entretuvo en explorar la casa. Era una vivienda enorme para una sola persona. Durante su tour, contó seis dormitorios y otros tantos baños. El dormitorio de Raintree ocupaba toda la planta superior. Era una estancia masculina, decorada en tonos azules y verde oliva, con algunos toques de color rojo.

Había una sala de estar separada del dormitorio, con una enorme pantalla de televisión y una zona de bar, que contaba con un refrigerador pequeño y una cafetera, por si acaso él no quería molestarse en bajar las escaleras si le apetecía algo de beber o de comer. Lorna cambió allí también la sal por el azúcar, y echó tierra de las plantas en el paquete de café.

Después se sentó en mitad de la enorme cama, sobre un colchón que era como un sueño, y se quedó allí tumbada, pensando.

Por muy grande y confortable que fuera la casa, no era lo que ella llamaría una mansión. No era ostentosa. Parecía que a él le gustaba estar cómodo, y la casa resultaba un lugar acogedor en vez de un muestrario de muebles de diseño.

Lorna sabía que él tenía dinero, y mucho, lo suficiente como para permitirse una casa el doble de grande que aquélla. Teniendo en cuenta que vivía solo, sin empleados de servicio que cuidaran de su casa y de él, ella llegó a la conclusión de que la privacidad era más importante para Raintree que el hecho de que lo sirvieran. Entonces, ¿por qué la obligaba a quedarse allí?

Raintree le había dicho que se sentía responsable de ella, pero él podría sentirse responsable aunque ella estuviera en lugares distintos, y con aquel nuevo talento que él había descubierto, en virtud del cual podía obligar a la gente a hacer lo que él quisiera, ella nunca podría haberse alejado si él no se lo permitía.

Quizá estuviera interesado en el poder de Lorna y quisiera saber lo que podía lograr con él tan sólo por curiosidad. Sin embargo, ella no tenía por qué quedarse allí para que Raintree le diera lecciones o hiciera unos cuantos experimentos con ella.

También había otro detalle: él le había sugerido que quería acostarse con ella, así que tal vez aquélla fuera su motivación. Raintree podría obligarla mentalmente a que mantuviera relaciones sexuales con él, pero no era un violador. Seguro que era un lunático, y definitivamente, un autoritario, pero no un violador. Quería que ella acudiera a él voluntariamente, así que, ¿quizá la mantenía allí para seducirla? No. Aquello no podía lograrlo marchándose a otro sitio y dejándola encerrada en la casa, por no mencionar que tampoco era una buena metodología el hecho de ponerla furiosa.

Por lo tanto, la cuestión del sexo no le parecía un buen motivo. Si él quería acostarse con ella, convertirla en su prisionera no iba a convencerla. Además, Lorna no era precisamente una mujer fatal; no se imaginaba que nadie llegara tan lejos sólo para tener relaciones con ella.

Raintree debía de tener otra razón, pero ella no entendía cuál podía ser. Lo único que sabía era que estaba allí atrapada hasta que él quisiera dejarla marchar.

Él no podía tener idea de lo que le estaba haciendo al

obligarla a quedarse allí y pedirle que aprendiera cómo controlar sus supuestos dones. La había engañado para que admitiera que tenía cierta habilidad con los números, pero él no sabía hasta qué punto odiaba Lorna que la forzaran a salir del armario paranormal.

Él había crecido integrado en una cultura donde los talentos paranormales eran la norma, donde eran estimulados, halagados, modelados. Se había educado como un príncipe, por el amor de Dios. Un príncipe de los bichos raros, pero príncipe al fin y al cabo. No podía hacerse una idea de lo que era criarse en un barrio marginal, con hambre, sin amor, y además, ser alguien distinto. Ella no tenía un padre en su vida, sólo a la interminable lista de novios de su madre. A él nunca lo habían echado de un bofetón de la mesa por decir cualquier cosa que a su madre hubiera podido parecerle extraña.

De niña ella no entendía por qué las cosas que decía eran extrañas. ¿Qué tenía de malo avisar a su madre de que el autobús que la llevaba al trabajo llegaría seis minutos y veintitrés segundos tarde? A ella le parecía que su madre preferiría saberlo. En vez de eso, se había ganado un terrible golpe que la había tirado de su asiento al suelo.

Lo suyo eran los números. Si había algo con un número, ella sabía cuál era ese número. Recordaba el día en que había empezado el primer curso de preescolar; no había ido a la guardería, porque su madre opinaba que aquello era una estúpida pérdida de tiempo. Al llegar a la escuela por primera vez, había sido un gran alivio para ella el hecho de que alguien le explicara los números; se había sentido como si todo encajara por fin. Había conseguido nombres para las formas, significados para los nombres.

Durante toda su vida se había sentido fascinada por los números, estuvieran donde estuvieran. Era raro tener tal afinidad con las cifras y no entenderlas. Lorna siempre había pensado que era tan idiota como le decía su madre, hasta que había llegado a la escuela y había dado con la clave.

Cuando cumplió diez años, su madre ya estaba completamente enganchada al alcohol y las drogas, y las bofetadas se habían convertido en palizas diarias. Si su madre entraba tambaleándose por la puerta una noche y decidía que no le gustaba algo que Lorna hubiera dicho aquel día, u otro día, o una semana antes, no importaba, agarraba cualquier cosa que tuviera a mano y se la lanzaba a su hija. Muchas veces, el despertar de Lorna había sido provocado por un golpe en la cara o en la cabeza. Había aprendido a dormir en un estado de silencioso terror.

Siempre que recordaba su niñez, lo que más prevalecía en su mente eran el frío y el miedo. Tenía terror a que su madre la pegara, pero más terror aún a que su madre no se molestara en volver alguna noche. Si había algo que Lorna sabía con toda seguridad, era que su madre no la había querido antes de que naciera, y que tampoco la había querido después. Lo sabía porque aquella salmodia había sido la banda sonora de su vida.

Tenía dieciséis años cuando su madre la había abandonado finalmente. Lorna llegó a casa un día del instituto, una casa que cambiaba muchas veces de lugar, siempre que la renta no se pagaba, y descubrió que las cosas de su madre no estaban, que las cerraduras estaban cambiadas y que su ropa estaba en la basura.

Sin un lugar en el que vivir, había hecho la única cosa que podía hacer: se había puesto en contacto con los servicios sociales y había entrado a formar parte del sistema de acogida. Vivir en hogares de acogida durante dos años no había sido estupendo, precisamente, pero tampoco había sido tan malo como su vida anterior. Al menos había conseguido terminar el instituto. Ninguno de sus padres de acogida la había maltratado. Tampoco parecía que le tuvieran mucho cariño, pero su madre le había dicho muchas veces que no era digna de aprecio.

Se las había arreglado para seguir adelante. A los dieciocho años, había tenido que encarar la vida por sí misma. Y durante los trece años que habían pasado desde entonces, durante toda su vida, en realidad, Lorna había hecho todo lo posible por permanecer bajo el radar, para evitar que repararan en ella, para no volver a ser una víctima. Nadie podía rechazarla si ella no se ofrecía a sí misma.

Había topado con la posibilidad del juego de manera casual. De visita en un pequeño casino en la reserva Seminola de Florida. Había ganado, no mucho, pero doscientos dólares significaban una gran cantidad para ella. Después había jugado en algunos de los casinos del río Misisipí, y había ganado más.

Había casinos pequeños por todas partes. Había ido a Atlantic City, pero no le había gustado. Las Vegas estaba bien, pero había demasiado neón, demasiada gente, hacía demasiado calor y todo era demasiado chillón. Reno le gustaba más. Era más pequeño y tenía mejor clima. Ocho años después de haber ganado aquella primera vez en Florida, ganaba regularmente de cinco a diez mil dólares a la semana.

Aquella cantidad de dinero era una carga, porque no era capaz de acostumbrarse a gastar más de lo que había gastado normalmente. En la actualidad, no pasaba hambre ni frío. Tenía un coche por si quería cambiar de ciudad, pero nunca uno nuevo. Tenía cuentas bancarias por todos los estados. Además, siempre llevaba encima bastante dinero en efectivo, lo cual podía resultar peligroso, sí, pero le proporcionaba una sensación de seguridad. A menos que algún día echara raíces en algún lugar, el dinero era un problema, porque, ¿cuántas libretas de ahorro y cuántas chequeras podía llevar por el país?

Así era su vida. Dante Raintree pensaba que lo único que tenía que hacer era instruirla un poco con los números, pero, ¿qué pensaba que iba a suceder? Él no sabía nada de su vida, así que no podía tener cambios concretos en mente. ¿Se suponía que ella debía convertirse en toda una señorita? ¿Que debía encontrar a otra gente como ella, y quizá establecerse en una pequeña comunidad de vecinos?

No. No quería vivir así. Le gustaba vivir sola, estar sola y depender únicamente de sí misma.

Sonó de nuevo el teléfono y la sobresaltó. Y nuevamente, rehusó contestar la llamada.

Se quedó sentada en la cama, pensando durante tanto

tiempo que comenzó a atardecer y ella comenzó a sentirse somnolienta. Menos mal que había sonado el teléfono, porque de lo contrario, quizá se hubiera quedado dormida en la cama de Raintree, ¿y no se habría ocasionado una situación interesante cuando él hubiera llegado a casa?

Sin embargo, Lorna tenía sueño y hambre. No había comido nada aparte del desayuno en todo el día. Decidió bajar a tomar una cena ligera y acostarse, porque no veía ninguna razón para esperar a Raintree, ya que él no había tenido la cortesía de decirle la hora a la que iba a volver.

Lo menos que él habría podido hacer era llamar; aunque ella no tenía intención de responder ninguna llamaba, él habría podido dejar un mensaje.

No tenía sentido esperarlo. En la cocina, se hizo un sándwich con algo de fiambre que encontró en la nevera. Después de cenar, salió al salón y buscó entre todos los libros hasta que encontró una novela para entretenerse. A las ocho de la noche, sin embargo, estaba dando cabezadas en el sofá; aunque no se había puesto el sol, decidió acostarse. Estaba cansada de la noche anterior.

Quince minutos después, se había duchado y estaba en la cama, acurrucada, con la sábana sobre la cabeza.

La despertó la luz de la lámpara de noche al encenderse. Ella soportó el pánico usual, porque aunque sabía que su madre no estaba allí para golpearla, su inconsciente aún no se había acostumbrado a la idea incluso después de tantos años. Antes de que pudiera relajarse lo suficiente como para apartar la sábana, se levantaron las mantas, y un cálido y casi desnudo Dante Raintree se tumbó a su lado.

–¿Qué demonios estás haciendo? –le preguntó ella, con la voz quebrada por el sueño, mirándolo con antipatía por encima del borde de la sábana.

Él se acomodó a su lado y estiró un brazo largo y musculoso para apagar la lámpara.

–Parece que hay arena en mi cama, así que voy a dormir aquí.

15

–No seas idiota. No podía salir de la casa, así que, ¿cómo iba a conseguir arena? Es sal.

Quizá Raintree hubiera esperado que ella negara su culpabilidad, pero eso habría sido una tontería, ya que Lorna era la única persona que había estado en la casa durante todo aquel día.

–Muy bien, sal –respondió él. Entonces, con su cuerpo más pesado y fuerte que el de ella, la empujó hacia el otro extremo de la cama–. Muévete. Necesito más sitio.

Él ya la había obligado a dejar su sitio agradable y caliente, lo cual la molestó más todavía.

–Entonces, ¿por qué no te has acostado en el otro lado, en vez de hacer que me mueva? –le preguntó ella con un gruñido, mientras se acomodaba al otro lado.

–Tú eres la que ha echado sal en mi cama.

Lorna sintió las sábanas frías a su alrededor, y se encogió en un ovillo más tenso de lo normal. Incluso la almohada estaba fría. Levantó la cabeza y tiró de su almohadón para tirárselo a Dante sobre el cuerpo.

–Dame mi almohada. Ésta está fría.

Él respondió con un gruñido, pero le entregó su almohada y se metió la otra bajo la cabeza. Ella apoyó la cabeza en la calidez del almohadón; la tela suave de la funda ya tenía su olor, lo cual no era una cosa mala, descubrió Lorna. Lo conocía desde muy poco tiempo antes, pero había pasado muchas de aquellas horas en contacto con él, y la parte primitiva de su cerebro reconocía su esencia y hacía que se sintiera reconfortada.

–¿Qué hora es? –preguntó ella, casi dormida de nuevo.

–Tú sabes qué hora es. Es un número. Piénsalo –le dijo Dante, cuyo tono de voz también era de somnolencia.

Ella nunca había considerado el tiempo como un número, pero en cuanto lo hizo, le apareció en la mente la imagen de tres números.

–La una y cuatro minutos.

–Exacto.

Satisfecha, ella se durmió.

Se despertó antes que él, lo cual no fue raro, teniendo en cuenta lo temprano que se había ido a dormir y lo tarde que había aparecido Raintree. Ella se quedó allí con la expectativa tensa de recibir un golpe, y después, lentamente, se relajó. La cama estaba muy caliente, él irradiaba tanto calor que Lorna lo sentía aunque no se estuvieran tocando.

Con curiosidad por comprobar si conseguía averiguar la hora de nuevo, pensó en una serie de números e inmediatamente vio un cuatro, un cinco y un uno. Se destapó la cabeza y se dio cuenta de que la habitación tenía un poco más de luz. No había ningún reloj en el que confirmar la hora, así que supuso que debían de ser las cuatro y cincuenta y un minutos. Era muy útil no necesitar reloj.

Dante estaba tumbado de costado, de frente a ella, con el brazo doblado bajo la cabeza y con la respiración profunda y lenta. La habitación aún estaba en penumbra y Lorna no distinguía demasiados detalles, pero así era mejor, porque todavía no estaba preparada para los detalles. La impresión general ya era lo suficientemente sexy.

¿Qué se suponía que debía pensar una mujer cuando un hombre sano y heterosexual dormía a su lado por primera vez y ni siquiera intentaba rozarla? ¿Que ella tenía algo de malo? ¿Que él no se sentía atraído?

Lorna pensó que Dante era peligrosamente inteligente e intuitivo.

El sexo era, obviamente, parte de su relación, si acaso conocer a alguien desde treinta y seis horas antes podía ser descrito como una relación. Además, no podía decir que todas las horas que habían pasado juntos hubieran sido de calidad. Por otra parte, como ella no lo había visto en sus mejores momentos, pensó que podría conocerlo mejor que otra gente que había tenido trato con él desde hacía más tiempo, pero sólo en el sentido social. Así que no se sorprendió de que él no hubiera hecho ningún intento durante toda la noche.

Lorna aún no estaba preparada para mantener relaciones sexuales con él, y quizá nunca lo estaría. Él lo sabía. Si intentara pasar las barricadas, ella seguramente reforzaría la resistencia. Durmiendo con ella sin hacer un movimiento abiertamente sexual, él estaba contrarrestando aquellas primeras horas que habían pasado juntos, y haciendo que el sexo fuera una posibilidad, al menos.

Dante ni siquiera estaba desnudo, aunque los calzoncillos que llevaba no cubrían demasiado. Ella tampoco estaba desnuda. Llevaba uno de sus pijamas de algodón. Perversamente, porque él no había intentado acostarse con ella, comenzó a preguntarse cómo sería el sexo con él. Después, sospechó que él había sabido que ésa sería precisamente su reacción.

El sexo no era algo fácil para ella. No confiaba en nadie con facilidad. No se excitaba fácilmente, tampoco. Ceder voluntariamente ante su sentido de la privacidad le resultaba difícil y, por lo general, la compensación no merecía la pena.

A ella le gustaban las sensaciones que producían las relaciones sexuales, y cuando pensaba en abstracto en el sexo, lo deseaba. Sin embargo, la realidad era que la ejecución nunca estaba a la altura de las expectativas. Hiciera lo que hiciera, nunca conseguía relajarse por completo, cosa que suponía muy necesaria para que el sexo fuera satisfactorio.

Lo cierto era que se sentía más relajada con Dante de lo que había estado en mucho tiempo. Él sabía lo que era ella, sabía que era diferente, y no le importaba, porque Raintree era incluso más diferente a los demás que ella misma. No tenía que ocultarle nada, porque no le importaba si a él le gustaba o no. No había tratado de disimular su carácter, ni de endulzar la lengua.

Del mismo modo, no se había hecho ideas románticas sobre el carácter de Raintree. Sabía que era implacable, pero también sabía que no era malo. Sabía que era autoritario, pero que intentaba ser considerado.

Así que quizá pudiera dejarse llevar y disfrutar del sexo con él. No tenía que preocuparse por el ego masculino de Dante; si hacía las cosas demasiado deprisa, podía decirle que fuera despacio, y si no le gustaba... peor para él. No tendría que preocuparse por darle placer; él se ocuparía de conseguirlo.

Se preguntó si él se tomaba tiempo, o si le gustaba ir directamente al grano. Quizá ella pudiera relajarse lo suficiente como para disfrutar, e incluso si no era capaz, al menos podría satisfacer su curiosidad.

Tan repentinamente que la sobresaltó, él apartó las mantas y se levantó.

–¿Adónde vas? –le preguntó ella, sorprendida al verlo ir hacia la puerta en vez de dirigirse al baño.

–Es el amanecer –respondió él.

¿Y qué? El sol salía todos los días. ¿Acaso siempre se levantaba a aquella hora, incluso cuando sólo había dormido cuatro horas, o tenía una cita muy temprano?

Lorna no lo siguió. Ella tenía su propia cita, con el baño. Además, quería darle tiempo suficiente para que se tomara la primera taza de café.

Cuando salió de su habitación, cuarenta y cinco minutos más tarde, después de haber hecho la cama y haber guardado su ropa, fue a la cocina y se la encontró vacía. Sin embargo, había una cafetera recién hecha, y ella sonrió de satisfacción.

¿Dónde estaba Dante? ¿En la ducha?

No tenía intención de quedarse allí esperándolo. Salió al salón y se encaminó a su habitación. En aquel momento, él apareció en la barandilla, dos pisos más arriba.

–Sube –le dijo–. Estaré fuera.

La habitación de Dante tenía una enorme terraza con vistas al este. Ella la había visto el día anterior, pero no había podido salir debido a la maldita orden que le impedía salir de la casa. Había dos sillones y una mesita allí fuera, y Lorna pensó que debía de ser un sitio muy agradable para sentarse por la tarde, cuando el sol había pasado el cenit y aquel lado de la casa estaba sombreado.

Ella subió las escaleras y llegó a su habitación. Con deleite, se dio cuenta de que la cama no tenía sábanas. Después se volvió y lo vio sentado en la terraza con una taza de café en la mano, mirando el sol de la mañana, con una expresión casi de felicidad.

–Se te da muy bien utilizar la sal, ¿no? –le preguntó él.

Sin embargo, ella sabía que no estaba enfadado. Claro que el café de la cocina no tenía tierra. Habría que ver lo que pensaba cuando hiciera una cafetera en la sala de su habitación.

–Venganza.

–Ya me lo imaginaba.

Él no dijo nada más, y después de un momento, ella le preguntó:

–¿Eso era todo lo que tenías que decir?

Él la miró.

–No te quedes ahí. Ven a sentarte.

–No puedo salir.

Al darse cuenta de que aún estaba obligada a permanecer en la casa, Dante sonrió ligeramente. Sin decir nada, la liberó y el muro mental desapareció.

–Vaya –murmuró Lorna, mientras salía a la terraza y se sentaba a su lado.

–¿Qué?

–No has dicho nada, sólo lo has pensado. Pensaba que necesitarías pronunciar la orden en voz alta, que yo tenía que oírlo para que funcionara.

–Lo siento. Sólo tengo que pensarlo. Ayer por la tarde tuve la tentación de utilizarlo para hacer que varias personas saltaran al lago, pero conseguí reprimirme.

–Eres un santo –ironizó ella, y Dante sonrió de nuevo.

–Estaba con los periodistas, así que teniendo en cuenta lo fuerte que era la tentación, tienes razón.

Los periodistas, ¿eh? No era extraño que no hubiera querido llevarla con él.

–Anoche llamé para decirte que no volvería a casa hasta muy tarde, pero no respondiste al teléfono.

–¿Y por qué iba a hacerlo? Yo no soy tu secretaria.

–La llamada era para ti.

–No lo sabía.

–Te dejé un mensaje.

–No lo oí.

El contestador estaba en la cocina, y ella estaba en la habitación de Dante cuando el teléfono había sonado por última vez.

–Eso es porque no te molestaste en rebobinar la cinta –dijo él, y en aquella ocasión, su tono era de irritación.

–¿Y por qué iba a hacerlo? No soy…

–Mi secretaria. Sí, ya lo sé. Eres una pesada, ¿lo sabías?

–Lo intento –respondió ella, con una sonrisa que no tenía nada que ver con el buen humor.

Él emitió un gruñido y le dio otro sorbo a su café. Lorna subió los pies descalzos a la silla y miró hacia las montañas y los valles, disfrutando del hecho de estar al aire libre después de permanecer encerrada durante un día entero.

–¿Quieres venir hoy conmigo? –le preguntó él, con evidente reticencia.

–Depende. ¿Qué vas a hacer?

–Voy a supervisar la limpieza y a hablar con los empleados de la aseguradora. Además, quiero averiguar por qué había dos detectives haciendo preguntas justo después del incendio, y voy a hacerlo yendo directamente a la fuente.

–Eso suena divertido.

–Me alegro de que se lo parezca a alguien –respondió Dante con ironía–. Arréglate y saldremos a desayunar. Por algún motivo, no me fío de la comida que hay en la casa.

16

Martes, 7:30 de la mañana

El hombre que había estado escondido detrás de un arbusto desde antes del amanecer, cuando había relevado al del turno de noche, vio que la puerta del garaje se abría. Tomó los prismáticos y miró a través de ellos hacia la casa. Unas luces rojas de freno brillaron en la penumbra del garaje. Un segundo después, un elegante Jaguar salió marcha atrás.

Él tomó la radio y apretó el botón del transmisor.

–Se marcha.

–¿Va solo?

–No lo veo... no, lo acompaña la mujer.

–Estaré listo a la hora convenida.

Con el trabajo hecho por el momento, él dejó los prismáticos colgando de su cuello y se relajó. Seguir a Raintree no era tarea suya.

–¿Te ha dicho ya el jefe de bomberos cómo se originó el incendio? –preguntó Lorna mientras recorrían la carretera curva y empinada.

El aire estaba muy limpio, y el cielo muy azul. Las sombras que provocaba el sol de la mañana marcaban la silueta de todos los arbustos y de las peñas.

–Sólo que empezó cerca de un armario de limpieza.

–Pues dile a uno de tus telepáticos que eche un vistazo y te diga lo que está pensando.

Dante se rió.

–Parece que piensas que hay mucha gente como nosotros, que tengo un ejército de gente superdotada con la que puedo contar.

–¿Y no es así?

–Mi familia está dispersa por el mundo. Aquí en Reno sólo vivimos nueve, incluido yo. Y ninguno de ellos tiene el don de la telepatía.

–¿Quieres decir que no puedes llamar a tu pariente más telepático y pedirle que…

–Telepática.

–A tu pariente más telepática y decirle el nombre del jefe de bomberos para que le lea la mente desde donde viva?

–Es mi hermana Mercy, y sólo podría hacerlo si ya conociera al jefe de bomberos. Si lo conociera en persona, podría hacerlo. Pero, ¿leerle la mente a un extraño a miles de kilómetros de distancia? Las cosas no funcionan así.

–Supongo que eso está bien, bueno, a menos que necesites que lean la mente de un extraño a miles de kilómetros de distancia. Y supongo también que significa que leer la mente no es una de tus habilidades.

Lorna esperaba que no lo fuera; si le había leído el pensamiento aquella mañana…

–Puedo comunicarme telepáticamente con Gideon y Mercy, si deliberadamente bajamos nuestras defensas, pero estamos más cómodos con los escudos en alto. Mercy era una niña muy fisgona, y podía leerte la mente en el momento menos indicado. Cuando se hizo mayor, quiso asegurarse de que sus hermanos no pudiéramos meternos en su cabeza sin aviso, así que también se protegió.

–¿Cuáles son las cosas que puedes hacer, aparte de jugar con el fuego y controlar a los demás mentalmente?

–Los idiomas… entiendo cualquier idioma, lo cual me resulta muy útil cuando viajo. Se llama xenoglosa. Eh… ya sabes que tengo una ligera capacidad empática. Hay otra cosa divertida, y es que puedo crear luz fría, blanca.

–Será muy útil cuando se corta la electricidad.

–Alguna vez me ha ocurrido –admitió él, sonriendo–. Era muy divertido cuando yo era pequeño y mi madre me obligaba a apagar la luz para dormir.

Aquella clase de vida de familia era tan rara para ella que le hizo sentirse insegura. Para cambiar de tema, le preguntó:

–¿Algo más?

–No, nada más que tenga importancia.

Ella se quedó silenciosa, reflexionando sobre toda aquella información. Había muchas cosas que no sabía sobre aquello. Por el modo en que Dante le había hablado de sí mismo y de su familia, sus dones se habían desarrollado con la edad, y sus habilidades se habían fortalecido como cualquier otra capacidad de las personas corrientes, con el uso constante. Si ella comenzaba a aprender más sobre lo que podía hacer, ¿averiguaría que tenía más habilidades? No estaba segura de querer aquello. De hecho, estaba casi segura de que no lo quería.

A medida que se alejaban de la casa de Dante, se sentía más expuesta y vulnerable. Aunque su forma autoritaria de tratarla la había enfurecido, quizá él hubiera tenido una buena idea. Lorna había estado aislada del mundo, y había tenido la oportunidad de pensar con calma sobre la idea de tener poderes, aunque fuera una descarriada, o una desafiliada, y no perteneciera ni a los Ansara ni a los Raintree. Al acercarse a Reno, se sentía más y más ansiosa, y llegó un momento en el que sintió pánico.

Había viejos hábitos que eran muy difíciles de olvidar. Una vida de precaución y secretismo no podía cambiarse con facilidad. Lo que le había resultado fácil de contemplar mientras estaba recluida le parecía muy diferente en el mundo real. La madre de Lorna no había sido la única persona de su vida que había reaccionado negativamente a sus habilidades. Dante podía llamarlo don si quería, pero para ella no había sido más que una maldición.

De repente, se sintió mareada y enferma, sólo con pensar en profundizar en aquel nuevo mundo. Nada iba a cambiar. Si permitía que alguien lo supiera, sólo conseguiría exponerse a la explotación, al ridículo o a la persecución.

–¿Qué te pasa? –le preguntó Dante, alarmado–. Estás hiperventilando.

–No quiero hacerlo –dijo ella, temblando de frío–. No quiero formar parte de esto. No quiero aprender cómo hacer más cosas.

Él murmuró una maldición e hizo una maniobra brusca y peligrosa entre el tráfico para conseguir tomar la siguiente salida de la autopista.

–Respira profundamente –le dijo, mientras paraba el coche en el aparcamiento de un establecimiento de comida rápida–. Maldita sea, debería haberme dado cuenta… ésta es la razón por la que necesitas que te instruya. Estás abarcando todos los flujos de energía que te rodean, seguramente, el tráfico, y eso te está causando una sobrecarga. ¿Cómo demonios has conseguido funcionar en la vida? ¿Cómo sobrevivías en un casino, precisamente?

Lorna siguió su consejo y respiró profundamente. Tenía frío, tanto frío como el que había sentido antes de entrar en el despacho de Dante.

Él le puso la mano sobre el brazo para calmarla, y frunció el ceño al notar lo fría que tenía la piel.

–Concéntrate –le dijo–. Piensa que tu sensibilidad es un cristal brillante que atrapa el sol y crea un arco iris a tu alrededor. ¿Puedes verlo en tu imaginación?

Ella luchó por concentrarse.

–¿Qué forma tiene el cristal? ¿Es hexagonal? ¿Cuántas facetas tiene?

–Eso no importa… es redondo. El cristal es una esfera facetada. ¿Lo tienes?

Ella formó una imagen mental de una esfera, pero no de cristal, sino de espejo. No formaba arco iris, sino que reflejaba lo que había a su alrededor. Sin embargo, no mencionó aquel detalle. El hecho de concentrarse disipaba aquella horrible sensación de frío, así que estaba dispuesta a pensar en cristales todo el día.

–Sí, lo tengo.

–Muy bien. Llega una tormenta de granizo. El cristal se romperá a menos que lo protejas. Vas a tener que usar los materiales que tengas a mano para construirle un refugio. Mira a tu alrededor. ¿Ves algo que puedas usar para proteger el cristal?

En su imaginación, Lorna miró a su alrededor, pero no tenía ladrillos ni cemento. Había matorrales, pero eran pequeños. Quizá pudiera usar algunas piedras planas y formar una barrera.

–Date prisa –le dijo él–. Sólo te quedan unos minutos.

–Hay algunas piedras por aquí, pero no suficientes.

–Entonces piensa en otra cosa. Los granizos serán muy gruesos. Derribarán las piedras. Mentalmente, ella le lanzó una mirada asesina. Después, incapaz de pensar en otra cosa, desesperada, Lorna cayó de rodillas al suelo y comenzó a hacer un agujero en la tierra.

Oía cómo se aproximaba la tormenta, y rápidamente, puso el cristal en el agujero, pero no era lo suficientemente profundo como para acogerlo completamente. El primer granizo le golpeó el hombro como si fuera un puñetazo, y Lorna supo que no salvaría el cristal ni aunque lo cubriera de tierra. Ya no le quedaba tiempo, así que se tumbó sobre el cristal para protegerlo con su propia vida.

Se apartó aquella imagen de la mente y miró a Dante con irritación.

–Pues bien, no ha funcionado –le dijo.

Él estaba inclinado hacia ella, observándola con toda su atención.

–¿Qué has hecho?

–Me tiré sobre la granada, por decirlo de algún modo.

–¿Cómo?

–Estaba intentando enterrar el cristal, pero no conseguí hacer un hoyo lo suficientemente profundo, así que me tiré encima de la esfera para protegerla del granizo, pero las bolas de hielo me golpearon hasta matarme. No te ofendas, pero tu imaginación guiada es un desastre.

Él emitió un sonido de desdén y le soltó el brazo. Después se apoyó en el respaldo de su asiento.

–No ha sido mi imaginación, sino la tuya.

–Tú has sido el que ha pensado en ese estúpido cristal.

–Sí. Y ha funcionado, ¿o no?

–¿El qué?

–Lo que has imaginado. ¿Sigues sintiéndote... bueno, no sé cómo te sentías, pero supongo que era como si te estuvieran atacando desde todos los flancos.

Lorna se detuvo a pensar un instante.

–No –dijo–. No me siento así. Tampoco me sentía antes como si me estuvieran atacando. Era una angustia muy intensa por un presentimiento. Después, tuve muchísimo frío, como el que sentí cuando iba a entrar en tu despacho.

–¿Sólo te has sentido así cuando ibas a entrar en mi despacho?

Ella se frotó la nuca para intentar relajar la tensión.

–Contrariamente a lo que tú piensas, yo podía ir a cualquier sitio y hacer cualquier cosa sin sentir esos flujos de energía, o sin tener la sensación de que el mundo iba a acabarse. Yo pensé que eras tú el que lo estaba haciendo, ¿no te acuerdas?

–Yo no soy un sensitivo –dijo él–. Nunca me he sentido como tú estás describiendo. Sé que emito un campo de energía, porque otras personas sensitivas lo han captado, pero nadie me había dicho que yo le produjera la sensación de que se iba a acabar el mundo.

–Tal vez no te conocieran tan bien como yo –dijo ella con dulzura.

–En eso tienes razón –respondió él con una pequeña sonrisa.

Y justo en aquel momento, el aire que fluía entre ellos se volvió pesado y caliente, como si se avecinara una tormenta de verano. Él bajó la mirada hacia el pecho de ella, y le acarició las curvas produciéndole una sensación casi física. Él nunca le había tocado los senos, no la había tocado sexualmente, pero ella sabía que lo excitaba de todos modos. Y saber que podía excitarlo tanto hizo que a Lorna se le contrajeran los músculos del vientre.

¿Cómo podía conseguir Dante que ella respondiera tan rápidamente? Los pezones se le endurecieron tanto que, con cada respiración, se le frotaban contra el sujetador, lo cual la excitó aún más. Estuvo a punto de bajar los hombros para aliviar la presión, pero sabía que eso la delataría. Su sostén era lo suficientemente grueso como para ocultar a los ojos de Dante su excitación, lo cual estaba muy bien. Él podría sospechar, por el color de sus mejillas, pero no podría saberlo con seguridad.

Él volvió a alzar la mirada y sus ojos se cruzaron. Lentamente, pero con seguridad, él elevó un brazo y le acarició el pezón izquierdo con el dorso de la mano, para que ella se diera cuenta de que se había confundido: él si lo sabía.

Lorna se ruborizó aún más, y notó aquella deliciosa tensión en el vientre de nuevo. Si no hubiera estado pensando en acostarse con él… si no hubiera estado pensando, tan sólo un par de horas antes, en verlo desnudo… tal vez no hubiera respondido tan inmediatamente. Sin embargo, lo había pensado, y había reaccionado con rapidez.

–Cuando estés preparada –dijo él, sosteniéndole la mirada durante unos instantes más. Después bajó la mano y señaló el restaurante de comida rápida con un gesto de la cabeza–. Vamos a desayunar.

Él ya había abierto la puerta y estaba saliendo cuando, en tono de asombro, ella le preguntó:

–¿Me has traído a desayunar a un McDonald's?

–Son esos arcos dorados –respondió él–. Me atraen sin que pueda evitarlo.

17

–Van a entrar al McDonald's –dijo uno de los vigilantes Ansara.

–Muy bien. No os mováis –dijo Ruben McWilliams, que estaba sentado en la cama de su habitación del motel–. No los perdáis de vista, pero no os acerquéis. Hay algo que lo ha asustado. Avisadme cuando se marchen de ahí.

Algo debía de haber impulsado a Raintree a atravesar con temeridad dos carriles de la autopista para tomar la salida más cercana a ciento veinte kilómetros por hora, pero Ruben dudaba que fuera una hamburguesa.

Tampoco pensaba que fuera nada de lo que había hecho su gente, pero él no estaba haciendo el trabajo de campo, así que no podía estar seguro. Se suponía que su gente sólo debía seguirlo y vigilarlo. Raintree no era clarividente, así que no podía haber notado ningún aviso, aunque pudiera haber tenido una premonición. Aquélla era una habilidad muy común; incluso los humanos corrientes podían tenerla. Quizá Raintree hubiera tenido una punzada de inseguridad, pero como tenía dones paranormales, nunca subestimaría el aviso; actuaría en consecuencia, cosa que no haría la mayoría de los seres humanos comunes.

Como no había peligro inmediato, sino que aquello ocurriría después, quizá hubiera presentido un accidente en su inmediato futuro si permanecía en la autopista, y debido a eso, había tomado rápidamente la primera salida. Eso era posible.

Llevar a cabo el accidente que ellos habían planeado no había sido posible con tan poca antelación. No tenían modo de saber cuándo iba a salir Raintree de su casa, ni adónde iría cuando saliera. Una vez que lo tenían a la vista, podían enviar a las bandas hacia el lugar en el que él estaba. Entonces, ellos harían el trabajo.

Ante su hamburguesa, Dante dijo:

–Cuéntame exactamente cómo te sentiste cuando estabas en mi despacho.

Lorna le dio un sorbito a su café, pensativamente, y recordó. Las cosas habían ocurrido tan poco tiempo antes que tenía los detalles frescos en la memoria.

–Me asustaste muchísimo.

–¿Porque habías hecho trampas?

–No hice trampas –insistió ella, mirándolo con el ceño fruncido–. Saber algo no es lo mismo que hacer trampas. Pero no, no era eso. Una noche, en Chicago, yo iba hacia mi casa, y estaba a punto de entrar en un callejón que siempre usaba como atajo. Lo usaba muchas veces, como mucha otra gente. Pero aquella noche, no pude hacerlo. Me quedé helada. ¿Has tenido alguna vez un miedo tan espantoso que te has sentido enfermo? Fue así. Me alejé del callejón y tomé otro camino para volver a mi casa. A la mañana siguiente, encontraron el cuerpo mutilado de una mujer en el callejón.

–Presentimiento –dijo él–. Un don que te salvó la vida.

–Me sentí igual cuando te vi a ti –dijo Lorna, y se dio cuenta de que a Dante no le gustaba aquello en absoluto, pero él había preguntado, así que Lorna prosiguió–. Me sentí como si una fuerza inmensa me hubiera golpeado. No podía respirar, y tuve miedo de desmayarme. Pero entonces, tú dijiste algo, y el pánico se desvaneció.

Él se apoyó en el respaldo de la silla, mirándola con los ojos entrecerrados.

–Pero tú no corrías peligro conmigo. ¿Por qué ibas a tener una reacción tan fuerte?

–Tú eres el experto. Explícamelo.

–Mi primera reacción a ti fue desearte. A menos que te dé pánico el sexo, cosa que no creo, no estabas percibiendo nada en mí que pudiera hacerte sentir de esa manera.

De nuevo, Lorna sintió un calor intenso en el vientre, y no era por el café. Como estaban en una hamburguesería y había un niño de cuatro años sentado un poco más allá con sus padres, ella se apartó de la cabeza el pensamiento de acostarse con Dante.

–Una parte de la sensación sí me la produjiste tú –insistió–. Recuerdo que pensé que el aire era distinto, que había algo que nunca había experimentado antes en aquella estancia. Cuando te acercaste, supe que ese sentimiento me lo habías producido tú. Eres un hombre peligroso, Raintree.

Él la miró, esperando a que continuara, porque no podía negar aquella acusación en concreto.

–Yo te sentía. Sentía que tirabas de mí, casi como si me tocaras. Las velas se volvieron locas. Yo quería echar a correr, pero no podía moverme.

–Te estaba tocando –dijo él–. Al menos, en mi imaginación.

Al recordar cómo se había visto atrapada en la fantasía sexual de Dante, a Lorna se le cortó la respiración.

–Sabía que algo no marchaba bien –susurró–. Perdí el control. Me sentí como si me hubiera quedado enganchada en una corriente de poder que me zarandeaba y me hacía perder el equilibrio. Entonces, me quedé helada, exactamente igual que en el coche. No era un frío normal, sino algo tan intenso que me causó dolor en los huesos. Entonces sentí un miedo idéntico al que había sentido aquella noche ante el callejón. Tú estabas hablando de que yo era muy sensible a las corrientes de la habitación...

–Estaba hablando sobre corrientes sexuales –puntualizó él irónicamente–. El solsticio de verano ocurrirá dentro de pocos días, y es más difícil controlarse cuando hace tanto sol.

Por eso estaban danzando las llamas de las velas. Yo estaba excitado, y mi poder estallaba.

Lorna pensó en aquello. Se había sentido atraída por él en el mismo momento en que lo había visto. Pese al miedo que él le había hecho sentir, cuando sus miradas se habían cruzado, la lujuria se había adueñado de ella. El frío intenso sólo había llegado después, y no había afectado a su respuesta física hacia él, porque cuando el frío se disipó, ella seguía sintiendo la misma atracción.

–Entonces, dejé de sentir frío –dijo Lorna–. Como si algo me hubiera estado presionando contra la silla y de repente se apartara de mí. Pensé que iba a caerme de la silla, porque la presión que me aplastaba contra el asiento desapareció bruscamente. Y ahí terminó todo. Hablamos un poco más, y entonces sonó la alarma de incendios. Fin de la escena, comienzo de algo mucho más extraño todavía.

–¿Y sentiste lo mismo en el coche?

Lorna asintió.

–Exactamente lo mismo. Cuanto más nos alejábamos de la casa, más ansiosa y deprimida me sentía, como si estuviera realmente expuesta y vulnerable. Después sentí mucho frío.

–Es evidente que estabas captando energías negativas, seguramente del tráfico. Nunca se sabe quién va en el coche de al lado. Podría ser alguien al que ni siquiera querrías encontrarte al mediodía, a plena luz, en una calle abarrotada. Lo que me desconcierta es que te sintieras del mismo modo en mi despacho –dijo Dante, y sacudió suavemente la cabeza–. A menos que sintieras que iba a haber un incendio en el casino, lo cual es posible, dada tu habilidad precognitiva.

–Tal vez. Quizá sea porque tengo…

Ella se interrumpió y lo miró fijamente. Él arqueó las cejas.

–Tienes… ¿qué?

–Le tengo miedo al fuego. Terror, ¿comprendes?

–Cualquiera con inteligencia es cauteloso ante el fuego. Yo mismo soy cauteloso.

–No es cautela, es terror –insistió ella–. Tengo pesadillas en las que me quedo atrapada en un edificio ardiendo. Quizá sea ésa la razón por la que sentí tanto pánico y ansiedad en tu despacho. Pero no entiendo el motivo por el que me he sentido así hoy, a menos que vayas a obligarme a entrar en otro edificio incendiado durante la siguiente hora, en cuyo caso dímelo ahora para que te mate.

Él se rió y dejó los restos de la comida sobre la bandeja de plástico. Ella se levantó de la mesa y salió delante de él del restaurante.

–¿Adónde vamos ahora?

–Al hotel.

Estuvieron en la autopista en menos de un minuto. Dante la miró de reojo.

–¿Te encuentras bien?

–Perfectamente. No sé qué ha pasado antes.

Se encontraba bien, sí. Iba en un Jaguar con el hombre más insólito al que había conocido en su vida, y estaba pensando en acostarse con él. Lo miró y recordó su aspecto vestido sólo con los calzoncillos, y tuvo una agradable sensación de impaciencia.

Le gustaba verlo conducir. El domingo por la noche, al ir hacia su casa, ella no estaba en condiciones de apreciar la suavidad y la economía de movimientos con las que él manejaba el volante. La buena conducción era sexy, pensó ella. El juego de músculos de sus antebrazos, era increíblemente sexy. Él debía de hacer ejercicio regularmente para mantenerse en forma.

Iban conduciendo por el carril central. Se les estaba acercando un coche con escape libre por la derecha, y ella vio cómo Dante miraba por el espejo retrovisor.

–Idiotas –murmuró él, y aceleró suavemente para tomar el carril de la izquierda.

Lorna volvió la cabeza para ver de quién estaba hablando. Un Dodge abollado, de color blanco, que emitía un humo gris por el tubo de escape, se aproximaba a toda velocidad. Vio que había varias personas dentro. Lo que había obligado a Dante a apartarse y darles espacio era un Nissan azul que iba pegado al parachoques del Dodge.

–Van a provocar un accidente –comentó ella, justo cuando el Nissan azul salía al carril central, el que ellos habían dejado libre, y aceleró para ponerse a la altura del Dodge.

El Nissan viró hacia el Dodge, y el conductor del Dodge clavó los frenos, provocando una reacción de frenadas en cadena tras él. El motor del Nissan rugió a medida que el coche se ponía a la altura de Dante y Lorna. Ella vio que dentro iban cuatro individuos riéndose y señalando al Dodge.

El tráfico que había a aquellas horas en la autopista era muy denso, pero no tanto como para que el conductor del Dodge no pudiera alcanzarlos rápidamente.

–Son bandas –dijo Dante con la voz entrecortada.

Frenó para dejar que ambos coches los adelantaran. Él no podía ir más deprisa porque había un coche delante de ellos, y tampoco podía adelantar a aquel coche porque el Nissan estaba justo a su lado, bloqueándole el paso. No parecía que nadie del Nissan les prestara atención: todos estaban mirando al Dodge. Más bien, pareció que el conductor del Nissan levantaba el pie del acelerador, como si quisiera que el Dodge los alcanzara.

–¡Maldita sea! –murmuró Dante, mientras viraba todo lo posible hacia la derecha, mientras el Dodge se ponía a la altura del Nissan.

Lorna vio un borrón mientras el pasajero del asiento trasero izquierdo del Dodge bajaba la ventanilla y sacaba un arma. Entonces, Dante la agarró por el hombro, con tanta fuerza que le hizo daño en los huesos, y la obligó a inclinarse hacia delante justo antes de que la ventanilla saltara en añicos. Hubo unos cuantos estruendos, acompañados de estallidos más ligeros y rápidos, y después, un impacto muy fuerte, cuando Dante giró el volante e hizo que el coche derrapara hasta la barrera de cemento.

18

Dante había conseguido liberarle a Lorna el hombro del cinturón de seguridad, pero la parte de la correa que le sujetaba el regazo se tensó de un tirón. Algo le rozó la parte derecha de la cabeza y le golpeó el hombro derecho con tanta fuerza que la empujó hacia delante. Lorna terminó con la cara hacia abajo, el tronco tendido sobre la consola, retorcida entre los airbags. El horrible ruido del derrape de los neumáticos y los crujidos del metal aplastado habían cesado, y un extraño silencio reinaba en el coche. Lorna abrió los ojos, pero tenía la visión borrosa, así que volvió a cerrarlos.

Nunca había sufrido un accidente de tráfico. La velocidad y la violencia del impacto la habían dejado asombrada. No estaba herida, sólo... entumecida. Pensó, confusamente, que sentiría dolor más tarde. La colisión había sido tan violenta que se sentía perpleja por continuar viva.

¡Dante! ¿Y Dante?

Aguijoneada por aquel pensamiento, abrió los ojos de nuevo y parpadeó, y lentamente, se dio cuenta de que estaba mirando hacia el asiento trasero. Pensó que la imagen blanquecina y borrosa que veía era humo, e intentó impulsarse hacia arriba, en un estado de pánico. Sin embargo, no consiguió elevarse.

—¿Lorna?

Aquella voz era ronca y quebrada, como si tuviera dificultad para hablar, pero era la de Dante. Llegaba desde algún lugar detrás de ella, por encima, lo cual no tenía sentido.

–Fuego –consiguió decir ella, mientras intentaba mover las piernas frenéticamente. Por algún motivo, sólo podía mover los pies, lo cual era reconfortante, porque significaba que no tenía daños en la columna vertebral.

–No, no es fuego. Son los airbags. ¿Estás herida?

Si alguien sabía si había fuego o no, era Dante. Lorna respiró profundamente y se relajó un poco.

–No creo. ¿Y tú?

–Estoy bien.

Ella estaba atrapada en una posición tan forzada que sentía un agudo dolor en los músculos de la espalda. Se retorció y se las arregló para mover el brazo izquierdo y sacarlo desde debajo de su cuerpo. Con la mano libre, empujó contra el suelo para incorporarse y sentarse nuevamente.

–Espera –le dijo Dante, tomándola del brazo–. Hay cristales por todas partes. Te cortarás.

–Tengo que moverme. Estar en esta posición me está destrozando la espalda.

No obstante, se detuvo, porque pensó en lo que le harían los cristales a su espalda.

Hubo gritos desde fuera, cada vez más cerca, de la gente que se acercaba a ayudar. Alguien llamó a la ventanilla de Dante.

–¡Eh, oiga! ¿Está bien?

–Sí –dijo Dante.

Lorna sintió su mano contra el costado mientras él trataba de liberarse del cinturón de seguridad. El cierre estaba atascado, y tuvo que hacer varios intentos; al tercero, se abrió. Una vez libre de la atadura, Dante se giró, y ella notó que le pasaba las manos por las piernas.

–Tienes el pie atrapado por el airbag. ¿Puedes mover... –él le tomó el tobillo–. Mueve la rodilla hacia mí y el pie hacia la ventanilla.

Era más fácil decirlo que hacerlo, pensó Lorna, porque ella

apenas podía maniobrar. Sólo pudo mover un poco la rodilla derecha.

El hombre que estaba junto a la puerta de Dante intentó abrirla, pero la cerradura estaba atascada también.

–¡Inténtelo por el otro lado! –le dijo Dante.

–La ventana ha estallado –dijo otro hombre, que se había asomado por la ventanilla del acompañante–. ¿Están heridos?

–Estamos bien –respondió Dante.

Se inclinó sobre ella y tiró ligeramente del tobillo mientras hacía que girara el pie. Aquello le permitió a Lorna mover un poco más la rodilla.

–Esto demuestra –murmuró Lorna entre jadeos, debido al esfuerzo que estaba haciendo por moverse–, que evidentemente no soy precognitiva. No sabía que fuera a ocurrir algo semejante.

–Creo que podemos decir que ninguno de los dos somos precognitivos –afirmó él–. Ya casi está... –con un último tirón, le había liberado el pie a Lorna. Entonces, le dijo al hombre que estaba junto a la ventanilla–: ¿Podría buscar una manta o algo parecido para echarla sobre este cristal para poder sacarla?

–No necesito que me saquen –gruñó Lorna–. Si consigo moverme, podré salir por mí misma.

–Ten paciencia –le pidió Dante, y se volvió para deslizarle el brazo derecho bajo el pecho y los hombros y sostener su peso para que pudiera darle un descanso a sus músculos.

Comenzaron a oír las sirenas a cierta distancia, y a los pocos instantes apareció una nueva cara en la ventanilla rota, enrojecida y sudorosa, que pertenecía a un hombre con una gorra de operario de Caterpillar.

–Tenía una manta en la máquina –dijo, y la extendió sobre el asiento, doblando el sobrante de tela sobre el cristal para cubrir los añicos.

–Gracias –le dijo Lorna fervientemente, mientras Dante comenzaba a alzarla hacia el asiento.

Había sentido tanto dolor en aquella posición, que estuvo a punto de emitir un gruñido por el alivio que le produjo adoptar una postura más natural.

–Ya está –dijo el conductor del camión. Después tomó a Lorna por debajo de los brazos y la sacó por la ventanilla rota antes de que pudiera salir por sí misma.

Ella le dio las gracias a él y a todo el mundo que se había acercado a ayudar. Después se dio la vuelta y le echó una mirada al coche, mientras Dante salía sano y salvo de su asiento, con una gracia de atleta, como si hacerlo a través de la ventanilla fuera algo corriente.

Lorna se había quedado enmudecida al ver que el elegante Jaguar había quedado reducido a un amasijo de hierros retorcidos. Había derrapado y había dado un giro casi completo, y había colisionado frontalmente contra la barrera de cemento de la mediana. El lado del conductor había quedado enfrentado al tráfico que recorría la autopista. Si hubiera chocado otro coche contra ellos después de chocar contra la barrera, Dante habría muerto.

Lorna no sabía por qué no habían sufrido la embestida de otro vehículo; el tráfico era muy denso a aquella hora del día. Miró el montón de coches que habían tenido que detenerse a su alrededor, girados en todos los ángulos, como si sus conductores hubieran clavado el freno con todas sus fuerzas para evitar el choque y hubieran derrapado también. Vio que tres coches habían chocado a unos veinte metros de ellos, pero la gente estaba fuera de los vehículos, examinando los daños, así que estaban bien.

Ella no estaba bien. Tenía el estómago encogido y el corazón acelerado. Recordaba perfectamente haber visto a Dante girando el volante hasta el límite, haciendo que el Jaguar patinara controladamente para poner el lado del conductor hacia el tráfico.

Iba a matarlo.

Él no tenía derecho a arriesgarse así por ella. Ningún derecho. No eran amantes. Se habían conocido menos de cuarenta y ocho horas antes, en terribles circunstancias, y durante casi todas aquellas horas, ella habría preferido empujarlo al tráfico con sus propias manos.

¿Cómo se atrevía a ser un héroe? Lorna no quería que

fuera un héroe. Quería que fuera alguien cuya ausencia no le hiciera daño. Quería ser capaz de alejarse de él, completa, contenta. No quería pensar en el después. No quería soñar con él.

Lorna no le había interesado lo suficiente a su padre como para que se quedara con ella, si acaso sabía de su existencia. Ella no sabía quién era, y tampoco lo sabía su madre. Y su madre, con toda seguridad, no habría arriesgado ni una uña, y menos la vida, para salvar a Lorna de nada. Así pues… ¿qué estaba haciendo aquel extraño, poniendo su vida en peligro para protegerla? Lorna lo odiaba por hacerlo, por convertirse en alguien cuya huella llevaría siempre en el corazón.

¿Y qué se suponía que debía hacer ella?

Volvió la cabeza para mirarlo. Él estaba a pocos metros de distancia, lo cual tenía sentido, porque si se hubiera alejado más, ella se habría visto obligada a seguirlo. No podía liberarla de aquel maldito control mental al que la tenía sometida, pero había arriesgado su vida por ella, el muy idiota.

Normalmente, Dante llevaba el pelo peinado hacia atrás, pero en aquel momento le caía por la cara. Tenía una delgada línea de sangre en la mejilla izquierda, que brotaba de un corte que había sufrido en el pómulo. La piel que rodeaba la herida estaba magullada e hinchada. También tenía un hematoma en el brazo izquierdo, desde la muñeca hasta el codo. Sin embargo, no se tocaba el brazo ni el corte, cosa que hubiera hecho por instinto cualquier persona. Parecía que aquellas heridas no existían para él.

Dante tenía completo control sobre sí mismo y sobre la situación.

Lorna estaba furiosa. Lo que él había hecho no era justo, aunque a él, la justicia de sus acciones no le importaba demasiado.

Como si le hubiera leído el pensamiento, Dante se volvió bruscamente y se acercó a ella de dos zancadas. La tomó del brazo y le dijo:

–Estás muy pálida. Tienes que sentarte.

–Estoy bien –respondió ella automáticamente. Una brisa

repentina le echó una cortina de pelo sobre la cara, y ella alzó la mano para retirársela. Se estaban acercando dos coches de policía con las sirenas a todo volumen, y Lorna casi tuvo que gritar para hacerse oír–. No estoy herida.

–No, pero has sufrido una fuerte impresión –replicó él, y volvió la cabeza para mirar los coches que se habían detenido al otro lado de la barrera. Las sirenas se apagaron, pero apareció otro vehículo de emergencia y el sonido volvió a aturdirlos.

–¡Estoy bien! –insistió ella. Y lo estaba. Al menos, físicamente.

Él la guió hacia la barrera de cemento.

–Vamos, siéntate. Me sentiré mejor si lo haces.

–Yo no soy la que está sangrando –señaló ella.

Dante se tocó la mejilla, como si se hubiera olvidado del corte; o quizá ni siquiera se hubiera dado cuenta de que lo tenía.

–Entonces, siéntate conmigo y hazme compañía.

Finalmente, ninguno de los dos se sentó.

Los policías estaban intentando averiguar lo que había ocurrido y poner el tráfico en marcha de nuevo, aunque lentamente. También se estaban ocupando de enviar al hospital a cualquier persona que pudiera estar herida. Muy pronto, hubo siete coches patrulla en el accidente, además de un camión de bomberos y tres ambulancias. Los conductores de los coches accidentados podían conducir, y se les ordenó que apartaran los vehículos hacia el arcén.

Varias personas habían presenciado lo ocurrido. Nadie sabía si el tiroteo lo había ocasionado un simple pique entre conductores o si todo el altercado había sido una pelea entre bandas rivales, pero todo el mundo tenía una opinión propia y ligeramente distinta de los demás. Lo único en lo que todos estuvieron de acuerdo era que los ocupantes del Dodge blanco estaban disparando a los del Nissan, y que los ocupantes del Nissan les devolvían el fuego.

–¿Alguien vio la matrícula de alguno de los coches?

Dante miró inmediatamente a Lorna.

–¿Los números?

Ella pensó en el Dodge y los números aparecieron con claridad en su mente.

–La matrícula del Dodge es ocho siete tres.

–¿Vio las letras? –le preguntó el policía, con la libreta en la mano.

Lorna negó con la cabeza.

–Sólo recuerdo los números.

–Bien. De todos modos, nos facilitará mucho la búsqueda. ¿Y la matrícula del Nissan?

–Mmm… seis uno dos.

Él apunto ambas matrículas y se dio la vuelta al oír una llamada por la radio del coche.

El teléfono de Dante sonó en aquel momento. Él se lo sacó del bolsillo de los pantalones y miró la pantalla.

–Es Gideon –dijo, y abrió el teléfono–. ¿Qué hay? –preguntó. Después escuchó durante un momento y dijo–: Realmente fastidiado.

Una breve pausa.

–Lo recuerdo.

Hablaron durante menos de un minuto, y después Lorna oyó que decía:

–Un atisbo del futuro.

Aquello le provocó curiosidad. ¿De qué estaban hablando? Dante acababa de reírse de algo que le había dicho su hermano cuando, de repente, ella sintió un escalofrío tan intenso que tuvo que abrazarse a sí misma, pese a que hacía calor. Aquel frío horrible, que le traspasaba hasta los huesos, había vuelto a adueñarse de ella, como si acabaran de lanzarla a una bañera de agua helada.

Dante la miró con agudeza y colgó de repente.

–¿Qué te ocurre? –le preguntó en voz baja.

–Creo que el asesino en serie depravado nos ha seguido –murmuró Lorna.

19

Dante la abrazó y la atrajo contra el calor de su cuerpo. Él siempre tenía una temperatura corporal alta, pensó Lorna, como si tuviera fiebre. Aquel calor fue estupendo en aquel momento, porque alivió el frío tan intenso que sentía.

–Concéntrate –le susurró él–. Piensa en construir ese refugio.

–No quiero construir ningún refugio –respondió ella nerviosamente–. Esto no me había ocurrido nunca antes de conocerte, y quiero que pare.

Él le acarició la mejilla con el pelo, y ella notó que sonreía.

–Veré lo que puedo hacer. Mientras, si no quieres construir un refugio, intenta averiguar qué es lo que está causando el problema. Cierra los ojos y busca mentalmente a nuestro alrededor, y dime si recibes algo, si percibes algún cambio de energía en una zona concreta.

Aquella sugerencia le pareció mucho más práctica a Lorna que la de construir un refugio imaginario para una bola de cristal. Hizo lo que él le había dicho, apoyada en su cuerpo, permitiendo que él la sostuviera mientras ella cerraba los ojos y comenzaba a buscar algo extraño con la mente. No sabía lo que estaba haciendo, ni lo que estaba buscando, pero se sintió mejor al actuar.

–¿Se supone que va a funcionar, o sólo me estás distrayendo? –le preguntó a Dante.

–Debería funcionar. Todo el mundo tiene un campo de energía, pero algunos lo tienen más fuerte que otros. Una persona sensitiva tiene una percepción muy aguda de esos campos de energía. Tú deberías ser capaz de captar cualquier vibración fuerte y saber de dónde proviene, como se sabe de qué dirección viene el viento.

Aquello tuvo sentido para ella, explicado en términos que podía entender. Sin embargo, si ella era una persona perceptiva, ¿por qué no sentía cosas así normalmente? Aparte de haberlo notado en Chicago, cuando había tenido un ataque de terror antes de entrar en aquel callejón, nunca había percibido nada anormal.

«Algunos son más fuertes que otros», le había dicho Dante.

Quizá hubiera estado rodeada de gente normal durante toda su vida. En ese caso, el hecho de que sintiera aquel frío y aquella angustia debía de significar que había gente cerca, en aquel momento, que no era normal, y cuyo campo energético era muy fuerte.

El más fuerte de todos la tenía entre sus brazos. Lorna decidió usar a Dante como un patrón por el que poder medir cualquier cosa que detectara. Sentía físicamente la fuerza de sus dones, casi como si fuera una corriente eléctrica que emanaba de su cuerpo. La sensación era demasiado fuerte como para resultar agradable, pero no era desagradable, tampoco. Más bien era algo excitante, sexual, como pequeños puntitos de fuego que le atravesaban el cuerpo.

Lorna mantuvo parte de aquella sensación en primer plano de su mente, y comenzó a ampliar su consciencia, buscando los lugares desde los que provenían las corrientes más fuertes. Era como si estuviera pescando truchas.

Al principio, no notó otra cosa que un flujo normal de energía, aunque de mucha gente diferente. Dante y ella estaban rodeados de policías, médicos, bomberos, gente que había acudido en su ayuda. Su flujo de energía era cálido, reconfortante, protector. Aquélla era gente buena. Todos tenían sus defectos, pero su línea de fondo era buena.

Lorna expandió el círculo mental. Allí, lo que notó era ligeramente distinto. Aquellos eran los espectadores, los mirones, los que tenían curiosidad pero que no habían movido un dedo por ayudar. Querían hablar sobre el accidente, sobre el hecho de haberse quedado atascados durante unas horas, como si aquello fuera una terrible experiencia, pero no querían hacer ningún esfuerzo. Ellos...

¡Allí!

Lorna se sobresaltó a causa de lo que había percibido.

–¿Dónde está? –le preguntó Dante.

Lorna no abrió los ojos.

–A mi izquierda... no lo sé exactamente... a treinta metros, más o menos. Él está en el arcén.

–¿Él?

–Él –respondió ella con rotundidad.

–Nuestros amigos han fracasado completamente –dijo el vigilante Ansara. Bajó los prismáticos y se concentró en la llamada de teléfono–. El coche está destrozado, pero ellos están sanos y salvos.

Ruben emitió un juramento entre dientes.

–Cancela la vigilancia –dijo–. Tengo otros planes.

El procedimiento había sido, hasta aquel momento, demasiado complicado. El mejor plan era siempre el más sencillo. Había menos detalles que podían fallar, menos gente que pudiera hacer las cosas mal, menos posibilidades de que el objetivo se diera cuenta de que lo perseguían.

En vez de intentar hacer que la muerte de Raintree pareciera accidental, Ruben tenía otras ideas: esperaría hasta el último minuto, cuando fuera demasiado tarde para que el clan corriera a congregarse a Santuario, y entonces, simplemente, le metería una bala entre ceja y ceja.

Lo sencillo era siempre lo mejor.

–Ya sé de quién estás hablando –dijo Dante–, pero no distingo nada desde esta distancia. No parece que esté haciendo nada, sólo está fuera de su coche, como los demás.

–Vigilando –dijo Lorna–. Nos está vigilando.

–¿Puedes decirme algo sobre su campo de energía?

–Irradia muchas ondas. Es más fuerte que nadie a quien yo esté sintiendo ahora, pero eh... diría que no es tan fuerte como tú –explicó ella. Después alzó la cabeza y abrió los ojos–. Es la única presencia extraña, que yo sepa. ¿Estás seguro de que no me estoy imaginando todo esto?

–Estoy seguro. Tienes que empezar a confiar en tus sentidos. Probablemente, él...

–Señor Raintree –dijo uno de los policías para avisar a Dante.

Él le dio a Lorna un rápido beso en los labios, la soltó y se acercó al policía. Lorna lo siguió, aunque se detuvo en cuanto pudo, cuando la coacción mental dejó de tirar de ella.

La escena del accidente estaba empezando a despejarse. Los testigos ya habían hecho sus declaraciones, y la mayor parte de la gente se las había arreglado para maniobrar alrededor del Jaguar destrozado y sacar el coche del atasco. Habían llegado dos grúas, un para llevarse el coche de Dante y otra para llevarse otro de los vehículos accidentados, cuyo radiador había quedado inservible.

Por lo que Lorna vio, Dante no estaba disgustado por haber perdido el coche. Habló con los empleados de su aseguradora, sacó el mando a distancia del garaje y los papeles del coche de la guantera y llamó por teléfono al hotel para que le prepararan un coche de alquiler y pedir a un empleado que fuera a buscarlos. Tal y como ella había supuesto, el dinero amortiguaba mucho los golpes de la vida.

Pensar en el dinero hizo que se llevara la mano al bolsillo izquierdo. Su dinero seguía allí, junto a su carné de conducir y unas tijeras pequeñas que había tomado de un cajón del baño. No tenía idea de para qué podrían servirle aquellas tijeras en una situación verdaderamente peligrosa, pero de todos modos, las conservaba.

Se dio cuenta de que se sentía mucho mejor, porque aquella horrible sensación de frío había cesado. Se volvió a mirar al lugar donde estaba el vigilante. Ya no estaba allí, ni su coche tampoco. ¿Una coincidencia, o causa y efecto?

–Ya han venido a buscarnos –le dijo Dante, acercándose a ella. Posó la mano en su cintura y le preguntó–: ¿Quieres venir al hotel conmigo, o prefieres volver a casa?

¿A casa? ¿Dante se refería a su casa como la de ella también? Ella alzó la vista y lo miró fijamente, dispuesta a señalarle su error, pero las palabras se le quedaron atrapadas en los labios. Él la estaba observando con una mirada ardiente; aquello no había sido un error, sino una advertencia.

–Los dos sabemos adónde vamos con esto –le dijo Dante–. Tengo una suite en el hotel, y los electricistas arreglaron ayer la instalación, así que podemos quedarnos allí. Puedes venir conmigo al hotel o ir a casa, pero de cualquier modo, vas a terminar en mi cama. La única diferencia es que si te vas a casa tendrás un poco más de tiempo, si lo necesitas.

–Aún no he decidido si voy a acostarme contigo o no, y tomaré esa decisión a mi ritmo, no al tuyo –replicó ella–. Iré contigo al hotel porque no quiero pasar otro día encerrada en aquella casa, así que no te emociones, Raintree.

La expresión de intenso deseo se desvaneció de repente, y fue reemplazada por una de ironía. Se miró hacia abajo y dijo:

–Demasiado tarde.

20

Lorna estaba demasiado inquieta como para quedarse sentada en la suite de Dante mientras él estaba por todo el hotel, dirigiendo las labores de limpieza y de reparación, recorriendo las habitaciones con los empleados de la aseguradora y hablando con los constructores que iban a reconstruir el edificio del casino. El trabajo entre bambalinas de un hotel de lujo era algo fascinante.

En vez de esperar a que las aseguradoras cubrieran los gastos, Dante había llamado a los tasadores para que tomaran fotografías e hicieran los informes. Después, había continuado las reparaciones con su propio dinero. Aquello le había dado a entender a Lorna que era inmensamente rico. Su estilo de vida, por lo tanto, decía muchas cosas sobre él. No tenía un ejército de sirvientes para complacerle. Vivía en una casa grande y maravillosa, pero no era una mansión. Tenía coches muy caros, pero conducía él mismo. Se hacía el desayuno y ponía el lavaplatos. Le gustaba el lujo, pero estaba cómodo con mucho menos.

Sin embargo, en lo referente al hotel, Dante tenía una actitud inflexible. Todo tenía que ser de primera. Una habitación dañada por el humo no podía quedar sólo bien después de la limpieza. Tenía que quedar perfecta. Si el olor a humo no se iba de las cortinas, las cortinas se cambiaban. Lo mismo ocurría con el mobiliario y los kilómetros de moqueta que cubrían el suelo.

Lorna averiguó que el día anterior todo había sido una locura. Se había permitido a los huéspedes subir a sus habitaciones para recuperar sus posesiones. Como el casino era un edificio anexo al hotel, por precaución, habían sido acompañados para evitar que la curiosidad les hiciera dirigirse a lugares donde no debían entrar.

Un casino existía únicamente por una razón: el dinero. En uno de los escasos momentos en que Dante había tenido un segundo para hablar, le había dicho a Lorna que el casino tenía que ganar seis millones de dólares al día para cubrir los gastos; por lo tanto, para cumplir el objetivo de un establecimiento de juego y obtener un sustancioso beneficio, el Inferno debía ingresar diariamente una suma de dinero inconcebible.

Las máquinas tragaperras, que habían quedado carbonizadas y derretidas en el incendio, aún contenían miles y miles de dólares en monedas, así que las ruinas del edificio tenían que ser vigiladas durante las veinticuatro horas del día para evitar los robos hasta que se pudiera transportar las máquinas y recuperar su contenido. Los depósitos de monedas de las tragaperras estaban hechos a prueba de incendios, así como la cámara acorazada, por lo tanto, el dinero había podido salvarse.

Por otra parte, los cajeros del casino se habían negado a evacuar su puesto hasta que hubieran puesto a salvo el dinero de las cajas. Aquello había sido muy leal para con Dante Raintree, pero poco inteligente: las dos muertes se habían registrado entre aquel grupo de trabajadores.

El jefe de bomberos estaba terminando su investigación, y Dante se acercó a él.

–¿Fue un incendio provocado?

–Todo indica a que el incendio se originó en la instalación eléctrica, señor Raintree. No he encontrado restos de sustancias combustibles en el origen del fuego. Sin embargo, las llamas alcanzaron temperaturas inusualmente elevadas y admito que eso me hizo sospechar.

–Yo también sospeché cuando los detectives me interrogaron inmediatamente después del incendio, el domingo por la noche, cuando usted ni siquiera había comenzado su investigación. Esto no era el escenario de un crimen.

El jefe de bomberos lo miró con cierta sorpresa.

–¿No se lo dijeron? Hubo una llamada justo en el momento en que comenzaba el incendio. Un chiflado dijo que iba a quemar el casino. Cuando lo encontraron, resultó que era alguien que estaba comiendo en uno de los restaurantes, y cuando sonó la alarma de incendios, tomó el teléfono móvil y dio esa noticia para tener su momento de gloria. Había ingerido demasiado alcohol. Hay gente que no está bien de la cabeza –terminó, agitando ligeramente la cabeza.

Dante miró a Lorna.

–Nos preguntábamos qué estaba ocurriendo. Yo estaba empezando a sentirme con un teórico de la conspiración –dijo.

–En los incendios ocurren cosas extrañas. Una de ellas es que ustedes sigan con vida. No tenían ninguna protección, pero ni el fuego ni el humo les causaron el menor daño. Asombroso.

–Pues yo me sentí como si el fuego sí nos hiciera daño –replicó Dante con ironía–. Tosí hasta que me dolían los pulmones.

–Sin embargo, sus vías respiratorias no estaban dañadas. He visto morir a gente que había respirado mucho menos humo que ustedes.

Lorna se preguntó qué pensaría el jefe de bomberos si viera lo que había quedado del Jaguar de Dante, y sin embargo ni ella ni él tenían siquiera un rasguño.

No. Aquello no era normal. Con el ceño fruncido, miró a Dante con atención. Al abrirse, el airbag del coche le había provocado un corte en el pómulo por el impacto. Justo después del accidente, Dante tenía el pómulo amoratado e hinchado. También el brazo izquierdo.

Sin embargo, unas horas después, Lorna no veía el corte de su pómulo, ni la hinchazón, ni el hematoma. Sabía que no se lo había imaginado, porque había visto la sangre en su camiseta de manga corta. Al llegar al hotel, Dante había subido a su habitación a cambiarse y se había puesto una camisa blanca. Iba remangado, y Lorna veía claramente que su brazo no tenía ningún moretón.

Ella tampoco tenía marca alguna. Después del golpe que se había llevado, al menos debería tener los músculos rígidos y doloridos, pero se encontraba bien. ¿Qué estaba ocurriendo?

–Era un callejón sin salida –comentó él después de despedirse del jefe de bomberos–. Alguna gente padece una estupidez asombrosa.

–Es cierto –asintió ella ausentemente, sin dejar de pensar en el misterio del corte desaparecido. ¿Había alguna forma de preguntarle a un hombre con diplomacia si era humano?

¿Y qué había de su falta de hematomas? Lorna sabía que ella sí era humana. ¿Era aquello parte del repertorio de Dante? ¿Habría evitado él que ella resultara herida?

–El corte que tenías en el pómulo –le preguntó de repente. Estaba demasiado preocupada como para dejar pasar el asunto–. ¿Qué ha pasado con él?

–Me curo muy rápidamente.

–No me digas tonterías –dijo ella con irritación–. Tenías el pómulo hinchado y amoratado, y un corte que te sangraba, hace muy poco tiempo. Y ahora no te queda ni una marca.

Él asintió ligeramente y dijo:

–Vamos a la suite para hablar tranquilamente. Hay algunas cosas que aún no he mencionado.

–No me digas –preguntó ella en un susurro.

Ambos atravesaron las oficinas del hotel y llegaron al ascensor privado de Dante, que llegaba solamente a su suite. Su despacho estaba en el mismo piso, pero separado de sus habitaciones, al otro lado del hotel. Cuando el jefe de seguridad la había llevado hasta el despacho, había usado uno de los ascensores públicos. No era de extrañar que no hubiera más gente en aquel piso cuando habían tenido que salir corriendo a causa del incendio; toda la planta era de Dante.

La enorme suite era impersonal, como cualquiera de las de un hotel de lujo. Él le había explicado que sólo pasaba la noche allí cuando había tenido mucho trabajo y se había hecho muy tarde para volver a casa. Las habitaciones eran grandes y cómodas, pero allí no había nada de Dante salvo algunas prendas de vestir que usaba en caso de emergencia.

Al entrar, él atravesó el salón y se dirigió hacia los ventanales. Lorna se había dado cuenta de que Dante tenía debilidad por las grandes ventanas. Le gustaba el cristal, porque tenía muchísimo, pero le gustaba más estar al aire libre, y por eso la suite tenía una terraza lo suficientemente grande como para albergar una mesa y unas sillas.

–De acuerdo –dijo Lorna–. Ahora, cuéntame cómo es posible que se te curaran las heridas tan rápidamente. Y de paso, dime por qué yo ni siquiera tengo un rasguño. ¡No me duele nada!

–Eso es fácil –dijo él, y se sacó del bolsillo un amuleto de plata. Se enroscó el cordón en los dedos y puso el colgante sobre la palma de la mano para mostrárselo a Lorna–. Esto estaba en el coche.

Aquel amuleto era un pequeño pájaro con las alas desplegadas, quizá un águila. Ella sacudió la cabeza.

–No lo entiendo.

–Es un amuleto protector. Te hablé de ellos. Yo se los envío a Gideon, y él, normalmente, me envía amuletos de fertilidad…

Lorna se retiró bruscamente e hizo una cruz con los dedos, como si estuviera ante un vampiro.

–¡Aparta esa cosa de mí!

Dante se rió.

–He dicho que es un amuleto protector, no un amuleto de fertilidad. Este amuleto evita los daños físicos, o los reduce al mínimo.

–¿Y crees que éste es el motivo por el que hoy no hemos resultado heridos en el accidente?

–Lo sé con certeza. Gideon es policía, y lleva uno de estos todo el tiempo. Éste me llegó el sábado por correo, así que supongo que él acababa de hacerlo. No sé por qué me envió un amuleto protector en vez de uno de fertilidad en esta ocasión, a menos que haya ideado un diabólico plan para disfrazar el amuleto de fertilidad como si fuera de protección. No, éste es de verdad. Tan cerca del solsticio, puede perder el control de sus dones, como a mí me sucede a veces. Debe de haberle infundido la vida a un amuleto magnífico –dijo admirativamente–. No lo llevaba puesto. Lo dejé en la guantera y me olvidé de él. Normalmente, los amuletos son para alguien en concreto, pero en el accidente ninguno de los dos hemos sufrido heridas... Supongo que debe de proteger a cualquiera que esté cerca de él. Es la única explicación.

En realidad, aquello estaba muy bien. A Lorna le gustaba incluso la frase que había pronunciado para explicarlo: «Debe de haberle infundido la vida a un amuleto magnífico...».

–¿Y consigue que las heridas se curen rápidamente, también?

Dante negó con la cabeza mientras se metía de nuevo el amuleto en el bolsillo.

–No, eso es una de las ventajas de ser un Raintree. Cuando digo que me curo muy rápido, quiero decir que es muy, muy rápidamente. Un corte pequeño como el de hoy... no es nada. Si hubiera sido un corte más profundo, tal vez hubiera tardado toda la noche.

–Qué horrible para ti –dijo ella, mirándolo con el ceño fruncido–. ¿Y qué otras desventajas tienes?

–Vivimos más que el resto de las personas. No mucho más, pero nuestra esperanza de vida está en unos cien años. Y son años con calidad de vida. Normalmente, tenemos muy buena salud. Por ejemplo, yo nunca he tenido un resfriado. Somos inmunes a los virus. Quizá podemos tener una infección bacteriana, pero los virus no reconocen nuestra composición celular.

De todas las cosas que él le había contado, el hecho de no tener enfermedades fue lo que a Lorna le pareció más maravilloso.

–¡Eso significa que nunca tienes gripe!

–Exacto. Además, tenemos la temperatura más alta que el resto de la gente. Tiene que hacer mucho, mucho frío para que yo me sienta incómodo.

–Eso es injusto. Yo también quiero ser inmune a las enfermedades.

–Nada de sarampión –murmuró él–, ni varicela, ni calenturas –prosiguió con una mirada de diversión en los ojos–. Si realmente quieres ser una Raintree y nunca más tener un catarro, hay una manera de conseguirlo.

–¿Cómo? ¿Enterrar a un pollo una noche de luna llena y dar siete vueltas alrededor de su tumba caminando hacia atrás?

Él se quedó asombrado por aquella imagen.

–Tienes una imaginación de lo más extraña.

–¡Dímelo! ¿Cómo se convierte una persona en un Raintree? ¿Cuál es el ritual de iniciación?

–Es muy antiguo. Seguro que lo conoces.

–El del pollo es el único que conozco. Vamos, ¿cómo se hace?

Él sonrió lenta y ardientemente.

–Teniendo un hijo conmigo.

21

Lorna se quedó pálida, y después enrojeció, y después palideció de nuevo.

–Eso no tiene gracia –dijo con tirantez, y se puso a caminar nerviosamente por la habitación.

Tomó un cojín del sillón y lo golpeó suavemente con las manos para mullirlo, pero en vez de posarlo en el sofá y sentarse, lo abrazó bajo la barbilla y bajó la cara.

–No estoy bromeando –dijo Dante.

–Uno no… nadie debería tener un bebé para conseguir otra cosa. La gente que no quiere tener hijos nunca, nunca debería tenerlos.

–Completamente de acuerdo –dijo él suavemente, caminando hacia ella.

–No es algo que deba tomarse a la ligera –insistió Lorna. Estaba segura de que Dante no podía hablar en serio. Sólo se conocían desde dos días atrás, y decir aquello era jugar sucio: era algo que los hombres usaban para seducir a las mujeres, porque muchos siglos atrás algún miserable astuto había averiguado que las mujeres eran pan comido ante la mención de un hijo.

–Te prometo que me lo estoy tomando con mucha seriedad –insistió Dante.

Le puso la mano sobre el hombro y se la deslizó por la espalda. Lorna sintió el calor transfiriéndose desde la palma de la mano de Dante a su espalda, quemándola a través de la ropa. Él buscó su espina dorsal con las yemas de las manos y la acarició hacia abajo, frotándola con delicadeza para rebajar la tensión que vibraba bajo su piel.

Ella no se había dado cuenta de que estuviera tan tensa, ni había imaginado que aquel suave masaje la derretiría. Permitió que él la apoyara contra su cuerpo y posó la cabeza en su hombro, porque todo lo que Dante estaba haciendo le proporcionaba bienestar. Sin embargo... Lorna lo miró con los ojos entornados.

–No creas que no me he dado cuenta de lo mucho que se está acercando tu mano a mi trasero.

–Me sentiría decepcionado si no lo hubieras notado –respondió él con una sonrisa. Después, le dio un beso cálido en la sien.

–No bajes más –le advirtió ella.

–¿Estás segura?

Comenzando en la cintura de sus pantalones vaqueros, él llevó un dedo hacia abajo por la costura central, más y más abajo, presionando con suavidad, mientras con la palma de la mano caliente le masajeaba la nalga. Aquel dedo dejó un rastro de fuego en su camino, consiguió que ella se estremeciera y comenzara a decir, al menos en diez ocasiones, no.

Él se detendría si ella pronunciaba una negativa; la decisión de continuar o no con aquello era de ella, pero saberlo con tanta certeza fue precisamente lo que le hizo callar. En vez de eso, lo único que hizo fue jadear de impaciencia, y arquearse contra el cuerpo de Dante, y colgarse de su cuello, esperando y concentrándose en la lenta progresión de sus caricias. Él deslizó la mano entre sus piernas por detrás, y apretó un poco más fuerza, frotándola con las yemas de los dedos de manera que la costura ejerciera fricción y abrasara su carne más suave y flexible.

Él había estado guiándola hasta aquel punto durante aquellos dos días, desde aquel primer beso en su cocina, alimentando pacientemente la chispa del deseo hasta que se hubo convertido en una llama, y había mantenido la llama viva con ligerísimas caricias y con algo incluso más difícil de resistir: demostrándole el deseo que sentía por ella.

Lorna había reconocido lo que él estaba haciendo, había visto el sutil avance y había apreciado la maestría de su contención. El hecho de dormir con ella la noche anterior y no tocarla había sido diabólicamente inteligente. Desde el momento en que se habían conocido, él la había obligado a hacer muchas cosas, pero ni una sola vez había intentado forzar su respuesta. De haber sido así, ella se hubiera negado con todas sus fuerzas. La llama se habría apagado y nunca habría resucitado.

Él movió la boca por la línea de su mandíbula, mordisqueándola y saboreándola, como si no hubiera otra cosa que deseara más y tuviera todo el tiempo del mundo para hacerlo. Sólo el bulto duro de sus pantalones delataba urgencia, y ella estaba tan apretada contra su cuerpo que sentía cada movimiento, cada latido que la invitaba a separar las piernas y acercarse incluso más a él.

Entonces, Dante la besó, y el último intento de resistencia fracasó. El beso fue duro, profundo y hambriento. Le invadió la boca con la lengua. El deseo se transmitió por todas las terminaciones nerviosas de Lorna, la convirtió en un ser dócil y suave. Él había llevado la mano libre hasta sus senos, había encontrado sus pezones a través de las capas de ropa y se los estaba acariciando cuidadosamente. En aquel momento, la tenía; ella no se estaba resistiendo a ninguna de sus caricias, y la ropa que separaba sus cuerpos era una molestia. Lorna quería lo que faltaba, todo lo que él tenía para darle, y con asombrosa claridad, supo que lo quería en aquel mismo momento.

La prueba de lo lejos que había llegado su deseo fue que tuvo que hacer uso de toda su fuerza de voluntad para separar su boca de la de él.

–Tenemos que hablar –le dijo, con la voz quebrada.

Él gruñó y se rió al mismo tiempo.

–Oh, Dios –murmuró con frustración–. Las palabras que provocan miedo en cualquier hombre. ¿No puede esperar?

–No. Es acerca de esto. De nosotros. De ahora.

Él suspiró y apoyó la frente contra la de ella.

–Querer hablar justo en este momento es algo sádico, ¿lo sabías?

Lorna deslizó las manos entre la seda negra de su pelo y sintió la frescura de sus mechones, en contraste con el calor que desprendía la piel de su cabeza.

–Es culpa tuya. He estado a punto de olvidarme.

–Entonces, dímelo ya –le pidió él con resignación.

Era la resignación de un hombre que quería tener relaciones sexuales. Ella se habría reído de no ser por el deseo que la abrumaba.

Tragó saliva e intentó ordenar sus ideas con coherencia.

–Mi respuesta… a si hacemos esto o no… depende de ti.

–Voto que sí –dijo él mientras le mordisqueaba el lóbulo de la oreja.

–Esto de controlarme la mente… tienes que dejarlo. Puedo ser tu prisionera o tu amante, pero no puedo ser las dos cosas a la vez.

Al oír aquello, él levantó la cabeza y le clavó una mirada fría y aguda.

–En esto no hay ninguna coacción. No te estoy obligando –le dijo con ira.

–Lo sé –respondió ella, y tomó aire profundamente–. Conozco la diferencia, créeme. Es que… debo tener la libertad para elegir si quiero quedarme o marcharme. No puedes hacer que me mueva siempre que tú quieres, como si fuera una mascota.

–Era necesario.

–Al principio. Entonces lo odiaba, y lo odio ahora, pero al principio tenías razones válidas. Ahora ya no. Creo que estás demasiado acostumbrado a salirte con la tuya en todo, Dranir.

–Habrías huido –le dijo él rotundamente.

–Y tú habrías tenido que respetar mi elección –replicó ella.

En aquel punto no podía ceder. Dante Raintree era una fuerza de la naturaleza. Enfrentarse a él en una relación ya sería un reto lo suficientemente grande sin que él tuviera la habilidad de coaccionarla mentalmente. Dante tenía que liberarla, o su relación sería la de un carcelero y una prisionera.

–O somos iguales… o no somos nada.

Saber lo que pensaba no era fácil, pero Lorna se dio cuenta de que no le gustaba en absoluto ceder el poder. Ella entendió su dilema por intuición. Intelectualmente, Dante lo entendía. En un plano más primitivo, él no quería perderla, y estaba dispuesto a ser tan autocrático como fuera necesario.

–Todo o nada –dijo ella inflexiblemente–. No puedes volver a controlarme con la mente. No soy tu enemiga. En algún momento tendrás que comenzar a confiar en mí, y ése momento es ahora. ¿O acaso tenías pensado controlarme para siempre?

–No para siempre –respondió él–. Sólo hasta que…

–¿Hasta cuándo?

–Hasta que tú quisieras quedarte.

Ella sonrió al oír aquella admisión, y le agarró el pelo con ambas manos.

–Quiero quedarme –le dijo, y le besó la mandíbula–. Pero quizá algún día quiera marcharme. Tienes que aceptar ese riesgo, y si llega ese día, tendrás que dejar que me vaya. Yo estoy aceptando el mismo riesgo contigo, porque quizá llegue un día en el que ya no quieras estar conmigo. Quiero que me des tu palabra. Prométeme que nunca volverás a controlarme mentalmente.

Ella percibió su furia y su frustración, vio cómo apretaba la mandíbula. Sabía lo que le estaba pidiendo; abandonar el poder iba contra su instinto, tanto de hombre como de rey. Él vivía en dos mundos, el normal y el paranormal, y en ambos era el jefe. Por muy discreta que llevara su existencia, era el jefe. Si él no hubiera sido el rey de los Raintree, quizá su naturaleza dominante hubiera sido más sutil, pero la realidad era la realidad: Dante era rey en su mundo.

Él la soltó bruscamente y dio un paso atrás. Tenía una mirada fiera.

–Puedes marcharte.

Lorna estuvo a punto de protestar al perder su contacto, su calor. ¿Qué era lo que le estaba diciendo?

–¿Me estás dando permiso, o es una orden?

–Es una promesa.

De repente, le resultó difícil respirar. Le temblaron los labios, pero los apretó para comenzar a hablar. Sin embargo, Dante alzó una mano para detenerla.

–Una cosa.

–¿Qué?

–Si te quedas –le dijo con los ojos muy brillantes–, no habrá freno.

Un aviso justo, pensó ella, con un estremecimiento de impaciencia.

–Me quedo –dijo, y dio medio paso hacia delante.

Medio paso fue todo lo que pudo dar, porque él se movió y todo fue una explosión de poder liberado de toda atadura. Si ella era libre, él también. La tomó en brazos y la llevó al dormitorio rápidamente. La seducción lenta y cuidadosa había terminado. La tendió en la cama y se tumbó a su lado, tirándole de la ropa con movimientos tensos de urgencia, aunque ella le estaba ayudando con las manos temblorosas, desabotonando y desabrochando cierres.

Él la liberó de los zapatos y los pantalones vaqueros mientras ella le abría la camisa, le bajó la ropa interior por las piernas mientras ella luchaba por bajarle la cremallera de los pantalones. Dante se quitó los pantalones y los calzoncillos y los apartó de una patada. Lorna intentó acariciarlo, pero él era como una marea intensa. Se tumbó sobre ella y la apretó bajo su peso. Su penetración no fue delicada, fue dura, rápida y poderosa, y se hundió en ella.

Lorna emitió un grito ahogado mientras el cuerpo acusaba el impacto. Elevó las caderas para acogerlo y sintió su calor quemándola por dentro y por fuera. Él embistió una y otra vez. El cerebro de Lorna le lanzó una advertencia de lo que significaba aquel calor, y ella se las arregló para hablar entre jadeos.

–Preservativo.

Él soltó un juramento, salió de su cuerpo y abrió un cajón de la mesilla. Cuando se hubo colocado la protección, volvió a entrar en ella y la sujetó con fuerza contra él, y de repente, ambos se tensaron al sentir un inmenso alivio. A Lorna se le cayeron las lágrimas. Aquello no fue un orgasmo, fue... alivio puro, como si de repente hubiera cesado un dolor constante. Era el hecho de sentirse completa, no sólo sexualmente, sino en algo que estaba más profundo, como si le hubiera faltado una parte y de repente la hubiera conseguido.

Era sentirse llena, cuando nunca se había dado cuenta de lo vacía que estaba. Alimentada, como si nunca hubiera sabido que tenía hambre.

Él se alzó sobre ella, apoyando el peso sobre las manos mientras salía despacio y volvía a embestir profundamente.

–No llores –murmuró, besándole las lágrimas de la cara húmeda.

–No estoy llorando –dijo ella–. Sólo es un escape.

–Ah.

Lo dijo como si lo entendiera, y quizá lo entendía. Él enganchó su mirada con la de ella, y no la desvió mientras seguía moviéndose cada vez más hacia el interior para encontrar más y más. Ella estaba relajada y tensa al mismo tiempo: relajada porque sabía que él no iba a dejarla atrás, y tensa por el placer cada vez más intenso.

Ocurrió más rápidamente de lo que ella había creído posible. En vez de mantenerse al borde del clímax, cayó con brusquedad en un remolino de sensaciones que le recorrió todo el cuerpo. Dante se dejó caer tras ella y la siguió.

Cuando Lorna recuperó el aliento y pudo abrir los ojos, lo primero que vio fue fuego. Todas las velas de la habitación estaban encendidas.

–Cuéntame por qué negabas tu don.

Estaban tumbados, entrelazados. Ella tenía la cabeza sobre su hombro, y apenas había tenido tiempo de recuperarse del cataclismo que había sentido. Ninguno de los dos había dicho una sola palabra durante un tiempo. Sólo se habían acariciado, y cada caricia había reemplazado las palabras. Eran roces reconfortantes, de alegría.

Lorna suspiró, y por primera vez en su vida, sintió alguna distancia hacia la infelicidad de su infancia.

–Creo que ya lo sabes. No es una historia original ni interesante.

–Probablemente no, pero cuéntamela de todos modos.

Ella sonrió contra su hombro, contenta por el hecho de que él no estuviera dándole demasiada importancia, aunque la sonrisa se le borró de los labios casi tan rápidamente como había aparecido. Hablar de su madre era difícil, aunque hiciera quince años que no la veía. Quizá nunca en la vida le resultara fácil, pero al menos, el dolor y el miedo habían sido menos inmediatos en aquella ocasión.

–Aunque fuera muy malo, para otros niños es peor incluso. La única razón por la que mi madre no abortó fue que si me tenía podía cobrar un cheque mensual de los servicios sociales. Me lo decía todos los meses, cuando lo recibía. Agitaba el cheque delante de mis narices y me decía: «Ésta es la única razón por la que estás viva, bicho raro». Aquel cheque le servía para comprar drogas y alcohol.

Él no dijo nada, sólo apretó los labios.

–Me abofeteaba constantemente, y me arrojaba cosas, tazas, botellas de vino vacías... lo que tuviera a mano. Una vez me lanzó una lata de sopa de pollo y me dio en la cabeza. Me dejó inconsciente, y después tuve dolor de cabeza durante días. Y no me dejó comer la sopa.

–¿Cuántos años tenías?

–En aquel momento... seis, más o menos. Había empezado el colegio y había descubierto los números. Algunas veces, estaba tan eufórica que tenía que contarle a alguien lo que había aprendido de los números aquel día, y ella era lo único que tenía. Le dijo a mi profesora que yo me había caído y que me había golpeado la cabeza con el bordillo.

–Habrías estado mejor con los servicios sociales, en una familia de acogida.

–Ahí es donde acabé cuando tenía dieciséis años. Un día, ella se marchó y no volvió. Me acuerdo… aunque ella había dejado bien claro lo mucho que me odiaba, cuando se marchó me sentí como si me faltara una parte, porque ella era todo lo que conocía. Para entonces, ya podía valerme por mí misma, pero cuando era pequeña… por muy malas que sean las cosas, los niños hacen todo lo posible por aferrarse a algo parecido a una familia, ¿sabes? –le dijo Lorna, y suspiró–. Sé que he reaccionado de una forma exagerada con lo del bebé. Lo siento. Dijiste «bebé», y ésa es una de las cosas que más me hacen reaccionar.

Él sonrió.

–No te enfades, pero lo decía en serio. Cuando una madre humana da a luz a un hijo Raintree, se convierte en una Raintree. No, yo no entiendo el misterio. Tiene que ver con las hormonas y la mezcla de sangre, y el hecho de que el bebé sea un dominante genético. No sé si se puede explicar con la ciencia. A veces, la magia no es lógica.

Aquella explicación intrigó mucho a Lorna. Todo lo que había aprendido sobre los Raintree le provocaba curiosidad. Era un mundo tan distinto al suyo, una experiencia tan diferente… y aun así, aquel clan existía dentro del mundo normal, pese a que la gente no lo supiera. Si aquello llegaba a saberse, los Raintree no sólo no podrían seguir con sus vidas, sino que dejarían de existir por completo. Lorna se hacía pocas ilusiones en cuanto al mundo en el que habitaba.

–¿Y los hombres que tienen bebés con una mujer Raintree? ¿Cambian también?

–No –dijo Dante–. Siguen siendo humanos corrientes.

Eso no le pareció justo a Lorna, y se lo dijo. Dante se encogió de hombros.

–La vida no es perfecta, y tienes que aceptarla como es.

Aquello sí que era cierto. Ella lo sabía muy bien. Y también sabía que en aquel momento era muy feliz.

Las velas de la habitación estaban emitiendo tanto calor que comenzaba a sentirse incómoda. Miró a su alrededor y se dio cuenta de que Dante y el fuego iban de la mano. A ella no le gustaba el fuego. Siempre le tendría miedo, pero... la vida no era perfecta. Uno debía enfrentarse a ella.

–¿Puedes apagar las velas? –le preguntó.

Él alzó la cabeza de la almohada y las miró, como si no se hubiera dado cuenta de que estaban encendidas.

–Demonios. Claro, no hay problema –dijo.

Y al momento, las llamas se extinguieron.

Lorna se encaramó en su cuerpo y lo besó. Sonrió al sentir un latido de interés en la cara interior del muslo.

–Y ahora, muchachote, vamos a ver si puedes encenderlas de nuevo.

22

Domingo por la mañana

Lorna se había quedado.

Dante entró al dormitorio desde la terraza, a la que había salido para dar la bienvenida al amanecer, y sintió una intensa satisfacción al verla plácidamente dormida en su cama. Sólo se le veía la parte superior de la cabeza; su pelo rojizo destacaba vívidamente contra la blancura de la almohada. Sin embargo, Dante supo que el hecho de que no se hubiera tapado por completo significaba mucho.

Lorna se sentía más segura. No completamente segura, pero sí algo más. Cuando Dante había estado en la cama con ella, había dormido totalmente estirada, relajada, acurrucada contra él. Cuando él se había levantado, ella se había encogido y había formado un ovillo inmediatamente. Un día, quizá no de aquella semana, ni de aquel mes, ni de aquel año, pero un día, esperaba verla dormida, tendida en el colchón, con la cabeza descubierta, y quizá sin mantas. Entonces, él sabría que se sentía totalmente segura.

Y cuando llegara el día en que él no tuviera la necesidad de comprobar constantemente dónde estaba Lorna, también se sentiría seguro.

No lo comprobaba constantemente, porque su orgullo no

se lo permitía, pero la necesidad, la ansiedad, siempre estaba allí.

El miércoles, ella no lo acompañó al hotel. Él había llamado al concesionario de Jaguar y había encargado otro coche idéntico al anterior, y ella se había quedado en casa para recibirlo. El vendedor había llamado al móvil de Dante para informarle de que ya había hecho la entrega, pero él esperaba que Lorna también lo llamara para decírselo. Ella no lo había llamado.

Y como Dante había ordenado que llevaran a su casa el coche de Lorna, un Corolla rojo un poco oxidado, él era muy consciente de que Lorna era libre, de que tenía ruedas y dinero en el bolsillo. Si quería marcharse, él no podría impedirlo. Le había dado su palabra.

Dante quería llamarla sólo para saber que ella seguía allí, pero no lo había hecho. Lorna podría marcharse en cuanto hubiera terminado de hablar con él, así que hablar con ella era inútil. Lo único que podía hacer era tener esperanza. Y rezar.

Dante no acortó la jornada de trabajo. Pasara lo que pasara, hiciera lo que hiciera Lorna, el trabajo debía hacerse. Por lo tanto, casi había atardecido cuando él llegó a casa y vio el coche rojo aún aparcado en el garaje, y su nuevo Jaguar aparcado fuera, expuesto al sol, brillante. Mientras aparcaba el Lotus en su sitio, sólo tenía una intensa sensación de alivio, tanto, que casi se sentía débil. Que el Jaguar se quedara fuera. Ver el Corolla de Lorna valía más para él que cualquier coche, por muy caro que fuera.

Ella lo había recibido en la puerta de la cocina, vestida con unos pantalones cortos y una de sus propias camisas de seda, y con el ceño fruncido.

–Son las ocho y media. Me muero de hambre. ¿Siempre llegas tan tarde a casa? ¿Tienes idea de qué vamos a cenar?

Él se había reído y había saltado sobre ella, y le había demostrado exactamente qué era lo que quería de cenar. Ella no había vuelto a mencionar la comida hasta después de las diez.

El jueves, Lorna había ido al hotel con él. El trabajo continuaba a un ritmo frenético. Él había conseguido la autorización para comenzar a retirar las ruinas del casino para reconstruirlo después, y había tanto que hacer que tuvo que delegar algo de autoridad en ella, porque no podía estar en dos sitios a la vez. Con algo de perversidad, había disfrutado viendo cómo Lorna le daba órdenes a Al. Al, como siempre, conservaba la buena disposición ante cualquier cosa, pero Lorna tuvo una gran satisfacción con aquel plan, y Dante se alegraba mucho con su satisfacción.

A la hora de comer habían subido a la suite de Dante y habían encendido las luces. Dos veces.

El viernes, ella no lo había acompañado, y él lo había pasado mal aquel día también. Cuando llegó a casa, el alivio que sintió al ver el coche de Lorna fue tan intenso como el que había sentido el miércoles, y entonces, tuvo que enfrentarse a la verdad.

La quería. Aquello no era sólo una cuestión de sexo, una aventura pasajera, o cualquier cosa. Era amor de verdad. Él adoraba su valentía, su mal humor, sus comentarios irónicos, su obstinación y aquella vulnerabilidad que quería ocultar a toda costa.

Gideon se iba a reír mucho de él cuando supiera que Dante se había enamorado tan profundamente, y también iba a sentirse muy aliviado al saber que por fin, si los ángeles sonreían, pronto perdería su posición de heredero.

A Dante se le encogió el estómago. La noche anterior iba a ponerse un preservativo cuando había pensado que no quería usar protección. Lorna lo había estado observando, esperando, y había notado su largo titubeo. Finalmente, sin decir una palabra, él había dejado el condón y la había mirado fijamente. Si quería que se pusiera el preservativo, lo haría. La elección era de ella.

Lorna lo agarró y lo atrajo hacia sí, y lo recibió en su cuerpo. Sólo con recordar la media hora tan intensa que había seguido, Dante se excitó tanto que la vela que había a su lado se encendió.

Aquel día era el solsticio, y se sentía como si pudiera encender todo el mundo, como si le fuera a explotar la piel a causa de todo el poder que bullía dentro de él. Quería hacerle el amor a Lorna hasta que estuviera completamente vacío, hasta que ella hubiera tomado todo lo que él tenía que darle. Primero, sin embargo, debían mantener una conversación muy seria. Lo que había ocurrido la noche anterior era demasiado importante como para pasarlo por alto.

Cuando se sentó al borde de la cama, apagó la vela, porque una vela que ya estuviera encendida no servía como medidor de su control. Aquella conversación quizá tuviera una carga emocional muy fuerte, así que debía ser cuidadoso.

Pasó una mano por debajo de las sábanas y le acarició el muslo desnudo.

–Lorna, despierta.

Sintió que se ponía tensa, como siempre. Después, ella se relajó, parpadeó y abrió un ojo. Lo miró fijamente por encima del borde de la sábana.

–¿Por qué? Es domingo, el día del descanso. Estoy descansando. Déjame.

Él tiró de la sábana hacia abajo.

–Despierta. El desayuno está listo.

–No es verdad. Estás mintiendo. Estabas en la terraza –replicó Lorna, y tiró de la sábana hacia arriba.

–¿Cómo lo sabes, si estabas dormida?

–No he dicho que estuviera dormida, sino que estaba descansando.

–Comer no es un trabajo. Vamos. He hecho zumo de naranja y café, hay panecillos tostados y el amanecer es precioso.

–Para ti, quizá, pero son las cinco y media de la madrugada del domingo y no quiero desayunar tan temprano. Quiero que haya un día a la semana en el que no me saques de la cama a oscuras.

–Te prometo que el próximo domingo podrás dormir –le dijo él.

En vez de luchar por la custodia de la sábana, deslizó la mano bajo la ropa de cama y le pellizcó la nalga.

Ella dio un grito y saltó de la cama, frotándose el trasero.

–La venganza será terrible –le advirtió mientras se apartaba el pelo de la cara. Después se marchó al baño.

Dante se imaginó que lo sería. Sonrió y volvió a la terraza.

Ella salió cinco minutos después, envuelta en el albornoz de Dante y con el ceño fruncido. No llevaba nada bajo el albornoz, así que él disfrutó de algunas visiones mientras ella se sentaba en una silla.

También le miró el cuello, donde ella llevaba una cadena de oro con un colgante: era un amuleto protector que él le había hecho el miércoles por la noche. Lo había hecho especialmente para ella, y le había dejado que viera cómo. Ella se había quedado maravillada al presenciar cómo Dante sostenía el colgante en la palma de la mano y lo alzaba de modo que su aliento lo calentara mientras murmuraba unas palabras en gaélico.

El amuleto había irradiado un suave color verde que se había desvanecido rápidamente. Cuando él le había puesto el colgante alrededor del cuello, parecía que Lorna iba a echarse a llorar. Desde entonces, no había vuelto a quitárselo.

Por muy gruñona que estuviera al despertarse, no permanecía malhumorada durante mucho tiempo. Cuando le dio el segundo mordisco al panecillo ya estaba mucho más alegre. Sin embargo, Dante esperó a que hubiera terminado de desayunar para preguntarle:

–¿Quieres casarte conmigo?

Ella tuvo una reacción muy parecida a la que había tenido ante la mención del bebé. Palideció, enrojeció, y después se levantó de la silla bruscamente y se acercó a la barandilla de la terraza, dándole la espalda. Dante sabía mucho de mujeres, pero en concreto conocía a Lorna, así que no la dejó quedarse allí sola. Se levantó y la aprisionó con los brazos, posando sus manos sobre las de ella en la barandilla, sin sujetarla con fuerza, pero sí proporcionándole su calor.

–¿Es una respuesta tan difícil de responder?

Dante notó que ella encogía los hombros. Alarmado, hizo que se volviera hacia él. Lorna tenía la cara llena de lágrimas.

–¿Lorna?

No estaba sollozando, pero los labios le temblaban.

–Lo siento –murmuró ella, secándose las lágrimas de las mejillas–. Sé que esto es una tontería. Es sólo que... nadie me había querido antes.

–Lo dudo. Probablemente, lo que pasa es que no habías notado que te quisieran. Yo te deseé en el instante en el que te vi.

–Pero no esa clase de deseo –dijo ella, y se le cayó otra lágrima–. Digo otra cosa, lo que sucede cuando quieres que alguien se quede.

–Te quiero –le dijo él suavemente.

Al mismo tiempo, maldijo mentalmente a la desgraciada que había traído al mundo a Lorna y no había sido capaz de proporcionarle la sensación de seguridad que todos los niños deberían tener, la conciencia de que pese a todo, alguien la quería.

–Lo sé. Te creo –respondió ella, y tragó saliva–. Me lo imaginé cuando estrellaste el Jaguar para protegerme.

–Sabía que podía comprar otro coche –dijo él, simplemente.

–En ese momento, me di cuenta de que me habías echado a perder, de que no podría marcharme a menos que tú me echaras. Tuve la esperanza de que sólo fuera lujuria lo que estaba sintiendo, pero sabía que no era cierto, y me asusté mucho –le explicó Lorna, y dejó escapar una carcajada seca, acompañada de más lágrimas–. Sólo en dos días me has echado a perder.

Él se frotó un lado de la nariz.

–No hemos pasado mucho tiempo juntos, pero ha sido un tiempo de calidad.

–¡De calidad! –exclamó ella, mirándolo con la boca abierta. La indignación secó sus lágrimas–. ¡Me has maltratado, me has arrastrado hacia el fuego, me abriste la cabeza y me aplastaste el cerebro, me rasgaste la ropa y me has tenido como prisionera!

–Yo no he dicho que fuera buena calidad. Te sales con la

tuya con las palabras, ¿lo sabías? ¡Yo no te he abierto la cabeza!

–Me dijiste que no te gustaba que dijera que me habías violado la mente –replicó ella–. Y creo que yo sé mejor que tú cómo se siente uno cuando le hacen eso.

–Eso te lo concedo. Cuando te vinculas voluntariamente con alguien, no…

–Dios Santo –susurró ella con horror–. ¿De veras hay gente que hace eso voluntariamente?

–Te lo he dicho, cuando se hace bien, no causa dolor. Si alguien necesita ampliar su poder, busca a otra persona que esté dispuesta a ceder el suyo, a vincular su mente con la del que lo solicita. De vez en cuando, Gideon y yo vamos a casa, a Santuario, y nos vinculamos con Mercy para crear un hechizo de protección para todo el lugar. Hacerlo bien requiere tiempo, pero no es doloroso. ¿Vas a responder a…

–Espero que tengáis alguna ley contra el hecho de hacer eso sin permiso.

–Eh… no.

Lorna se quedó espantada.

–¿Quieres decir que los Raintree vais por ahí metiéndoos en la cabeza de la gente y que nadie puede hacer nada por evitarlo?

Él estaba empezando a sentirse frustrado. ¿Acaso aquella mujer nunca iba a responder a su pregunta?

–Yo no he dicho eso. Muy pocos de nosotros tenemos la fuerza necesaria para tomar el poder de la mente de otro, a menos que coopere.

–Y tú eres uno de ellos –dijo ella con sarcasmo–. Vaya suerte la mía.

–En concreto, sólo la familia real. A la cual, si me permites señalarlo, te he pedido que te unas. ¿Vas a responder a la dichosa pregunta?

Ella sonrió, y fue como si un rayo de sol le iluminara el semblante.

–Claro que sí. ¿Es que lo dudabas?

–Nunca sé por dónde puedes salir. Pensaba que me querías, porque te quedaste. Y anoche... –Dante le acarició la barbilla con un dedo–. El hecho de que no me pidieras que me pusiera el preservativo fue otra señal.

Ella se quedó mirándolo fijamente, con una expresión muy extraña.

Dante se irguió al instante, en estado de alerta.

–¿Qué te pasa?

Parecía que ella se había mareado, como si fuera a vomitar.

Lorna se frotó los brazos.

–Tengo frío. Es el mismo frío que...

Entonces se interrumpió y abrió mucho los ojos de miedo. Antes de que él pudiera reaccionar, se tiró sobre él y lo sorprendió sin prepararse para el impacto de su peso. Él la agarró pero se tambaleó hacia atrás y perdió el equilibrio. Ambos cayeron al suelo en un lío de brazos, piernas y albornoz, mientras las puertas de cristal de la terraza estallaban en mil pedazos. Después de la explosión de cristal se oyeron estallidos secos cuyo eco se transmitió de montaña en montaña.

Disparos de rifle.

Dante rodeó a Lorna con los brazos, se puso en pie y la arrastró hacia la habitación justo cuando otro disparo impactaba en la pared. Él dejó a Lorna en el suelo del pasillo.

–¡Quédate ahí! –le gritó cuando ella intentó ponerse en pie, y la empujó para que siguiera tendida en el suelo.

La mente de Dante trabajaba a un ritmo frenético. El incendio. Los disparos entre bandas rivales en la autopista. Y en aquel momento, alguien estaba intentando matarlo de nuevo. Aquello no era una serie de accidentes. Todo estaba relacionado. El jefe de bomberos no había encontrado restos de combustible en el escenario del incendio, así que...

Un maestro del fuego no necesitaba combustibles para provocar un incendio, ni para mantenerlo vivo. Alguien, o varias personas a la vez, habían estado alimentando las llamas. Ésa era la razón por la que él no había podido extinguirlo. Si no hubiera usado el control mental por primera vez en su vida justo unos minutos antes de intentar controlar el fuego, sin saber cómo podía afectarle, si no hubiera sospechado que Lorna era una Ansara, lo habría sabido al instante.

¡Los Ansara! Dante gruñó de rabia. Tenían que ser ellos. Debían de haberse unido de nuevo y estaban intentando destruirlo. Sabían que él se enfrentaría al fuego, que no se rendiría hasta que hubiera conseguido derrotarlo. Y si Lorna no hubiera estado a su lado, habrían conseguido que el fuego lo consumiera a él. Sin embargo, los Ansara no contaban con ella.

Aquella sensación de frío y malestar que ella no dejaba de tener... lo sentía cuando un Ansara estaba cerca.

–Tenías un punto rojo en la frente –murmuró Lorna, aunque le castañeteaban tanto los dientes que apenas podía hablar.

Entonces, el rifle tenía un sistema de puntería láser. ¿Qué sería lo próximo que intentarían? Dante sabía que había más de uno, y que tenían un plan. No tratarían de quemarlo vivo nuevamente, ya que su primer intento había fracasado. ¿Qué iban a hacer?

Fuera lo que fuera, no podía permitir que tuvieran éxito. Y menos, con Lorna allí.

–No te muevas –le ordenó, y se incorporó.

Ella gateó tras él. Aquella mujer no era capaz de obedecer.

–¡He dicho que no te muevas! –bramó.

La tomó del brazo y la empujó hacia abajo una vez más. Iba a empezar a usar la coacción mental, pero le había prometido... maldición, le había prometido que no volvería a hacerlo.

–¡Iba a llamar a la policía! –gritó ella, con tanta furia por el modo en que él la estaba tratando que prácticamente levitaba.

–No te molestes. La policía no puede solucionar esto. Quédate ahí, Lorna. No quiero que te veas atrapada entre nosotros.

–¿Entre quiénes? –le gritó ella a la espalda, mientras él bajaba las escaleras de dos en dos–. ¿Qué vas a hacer?

–Combatir el fuego con el fuego –respondió él.

Dante tenía una gran ventaja. Aquél era su hogar, su propiedad, y conocía cada centímetro de la parcela. Como era un Raintree, como era el Dranir, había tomado precauciones, y pudo utilizar el túnel que corría bajo la casa y que él mismo había ordenado construir. Sabía dónde estaba cuando el láser le había apuntado en la frente, así que pudo calcular dónde se encontraba apostado el tirador.

Sólo había uno. Dante no había percibido señales de que hubiera más.

No tenía intención de capturar a aquel canalla ni de luchar contra él. Se arrastró por el barranco como un puma, con la muerte reflejada en los ojos. La posición del francotirador debía de estar en aquel corte del terreno. Quizá estuviera emboscado tras aquel gran grupo de rocas. Un tirador necesitaba una plataforma estable, y aquellas rocas eran perfectas. Además, el barranco proporcionaba un buen escondite para acercarse sin ser visto.

Y para marcharse.

Dante se deslizó por el barranco y se colocó ante un hombre que llevaba una vestimenta de camuflaje y un rifle. No titubeó. El hombre apenas se había movido, no había conseguido alzar el arma para dispararle, cuando Dante lo incendió.

Los gritos fueron espeluznantes. El hombre dejó caer el rifle y se tiró al suelo, rodando por la arena frenéticamente, pero Dante mantuvo el fuego vivo. Aquel miserable había estado a punto de matar a Lorna, y Dante no tuvo piedad. En segundos, los gritos se convirtieron en aullidos y tomaron una cualidad inhumana. Después, sólo hubo silencio.

El hombre permaneció tendido, calcinado, humeante.

Con el pie, Dante giró el cuerpo para que yaciera sobre la espalda, e increíblemente, el hombre lo miró con los ojos llenos de odio. El agujero que había sido su boca aún funcionaba, y de él salió un sonido fantasmal.

–Demasiado tarde. Demasiado tarde…

Después, murió.

Dante se quedó helado. Su mente trabajaba rápidamente. ¿Demasiado tarde para qué?

Él había tocado al Ansara. El hombre estaba agonizando, y su odio se proyectaba como un campo de fuerza.

Demasiado tarde.

Podría avisar a Mercy, pero sería demasiado tarde.

–Oh, Dios mío –dijo suavemente, y corrió.

Lorna le había obedecido y se había quedado dentro de la casa. Lo estaba esperando en la cocina, agachada junto al refrigerador. Él entró como una exhalación y descolgó el teléfono más cercano. Su primera llamada fue para Mercy. La segunda fue para Gideon, que podía llegar hasta ella mucho más rápidamente.

Como era el solsticio, como el campo de electricidad personal de Gideon interfería con los aparatos electrónicos, cuando su hermano respondió la llamada, Dante apenas podía oírlo.

–¡Ve con Mercy! –le gritó, con la esperanza de que Gideon pudiera oírlo a él de todos modos–. ¡Los Ansara van a atacar Santuario!

Después, colgó de golpe y abrió de par en par la puerta del garaje, mientras pensaba frenéticamente.

Su avión privado lo dejaría en el aeropuerto más cercano a Santuario en cuatro horas. Intentaría ponerse en contacto con su hermano nuevamente durante el vuelo.

Doscientos años antes, los Ansara habían intentado destruir a los Raintree y habían fracasado. Estaban intentándolo de nuevo, y quizá en aquella ocasión fueran capaces de destruir Santuario, donde Mercy vivía con Eve.

–¿Adónde vas? –le preguntó Lorna mientras él entraba en el Lotus.

–¡Quédate aquí! –le gritó él una última vez, y salió marcha atrás del garaje.

Dante no quería que Lorna se acercara a Santuario. No sabía si volvería a casa con vida, pero pasara lo que pasara, quería saber que ella estaba a salvo.

–Ni lo pienses –masculló Lorna furiosamente mientras se cambiaba de ropa.

Dante Raintree no era la única persona que sabía cómo hacer las cosas. Si pensaba que podía dejarla allí sola mientras se iba a librar una especie de batalla sobrenatural, bien, pronto iba a averiguar que estaba confundido.

Gideon Raintree

LINDA WINSTEAD JONES

Gideon

Soy un Raintree. Es más que un apellido, más que una anotación en el árbol genealógico. Es una singularidad de mi ADN.

Es una marca del destino.

Para resumir, la magia es real. No sólo es real, sino que existe a nuestro alrededor, pero la mayor parte de la gente nunca abre lo suficiente los ojos como para verla. Yo siempre he tenido los ojos bien abiertos. Llevo la magia en la sangre. A mis antepasados se les llamaba hechiceros, magos y brujas. ¿Es raro que mi familia decidiera, hace años, que debíamos ocultar nuestros dones? Y he dicho ocultar, no enterrar. Hay una diferencia. El poder es una responsabilidad que no puede negarse sólo para hacer la vida de uno más sencilla.

Cada miembro de la familia tiene un don concreto. Algunos son fuertes, y otros son débiles. Algunos tienen dones más útiles que los demás. Cada Raintree tiene un talento sobrenatural. El mío es la energía eléctrica. Tengo poder sobre la electricidad que hay a nuestro alrededor. Incluso puedo crear subidas de voltaje. Sí, tengo tendencia a freír ordenadores y destruir luces fluorescentes, pero son gajes del oficio, y he aprendido a vivir con ello.

También hablo con los fantasmas, que son, sencillamente, una forma de energía que no entendemos por completo. Este talento me resulta muy útil en mi profesión actual.

Estoy Wilmington y soy Gideon Raintree, el inimitable detective de homicidios de Carolina del Norte.

Prólogo

Domingo, medianoche

Tabby tenía tanta adrenalina en el cuerpo que apenas podía mantenerse quieta. Ni siquiera la rápida subida por las escaleras hasta aquel tercer piso había servido para calmar su excitación. Arrugó la nariz con desdén al ver la puerta verde del apartamento, y se puso de puntillas ansiosamente. Después volvió a bajar. La pintura de la puerta estaba descascarillada, la madera astillada, y el número torcido. ¿Qué Raintree que se preciara podría vivir en un agujero así?

Tabby llevaba mucho tiempo esperando aquel momento. No había esperado pacientemente, pero había esperado. Todo tenía que ser perfecto antes de que comenzara el ataque; aquello se lo habían repetido innumerables veces. Y por fin, había llegado la hora. Sostuvo la caja de pizza en la mano izquierda y llamó a la puerta con la derecha. Notó un vértigo, y lo saboreó. La habían instruido para aquel momento, había estado practicando un año entero y, por fin, había llegado la hora.

–¿Quién es? –preguntó la voz molesta de una mujer, desde el otro lado de la puerta.

–Traigo la pizza –respondió Tabby.

Escuchó cómo se abría la cadena del cerrojo, el cerrojo, y finalmente la puerta.

Tabby le echó una rápida ojeada a la mujer que tenía

frente a sí. Veintidós años, alta, ojos verdes, pelo corto de color rosa. Ella.

–Creo que ha habido un error, a menos que... –comenzó a decir la mujer del pelo rosa. No tuvo oportunidad de decir una palabra más.

Tabby entró a la fuerza en el piso, empujando a la mujer Raintree hacia el salón y cerrando de un portazo tras ella. Tiró la caja de pizza vacía y dejó a la vista el cuchillo que había estado ocultando en la mano izquierda.

–Si gritas, te mataré –dijo, antes de que Echo hubiera podido emitir un sonido.

La chica abrió los ojos de par en par. Era extraño; Tabby había esperado que los ojos de un miembro del clan de los Raintree fueran más llamativos. Había oído hablar mucho de ellos. Echo tenía los ojos verdes, grises, azules, pero no eran nada del otro mundo.

Con un solo movimiento, habría hecho su trabajo, pero Tabby no quería que aquello terminara tan rápidamente. Su don era el de la empatía, pero en vez de experimentar las emociones de los demás, anhelaba sentir su miedo. El odio y el horror eran muy dulces cuando Tabby desataba su talento. Las sensaciones oscuras que bebía la fortalecían. En aquel momento, se alimentó del terror de Echo Raintree, y se sintió bien. Aquello la hacía más fuerte, física y mentalmente. Aquel terror intensificaba el vértigo.

–No tengo mucho dinero –balbuceó patéticamente Echo, que estaba más aterrorizada a cada momento que pasaba. Lo que quieras...

–Lo que quiera –repitió Tabby mientras obligaba a Echo a retroceder hacia la pared.

Lo que realmente quería era el poder de aquella muchacha: la profecía. Había mucho poder en la profecía, si se usaba bien. Aunque, a juzgar por aquella porquería de apartamento, Echo no lo había hecho a la perfección. Era una pena que algo tan extraordinario se echara a perder con aquel felpudo tembloroso.

Algunas veces, Tabby soñaba que cuando mataba, podía

absorber el poder de sus víctimas. Debería ser posible, debería ser una extensión de su don, pero hasta el momento no había conseguido que sucediera. Un día, cuando su poder fuera todo lo afinado que debía ser, ella encontraría la magia negra que le permitiera dar un paso más en su evolución.

Deseando que el don de la profecía pudiera volar desde aquella alma Raintree a la suya, Tabby le rozó a la chica el cuello blanco y esbelto con la punta del cuchillo. Hizo un pequeño corte, y la muchacha jadeó, y la ráfaga de miedo que llenó el ambiente fue sabrosa y muy fuerte.

Podía jugar con Echo durante toda la noche, pero Cael quería que aquel trabajo se hiciera rápida y eficazmente. Se lo había dicho a Tabby con énfasis, al encargarle la tarea. Aquél no era el momento de jugar, sino de ser un soldado. Un guerrero. Por mucho que quisiera quedarse allí a pasar un rato divertido con la Raintree, Tabby no quería provocar el enfado de Cael.

Sonrió y apartó un poco el cuchillo de la gota de sangre del cuello de la chica. Echo pareció ligeramente aliviada, y Tabby dejó que la asustada mujer creyera, por el momento, que aquello era un robo y que terminaría muy pronto.

Nada había terminado. Acababa de empezar.

1

Lunes, 3:37 de la madrugada

Cuando el teléfono de Gideon sonaba a medianoche, quería decir que alguien había muerto.

–Raintree –dijo, con la voz grave y algo ronca debido al sueño.

–Siento despertarte.

Sorprendido por oír la voz de su hermano Dante, Gideon se despertó por completo de golpe.

–¿Qué ocurre?

–Siento despertarte –repitió Dante, y después de una breve pausa prosiguió–: Ha habido un incendio en el casino. Podría haber sido peor, pero de todos modos ha sido un desastre. No quería que te enteraras por las noticias de mañana. Llama a Mercy en un par de horas y dile que estoy bien. Me da la impresión de que voy a estar muy ocupado estos próximos días.

Gideon se incorporó.

–Si me necesitas, iré rápidamente.

–Gracias, pero no. No tienes por qué tomar un avión esta semana, y por aquí todo está controlado. Sólo quería llamarte antes de liarme por completo con el papeleo y no tener un segundo libre para tomar el teléfono.

Gideon se pasó los dedos entre el pelo. Más allá de su ventana, las olas del Atlántico rompían en la orilla con un suave estruendo. Se ofreció de nuevo para ir a Reno a ayudar. Podía ir conduciendo, si era necesario. Sin embargo, Dante le dijo que todo iba bien, y después se despidieron. Gideon puso la alarma del despertador para las cinco y media de la mañana. Llamaría a Mercy antes de que se levantara. El incendio debía de haber sido muy dañino para que Dante estuviera tan seguro de que iban a mencionarlo en las noticias nacionales.

Después de cambiar el despertador, Gideon volvió a tumbarse en la cama. Quizá se durmiera, quizá no. Escuchó el oleaje del mar y dejó vagar la mente. Con el solsticio a menos de una semana, sus particularidades eléctricas estaban realmente alteradas.

Normalmente, la tensión subía sólo cuando había un fantasma cerca, pero durante los últimos días, y durante la semana siguiente, no hacía falta que apareciera un espíritu para que él estropeara todos los electrodomésticos que encontrara a su paso. No había nada que pudiera hacer, salvo tener cuidado. Quizá debiera tomarse unos días libres, alejarse de la comisaría y descansar. Cerró los ojos y volvió a dormirse.

Ella apareció de improviso, flotando a los pies de la cama con una sonrisa, como siempre. Aquella noche llevaba un vestido blanco que le rozaba los tobillos desnudos, y tenía el pelo, largo y oscuro, suelto por los hombros. Emma, como le había dicho que se llamaba, siempre aparecía ante él como una niña. Era muy distinta a los demás espíritus que él veía.

Aquella niña sólo aparecía en sueños, y no estaba marcada por las dificultades y el dolor de la vida. No tenía necesidad de justicia, ni el corazón roto, ni había dejado algo muy importante por hacer. Sólo le llevaba luz y amor, y un sentimiento de paz. E insistía en llamarlo «papá».

–Buenos días, papá.

Gideon suspiró y se incorporó. Había visto por primera vez a aquel espíritu tres meses antes, pero últimamente, sus visitas eran más frecuentes. Más y más reales. Quizá él hubiera sido su padre en otra vida, pero no iba a ser el padre de nadie en la actual.

–Buenos días, Emma.

–Estoy muy contenta –le dijo, riéndose, y el sonido resultó extrañamente familiar para él.

A Gideon le gustaba aquella risa. Le producía un cosquilleo en el corazón. Se convenció de que aquellas sensaciones no significaban nada. Nada en absoluto.

–¿Y por qué estás tan contenta?

–Voy a estar contigo muy pronto, papá.

Él cerró los ojos y suspiró otra vez.

–Emma, cariño, te lo he dicho cien veces, no voy a tener hijos en esta vida, así que puedes dejar de llamarme papá.

Ella volvió a reírse.

–No seas tonto, papá. Tú siempre me tienes.

El espíritu que le había dicho que su nombre sería Emma en aquella vida tenía los ojos de los Raintree, el pelo oscuro como él, y un toque de miel en la tez. Sin embargo, él tenía sentido común y no se fiaba de lo que veía. Después de todo, ella sólo aparecía en sueños. Gideon pensó que tendría que dejar de comer nachos antes de acostarse.

–No me gusta tener que decirte esto, cariño, pero para hacer un bebé tiene que haber una mamá además de un papá. Yo no voy a casarme y no voy a tener hijos, así que tendrás que elegir a otra persona para que sea tu padre esta vez.

Emma no se inquietó.

–Eres muy cabezota. Voy a ir contigo, papá, voy a ir. Voy a ir a tu lado en un rayo de luna.

Gideon había intentado tener relaciones sentimentales, y nunca habían funcionado. Tenía que ocultar tantas cosas de sí mismo de la mujer con la que salía… nunca podría dejar que nadie se acercara tanto a él como para saber la verdad. ¿Y una mujer y un hijo? Era mejor olvidarlo. Él ya tenía que responder ante el nuevo jefe, su propio clan y una cantidad ingente de fantasmas. No estaba dispuesto a responder ante nadie más. Las mujeres entraban y salían en su vida, pero él nunca permitía que se quedaran demasiado tiempo.

Reproducirse era cosa de Dante, no suya. Gideon miró hacia la cómoda, donde había dejado preparado el último amuleto de fertilidad que había hecho para su hermano para enviárselo por correo. Cuando Dante tuviera hijos, Gideon ya no sería el siguiente en la línea de sucesión del Dranir, cabeza de la familia Raintree. No se le ocurría nada peor que ser Dranir, salvo casarse y tener hijos.

Sin embargo, su hermano estaba muy ocupado en aquel momento, así que quizá esperara unos días para enviarle aquel amuleto. Quizá.

–Ten cuidado –le dijo Emma, que se había acercado un poco a él–. Es muy mala, papá. Muy mala. Debes tener cuidado.

–No me llames papá –dijo Gideon, y después añadió–: ¿Quién es muy mala?

–Lo sabrás pronto. Cuida mi rayo de luna, papá.

–En un rayo de luna –dijo él suavemente–. Qué bobada...

–Acaba de empezar –susurró Emma, y su cuerpo y su voz se desvanecieron.

Sonó el despertador, y Gideon se despertó con un sobresalto. Odiaba aquel sueño. Miró hacia la cómoda donde había dejado el amuleto de Dante, y después miró hacia arriba, como si esperara encontrarse con Emma allí flotando. Los sueños que contenían detalles de la realidad eran los más difíciles de olvidar.

Se levantó de la cama y se acercó a las puertas de la terraza. Descorrió las cortinas para ver el océano y tomar fuerza del agua, como siempre. Algunas veces, estaba seguro de que el romper de las olas tenía el mismo ritmo que los latidos de su corazón. Había tanta electricidad en el mar que podía olerla, saborearla.

Tenía que llamar a Mercy y decirle lo que había pasado en el casino de Dante, y lo haría en cuanto hubiera puesto a funcionar la cafetera. No le apetecía nada contarle a su hermana lo que le había pasado. Aunque Dante estuviera perfectamente, ella se preocuparía.

Después de hacer la llamada, iría a su oficina. Sabía sin

ninguna duda que Frank Stiles había asesinado a Johnny Ray Black, pero no tenía pruebas todavía. Sin embargo, las conseguiría a tiempo. Pensó de nuevo en tomarse unos días libres, sólo hasta que pasara el solsticio de verano. Si todo estaba tranquilo en la comisaría, podía llevarse los expedientes a casa y trabajar allí.

Entonces, las últimas palabras de Emma le resonaron en los oídos, como si estuviera susurrándole otra vez.

–Acaba de empezar.

2

Lunes, 10:46 de la mañana

El pequeño apartamento estaba destrozado. Había cristales rotos por todas partes, los libros y los recuerdos habían volado de la estantería al suelo, alguien había tirado una caja de pizza vacía al suelo. Y alguien, también, había rasgado el viejo sofá con un cuchillo. ¿Lo habrían hecho con el mismo cuchillo que había asesinado a Sherry Bishop? Gideon no lo sabía. Todavía.

Gideon mantuvo la mirada fija en el cuerpo de Bishop mientras la mujer que había tras él hablaba rápidamente, en voz alta.

–Pensé que tal vez fuera Echo, que estaba de camino a casa y había pedido pizza por el móvil, ¿sabes? A ella le encanta comer por las noches, así que ni siquiera pensé… –la mujer emitió un bufido–. Qué estúpida. Mi madre me va a matar cuando sepa que dejé entrar a alguien que no conocía en el apartamento.

Gideon miró hacia arriba, y después hacia abajo. ¿Sería aquélla una expresión que Sherry Bishop había usado miles de veces antes, y que en aquel momento brotaba de su boca automáticamente? ¿O acaso no se daba cuenta de que estaba muerta? «Mi madre me va a matar…».

Parecía casi sólida, sentada en aquella silla, tras él. Echo había encontrado el cuerpo aquella mañana, después de volver de un viaje de fin de semana a Charlotte. Inmediatamente, lo había llamado a él en vez de llamar a la policía. Gideon había hecho las llamadas necesarias de camino al escenario del crimen. Después de llegar, había hablado con Echo en el pasillo y la había calmado lo mejor que había podido.

Más tarde, cuando habían llegado los policías uniformados, les había cortado el paso para que no contaminaran la escena. Los policías seguían en el pasillo, mirando hacia dentro del apartamento como niños a los que no se permitía entrar a una tienda de dulces. ¿Había sido él tan joven alguna vez?

Todos lo estaban observando, pero él no podía preocuparse por eso. Ya tenía la reputación de ser raro. Aquélla era la menor de sus inquietudes.

–¿Lo conocías? –preguntó en voz baja.

–La conocías –lo corrigió Sherry.

¿Una mujer? Gideon miró de nuevo el cuerpo, y después el destrozo que la atacante había hecho en el apartamento.

«Es muy mala, papá. Muy mala».

Cuando Emma había aparecido en su sueño aquella noche, Sherry Bishop llevaba horas muerta. No sólo muerta, sino mutilada. A Gideon le costaba un gran esfuerzo asimilar que una mujer hubiera podido hacer aquello, pero para entonces, ya sabía que cualquier cosa era posible.

–¿La conocías?

El espectro negó con la cabeza.

Parecía casi real, pero no era enteramente sólida. Era como si estuviera hecha de niebla espesa. Su pelo rubio y rosa, sus vaqueros y la camiseta que llevaba, su piel blanca... era ligeramente menos que sustancial.

–Abrí la puerta y ella entró rápidamente. Me dijo que no me haría daño si no gritaba, y después me cortó el cuello y... –se puso una mano sobre el cuello y miró más allá de Gideon, hacia el cuerpo. Su cuerpo–. Esa desgraciada me ha matado, ¿verdad?

–Eso me temo. Cualquier cosa que puedas decirme sobre ella me será de gran ayuda.

Sherry miró el cuerpo y jadeó.

–¿Me ha cortado el dedo índice? ¿Y cómo voy a tocar la batería sin... –el fantasma se desplomó en el sofá–. Sí, lo sé –dijo con un suspiro–. Muerta.

–¿Detective Raintree? –preguntó uno de los policías, que había asomado la cabeza por la puerta–. ¿Se encuentra... bien?

Gideon alzó la mano sin mirar al oficial.

–Estoy bien.

–Lo he oído... eh... hablar.

Gideon miró al muchacho.

–Estoy hablando conmigo mismo. Avíseme cuando llegue la policía científica.

Oyó a Echo llorar de nuevo, y los oficiales se volvieron a consolarla. Su prima los estaba distrayendo para que él pudiera trabajar en paz. Gideon lo sabía. No había un hombre vivo al que pudiera importarle consolar a Echo Raintree.

El fantasma de Sherry Bishop suspiró de nuevo, y su forma vibró.

–No me ven, ¿verdad?

–No –susurró Gideon.

–Pero tú sí.

Él asintió.

–¿Y por qué?

Sangre. Genética. Una maldición. Un don. Electrones.

–No tenemos tiempo para hablar de mí –le dijo Gideon.

No sabía cuánto tiempo permanecería Sherry Bishop en la tierra. Quizá unos minutos más, o unas horas, o un par de días. Quizá pidiera justicia y se quedara por allí mientras el caso se resolvía, pero él no podía saberlo con seguridad. Los fantasmas eran muy volubles.

–Dime todo lo que recuerdes de la mujer que te atacó.

La detective Hope Malory subió apresuradamente las escaleras del viejo apartamento y aminoró el ritmo cuando llegaba al tercer piso. Había media docena de policías y unos cuantos vecinos en el pasillo exterior del domicilio de la víctima, y todos ellos intentaban mirar hacia dentro como si aquello fuera un espectáculo.

Había una mujer joven, esbelta, con el pelo rubio y corto y algunos mechones teñidos de rosa. Estaba apartada de la puerta, casi como si temiera ver lo que estaba sucediendo dentro.

Hope respiró profundamente y se alisó la chaqueta azul marino que llevaba mientras se acercaba. Aquella mañana se había vestido profesionalmente, como de costumbre: llevaba unos pantalones vaqueros y una americana, como cualquier otro detective. Llevaba la pistola en una funda a la cintura, y la placa colgada del cuello para que todo el mundo pudiera verla bien.

Sólo le había hecho dos concesiones a su feminidad: un poco de maquillaje y unos tacones de seis centímetros. Quería dar buena impresión, porque aquél era su primer día en aquel trabajo. Por lo que había oído decir, su nuevo compañero no iba a alegrarse de verla.

Se abrió paso entre la gente y los oficiales hasta que llegó a la puerta. Uno de ellos le susurró:

–No puedes entrar.

Ella se detuvo un instante y vio al detective Gideon Raintree trabajando.

Había estudiado minuciosamente su expediente cuando se preparaba para aquel caso. El hombre no sólo era un buen policía, sino que tenía una estadística de resolución de casos que era asombrosa. En aquel momento estaba en cuclillas, observando el cuerpo de la víctima y hablando para sí en voz baja. Había una lámpara encendida, y todas las persianas de la habitación estaban cerradas, así que el salón estaba en penumbra. Hope sabía que todo permanecía tal y como él lo había encontrado.

La fotografía del expediente de Gideon Raintree no le hacía justicia, según pudo apreciar Hope desde su posición, aunque no tenía un buen ángulo de visión. Era un hombre muy guapo con un cuerpo estupendo. El impecable traje que llevaba no podía disimularlo. Y el hecho de que necesitara un corte de pelo no le restaba atractivo. Lo tenía castaño oscuro y ligeramente ondulado. Tenía también un fino bigote y perilla, muy a la moda. De no haber sido por el arma y la placa, Raintree no parecería en absoluto un policía.

Ella entró en el salón, haciendo caso omiso del consejo que acababa de darle el joven oficial. Raintree alzó la cabeza.

–He dicho... –comenzó, pero no terminó la frase.

Le clavó unos intensos ojos verdes, con una mirada a la vez de sorpresa y de inteligencia, y Hope obtuvo una vista completa del rostro de Gideon Raintree. Tenía unos pómulos y unas pestañas que deberían estar prohibidos para un hombre...

La bombilla de la lámpara que había tras él explotó.

–Lo siento –dijo él, como si fuera el culpable del estallido–. Aún no he terminado. Los técnicos no pueden entrar todavía. Concédeme unos minutos más y me quitaré de en medio.

–Yo no soy de la policía científica –respondió Hope, dando un tímido paso hacia delante.

–Entonces, sal –dijo Raintree sin miramientos.

Hope negó con la cabeza.

–Soy la detective Hope Malory. Tu nueva compañera.

Él no titubeó al responder:

–Mi compañero se retiró hace cinco meses, y no necesito otro. No toques nada cuando salgas.

Con aquellas palabras, la despidió. Raintree volvió a fijar su atención en el cadáver que había en el suelo, aunque en aquel momento tuviera menos luz para estudiarlo. Hope había intentado no mirar a la víctima, pero en aquel momento se obligó a hacerlo. Lo primero que le llamó la atención fue su pelo. Lo tenía parecido a la joven del pasillo: rubio, corto y con mechones teñidos de color rosa. Llevaba unos pantalones vaqueros desgastados y una camiseta con el anuncio de un festival de música local. En una oreja tenía cuatro pendientes de oro, y en la otra oreja, tan solo uno; y en los dedos llevaba, en total, cinco anillos. En los nueve dedos, contó Hope, y sintió que el estómago se le revolvía. Le faltaba el dedo índice de la mano derecha, y también le faltaba un pedazo del cuero cabelludo en la parte superior de la cabeza, como si alguien hubiera intentado cortarle la cabellera.

La misma persona que le había cortado el cuello.

Hope inspiró profundamente y espiró despacio, para intentar recuperar la compostura. La muerte no era algo bonito, y no tenía buen olor. Ella había visto cadáveres otras veces, por supuesto, pero nunca uno tan reciente, ni tampoco mutilado. Le resultó imposible no sentirse afectada por aquella escena.

Raintree suspiró.

–¿No vas a marcharte?

Ella hizo un gesto negativo y se cubrió la nariz y la boca con las manos.

–Bien –respondió Raintree con aspereza–. Sherry Bishop, veintidós años de edad. Era soltera, y no tenía ninguna relación sentimental de importancia en el momento de la muerte. No tenía mucho dinero tampoco, así que el robo no es el móvil más probable. Bishop tocaba la batería en un grupo de la ciudad, y también trabajaba de camarera en una cafetería del centro para llegar a fin de mes.

–Si tocaba en un grupo, quizá un admirador se obsesionara con ella –sugirió Hope.

El hombre, que continuó agachado junto a la víctima, sacudió la cabeza.

–La mató una mujer zurda de pelo largo y rubio.

–¿Y cómo has conseguido esa información en tan poco tiempo? ¿Cuánto tiempo llevas aquí, veinte minutos?

–Quince –respondió él, y se incorporó lentamente.

Medía más de un metro ochenta, un metro ochenta y cinco según su expediente, así que Hope tuvo que inclinar la cabeza hacia arriba para poder mirarlo a los ojos. Tenía la piel bronceada, y el verde de sus ojos era asombroso. Hope se sintió azorada y bajó la vista hasta su corbata.

–Por el ángulo de la herida, parece que la atacante sostuvo el cuchillo con la mano izquierda. Además, hay un pelo largo y rubio sobre la ropa de la víctima, así que lo más probable es que sea una mujer. El forense tendrá que confirmarlo.

Por lo que ella había oído decir, Gideon Raintree era un hombre seguro de sí mismo, y siempre tenía razón. Acababa de demostrar que era observador y que era bueno en su trabajo.

–¿Cómo puedes saber tantos detalles de su vida personal? –le preguntó Hope.

Batería en un grupo. Ninguna relación sentimental. Camarera. Ella pasó la mirada rápidamente por la habitación y no vio ninguna pista.

–Sherry Bishop era la compañera de piso de mi prima Echo.

Hope asintió. Intentó permanecer entera, pero el olor la estaba mareando.

Raintree la miró fijamente.

–Es tu primer homicidio, ¿verdad?

De nuevo, Hope asintió.

–Si vas a vomitar, hazlo en el pasillo. No permitiré que contamines mi escenario del crimen.

Qué considerado por su parte.

–No voy a contaminar nada.

–Bien. Si insistes en quedarte, interroga a los vecinos y averigua si alguien oyó algo anoche o esta mañana.

Muy bien. Hope volvió a asentir y se dio la vuelta para escapar de la habitación, dejando a Gideon Raintree a solas con la víctima.

Estaba segura de que él se sentía más cómodo con la mujer muerta que con ella.

Su nueva compañera estaba interrogando a un vecino fisgón, y la policía científica estaba haciendo su trabajo dentro del apartamento. Gideon se sentó junto a Echo en la escalera que llevaba al cuarto piso.

–¿Está ahí? –le preguntó Echo en voz baja.

Nadie les prestaba atención en aquel momento.

–Está sentada detrás de nosotros.

Aunque Echo no podía ver a Sherry, miró hacia atrás por encima de su hombro.

–Lo siento. Debería haberlo sabido.

Como Sherry, Echo era una joven de veintidós años. Tenía un increíble talento como guitarrista y como vidente, pero no tenía control sobre su don, el de la profecía. No podía saber dónde uno había perdido la cartera, ni si iba a casarse durante el mes siguiente. Veía los desastres. Soñaba con inundaciones y terremotos. Sus pesadillas se convertían en realidad.

Gideon tenía una ligera precognición, pero no la suficiente como para poder evitar cosas. Su instinto era un poco más agudo de lo normal, pero él no soñaba con catástrofes ni las experimentaba como si estuviera allí. Como si estuviera allí y fuera completamente incapaz de detener lo que se avecinaba. Comparado con el poder de Echo, Gideon consideraba que comunicarse con los muertos era un paseo por el parque.

–¿Por qué querría alguien matar a Sherry? –le preguntó Echo a su primo. No había podido dejar de llorar, pero las lágrimas eran más suaves en aquel momento–. Todo el mundo la quería.

–No lo sé.

Había algo que inquietaba terriblemente a Gideon. Sherry no conocía a su asesina. No había ninguna razón lógica para su muerte, y menos para que la hubieran mutilado salvajemente. No quería asustar a su prima, pero había algo que debía preguntarle.

–¿Has tenido alguna visión últimamente que te avisara de que puedes estar en peligro?

Echo no necesitó que se lo explicara.

–¿Crees que la persona que mató a Sherry iba por mí?

–¡Canalla! –dijo Sherry suavemente–. De haberlo sabido, no me habría teñido el pelo de rosa como Echo. Pensamos que sería bueno para el grupo, como una marca de identidad –explicó con un mohín.

–Es una posibilidad –le dijo Gideon a Echo–. Mira, no vas

a poder quedarte aquí de todos modos, así que quiero que busques alojamiento en otro sitio, que estés lejos de aquí mientras resuelvo esto. ¿Dónde están tus padres?

–En Saint Moritz.

Era de esperar.

–No quiero que te vayas tan lejos –dijo él. Además, los padres de Echo serían inútiles en aquella crisis–. Puedes quedarte en mi casa durante unos días.

Echo suspiró y apoyó la cabeza en las manos.

–Tenemos un concierto la semana que viene, así que estoy libre hasta entonces. Puedo llamar a la cafetería y decirles que no iré a trabajar esta semana, y después puedo marcharte a Charlotte y quedarme con Dewey hasta el viernes.

Dewey. Estupendo. Aquel tipo era un saxofonista larguirucho y alto que estaba loco por Echo, aunque ella insistiera en que sólo eran amigos. De todos modos, estar con Dewey sería mejor para su prima que estar en Wilmington si había alguna posibilidad de que la asesina hubiera querido acabar con Echo y no con Sherry.

–Llámame cuando vuelvas a la ciudad. Quizá tengas que cancelar el concierto.

Echo no protestó.

–Quizá sí debería cancelarlo todo. No encontraré nunca una batería como Sherry. Y aunque la encontrara, no sería lo mismo.

Gideon había ido a ver tocar al grupo de su prima varias veces, a algunos clubes llenos de humo y gente joven; la música era demasiado alta y demasiado estridente para él, pero parecía que las chicas lo estaban pasando muy bien en el escenario.

Echo tenía razón. Nunca volvería a ser igual.

–Tienes aspecto de cansada.

Echo se encogió de hombros.

–Se supone que trabajo esta tarde en la cafetería, así que me he levantado antes de que amaneciera para llegar a casa por la mañana y poder prepararme. Supongo que debería llamar a Mark a la cafetería, para avisarle de que no iré a trabajar hoy, y de que Sherry tampoco… ya sabes.

Era difícil decirlo en voz alta. Sherry Bishop no podría volver al trabajo. Nunca.

Gideon se sacó la llave de casa del bolsillo y se la entregó a Echo.

–Duerme un poco en mi casa antes de volver a Charlotte. No deberías conducir en este estado –le dijo.

Ella asintió y se guardó la llave.

–Y deja encendido el teléfono móvil –añadió Gideon.

Ninguno de los Raintree revelaba sus dones, pero quizá alguien hubiera averiguado lo que Echo podía hacer y quisiera silenciarla. ¿Tal vez por algo que pudiera ver o decir? ¿Y por qué habrían querido llevarse un dedo y una parte del cuero cabelludo? Sólo aquello llevaba aquel caso más allá que ningún otro en el que hubiera trabajado. Lo único que tenía eran preguntas, teorías y más preguntas.

Cuando bajó las escaleras, Sherry Bishop lo siguió.

–¿Vas a encontrar al que me hizo esto, ¿no? –le preguntó.

–Voy a intentarlo.

–Esto es muy injusto. Tenía planes para mi vida, ¿sabes? Grandes planes. Tenía la esperanza de que me pidieras una cita algún día. Bueno, eres un poco mayor y todo eso, pero de todos modos eres muy guapo.

–Vaya, gracias –gruñó Gideon.

A Sherry se le escapó un jadeo.

–¡Vaya, no tuve ocasión de estrenar mis botas nuevas! Dile a Echo que puede quedárselas.

–Se lo diré.

Gideon se detuvo a los pies de la escalera y observó a su nueva compañera, que estaba entrevistando a una mujer anciana de pelo gris. A él le gustaba trabajar solo. Le facilitaba mucho hablar con las víctimas. Su anterior compañero había decidido creer que Gideon hablaba consigo mismo y que tenía fantásticas corazonadas a menudo. Sin embargo, no parecía que Hope Malory fuera a facilitarle tanto las cosas. Seguramente, no aceptaría las cosas que no entendía con tanta facilidad.

Mientras ella hablaba con la anciana, Gideon tuvo oportunidad de admirarla. Era más que atractiva: tenía una belleza clásica. El pelo negro, cortado a la altura de la barbilla, espeso y sedoso. Tenía la piel blanca y sin mácula, y los ojos de un azul sereno. Sus labios eran gruesos, rosados. Era alta y de piernas largas, pero tenía curvas en los lugares apropiados. Tenía la cara de un ángel y un cuerpo estupendo. Además, llevaba un arma y parecía que sabía usarla. ¿No era aquélla la descripción de la mujer perfecta?

Sintió una descarga de pura electricidad recorriéndole el cuerpo. Las luces del pasillo parpadearon, y todos aquellos que aún estaban allí miraron hacia arriba. Al menos, en aquella ocasión, no había explotado nada.

–Vas a atraparla, ¿verdad? –le preguntó Sherry Bishop.

–Voy a intentarlo –respondió él, sin apartar los ojos de Malory.

–Echo dice que eres el mejor.

–¿De verdad?

–Sí. Y será mejor que te des prisa, Raintree.

Gideon se volvió a mirar a Sherry Bishop. Se había apagado considerablemente desde que habían salido del apartamento. Pronto se marcharía a su hogar, a estar en paz. Así era como debía ser, pero una vez que ocurriera, él ya no podría comunicarse con ella fácilmente.

Malory se acercó a él con pasos largos y elegantes. Había tomado anotaciones, y él estaba seguro de que eran muy completas.

Sin embargo, ninguno de los vecinos había visto nada. La señora Tarleton, que vivía en la puerta contigua a la de Sherry y Echo, estaba prácticamente sorda, y el otro vecino había salido y no había vuelto hasta aquella mañana. Cuando terminó de explicárselo, Hope miró más allá de Gideon, hacia la escalera.

–Quizá debiera hablar con tu prima.

–No.

Ella lo miró fijamente y arqueó las cejas.

–¿No?

–Ya he hablado con Echo.

–Tú eres su primo, y eso significa que estáis demasiado unidos como para que puedas ser objetivo. Además, tú eres un hombre.

–Lo dices como si fuera algo malo.

–Puede serlo. El hecho es que ella puede decirme cosas que a ti no te contaría.

–Lo dudo.

Ella se enfadó.

–¿Acaso no deberías rehusar este caso? Después de todo, tienes un vínculo personal con alguien que está involucrado en él.

–Conocía a Sherry Bishop, pero sólo la había visto un par de veces. No hay razón…

–No estoy hablando de tu relación con la víctima, Raintree. Hasta que la eliminemos de la lista, tu prima es una sospechosa.

–Echo no le haría daño a nadie.

–Díselo, Gideon –intervino Sherry con furia–. ¿Cómo se atreve a insinuar que Echo me haría esto?

–No eres objetivo –insistió Malory.

–Aclararemos la coartada de mi prima en primer lugar, si eso te tranquiliza. Y cuando la hayamos eliminado de tu lista de sospechosos, quizá te parezca bien que haga mi trabajo.

–No tienes ningún motivo para ponerte insolente.

Gideon se inclinó ligeramente y habló en voz baja.

–Detective Malory, si estás decidida a ser mi compañera, no hay mucho que pueda hacer al respecto, al menos por el momento. Pero haznos un favor a los dos y compórtate como una detective, no como una niña.

Ella se enfureció. Ah, Gideon había tocado la fibra sensible.

–No soy una niña, Raintree, tú…

–Insolente –la interrumpió él–. Una palabra que ningún hombre usaría en ningún momento.

–Muy bien –replicó ella–. Gruñiré y me rascaré el trasero de vez en cuando, y quizá esté a la altura.

Sherry hizo un gesto de escepticismo.

–Me apuesto lo que quieras a que nunca se rasca el trasero.

Lo cierto de aquel asunto era que Gideon sabía que no importaba lo que Hope Malory hiciera o dijera. Iba a metérsele bajo la piel. Le gustara o no, ella ya estaba allí, e iba a quedarse hasta que él encontrara una forma de librarse de ella. Al fin y al cabo, no era la única mujer guapa de Wilmington.

No necesitaba una compañera. No quería una compañera. Nunca saldría bien. Y, al final, no importaría.

Malory no duraría mucho.

3

Lunes, 2:50 de la tarde

–¿Quieres comer? –le preguntó Gideon a su nueva compañera mientras conducía.

El viento estaba despeinándola. Gideon supuso que podía haber puesto la capota, pero ¿por qué iba a ponerle las cosas fáciles? Ella se había empeñado en acompañarlo, y él se había empeñado en llevar su propio coche. A Malory no le gustaría lo que podía ocurrirle al sistema eléctrico del suyo si él se acercaba demasiado en el momento equivocado.

–Creía que querías hablar con el propietario del club –gritó ella para hacerse oír por encima del ruido del viento.

–No estará en el club hasta las cuatro, o más tarde.

Ya habían hablado con el encargado de la cafetería donde Echo y Sherry habían trabajado durante los últimos siete meses. Mark Nelson no sabía nada interesante, pero Gideon quería volver aquella noche y echar un vistazo. Quizá la asesina estuviera allí, observando cuál era la reacción hacia el asesinato de Sherry Bishop.

–Está bien –dijo Malory de mala gana–. No me importa ir a comer algo.

Gideon la llevó al Mama Tanya's Café, el mejor establecimiento de comida tradicional negra de la ciudad. Mientras esperaban a que les sirvieran, sentados en la mesa acostumbrada de Gideon, tuvo oportunidad de observarla con detenimiento. Malory tenía el pelo revuelto del viaje en su descapotable, las mejillas enrojecidas, los ojos brillantes. Vaya, era despampanante.

–¿Qué estás haciendo en Wilmington? –le preguntó con interés–. Éste es un departamento pequeño. ¿Cómo es que has acabado trabajando aquí, ocupando el puesto de mi compañero?

–Me trasladaron desde Raleigh. Estuve trabajando allí, en antivicio, durante dos años.

Él se quedó sorprendido. Ella parecía demasiado joven como para haber sido detective durante aquel tiempo.

–¿Cuántos años tienes?

–Veintinueve.

Así que ella tenía prisa por ascender. Ambiciosa, lista, quizá incluso un poco avariciosa.

–¿Y por qué te has mudado?

–Mi madre vive aquí, en Wilmington. Necesita que la familia esté cerca, así que decidí que era hora de volver a casa.

–¿Está enferma?

–No –Malory se movió con intranquilidad. Era evidente que se sentía incómoda por el giro personal que había tomado la conversación –. El año pasado tuvo una caída. No fue nada grave, pero se torció el tobillo y estuvo cojeando un par de semanas.

–Pero te preocupaste –dijo él.

Claro que sí. Malory era tan seria, tan dedicada, tan concienzuda. Si le pasaba algo a su madre, ella consideraba que era culpa suya. Y por eso estaba allí.

–Me preocupó un poco –confesó–. ¿Y tú? –le preguntó rápidamente, para desviar la conversación hacia él–. ¿Tienes familia cerca? Aparte de Echo, quiero decir.

–Tengo una hermana y una sobrina en la parte oeste del estado, a unas horas en coche, un hermano en Nevada y primos allá donde vaya.

Aquello último le arrancó una pequeña sonrisa. Agradable. Quizá no fuera totalmente seria, después de todo.

–¿Y tus padres? –le preguntó Hope.

–Murieron.

A ella se le borró la sonrisa de los labios al instante.

–Lo siento.

–Fueron asesinados cuando yo tenía diecisiete años –dijo él, sin emoción–. ¿Hay algo más que quieras saber?

–No quería ser entrometida.

Claro que no, pero la franca respuesta de Gideon había matado la conversación, tal y como él deseaba. Aquella mujer podía ponerle difícil la vida en tantos aspectos con sólo hacer un pequeño esfuerzo... qué idea más agobiante.

Tanya les llevó los platos de comida a la mesa, junto a dos vasos de té helado. Al principio, Malory protestó ligeramente porque todo lo que había en el plato estuviera frito, pero a medida que comía, se relajó y comenzó a disfrutar de la comida. Gideon se alegró del silencio, pero también se puso nervioso, porque había cierta comodidad en la situación.

–Creo que ha matado más veces –dijo una suave voz a su lado.

Gideon volvió la cabeza y miró a la silla vacía que había a su lado. Bueno, había estado vacía hasta que había llegado Sherry Bishop. Estaba menos sólida que aquella mañana, en el apartamento, pero era ella.

–¿Qué? –le preguntó Gideon suavemente.

–Raintree –dijo Malory–. ¿Estás...

Él silenció a su nueva compañera alzando la mano, sin apartar la mirada de Sherry.

–La mujer que me mató –dijo el fantasma–, no estaba nerviosa ni asustada, sólo ansiosa. Excitada, como estamos Echo y yo antes de un concierto. Creo que le gustaba. Creo que disfrutó matándome.

–Raintree –insistió Malory, con la voz más aguda que antes.

Gideon elevó la mano una vez más, en aquella ocasión con un dedo extendido para indicarle que estuviera callada.

–Si vuelves a agitar ese dedo ante mi nariz, te lo rompo.

Sherry Bishop desapareció, y Gideon se volvió hacia una detective Malory irritada y confusa.

–Lo siento –dijo–. Estaba pensando.

–Tienes una manera muy extraña de pensar.

–Ya me lo habían dicho.

Hubo un cambio en la expresión de su rostro. Abrió más los ojos, se humedeció los labios, y apareció algo más peligroso que la ira. La curiosidad.

–Pero parece que funciona –dijo ella–. ¿Cómo lo haces?

–¿Pensar?

–Nunca había conocido a un detective con tantos casos resueltos como tú. Salvo por ese caso del año pasado, tu expediente es brillante.

–Sé que lo hizo Stiles, pero no puedo demostrarlo. Por ahora.

–¿Cómo? ¿Cómo lo sabes?

Era más fácil fingir que era como todos los demás cuando le formulaban aquella pregunta. Tenía un sexto sentido para ver cosas que los demás pasaban por alto; tenía buen ojo para los detalles; percibía los modelos; se dedicaba en cuerpo y alma a resolver cada uno de los casos. Todo aquello era cierto, pero no era la razón por la que su expediente era brillante.

–Me comunico con los muertos.

La respuesta de Malory fue inmediata y no del todo inesperada. Prorrumpió en carcajadas. Se rió con todas sus fuerzas. La risa le hacía cosas maravillosas en el rostro; los ojos le brillaron, y las mejillas tomaron un precioso color rosa. Los labios se le elevaron por las comisuras. A Gideon le sorprendió sobremanera lo cómodo que se sentía con Hope Malory. Aquella risa le resultaba agradablemente familiar. Podría acostumbrarse a aquello... y no podía permitir que sucediera.

Hope condujo lentamente hasta la casa de Raintree, y al ver el edificio, sus sospechas no disminuyeron en absoluto.

Con el sueldo de un policía no había podido comprar aquella casa de tres pisos, gris claro, al estilo de las mansiones de Carolina, junto a la playa de Wrightsville. Aquélla era una de las zonas más bonitas de la ciudad, y Raintree poseía una de las casas más bellas. Hope ya había investigado un poco, y sabía lo que él había pagado por la vivienda cuatro años antes, cuando se había instalado allí.

La casa tenía un garaje para tres coches. Aunque la puerta estaba cerrada, ella sabía que tenía un Mustang negro descapotable del sesenta y seis, precisamente el que había llevado aquel día; un Chevy Bel Air color turquesa y crema, del cincuenta y siete, y un Dodge Challenger de color rojo, del setenta y cuatro.

Aparte del dinero, no había tan buen policía como Gideon Raintree. La mayor parte de los asesinatos que había resuelto estaban relacionados con el mundo de la droga, lo cual significaba que podía tener contactos con alguien de la comunidad de traficantes. Alguien que estuviera tan alto en la escala como para poder comprar a un detective. ¿Estaría su nuevo compañero relacionado con la delincuencia de Wilmington?

Aquello de que se comunicaba con los muertos era un buen chiste.

Todos los detectives a los que ella conocía querían trabajar en homicidios. Era algo importante, prestigioso. Y, cinco meses después del retiro del compañero de Raintree, ningún otro detective estaba interesado en trabajar con él, según le había dicho su nuevo jefe. No quería ser siempre el segundo hombre del equipo. O quizá supieran que a Raintree le gustaba trabajar solo y nadie quería ser el que alterara sus planes.

Seguramente, había respuestas razonables para todas las preguntas que ella se formulaba sobre Raintree, pero cabía la posibilidad de que no. Tenía que saber la verdad antes de profundizar demasiado. Antes de confiar en él, antes de aceptarlo.

Sabía, por instinto, que Raintree era mentiroso: era un hombre. La cuestión era, ¿hasta qué punto llegaban sus mentiras?

Hope aparcó su Toyota azul al final de la calle y se acercó a la casa de Raintree. Era improbable que viera algo a aquellas horas de la noche, pero tenía tanta curiosidad y estaba tan inquieta que no podía dormir. Además, su madre nunca se acostaba antes de las dos de la mañana, y el apartamento en el que vivían, encima de la tienda, era demasiado pequeño como para poder conciliar el sueño con sus idas y venidas.

La casa, los trajes caros, los coches... Raintree escondía algo.

Hope se deslizó entre la casa de Raintree y la casa contigua, en la oscuridad. Se había vestido de negro para la ocasión, de modo que las sombras la ocultaron a la perfección. No iba a mirar por la ventana y sorprender a Raintree con las manos en la masa, pero cuanto más supiera de aquel tipo, mejor para ella. No tenía nada de malo vigilar un poco su entorno.

Un movimiento en la playa le llamó la atención, y volvió la cabeza en aquella dirección. Hablando del rey de Roma, Gideon Raintree acababa de salir de darse un baño y se acercaba con el pelo largo y empapado, echado hacia atrás. El agua le goteaba del cuerpo. Salió de la arena a la pasarela de madera de su casa. Cuando la luz de su terraza lo iluminó, Hope contuvo la respiración durante un momento. Llevaba unos vaqueros cortados por encima de las rodillas y que le colgaban demasiado bajo en las caderas, debido al peso del agua. No llevaba nada más, salvo un pequeño colgante de plata en el cuello.

–Gideon –dijo una vocecita cantarina desde la casa amarilla contigua a la suya.

Él se detuvo en la pasarela y alzó la cabeza. Sonrió a la rubia que estaba asomada al balcón. Hope no le había visto sonreír en todo el día. Sí, aquel tipo era un problema.

–Hola, Honey –dijo Raintree, que se apoyó en la barandilla y miró a la vecina.

–Vamos a dar una fiesta el sábado por la noche –le dijo Honey–. ¿Quieres venir?

–Gracias, pero probablemente no. Estoy trabajando en un caso.

–¿El de la chica que ha salido en las noticias? –preguntó Honey, perdiendo la sonrisa.

–Sí.

Otra mujer, una morena, se unió a Honey en la barandilla de la terraza.

–Tendrás el caso resuelto para antes del sábado –le dijo con seguridad.

–Si lo consigo, iré a la fiesta.

Ambas mujeres estaban en bañador, como haría cualquier amante de la playa que se preciara en una cálida noche de junio. Prácticamente, se estaban pavoneando ante su vecino. Raintree era todo lo que una mujer superficial podría desear, imaginó Hope. Tenía el físico adecuado, una buena cuenta corriente, encanto y seguridad en sí mismo. Con aquellos ojos y aquellos pómulos, y con el aspecto que tenía con aquellos pantalones cortos, podía acelerar el corazón de una mujer poco inteligente.

Hope era inteligente.

–¿Por qué no subes a tomar una copa con nosotras? –le preguntó Honey.

–Lo siento, no puedo –dijo Raintree. Se volvió hacia su casa y hacia Hope al mismo tiempo, y pareció que la estaba mirando–. Tengo compañía.

Hope contuvo la respiración. Era imposible que estuviera viéndola.

–¿Compañía? –preguntó Honey quejosamente.

–Sí –respondió Raintree, mirando hacia el espacio oscuro que había entre las dos casas–. Alguien del trabajo ha venido a verme.

Hope murmuró unas cuantas imprecaciones que casi nunca usaba, y Raintree sonrió como si pudiera oírla. Aquello era imposible, por supuesto. Tan imposible como que la estuviera viendo entre las sombras.

–Tráelo –dijo la morena–. Cuantos más seamos, más divertido.

–Es una mujer –respondió Raintree sin mirar a sus vecinas–. Es mi nueva compañera.

–Oh –dijo Honey con un suspiro–. Bueno, puedes traerla también. Supongo –añadió con evidente falta de entusiasmo.

–Gracias, pero no podemos ir. Tenemos que hablar de trabajo. ¿No es así, detective Malory?

Pillada. Hope dio un par de pasos hasta que salió a la luz

que salía de ambas terrazas. Claramente, era demasiado tarde para esconderse.

–Sí, es verdad –dijo, mientras caminaba por la arena y la hierba de la playa hacia la pasarela de Raintree–. He venido a hablar del caso Bishop. Espero que no te importe que me haya presentado de esta manera.

Él la miró con una sonrisa de perversa diversión.

–En absoluto, detective Malory. En absoluto.

Estaba tramando algo. La guapa detective Malory estaba tan inquieta, tan llena de electricidad, que si él le posaba las manos encima, probablemente explotaran los dos. Lo cual no era necesariamente una mala idea.

–Voy a cambiarme –dijo Gideon, señalándole la cocina–. Sírvete algo de beber. Yo volveré ahora mismo.

Echo había dormido allí durante unas cuantas horas y después se había marchado a Charlotte. Él había hablado con ella por teléfono antes de salir a darse un baño rápido a la playa. Su prima estaba muy triste, pero al menos, su pánico había disminuido. Le gustara a Gideon o no, Dewey la estaba ayudando de verdad en aquella situación tan difícil.

Gideon tardó menos de cinco minutos en cambiarse y secarse el pelo con una toalla. Durante aquel breve tiempo, no pudo dejar de preguntarse qué habría ido a hacer Hope Malory a su casa. Lo averiguó rápidamente, justo después de bajar al salón y encontrarse a su nueva compañera sentada en una de las butacas de cuerpo, con un vaso de gaseosa en una mano.

–Bonita casa, Raintree –dijo ella mientras observaba casi despreocupadamente las paredes–. ¿Cómo has conseguido comprar esto con el sueldo de un policía?

Así que era eso. Malory pensaba que él estaba sucio, y había ido allí a averiguar hasta qué punto llegaba la suciedad.

–Mi familia tiene dinero –dijo Gideon mientras iba hacia la cocina–. Voy a servirme algo de beber.

Ella señaló con un gesto de la cabeza el otro lado de la estancia, donde había dejado, en un posavasos, un vaso de gaseosa como el suyo.

–Ya te he servido una.

–¿Y cómo sabías lo que quiero? ¿Telepatía?

De nuevo, aquella sonrisa efímera pero brillante.

–Tu nevera está llena de esto. Me he arriesgado –dijo Malory, y seria de nuevo, retomó la conversación anterior–. Así que tu familia tiene dinero.

–Sí.

–¿Qué clase de dinero?

–Mis padres y mis abuelos, como sus padres y sus abuelos antes, tuvieron éxito en la vida. Y suerte.

Ella lo miró fijamente a los ojos.

–He visto el apartamento de Echo esta mañana. ¿Ella es de la rama pobre de la familia?

–Echo es una rebelde –le explicó él–. Sus padres viven muy felices del dinero de la familia. Viajan, duermen, beben, van a fiestas. Echo quiere ganarse la vida. Yo la admiro por eso.

–¿Y tú también tienes suerte?

Él la miró de arriba abajo y sonrió.

–Esta noche no, supongo.

Ella no respondió a aquel comentario. Ni siquiera se inmutó.

–Como detective sí tienes suerte. He visto tu expediente.

–Me alegro por ti. Yo debería mirar el tuyo.

–Veré lo que puedo hacer.

Ella tomó un sorbo de su gaseosa, y él jugueteó con las gotas de condensación que había en su vaso, con un dedo. Si Malory se entrometía demasiado, si hacía demasiadas preguntas, quizá él tuviera que mudarse. Demonios, le gustaba vivir allí. Le gustaba aquella casa, estaba cómodo con sus compañeros de trabajo, y le encantaba estar junto al mar. Había llegado a necesitarlo de un modo que nunca hubiera esperado.

Durante años había cambiado de departamento una y otra vez, siempre yendo al lugar donde pensaba que lo necesitaban más. Por desgracia, su talento era muy necesitado en todas partes, así que finalmente había decidido establecerse allí.

Si la detective Malory comenzaba a investigarlo y descubría más de lo que debía, él no podría quedarse allí mucho más tiempo. Perdería su hogar.

Iba a tener que hacerse amigo de Hope Malory o librarse de ella. Malory no parecía del tipo de mujer de la que era fácil librarse una vez que se le había metido algo en la cabeza, y Gideon no sabía cómo podía hacerse su amigo. No parecía tampoco que fuera fácil ganarse su confianza.

De nuevo, Malory estudió el salón de su casa con ojo crítico.

–Este lugar tiene algo extraño –dijo pensativamente–. No me interpretes mal, es muy agradable, pero…

–¿Pero?

–La televisión es pequeña y barata, y el teléfono es una vieja línea fija. La mayoría de los hombres solteros de cierta edad y con ciertos ingresos tienen un buen equipo de música. Tú tienes un radiocasete del cual se avergonzaría hasta un adolescente. ¿Una racha de mala suerte?

Vaya. ¿Cómo iba a explicarle que sus aparatos eléctricos tenían tendencia a explotar sin previo aviso? Gideon tenía dos pequeñas televisiones más, guardadas en una habitación, preparadas para cuando aquélla se estropeara, y nunca había tenido un teléfono inalámbrico que le durara más de unos días, ni un despertador digital.

No podía acercarse demasiado a un coche con ordenador de a bordo, motivo por el que tenía modelos antiguos. En las pocas ocasiones en las que viajaba en avión, llevaba un poderoso amuleto que sólo Dante podía hacerle. Cambiaba constantemente de teléfono móvil.

–No veo mucho la televisión, y no escucho música. Los teléfonos inalámbricos no son seguros.

–¿Y por qué necesitas que los teléfonos inalámbricos sean seguros?

Ya era suficiente. Gideon se puso lentamente en pie. Dejó su vaso en la mesa y atravesó la habitación hasta que estuvo frente a ella.

–¿Por qué no me lo preguntas directamente?

–¿El qué?

–Si soy un corrupto.

Ella lo miró nuevamente a los ojos.

–¿Lo eres?

–No.

La alarma que había sentido Hope se mitigó poco a poco.

–Aquí hay algo sospechoso, aunque aún no haya averiguado qué es.

–Es el dinero. La gente no puede creer que alguien quiera ser policía si tiene otras alternativas.

–Es más que el dinero, Raintree. Eres bueno. Demasiado bueno.

–Hace mucho tiempo que elegí mi camino. No hago este trabajo porque no me quede más remedio. Tengo suficiente dinero en el banco como para ser un hippie de playa, si quiero. Puedo trabajar en el casino de mi hermano –siempre y cuando se mantuviera alejado de las máquinas tragaperras, claro–, o vivir en el hogar de mi familia, o no hacer nada. Pero cuando mis padres murieron asesinados, fueron un par de detectives y un puñado de oficiales los que atraparon a los asesinos y los pusieron entre rejas. Este trabajo es importante, y lo hago porque puedo.

Hacía aquel trabajo porque no tenía elección.

El semblante de Malory no le dijo nada. Nada en absoluto.

«Es mala, papá. Muy, muy mala».

¿Le había estado advirtiendo Emma sobre la asesina de Sherry Bishop? ¿O sobre su nueva compañera?

4

Lunes, 10:45 de la noche

Había matado a la mujer equivocada.

Tabby estaba sentada en un rincón de la cafetería, observando atentamente a los camareros y los clientes. Las pequeñas mesas del establecimiento estaban llenas de turistas y asiduos, que tomaban café y comían galletas gigantes. Muchos de los parroquianos y las dos camareras jóvenes que hacían aquel turno tenían expresiones de tristeza por la difunta Sherry Bishop.

De acuerdo, había cometido un error. Al menos, podía regodearse en el dolor y el miedo que se respiraba en la cafetería. El ejercicio de la noche anterior no había sido una completa pérdida de tiempo.

Cuando había visto las noticias, aquella tarde, no había sabido nada de su equivocación. ¿Quién iba a pensar que había dos mujeres con el pelo rosa viviendo en el mismo apartamento? Cael iba a matarla cuando lo supiera, a menos que remediara pronto su error. Había tenido la esperanza de que Echo Raintree estuviera allí aquella noche. Sin embargo, por el momento no había aparecido.

Quizá estuviera en algún lugar, llorando la muerte de su compañera de piso; pero no podía dejar el trabajo durante una semana entera. Además, el funeral de Bishop se celebraría en pocos días. Tabby no conocía el lugar ni la hora, pero aquella información se haría pública muy pronto. Y Echo asistiría a la despedida de su amiga. Tenía que suceder aquella semana.

La puerta se abrió, y automáticamente, Tabby se volvió y vio entrar a una pareja en la cafetería. El corazón le dio un salto. Era Gideon Raintree. La boca se le hizo agua; deseaba a Gideon tanto como a Echo, pero tenía órdenes de esperar. Cael le había dicho que matar a un policía causaría demasiada conmoción. Provocaría muchas preguntas. Más tarde, aquella misma semana, podría matar a Gideon, casi cuando hubiera llegado el momento clave. Pero no aquella noche.

Tabby no creía que nadie la hubiera visto cerca del escenario del crimen la noche anterior, pero se alegraba de haberse puesto la peluca morena para que no la reconocieran. De ese modo, podía relajarse, quedarse allí sentada y observar.

Gideon y la mujer que estaba con él se sentaron en una esquina desde la cual podían ver a todo el mundo que había en la cafetería. Ambos iban armados, aunque no abiertamente. ¿Sería aquélla una visita oficial? Claro que sí. Estaban buscando al asesino de Sherry Bishop.

De reojo, Tabby estudió a la compañera de Raintree. Cael le había ordenado que no matara aún a Gideon, pero, ¿y la mujer? ¿Sería su novia, o sólo su compañera? Quizá fuera ambas cosas. La pareja no irradiaba tristeza ni miedo, pero sí energía. Energía sexual y antagonista al mismo tiempo. Fuera cual fuera la relación que tenían, matar a aquella mujer serviría para apartar a Raintree en caso de que se acercara demasiado a ellos. Se armaría mucho jaleo, y Cael no quería eso.

Tabby se puso nerviosa allí sentada, observando. Saber que había cometido un error le había privado de algo del placer de la salida de la noche anterior, y quería más. Siempre quería más. Ya había estropeado el trabajo, así que no creía que matar a una policía que no era parte de su encargo original empeorara las cosas demasiado. Librarse de aquella mujer distraería a Gideon, y ella necesitaba que estuviera alterado. Necesitaba que su atención estuviera apartada de Echo y de aquella maldita mujer muerta.

Como todo había salido mal, y Tabby no se atrevía a ponerse en contacto con Cael hasta que el trabajo estuviera acabado, las instrucciones que él le había dado no tenían demasiada importancia. Siempre y cuando Echo y Gideon estuvieran muertos a finales de semana, a ella se le perdonarían los errores que hubiera podido cometer por el camino. Podía disparar a la policía y a Gideon a distancia en cualquier momento, pero no era eso lo que quería hacer. A Tabby no le importaba la mujer, pero Gideon era otra cosa.

Gideon Raintree era miembro de la familia real, el siguiente en la línea de sucesión del trono, y tan poderoso que ella no podía hacerse una idea precisa. Cuando lo matara, quería estar cerca de él. Quería tocarlo cuando le clavara en el corazón el cuchillo con el que había asesinado a Sherry Bishop. Quería tener su sangre en las manos, y quería conseguir un par de recuerdos para su colección.

Sí, podría librarse de la mujer a distancia, pero matar a Gideon Raintree sería un momento delicioso y lleno de energía, y ella no estaba dispuesta a renunciar a aquello en nombre de la conveniencia.

Martes, 7:40 de la mañana

Raintree le había dicho la noche anterior que había un desayuno en la cafetería del Hilton. Era una tradición de los detectives del Departamento de Policía de Wilmington para los martes por la mañana. Hope dejó su Toyota azul en el aparcamiento y se dirigió apresuradamente hacia la cafetería. Llegaba con diez minutos de retraso. Su madre le había estado hablando sin parar hasta que había salido de la tienda, y no había sido fácil terminar la conversación.

El grupo de detectives era fácil de distinguir. Estaban en una mesa redonda en el centro del restaurante. Eran nueve hombres de traje, todos ellos detectives de Wilmington. Estaban hablando entre ellos mientras tomaban café y desayunaban huevos revueltos, beicon y tostadas. Hope se acercó con cierta timidez. No pasó mucho tiempo antes de que todos alzaran la cabeza y la miraran, muchos con las cejas arqueadas, otros con la boca abierta.

Hope estaba acostumbrada a aquellas primeras reacciones. Sabía que no tenía aspecto de policía. Ocupó el único asiento libre, el que estaba junto a Raintree, y él la presentó al resto de los detectives. Después de la ronda inicial de preguntas y de abierto interés, los hombres volvieron a su conversación anterior: dónde iban a quedar para comer al día siguiente.

Poco a poco, la conversación se centró en los casos que estaban investigando en aquel momento, incluyendo, cómo no, el del asesinato de Sherry Bishop. A través de una serie de contactos, estatales y federales, Raintree había pedido los expedientes de varios asesinatos sin resolver, similares al de Bishop, y que habían ocurrido durante los últimos seis meses. Aquella tarde, él tendría la mayoría de aquellos expedientes en el escritorio.

Mientras hablaban del caso, Hope vio con claridad algunas cosas: Gideon Raintree era un buen policía, y los hombres con los que trabajaba lo apreciaban y lo respetaban.

Hope se permitió relajarse un poco. Seguramente, si Raintree fuera un policía corrupto, los otros lo sabrían, o al menos sospecharían algo, y tendrían una actitud distante, de desconfianza, o de curiosidad. Y ella no percibió ninguna de aquellas tres cosas en la mesa. La noche anterior estaba muy segura de que Raintree estaba involucrado en los crímenes que resolvía. Aquella mañana, sin embargo, había comenzado a dudarlo.

Finalmente, los detectives terminaron el desayuno y se levantaron de la mesa para comenzar su día de trabajo. Hope y Raintree salieron juntos de la cafetería. Hacía una mañana soleada y cálida.

–¿Cuál es el plan? –preguntó Hope.

–Quiero volver al apartamento de Bishop y echar una ojeada. Tal vez tú pudieras ir a hacer el papeleo antes de que lleguen los expedientes que solicité. Hay que pasar a máquina las declaraciones de los vecinos. Pasarán un par de días antes de que el laboratorio de criminología nos envíe el informe, pero podrías llamar y meterles prisa.

Hope respiró profundamente.

–No soy tu secretaria, Raintree.

–Yo no he dicho eso.

–Quieres que me encargue del papeleo mientras tú investigas.

–A Leon no le importaba.

–Yo no soy Leon.

Él se detuvo a poca distancia de su coche y le lanzó una mirada significativa.

–Yo conduciré hoy –dijo Hope.

–Sería mejor que lleváramos mi coche…

–Yo conduciré –lo atajó ella.

Hubo un destello de algo parecido a la diversión en los ojos verdes de Raintree. Claramente, no era resignación. Sin embargo, él se limitó a responder:

–Está bien. Si insistes…

Ella había aparcado el Toyota a pocos metros de su Mustang.

–¿Quieres poner la capota? –le preguntó a Gideon.

–No, está bien así –respondió él despreocupadamente.

Hope se sacó las llaves del bolsillo y abrió las puertas con el control remoto.

Él ocupó su sitio de pasajero en silencio, con calma. Hope se puso el cinturón de seguridad y giró la llave en el arranque. No pasó nada.

Lo intentó de nuevo. Hubo un clic, y nada más.

–Parece que tu motor de arranque está estropeado –comentó Raintree mientras abría la puerta y salía del coche–. Conozco a un tipo –añadió, mientras se sacaba las llaves del coche del bolsillo–. Te daré su número, y puedes reunirte conmigo cuando…

–Oh, no –respondió Hope mientras cerraba con llave el Toyota y seguía a Raintree hacia el descapotable–. Ya me ocuparé más tarde del coche. No me vas a dejar aquí.

–Estás dedicada en cuerpo y alma a tu trabajo, Malory –dijo él con ironía.

–Soy obstinada –replicó ella–. Acostúmbrate, Raintree.

Él sonrió mientras le abría la puerta y esperaba que entrara. Ella lo hizo, y después lo miró.

–No vuelvas a hacerlo.

–¿Hacer qué?

–Tratarme como si esto fuera una cita. Soy tu compañera, Raintree. ¿Le abrías la puerta a Leon?

–No, pero era muy feo y tenía las piernas gordas y peludas.

Ella le lanzó una mirada asesina y no le respondió.

–Muy bien –dijo él, una vez sentado tras el volante–. Eres uno de los chicos. Sólo otro policía, otro detective.

–Exacto.

Mientras sacaba el coche del aparcamiento, Raintree dijo:

–Leon me llamaba Gideon. Si estás decidida a seguir con esto hasta que resolvamos eso de que ocupes el puesto de mi compañero, deberías hacer lo mismo.

Llamarlo por su nombre de pila le parecía algo demasiado personal, incluso amistoso. ¿Y cómo podía ser amistosa con él cuando sospechaba que Raintree quizá fuera un corrupto?

Quizá sólo fuera un buen policía. Quizá descubriera que era un gran detective realmente, y que su motivación fuera noble. Si aquél era el caso, ella podía trabajar con él y aprender por qué era tan bueno.

–Está bien, Gideon –dijo–. Supongo que tú también puedes llamarme Hope.

Él esbozó una media sonrisa... sonrió como si supiera algo que ella desconocía, como si estuviera en posesión de una broma secreta y ella no.

–Lo dices con tanto entusiasmo que, ¿cómo voy a negarme?

El apartamento no estaba muy distinto al día anterior. Más silencioso. Más muerto. El espíritu de Sherry Bishop no estaba allí, quejándose de la injusticia de haber muerto, y no había policías y vecinos abarrotando el pasillo. Sólo estaban Malory y él, intentando encajar las piezas de aquel extraño crimen.

Las persianas estaban abiertas para dejar pasar el sol de la mañana. El sofá rasgado, las manchas de sangre y la salvaje destrucción parecían obscenos a la luz del día, fuera de lugar, malignos y equivocados.

Allí, en el silencio, Gideon casi podía ver la sucesión de eventos. El timbre de la puerta, la voz de una mujer que informaba a Sherry Bishop de que llevaba pizza, Sherry abriendo la puerta, la mujer entrando bruscamente al piso...

–Había algo raro en el mango del cuchillo.

Gideon se volvió y vio una imagen muy tenue de Sherry sentada en el sofá.

–El cuchillo –susurró él, y se puso de rodillas para estar cara a cara con ella.

–¿Qué? –preguntó Hope.

Él silenció a su compañera levantando la mano. Sabía que aquello la enfurecía, pero no quería asustar a Sherry.

–Estoy pensando en voz alta –le dijo a Malory.

–Oh.

–¿Qué pasa con el cuchillo? –le preguntó suavemente a Sherry.

–Era como antiguo, ¿sabes? –dijo Sherry–. Creo que quizá fuera de plata, y tenía algo en la empuñadura.

–¿Qué?

–No vi todo el mango, porque aquella psicópata lo tenía agarrado, pero había un grabado. Creo que eran palabras.

–¿Y qué decían?

El fantasma se encogió de hombros.

–No lo sé. No creo que fuera inglés. En ese momento no estaba precisamente para ponerme a leer –dijo Sherry, que ya estaba empezando a desvanecerse–. Estaba muy enfadada. ¿Por qué? Yo nunca hice nada para...

Sherry no se disipó; desapareció de golpe. Gideon permaneció ante el sofá, agachado, pensativo. Parecía que Sherry estaba totalmente segura de que la asesina había hecho aquello antes. Tendría que comprobar cuidadosamente las similitudes de aquel crimen con los de los expedientes que le llegarían aquella tarde para comprobarlo.

Era extraño que una mujer fuera asesina múltiple, pero no era imposible. ¿Por qué habría elegido a Sherry Bishop? ¿Qué era lo que la habría atraído hacia allí?

Oyó y sintió que Hope atravesaba la habitación. Se movía con suavidad, silenciosamente; no obstante, él estaba sintonizado con su energía, y así fue como notó que ella se había acercado.

–Oye, me estás asustando un poco –le dijo al detenerse tras él.

–Lo siento –dijo Gideon. Se puso en pie y se volvió hacia ella–. Quiero que los oficiales rastreen la zona en busca del cuchillo.

–Ya lo hicieron anoche.

–Quiero que lo hagan otra vez. Lo más seguro es que la asesina todavía lo tenga, pero no podemos arriesgarnos. Necesitamos el arma homicida.

–Por lo que sabemos, puede que la haya tirado al río.

–Espero que estés equivocada.

Ella lo miró con suavidad.

–Te estás tomando este caso por lo personal. ¿Conocías a Sherry Bishop mejor de lo que has declarado?

–Yo me tomo todos los casos por lo personal.

Hope lo estudió cuidadosamente, como si estuviera intentando averiguar cuáles eran sus impulsos. Buena suerte.

De repente, Emma, su aspirante a hija, apareció flotando detrás de Hope. Tenía los ojos abiertos de par en par. Miró hacia la ventana, y después comenzó a intentar empujar a Hope, moviendo las manos.

–¡Al suelo!

Sin dudarlo, sin pararse a pensar por qué razón Emma se le había aparecido despierto, Gideon agarró a Hope y la tiró al suelo. Ambos cayeron a través de la imagen de Emma, antes de que la niña desapareciera. Durante un segundo, Gideon sintió el frío del contacto con el espíritu.

Hope y él aterrizaron con un duro golpe, justo cuando la ventana explotaba y una bala se incrustaba en la pared. Se quedaron allí durante un segundo. Gideon la cubrió con su cuerpo, aplastándola al mismo tiempo, notando toda la electricidad que le recorría las piernas y el torso sin que pudiera evitarlo. Hope también lo sentía. Gideon lo supo porque ella se sobresaltó.

Después del disparo, todo quedó en silencio, hasta que oyeron los gritos de alarma del vecino de abajo.

Gideon se levantó, tomó su arma y se dirigió hacia el hueco de la ventana. Ella lo siguió con la pistola en la mano. Él miró cautelosamente por la ventana, intentando averiguar de dónde provenía el disparo. Había una ventana abierta en el edificio de enfrente, cuyas cortinas desvaídas se mecían suavemente con el viento.

–Quédate aquí agachada –le ordenó Gideon a Hope mientras se ponía en pie y salía corriendo hacia la escalera.

–Y un cuerno.

Hope fue corriendo tras él, y Gideon no tenía tiempo de pararse a discutir en aquel momento. ¿Quería que la tratara como a un compañero de verdad? Bien.

–Tercer piso, cuarta ventana desde el sur. Voy a subir. Tú haz la llamada y vigila desde la entrada principal. Que no salga nadie.

Por una vez, ella no protestó.

Hope se quedó junto a la puerta principal del edificio mientras Gideon subía las escaleras corriendo. Cualquier persona que quisiera salir debía pasar por aquella puerta o hacerlo por un callejón lateral, que estaba a pocos metros. A menos que el tirador ya hubiera salido, estaba atrapado. Ella hizo una llamada a la comisaría para informar del disparo y después esperó. Esperar nunca había sido su punto fuerte, pero algunas veces era necesario. En aquella ocasión, por desgracia, le dio tiempo para pensar en lo que había ocurrido, aunque no quisiera.

¿Cómo había sabido Raintree que iban a dispararles? No podía haber visto nada extraño por la ventana, porque estaba de cara a la pared, y no podía haber oído nada, porque la ventana estaba cerrada. ¿Lo había sabido por instinto? No. El instinto era una habilidad parapsicológica, y ella se negaba a creer en aquellas cosas. Con dos bichos raros en la familia había suficiente.

Y Hope no sólo tenía que cuestionarse la extraordinaria intuición de su compañero. Cuando Gideon Raintree había aterrizado sobre ella, había ocurrido algo extraño. Ella había oído hablar de la química, por supuesto. Incluso la había experimentado un par de veces. También había oído hablar de la atracción sexual descrita como un chispazo entre dos personas.

Sin embargo, nunca había sentido una chispa de verdad. Una chispa cargada de electricidad. Cuando Gideon se había tirado encima de ella, Hope se había sentido como si hubiera metido el dedo en un enchufe. Había sentido literalmente que una carga eléctrica le recorría el cuerpo de pies a cabeza. La había sentido, como si un rayo estuviera danzando en su corriente sanguínea. Durante un momento, había tenido que reprimir el impulso de abrazarse a él con todas sus fuerzas y pedirle más.

Intentó convencerse de que todo habían sido imaginaciones suyas, pero la imaginación no era algo tan poderoso. Ella había sentido algo, sólo que no sabía cómo llamarlo.

Hope deseaba con todas sus fuerzas seguir a Gideon hacia el tercer piso, pero hasta que hubiera otro oficial disponible para cubrir aquella salida, no se movería. No podía dejar de preguntarse lo que encontraría Raintree. ¿Estaría el tirador ahí arriba todavía, esperando?

A los pocos minutos llegó una patrulla, y Hope asignó a dos oficiales uniformados la guardia de la entrada. Después subió las escaleras de tres en tres. Se encontró con Gideon en el segundo descansillo.

–El apartamento está vacío –dijo–. Nadie me ha abierto la puerta en los demás. ¿Quién está en la puerta?

–Dos policías, con órdenes de no dejar entrar ni salir a nadie.

Recorrieron todo el segundo piso. Nadie había visto nadie, aunque todos habían oído el disparo. Había demasiados apartamentos vacíos con las puertas cerradas. Llegaron más policías, localizaron al encargado del edificio y en menos de cuarenta y cinco minutos habían registrado todos los apartamentos de todos los pisos. Buscaron también en el callejón trasero. Dos veces.

O el tirador se había escapado antes de que ellos llegaran al edificio, o era un arrendatario habitual a quien habían mirado a los ojos sin saber quién era.

Cuando terminó el registro, Gideon se sentó en la entrada y se quedó mirando a la calle, pensativamente. Ella odiaba interrumpirlo cuando estaba tan concentrado, pero tenía muchas preguntas sin respuesta. Además, ya había esperado suficiente.

Se sentó a su lado.

–Bueno, ¿quién quiere verte muerto?

Él giró la cabeza y la miró.

–¿Y por qué piensas que no eres tú el objetivo?

Ella sonrió con tirantez.

–Llevo menos de dos días en este puesto. No me ha dado tiempo a hacerme enemigos todavía. Tú, por otra parte...

Gideon volvió a fijar la vista en la calle.

–Ya.

Hope se inclinó hacia atrás ligeramente.

–¿Cómo lo sabías?

–¿Cómo sabía qué?

–Me tiraste al suelo antes de que dispararan, Raintree –dijo ella–. Lo sabías.

Él se quedó en silencio durante unos momentos.

–¿Tienes quejas?

–No, pero siento mucha curiosidad.

–Una cosa peligrosa, la curiosidad.

–Vivo para el peligro –dijo ella, medio en broma.

–Dejemos esta conversación para más tarde.

Aunque ella odiaba dejar las cosas para más tarde, asintió y lo dejó en paz. Al menos, le debía aquello.

–Está bien. ¿Y ahora qué?

Gideon miró a un lado y otro de la calle.

–Alguien ha tenido que ver algo. Estamos a plena luz del día, a media tarde, y si el tirador salió, debía de ir corriendo. Alguien ha tenido que ver algo.

Miró a Hope, y ella sintió aquella descarga eléctrica otra vez, aunque ni siquiera se estaban tocando.

–Vamos a averiguar quién.

5

Gideon salió del edificio desde el que se habían efectuado los disparos con su compañera al lado. Aquélla era la primera vez que había visto a Emma fuera de un sueño. Su aparición le dio a entender que era mucho más que un espíritu. El pequeño fantasma había salvado su vida, o la de Hope, o les había salvado la vida a ambos.

Emma no era un fantasma. Gideon estaba convencido de que era exactamente lo que ella le había dicho: una entidad que aún no había llegado al mundo, un espíritu entre vidas. La cantidad de energía que debía de haber necesitado para aparecer ante él era considerable, y él ya no podía seguir pensando que Emma sólo era una pesadilla de una vida que él no se atrevía a pedir. Emma era una Raintree, o lo sería algún día.

Pasaron por la puerta de una librería que hacía esquina. Había una mujer anciana detrás del mostrador, junto al escaparate, con una mirada de curiosidad clavada en la calle. Si el tirador había escapado por allí, ella tenía que haberlo visto. Gideon asintió hacia la vieja librera.

–¿Por qué no le preguntas a la dependienta si ha visto algo?

Hope, que había permanecido en silencio y pensativa desde que habían salido del edificio, le dijo:

–¿No quieres interrogarla tú mismo?

–Tengo que hacer una llamada de teléfono. Cosas de familia.

Ella titubeó, pero finalmente entró en la librería. Él se sacó el teléfono del bolsillo y marcó el número de Dante.

Su hermano respondió al segundo tono.

–¿Cómo estás? –preguntó Gideon. En voz alta, porque había mucha electricidad en la línea. Malditos teléfonos móviles.

–Realmente fastidiado –respondió Dante.

–Me solidarizo contigo, créeme. No quiero entretenerte, pero tengo que preguntarte una cosa. Hace tres meses me enviaste un colgante de turquesa.

–Me acuerdo.

–Es un talismán, ¿verdad?

Inconscientemente, acarició el colgante; lo llevaba entre la camisa y el pecho, colgado del cuello. Siempre era consciente del poder que tenía aquel amuleto. Era una protección, una bendición de su hermano. Dante le enviaba uno de aquellos amuletos cada nueve días por correo urgente. Su hermano mayor insistía en hacerlo puesto que el trabajo de Gideon conllevaba mucho peligro. La turquesa que él tenía en la cómoda de su dormitorio preparada para enviársela a Dante, tenía otros poderes, evidentemente.

Dante se rió.

–Me sorprende que hayas tardado tanto en darte cuenta.

–¿Cuál es el hechizo de ese amuleto, exactamente?

–Un atisbo del futuro.

–¿Cercano o distante?

–No es concreto.

Gideon se apoyó contra el muro de la librería y emitió un juramento. Dante había hecho el amuleto sin asignarle un tiempo específico, pero Emma era una entidad que esperaba llegar al mundo, y ella había dicho que iba a llegar pronto.

No necesariamente. Él era quien controlaba las cosas. Él tomaba sus decisiones. Si no quería tener familia, no la tendría. Pese a todo lo que le habían enseñado en la vida, no podía creer que no pudiera elegir semejante parte de su vida.

–¿Qué viste? –le preguntó Dante.

–Nada que te incumba.

Dante se rió de nuevo, y después cortó la comunicación bruscamente, como si alguien lo hubiera interrumpido.

Hope abrió la puerta de la librería y sacó la cabeza.

–Raintree, creo que tienes que oír esto.

La vieja librera había visto a una mujer con el pelo largo y rubio caminando apresuradamente, alejándose del edificio de apartamentos, a la hora en la que había sucedido todo. Aquel pelo largo y rubio y la hora eran suficientes para vincular el disparo con el asesinato de Sherry Bishop. Pero, ¿qué había detrás de los crímenes? Era una pregunta para la que Hope no tenía respuesta.

–Lo siento por tu coche –dijo Gideon–. Estará a salvo en el aparcamiento del Hilton hasta mañana. Llamaremos a alguien para que vaya a mirarlo.

El tiroteo y la investigación subsiguiente, y las dos horas que habían pasado después en la oficina, consultando los expedientes de los asesinatos sin resolver de la zona de Wilmington que tuvieran similitudes con el de Bishop, los habían retrasado hasta que fue demasiado tarde como para llamar a un mecánico. Gideon Raintree la iba a llevar a casa de su madre. Se llevaba unos cuantos expedientes a casa para estudiarlos más tarde. Tenía la esperanza de encontrar algo.

Hope admitió para sí que Raintree parecía motivado por algo que no era la avaricia. ¿Sería posible que estuviera de verdad dedicado a su trabajo? Quizá el asesinato de sus padres lo inspirara, y no había secretos oscuros esperando. Ninguna traición esperando para sorprenderla.

Se sentía exhausta y estaba feliz por poder volver a su casa, que por el momento, era el apartamento donde vivía su madre. Estaba situado sobre El Cáliz de Plata, la tienda espiritual que regentaba Rainbow Malory en Wilmington. Por supuesto, su madre no se llamaba Rainbow. Su nombre verdadero era Mary. Un nombre normal, sólido, bonito. Mary. Pero a la edad de dieciséis años, Mary se había convertido en Rainbow, y Rainbow había seguido llamándose.

Para espanto de Hope, Gideon aparcó en el bordillo y apagó el motor.

–Gracias –le dijo ella, saliendo del Mustang rápidamente, y haciendo todo lo posible por despedirse de Raintree.

Sin embargo, no fue fácil. Él salió del coche y la siguió. Por suerte, la tienda estaba a dos manzanas del lugar donde había aparcado Gideon.

–Ya hemos hablado de esto, Raintree –le dijo ella con tirantez–. ¿Habrías acompañado a Leon a casa?

–Si alguien le hubiera disparado, sí.

–Te han disparado a ti, no a mí.

–Demuéstralo.

Cierto. Ella no podía probarlo. Cuando estaban cerca de la tienda de su madre, ella irguió la espalda y se despidió nuevamente.

–Muchas gracias. Hasta mañana.

–¿Aún está abierta la tienda?

Hope miró el reloj. En verano, el horario de apertura era más amplio para adaptarse a los turistas.

–Sí, pero no creo que haya nada que te interese.

–Tú no tienes idea de lo que me interesa.

Hope se dio cuenta de que había pasado dos días en compañía de aquel hombre y no lo conocía en absoluto. Hope llegó a la entrada de la tienda y posó la mano en el pomo de la puerta.

–No le digas a mi madre que nos han disparado –le pidió suavemente a Gideon mientras abría. Las campanillas que había sobre la puerta tintinearon.

En El Cáliz de Plata se vendían cristales, incienso y bisutería hecha por artesanos locales. Había un surtido de barajas de tarot y de runas a la venta, y cajas de madera talladas. La bisutería era lo que mantenía a flote la tienda, pero lo que Rainbow Malory realmente promovía eran los objetos relacionados con la espiritualidad. Unos cánticos extraños y ligeramente desafinados, música para meditar, según Rainbow, daban la bienvenida al entrar en el establecimiento.

Rainbow sonrió desde el mostrador. A los cincuenta y siete años, aún era una mujer atractiva, aunque los mechones de pelo gris de su melena delataban su edad, como las arrugas de su rostro.

–¿Quién es tu amigo? –le preguntó Rainbow a Hope mientras salía del mostrador. Llevaba una falda larga y colorida y unas sandalias cómodas.

–Es mi compañero, Gideon Raintree –dijo Hope–. Quería ver la tienda, pero no puede quedarse.

Rainbow sonrió y dijo:

–Tienes el aura más bella que he visto en mi vida.

Hope cerró los ojos de pura vergüenza. Nunca se libraría de aquello. Gideon les contaría a los otros detectives en el desayuno que la madre de Hope Malory era aficionada a las auras y al tarot. Esperó a que comenzara a reírse, pero en vez de una carcajada, oyó que Gideon decía:

–Muchas gracias.

Hope abrió los ojos y lo miró. No parecía que estuviera bromeando. De hecho, estaba muy serio y aparentemente cómodo. Comenzó a observar lo que había en las baldas de la tienda.

–Es muy agradable –dijo–. Productos interesantes, una atmósfera de placidez…

–El ambiente es muy importante. Intento que mi tienda esté llena de energía positiva –dijo Rainbow.

De nuevo, Hope tuvo ganas de que la tragara la tierra, pero su compañero no estaba extrañado en absoluto.

–Me apuesto algo a que a los turistas les encanta esta tienda –dijo–. Es un lugar de tranquilidad.

–Vaya, gracias –dijo Rainbow–. Eres muy astuto. Por supuesto, en cuanto vi tu aura…

Auras otra vez no, por favor.

–Mamá, no le cuentes esas cosas a Raintree. Además, tiene que irse. Tiene cosas que hacer esta noche.

–En realidad, no –respondió Gideon–. Tengo que echarles

un buen vistazo a los expedientes, pero necesito un tiempo de descanso para poder hacerlo con la cabeza clara.

Ella le lanzó una mirada asesina, pero él le hizo caso omiso y continuó observando el género de la tienda. Si iban a ser compañeros, él iba a tener que aprender a captar una indirecta.

–Quédate a cenar con nosotras –le dijo Rainbow–. Cerraré en veinte minutos, y he hecho estofado. Hay suficiente para los tres. Seguro que tenéis hambre –añadió en tono maternal.

Para absoluta desolación de Hope, Gideon aceptó la invitación.

Dos mujeres no podían ser más distintas. Mientras que Hope era cautelosa y reservada, su madre era abierta y relajada. Se parecían un poco físicamente, pero más allá de eso, era difícil pensar que vivieran en la misma casa, y mucho más que compartieran ADN.

La cena consistió en un rico estofado y pan hecho en casa. Sencillo pero delicioso. Gideon se mantuvo alejado de la televisión y se sentó lo más alejado que pudo del microondas y de la cocina. Hizo todo lo que estuvo en su mano para mantener controladas las corrientes eléctricas.

Era evidente que Hope quería que cenara y se marchara lo antes posible. Estaba nerviosa, y lo miraba con incomodidad. Claramente, le avergonzaban las creencias y la actitud franca de su madre. ¿Qué pensaría su nueva compañera si supiera que Gideon compartía todas aquellas creencias con su madre? Y más.

Habría podido hacerla sufrir quedándose un rato después de cenar, pero Gideon le hizo un favor a Hope y rechazó amablemente el postre y el café cuando Rainbow se los ofreció. Le dio las gracias y le deseó buenas noches, para alivio de Hope.

Rainbow permaneció en el pequeño apartamento, canturreando mientras limpiaba la cocina, y Hope acompañó a Gideon mientras bajaba las escaleras.

–Lo siento –le dijo cuando estaban a medio camino–. Mi madre es un poco rara. Es muy buena, pero nunca superó la fase hippie.

–No te disculpes. Me cae bien. Es distinta, pero también es muy agradable. Ser diferente no es una cosa mala.

–Sí –dijo Hope con un resoplido–. Intenta creer eso cuando tu madre aparece en el instituto el día de las carreras universitarias para hablar de cristales e incienso, y termina interrumpiendo al padre presidente de gran empresa y reprochándole que destrocen el medio ambiente y que se vendan al sistema.

Gideon no pudo evitarlo. Se rió.

–Créeme, no te parecería tan divertido si ella le hubiera dicho a tu primer novio que tenía el aura turbia y que necesitaba meditar para aumentar su energía positiva.

–La energía positiva es una cosa buena –dijo Gideon cuando llegaron a la tienda.

Como Rainbow ya la había cerrado, sólo había un par de luces encendidas.

–No tienes por qué tratarme con condescendencia. Sé que mi madre es rara.

Gideon no se dirigió a la puerta directamente. No quería marcharse a casa todavía. Observó los cristales y la bisutería que había en las vitrinas, y después tocó con el dedo una colección de amuletos de plata que estaban colgados en un expositor. Eligió uno, una sencilla cruz celta con una correa de satén negro, y la sacó del expositor.

Le dio la espalda a Hope, se colocó el colgante en las palmas de las manos y susurró unas palabras. Una suave luz verde se filtró por entre sus dedos. La luz no duró mucho; ni tampoco las palabras que dijo.

–¿Qué estás haciendo? –le preguntó Hope, rodeándolo para ponerse frente a él justo cuando la luz se había extinguido.

Él le puso el amuleto al cuello antes de que ella pudiera darse cuenta.

–Hazme un favor y lleva esto durante unos días.

Ella tomó el colgante y lo miró.

–¿Por qué?

Gideon había infundido al amuleto la capacidad de proteger. Sólo los miembros de la familia real, Dante, Mercy y él, podían regalar talismanes. No podían concederse bendiciones a sí mismos, sólo a los demás, y aquélla era una habilidad que no querían publicitar. Como todo lo demás, era un talento que había que ocultar cuidadosamente. Gideon no sabía si la bala de aquella tarde estaba destinada a Hope o a él, pero en cualquier caso, descansaría mejor si sabía que ella estaba protegida.

Aquel talismán la protegería durante nueve días, al menos.

–Hazme ese favor –le pidió él.

Hope observó el colgante con escepticismo.

–No hace tanto tiempo que te conozco como para permitirte excentricidades.

–Nos han disparado. Eso significa que hemos formado un vínculo de compañeros rápidamente, y que tienes que permitirme todas mis excentricidades.

Ella aún estaba insegura. Era escéptica, y estaba tan nerviosa que parecía que iba a saltar de un momento a otro. Aquella mujer necesitaba sentir un poco de diversión más que ninguna otra persona que él hubiera conocido.

Mientras Hope estudiaba la cruz celta, Gideon se acercó a ella. La acorraló contra el mostrador, de modo que ella quedó atrapada entre el cristal y sus brazos.

–Llévala por mí –le pidió en un susurro–. Llévala porque yo me sentiré mejor sabiendo que tienes este amuleto de la suerte colgado del cuello.

–Es una tontería –protestó ella. Evidentemente, se sentía molesta por estar atrapada de aquella manera–. Además, tú no llevas nada parecido...

Él se sacó la turquesa que le había enviado Dante por el cuello de la camisa y se la mostró.

–Oh –dijo ella–. Es cierto. Lo vi... una vez.

–Sólo porque no puedas sentir o ver una cosa, no significa que no exista.

–Entonces, ¿tú también ves auras, Raintree? ¿Estoy brillando en la oscuridad?

–No, no veo auras. Pero sí creo que la tengo.

Gideon quería que la trasladaran, por el bien de Hope y por el suyo. Sería más seguro para él trabajar solo, y Hope estaba mejor preparada para resolver crímenes relacionados con robos, fraudes o delincuencia juvenil. Cualquier cosa menos homicidios. Cualquier compañero menos él.

Ella volvió la cabeza, y la luz de la calle le iluminó el cuello. Era tan blanco, esbelto y largo como para que Gideon se preguntara cuál sería su sabor. Se inclinó hacia ella y apretó la boca contra su piel. Ella jadeó al sentir que él deslizaba la mano entre sus cuerpos y le posaba la palma en el vientre, más allá de lo que era adecuado para compañeros, para conocidos y para amigos. Se le tensó el cuerpo, y Gideon supo que estaba a punto de defenderse. Iba a empujarlo, o darle un rodillazo.

La mayor parte de las respuestas del cuerpo eran eléctricas, aunque muy poca gente se daba cuenta. Gideon entendía bien el poder de la electricidad. Había vivido con ella durante toda su vida. Su mano se adaptaba perfectamente al vientre cálido de Hope, y él le apretó allí como si tuviera derecho a tocarla de aquella manera. Entró dentro de su cuerpo con una carga eléctrica que atravesó su ropa y su piel, la acarició e hizo que sus entrañas se encogieran y latieran. Hizo que alcanzara el orgasmo con un roce de la mano y un poco de su energía.

Hope jadeó de nuevo y se estremeció. Lo agarró de la chaqueta con la mano con que había estado a punto de empujarlo. Se aferró a él con fuerza, con un puño pequeño pero firme. Ella emitió involuntariamente un sonido, y su respiración se hizo más profunda. Él tuvo que agarrarla para impedir que cayera al suelo cuando le fallaron las rodillas. Hope gimió, se sacudió y se quedó inmóvil.

Él se había excitado, lo cual no era de extrañar. Si ella le daba un golpe en aquel momento, le haría mucho daño. Lentamente, apartó las manos de su cuerpo y se retiró.

–¿Qué has… –susurró Hope, pero no terminó la pregunta.

Gideon se metió la mano al bolsillo trasero, se sacó la cartera y puso un billete de diez dólares en el mostrador.

–Por el colgante –dijo, sin hacer mención de lo que acababa de ocurrir–. ¿Quieres que te recoja por la mañana? ¿Desayunamos otra vez en el Hilton? Podemos ocuparnos de llamar a alguien que vaya a ver tu coche.

Él esperó a que ella le dijera que se fuera al infierno. Podría acusarlo de acoso sexual, pero, ¿quién la creería? No podía contar lo que había sucedido…

Lo único que podía hacer era mandarle al infierno y pedir otro compañero y otro caso más adecuado para ella.

–Creo que no iré al desayuno –dijo Hope, con la voz aún temblorosa por lo que había sucedido.

Gideon sonrió. Quizá asustarla iba a ser más fácil de lo que él hubiera creído. Sin embargo, aquella esperanza no duró mucho. Aún sin aliento, ella continuó:

–Recógeme cuando hayas terminado.

Después de cerrar la puerta detrás de Raintree, Hope se sentó en el primer escalón, dejándose caer. Estaba temblando y la cabeza le daba vueltas. ¿Qué había ocurrido, exactamente?

Era cierto que hacía mucho tiempo que un hombre no la acariciaba. Y también era cierto que Gideon le parecía muy atractivo. Pero, ¿llegar al orgasmo sólo porque él posara una mano sobre su cuerpo y le besara el cuello? Era imposible, ¿verdad?

Se apoyó contra la pared, aún temblando por dentro y por fuera. Sentía una humedad en el cuerpo que le decía que no había terminado con aquel hombre, un hombre que la había excitado y había hecho que llegara al clímax en cuestión de segundos. Bueno, mentalmente había terminado con él, pero su cuerpo sentía otra cosa muy distinta.

Gideon podía hacerle mucho daño. Podía ser el hombre

equivocado, como lo habían sido los anteriores. Ella no podía hacerlo, no podía arriesgarse a sufrir de nuevo. Entonces, ¿por qué no podía dejar de pensar en la sensación que le había producido su bigote en el cuello?

Comenzó a juguetear con el colgante que él le había dado. Lo que debía hacer era quitárselo del cuello y tirarlo. También debía demandarlo por atreverse a ponerle las manos encima. Claro que, posiblemente, eso era lo que él quería que hiciera.

Sin embargo, lo que ella iba a hacer al día siguiente era encontrarse con él por la mañana, a la hora convenida, y comportarse como si no hubiera ocurrido nada. Gideon Raintree tenía muchas cosas escondidas, y ella iba a averiguar cuáles eran.

En aquella época del año, las tormentas eran frecuentes. A Gideon le encantaban las tormentas, sobre todo, los rayos. Había pasado la medianoche, y estaba en la playa con sus pantalones cortos y el amuleto de Dante colgado del cuello. Levantó la cara y las manos hacia el cielo. El aire estaba lleno de electrones. Él los saboreaba, los sentía.

Aún podía sentirla y saborearla a ella también. Normalmente, no había nada que pudiera distraerlo cuando había electricidad en el ambiente, pero todavía sentía a Hope temblando contra él, agarrándose a su ropa, gimiendo y llegando a un orgasmo mucho más intenso de lo que él hubiera pensado. Había sido un ejercicio destinado a distraerla, y en vez de eso, era él quien continuaba confuso horas después de haberla dejado temblorosa y desconcertada.

No podía permitirse aquella confusión. Ni en aquel momento, ni nunca. Aquélla era la razón por la que siempre se despedía de Emma, y el motivo por el que le enviaba a Dante amuletos de fertilidad regularmente. Alguien tenía que llevar el apellido Raintree, y no sería él.

¿Qué mujer normal lo aceptaría tal y como era? Le gustara o no, había momentos en los que eso era lo que más deseaba. No el hecho de ser normal, no el hecho de negar quién era y abandonar sus dones. Eso nunca. Pero algunos días, Gideon ansiaba tener un toque de normalidad en su vida. Y no podía tenerlo. En su vida, nunca podría haber nada que fuera normal.

Hope era normal. Si ella supiera lo que era él, y lo que podía hacer, Gideon nunca conseguiría acercarse a ella de nuevo.

El primer relámpago dividió el cielo en dos e iluminó la noche. El destello danzó en el firmamento negro, bello, brillante, poderoso. Gideon lo sintió bajo la piel, en la sangre. El siguiente rayo cayó más cerca y fue más intenso. Gideon lo atrajo, como la electricidad lo atraía a él. El relámpago y él se alimentaban el uno al otro. Él atraía la energía. Se la bebía.

La siguiente descarga cayó sobre él. Le atravesó el cuerpo, bailó en su sangre. Los ojos se le quedaron en blanco, y sus pies se elevaron sobre el suelo. Flotó durante unos instantes a varios centímetros de altura. Nunca se sentía más poderoso que en aquellos momentos, envuelto en la noche, con las olas rompiendo en la orilla, junto a él, y los rayos recorriéndole las venas.

Gideon no sólo amaba la tormenta. Él era la tormenta. Atrapado en la electricidad que se derramaba del cielo, era parte integral de ella, y absorbía su poder y su belleza. Y se la devolvía multiplicada, alimentando la tormenta mientras la tormenta lo alimentaba a él. Con el solsticio de verano tan cerca, no necesitaba la descarga extra de poder que le proporcionaban los rayos, pero la quería. La ansiaba.

Allí solo, en la playa, mientras su cuerpo se fortificaba con el poder de la naturaleza explosiva, no podía negar quién era.

La normalidad no era lo suyo, y nunca lo sería. Era mejor no malgastar el tiempo deseando cosas que nunca sucederían, cosas imposibles como estar dentro de Hope la próxima vez que ella temblara y gimiera.

Si Hope se burlaba de las auras y de los amuletos, ¿qué pensaría de él?

6

Miércoles, 8:40 de la mañana

Gideon se esperaba que Hope estuviera lejos, muy lejos de la tienda de su madre cuando él llegara a recogerla. Había tenido tiempo para pensar durante la noche, y estaría en la comisaría, escribiendo un informe contra él o solicitando un traslado. No era probable que siguiera allí como si nada hubiera sucedido.

De nuevo, ella lo sorprendió. Lo estaba esperando en la acera, con una actitud aparentemente despreocupada y un vaso de café en la mano. Como de costumbre, llevaba un traje de chaqueta serio. Si se había puesto el amuleto que él le había dado la noche anterior, lo llevaba escondido, como él.

–No deberías estar ahí, a plena vista de todo el mundo –le dijo él cuando ella se sentó a su lado en el coche.

–Buenos días para ti también –respondió ella fríamente–. ¿Cuál es el plan?

–He estudiado los expedientes de cuatro homicidios, todos ellos perpetrados en el suroeste, que comparten algunas similitudes con el asesinato de Sherry Bishop.

–¿Todas mujeres?

–Tres mujeres, un hombre.

–¿Y cuáles son los puntos en común?

–El arma es similar, y hay mutilaciones. El asesino no siempre se llevó un dedo, o pelo. No hay testigos ni pruebas. Todas las víctimas eran solteras. Y no sólo eso, sino que no tenían relaciones sentimentales ni familiares viviendo cerca. Eso podría ser una coincidencia, pero...

–Yo no creo en las coincidencias.

–Yo tampoco.

Gideon no había visto el fantasma de Sherry Bishop desde el día anterior, lo cual no significaba nada en especial. Quizá apareciera en cualquier momento y le diera un poco más de información. O tal vez no volviera a verla nunca.

–He llamado a un mecánico para que vea tu coche. Hemos quedado con él en el aparcamiento del Hilton dentro de diez minutos.

–Gracias –dijo ella lacónicamente.

–Los análisis del caso Sherry llegarán esta mañana del laboratorio. Cuando nos ocupemos de tu coche, podemos ir a la oficina y hacer algunas llamadas para recabar información sobre estos asesinatos, mientras esperamos los análisis.

–Me parece bien. Si tengo tiempo, me gustaría mirar el expediente de Stiles, si no te importa. Podría ser el responsable del tiroteo de ayer, y también podría ser que la rubia a la que vio la librera no tenga nada que ver con el caso.

–Es posible –convino Gideon–. Si tenemos a una asesina en serie entre las manos, nunca había hecho esto. Nunca había atacado a la policía.

–Quizá esté asustada por el hecho de que tú seas tan bueno.

–¿Detecto cierto sarcasmo en tu tono de voz?

–Ah, realmente eres un detective de primera.

Así que... ella no era tan fría y distante como quería aparentar.

Cuando llegaron al aparcamiento del hotel, el mecánico ya estaba esperándolos. Gideon aparcó junto al coche de Hope y apagó el motor. Antes de que salieran del coche, ella le dijo suavemente:

–Una cosa más, Raintree. Si vuelves a ponerme la mano encima, te pegaré un tiro.

Él titubeó, con la mano puesta en el abridor de la puerta.

–Querrás decir que me denunciarás por acoso, ¿no?

–No, quiero decir que te pegaré un tiro. Yo resuelvo mis propios problemas, así que si te piensas que me vas a enviar llorando al jefe para que le pida justicia y un traslado, estás equivocado.

Y cuánto.

–No sé cómo lo hiciste, y no me importa –continuó ella–. De ahora en adelante, mantén las manos quietas si quieres conservarlas.

Después abrió la puerta y salió, terminando la conversación sin miramientos.

Maldición. Parecía que tenía una nueva compañera.

Tabby paseaba a grandes zancadas junto al río, nerviosa y disgustada. El funeral de Sherry Bishop no se celebraría hasta el sábado, y además, ¡en Indiana! Maldita Indiana. ¿Qué debía hacer, viajar hasta allí sólo por si acaso Echo iba al funeral de su amiga? No, ella tenía que estar presente el domingo. Presente y con todas sus tareas terminadas.

Era hora de ser realista. Hora de olvidar lo que quería y concentrarse en lo que había que hacer. Era demasiado tarde como para conseguir a Echo primero. Si la profetisa Raintree iba a ver algo de lo que estaba a punto de suceder, ya lo habría visto. Echo no era tan poderosa como todo el mundo pensaba.

Además, Echo no estaba allí, y Gideon Raintree sí. Estaba en Wilmington, tan cerca que casi podía saborearlo. Ya había fallado el tiro una vez, pero eso no volvería a ocurrir.

Las vecinas de Raintree eran muy ruidosas y estaban demasiado cerca. Siempre había alguien en la playa, o en una terraza próxima. Sorprenderlo en casa no daría resultado. Ella necesitaba privacidad para lo que tenía planeado, y un poco de tiempo.

Raintree y su compañera habían estado en la comisaría la

mayor parte del día, y Tabby no era tan estúpida como para pensar que podía atraparlo allí.

Afortunadamente, sabía lo que tenía que hacer para alejarlo de la seguridad de la comisaría y de su casa.

El paseo que había junto al río estaba abarrotado de gente, turistas y gente local. Tabby los observó a todos, uno por uno. Algún paseante tenía que estar solo. No sólo en aquel momento, sino verdadera y completamente solo. Aislado, triste. Tabby buscó alguien adecuado para sus propósitos, y la encontró.

Sola, asustada, separada de sus seres queridos. Insegura, vulnerable, necesitada. Perfecta.

Tabby Ansara sonrió mientras se fijaba en las hermosas curvas de la pelirroja y se preguntó si aquella mujer tenía la más mínima idea de que estaba a punto de morir.

Miércoles, 3:29 de la tarde

Después de hablar con el mecánico y saber que el chip del ordenador de a bordo de su coche estaba frito, Hope le preguntó a Gideon si podía recomendarle una oficina de alquiler de coches. Con cierto remordimiento, él le ofreció su Challenger, y ella, aunque en parte quería rehusar el ofrecimiento, acabó por aceptar. Después de todo, sólo serían unos días.

Raintree estaba estudiando un grueso expediente. Ya tenían el informe inicial sobre el escenario del asesinato de Bishop, y estaban esperando los resultados de la autopsia. Otro detective, Charlie Newsom, asomó la cabeza por la puerta del despacho que compartían Hope y Gideon y les dijo:

–Chicos, he comprobado el paradero de Stiles. La semana pasada ha estado encerrado en la prisión del condado por embriaguez y alteración del orden público.

–¿Y salió? –preguntó Gideon.

Charlie negó con la cabeza.

–No. Sigue allí.

Lo cual significaba que no podía haber sido quien disparó a Raintree, o a ella misma, el día anterior.

Gideon pasó los dedos por la fotografía de una mujer que había sido asesinada en una zona rural del estado cuatro meses antes. Marcia Cordell, una maestra de treinta y seis años que impartía clases en una escuela del condado, y que vivía sola en una casita que había heredado de su padre al fallecer aquél, cinco años atrás.

Como Sherry, Marcia había sido asesinada con un cuchillo que le había dejado una herida semejante. Sin embargo, Marcia había recibido media docena de puñaladas antes de que le cortaran el cuello. El ángulo y la profundidad de las heridas eran los mismos en ambos casos, y también la destrucción de los escenarios del crimen. Parecía que la asesina se había vuelto loca después de terminar su tarea.

Y después, se había llevado una de las orejas de Marcia Cordell.

La oficina del sheriff había hecho un buen trabajo en la investigación de aquel caso. El sheriff, que continuaba investigando, fue cooperativo por teléfono, e invitó a Gideon a visitar la casa donde había sido asesinada Marcia. El escenario estaba bien conservado porque Cordell no tenía familiares directos y nadie había heredado la casita. Además, no era probable que nadie quisiera ocuparla después de lo que había ocurrido allí.

¿Sería posible que el espíritu de Marcia Cordell siguiera allí, esperando justicia? Posible, pero no probable. Sin embargo, aquél había sido un asesinato especialmente cruel, y quizá el fantasma de Marcia se hubiera quedado más tiempo de lo normal. Si la mujer sabía que él estaba decidido a encontrar a la mujer que la había matado, ¿sería capaz de descansar en paz?

–¿Estás bien, Raintree?

Él ni siquiera había oído a Hope entrar en el despacho.

–No –respondió–. No estoy bien. Creo que se trata de una asesina en serie.

Miércoles, 11:17 de la noche

Gideon se agachó junto al cuerpo que yacía sobre la moqueta barata de aquel hotel respetable a medias. La víctima tenía el pelo rojizo por la cara, pero él veía más que suficiente. Como a Sherry Bishop, a aquella mujer la habían asesinado con un cuchillo. Sin embargo, a diferencia de Sherry Bishop, su muerte no había sido rápida. Aquello se parecía más al asesinato de Marcia Cordell.

Lily Clark. Según su carné de conducir, tenía treinta y un años y había ido allí desde un pequeño pueblo de Georgia para pasar una semana de vacaciones. Se había registrado en el hotel con un amigo el sábado, pero el recepcionista del hotel había declarado que desde el domingo, el hombre no había vuelto a aparecer por allí, y que él había visto a Clark llorando más de una vez. Por supuesto, Hope había señalado al novio como sospechoso. Gideon sabía que no era él.

Dos víctimas de asesinato en dos días era algo completamente insólito para Wilmington. El hecho de que aquélla fuera una turista iba a provocar mucho ruido.

–Me dijo que mi vida no valía ni un céntimo –dijo el fantasma–. Y tenía razón. Yo no llevaba la vida que debía llevar. Sólo existía, asustada de una cosa o de otra. Sin embargo, nunca pensé que fuera a ocurrirme algo así.

–Estaba intentando atormentarte, Lily –le dijo Gideon con delicadeza–. No permitas que siga haciéndote daño. Deja marchar todo lo que te dijo.

–No. Ella tenía razón. Dijo que yo era fea incluso antes de que me cortara la cara, y dijo que lo mejor para mí era la muerte, porque nadie iba a quererme jamás. Y tenía razón –insistió el fantasma.

Hope estaba interrogando al director del hotel, y un puñado de oficiales mantenía a los curiosos a raya, fuera del edificio. Por el momento, al menos, el espíritu y Gideon estaban a solas.

–No, Lily, no tenía razón. Ahora quiero que te olvides de todo lo que te dijo y que te concentres en contarme todo aquello que pueda ser de ayuda para atraparla. Háblame de la mujer que te hizo esto para que yo pueda sacarla de las calles. Alta y rubia, me has dicho. ¿Podrías describirme el cuchillo que utilizó?

–Creo que era antiguo. La cuchilla estaba muy afilada, y la empuñadura era de plata. ¿Has visto? –le preguntó ella–. ¡Me cortó el dedo meñique!

Y en aquella ocasión, no había esperado a que la víctima estuviera muerta.

–¿Tenía algún grabado en el mango?

–Sí –respondió Clark con un vago toque de entusiasmo–, pero no puedo decirte qué ponía. No estaba en inglés.

–¿Y nunca habías visto a esa mujer antes? –le preguntó Gideon.

–Fui una idiota. Primero vine aquí con Jerry, y al segundo día descubrí que estaba casado, y después, dejé entrar a esa horrible mujer a la habitación. Por supuesto, yo no sabía que era horrible cuando la dejé entrar. Me pareció encantadora cuando nos conocimos en el paseo. Chocamos y derramé mi limonada por su blusa. Pensé que se enfadaría mucho, pero se rió. Comenzamos a hablar. Ella también estaba teniendo problemas con su novio, e íbamos a salir a tomar unas copas esta noche… –de repente, el fantasma se quedó en silencio y miró a Gideon con desconcierto–. Un momento. ¿Eres Raintree? ¿Te llamas Gideon Raintree?

Gideon asintió, preguntándose, con el estómago encogido, por qué sabía su nombre aquella mujer.

–Casi se me olvida. Tengo un mensaje para ti.

Él sintió un escalofrío.

–¿Un mensaje?

–La mujer que me mató me dijo que debes verte con ella en el paseo del río a medianoche, un poco más allá de la cafetería donde trabajaba la otra mujer a la que mató. Me dijo que tú sabes dónde está. Ve solo. Si no lo haces, matará a otra persona. No creo que le importe a quién, será alguien como yo. Alguien a quien no echarán de menos.

El malestar de Gideon no remitió. La asesina se había enterado, de algún modo, de lo que él podía hacer. ¿Tendría habilidades paranormales también, o habría contratado a un vidente que había tenido suerte? El cómo no importaba demasiado en aquel momento. La asesina a la que él buscaba había torturado y asesinado a aquella pobre mujer para que su espíritu tuviera fuerza, se quedara allí y le diera el mensaje.

Tal vez Lily Clark no pudiera continuar su camino, tal y como debía hacer.

–A todo el mundo se le echa de menos –le dijo él. Lily estaba sacudiendo la cabeza, pero él continuó–. Todo el mundo deja un vacío en el universo cuando se los llevan demasiado pronto.

–Yo no –susurró ella–. Mi primer marido no me echará de menos, y mis padres se van a enfadar porque no llegué a darles nietos. Trabajo con ordenadores todo el día, y ellos no me van a echar de menos tampoco.

–Yo sí te echaré de menos –le dijo Gideon.

–¿Por qué?

–Porque si hubiera atrapado ayer a la mujer que te hizo esto, ahora estarías viva.

Lily extendió una mano, como si quisiera consolarlo. Tenía los dedos fríos, y él notó su roce a la perfección.

–No te culpo.

–Yo sí me culpo.

–¿Y siempre lo haces?

Gideon volvió la cabeza. Hope estaba en el vano de la puerta. ¿Cuánto tiempo llevaba allí, observando y escuchando?

–¿Hacer qué?

–Culparte –dijo ella.

–El asesino no era el novio –dijo él–. Es la misma mujer que mató a Sherry Bishop. Y me apostaría el trabajo a que lo hizo con el mismo cuchillo con el que mató a Sherry y a Marcia Cordell.

Se incorporó y se acercó a Hope. Tenía que librarse de ella como fuera antes de dirigirse a su cita con la asesina. No podía decirle cómo sabía por qué iba a estar esperándolo en el paseo del río, y además, no quería poner en peligro a Hope.

Lo último que necesitaba era tener una compañera de la que preocuparse.

–Es demasiado tarde para averiguar nada más esta tarde –le dijo, en un tono de cansancio muy real–. Dejemos que la policía científica haga su trabajo, y mañana comenzaremos otra vez.

Hope ladeó la cabeza ligeramente, con una mirada de desconcierto.

–¿Por la mañana?

–Sí. Por la mañana. Estoy cansado. Salgamos de aquí.

–Sigue tú –dijo Hope–. Yo me quedaré un rato aquí, por si ocurre algo.

Él se habría sentido mejor sabiendo que ella estaba en casa, con la puerta bien cerrada, pero aquélla no era la mayor de sus preocupaciones. Además, había visto un par de veces el cordón del amuleto protector que él le había dado asomándole por el cuello de la camisa.

–Está bien. Hasta mañana –le dijo Gideon.

Se dio la vuelta y se alejó de Hope, de Lily Clark y del equipo de policías que iba a procesar las pistas que hubiera en aquella sangrienta habitación de hotel.

¿Esperar hasta el día siguiente? No era posible. En dos días, no, en tres, Hope ya sabía que aquél no era el estilo de Gideon Raintree. Hope dejó a los técnicos trabajando en el escenario del crimen y, placa en mano, pidió al director del hotel su coche, que resultó ser una furgoneta, para seguir a Gideon.

A aquella hora de la noche, la calle estaba muy animada. Muchos turistas aún estaban paseando, disfrutando de los clubes del centro o tomando algo en los cafés al aire libre. Sin embargo, seguir a Raintree no fue complicado. Ella intentó mantenerse a cierta distancia para que él no notara que lo seguían.

No sabía cuál podía ser la razón para que Raintree hubiera hecho aquella salida tan rápida del hotel. No podía estar tan cansado, porque de ser así, habría conducido en la dirección contraria, hacia su casa. Hope no quería pensar que sus sospechas iniciales sobre él fueran a confirmarse, y que Gideon fuera un corrupto que tenía una cita de negocios con algún traficante. Prefería pensar que iba a verse con alguna mujer despampanante como Honey, su vecina.

Cuando él aparcó el coche, Hope pasó junto a su Mustang volviendo la cabeza ligeramente para que Gideon no pudiera verla. Estaba tan distraído que ni siquiera se fijó. Ella torció una esquina y aparcó frente a una tienda de regalos cerrada. Esperó hasta que, por el espejo retrovisor, vio a Gideon salir del coche. Después, también ella bajó de la furgoneta.

Él se dirigió hacia el paseo del río. Hope se mantuvo a distancia, pero lo suficientemente cerca como para poder verle la nuca. Raintree caminaba despacio, y cuando llegó a una zona del paseo, se detuvo y se apoyó en la barandilla, mirando al río.

Hope se sintió aliviada. Claramente, Gideon había ido allí a pensar sobre los dos asesinatos. Estaba meditando de aquella forma tan rara suya, intentando encajar todas las piezas del rompecabezas. Hope se quedó en las sombras, observándolo. Estaba empezando a pensar que aquélla era una noche perfectamente inocente...

Y entonces, él miró la hora. Estaba esperando a alguien. A Hope se le encogió el corazón, aunque sabía que no debería importarle por qué estaba allí o con quién iba a verse.

Unos minutos más tarde, apareció una mujer alta y rubia que caminaba hacia Raintree. Él levantó la cabeza como si hubiera sentido su presencia antes de verla.

Una mujer. Hope debía haberlo imaginado. Los hombres como Raintree no vivían sin la compañía femenina, por muy entregados que estuvieran a su trabajo.

Hope estaba a punto de alejarse silenciosamente, de dirigirse hacia la furgoneta para devolvérsela al director del hotel, cuando tuvo una molesta sensación de advertencia.

Aquella mujer que caminaba hacia Raintree… tenía el pelo rubio, largo, liso, igual que el cabello que habían hallado sobre el cuerpo de Sherry Bishop. Era más alta de lo normal, y se movía de un modo atlético.

Con la mano izquierda, se apartó la chaqueta y sacó un cuchillo largo y de aspecto perverso.

7

–¡Es ella! ¡Es ella!

Lily Clark saltaba sin parar mientras señalaba con una mano temblorosa y repetía una y otra vez su aviso. El fantasma era muy sólido a ojos de Gideon, pero no parecía que la rubia viera a su última víctima.

–Lo sé –dijo Gideon suavemente.

–Dispárala –le indicó Lily.

–Aún no.

Quería descubrir qué era lo que sabía aquella mujer, y cómo. Además, aunque sabía que era una asesina, disparar a sospechosos en un paseo público no estaba bien visto.

La rubia sonrió y se aseguró de que él pudiera ver el cuchillo. La gente que estaba sentada en la terraza de la cafetería no percibiría nada sospechoso en caso de que miraran hacia allí, porque ella ocultaba el arma con la chaqueta.

–Estoy aquí –le dijo Gideon.

–Sabía que vendrías, Raintree –respondió la rubia mientras se acercaba.

–Conoces mi nombre. ¿Cuál es el tuyo?

La mujer sonrió un poco.

–Tabby.

–¿Y qué quieres, Tabby?

–Quiero hablar.

–¡Eso es lo que me dijo a mí! –exclamó Lily con indignación–. No la escuches. Eres policía. ¡Dispárala!

–Aún no.

–¿Qué dices? –preguntó Tabby, y entonces, titubeó–. No estás hablando conmigo, ¿verdad? ¿Quién está aquí? –miró a su alrededor, pero no consiguió fijar la mirada en Lily–. Quizá las dos. No, tiene que ser esa pesada de Clark. Hazme caso, en poco tiempo querrás librarte de ella. A mí me agotó antes de que le cortara el cuello.

Enfurecida, Lily se lanzó hacia Tabby, y atravesó el cuerpo de la mujer. Quizá Tabby sintiera algo, un viento frío… su paso flaqueó, y la sonrisa se le borró de los labios.

Se detuvo a menos de dos metros. Aquel lugar era público, y Gideon no podía lanzarle una descarga eléctrica; sin embargo, si conseguía tocarla, podría alcanzarle el corazón sin que nadie se diera cuenta.

–Tienes dos posibilidades, Raintree. Puedes venir conmigo sin incidentes, para que podamos hablar en privado durante un rato. O puedes ponérmelo difícil, y después de que hayas muerto, me vengaré en los ciudadanos de tu querida Wilmington. Tú aún estarás aquí para verlo, en forma de patético fantasma que no podrá levantar un dedo para defenderlos –dijo Tabby, y sonrió encantada–. Eso sería estupendo.

–Me da la sensación de que sería peligroso ir a cualquier parte contigo. ¿Por qué no hablamos aquí mismo?

–Sería más peligroso que no hicieras lo que te digo –replicó ella, en un tono frío de ira.

Gideon notó que agarraba el cuchillo con más fuerza, como si se estuviera preparando para atacar. También notó un cosquilleo de electricidad en las yemas de los dedos. Si no le quedaba más remedio…

Tabby sonrió una vez más.

–¿Vas a venir conmigo, o no?

–Voy a arrestarte o a matarte. Tú eliges.

No parecía que Tabby estuviera muy asustada. Siguió sonriendo, aunque de repente, volvió la cabeza bruscamente.

–Te dije que vinieras solo.

Cuando ella estaba distraída, Gideon intentó agarrarla por la muñeca y enviarle una descarga al corazón... pero antes de conseguirlo, ella levantó la mano en la que no llevaba el cuchillo y le lanzó una sustancia a la cara. Los granos le cayeron en los ojos y en los labios y por todas partes, e inmediatamente, Gideon quedó medio cegado y mareado. No consiguió tocarla, y ella blandió el cuchillo. Le dio una cuchillada que lo tomó por sorpresa, y con un movimiento preciso, le hundió la hoja en el muslo.

A Gideon le falló la pierna y cayó al suelo. Tabby le lanzó otra cuchillada a la mano, pero él la esquivó y sólo recibió un ligero corte, en vez de haber perdido el dedo que sin duda ella quería llevarse. Tabby soltó una maldición y echó a correr.

Medio sentado, medio tumbado en el suelo, Gideon intentó apuntar hacia ella, pero titubeó. La visión le fallaba. Parpadeó con fuerza, pero no pudo hacer nada. Normalmente tenía la mente tan clara, tan despejada... sin embargo, en aquel momento era todo lo contrario. Oyó una voz familiar que gritaba su nombre. ¡Raintree! Entonces, Hope apareció con la pistola en la mano y pasó junto a Gideon corriendo.

–¿Estás bien?

–Sí –respondió él–. No, en realidad no. ¿Qué haces aquí? –le preguntó, aunque creía que ella ya se había alejado y no podía oírlo.

No debería estar sorprendido por el hecho de que Hope estuviera allí; aquella mujer siempre estaba en donde no debía.

–¡Llama y pide refuerzos! –le gritó ella mientras continuaba corriendo.

Gideon bajó la mano y se apoyó en el suelo, mirándose los pantalones rasgados. Él se curaba muy rápido, pero no inmediatamente. El corte de la mano ya se le estaba cerrando, pero la herida del muslo era otro asunto. Y lo que Tabby le había lanzado a la cara hacía que le diera vueltas la cabeza. El cuchillo se había hundido profundamente, y Gideon contuvo la hemorragia apretándose la herida con la mano. En cualquier otra época del año habría ido a urgencias para que le dieran puntos en la herida, pero aquella semana, tan cerca del solsticio de verano, no podía hacerlo. Su presencia estropearía todas las máquinas del hospital.

Las luces de la cafetería de enfrente eran como borrones ante sus ojos, y parpadeó para protegerse del resplandor. Notó que tenía el pulso alterado, y supo que debía intentar levantarse, pero el dolor de la pierna y la pesadez que sentía en la cabeza se lo impedían.

Un momento después, Hope apareció a su lado.

–Se me ha escapado –dijo con el aliento entrecortado–. Maldita sea, estaba ahí mismo, y de repente, la perdí de vista. Tienes mal aspecto. Has llamado a una ambulancia, ¿no?

–No.

Ella sacó su teléfono móvil.

–¿No has llamado? Maldita sea, Raintree…

Él le agarró la muñeca antes de que ella pudiera hacer la llamada.

–No llames al hospital. No pidas refuerzos. Sólo quiero que me lleves a casa.

–¡A casa! –exclamó ella. Se zafó de él y apartó un trozo de tela de su pantalón. Al ver la herida, hizo un gesto de dolor–. Ni hablar –dijo, y apretó una mano sorprendentemente fuerte contra la herida–. Necesitas un médico.

–No puedo.

–Vas a tener que decírselo –dijo Lily Clark.

–No puedo –insistió él.

–Eso ya lo has dicho –respondió Hope–. No piensas con claridad.

–Lo entenderá –le dijo Lily, casi con dulzura.

–No, no lo entenderá –dijo Gideon–. Nadie lo entiende.

–¿Que no entiende qué? –le preguntó Hope–. Raintree, no te desmayes –le rogó, y con la mano libre, intentó llamar al servicio de emergencia, pero Gideon se lo impidió nuevamente.

–Quizá tengas razón –le dijo Gideon a Lily–. Quizá pueda decirle la verdad.

Lily asintió y sonrió.

–Va a pensar que estoy loco.

La pelirroja negó con la cabeza.

–No seas como yo, Gideon –le dijo–. No te reprimas tanto. Ten una buena vida. Díselo.

–No es buena idea.

–Maldita sea, Raintree, me estás asustando mucho –dijo Hope, y él percibió la preocupación en su voz.

–No quiero asustarte –le dijo–. Sólo estaba hablando con Lily Clark.

Hope se inclinó hacia él.

–Raintree, Lily Clark está muerta.

–Sí, lo sé. ¿Te acuerdas de que te dije que me comunicaba con los muertos?

–Sí –dijo Hope.

–Era la verdad.

Raintree estaba sufriendo alucinaciones.

Hope apretó con más fuerza la herida. ¿Alucinaciones por un corte profundo, aunque no grave, en una pierna? No tenía sentido.

–Eso no puede ser. Voy a llamar ahora a la ambulancia...

–No tengo tiempo para discutir. No puedo ir al hospital esta semana.

–Raintree...

–Mira –le dijo él con firmeza. Después, volvió la vista hacia la farola más próxima. En un instante, la bombilla explotó y provocó una lluvia de chispas. La gente que se estaba acercando desde la cafetería dio un paso atrás–. Y la próxima –dijo Raintree suavemente. Entonces, explotó otra farola–. ¿Y la próxima?

–No es necesario –respondió Hope en voz baja, volviéndose hacia la gente, que se estaba aproximando de nuevo. Ella sonrió hacia el grupo.

–¿Llamamos a una ambulancia? –le preguntó uno de los hombres. Parecía que estaba al mando, pero no era el encargado de la cafetería con el que habían hablado unos días atrás.

–No, gracias –dijo Hope calmadamente–. Mi amigo ha bebido un poco de más y se ha caído, y yo creo que se ha clavado una astilla o algo así en la pierna. Si tiene toallas o unas vendas, puedo vendarlo y llevarlo a casa.

Era una explicación poco interesante, y la otra gente se dio la vuelta.

–Claro –dijo el hombre–. Tengo un botiquín con muchas vendas.

–Muy bien –respondió Hope con gratitud.

–Muy bien –repitió Gideon mientras el hombre se encaminaba hacia la cafetería en busca de las vendas–. ¿Ahora me crees?

–Claro que no –dijo ella.

–Pero tú…

–Creo que ocurre algo, pero aún no he averiguado qué es.

–Te dije… –de repente, Raintree volvió la cabeza y miró hacia el aire–. Sí, es guapa, pero también es demasiado obstinada.

–¿Hablando otra vez con el fantasma de Lily Clark? –le espetó Hope.

Gideon asintió.

–Ella cree que deberías tener una mente más abierta.

–Oh, ¿de veras?

–Sí –respondió Gideon. Durante un momento, se quedó callado, y después añadió–: No he perdido tanta sangre como para encontrarme tan atontado. Ella me lanzó algo a la cara, alguna droga. Quizá un veneno. No me encuentro bien. Tengo que salir de aquí.

–Tienes que ir al hospital.

–No. Lily dice que tú me cuidarás bien.

–Eso no parece una astilla.

Hope volvió la cabeza y vio que el hombre de la cafetería los estaba mirando con desconfianza.

–Es una astilla muy grande –le dijo Hope mientras le quitaba las vendas de las manos.

–¿Está segura…

Hope sacó la placa y se la mostró al hombre. Él alzó las manos en señal de rendición.

–No importa. No es asunto mío.

–Le devolveré las vendas en cuanto tenga ocasión –le prometió Hope.

–No se preocupe –le dijo el hombre mientras se alejaba. Estaba claro que no creía la historia que le habían contado, pero no quería buscarse problemas.

Hope le vendó rápidamente el muslo a Raintree. Él tenía alucinaciones, y necesitaba más cuidados de los que ella pudiera darle. Lo ayudó a levantarse; no fue fácil, porque él pesaba mucho y se tambaleaba, pero se las arreglaron. Caminaron un poco y al pasar bajo la primera farola, la bombilla parpadeó unas cuantas veces y después se fundió. Raintree miró hacia arriba.

–No puedo controlar la energía en este momento. Si voy a un hospital, las máquinas que controlan a los enfermos empezarán a explotar –dijo, arrastrando las palabras como si estuviera realmente borracho–. Llévame a casa, compañera. Hazme caso.

Hope Malory ya no confiaba en nadie. No creía explicaciones increíbles. Sin embargo, después de acomodar a Gideon en el asiento del pasajero del Mustang, no tomó la carretera que se dirigía al hospital, sino la que iba hacia Wrightsville Beach.

Lo que Tabby le había echado a la cara estaba perdiendo intensidad. No era un veneno letal, porque en aquel caso, Gideon estaría empeorando, en vez de mejorar. Pero sí era una droga destinada a embotarle los sentidos. Gideon no tenía que preguntarse para qué; había visto el cuerpo de Lily Clark y sabía muy bien la respuesta. Aquella mujer quería distraerlo, y lo había conseguido. Quería pasar un rato con él; quería tener la oportunidad de torturarlo.

Gideon se sacó el amuleto protector de debajo de la camisa y lo acarició suavemente con el dedo. Probablemente, Hope diría que el talismán no lo había protegido, pero él sabía que sí. El cuchillo podía haberle cortado la arteria. Tabby podía haber decidido dispararle en vez de acuchillarle el muslo. Él podía haber perdido un dedo.

De no tener aquel talismán, quizá Hope no hubiera estado tras él, cubriéndole la espalda.

–¿Qué estabas haciendo allí? –le preguntó.

Ella murmuró una maldición. No apartó los ojos de la carretera, que a aquellas horas estaba desierta. La playa estaba muy tranquila, y las casas que la flanqueaban, a oscuras.

–Tengo curiosidad por saberlo –insistió él tras unos minutos de silencio.

–¿Eso de que ibas a esperar hasta mañana para continuar con la investigación? No me lo creí.

–Así que me seguiste.

–Sí. ¿Tienes alguna queja?

–No.

–Cuando te acuestes, voy a llamar al médico.

–No.

–¡Maldita sea, Raintree!

–No necesito un médico.

–He visto la herida –insistió ella mientras aparcaba–. Es demasiado profunda como para que te la cures tú mismo, y yo tampoco puedo hacerlo. No debería haberte traído a casa, pero…

–Ya se te está olvidando todo lo que has visto y oído.

–Buenos trucos, Raintree. Ya me enseñarás un día cómo consigues que exploten las bombillas. ¿Tienes un mando a distancia?

–No, Hope –respondió él. Habían salido del coche y ella lo estaba sujetando mientras se dirigían lentamente hacia las escaleras. Comenzaron a subir los escalones y él continuó hablando–. Toda la vida es electricidad. La electricidad es lo que hace latir el corazón y funcionar el cerebro. También es lo que mantiene a los espíritus aquí después de que el cuerpo haya muerto. ¿Quieres una explicación técnica? Lo siento, no me apetece dártela en este momento. Sería demasiado larga. ¿Para ti no tienen sentido los electrones, u otro nivel de vibraciones más allá de lo que conoces?

–No es verosímil.

–La electricidad también puede provocar convulsiones en los músculos y los órganos del cuerpo, como el útero, a menudo con resultados interesantes y placenteros.

–Te lo advertí, Raintree...

–Gideon –dijo él al entrar en la cocina, cuando Hope encendió las luces–. Si aún no me crees, me encantaría hacerte otra demostración.

–¡No! –exclamó Hope.

Se apartó un poco de él, pero no lo soltó. Mejor, porque no hubiera podido sostenerse por sí mismo.

–Eso no será necesario –dijo ella.

–Siempre he visto fantasmas –le explicó Gideon de camino al dormitorio–. Cuando era pequeño no entendía por qué los demás no los veían como yo. Las descargas eléctricas llegaron más tarde. Yo tenía doce años la primera vez que freí una televisión. De ahí hasta los quince fueron unos años muy interesantes. Pero aprendí cómo controlar el poder, cómo dominarlo y usarlo. Sin embargo, las semanas próximas al solsticio y al equinoccio son impredecibles. Y el solsticio de verano ya casi ha llegado. Es el domingo –le dijo a Hope, mirándola fijamente–. Estropeé tu coche.

–No...

–Sí, y yo pagaré la reparación. Ya he hablado de ello con el mecánico. Yo no puedo conducir uno de esos coches nuevos que llevan ordenadores. ¿Y de quién ha sido esa idea, de todos modos? Los ordenadores no son necesarios en un vehículo.

En su dormitorio, él se desabrochó la funda de la pistola y se quitó el arma y la placa. Hope encendió la luz mientras él se quitaba también la chaqueta y se sentaba en la cama.

–Gracias –le dijo mientras se desplomaba sobre el colchón–. Ya puedes marcharte a casa.

Gideon cerró los ojos, y su último pensamiento antes de sumirse en la oscuridad fue que Hope no iba a marcharse.

Obstinada mujer.

8

Durante un largo rato, Hope se quedó sentada en una silla, junto a Gideon, mirándolo mientras dormía. Después de que se hubiera caído en la cama y se hubiera desmayado, ella le había quitado el vendaje del muslo, decidida a llamar al médico si la herida tenía tan mal aspecto como ella recordaba. Sin embargo, no lo tenía. Era un corte profundo, sí, pero ella ya no pensaba que hiciera falta un sanitario para curárselo.

Le quitó los pantalones, le limpió la herida y volvió a vendársela. Durante todo aquel tiempo, Raintree apenas se movió. Había sido un poco más difícil quitarle la corbata y la camisa, pero ella se las había arreglado. Le había dejado la ropa interior puesta, sin embargo. Su dedicación no llegaba tan lejos.

Con una toalla húmeda, le había limpiado los granos de la sustancia que tenía en la cara. Fuera lo que fuera, no quedaba demasiado, pero de todos modos, Hope guardó la toalla para enviarla al laboratorio y pedir un análisis.

Mientras lo desnudaba, Hope no le quitó el talismán que llevaba al cuello. Como no creía en amuletos de la suerte ni nada semejante, no estaba segura de por qué debía dejarle la turquesa puesta; era sólo que no le parecía bien despojarle del colgante si él creía que tenía algún tipo de poder. Además, tampoco podía explicar por qué llevaba la cruz celta que él le había dado la noche anterior. No era normal en ella creer semejantes tonterías.

Cuando terminó la cura, Hope se sentó en una silla incómoda, en un rincón del dormitorio. No quería dejar solo a Gideon, ni alejarse. ¿Y si la necesitaba? Era un pensamiento tonto, pero de todos modos… no se marchó.

Gideon no tenía despertador digital en la mesilla de noche, sino un viejo reloj de cuerda, que seguramente tenía más años que él mismo. El teléfono de la habitación era de cable. Todo aquello que decía sobre los fantasmas y la electricidad… ella no lo creía, pero era evidente que él sí. Al principio, Hope había pensado que era corrupto, pero nunca se le había pasado por la cabeza que pudiera tener un desequilibrio mental.

Llamó a su madre con el teléfono de la mesilla, y también al director del hotel, para decirle dónde había dejado su furgoneta. El hombre estaba furioso, pero por fortuna, el oficial que aún estaba en el escenario del crimen accedió a llevarlo en su coche para que recogiera el vehículo.

Hope se movió con inquietud en la silla mientras observaba a Gideon. Su historia era ridícula. No tenía sentido. Fantasmas. Qué estupidez. ¿Dominar la energía eléctrica? Todo aquello era demasiado fantástico como para darle crédito. Sin embargo… cuando pensaba en otras cosas…

Su larga lista de casos resueltos como detective de homicidios.

Los coches antiguos que él conducía, y el modo en el que su Toyota se había estropeado.

La falta de aparatos eléctricos nuevos o decentes en su casa.

Las farolas que habían explotado junto al río.

El hecho de que él la hubiera tirado al suelo, con antelación, para protegerla del tiroteo.

El orgasmo inesperado.

Hope ya no creía en cosas que no pudiera ver con sus propios ojos ni tocar con sus propias manos. Su madre era, en parte, la responsable. Criarse entre incienso, cánticos y auras había sido embarazoso para Hope en muchas ocasiones. Todos los días hacía un esfuerzo por mantener los pies en la tierra.

Sin embargo, su madre no era la única culpable.

Jody Landers había sido la persona que había hecho añicos, final y completamente, su mundo metódico y ordenado.

Ella lo quería. El amor que sentía por Jody había llenado su vida, y la había hecho feliz. Sin embargo, todo era mentira; resultó que Jody la había elegido desde el principio. Su encuentro no había sido casual; su amor no había sido verdadero. Él sólo era un traficante de poca monta que quería tener a una policía en el bolsillo mientras ascendía en la cadena de mando. Cuando ella lo había descubierto todo, él le había dicho que había terminado enamorándose de ella. Sin embargo, ella no lo creía, ni entonces, ni cuatro años después.

Pese a la vergüenza, a ella la habían ascendido a detective en el departamento. Jody estaba en la cárcel y seguiría allí durante unos años, pero aún quedaba gente en Raleigh que creía que, durante todo el tiempo que había durado su relación, ella sabía la clase de hombre que era Jody. Hope odiaba admitirlo, pero no era sólo el bienestar de su madre lo que la había impulsado a volver a casa. Se había cansado de las miradas de desconfianza, de los susurros que no acababan nunca.

No podía permitir verse salpicada de nuevo por la persona equivocada, por el hombre equivocado. No iba a ser una ingenua otra vez. Entonces, ¿qué demonios estaba haciendo allí? No le debía nada a Gideon Raintree. Ni su tiempo, ni su fe, ni su lealtad.

Sin embargo, verlo allí dormido la conmovía de un modo que no sabía explicar. Se movió con incomodidad en la silla. Aquélla era su cama, su casa, y mirarlo era algo muy personal. Tenía la sensación de que lo estaba espiando, intentando descubrir cuáles eran sus impulsos vitales para no verse atrapada por el fuego cruzado otra vez.

Parecía que Gideon estaba durmiendo bien. Su respiración era constante y tranquila, y los latidos de su corazón, que ella comprobó un par de veces, eran fuertes. Hope reprimió la inexplicable necesidad de estar a su lado y salió del cuarto. Tenía sed, tenía hambre y estaba cansada.

Bajó a la cocina y vio unos viejos fuegos de propano, en vez de la cocina eléctrica que debería tener. No había microondas. El tostador era muy viejo. Abrió unos cuantos armarios y vio más tostadores baratos y un par de cafeteras. Se le hizo un nudo en la garganta.

Preparó un sándwich, se sirvió un vaso de leche y se sentó a la mesa, desde donde podía admirar la playa desierta. En la oscuridad, apenas veía las olas rompiendo en la orilla, pero de vez en cuando la luz de la luna se reflejaba en el agua. Era casi hipnotizante.

Un movimiento más allá de la ventana captó su atención. Se concentró, intentando discernir qué era lo que había percibido su mirada. La figura poco definida de un hombre caminaba hacia el agua. Avanzaba lentamente, como si arrastrara los pies por la arena. La noche había estado despejada hasta entonces, pero de repente, un relámpago centelleó en la distancia. Y rápidamente, las nubes ocultaron la luna y ocultaron la luz que Hope necesitaba para saber quién estaba allí fuera a aquellas horas.

Los truenos y los rayos se aproximaron, y entonces, Hope vio lo que quería ver. El hombre estaba casi desnudo; sólo llevaba un par de pantalones cortos, o unos calzoncillos. Tenía el pelo un poco largo, los hombros anchos y cansados, las piernas largas... y llevaba un vendaje en el muslo izquierdo.

Hope salió corriendo hacia la playa. Raintree debía de ser sonámbulo, o quizá tuviera alucinaciones. Si llegaba al agua... Ella corrió con todas sus fuerzas para alcanzarlo antes de que pudiera ocurrirle algo, justo cuando otro relámpago iluminó el cielo y estalló otro trueno.

Un rayo cayó directamente sobre Gideon, y Hope se tropezó y cayó en la arena, sin respiración, con el corazón encogido de miedo.

–¡Gideon! –gritó.

Esperó a que cayera al suelo o se incendiara, pero Gideon no cayó. Se mantuvo erguido, con los brazos extendidos, y fue alcanzado por otro rayo. El trueno fue estruendoso, y en aquella ocasión, el rayo que había caído sobre Gideon permaneció conectado con él, hasta que se generaron chispas de la electricidad que estaba danzando en su piel.

Hope no llamó de nuevo a Gideon. Se levantó y continuó corriendo hacia él.

–Alto –le dijo él, sin volverse a mirarla–. Es peligroso que te acerques más.

Hope se detuvo a varios metros de Gideon. La luna había desaparecido entre las nubes, oscureciendo la noche, pero ella lo veía bien. Lo veía bien, porque Gideon estaba brillando suavemente.

Se volvió hacia ella mientras la tormenta que había surgido de la nada se alejaba. Sin embargo, Hope no miraba la tormenta; tenía la mirada clavada en Gideon. La electricidad se deslizaba por su piel, y emitía una suave luz. Se había afeitado y ya no tenía ni el bigote ni la perilla. Y sus ojos... ¿brillaban también, o era un efecto de la luz?

No podía ser un efecto de la luz. No había luz alguna, salvo la que él irradiaba.

Una parte de ella quiso salir corriendo, pero no pudo. Tenía los pies clavados en la arena.

–Te he visto desde la ventana de la cocina –le dijo con un hilillo de voz.

Gideon dio un paso hacia ella, y dejó pequeñas chispas allí donde sus pies tocaban la arena.

–Lo sé.

Habían sido las pesadillas, unos sueños nítidos sobre sus padres y Lily Clark, sobre toda la gente a la que no había podido salvar, lo que había enviado a Gideon hacia el agua. Allí, él había atraído a los rayos para que alimentaran su cuerpo y su alma, y para que limpiaran los últimos restos de la droga de su organismo. No había avanzado mucho por la playa cuando se dio cuenta de que Hope estaba mirando. No le importó.

Quizá estuviera bien que ella lo supiera todo. Quizá ella necesitara saberlo.

Hope estaba a cierta distancia de él, mirándolo con inseguridad.

–¿Estás bien? –le preguntó.

–Sí.

Hope le miró el muslo, donde la electricidad aún estaba trabajando en su carne herida con una fuerza que ella no podía comprender.

–Tú... eh... brillas en la oscuridad, Raintree –le dijo ella; intentó que su tono de voz fuera desenfadado, pero no lo consiguió.

–Sólo cuando estoy encendido –bromeó él.

–Muy gracioso –dijo ella, mientras se encaminaban hacia la casa–. Ahora andas mejor –observó cuando llegaban a las escaleras de la terraza de su habitación.

–Creo que la droga me afectó más que la herida. Los efectos están pasando –explicó él. Lo que quedaba después de sus pesadillas había sido purificado por los rayos.

–Bien –dijo Hope. Después se quedó callada durante un instante, nerviosa, y añadió–: Está bien, así que tienes algo extraño con la electricidad. Estoy segura de que hay una explicación médica perfectamente lógica para todo ello.

–¿Y por qué tiene que ser perfectamente lógica?

–Porque sí.

–No hay nada perfecto, y la lógica es subjetiva.

–La lógica no es subjetiva –contradijo ella.

Gideon entró en el dormitorio desde la terraza. Verdaderamente, brillaba en la oscuridad. Un poco.

Hope cerró las puertas de la terraza pero dejó abiertas las cortinas para poder ver las olas. El sonido de las olas estaba amortiguado, pero de todos modos, era un sonido reconfortante.

Gideon se mantuvo junto a los pies de la cama. Estaba agotado por la tormenta, pero las descargas eléctricas de los rayos también lo habían rejuvenecido.

–La explicación lógica es que mi familia es diferente a las demás. Más diferente de lo que puedas imaginarte.

–Eso no es…

Posible, iba a decir Hope. Él no se lo permitió.

–Mi hermano controla el fuego, entre otras cosas. Él es el Dranir, el cabeza de la familia Raintree. Mi hermana tiene el don de la empatía y es sanadora. Su niña está empezando a mostrar habilidades asombrosas en muchos campos. Echo es profetisa. Yo hablo con los fantasmas. ¿Sigo?

–No es necesario –le dijo Hope con frialdad.

–Aún no me crees.

En la penumbra de la habitación, Gideon vio que Hope negaba con la cabeza. Podría dejar pasar el tema. Ella pediría un traslado, tal y como él había deseado el día anterior, y él podría seguir adelante con su vida. Hope no le diría a nadie lo que había visto y oído aquella noche, porque no querría parecer una loca. Seguramente, sabía que nadie iba a creerla.

Sin embargo, él no quería que se marchara. Deseaba a Hope, por supuesto, pero había algo más, aunque Gideon hiciera todo lo posible por negarlo. Si se acostaba con Hope, ella tendría que pedir el traslado. A Hope no le gustaba transgredir las normas.

Lentamente, él se quitó el vendaje de la pierna, y entonces, Hope se acercó a él.

–No deberías hacer eso. Todavía… –cuando él terminó de quitarse la venda, ella se quedó callada. Sólo quedaba un feo arañazo.

–No –acabó de decir débilmente.

Alargó la mano y rozó con cuidado la herida cicatrizada.

–¿Cómo... –apartó la mano, y él echó de menos su contacto al instante–. ¿Qué has hecho?

–Soy un Raintree –respondió Gideon–. Si quieres una explicación más detallada de eso, tendremos que hacer una cafetera.

En aquella ocasión se sentaron cerca el uno del otro, en el sofá, con una taza de café humeante entre las manos.

–¿Quieres decirme –preguntó Hope–, que todo lo que mi madre me ha estado contando durante toda mi vida es cierto?

–No puedo, porque no sé lo que te ha dicho.

–Auras –dijo ella.

–Yo no las veo, pero sé que existen –respondió él con claridad–. Es otra clase de energía. Para verlas necesitas ser sensitivo.

–Cuando te fuiste de mi casa el otro día, mi madre me dijo que la tuya brilla –reconoció ella a regañadientes.

Gideon emitió un murmullo vagamente afirmativo.

–Fantasmas.

–Eso puedo asegurártelo sin duda alguna –dijo él.

–¿Vida después de la muerte?

–Sí –respondió Gideon, casi con reverencia.

–¿Y cómo es?

–No lo sé.

Ella se rió.

–¿Cómo es que no lo sabes? ¿No te cuentan nada los fantasmas?

–Hay cosas que no estamos preparados para entender.

Hope asintió.

–Señales del más allá –preguntó después.

–Sé más concreta.

Hope elevó la mano e hizo un gesto vago.

–Por ejemplo: ves un conejo en un lugar donde nunca has visto antes un conejo. Quizá ver un conejo a cierta hora del día en un lugar determinado es una señal. Da buena o mala suerte, o una indicación de que vas a ganar el premio gordo de la lotería, o de que te va a atropellar el autobús.

–No habrás estudiado todo eso, ¿no? –le preguntó él burlonamente.

–No, pero quisiera una respuesta –dijo Hope. Tomó un sorbo de su café y esperó.

–Hay muchos señales a nuestro alrededor, pero normalmente no las vemos.

–¿Ni siquiera tú?

–Ni siquiera yo. Todos los días nos perdemos milagros.

Pero también es cierto que a veces... un conejo es un conejo.

–Reencarnación.

–Rotundamente sí.

–Lo dices con mucha seguridad.

–Sí, por eso he usado la palabra rotundamente.

Ella le dio una suave palmada en el brazo.

–No me tomes el pelo. Estoy cansada, todo esto es nuevo para mí, y aún...

No, no iba a decir que no estaba segura. Había visto demasiadas cosas como para no estarlo. Su mano permaneció en el brazo de Gideon con naturalidad. Gideon era fuerte, cálido, y a ella le gustaba sentir su contacto, al menos por el momento. Era calmante, y al mismo tiempo, le producía un cosquilleo.

–Si volvemos una y otra vez al mundo, y conocemos a la misma gente una y otra vez, ¿por qué no nos acordamos?

–¿Y qué tendría eso de divertido?

–¿Diversión?

–Sí –dijo Gideon–. Diversión. Tenemos que cometer errores, aprender a sobrevivir, descubrir la belleza, descubrir la emoción de arriesgarse. Experimentamos sensaciones nuevas, con una mirada que no está apagada ni contaminada por el paso del tiempo. Nos encontramos maravillas y conocemos cosas nuevas, y nos enamoramos con corazones que aún no han sido rotos y golpeados.

–Hablando de arriesgarse –dijo ella.

El hecho de oír a Gideon hablando de enamorarse la había puesto nerviosa. Se inclinó hacia delante y posó la taza de café sobre la mesa. Después metió las manos por detrás de la blusa y, con un murmullo de disculpa, se desabrochó el sujetador y se lo sacó por la manga izquierda.

–Si necesitas ayuda, sólo tienes que pedirla –dijo Gideon.

–No, gracias –respondió ella mientras se acurrucaba de nuevo en el sofá. Y mucho más cómoda.

–Ángeles.

–Sí.

–¿Y hadas?

–Yo nunca he visto ninguna, pero eso no significa que no existan en algún lugar. No estoy seguro.

Ella rozó con un dedo el colgante del pecho de Gideon.

–¿Talismanes de la suerte? –le preguntó suavemente.

Él la miró a los ojos, y a Hope se le aceleró el corazón. Gideon tenía unos ojos realmente maravillosos. Si estuviera buscando un hombre, cosa que no estaba haciendo, él sería el elegido. No sólo era guapo y masculino, sino que además le importaba su trabajo. Luchaba por gente que ya no podía luchar por sí misma. Era justo, fuerte, sensual… y a veces brillaba en la oscuridad.

–Algunas veces –respondió él, finalmente.

Ella apartó la mano de su pecho y rozó su propio amuleto, que llevaba bajo la blusa.

–Cuando me estaba vistiendo esta mañana, me sentí como si esta cosa me estuviera mirando. No sé con certeza por qué me la puse.

–Hazme un favor –le pidió Gideon con gentileza–, no te lo quites.

Hope asintió, y después retomó su posición previa, que era muy cómoda. Todo lo que siempre había descartado por ser fantasías, aparentemente, era la realidad. Debería estar gritando y negándose a admitirlo, pero se sentía muy calmada.

–Me has dicho que la familia Raintree es antigua.

–Sí.

–Cuando tus antepasados se casaban con gente normal, ¿por qué no se perdía la…? vaya, no sé cómo llamarlo. No creo en la magia, pero a falta de una palabra más adecuada, ¿por qué no se perdía la magia cuando tus antepasados tenían hijos con personas normales?

Al decir la palabra hijos, ambos se estremecieron. Desde el principio había habido vibraciones sexuales entre ellos, incluso cuando ella no estaba segura de que él fuera un buen hombre. Sin embargo, era demasiado pronto para sentir energía de aquel otro tipo. Ella no debería haberse inclinado hacia él y haber tocado el amuleto de su pecho, y él nunca debería haberla mirado fijamente de aquella manera.

–Los genes de los Raintree son dominantes –le explicó Gideon.

–Así que, si tienes hijos… –dijo Hope. De repente, se quedó pensativa y lo miró con curiosidad–. ¿Tienes hijos? ¿Hay pequeños Gideon Raintree por ahí, atrayendo a los rayos y hablando con los espíritus?

–No tengo hijos –respondió él, en tono solemne.

–Pero cuando los tengas…

Él ya estaba haciendo un gesto negativo con la cabeza incluso antes de que ella terminara la frase.

–No. Ya es suficientemente difícil criar a una niña en este mundo sin tener que enseñarle que debe ocultar una parte de lo que es. No quiero hacerle eso.

–Una niña –repitió Hope, con los ojos cerrados.

–¿Qué?

–Has dicho una niña. No un niño, en general. Has dicho una niña.

Él titubeó durante un momento.

–Tengo una sobrina. Es la única niña con la que he tenido trato constante. Por eso he dicho una niña.

Ella no lo creyó, pero en realidad, no tenía por qué dudar de lo que él había dicho. Dudaba sólo por instinto. Sin embargo, ella no creía en el instinto, ¿no? Creía en los hechos. Creía en pruebas concretas e incontestables. Todo aquello que había caído por los suelos aquella noche.

–Te has afeitado –dijo ella, desviando la conversación hacia un tema absurdamente normal.

–Me desperté sintiendo que la droga que me lanzó Tabby a la cara seguía ahí. No podía lavármela.

–Me gusta.

Él resopló, y ella sonrió.

–Ahora voy a dormir –le comunicó Hope, mientras su mente y su cuerpo se deslizaban hacia el sueño.

Estaba demasiado cansada como para pensar en volver a casa. Allí podría dormir, al menos, dos horas antes de tener que levantarse para ir a trabajar.

–Tenemos que levantarnos dentro de muy poco para comenzar la investigación del caso Clark.

–Fue Tabby –afirmó Gideon–. La rubia que mató a Sherry Bishop y me acuchilló en el muslo.

–Sí –dijo Hope, con la voz un poco densa por el sueño–. Te creo.

Y lo creía. Todo lo que él le había dicho era cierto. Qué golpe era aquello para su realidad.

–Mañana tenemos que encontrar una forma de demostrarlo.

9

Gideon tomó en brazos a Hope, que se había quedado dormida. Ella ni siquiera se movió. Él podría dejarla en el sofá, pero el cuero no sería cómodo para dormir demasiado tiempo. La tumbó sobre su cama, y ella, inmediatamente, rodó hacia un lado, tomó una almohada y suspiró.

Hope podía dormir con la ropa puesta, pero, como el sofá, aquello sería muy incómodo. Gideon le desabrochó los pantalones, se los quitó y los tiró a un lado, esperando a cada segundo que pasaba que ella se despertara y le diera una bofetada. Sin embargo, ella estaba profundamente dormida.

Tendría que dejarle la blusa puesta. Gideon no estaba dispuesto a desnudarla por completo y después darle la espalda. Sin el sujetador, que se había quitado en el sofá del salón, estaría cómoda de todos modos. La cubrió con la sábana y caminó, descalzo, hasta la ventana. Antes de cerrar las cortinas, se quedó unos minutos allí, observando cómo las olas rompían en la orilla.

Le había contado a ella muchas más cosas de las que nunca le había contado a nadie. ¿Qué haría Hope al día siguiente? ¿Fingiría que no había pasado nada para que su mundo no se viera alterado, y se alejaría de él? Claramente, él podía alterar su mundo en muchos sentidos.

Corrió las cortinas y volvió a la cama. Se tumbó junto a

Hope. Su calor y su suavidad lo atraían, y él respondió a aquella llamada. Durante todo el tiempo, era consciente de que si dormía con ella, ella tendría que pedir un traslado, pero eso no tenía nada que ver con el modo en que la deseaba.

Se sentía atraído hacia Hope como cualquier hombre se sentiría atraído hacia su mujer.

Su mujer. Hope podía ser muchas cosas, pero no era suya. De todos modos, él le pasó un brazo por la cintura y la pegó a su cuerpo antes de quedarse dormido.

Hope había dormido tan profundamente que no recordaba ni un solo sueño. Se acurrucó en el colchón, intentando escapar del frío. El aire estaba muy fresco, pero ella se sentía cómoda y caliente. La alarma del despertador aún no había sonado, así que aún podía dormir un poco más. Unos preciosos minutos más.

Entonces, con un sobresalto, recordó dónde estaba. En casa de Raintree. Se había quedado dormida en el sofá, pero aquello no era el sofá. Era la cama de Raintree. Lentamente, se dio la vuelta hasta quedar de cara con el hombre con el que había dormido. La razón de que sintiera un agradable calor era que el cuerpo prácticamente desnudo de Gideon estaba pegado al suyo.

Aún medio dormida, permaneció tan inmóvil como pudo mientras lo observaba. Estaban muy cerca, más cerca de lo que nunca hubiera pensado que estaría de aquel hombre; aquel hombre a quien había creído un corrupto inicialmente. Ya sabía que no era un policía corrupto. Sólo era diferente. Muy, muy diferente a todos los demás.

Parecía que estaba bien, no lo mal que debía sentirse después de haber sido acuchillado y drogado la noche anterior. Moviéndose con mucho cuidado, ella levantó la sábana que los cubría y miró hacia abajo. Tenía el muslo casi curado. La noche anterior tenía un corte profundo, y en aquel momento, lo único que le quedaba era un arañazo. Hope pensó que no debía sorprenderse. Nada relacionado con aquel hombre la sorprendería más.

–No te preocupes –le dijo él con la voz ronca–. No ha pasado nada.

Hope alzó la cabeza y se dio cuenta de que Gideon la estaba observando con una mirada somnolienta, sexy y eléctrica.

–Estaba comprobando el estado de tu herida –respondió ella remilgadamente.

–Pensaba que estabas comprobando si llevaba los calzoncillos puestos.

Ella bajó la sábana de golpe y comenzó a rodar al otro lado para salir de la cama, sobre todo para que Gideon no viera que se había ruborizado. Le ardían las mejillas como si fuera una adolescente.

Antes de que pudiera escapar, Gideon la agarró con un brazo y volvió a atraerla contra su pecho.

–No te vayas todavía –le dijo él, con la voz áspera de sueño, y muy sexy.

Hope sabía que podía escapar cuando quisiera, porque Gideon no la estaba reteniendo, sólo intentando persuadirla. Sentía el peso de su brazo, cálido y agradable. No lo empujó ni intentó alejarse. Posó la cabeza sobre la almohada y apartó la mirada de Raintree mientras él la abrazaba.

Sabía que debía salir de la cama. Sabía perfectamente lo que iba a ocurrir si se quedaba allí con él, si no se marchaba en aquel mismo instante. Ella era una mujer adulta, de veintinueve años y sin compromiso. Y, en aquel momento, cuando había perdido el control de su mundo a causa de todo lo que había aprendido la noche anterior, quería que la abrazaran. No que la abrazara cualquier hombre, sino Gideon Raintree, que hablaba con los espíritus y atraía a los rayos, y de vez en cuando, brillaba en la oscuridad.

Él le apartó el pelo y le dio un beso en el cuello. Hope sintió un escalofrío por todo el cuerpo. ¿Era la electricidad, o sólo él lo que le había causado aquel estremecimiento? ¿Era algo paranormal o algo extraordinariamente normal? En aquel momento, no le importaba. Se sentía tan bien…

–Te deseo –le dijo él suavemente.

Hope se humedeció los labios.

«Lo sé. Yo también te deseo».

Aquellas palabras le resonaron en la cabeza, pero no las pronunció.

–No estoy seguro de que sea una buena idea, pero allá va –susurró él.

Deslizó la mano bajo su blusa y le acarició la piel desnuda; y ella cerró los ojos y se derritió. La mente le decía que aquélla era una malísima idea, pero su cuerpo no estaba de acuerdo. Su cuerpo quería lo mismo que quería Gideon, aunque su deseo no era tan evidente como el de él, al menos físicamente.

¿Sentiría él sus escalofríos? Ella no había dejado que un hombre la tocara así desde hacía mucho tiempo, tanto, que aquello era algo completamente nuevo, excitante y poderoso.

Con los ojos cerrados, temblorosamente, se bebió el calor que desprendía Gideon e imaginó lo que estaba por llegar si ella lo permitía. Si lo deseaba. No tendría que decir una palabra, sólo tenía que darse la vuelta en sus brazos y besarlo. Aquélla era toda la respuesta que él necesitaría, y todo lo que ella era capaz de darle en aquel momento.

Él bajó la mano por su estómago hasta su vientre, y la detuvo justo debajo de su ombligo, del mismo modo que había hecho en la tienda de su madre, cuando la había atrapado contra el mostrador. Como sabía lo que él estaba a punto de hacer, lo agarró por la muñeca y le apartó la mano.

Hope sintió su decepción, su resignación. Se volvió lentamente sin soltarle la muñeca.

–Esta vez, sin trampas –susurró. Y lo besó.

Debería haberse imaginado que Gideon besaba muy bien. Con un solo roce de sus labios, ella olvidó todas sus dudas. Entrelazó los dedos en su pelo y lo atrajo hacia sí mientras separaba los labios y le acariciaba la lengua con la suya. Había muchas razones por las que no debía estar allí. Apenas lo conocía; él era su compañero de trabajo; había desconfiado de él desde el primer día; él era quien era.

Sin embargo, ninguna importaba. Quería que la besara, más y más, dejándose llevar por la languidez que sentía.

Él le desabotonó la blusa mientras se besaban, y juntos la arrojaron fuera de la cama. Entonces, Hope pudo abrazarlo y sentir su piel. Fue algo tan extraordinario que no pudo evitar recordar lo que él le había dicho la noche anterior, sobre descubrir cosas nuevas y maravillosas de la vida. Aquello era nuevo.

Gideon la tumbó suavemente sobre el colchón y tomó uno de sus pezones con la boca. Succionó profundamente, y ella estuvo a punto de caerse de la cama a causa de la intensidad de su placer. Por dentro se encogió, preparada de una manera en la que nunca lo había estado. Se aferró a Gideon mientras él trasladaba sus atenciones al otro pecho. Él se movía como si tuvieran todo el tiempo del mundo, pero Hope sabía que estaba tan cerca de perder el control como ella.

No podían permitirse perder el control por completo.

–¿Tienes un preservativo? –le preguntó ella con la voz ronca. Si le decía que no... No podía decirle que no. No era posible que le dijera que no.

–Sí –respondió él, y ella dejó escapar un suspiro de alivio.

–Bien.

Gideon siguió acariciándole la piel blanca con sus manos bronceadas, y ella lo observó con fascinación, sintiéndose muy excitada por aquella sencilla visión. Él la acarició como si fuera de porcelana, aprendiendo de memoria sus curvas e inflamándole los sentidos hasta que Hope flotó envuelta en magia.

Él le agarró la cintura de las braguitas y rápidamente se las quitó. Hope quedó desnuda, tan sólo ataviada con el amuleto de protección que él le había regalado. Ella metió los dedos temblorosos entre la tela de su ropa interior y sus caderas, y se la quitó, dejándolo también desnudo.

Antes de que él se cubriera, ella quiso acariciarlo. Quería sentirlo en sus manos, y lo hizo. No sintió timidez, y él tampoco.

Se besaron de nuevo, y en aquella ocasión, Gideon le separó los muslos y la acarició mientras sus bocas se encontraban y danzaban. Un profundo temblor se apoderó del cuerpo de Hope, y no parecía que nada fuera a detenerlo salvo el final de aquella danza. Él separó su boca de la de ella y rebuscó un preservativo en el cajón de la mesilla. Pronto volvió con ella y la acarició de nuevo, deslizando los dedos en su cuerpo y dibujando círculos contra ella, de un modo que la hizo jadear y retorcerse. Hope nunca había deseado tanto nada como deseaba tenerlo dentro. En aquel momento.

Y él penetró en su cuerpo, haciendo que su cuerpo se estirara hasta que se adaptó a su tamaño. Ella jadeó nuevamente ante el mar de sensaciones. Nunca había sentido nada tan maravilloso; en ningún momento de su vida había tenido deseos de llorar al sentir aquella belleza.

Gideon le hizo el amor de la misma manera que lo hacía todo: con completa dedicación y una extraordinaria habilidad. Hope cerró los ojos y dejó que la amara. Él llenó su cuerpo y la llevó al límite, y la mantuvo allí durante una eternidad. Ella sintió por dentro ráfagas de placer, fuertes, prometedoras, exigentes. Justo cuando estaba a punto de llegar al orgasmo, él se retiró un poco y disminuyó el ritmo, y después comenzó de nuevo.

Ella abrió los ojos y susurró:

–Me estás torturando.

–Sólo un poco.

La habitación estaba a oscuras, gracias al grosor de las cortinas que cubrían las ventanas. Si no hubiera estado tan oscuro, ella nunca habría notado un suave brillo que rodeaba los irises verdes de Gideon.

–Estás brillando otra vez –dijo ella.

–¿De veras?

–Es precioso.

Hope le rodeó las caderas con las piernas y elevó el cuerpo para que él penetrara más en ella, hasta que él estuvo completamente enterrado entre su carne. En aquella ocasión no se retiró, sino que se hundió más y más profundamente, cada vez más rápido, hasta que ella llegó al clímax con un grito de placer. La liberación le sacudió el cuerpo y prosiguió hasta que ella pensó que nunca terminaría. Hope volvió a gritar y se aferró a los hombros de Gideon. Él la siguió, estremeciéndose dentro y fuera de ella.

Finalmente, ambos se quedaron inmóviles, y él continuó abrazándola mientras permanecía en su interior. Cuando Gideon alzó la cabeza y la miró, ella se sorprendió un poco.

–Eres luminiscente, Gideon.

Verdaderamente, él estaba brillando. En sus ojos resplandecía una luz verde poco natural, y alrededor de su cuerpo destellaban algunas chispas.

–¿Es… normal?

Él se retiró, física y mentalmente, y se apartó de ella.

–Ha ocurrido una o dos veces. Yo no lo consideraría exactamente normal.

Hope alargó el brazo para acariciarlo, para detenerlo, para decirle que no se estaba quejando. Todo lo contrario. Sin embargo, él se movió con más rapidez que ella y, antes de que pudiera tocarlo, se marchó al baño.

Corazón, cuerpo y alma. Gideon no recordaba exactamente cómo sabía que los tres debían estar involucrados para que ocurriera aquel brillo posterior a las relaciones sexuales, pero lo sabía.

Apenas conocía a Hope Malory. Era muy guapa, era inteligente, había visto todo lo que él podía hacer y no había salido corriendo como si la persiguiera un monstruo. Aún. Más allá de aquello… demonios, no podía haber nada más allá.

Era una diversión interesante, nada más. Y acostarse con ella pondría punto final a su asociación de trabajo. Hope tendría que pedir un traslado, le gustara o no, y eso era lo que él deseaba, ¿no? Entonces, ¿por qué había brillado?

Una aberración, ésa era la respuesta. La próxima vez, si acaso había próxima vez, no ocurriría nada fuera de lo ordinario, y poco a poco, Hope se convencería de que lo que había visto había sido un efecto de la luz, o simplemente, un efecto que había tenido en su vista el hecho de haber sentido un orgasmo tan intenso.

Había sido muy intenso, verdaderamente. ¿Qué hacía sola una mujer como aquélla? Estaba sola del mismo modo que él; Gideon lo sabía del mismo modo que sabía que su corazón, su cuerpo y su alma debían estar involucrados en una relación para que ocurriera lo que había ocurrido.

No era para tanto. Él ya había creído otras veces que estaba enamorado. La mujer en cuestión había tenido un pequeño atisbo de lo que él era capaz de hacer y todo había terminado entre ellos. Aquella corta relación había dado al traste con todas sus ideas de tener algo normal en su vida. Al final, él lo había superado; y también superaría lo de Hope.

–Es Emma la que me ha metido estas cosas en la cabeza –murmuró ante el espejo, estudiando su imagen–. Dante y su dichosa turquesa.

Cuando volvió al dormitorio, Hope no estaba en la cama. Él la oyó moverse en el baño de invitados, en el pasillo. Después de unos minutos, la puerta del baño se abrió y ella gritó:

–Raintree, por casualidad no tendrás un cepillo de dientes de sobra, ¿verdad?

–Segundo cajón de la izquierda –respondió él.

Gideon se reprendió a sí mismo mientras sacaba del armario la ropa de aquel día. Al menos, Hope no estaba siendo demasiado emotiva con todo aquello. Ella había considerado que aquella mañana era lo que había sido: diversión en un mundo en el que no había suficientes cosas divertidas. Alivio para dos cuerpos adultos y desatendidos. Otro día más.

Sí, Hope era despampanante; inteligente; valiente. Pero él no podía quererla, y aquello no podía durar.

–Tienes que tener algo de ropa que me esté bien. ¡Prefiero ponerme algo tuyo que esto!

–Mi ropa es demasiado grande para ti –le dijo Gideon razonablemente–. La de Echo es mejor.

–Eso es tu opinión –refunfuñó Hope mientras se tiraba del

bajo de la camiseta, que dejaba a la vista su ombligo. Ella era casi diez centímetros más alta que Echo Raintree, así que era un milagro que la ropa que la muchacha había dejado allí le estuviera bien.

Ambos se habían duchado y se habían cambiado de ropa, pero Hope no podía ponerse la blusa arrugada con la que había dormido, ni tampoco los pantalones arrugados que Gideon había tirado al suelo la noche anterior. Así que había tenido que conformarse con prendas de las que Echo había dejado en casa de su primo para las ocasiones en las que iba de visita.

Gideon no tenía plancha. ¡Todo el mundo tenía plancha!, pensó Hope mientras tiraba de la cintura de los pantalones vaqueros, que le quedaban por la cadera. Gideon afirmó que todas sus cosas las llevaba a la lavandería. Al menos, Echo debía de llevar los bajos de los pantalones arrastrando por el suelo, porque a ella le quedaban a la altura correcta.

Gideon también se había vestido informalmente, para evitar que ella se sintiera como una completa idiota. A él le quedaban muy bien los pantalones vaqueros y la camiseta, que sí le cubría el ombligo.

–Iremos a tu casa más tarde y podrás cambiarte de ropa –le dijo él, mientras servía unas tazas de café.

–Iremos inmediatamente –puntualizó ella.

–Quizá no –respondió Gideon pensativamente–. Alguien tiene que haber visto a Tabby por el club donde tocaba el grupo de Echo, o en la cafetería, o merodeando por el edificio de su apartamento. Ella no es invisible. El traje que llevamos normalmente acobarda a la gente. Se ponen a la defensiva y tienen ganas de librarse enseguida de nosotros. Iremos más relajadamente hoy, haciendo sólo algunas preguntas.

A juzgar por el modo en que se estaba comportando Gideon, un observador casual habría pensado que aquella mañana no había ocurrido nada extraordinario. Él no estaba distante, pero tampoco cálido y cariñoso. No la había tocado desde que se habían levantado, y tenía la mente puesta en el trabajo.

Quizá el hecho de tener unas relaciones sexuales estupendas con una compañera de trabajo no fuera algo raro para Gideon. Para ella sí lo era, pero no quería que él lo supiese. No, si él pensaba que lo que había sucedido era algo sin importancia.

El plan para aquel día era encargarle a otro de los detectives, probablemente a Charlie Newsom, que seleccionara del archivo policial fotografías que encajaran con la descripción física de Tabby, mientras Gideon y ella interrogaban a los amigos, compañeros de trabajo y vecinos de Sherry Bishop una vez más.

Aquella tarde, además, Gideon iba a reunirse con una dibujante. Hope no sabía cómo iba a explicar Gideon por qué sabía cómo era la asesina, pero seguramente se las arreglaría. Ella tenía la toalla que había utilizado para limpiarle de la cara a Gideon los restos de la droga que le había arrojado Tabby. Iba a llevarlo al laboratorio para que lo analizaran. Por desgracia, no tendrían los resultados hasta unas semanas después.

–Mi hermana va a ir a casa hoy, un poco más tarde –le dijo a Gideon–. Ella hace joyería para la tienda, y tiene algunas piezas para entregar.

Gideon la miró con sorpresa.

–¿Tienes una hermana?

–Sí.

–Si quieres pasar tiempo con ella mientras está en la ciudad, no me importa.

Claro que no le importaba. Seguramente, se sentiría aliviado por poder librarse de ella.

–No. Nos vemos muy a menudo.

Además, Hope era el bicho raro cuando su madre y Sunny se reunían.

–¿Se parece a ti? –le preguntó él con curiosidad.

–No. Es dos años mayor que yo, tiene tres niños y es tan… especial como mi madre.

–Entonces, ¿tú siempre has sido la normal de la familia?

Ella siempre había pensado que aquélla era la realidad. Siempre había pensado que no sólo era normal, sino que tenía razón al ser tan escéptica. Sin embargo, Gideon había echado aquellas creencias por tierra.

–La normalidad es algo relativo.

Gideon no continuó con aquella conversación.

–Vamos. Llegamos tarde.

Hope tomó su bolso y siguió a Gideon hacia las escaleras que llevaban al garaje. Sabía lo que él estaba haciendo, pero no entendía el motivo. Gideon estaba intentando pasar por alto lo que había ocurrido la noche anterior con la esperanza de que se desvaneciera. Se había convertido otra vez en el Gideon Raintree profesional, totalmente concentrado en su caso.

Quizá si ella siguiera aquel camino y fingiera que las cosas no habían cambiado, pudieran trabajar juntos. Podrían ser compañeros e incluso amigos. Gideon era un buen policía, y ella podía aprender mucho de él.

Sin embargo, Hope no estaba muy segura de ser capaz de hacer caso omiso de todo aquello. El cambio que había ocurrido entre los dos había sido muy grande. ¿Debería arriesgarse y decirle a Gideon que no podía ser sólo su compañera y su amiga? Ella era una mujer que lo quería todo, o nada, y había decidido, en los últimos años, que su opción era nada. Tal vez, lo mejor era que siguiera el ejemplo de Gideon e ignorara todo.

Afortunadamente para los dos, Hope no tenía que tomar aquella determinación esa misma mañana. Tabby estaba allí fuera, y el instinto le decía que aquella mujer no había terminado su tarea.

10

Si Tabby era de Wilmington, nunca la habían detenido. Su nombre no estaba registrado. Además, la búsqueda inicial siguiendo su descripción física no había dado resultados. Gideon sólo había tardado quince minutos en estudiar, minuciosamente, las fotografías que había reunido Charlie.

Un par de detectives nuevos estaban buscando en los hoteles de la zona, por si acaso Tabby era una visitante y no una residente de la ciudad. Charlie y otro detective estaban buscando en las bases de datos federales, y tardarían unos días en terminar. Hope había enviado al laboratorio la toalla con la droga que había usado Tabby con Gideon, insistiendo en que podrían explicar los detalles de cómo habían conseguido aquella droga más tarde, si llegaban a la identificación de la mujer.

No había manera en que pudieran dar una explicación oficial de lo que había ocurrido la noche anterior. Gideon no tenía ni rastro de la cuchillada en el muslo, y no podía revelar cómo había sabido que Tabby estaría en el paseo del río sin revelar también que se lo había dicho el fantasma de Lily Clark. No creía que sus compañeros y su jefe creyeran aquella explicación tan fácilmente como Hope, y tampoco quería que ellos supieran lo que podía hacer. Sacar a la luz sus dones no sólo sería poco inteligente; estaba prohibido.

Su actual compañera no estaba cómoda con la ropa de Echo, pero estaba estupenda. Cuando habían entrevistado a los amigos de Sherry Bishop, los hombres se habían abierto a Hope mucho más de lo que lo habían hecho durante la primera ronda de preguntas. Sin embargo, ninguno de ellos tenía información útil que ofrecer.

En aquel momento, Hope había ido por café para ellos dos, y Gideon estaba descansando unos instantes en el despacho que compartían en la comisaría. Había llamado al sheriff que estaba investigando el caso de Marcia Cordell, y habían fijado una cita para el día siguiente por la tarde. No quería marcharse de Wilmington ni unas pocas horas sabiendo que Tabby andaba por ahí suelta, pero si el espíritu de Marcia Cordell estaba aún en la casa, no sólo debía ayudarla a que se marchara, sino que cabía la posibilidad de que ella le proporcionara nuevos detalles sobre Tabby.

Debía idear alguna manera de dejar a Hope allí. A ella no le gustaría lo que se proponía hacer Gideon. Había aceptado lo que él le había contado la noche anterior, pero, ¿qué pensaría cuando lo viera usando su don de verdad? ¿Se asustaría? Probablemente. No quería dejarla desprotegida, pero no estaría bien que él comenzara a sentirse demasiado cómodo con su nueva compañera, y las cosas se estaban dirigiendo a aquel punto. Cómodo. Lo cual significaba que, en el fondo, estaba preocupado por el hecho de que ella pudiera aceptar lo que él hacía.

Hope entró en la oficina con dos tazas desechables de café humeante. Verla era un alivio, como si no se hubiera ido sólo durante unos minutos, sino durante horas. Y aquél era el problema. Tener una relación con ella no iba a funcionar. Sólo iba a complicar más las cosas. No podían acostarse y trabajar juntos.

Hope puso las tazas sobre la mesa.

–Un oficial idiota se me acaba de insinuar. De verdad, me parece que esta ropa da a entender que soy una chica fiestera y emite algo hormonal.

Gideon sintió una furia repentina.

–¿Te tocó?

–¿Cómo?

–El oficial que se te insinuó. ¿Te ha tocado?

Ella suspiró.

–No. Sólo me miró el ombligo y me preguntó qué iba a hacer cuando terminara mi turno.

–¿Le preguntaste el nombre?

Ella abrió los ojos de par en par. Después sacudió la cabeza.

–Oh, no, Raintree. No vamos a ir ahí.

–¿Adónde?

–Sabes muy bien adónde no vamos a ir.

–Ilústrame.

–Mira, Raintree, si vamos a ser… lo que sea, porque no estoy segura de lo que somos o no somos, pero si somos, tiene que haber límites.

–Límites –repitió Gideon.

–Quiero ser tu compañera, y creo que puedo serlo. Pero hay ciertas cosas que tienen que estar separadas. No puede ser que persigas a los hombres que me miren, ni que delimites tu territorio como si fuéramos cavernícolas, ni puede haber sexo en el escritorio, ni besos junto al dispensador de agua. Cuando esté en tu cama, si es que vuelvo a estar en tu cama, las cosas pueden ser distintas, pero en la oficina, tengo que ser tu compañera y nada más. ¿Podemos hacer eso?

–No lo sé –respondió él con franqueza–. Sería más fácil si trabajaras con otra persona.

–No quiero trabajar con otra persona. Quiero trabajar en homicidios, y sé que puedo aprender mucho de ti. Quizá debamos considerar que lo de esta mañana fue un error y olvidarlo todo.

¿Olvidarlo? Gideon notó una ráfaga de ira caliente y eléctrica. Las luces del despacho parpadearon, pero no se fundieron.

–Adelante, olvídalo. Yo no sé si puedo.

Hope tragó saliva.

–Ya casi hemos terminado aquí. Podemos ir al motel y yo recogeré el Challenger, y después me iré a casa y…

–No.

–¿No?

–No sé si estarías segura allí.

–¿Lo ves? Ésa es exactamente la postura machista que yo estaba intentando evitar. ¿Habrías tratado a Leon así?

–Yo nunca me acosté con Leon.

Ella palideció. Después salió de la oficina airadamente. Él quiso seguirla para terminar con aquella discusión, pero los demás estaban mirando. Al cabo de unos minutos, salió y la siguió a distancia hasta que estuvieron en el aparcamiento. Allí la alcanzó con facilidad.

–Si has venido a disculparte... –le dijo ella con tirantez.

–No voy a disculparme por decirte la verdad. No eres uno de los chicos, Hope, y nunca serás el mismo tipo de compañero que era Leon.

Ambos entraron en el coche, y Gideon continuó:

–No puedes ir a tu casa esta noche porque, te guste o no, estás en el círculo. Si Tabby no puede acabar conmigo, irá por ti. Tu madre y tu hermana estarían allí, en medio del peligro.

–Supongo que eso tiene sentido –dijo ella, aunque aún se sentía irritada–. De todos modos, tengo que ir al apartamento a recoger algunas cosas.

–Claro –dijo él.

Salieron del aparcamiento y se dirigieron a El Cáliz de Plata. El Challenger podía esperar. Gideon no estaba dispuesto a perder de vista a Hope.

Mientras salían de la calle de la comisaría, él le dijo:

–Con que nada de sexo en el escritorio, ¿eh? Aburrida.

Sunny Malory Stanton era la hija perfecta para Rainbow Malory. Tenía el pelo rubio oscuro, como el de su padre, pero aparte de eso, era la viva imagen de su madre. Gran sonrisa, buen corazón. Sandalias cómodas, falda larga, grandes pendientes.

Sunny sonrió cuando Hope y Gideon entraron por la puerta. Rainbow y ella estaban colocando en el expositor las nuevas piezas de joyería. Se estaban divirtiendo, hablando de los nietos de Rainbow, que se habían quedado en casa con su padre. A Rainbow le hacía mucho bien pasar tiempo con su hija mayor.

Hope había estado intentando dar con una buena explicación de por qué iba a pasar unos días en casa de Gideon. Sin embargo, su madre no se la pidió. Rainbow miró a Hope de pies a cabeza, se fijó también en la ropa de Gideon y susurró:

–¿Estáis de incógnito?

Cuando Gideon abrió la boca, probablemente para responder que no, Hope se adelantó y dijo:

–Sí. Necesito recoger unas cuantas cosas, y después tengo que marcharme.

No quería que su familia pensara que su cercanía las ponía en peligro, así que cuanto antes saliera de allí, mejor para todos.

Llenó la bolsa de viaje rápidamente con todo lo que necesitaba para sentirse cómoda en casa de Gideon y bajó a la tienda nuevamente. Los encontró a los tres con las cabezas juntas, riéndose como si alguien hubiera sacado una fotografía de Hope cuando era niña y como si Sunny estuviera contando historias de su hermanita pequeña.

–Ya podemos irnos –dijo ella sin miramientos.

–Sí, claro –respondió Gideon.

–El sábado por la noche voy a cocinar –dijo Sunny–. Si habéis terminado con esa misión de incógnito, venid después de que cierre la tienda. Hago un pastel de melocotón buenísimo.

Gideon y Hope se despidieron y salieron de la tienda. Ella puso su bolsa de viaje en el asiento trasero y ambos entraron en el Mustang.

–¿Están a salvo aquí? –le preguntó a Gideon antes de que él tuviera la oportunidad de poner en marcha el motor.

–Si no lo creyera, no permitiría que se quedaran –respondió él–. Están vigiladas durante las veinticuatro horas del día, por si acaso.

–¿Y cómo te las arreglaste para conseguir vigilancia sin contarle al jefe todo lo que sabes?

–No le dije nada al jefe porque he contratado a un equipo privado para que vigile a tu familia hasta que atrapemos a Tabby. Aunque no creo que sea necesario –añadió–. Tabby me quiere a mí, y quizá te quiera a ti. No creo que tu familia haya entrado en su zona de radar.

Una vigilancia de veinticuatro horas no era algo barato, Hope lo sabía. Podría quejarse por el hecho de que Gideon hubiera hecho semejante movimiento sin consultarla, de modo que ella se hubiera ofrecido para pagarlo. Sin embargo, se limitó a darle las gracias. De corazón.

Jueves, 8:37 de la tarde

Cuando llegaron a casa de Gideon, pasaron unas horas estudiando los expedientes mientras comían sándwiches y tomaban un refresco. Finalmente, ambos comenzaron a perder la energía que les quedaba después de la noche anterior. Las palabras comenzaron a sonar cansadas. Ellos empezaron a cometer errores. La respuesta de Gideon a aquel tipo de fatiga era siempre el mar.

Las olas eran feroces y estaba a punto de hacerse de noche, así que no se alejaron de la orilla. Cuando anocheció, salieron del agua y caminaron hacia la casa. Llegaron a la escalera que subía al dormitorio de Gideon y comenzaron a quitarse la arena de los pies.

–¿Cuál es el plan para mañana? –le preguntó Hope.

–Hay que ir a Hale County, al escenario del crimen de Cordell.

–¿Crees que servirá de algo?

–No lo sé. Quizá el espíritu aún continúe en la casa y pueda ayudarme.

–¿Después de todo este tiempo?

–Algunos fantasmas permanecen aquí durante cientos de años, atrapados en un mundo al que ya no pertenecen porque quedaron traumatizados por sus vidas o por sus muertes, y no pueden continuar su camino. Cuatro meses no es nada.

–¿Haces todo esto para atrapar a los asesinos, o para ayudar a los espíritus de las víctimas a que encuentren ese camino?

–Por las dos cosas –confesó él.

Subieron las escaleras. Hope iba delante, y él unos cuantos escalones después. ¿Y qué iba a ocurrir? Gideon la deseaba, pero sabía que no debía tenerla. No se trataba de que no pudiera, sino de que no debía tenerla.

Finalmente, fue ella quien hizo el primer movimiento. Lo esperó al final de las escaleras, y cuando él llegó junto a ella, Hope se apoyó en su brazo, se puso de puntillas y le dio un beso. No era un beso apasionado. Al menos, no muy descaradamente apasionado. Fue un beso tentativo.

–Eres un buen hombre, Gideon. Siento haber sospechado que eras un corrupto.

–No pasa nada –murmuró él.

–Sí. Ocultas tanto de ti mismo… no hay manera de explicarle a la gente lo que haces. Y de todos modos, lo haces, sin llevarte ningún mérito, sin pedir dinero, ni fama, ni siquiera agradecimiento.

–Estoy un poco sorprendido de que hayas aceptado esto con tanta facilidad –dijo él, y se inclinó hacia ella para darle otro beso, porque ella estaba allí, y porque él podía.

–Sí –respondió ella en un susurro, antes de que sus labios se tocaran–. Yo también.

El mar se había llevado las preocupaciones de Hope, al menos durante un rato. No podía dejar de pensar en Gideon, y en lo que había ocurrido aquella mañana. Juntos se quitaron los trajes de baño y entraron al cuarto de baño de la habitación principal. En la ducha, abrieron el grifo y se colocaron bajo la lluvia de agua caliente, para quitarse la sal y la arena del pelo y de la piel.

–¿No te cansas nunca de vivir aquí? –le preguntó ella.

Él le pasó una mano por el pecho desnudo, casi con despreocupación, con confianza. Había mucha calidez en aquella mano, y ella quería más. Tenía la impresión de que nunca obtendría lo suficiente de aquel hombre.

–Sólo cuando tengo demasiada compañía –respondió él–. Cuando sucede eso, echo un poco de arena en las camas cada noche, y la gente termina por irse.

Hope se acercó a su cuerpo, incapaz de contenerse. No quería contenerse.

–Si yo me quedo demasiado, ¿echarás arena en mi cama? –le preguntó en broma.

–No es probable –respondió Gideon, en un tono de incertidumbre.

Ella quería preguntarle qué eran. ¿Eran una pareja? ¿Eran compañeros de trabajo que mantenían relaciones sexuales? ¿Amigos? No. Sería mejor que no le hiciera preguntas para las que él tampoco tenía respuestas. Gideon la besó y dejó que sus manos vagaran por su cuerpo. Y ella también lo acarició. Lo deseaba en aquel momento, pero allí no tenían preservativo, y ella no estaba dispuesta a dejarlo aún. Aquello era demasiado agradable. El agua caliente, la boca de Gideon, sus manos, y cómo su cuerpo respondía a ambas cosas. No le importaba cómo pudiera llamarse lo suyo. Quizá algún día le importara, pero por el momento, aquello era suficiente.

Cerró los ojos mientras Gideon le abría ligeramente las piernas y comenzaba a acariciarla íntimamente. Hope podría jurar que una chispa había entrado en su cuerpo, excitándola, haciendo que vibrara como un pequeño rayo. Quizá fuera cierto. Nada le parecía ya imposible.

Su cuerpo comenzó a temblar a causa del deseo que sentía por Gideon.

En vez de sacarla de la ducha, el apretó la palma de la mano contra su vientre, abajo, donde ella se sentía vacía y palpitante.

–Voy a hacer trampas –le susurró al oído.

–De acuerdo –respondió Hope sin aliento. Tenía los ojos cerrados, y estaba totalmente concentrada en sus caricias.

Dejó escapar un grito cuando el orgasmo se adueñó de su cuerpo con una intensidad que no esperaba, y si Gideon no la hubiera estado sujetando, se habría caído al suelo de la ducha. Sin embargo, él sí la sujetaba. Sostuvo el cuerpo mojado y resbaladizo de Hope contra el suyo mientras Hope sentía una descarga de placer.

Mientras el orgasmo se desvanecía, Gideon susurró:

–Abre los ojos.

Y Hope lo hizo lentamente.

Había una luz extraña en la ducha, y no provenía de Gideon. Ella misma la irradiaba. Su aura, una luminiscencia, resplandecía alrededor de su piel con pequeñas chispas de electricidad. A Gideon le brillaban los ojos con un toque de luz verde, pero el resto de la luz era de ella.

Él sonrió.

–El agua es un magnífico conductor.

Gideon había tenido la tentación de tomar a Hope en la ducha, con preservativo o sin él, pero las frecuentes apariciones de Emma y sus promesas de que iría pronto a su lado le habían hecho decidirse por otro método.

Además, aún no habían terminado.

Se secaron el uno al otro con una toalla esponjosa de color gris, y después caminaron hacia la cama. La piel de Hope aún brillaba, pero la luminiscencia se estaba apagando rápidamente. Ella no tenía el poder necesario para alimentar la electricidad, como él.

Gideon la empujó hacia la cama, y Hope soltó una carcajada cuando él se tendió en el colchón, a su lado. Ella se estiró bajo él, desnuda, húmeda y tocada por la magia.

–Y –dijo, acariciándole la cara con ternura–, ¿qué dicen normalmente las chicas cuando las conviertes en tu linterna particular?

Él le acarició la garganta con el dorso de la mano.

–No lo sé. Nunca lo había hecho antes.

La sonrisa de Hope se desvaneció.

–Normalmente tengo que ocultarlo todo, ¿no te acuerdas?

Gideon no le dijo que aquel brillo era especial, que ella

era distinta, que era tan diferente a las demás mujeres que lo tenía asombrado.

Hope movió el cuerpo para acomodarse contra él.

–A mí no me ocultes nada, por favor –le pidió.

Aquél fue un pensamiento tan inesperado y repentino, el de que una mujer pudiera saberlo todo sobre él y quedarse a su lado, que Gideon estuvo a punto de estremecerse. Él no podía desnudarse en todos los sentidos ante nadie. ¿Desnudar el cuerpo? Sí. ¿El alma? Nunca.

No quería hablar de nada que fuera más allá de lo físico, así que le abrió los muslos a Hope y la acarició. Ella suspiró y lo envolvió con los dedos, con delicadeza, pero no con demasiada delicadeza. Lo acarició, y él cerró los ojos y se abandonó a las sensaciones. Aquello era sexo. Era bueno, poderoso y correcto, pero sólo era sexo.

Cuando él alargó el brazo hacia la mesilla de noche, ninguno de los dos estaba pensando en explicaciones de lo que podía ser aquello. Sólo era.

A veces, un conejo sólo era un conejo.

11

Debería haberse quedado dormida como un bebé, pero no pudo. Tenía mil preguntas en la cabeza. Cuando Hope se puso tan nerviosa que temió despertar a Gideon, se levantó y comenzó a pasearse sigilosamente por la habitación.

La luz de la luna iluminaba tenuemente el dormitorio, lo suficiente como para ver un poco. Gideon era minimalista, y no tenía cosas innecesarias en su casa. Había fotografías de familia en las paredes, pero no tenía adornos inútiles por las mesas. Ella pasó la mano por la cómoda de su habitación. En un cuenco de cerámica había unas cuantas monedas, una corbata y una pequeña pieza de turquesa, que seguramente sería otro amuleto protector.

Acarició con los dedos el pequeño colgante, que pendía de un fino cordel de cuero. Una semana antes, si alguien le hubiera dicho que algo tan inocente y con tan poca importancia como un colgante de plata podía poseer el poder de proteger, ella no lo habría creído. En aquel momento, sabía que muchas de las cosas que creía antes estaban equivocadas. Tomó el talismán y se lo colgó del cuello, donde llevaba el otro colgante que le había dado Gideon. Tabby estaba suelta por ahí, y además, Hope sentía que su corazón necesitaba protección en aquel momento. ¿O sería ya demasiado tarde?

Tomó la camiseta de Gideon, que estaba en una silla junto

a la cómoda, se la puso y, silenciosamente, salió a la terraza del dormitorio. El sonido del mar y la suave luz de la luna la calmaron.

Ella no era de las personas que se involucraban tanto en una relación con alguien, y mucho menos tan deprisa. Siempre intentaba mantenerse distante y fría en cualquier situación hasta que sabía cuál era el mejor movimiento. Y allí estaba, profundamente vinculada a Gideon Raintree. A través del sexo, de sus secretos y del caso en el que estaban trabajando, estaba involucrada hasta lo más profundo de su alma.

Oyó que las puertas de la terraza se abrían detrás de ella, pero no se volvió a mirar a Gideon. Él caminó, descalzo, hasta ella, y un momento más tarde, sus brazos la envolvieron. Aquellos brazos eran cálidos, fuertes, maravillosos. Se sentía muy bien entre ellos. Le gustaba. Quizá le gustara demasiado.

–No quería despertarte –susurró Hope.

–Dos noches juntos, y me despierto porque no estás donde se supone que debes –respondió él en tono de disgusto.

Ella echó la cabeza hacia atrás y se relajó contra él.

–Yo tampoco estoy precisamente acostumbrada a necesitar a nadie.

Él deslizó las manos bajo la camiseta que ella se había puesto y le pasó las manos por la piel desnuda. Tomó sus pechos con familiaridad, y le acarició los pezones hasta que ella cerró los ojos y se apoyó en él. Su cuerpo respondió rápidamente, completamente. Ella no debería desearlo en aquel momento. Y no debería necesitarlo de aquel modo, con una intensidad que dejaba a un lado todo lo demás. Pero las cosas eran así.

Gideon se inclinó hacia ella y le besó el cuello con suavidad, de una manera increíblemente excitante. Hope tembló y se dio la vuelta entre sus brazos. Elevó el rostro y lo besó. Con su boca contra la de él, le pasó las manos por las caderas. Él había salido desnudo a la terraza; a aquellas horas, nadie estaría en la playa para verlos, y atrevidamente, Hope le pasó los dedos por la espalda, la cadera y el muslo. Si era cierto que él podía hacerla suya, entonces era justo que ella poseyera una parte de él, al menos aquella noche.

Él la besó profundamente, excitándola y exigiéndole más con los labios, la lengua, las manos. Con un gemido de impaciencia, la levantó con facilidad en brazos, y ella le rodeó la cintura con las piernas. Gideon estaba muy cerca de ella, tan cerca…

–¿No necesitas un… –le preguntó, casi sin aliento.

–Ya lo había pensado –respondió él con la voz ronca.

Hope movió el cuerpo para guiarlo dentro de ella.

–¿Has salido a la terraza con el preservativo puesto? Muy seguro de ti mismo, ¿no? –bromeó ella.

–Me he dejado llevar por el optimismo.

La punta de su erección rozó su apertura, y ella bajó el cuerpo hacia él, con un ansia y un deseo que aún la sorprendían.

–Me alegro de que te hayas despertado –susurró contra su oído–. Nunca había hecho el amor a la luz de la luna.

Gideon se quedó inmóvil. Todo su cuerpo se puso tenso.

–A la luz de la luna.

La apartó de la barandilla donde ella estaba medio apoyada y se la llevó a las sombras más profundas, junto al muro de la casa. Allí no les rozaba la luz de la luna, y no tenían barandilla en la que apoyarse. Gideon la sostuvo a pulso; ella se aferró a él. Hope estaba contra el muro, y se sentía atrapada y flotando al mismo tiempo.

Estaban perdidos en una completa oscuridad cuando él penetró en su cuerpo, profundamente, con fuerza. A Hope no le importaba dónde se encontraran. A la luz de la luna, o a plena luz del día, en la oscuridad o bajo el sol. Siempre y cuando Gideon estuviera abrazándola, no le importaba el lugar. El instinto la llevaba hacia él, pero había más que instinto allí; era algo más que una intensa necesidad física.

Ella no había pensado que pudiera enamorarse. No deseaba sentir aquella emoción, y hacía todo lo que podía por evitarla. El amor era una trampa, una amenaza de dolor en el alma. Aquel inesperado cúmulo de sentimientos que tenía hacia

Gideon, mientras él la abrazaba y la llenaba y la llevaba hacia el clímax, no podía ser otra cosa que el poder del sexo.

Pero mientras él le hacía el amor, Hope no podía imaginarse que la abrazara un hombre que no fuera Gideon. Ella podía amarlo. Podía poner todo su mundo a los pies de aquel hombre y cambiar lo que era y quién era, aquello en lo que se había convertido. Podía quererlo con los fantasmas, con el brillo de la electricidad. Y aquello la asustaba.

Alcanzaron juntos el orgasmo y sus gemidos se ahogaron en un profundo beso. El sonido del agua, la luna en el cielo, sus cuerpos temblorosos… todo formaba parte de un momento de perfección en el que aquellas palabras se le cruzaron de nuevo por la mente. «Te quiero». Lo tenía en los labios, pero se contuvo. Era demasiado pronto para hacer aquella confesión. Era demasiado arriesgado.

Él la llevó a la habitación y la depositó suavemente en la cama. Después de deshacerse del preservativo, volvió a su lado. Ella no se quitó la camiseta. Le gustaba sentirla en la piel, le gustaba que conservara un suave olor a Gideon.

–Mañana voy a ir al escenario del crimen Cordell a echar un vistazo –le dijo él, con la voz ronca y sedosa a la vez.

–Querrás decir que vamos a ir.

Él hizo una pausa.

–Quiero que te quedes aquí.

Ella se incorporó ligeramente. Si no estuviera completamente agotada y satisfecha, si las palabras «te quiero» no acabaran de pasársele por la cabeza, se habría enfadado. Sin embargo, sonrió.

–Ni lo pienses.

–Hay que examinar los otros expedientes. Necesito que te quedes aquí.

–Pon la capota y los leeré en el coche.

Él le rodeó la cintura con el brazo y la atrajo hacia sí.

–¿Podemos discutir mañana de esto?

–Claro –dijo ella, mientras se le cerraban los ojos. Quizá ya pudiera conciliar el sueño–. Me gusta discutir contigo –susurró–. Te pones muy mono cuando te enfadas.

Gideon resopló y después se rió.

–Eres única, Hope Malory.

–Y tú también, Gideon Raintree –respondió ella.

Era lo más cercano a «te quiero» que cualquiera de ellos estaba dispuesto a decir.

Gideon se despertó al amanecer, lo cual era normal en él. Sin embargo, despertarse abrazado a una mujer bella no era tan normal.

Dormir con Hope le producía una sensación de bienestar; le resultaba natural, como si hubieran dormido juntos durante toda la vida. Y aquello era peligroso. Era tan peligroso que la noche anterior él había estado a punto de olvidar las palabras de Emma y de hacerle el amor a Hope a la luz de la luna. Llevaba un preservativo puesto, pero no había método anticonceptivo fiable al cien por cien. Trasladarse a las sombras antes de penetrar en el cuerpo de Hope había sido una precaución.

Él le levantó la camiseta, su camiseta, y posó los labios sobre su estómago plano. Demonios, sabía bien. Era cálida y suave. La besó y dibujó ligeras líneas con la lengua en su piel, y succionó con delicadeza hasta que sintió su mano en el pelo.

–Buenos días –murmuró ella, con la voz de satisfacción, de sueño.

Él respondió levantándole un poco más la camiseta y metiendo la mano bajo el suave algodón. El metal de su amuleto protector le rozó la piel mientras él le descubría un pecho y tomaba el pezón entre los labios. Hope enterró los dedos en su pelo, y él succionó con fuerza. La saboreó hasta que oyó uno de sus suaves gemidos.

Aquella mañana no tenía prisa. Le haría el amor una o dos veces, largamente, con fuerza, y la dejaría profundamente dormida. Cuando ella se despertara y se diera cuenta de que él ya estaba de camino hacia el escenario del crimen Cordell, quizá se enfadara durante un buen rato, pero lo perdonaría. Él sabía exactamente cómo conseguir que lo perdonara.

Mientras la mañana se avivaba, él siguió saboreando a Hope por todas partes. Hizo que temblara y se sacudiera. Hizo que gimiera. Después de que Hope tuviera un orgasmo contra su boca, lo obligó a tumbarse bajo ella decidida a salirse con la suya también, decidida a hacerle gemir. Y lo consiguió. Con las manos y la boca, estudió cada centímetro de su cuerpo.

Sabiendo que estaba completamente listo, Hope se apartó de él y se sacó la camiseta por la cabeza. Gideon alargó el brazo hacia la mesilla de noche y miró a Hope, que estaba sentada en la cama, sonriente, sonrojada y con la respiración profunda. Tenía el pelo negro revuelto alrededor de la cara. La perfecta Hope, tan cuidadosa con su aspecto, estaba magnífica despeinada.

Despeinada, desnuda… y con dos amuletos colgados del cuello.

A Gideon se le cayó el preservativo desenvuelto en la cama. Se le olvidó que iba a hacerle el amor a Hope para terminar con aquel tormento. Olvidó todo lo que no fueran aquellos dos colgantes.

–¿De dónde has sacado esto? –le preguntó mientras alzaba el colgante de la turquesa. El que él no le había regalado.

Ella estudió distraídamente el amuleto.

–Se me había olvidado. Lo encontré anoche sobre tu cómoda.

Gideon saltó de la cama y fue hasta la cómoda en cuestión. El amuleto de fertilidad que había hecho para Dante había desaparecido. Bueno, no exactamente. Hope lo llevaba puesto en su precioso cuello.

–¿Lo llevabas anoche cuando hicimos el amor en la terraza?

–Creo que sí. Sí, lo llevaba. Lo tomé y me lo puse antes de salir.

Él la miró fijamente.

–¿Por qué?

–No lo sé. Es precioso. Supongo que sentí la necesidad de tener protección extra –le explicó Hope. Se quitó el amuleto y se lo ofreció. Él no lo tomó–. Siento habérmelo puesto si se supone que no debía tocarlo. Tómalo y vuelve a la cama.

–Ni toda la protección del mundo podría deshacer... –Gideon no terminó la frase. Se dio la vuelta y entró apresuradamente al baño.

–¿Gideon? –le dijo Hope a través de la puerta–. ¿Estás bien?

Ni por asomo.

–Sí, muy bien –respondió él con tirantez. Después, susurró–: Emma. Muéstrate.

Esperó a que el espíritu que afirmaba ser su hija se materializara ante sus ojos y lo saludara. Sin embargo, el baño permaneció en silencio y vacío de cualquier espíritu.

–¿Estás seguro de que estás bien? –volvió a preguntarle Hope. En aquella ocasión estaba más cerca, junto a la puerta.

–¡Sí! –le soltó Gideon malhumoradamente.

Ella se apartó, y unos momentos más tarde, Gideon oyó el sonido del agua corriendo en el baño de invitados.

–Vamos, Emma –insistió, un poco más alto que antes–. Esto no tiene gracia. No está bien tomarles el pelo a los demás. A papá le va a dar un infarto si no apareces.

El baño continuó en silencio, salvo por su respiración entrecortada.

–Vamos, Emma, cariño. No hay por qué tener prisa con esto. En un par de años, o en diez, quizá esté listo para tener hijos –dijo. Era una mentira, y Emma lo sabía. El mundo no era adecuado para la inocencia de los niños. Él lo veía todos los días.

Emma le estaba tomando el pelo. Después de todo, él había trasladado a Hope de la luz de la luna a las sombras de la terraza, y llevaba un preservativo puesto.

Y Hope llevaba aquel maldito amuleto de fertilidad, que podía haber dado al traste con todas sus precauciones.

Gideon se dio una ducha rápida e intentó librarse de la sensación de no tener escapatoria que lo embargaba. Se secó, y después se puso la toalla alrededor de la cintura. Encontró a Hope en la cocina, haciendo café y rebuscando en los armarios algo para desayunar.

Ella lo miró con cautela.

–¿Estás seguro de que estás bien?

–Sí –dijo él, y le devolvió la mirada. Específicamente, le miró el vientre mientras Hope concentraba su atención en la nevera–. Vamos, Emma –susurró Gideon–. Háblame.

–¿Qué has dicho? –le preguntó Hope mientras sacaba una botella de leche.

–Nada.

–Oh, me ha parecido que decías Emma –dijo Hope. Puso la leche en la encimera, junto a una caja de cereales–. Es el nombre de mi abuela.

Él estuvo a punto de gruñir, pero se contuvo justo a tiempo.

Hope tomó dos cuencos de un armario. Ya conocía bastante bien la cocina.

–Mi madre quiere tener una nieta que se llame Emma –le explicó a Gideon–, pero Sunny tiene tres niños, y yo no tengo planes de ser madre en un futuro próximo, así que no va a tener suerte.

–¿Qué te apuestas? –preguntó Gideon entre dientes.

Hope puso todo lo que había reunido sobre la encimera y le lanzó una mirada de irritación.

–Quizá debiera llamarte Rainman en vez de Raintree. Esta mañana estás muy raro.

Gideon señaló el amuleto de fertilidad que Hope se había puesto al cuello otra vez, después de que él se negara a tomarlo. Gideon lo había hecho para Dante; era una broma entre hermanos, un empujón para que el Dranir del clan Raintree tuviera descendencia. Sin embargo, sería igual de efectivo en Hope.

–El talismán que tomaste de la cómoda anoche –le dijo–, no es un talismán protector. Es un amuleto de fertilidad.

–¿Un qué? –chilló Hope. Dio un paso para apartarse de Gideon y se quitó el colgante del cuello como si le quemara la piel–. ¿Qué clase de persona enferma haría un amuleto de fertilidad y lo dejaría por ahí?

Gideon levantó la mano.

–Esta persona enferma. Era para mi hermano, no para ti.

Hope le lanzó el amuleto con todas sus fuerzas.

–Estás enfermo de verdad –le dijo mientras él atrapaba el colgante en el aire–. ¿Qué te ha hecho tu hermano para merecerse eso? –mientras hablaba, buscaba con la mirada algo más que poder arrojarle. Como no encontró nada a mano, terminó por sentarse en la mesa de la cocina.

–No ha funcionado –dijo, razonablemente–. Estoy segura de que no ha funcionado. Ese amuleto no era para mí, y tuvimos cuidado. Siempre tenemos cuidado. Y no es que tú tengas un superesperma.

–Sí –dijo Gideon, con la esperanza de que ella tuviera razón. Si los amuletos de fertilidad funcionaran siempre, Dante habría llenado su ciudad de descendencia–. Además, te aparté de la luz de la luna.

–¿Y qué tiene que ver eso? –preguntó ella.

Gideon supuso que podía contárselo todo.

–Durante los tres meses pasados, he estado soñando con una niñita. También ha habido un par de veces en que he visto a Emma fuera del sueño. Ella fue quien me avisó de que Tabby iba a dispararnos.

–¿Y qué tiene eso que ver con la luz de la luna, Raintree? –insistió Hope con frustración, y con enfado, y quizá con un poco de miedo.

–Emma me dijo que va a venir conmigo en un rayo de luna.

Hope palideció. Se quedó mortalmente blanca. Tan blanca como la leche que había sacado de la nevera.

–Deberías habérmelo contado antes –murmuró ella. Tomó el salero que había sobre la mesa y se lo lanzó, pero había más furia que precisión en sus movimientos, y él lo atrapó con facilidad.

–¿Por qué? –le preguntó mientras depositaba el salero en la encimera–. Yo no la creo. Nosotros tomamos nuestras propias decisiones en la vida, y yo he elegido no tener hijos. Además, es una tontería. Y nosotros no estábamos a la luz de la luna…

–Cállate, Raintree. Anoche sí estabas en un rayo de luna –le dijo ella–. Claro que estabas en un rayo de luna.

–¿Adónde vas? –preguntó él, al verla levantarse y encaminarse hacia la puerta.

–Ahora mismo vuelvo. No te muevas.

Unos segundos después, Hope estaba de nuevo en la cocina, con su bolso en las manos, igual de pálida que antes. Sacó el carné de conducir del bolso y se lo tendió a Gideon.

–Léelo y llora –le dijo débilmente.

Gideon tomó el carné. La fotografía no era muy halagadora, como todas las fotografías de carné, aunque... no estaba tan mal. Fue el nombre del carné lo que le llamó la atención. Agarró el carné con fuerza y emitió una imprecación no apta para los tiernos oídos de Emma, mientras leía el nombre una y otra vez.

Moonbeam Hope Malory. *Rayo de Luna* Hope Malory.

12

Hope había pensado mil veces en cambiarse el nombre legalmente, pero siempre que lo había mencionado, su madre se había enfadado con ella. Sunshine Faith y Moonbeam Hope, Luz del Sol y Rayo de Luna, aquéllas eran las hijas de Rainbow. Habían sido Sunny y Moonie durante años, hasta que Hope se había hecho lo suficientemente mayor como para decidir que la llamaran por su segundo nombre.

Gideon conducía demasiado rápido, pero Hope no le dijo ni una palabra por exceder el límite de velocidad. Como él había puesto la capota del coche, ella podía leer los expedientes de los casos sin resolver. Así no tenían que hablar. Ni que mirarse.

La carpeta sobre la víctima de Hale County era fina, pero el trabajo no era descuidado. No era la falta de preocupación la causa de que el expediente fuera incompleto. De acuerdo con Gideon, el sheriff estaba ansioso por hablar con cualquiera que fuera capaz de arrojar algo de luz sobre el asesinato de aquella maestra de escuela, y se había sentido aliviado al saber que, por fin, alguien se había tomado interés en el caso.

–¿Por qué has elegido éste? –le preguntó Hope a Gideon cuando llevaban más de una hora en la carretera–. Hay otros que encajan con el perfil, y uno de ellos está mucho más cerca.

–Éste está a menos de tres horas de camino, y el escenario del crimen está intacto –respondió Gideon en tono profesional.

–¿Y por qué está intacto después de cuatro meses?

–Lo han limpiado –explicó él–, pero nadie se ha mudado a vivir a la casa. Es la mejor oportunidad que tengo para hablar con la víctima. Quizá pueda darme alguna pista útil.

Él no quería que Hope lo acompañara aquel día, pero no había protestado cuando ella se había empeñado en hacerlo. ¿Era aquélla la razón por la que estaba tan disgustado, o era por razones personales? Claramente, no quería bajo ningún concepto que ella estuviera embarazada. Nunca había visto a un hombre reaccionar tan negativamente ante la mera posibilidad de un embarazo. Tampoco ella, en realidad, había recibido la noticia con una explosión de alegría. Sin embargo, parecía que Gideon estaba seguro de que Emma era una realidad. Ella, por el contrario, no.

Después de un rato más de trayecto, Gideon dijo:

–Si he reaccionado desmesuradamente, lo siento.

–¿Un hombre adulto mesándose el cabello, maldiciendo y gritándome al vientre? ¿Le llamas a eso reaccionar con desmesura? –preguntó ella con sarcasmo.

Gideon movió los hombros, moviéndose con nerviosismo, como si de repente, el coche fuera demasiado pequeño como para acogerlo.

–Al menos, yo no te lancé nada.

–Yo no soy la que ha hecho un amuleto de fertilidad y lo ha dejado por ahí, en el dormitorio, para que cualquiera pudiera cogerlo.

–Ya he dicho que lo siento.

En realidad, Hope no quería discutir con él. De hecho, no quería pensar en las posibilidades que él le había señalado.

–¿Por qué no esperamos un poco y vemos si hay realmente algo que sentir? Yo no creo que esté embarazada –dijo–. Hemos tenido cuidado. Un colgante y un sueño no pueden deshacer eso.

Superesperma aparte.

–Puede que tengas razón –dijo él.

–Y, aunque esté embarazada –continuó Hope–, no tendríamos por qué… casarnos, ni nada semejante. No tendrías que preocuparte por lo que me pasara –añadió.

Cuando dijo aquellas palabras, el corazón se le encogió. Soltera y embarazada, criando a un niño sola, fingiendo que no había estado a punto de decirle «te quiero» a aquel hombre que estaba aterrorizado por la posibilidad de tener un hijo con ella.

–Emma es una Raintree –argumento Gideon–. Estaré muy preocupado.

–En realidad, Emma es una Malory –replicó ella–. Si es que hay una Emma.

–Cualquier mujer que dé a luz a un Raintree se convierte en una Raintree. En muchos sentidos –le dijo Gideon con tirantez.

–No lo creo –respondió ella, preguntándose qué quería decir aquello.

–Tú has visto lo que puedo hacer yo –dijo Gideon–. Emma tendrá sus propios dones, y yo no puedo escapar y no preocuparme de lo que le pase.

–Quizá esta vez sea distinto. Quizá los genes Raintree no sean los dominantes en este caso. Si estoy embarazada. Que no lo estoy.

–Estás embarazada –dijo él agriamente.

–Si estuviera embarazada –preguntó ella–, ¿sería de verdad un desastre tan grande?

–¡Sí!

Hope volvió la mirada hacia el paisaje, para que Gideon no pudiera verle la cara. Ella no tenía derecho a sentirse destrozada porque él no quisiera que estuviera embarazada. La suya era una reacción infantil. No podían llenársele los ojos de lágrimas por el rechazo de un hombre al que apenas conocía.

De repente, él viró con el Mustang y paró en el arcén de la carretera. Hope se quedó sorprendida.

–¿Qué haces?

Gideon tomó uno de los expedientes que ella tenía sobre el regazo.

–¿Qué es esto? –le preguntó, hojeando las fotografías y las páginas. Tomó una de las fotos al azar y se la mostró. La mujer de la imagen estaba muerta, tendida en el sofá, con el vestido empapado de sangre y el cuello cercenado–. Hay gente en este mundo que hace cosas así. Yo me sentiría enfermo por exponer a un niño inocente a una vida donde esto ocurre todos los días. Todos los días, Hope. ¿Y si Emma es como yo y tiene que enfrentarse a este horror todos los días de su vida? ¿Y si es como Echo y sueña con grandes catástrofes, pero no puede hacer nada por evitarlas? ¿Y si... –Gideon se quedó en silencio. Ni siquiera pudo terminar de expresar aquel último pensamiento.

¿Cómo iba a estar Hope enfadada con él? Gideon no estaba siendo egoísta. Su pánico tenía origen en el miedo y la preocupación por un hijo que, según él, no deseaba. Hope le acarició la mejilla. Y él no apartó la cara, como ella había pensado.

–Llevas demasiado tiempo trabajando en esto.

–¿Y qué remedio me queda? Tengo una habilidad que me permite encarcelar a los tipos malos. Si no lo hiciera, algunos quedarían impunes. Algunas de las víctimas se quedarían aquí, atrapadas entre la vida y la muerte. ¿Qué puedes decirle a una niña cuando te pregunte si existen los monstruos? Sí es aterrorizante. No es una mentira.

–¿Cuándo fue la última vez que te tomaste unas vacaciones, Raintree?

–No me acuerdo.

–Cuando atrapemos a Tabby, vamos a tomarnos unas largas vacaciones. Me gustan las montañas.

Gideon no pensaba que tomarse unas vacaciones fuera buena idea, pero tampoco que fuera mala. Posó una mano sobre el vientre de Hope, con ternura.

–No me gusta pensar que tengo algo tan importante que perder –le dijo suavemente.

–¿A Emma? –susurró ella.

Él la miró directamente a los ojos.

–Y a ti, Moonbeam Hope. Maldita sea, ¿de dónde demonios has salido?

Ella sonrió.

–Si vuelves a llamarme Moonbeam, te mato.

Él sonrió también, por primera vez en todo el día. Después la besó.

–Vamos a terminar con esto. El sheriff nos está esperando.

El salón donde habían asesinado a Marcia Cordell era como la sala de estar de una ancianita. Había pañitos en las mesas, centros de flores de seda llenos y muebles antiguos que no encajaban los unos con los otros. También había una gran mancha de sangre seca en el centro de la alfombra, en mitad de la habitación.

Gideon se arrodilló junto a la mancha, mientras Hope y el sheriff lo esperaban cerca. El sheriff manoseaba su sombrero con nerviosismo.

–Espero de veras que puedan ayudarnos con esto –dijo el hombre–. La señorita Cordell era una profesora muy querida. Todo el mundo la adoraba. Bueno, pensábamos que todo el mundo la adoraba. Hace falta mucho odio para hacerle lo que le hicieron. ¿Han visto las fotos? Una escena horrible. Nunca lo olvidaré.

Mientras el hombre continuaba hablando, Gideon vio el fantasma de Marcia Cordell. Estaba en la habitación, merodeando en una esquina, vigilante y temerosa. Aún atemorizada.

–¿Qué clase de hombre podría hacer algo así? –continuó el sheriff–. Vio… violar y asesinar a una mujer tan dulce…

Gideon lo miró con brusquedad. ¿Violar?

–¿Sufrió abuso sexual?

El sheriff asintió y siguió pellizcando el ala de su sombrero.

Aquello no respondía al modus operandi de Tabby. No había ninguna señal de actividad sexual en los otros crímenes.

–Debería haber incluido esa información en el informe que me envió.

–La señorita Cordell era una mujer decente. No había ningún motivo para hacer público algo tan desagradable después de que muriera. Además, estamos manteniendo esa parte de la investigación en secreto. No queremos que se sepan los detalles.

–¿ADN? –preguntó Gideon resueltamente.

Él sheriff negó con la cabeza.

–No. El hombre que lo hizo usó un profiláctico, según el forense.

–Detective Malory –le dijo Gideon a Hope–, ¿le importaría acompañar al sheriff Webster fuera para rellenar algunos de los vacíos que hay en el expediente Cordell?

–Excelente idea –dijo Hope.

El sheriff no quería marcharse, pero cuando Hope lo tomó del brazo y se lo llevó hacia la puerta de la casa, él la acompañó como si fuera su mascota.

Ya solo en la habitación, Gideon volvió la mirada hacia la esquina donde estaba esperando el fantasma de Marcia Cordell, en forma de bola de luz.

–Háblame, Marcia –le dijo suavemente Gideon–. Dime lo que te ha ocurrido.

Ella tomó forma poco a poco. La bola de luz se movió, y su forma y su color se definieron. Marcia Cordell había sido una mujer regordeta y guapa. Era de estatura baja, y llevaba el pelo, de color castaño, recogido en un moño. Hacía juego con la anticuada habitación.

–Me ves –le dijo ella con la voz temblorosa.

–Sí, te veo. Marcia, ¿sabes que estás muerta?

Ella asintió.

–Los vi llegar y llevarse mi cuerpo. Les pedí a gritos que me ayudaran, pero nadie me oía.

–Yo te oigo.

Malory se acercó a él, aunque lenta y desconfiadamente. Si él hiciera un movimiento equivocado, ella desaparecería. No estaba enfadada, como Sherry y Lily. Estaba aterrorizada.

–¿Quieres contarme lo que sucedió aquí? –le preguntó Gideon con gentileza.

–Lo dejé entrar sin saber cuáles eran sus intenciones.

Él. No era Tabby, tal y como Gideon había sospechado al oír que la víctima había sufrido una violación. De todos modos, él podía averiguar quién la había violado y asesinado, y después podría enviar su espíritu a un lugar mejor. En aquel sentido, el viaje no había sido una pérdida de tiempo.

Marcia Cordell suspiró y se sentó en el sofá, adoptando una postura muy correcta.

–Dennis siempre fue un muchacho raro, pero..

–Dennis. ¿Lo conocías?

La señorita Cordell le lanzó a Gideon una mirada fulminante, que sin duda había silenciado a muchos estudiantes durante sus años de docencia.

–Jovencito, me has pedido que te cuente lo que ocurrió, y eso es lo que estoy intentando hacer.

Gideon no le dijo que él sólo tenía dos años menos que ella en el momento de su muerte; ya no era un jovencito.

–Lo siento. Por favor, continúa.

Ella asintió.

–Dennis Floyd es un vecino. La familia Floyd lleva viviendo en esa casa más de veinte años. Dennis estaba en la escuela elemental cuando se mudaron aquí, y él fue alumno mío en la clase de lengua inglesa hace varios años. No era un buen estudiante –dijo en tono de reproche–. Aquella noche llamó a la puerta y me preguntó si podía usar el teléfono. Me dijo que el suyo estaba roto. Yo le dije que sí, por supuesto. No vi el peligro hasta que él me agarró y me tiró al suelo como una… como una… –la mujer tartamudeó y se sonrojó. Incluso en la muerte era capaz de ruborizarse.

–Voy a ocuparme de que pague lo que te hizo –le dijo Gideon–. Tendrá su castigo, en esta vida y en la siguiente.

Ella asintió con evidente alivio.

–Dennis tiene que recibir un castigo por lo que me hizo. Y ella también.

A Gideon se le puso de punta todo el vello del cuerpo.

–¿Ella?

–La mujer que estaba con Dennis, la que le animaba. Al

principio, yo no la había visto. Habría tenido reticencias en dejar entrar a una extraña a mi casa tan tarde por la noche. Dennis me tiró al suelo y me ató las piernas y los brazos con cinta de embalar. Me dejó allí tirada y fue a la puerta para invitarla a pasar.

–Tú no la conocías.

–No. Dennis la llamó... Kitty, creo, o...

–Tabby –dijo Gideon suavemente.

–¡Eso es! –exclamó Marcia Cordell, y señaló con un dedo tembloroso hacia otro lugar–: Ella se sentó en aquella silla y observó mientras Dennis me hacía cosas que no se pueden contar. Ella sonreía, y cuando yo grité pidiendo ayuda, ella me dijo que no me iba a oír nadie, que estábamos muy lejos de todo y de todos los demás.

La figura tembló y casi desapareció, como si ella quisiera esconderse y no tener que contar cómo había muerto.

–Cuando comencé a llorar, me preguntó si me gustaba, si nunca había fantaseado con tener encima a un joven semental que me convirtiera en una mujer de verdad.

–Va a pagar también –le aseguró Gideon–. Yo me ocuparé de ello.

La señorita Cordell volvió a asentir.

–Ella es quien me mató.

–Lo sé.

–Yo creía que todo había terminado, y entonces, aquella horrible mujer se inclinó sobre mi cuerpo y me puso un cuchillo sobre el vientre. Ella... me cortó, y disfrutó haciéndolo. Cuando se cansó de cortarme, comenzó a apuñalarme y...

Gideon escuchó mientras Marcia Cordell le contaba los últimos detalles del modo en que Dennis y Tabby la habían torturado y asesinado. Él no quería escuchar aquellos detalles, pero parecía que la señorita Cordell necesitaba contarle aquellas cosas a alguien que pudiera escucharla.

Él escuchó. Al final, le preguntó:

–¿Puedes contarme algo de esa mujer? Dices que Dennis la llamó Tabby, pero, ¿no dijo su apellido? ¿Viste qué coche conducía? ¿No hay nada que recuerdes sobre ella que pueda ayudarme?

Marcia negó con la cabeza.

–Se marcharon juntos, Dennis y esa horrible mujer.

Lo cual significaba que Dennis también estaba muerto. Gideon no pensaba que Tabby dejara un testigo vivo.

–Tengo que irme, Marcia –le dijo Gideon–. Te prometo que me aseguraré de que paguen por lo que han hecho. Me ocuparé de ellos en tu nombre. Sigue hacia la siguiente fase de tu existencia y encuentra la paz. Te la mereces.

–Tú también –dijo Marcia Cordell, antes de desvanecerse.

Gideon salió del escenario del crimen y se encontró al sheriff Webster junto a su coche patrulla, con el sombrero entre las manos. Gideon miró a su alrededor y preguntó:

–¿Dónde está la detective Malory?

–Decidió ir a interrogar a uno de los vecinos mientras lo esperábamos –dijo el policía, señalando con un gesto de la cabeza una casa que había un poco más allá, siguiendo la carretera–. La detective Malory pensó que quizá vieran algo aquella noche. Nosotros los interrogamos a todos y no conseguimos nada, pero...

A Gideon se le formó un nudo en el estómago.

–Dennis Floyd pasó con su coche por aquí mientras hablábamos y...

El sheriff no dijo nada más. Gideon se volvió hacia la casa y salió corriendo.

Hope miró hacia atrás, hacia la casa Cordell. El sheriff continuaba apoyado contra el coche patrulla, siguiendo sus instrucciones de no molestar a Raintree. No sabía cuánto tiempo iba a estar Gideon dentro, hablando con el espíritu. Con cuánta naturalidad pensaba en aquellas palabras: hablar con un espíritu.

Si ella pudiera averiguar algo más, cualquier pequeño detalle, para añadirlo a lo que ya sabían, quizá resultara de ayuda.

–Venga y serviré un par de vasos de té helado –le dijo Dennis Floyd mientras caminaban hacia la puerta de su casa.

Era un hombre de unos veinticinco años, muy delgado y rubio, con ojos azul claro. Su coche y su ropa eran viejos, pero la casa estaba en buen estado. El porche delantero estaba limpio y había muchas macetas con plantas que alegraban mucho el lugar.

–Mis padres están trabajando –dijo, mientras entraban en el salón–. Están investigando la muerte de la señorita Cordell, ¿verdad? –le preguntó a Hope.

–Sí.

Él se dirigió hacia la cocina, y Hope lo siguió.

–El sheriff dice que el asesino es algún pervertido de fuera del pueblo.

–¿De verdad? ¿Y cómo lo sabe?

Dennis se ocupó en servir dos vasos de té con hielo.

–Porque nadie del pueblo haría algo tan horrible. Todos queríamos mucho a la señorita Cordell.

–¿Vio algo extraño aquella noche?

Dennis le dio un vaso de té y se apoyó contra la encimera.

–No, creo que no. El sheriff ya preguntó, por supuesto, pero yo no recuerdo nada que pueda ser de ayuda.

–¿Ni siquiera un coche extraño, o alguien caminando por la carretera, quizá?

Dennis negó con la cabeza, y Hope puso su té intacto en la mesa de la cocina. No había nada de interés allí, y no se sentía cómoda.

–Gracias por su tiempo, señor Floyd. Y, si recuerda algo…

–¿Sabe una cosa? –dijo Dennis, que también dejó su vaso sobre la encimera–. Quizá sí vi un coche, ahora que lo pienso. Pasó por aquí… eh… a las once de la noche, más o menos. Iba muy despacio.

–¿Qué coche?

–Un coche bueno, recuerdo. Era un coche deportivo. Verde.

Hope sonrió. Dennis estaba mintiendo. ¿Era para que ella se quedara un poco más? Había estado mirándola con lujuria, pero, ¿para qué mentir? ¿Es que deseaba que le prestaran atención, o... tenía interés por averiguar lo que ella ya sabía?

–¿Y dónde estaba usted cuando vio el coche?

–Había salido a la calle a fumar un cigarro.

Pese a que sabía que todo era una mentira, Hope le siguió el juego.

–Entonces, estaba en la parte delantera de la casa.

–Sí –dijo él–. Estaba en la parte delantera, fumando un cigarrillo.

–Así que si el coche deportivo verde hubiera entrado en la calle de la señorita Cordell, usted lo habría visto.

Él tragó saliva.

–Quizá sí entrara en su calle. No lo recuerdo bien.

–¿Una mujer resulta brutalmente asesinada, y a la mañana siguiente usted no recuerda si vio un coche deportivo verde en su calle o no?

–Fue una experiencia traumática –explicó Dennis–. Al enterarme de que una de mis profesoras favoritas del instituto, una vecina, había sido violada y acuchillada por alguien...

Hope movió con mucha sutilidad la mano hacia la pistola. El sheriff Webster ni siquiera le había dicho a Gideon que Marcia Cordell había sufrido una violación hasta que ellos dos habían llegado a la casa de la víctima. No había puesto aquel detalle en el informe oficial ni se lo había filtrado a los periódicos, y teniendo en cuenta lo protector que era con la memoria de la señorita Cordell, lo más probable era que no hubiera contado nada a ninguno de los habitantes del pueblo.

Con un sobresalto, Dennis se dio cuenta de lo que había hecho. Soltó una maldición, tomó su vaso de té y se lo arrojó a Hope a la cabeza. Ella se agachó y sacó su pistola. El vaso pasó por encima de ella y se estampó contra el quicio de la puerta. A su alrededor hubo una explosión de añicos de cristal, té frío y cubitos de hielo.

En vez de correr hacia la puerta trasera para poder escapar, que era lo que ella esperaba que hiciera, Dennis cargó contra Hope y consiguió que desviara el arma justo cuando disparaba. La agarró, y ambos resbalaron sobre el té del suelo y los cristales.

Hope cayó al suelo con un duro golpe, y Dennis consiguió inmovilizarla.

–¿La envió ella por mí? –preguntó Dennis con la respiración entrecortada, mientras intentaba hacerse con la pistola.

¿Era posible que Dennis supiera lo que Gideon podía hacer? ¿Pensaba que el fantasma de Marcia Cordell los había enviado en su nombre?

Dennis aplastó a Hope contra el suelo, apoyando la rodilla en su espalda, y consiguió quitarle la pistola de la mano. Entonces, una palabra se abrió paso en la mente de Hope, inesperada y poderosamente.

Emma.

13

Gideon estaba llegando a la casa, corriendo tan rápidamente como podía, cuando oyó el disparo. El corazón se le subió a la garganta.

Subió al porche de un salto y entró por la puerta principal, pistola en mano. Oyó sonidos de una lucha en la parte trasera de la casa, y sin dejar de correr, llegó a la cocina y se encontró a un hombre encima de Hope. Él tenía el arma en la mano, y estaba haciendo todo lo posible por volverla contra ella.

Gideon tenía la pistola preparada, pero no podía disparar sin peligro de herir a Hope. Hope estaba aguantando por sí misma, pero eso significaba que Gideon no tenía un blanco claro. Él estaba acercándose a Floyd para poder golpearle en la mano y hacer que perdiera la pistola cuando Hope ejecutó un movimiento bien planeado e impresionante que al mismo tiempo tiró al hombre al suelo, le hizo soltar el arma y le permitió que le clavara el codo en la cara. Con un gruñido de dolor, Dennis Floyd acabó tumbado boca arriba, sin arma y con la nariz rota. Hope, con la respiración jadeante y la cara enrojecida por el esfuerzo, lo mantuvo en el suelo con la rodilla.

Alzó la cabeza y vio a Gideon. Fuera, el coche del sheriff aparcó en la parte delantera de la casa, y se oyeron unos pasos sordos mientras él entraba al salón.

Gideon no podía apartar los ojos del rostro de Hope. Su corazón no conseguía recuperar el ritmo normal. Había estado muy cerca de perder a Emma y a Hope. Había estado muy cerca de tener que enterrarlas a las dos.

Estaba muy cerca de pedirle a Hope que se casara con él y que nunca más volviera a alejarse de él cuando el sheriff entró en la cocina.

Hope se levantó, y Gideon se ocupó de Dennis. Hizo que se pusiera en pie y lo aprisionó contra la pared. Instó al sheriff a que le leyera sus derechos y después le dijo:

–Sé lo que has hecho.

–Yo… yo no hice nada –balbuceó Dennis.

–Tú no me interesas –le dijo Gideon, y lo apretó con más fuerza contra la pared–. El sheriff se ocupará de ti cuando yo me vaya. Quiero a Tabby.

Dennis tragó saliva un par de veces antes de responder.

–No conozco a ninguna Tabby.

–Muy bien. No hables. Cuando ella se entere de que he estado aquí, y se va a enterar, te hará una visita. Ya has visto cómo trabaja, así que sabes lo que te espera cuando te ponga las manos encima. Le gusta ese cuchillo que lleva, ¿verdad? Nunca he visto a nadie que disfrutara con ese cuchillo tanto como Tabby. Me pregunto qué recuerdo se llevará de ti. ¿Qué parte del cuerpo tomará como souvenir?

–La conocí aquel día –dijo Dennis con la voz muy aguda–. Yo estaba en la gasolinera, llenando el depósito, y esa mujer se acercó a mí y me dijo que sabía lo que estaba pensando. Yo no estaba pensando en nada. Fue ella la que me metió esas ideas en la cabeza.

–Malas ideas –dijo Gideon, mientras aflojaba la presión ligeramente.

Dennis asintió.

–Es cierto, pero a mí siempre me pareció que la señorita Cordell era un poco altiva, pensaba que era mejor que los demás…

–Querías ponerla en su lugar, ¿no? –Gideon aplastó de nuevo a Dennis contra la pared–. Querías demostrarle quién era el jefe.

Dennis intentó asentir, pero con el brazo de Gideon contra la garganta, no pudo hacerlo. Gideon tenía ganas de matar a aquel hombre con sus propias manos, y podía hacerlo. Permitió que una pequeña descarga le atravesara el cuerpo a Dennis.

–¡Ay! ¿Qué ha sido eso?

Gideon lo hizo de nuevo, y Dennis comenzó a temblar. Con la furia que sentía, Gideon habría podido fácilmente freír a aquel desgraciado. Por Marcia Cordell. Por Hope y por Emma. Pero no lo hizo. Por muy tentadora que fuera la idea en aquel momento, se negó a permitir que su ira lo convirtiera en la clase de hombre a la que él perseguía. El sheriff y el sistema legal se ocuparían de Dennis. Y si no lo hacían, él siempre podía volver.

–Cuéntame todo lo que recuerdes de Tabby –le ordenó.

El trayecto de vuelta a casa fue silencioso, salvo por algunas llamadas telefónicas que hizo Hope. Le pidió a Charlie que hiciera una comprobación del coche que, según Dennis, conducía Tabby. Aún no sabían su apellido, pero quizá pudieran averiguarlo a través del coche.

Hope había empezado a aceptar que quizá estuviera embarazada. En el momento en el que había pensado que quizá pudiera morir, cuando pensaba que iban a dispararla con su propia pistola, el bebé le había parecido algo muy real. Se había dado cuenta de que haría cualquier cosa en el mundo para proteger a Emma. Aquello era sorprendente; ella nunca había tenido instinto maternal. Nunca había pensado que estuviera preparada para tener un hijo, pero quizá lo estuviera. Quizá.

Llegaron a casa de Gideon cuando había oscurecido. Él metió el Mustang en el garaje y la puerta se cerró lentamente tras ellos. Gideon no salió inmediatamente del coche, sino que se quedó sentado allí, con la mirada al frente y la mano descansando sobre el volante.

Hope también se quedó en su asiento.

–¿Quieres que recoja mis cosas y me vaya? Sé que no es buena idea que me vaya otra vez al apartamento de mi madre, pero podría…

Gideon se inclinó hacia ella, la tomó por la nuca y le dio un beso. No la besó como un hombre que quería que se fuera. De hecho, nunca la había besado de aquel modo. Era como si quisiera consumirla delicadamente, pero por completo. Cuando apartó los labios, no la soltó.

–Marcia Cordell me contó todo lo que le había hecho ese canalla. Cuando el sheriff me dijo que estabas interrogándolo, me volví loco. No podía correr lo suficientemente deprisa.

–No estoy herida –le dijo ella. Sólo tenía unos cuantos moretones, y un poco de miedo, pero estaba bien.

–Esta vez no –dijo él–. Pero habrá una próxima vez. Habrá otro Dennis, otra lucha, otro disparo que me paralice el corazón en el pecho. Los amuletos protectores ayudarán, y yo me aseguraré de que siempre lleves uno en ese precioso cuello. Pero no son chalecos antibala, y no hacen que desaparezcan los tipos malos como Dennis Floyd. Maldita sea, Hope, ojalá te contentaras con quedarte en casa haciendo galletas, tomando el sol y teniendo bebés…

–¿Bebés? –lo interrumpió ella–. ¿Como si hubiera más de uno?

–Si nos casamos, quizá pudiéramos…

–¿Y qué ha pasado con la idea de que el mundo es demasiado malo como para traer un niño? –le preguntó ella, con pánico ante la escena que él estaba describiendo.

–No podemos dar marcha atrás y deshacer lo que ya está hecho. Podríamos darle a Emma hermanos y hermanas.

–Espera un minuto…

–No te he pedido todavía que te cases conmigo, ¿verdad? –le dijo él, acariciándole la mejilla con el dedo pulgar.

–No –susurró Hope.

–Cásate conmigo.

Hope se humedeció los labios.

–Eso no es exactamente una pregunta. Suena más como una orden.

–Está bien. Lo haremos a tu manera. ¿Quieres casarte conmigo?

–¿Puedo tomarme un poco de tiempo para pensarlo? –le preguntó ella, aterrorizada, emocionada y perpleja–. Esto es demasiado rápido para mí.

–No. Lo mejor es que aprendas desde ahora que soy impaciente. Quiero una respuesta ahora mismo.

–Yo... no tenía planeado casarme y ser mamá...

–Pues haz nuevos planes.

–Si dijera que sí, probablemente te daría un ataque de pánico –le dijo ella.

–Si me dices que sí, voy a hacerte el amor aquí mismo, en este mismo momento.

–En el coche.

–Sí.

–En este asiento.

Él murmuró una afirmación.

Hope le rodeó el cuello con los brazos y le rozó los labios con los suyos.

–Eso tengo que verlo yo.

–Creo que he roto algo –dijo Gideon, mientras le acariciaba con la nariz el cuello a Hope. Ella se rió de él. Le encantaba que se riera de él.

–Hacer el amor entre los asientos fue idea tuya, no mía.

–Esto es mejor.

Gideon estaba en la cama con su mujer y sin ropa. Todo era suavidad, pasión, atrevimiento y exploración. Temblores, jadeos. Hope se cimbreaba y gemía cuando él la acariciaba. Hope lo acariciaba a él, lo deseaba.

Hizo que abriera los muslos y penetró en ella con cuidado, pero no con demasiado cuidado.

–No parece que se haya roto nada –dijo ella, con los ojos cerrados y la espalda arqueada.

Como estaba convencido de que Hope ya estaba embarazada, no se habían molestado en usar un preservativo. Ni en el coche, ni en aquel momento. Estaban desnudos en cuerpo y alma, y estaban conectados de un modo que él nunca hubiera imaginado. Hope quería ser su compañera, y lo era.

Emma había dicho que era siempre suya, en todas las vidas. Quizá pudiera decir lo mismo de Hope. ¿Era aquélla la razón por la que había sentido una atracción tan innegable e inmediata hacia ella? ¿Era aquélla la razón por la que no le resultara desconocida ni extraña?

Llegaron juntos al orgasmo, y Hope hizo que se hundiera más en ella. Cuando las contracciones de su cuerpo se disipaban, ella continuó meciendo las caderas contra las de él, y abrazándolo.

–Te quiero –le dijo.

En su tono de voz había agotamiento y confusión, además del amor que ella no hubiera esperado.

Él tenía las mismas palabras en los labios, pero las contuvo. Podía quererla de aquel modo; podía protegerla y darle hijos, y asegurarse de que nunca le faltara nada. Sí, ella era suya, pero eso no significaba que él estuviera preparado para apostar todo lo que tenía. Ni siquiera estaba seguro de saber lo que era el amor, pero sí sabía que aquello era bueno. Que era suficiente. Por el momento.

Mientras buscaba algo apropiado que decir, oyó una risa de niña, seguida de un suspiro y de una voz suave.

–Te lo dije, papá.

Si Hope lo oyó, no reaccionó.

Debería estar indignado, o al menos, sorprendido. Pero no lo estaba.

–Creo que nuestra propia hija nos ha engañado –dijo, mientras le apartaba un mechón de pelo de la cara a Hope.

Ella abrió los ojos.

–¿En qué?

–No te quedaste embarazada anoche –le dijo él.

–¿No?

–No. Te has quedado embarazada ahora. Bueno, pronto. La concepción no sucede instantáneamente…

Hope lo agarró con suavidad del pelo y lo besó profunda, largamente.

–Sé cómo funciona, Raintree.

–¿Aún quieres casarte conmigo?

Sin titubear, ella respondió:

–Sí, quiero.

No había mucho más que decir, así que se quedaron allí juntos, conectados, acariciándose, satisfechos. Él casi nunca se sentía tan contento.

–Lo que me dijiste antes, en el coche –le dijo Hope, con cierta timidez–. He estado pensado en ello.

–¿Qué te dije?

–Lo de los monstruos.

–Oh.

Gideon no quería hablar de aquello en aquel momento.

–Si hay monstruos en el mundo…

–Los hay, y tú lo sabes –la interrumpió él.

–Si los hay –insistió ella.

Gideon le besó el cuello. Aquellos instantes no eran para discutir.

–Mi madre siempre está hablando del equilibrio. El equilibrio de la naturaleza, de lo masculino y lo femenino, del mal y del bien. Yo despreciaba eso, como todo lo demás, pero ahora está empezando a cobrar sentido. Y cuando tú hablas de los monstruos, yo pienso que… si lo bueno se rinde, ¿adónde vamos?

–¿Y qué es lo bueno?

–Tú –respondió ella sin dudarlo–. Nosotros. Emma. El amor. Creo que merece la pena luchar por eso. Creo que quizá valga la pena librar alguna pelea con un monstruo.

Gideon luchaba con los monstruos porque era su deber. Su destino. No quería que su familia tuviera que luchar con él, pero parecía que aquél era el precio que iba a tener que pagar para poder conservarlos con él.

14

Sábado por la mañana

No habían llegado a nada con la información del vehículo que Tabby conducía cuatro meses atrás. Gideon había dejado a Charlie intentando obtener algún detalle útil de aquello, y después había ido hasta el motel donde habían asesinado a Lily Clark.

La habitación estaba sellada. Nadie, salvo los miembros de la policía científica, había estado allí desde que la habían matado. Su espíritu permanecía en una esquina, sólido y enfadado.

Hope había dicho que ella no tenía ningún poder sobrenatural, pero se echó hacia atrás y se frotó los brazos como si se estuviera protegiendo de una brisa helada. Sintió la ira y la tristeza que había en el ambiente. Sintió la violencia.

–Dijiste que ibas a atraparla –dijo Lily, con tanta furia, que su imagen parpadeó.

–Estoy trabajando en ello –respondió Gideon suavemente.

Hope se mantuvo tras él, a pocos metros, escuchando. Gideon tuvo que admitir que era agradable no tener que ocultar lo que podía hacer. Era agradable poder hablar con Lily sin tener que engañar a su compañero para que dejara la habitación, o fingir que estaba hablando consigo mismo.

–Tabby estuvo en esta habitación mucho tiempo –dijo Hope suavemente–. Saber que mató a Lily Clark es una cosa, pero necesitamos pruebas físicas. Tiene que haber algo. Debió de dejar alguna prueba.

–Es cuidadosa –respondió Gideon.

–Dejó un pelo en el escenario del crimen de Sherry Bishop. Dejó un testigo en el crimen de Marcia Cordell, y eso es una torpeza. Aquí también tiene que haber algo. Tabby ha tenido que tocar alguna superficie y haberse olvidado de limpiarla…

–Se dio una ducha después de que yo estuviera muerta –dijo Lily, cuya ira se había mitigado–. Tuvo que hacerlo porque se había manchado con mi sangre. Tenía sangre mía en la cara, en el pelo, en la ropa… creo que le gustaba…

–¿Y qué hizo con la ropa ensangrentada? –le preguntó Gideon.

–No lo sé.

Gideon miró a Hope.

–Hoy no puedo usar el teléfono móvil –le dijo. Al día siguiente ocurriría el solsticio de verano, y sus descargas eléctricas eran más frecuentes de lo normal–. Llama a Charlie y pídele que envíe a la policía científica para que tome muestras en la ducha. Hoy mismo.

Hope siguió sus indicaciones; mientras, Gideon se acercó a Lily Clark y le dijo:

–Tú puedes encontrar esa ropa. Tu sangre, una parte de ti, está ahí, y si te concentras, puedes encontrarlas. No te garantizo que la ropa nos lleve hasta la mujer que te mató, pero es una posibilidad.

–No sé cómo hacerlo –susurró el espíritu.

–Piensa en aquella noche. Recuerda lo que ocurrió después. Viste a Tabby salir por esa puerta.

–Sí. Le grité, pero no me oía. Intenté detenerla, pero no pude hacer nada.

–¿Se llevaba su ropa en una bolsa?

–Se había puesto mi vestido favorito –gimió Lily–. Qué cara más dura.

–¿Y la ropa que llevaba cuando te mató? ¿La llevaba cuando se marchó?

Lily ladeó la cabeza y pensó en aquella noche, aunque seguramente lo que más deseaba era olvidarla. Quizá cuando aquel caso estuviera resuelto, ella pudiera avanzar y olvidar. Nadie podía tener aquellos recuerdos tan dolorosos durante el resto de la eternidad.

–No –dijo, pensativamente–. Lo único que llevaba era su bolso. Había metido dentro el cuchillo recién lavado y envuelto en uno de mis camisones, y el bolso no era lo suficientemente grande como para que hubiera guardado también su ropa.

Gideon se volvió hacia Hope, que acababa de terminar la llamada.

–La ropa está aquí, escondida en algún lugar.

–La habitación fue registrada palmo a palmo.

Gideon entró al baño.

–Lily, ¿recuerdas si Tabby sacó la ropa del baño después de ducharse?

El fantasma negó con la cabeza, y Gideon miró hacia arriba, hacia el falso techo.

Pasarían unos días hasta que tuvieran pruebas sólidas de la ropa y la toalla que Gideon había encontrado escondida en el techo de la habitación, pero era un paso más. En aquella ropa había ADN con toda seguridad. Lo único que necesitarían sería tener a Tabby bajo custodia para poder establecer una correspondencia.

No habían sacado nada en claro del vehículo de Tabby, que era todo lo que les había podido decir Dennis Floyd. No había ningún Taurus azul en Carolina del Norte registrado a nombre de Tabby o Tabitha, y tampoco de ninguna Catherine. Iban a empezar a comprobar todos los nombres femeninos, pero la lista era muy larga.

Hope no pensaba que tuvieran tanto tiempo antes de que Tabby asesinara de nuevo.

Gideon aparcó el Mustang junto al bordillo, frente a El Cáliz de Plata, y Hope se inclinó hacia él para darle un beso.

–Ven a las siete, si puedes –le dijo con una sonrisa–. Sunny cocina mucho mejor que yo, así que vas a tener que aprovechar todas las oportunidades posibles de hacer una buena comida.

–¿Vamos a darles la noticia mientras comemos la tarta de melocotón? –le preguntó Gideon.

–Todavía no.

Hope no sabía cómo decirles a su madre y a su hermana que iba a casarse con aquel hombre al que había conocido el lunes anterior. En cuanto a Emma, no había explicación lógica. Aunque su madre, en realidad, nunca había requerido la lógica para nada.

Gideon asintió, visiblemente aliviado. Quizá él tampoco estuviera listo para dar explicaciones.

–Estaré aquí a las siete.

Él se iba a la comisaría a ayudar a Charlie con la búsqueda del vehículo, incapaz de dejarlo aún. Incapaz de descansar. Hope supuso que aquello era algo con lo que tendría que aprender a vivir.

–¿Estás seguro de que no quieres que vaya contigo?

–Es sábado, y tú tienes que estar con tu hermana antes de que se marche a casa.

–Sí. Compañeros o no, no es que estemos unidos por la cadera.

Entonces, ¿por qué detestaba la idea de verlo marcharse? Tabby llevaba inactiva un par de días. Era posible, incluso probable, que se hubiera marchado de la ciudad después de apuñalar a Gideon. Si tenía cerebro, habría escapado aquella misma noche.

De todos modos, aunque Tabby aún estuviera por allí, Gideon sabía cuidarse solo. Tenía su amuleto protector, además; y su instinto. Ella miró hacia el edificio de enfrente.

–Aún siguen vigilando –le dijo Gideon.

–¿Cuánto tiempo más van a estar?

–Hasta que atrapemos a Tabby.

Gideon volvió a besarla, y ella salió del Mustang. El Cáliz de Plata estaba lleno de gente, como ocurría normalmente los sábados por la tarde. Los turistas y la gente local miraban los objetos de meditación, de curación mental... cosas que Hope siempre había despreciado.

En aquel momento, veía con otros ojos a las personas que estaban en la tienda de su madre. Quizá ellos supieran algo que ella ignoraba. Quizá vieran u oyeran o tocaran cosas que para ella siempre habían sido invisibles, como Gideon.

Un mundo al revés no era tan inquietante como ella había imaginado. De hecho, se encontraba muy cómoda en él.

Tabby se colgó el gran bolso del hombro y se detuvo tras una estantería de libros, parcialmente escondida. Aquella esquina de la tienda estaba llena de género, y desierta en ese momento.

Normalmente, ella no habría pasado ni un segundo en un lugar como aquél. La gente buscaba allí energía positiva, y la mayor parte de ellos eran apacibles y tranquilos. Ella no encontraba alegría en un sitio semejante. De hecho, se ponía nerviosa. Sin embargo, no podía entrar corriendo a la tienda, dejar la bomba y salir corriendo de nuevo. Así pues, fingió que estaba muy interesada en lo que allí se vendía.

Miró hacia la puerta cuando oyó las campanillas, y vio entrar a la mujer de Raintree. Bien, aquello sería un extra muy agradable. Pese a que la había perseguido por el paseo del río, la policía no podía reconocerla, porque se había puesto una peluca castaña y un vestido muy amplio que disimulaba su figura. De todos modos, aquella mujer no sospechó nada. En ese momento era feliz hasta el punto de estar distraída.

Tabby disfrutó del hecho de saber que aquella felicidad no duraría mucho.

Salió de la tienda, después de dejar el bolso en el suelo.

Gideon y Charlie estuvieron trabajando un rato. Gideon

estuvo estudiando la lista de vehículos que Charlie le había impreso, y miró fotografías de carné de conducir hasta que no fue capaz de distinguir las caras. Quizá Tabby no fuera el nombre real de aquella mujer, después de todo. No conseguían dar con ella.

Envió a Charlie a casa después de darle las gracias e invitarle a cenar una noche a su casa de la playa. Después, se sentó a estudiar los expedientes de los casos sin resolver que podían ser o podían no ser obra de Tabby. Al cabo de poco tiempo, alguien llamó a su teléfono móvil, y como no había nadie que pudiera responder en su lugar, él mismo descolgó. En la pantalla aparecía un número de Charlotte, lo cual quería decir que probablemente era Echo. Querría saber si ya era seguro que volviera a casa; iba a llevarse un disgusto cuando Gideon le dijera que no.

Había tantas interferencias en la línea que apenas podía oírla. Echo estaba frenética, eso sí lo percibía, y oyó una palabra con claridad. Sueño. Gideon le dijo que lo llamara de nuevo por la línea fija, a su oficina. Era evidente que había tenido un sueño profético que la había alterado. Gideon la había calmado muchas veces después de que hubiera tenido aquellas visiones tan perturbadoras.

El teléfono de su escritorio sonó, y él respondió.

–Raintree.

–Me eché una siesta –dijo Echo sin preámbulos–. Me quedé dormida en el sofá, y tuve un sueño. No lo entiendo, Gideon. No es como los otros sueños.

–Cuéntamelo –le pidió él con calma.

–Había una explosión. Yo no veía dónde era, pero había gente, mucha gente. No sabían que iba a ocurrir. En un instante estaban riéndose, felices, y al instante siguiente... había mucha sangre, fuego, gente gritando...

–Vamos, cálmate y piensa. Tiene que haber alguna pista en tu sueño sobre dónde ocurría esa explosión. Respira profundamente y vuelve allí, Echo. Puedes hacerlo.

–No tiene sentido –dijo ella, después de una pausa–. No era sólo gente, Gideon. Sí había mucha gente con heridas y quemaduras. Pero también explotaba el sol, y un gran arco iris se desvanecía y desaparecía, y la luna se rompía en mil pedazos…

–¡Sé lo que significa! –dijo él. Colgó de golpe, descolgó de nuevo y llamó a El Cáliz de Plata. Fue Rainbow la que respondió, y el corazón de Gideon retomó, casi, su ritmo normal–. Soy Gideon. Tengo que hablar con Hope.

–Hope anda por ahí –le dijo Rainbow Malory despreocupadamente–. Antes la he visto mirando…

–Esto es una emergencia –dijo Gideon–. Quiero que todo el mundo salga de la tienda.

–Pero…

–Ahora.

Gideon odiaba tener que hacer aquello, pero no le quedaba otra elección.

–Hay una bomba en tu tienda –dijo.

Después colgó otra vez y salió corriendo de la comisaría. Tenía más llamadas que hacer, pero las haría con el teléfono móvil, hubiera interferencias o no.

Sentada en la cafetería que había frente a El Cáliz de Plata, Tabby vio por la ventana cómo todo el mundo comenzaba a salir de la tienda, y soltó un juramento. Desde allí veía con claridad que la gente estaba confusa y atemorizada. Lo veía y lo sentía. Alguien había encontrado la bomba.

Observó atentamente a todas y cada una de las personas, esperando a que apareciera la policía. La marea de gente que salía del establecimiento acabó, pero la mujer no estaba entre ellos. Tabby oyó sirenas en la distancia. Gideon Raintree estaba, sin duda, detrás de la evacuación y de la presencia de los vehículos de emergencia. Quizá llegara allí antes que ellos.

Tabby dejó en la mesa dinero para pagar su café y, por debajo del mantel, sacó el cuchillo del bolso y se lo guardó en el bolsillo del vestido para tenerlo a mano, aunque sabía que no era probable que lo usara. Tenía un arma mucho más eficiente escondida en la escalera del edificio.

Preparada para acabar con Raintree de una vez por todas, se levantó de la mesa y salió.

La dueña de El Cáliz de Plata estaba de puntillas, mirando entre la multitud, sin duda buscando a su hija. Tabby sonrió. Quizá, después de todo, consiguiera aquel premio.

Hope sólo tenía intención de cambiarse de ropa, pero al ver su cama, no había podido evitar tenderse en ella para echar una siesta rápida. Después de todo, no había dormido mucho aquella semana. Se sumió rápidamente en el sueño, cómoda en su cama familiar, con un sentimiento de calor en el alma que nunca había tenido.

Soñó con Gideon y con la playa, y con una niña de pelo negro que tenía una risa preciosa. Eran sueños agradables, libres del estrés de su trabajo o de incertidumbre por el futuro. No había monstruos, ni humanos ni de ninguna otra clase.

De repente oyó un portazo que interrumpió aquellos sueños de arena y risas, y oyó la voz de Gideon llamándola con innecesaria aspereza. Hope tardó unos momentos en darse cuenta de que lo que oía no era parte de un sueño.

Abrió los ojos y lo vio entrar a toda prisa en la habitación.

–¿Ya son las siete? –le preguntó mientras se sentaba y estiraba los brazos.

–Creo que hay una bomba en el piso de abajo –le dijo él–. Vamos.

No esperó a que ella respondiera, sino que la levantó de la cama y tiró de ella.

–Necesito los zapatos –protestó Hope, que aún no había asimilado la noticia a causa del sueño.

–No hay tiempo.

Ella estaba somnolienta y confusa.

–¿Qué quieres decir con que crees que hay una bomba?

–Echo ha tenido un sueño –dijo Gideon, y apretó la mandíbula.

–Me preguntaba cómo habías averiguado lo de la bomba tan rápidamente.

Ambos se dieron la vuelta con brusquedad y vieron a la mujer que estaba junto a la puerta de la cocina.

Tenía una pistola semiautomática en una mano, y con la otra se quitó una peluca negra y se extendió por los hombros mechones de pelo rubio. Tabby llevaba un arma distinta en aquella ocasión, y no parecía que fuera a salir corriendo.

Gideon tenía una mano en el pomo de la puerta de la escalera, y con la otra agarró a Hope por el brazo. Suavemente, se puso delante de ella.

–Gideon Raintree –dijo Tabby con una sonrisa de maldad–. Esto no es exactamente lo que yo quería, pero no estoy disgustada. Cuando vi llegar al equipo de artificieros me quedé decepcionada, porque quería pasar un poco de tiempo a solas con tu novia, pero supongo que esto también vale.

Gideon soltó a Hope y se sacó el arma del bolsillo. El arma de Hope estaba en la otra habitación, sobre la mesilla de noche. Ni se le había pasado por la cabeza que pudiera necesitarla allí, y en un instante, entendió el sentimiento de violación que habían tenido Sherry Bishop, Marcia Cordell y todas las demás víctimas cuando Tabby había entrado en sus casas.

A Tabby no le temblaba el pulso. Su sonrisa apenas vaciló cuando vio la pistola de Gideon.

–Si me disparas, nunca sabrás dónde está la segunda bomba, ni cuándo va a explotar.

15

–¿Qué quieres? –le preguntó Gideon mientras intentaba llevar a Hope hacia la puerta.

–Lo primero que quiero es que tu novia y tú os apartéis de la puerta.

–Ella es mi compañera, no mi novia –dijo Gideon.

–Mentiroso –respondió Tabby–. Siento vuestra conexión perfectamente.

–A ella no la necesitas –le dijo Gideon, mientras daba un paso hacia Tabby.

–Tú no sabes lo que yo necesito, Raintree –le espetó ella–. Si tu chica intenta marcharse antes de que yo diga que puede hacerlo, no sólo le dispararé, sino que jamás sabrás dónde está la segunda bomba hasta que sea demasiado tarde.

Él dio otro paso hacia Tabby.

–Te lo preguntaré una vez más. ¿Qué quieres?

–Os quiero muertos a los dos antes de que acabe el día, y quiero a Echo. ¿Dónde demonios está?

–¿Quieres a Echo? –preguntó Gideon calmadamente–. ¿Eso es todo? Dime dónde está la segunda bomba y hablaremos.

–¿Y vas a entregar a tu prima tan fácilmente?

–Sí. Por la bomba y por Hope, puedes tenerla.

–Eres frío –respondió Tabby–. Sensato y noble, pero frío. Detente ahí, y muy despacio, deja el arma en el suelo.

Lily Clark tomó forma junto a Tabby e intentó golpearla.

–No hay ninguna otra bomba. ¡No le hagas caso, Gideon! Quiere engañarte. A mí me engañó, y engañó a mucha más gente. Ahora lo sé. No dejes que te engañe.

¿Sabía Lily algo que él no sabía, o era una suposición? Quizá no hubiera otra bomba, pero él no tenía forma de estar seguro.

–Todo esto no servirá de nada si no nos damos prisa –dijo Gideon mientras se agachaba para dejar el arma–. ¿Cuánto falta para que explote la bomba de abajo?

Gideon quería saber cuánto le quedaba para sacar a Hope de allí, por si acaso los artificieros no lograban desactivar el explosivo. En aquel mismo instante estaban trabajando en ello; él oía voces masculinas y el zumbido del equipo motorizado en el piso de abajo.

–Tenemos unos minutos –respondió Tabby–. Lo suficiente para terminar nuestros asuntos. Por mucho que quiera pasar un rato con vosotros, no puedo. Tengo que darme prisa. He de ir a una fiesta esta noche, y quiero ponerme especialmente guapa.

Gideon sabía que había una escalera trasera en el edificio. Se usaba muy pocas veces y siempre estaba cerrada, salvo cuando Rainbow sacaba la basura al contenedor del callejón. Era evidente que Tabby había entrado por allí. Podría haberles disparado por la espalda a los dos cuando había entrado por la cocina. Ellos no habrían sabido que estaba allí hasta que hubiera sido demasiado tarde. ¿Por qué no lo había hecho? ¿Por qué estaba tan empeñada en provocar una confrontación?

¿Y dónde demonios estaba el equipo de vigilancia privada que él había contratado? Alguien debía de saber que Tabby estaba allí. Deberían haber vigilado todas las entradas del edificio, cerradas o no.

Sin embargo, había algo claro: si la única intención de Tabby hubiera sido verlo muerto, ya lo habría conseguido.

–Entonces, terminemos con esto –dijo.

Podía agarrar a Tabby con un solo movimiento; sólo necesitaba que ella apartara el arma para asegurarse de que Hope no resultara herida si había una bala perdida.

Tabby se metió la mano en el bolsillo del vestido y sacó el cuchillo que había utilizado para matar a Sherry Bishop, a Lily Clark y a tantas otras. Así que aquello era lo que quería; deseaba matarlo, pero no rápidamente, ni a distancia. Gideon podía usar aquello para conseguir acercarse a ella.

–Dime por qué –dijo Gideon mientras daba un paso adelante. Como él no estaba armado y ella tenía dos armas, Tabby no se sentía amenazada, y no le dijo que se detuviera.

–¿Y a quién le importa el motivo? –dijo Lily Clark frenéticamente, saltando–. ¡Mátala! No dejes que se quede sin castigo.

Gideon miró al fantasma. Lily era fuerte. Gideon sabía que tenía el poder de afectar la realidad si lo intentaba de veras. Si lo deseaba de veras.

–Necesito que apartes el arma.

–No voy a apartar nada –respondió Tabby, sin darse cuenta de que Gideon no le estaba hablando a ella. Lily tampoco se dio cuenta.

–Necesito que desvíes el cañón del arma de Hope y de mí.

Clark abrió los ojos de par en par. Su figura resplandeció.

–¿Yo?

–Sí, tú.

Tabby, finalmente, sumó dos y dos.

–No estás hablando conmigo, ¿verdad? Bien, buena suerte. He matado a mucha gente. Muchas veces he sentido, incluso, que sus espíritus me estaban mirando. Pero nunca me han puesto la mano encima. ¿Y sabes por qué? Porque no pueden. Están muertos. Lo único que queda cuando yo he terminado es una patética cantidad de energía con la que no pueden hacer nada más que gemir y llorar. Son patéticos.

Lily pasó su mano nebulosa por el cañón de la pistola, pero sólo consiguió que temblara imperceptiblemente.

–No creo que nadie esté intentado desviar mi pistola –dijo Tabby, moviéndola casi salvajemente–. ¿Lo ves? Soy yo la que tiene el control. No hay ningún fantasma que pueda tocarme –dejó de agitar la pistola y apuntó a Hope–. Quiero que sientas la muerte en mis manos, Raintree. No me importa ella. Puede morir aquí mismo, en este momento.

Gideon se lanzó entre Hope y el arma justo cuando Lily tocó la pistola. El fantasma agarró el cañón y tiró con fuerza hacia arriba. Tabby, sorprendida, perdió el control del arma. Se balanceó violentamente hacia arriba y después a un lado, y se disparó. Una bala impactó en el techo de la habitación, antes de que Lily consiguiera arrebatarle la pistola a Tabby.

El arma cayó al suelo y resbaló hasta meterse debajo del sofá. Hope corrió hacia allí para tomar la pistola, mientras Gideon elevaba la mano y lanzaba una descarga eléctrica a Tabby antes de que ella pudiera intentar recuperar la pistola que había perdido. Gideon sabía que podía freírle el corazón a aquella distancia, pero no quería que muriera. Todavía.

¿Había una segunda bomba, o no? Tenía que saberlo. La descarga hizo que Tabby cayera hacia atrás, al suelo, donde aterrizó con un fuerte golpe. Sin embargo, no soltó el cuchillo.

–¿Qué demonios ha sido eso? –preguntó sin aliento, mirando con perplejidad a Gideon–. Ellos no me dijeron que podías hacer esto.

–¿Quiénes son ellos, Tabby? –inquirió Gideon. Si no estaba trabajando sola, entonces aquello no había terminado.

–Te gustaría saberlo, ¿verdad?

–Es mejor que colabores, Tabby. ¿Es ése tu nombre real? ¿Tabby ?

La mujer no respondió. Movió la boca de una manera extraña, y antes de que Gideon se diera cuenta de lo que estaba haciendo, ella mordió algo que llevaba oculto en la boca. Al instante, su cuerpo dio una sacudida, y los ojos se le quedaron en blanco.

Unos instantes después, quedó laxa e inmóvil.

Gideon emitió todas las imprecaciones que conocía entre dientes mientras arrastraba a Tabby fuera de la habitación. Hope lo encontró en las escaleras.

–La bomba tenía un mecanismo muy sencillo, y ya la han desactivado. ¿Qué ha pasado?

–Tabby tenía algún veneno escondido en la boca, y

cuando se dio cuenta de que no iba a salirse con la suya, lo mordió. ¡Maldita sea!

–¿Está muerta?

–Todavía no –respondió él. Si estuviera muerta, su espíritu estaría allí, persiguiéndolo.

–¿Te ha dicho dónde estaba la segunda bomba?

–No. No sé cuándo va a explotar, ni dónde, ni siquiera si es cierto que hay otra bomba.

Ya había una ambulancia preparada en la calle, y los médicos se apresuraron hacia ellos tres cuando los vieron salir del edificio. Gideon no sabía lo que había tomado Tabby, así que no pudo ayudarlos. Les advirtió a los sanitarios que la mantuvieran atada por si acaso recuperaba el conocimiento. Cualquiera que estuviera en su camino tenía muchas posibilidades de acabar muerto.

Gideon vio a uno de los guardias de seguridad privada que él había contratado para que vigilaran El Cáliz de Plata y el apartamento. Atravesó una multitud de policías y de espectadores y agarró al hombre por el cuello de la camisa.

–¿Dónde demonios estabas?

El guardia no se resistió.

–Cuando todo el mundo estaba saliendo del edificio, a una mujer se le enganchó el bolso. Gritó, y la gente corría y hablaba sobre una bomba. Yo me distraje ayudándola. Lo siento.

–¿Dónde está el otro? –rugió Gideon–. Ordené que hubiera siempre dos personas en el puesto de vigilancia.

El guardia palideció.

–A Joe se lo han llevado al hospital en la primera ambulancia. Estaba registrando el perímetro del edificio, y una mujer lo apuñaló en la parte trasera. Le dio una cuchillada en el estómago. Pese al dolor, fue capaz de contarles a los oficiales lo que había ocurrido antes de que se lo llevaran. Los médicos dicen que se salvará.

Gideon soltó al guardia. Sintió que su furia se había aplacado, y se alejó pasándose los dedos por el pelo.

Hope estaba hablando con su madre, quizá dándole explicaciones o tranquilizándola. Cuando sus miradas se cruzaron, ella le dio unas palmaditas a su madre en el brazo y se dirigió hacia Gideon.

Él la abrazó y la sujetó con fuerza, sin importarle un comino quién los estuviera viendo, o lo que pudieran pensar.

–Te quiero –le susurró al oído.

–Yo también te quiero –respondió ella–. Vayamos a casa –le pidió mientras le apartaba un mechón de pelo de la mejilla–. Podemos pedir al hospital que nos avise si Tabby recupera el conocimiento. O si muere. Sólo quiero irme a casa.

Había tanto anhelo en su voz cuando decía aquellas palabras... ir a casa... Su casa. Su hogar. El hogar de los dos.

–Sí. Sólo tengo que hacer una cosa primero.

Gideon soltó a Hope y se volvió hacia lo que quedaba del fantasma de Lily Clark.

–Gracias.

El espíritu sonrió, casi con timidez. Por fin se estaba desvaneciendo.

–He ayudado, ¿verdad?

–No lo habría conseguido sin ti.

La justicia que ella pedía ya se había hecho, pero Lily no estaba lista para irse todavía. La sonrisa se le borró de los labios.

–Si muere, ¿irá al mismo sitio que yo? ¿Tendré que verla de nuevo?

Gideon no tuvo que preguntar a quién se refería.

–No. Tabby irá a otro lugar.

Gideon no sabía a qué lugar, ni cómo, y no quería saberlo. Sí sabía que Lily no volvería a ver a su asesina nunca más.

Lily miró hacia el cielo mientras comenzaba a desaparecer.

–Están muy orgullosos de ti –le dijo a Gideon.

–¿Quiénes?

–Tu padre y tu madre. Están muy orgullosos...

Lily Clark no se desvaneció. Desapareció de repente, con un pequeño *pop* que sólo Gideon oyó.

Qué raro que aquella casa fuera su hogar. Ni el apartamento de su madre, ni la casa en la que había crecido, ni su piso de Raleigh, donde había vivido varios años. Su hogar estaba allí.

Alguien del hospital había llamado cinco minutos después de que llegaran a la casa. Tabby había muerto. Sabían, por los restos de la cápsula que llevaba en la boca, que se había matado con algún tipo de veneno, pero aún no habían identificado la toxina. Pasarían unos días antes de que supieran exactamente qué era.

Hope iba a llamar al laboratorio el lunes por la mañana y pedirles que aceleraran el análisis de la sustancia que Tabby le había arrojado a Gideon a la cara. Quizá las dos drogas estuvieran relacionadas.

Gideon estaba distraído. La había desnudado lentamente y le había hecho el amor sin decir una palabra. Aún seguía brillando un poco en la oscuridad, pero finalmente, la luz se apagó y él la abrazó con fuerza. De no haber sido por su respiración y por algunas caricias ocasionales, Hope habría pensado que estaba dormido. Pero no lo estaba. Ella lo sentía porque lo conocía.

–Puedes contarme cualquier cosa, Gideon –susurró–. ¿En qué estás pensando?

Al principio, pensó que no iba a hacerle caso, pero después respondió:

–Nunca vi a mis padres.

–¿Qué quieres decir?

–Después de que murieran, nunca vi sus espíritus. En cualquier sitio al que fuera había espíritus, pero nunca los suyos. Estaba muy enfadado con ellos por no volver. Durante un tiempo, estuve enfadado con todo el mundo.

Hope le acarició la cara con las yemas de los dedos.

–Comencé a meterme en problemas poco después de que murieran. Piénsalo: no hay ningún sistema de seguridad ni ninguna cerradura que pueda impedirme que haga mi voluntad. No pueden retenerme en una celda. Con la suficiente electricidad, puedo abrir cualquier candado. Habría sido un buen ladrón, y durante un tiempo estaba tan furioso con el mundo que casi llegué a eso.

Quizá él no supiera que algo así nunca habría sucedido,

pero Hope sí lo sabía. Gideon era uno de los buenos. En cuerpo y alma.

–¿Y qué te lo impidió?

–Mi hermano. Mi hermana. Saber que quizá, sólo quizá, aunque yo no pudiera ver a mis padres, ellos podían verme a mí.

–Hiciste esa elección hace mucho tiempo, Gideon. ¿Por qué estás pensando ahora en eso?

–Por algo que me dijo Lily Clark antes de irse. Me dijo que mis padres estaban orgullosos de mí, como si... como si hubiera hablado con ellos. Y quizá lo hiciera. Y tú. Tú me has hecho pensar en cosas a las que aún no me había enfrentado. Emma... ni siquiera sé cómo empezar con eso.

Hope le tomó la mano y se la colocó sobre su propio vientre, donde descansó cálidamente.

–Vas a enseñarle a nuestra hija todo lo que tus padres te enseñaron a ti. Cualquier cosa que pueda hacer, cualesquiera que sean sus dones, tú siempre sabrás el modo correcto de enseñarle –dijo sonriendo–. Y yo voy a enseñarle a disparar, además de un vasto repertorio de maniobras de defensa propia.

Gideon la besó. En el silencio, la música entró en la habitación. Honey y la vecina morena de la casa de al lado daban una fiesta aquella noche, y habían puesto el estéreo a todo volumen. Gideon y Hope oían las carcajadas. Parecía que la fiesta estaba llegando a su apogeo.

Gideon apartó la boca de la de Hope y se incorporó rápidamente.

–Fiesta. Tabby dijo que iba a una fiesta esta noche. ¿No crees que...

–Es sábado por la noche, Gideon. Hay muchas fiestas en la ciudad.

Hasta el momento no habían oído hablar de ninguna otra explosión. Quizá no hubiera ninguna otra bomba y Tabby hubiera estado fanfarroneando.

Gideon se levantó de la cama y tomó su ropa.

–Voy a bajar a echar un vistazo, por si acaso. Puede que Tabby supiera dónde vivo, y si puso una bomba hoy, durante el día, probablemente estará bajo la casa.

–Voy contigo.

–No –dijo él–. Quédate aquí. Ahora mismo vuelvo.

Salió por la terraza del dormitorio, bajo la luz de la luna.

Hope apoyó la cabeza sobre la almohada y cerró los ojos, pero no pudo conciliar el sueño. Después de unos minutos, se levantó, se puso una de las camisetas de Gideon y salió a la terraza. Apoyada en la barandilla, observó la terraza de la casa de al lado, que estaba bien iluminada por el sol del atardecer y los faroles que las dos mujeres habían encendido. Había un ambiente muy festivo. Hope nunca había sido muy aficionada a las fiestas. Siempre había sido demasiado seria, siempre había estado demasiado preocupada por lo que era correcto.

Chicos y chicas muy guapos y jóvenes, la mayor parte de ellos en traje de baño, pese a que ninguno se acercaba al agua, bebían cerveza, bailaban y reían. Honey estaba con un muchacho rubio, delgado, y su compañera de piso, la morenita, estaba también emparejada. Su acompañante y ella estaban bailando. Estaban muy bronceados y vestidos de colores brillantes. La mayor parte de la gente iba así. Sonreían como si no tuvieran ninguna preocupación en la vida, bailaban, se tocaban, se besaban y se reían.

Hope observó la fiesta mientras esperaba el retorno de Gideon. Había una mujer rubia que llevaba un vestido corto, muy colorido y apropiado para la playa, que estaba sola junto a la barandilla, igual que Hope. Como si se hubiera dado cuenta de que la estaban mirando, se volvió hacia la casa de Gideon. Al ver a Hope, alzó la mano y saludó moviendo los dedos. A Hope le dio un vuelco el corazón, y comenzaron a temblarle las rodillas.

Tabby.

16

Si había una bomba en casa de Honey, era probable que estuviera bajo la casa, quizá bajo la terraza, o en el garaje. Gideon recorrió la casa, registró el garaje y después entró por la trampilla del sótano. No tardó ni quince minutos en cerciorarse de que allí no había nada fuera de lo corriente. Quizá Lily Clark tuviera razón y la amenaza de una segunda bomba por parte de Tabby no hubiera sido más que un farol.

Gideon no volvió directamente a casa, sino que se dirigió hacia el mar. La puesta de sol y el breve periodo de media luz que se producía después eran un momento muy bello del día, lleno de paz y de poder.

Después de pasear durante unos instantes, caminó hacia la casa, y Honey lo saludó desde la terraza.

–¡Ven a la fiesta!

Gideon sacudió la cabeza.

–No puedo. Lo siento.

Ella hizo un mohín exagerado, y otra persona de la casa comenzó a saludarlo también; era otra mujer rubia. El fantasma de Tabby.

Demonios, parecía muy sólida y real. ¿Significaba aquello que iba a quedarse un tiempo? ¿Significaba que iba a aparecérsele allá donde fuera? Él llevaba años ayudando a continuar su viaje a muchos espíritus tristes, pero nunca se las había visto con un fantasma malvado.

El fantasma dejó de saludarlo, se volvió y comenzó a bajar las escaleras hacia la playa. Iba esquivando a los demás invitados para no chocarse con ellos. ¿Acaso creía Tabby que aún estaba viva? Gideon se detuvo y la esperó. Tabby caminó hacia él con aquella odiosa sonrisa de seguridad suya.

A medida que se acercaba, a Gideon se le encogió el estómago. Tabby era demasiado real, demasiado sólida. Sus pies dejaban huellas en la arena.

No era un fantasma.

Ella se sacó un revólver pequeño del bolsillo.

–¿Sorprendido de verme?

–Sí. Me habían dicho que estabas muerta.

–En realidad, no. Lo pareció durante un rato. Me imagino la sorpresa del forense cuando vaya a la morgue a hacer la autopsia y el cuerpo haya desaparecido.

–¿Dónde está la bomba?

Tabby señaló con la cabeza hacia la terraza.

–Allí, con los que están bailando. Esperando.

–¿Cuánto tiempo va a esperar?

–No mucho.

Gideon se había dejado el arma en la mesilla de noche, porque no esperaba ningún problema semejante a la reaparición de Tabby.

–Supongo que podrías lanzarme otra descarga –dijo ella–. Pero, ¿cómo se lo ibas a explicar a la gente que te está mirando? Te están mirando, Raintree. Están aburridos y tienen curiosidad, y esa rubia está loca por tus huesos. Se conformaría con cualquier otro hombre, pero realmente te desea a ti. Está triste porque tu nueva compañera pase tanto tiempo en tu casa. Triste, celosa y envidiosa.

–¿Qué quieres?

Tabby ladeó la cabeza.

–Quiero lo mismo que quiere tu vecina, pero de un modo distinto –afirmó. Después alzó el arma y disparó. Gideon anticipó aquel movimiento y reaccionó saltando a un lado. La bala le rozó el hombro antes de que cayera al suelo y rodara por la arena. Pese al dolor del hombro, pudo levantarse y echar a correr. No corrió para alejarse de Tabby, sino hacia ella. Ella apuntó de nuevo.

Gideon tenía que acercarse lo suficiente como para lanzarle la descarga e incapacitarla sin crear un relámpago de luz que se vería por toda la playa, y sobre todo, desde la terraza de Honey. Era muy arriesgado no lanzar la descarga inmediatamente, pero tenía que creer que su amuleto protector lo salvaría, como siempre. Unos pasos más y podría detenerla sin revelar su habilidad a todos los que estaban mirando. Uno o dos pasos más...

–¡Gideon!

Tabby y él se volvieron hacia aquella voz. Hope saltaba desde la pasarela a la playa, con las piernas desnudas bajo una de sus camisetas. Llevaba una pistola en la mano.

–¡Tira el arma! –le gritó a Tabby.

Tabby la apuntó y disparó. Hope no cayó, sino que respondió con dos tiros. Fue Tabby la que se desplomó en la arena, con un agujero en la frente y otro en el centro del pecho. Gideon se acercó a ella rápidamente y apartó el revólver que Tabby había dejado caer en el suelo mientras Hope los alcanzaba.

–Vuelve de eso, desgraciada –le dijo suavemente a Tabby. Después miró a Gideon y le dijo, con menos veneno–: Estás sangrando.

Gideon salió corriendo.

–La bomba está en la terraza de Honey.

Hope lo siguió.

–Llamaré a los artificieros.

–No hay tiempo.

Gideon subió de tres en tres los escalones que conducían hacia la fiesta. La música seguía a todo volumen, pero ya no había carcajadas ni baile. Los invitados estaban sombríos. Ninguno había visto antes un tiroteo.

–He llamado a la policía –dijo uno de los muchachos.

–Bien –respondió Gideon, y encontró a Honey entre la multitud–. ¿Esa mujer dejó algo por aquí?

–¿Qué? Dijo que era amiga tuya y que tú vendrías más tarde. ¿Qué iba a dejar?

–¿No dejó nada? –insistió Gideon con tirantez.

Honey miró por la terraza.

–Llevaba un bolso grande. Quizá lo haya dejado.. por ahí, junto a la cerveza.

Gideon pasó por entre los invitados, tomó el bolso y salió corriendo de la terraza.

–¡Eh! –gritó Honey–. ¡Estás sangrando!

Gideon siguió corriendo sin parar hasta el agua con el bolso firmemente agarrado. Hope estaba junto al cuerpo de Tabby, observando alternativamente el bolso y a él.

–¡Vuelve a la casa! –le gritó él.

–Ni lo sueñes, Raintree.

Él la miró mientras pasaba hacia el agua.

–Por Emma, no por mí.

De mala gana, Hope se alejó de la orilla mientras él se adentraba en el mar. Al notar el agua en los muslos, lanzó el bolso hacia delante con todas sus fuerzas. El bolso dibujó un arco por el aire, y él rezó por que la bomba fuera tan sencilla como la que Tabby había dejado en El Cáliz de Plata.

No podía dejar la bomba abandonada en el mar, así que dejó escapar una descarga eléctrica hacia la bomba cuando aquélla tocaba la superficie del agua. Explotó cuando la chispa la tocó. La fuerza del estallido lanzó a Gideon hacia atrás, lo sacó del agua y lo arrojó sobre la arena, donde quedó sentado.

Menos de un minuto después, Hope estaba a su lado. No lo ayudó a levantarse, sino que se sentó a su lado.

–Eres una buena tiradora –le dijo él, pasándole el brazo por los hombros.

–No lo digas con tanta sorpresa.

–No es sorpresa, es alivio.

Hope apoyó la cabeza en su hombro sano. En la distancia, las sirenas se aproximaban.

–Por un segundo creí que estaba viendo fantasmas –susurró Hope mientras se acurrucaba contra él–. No es precisamente divertido.

–No.

–Creía que se me iba a salir el corazón del pecho.

Él le acarició el pelo.

–No tuviste pánico.

–No. Sólo siento pánico cuando me encuentro amuletos de fertilidad colgados del cuello inesperadamente –bromeó Hope–. Llamé a la policía, tomé mi arma y salí justo en el momento en que ella te seguía por la playa.

Estaba anocheciendo rápidamente, pero las farolas de la terraza de Honey iluminaban la playa.

–Vas a ser una estupenda compañera.

–Te lo he estado intentando decir todo este tiempo.

–El jefe intentará separarnos cuando nos casemos. Por esas normas tan molestas.

–Las reglas se hicieron para romperlas. Ya encontraremos la manera –dijo ella. Se puso en pie y le ofreció la mano, mientras un médico y dos policías corrían hacia ellos por la playa–. Vamos, Raintree. Vayamos dentro de casa para que te miren ese hombro antes de que frías al equipo médico.

La policía y los médicos se habían llevado el cuerpo de Tabby, y se habían dado explicaciones a los vecinos, lo cual no había sido fácil; un par de jóvenes juraban que habían visto salir un relámpago de los dedos de Gideon antes de que explotara la bomba. Afortunadamente, habían bebido bastante, así que nadie los creyó.

Cuando todos los policías se marcharon, y la fiesta de Honey terminó, Hope cerró las puertas y llevó a Gideon al baño para desnudarlo y, de paso, desnudarse ella también. Le pasó los dedos por el vendaje del hombro. Sólo era un rasguño. ¿Se lo curaría él mismo con una descarga eléctrica, o dejaría que se le curara solo?

–Me vieron un par de chicos, ¿no? –preguntó él, sin demasiada preocupación.

–Sí. Los convencí de que estaban demasiado borrachos como para pensar con claridad, y creo que me creyeron.

–Eres muy convincente.

–Gracias.

Estaban casi desnudos cuando ella se apoyó contra el pecho desnudo de Gideon y alzó la cabeza para mirarlo a los ojos.

–Tengo una cita para interrogar a Frank Stiles el lunes por la tarde.

–Vas a hacer que confiese, ¿eh?

Hope asintió.

–Sí. Tú hiciste tu parte, y ahora yo voy a hacer la mía.

Era muy buena consiguiendo que los criminales confesaran. Gideon y ella no habían estado suficiente tiempo trabajando juntos como para que él lo supiera, pero lo averiguaría muy pronto.

–¿Y por qué eres tan buena consiguiendo confesiones? ¿Piensas que como eres mucho más guapa que los demás detectives, los malos van a rendirse ante ti?

–No. En realidad, soy una jugadora de póquer estupenda, Raintree. Soy muy buena embaucando a los delincuentes para que hablen. Le sacaré la confesión a Stiles.

–Ese pobre tipo no tiene ni la más mínima posibilidad.

–Bueno, la vida no es justa.

Gideon la abrazó, y ella se derritió contra él. Era maravilloso que la abrazaran con amor y pasión, y con una inesperada ternura. Ella no se había imaginado que sería tan bueno tener un lugar en el que descansar al final del día, una persona especial con la que descansar.

–Estaba muy preocupada por ti –le confesó a Gideon–. Cuando vi que Tabby te apuntaba y te disparaba, y que caías al suelo…

–Estoy bien –dijo Gideon.

–Lo sé, pero…

Hope se quedó sin palabras. Con lo bueno llegaba lo malo. Con la felicidad, la preocupación.

Gideon echó a Hope hacia atrás y le besó la garganta.

–Como te sientes vulnerable, compañera, quizá debiéramos renegociar esa prohibición de sexo sobre el escritorio…

Domingo, 11:36 de la mañana

–Al menos, esta vez no se ha levantado y se ha marchado –dijo el forense mientras rodeaba el cuerpo cubierto de Tabby.

Gideon y Hope habían ido a la morgue porque les habían avisado de que el cadáver tenía algo peculiar.

–Fue el disparo en la cabeza lo que la mató –dijo el forense sin emoción–. La bala del pecho pasó junto al corazón y se alojó en la espina dorsal. Eso no la habría matado, aunque la habría detenido en seco.

–¿Qué era lo que quería enseñarnos? –le preguntó Gideon.

Con la asistencia de su ayudante, el forense descubrió el cuerpo de Tabby.

–Nunca había visto nada semejante. Al principio pensé que era un tatuaje, pero en realidad es una marca de nacimiento. Sé que hay algunas marcas que tienen forma de otra cosa, pero esta luna creciente que tiene el cadáver en el omóplato es perfecta. Y tiene un color muy poco corriente. Me pareció que sería útil para identificarla.

Gideon se quedó mirando la marca de nacimiento. Era, tal y como el forense había dicho, una luna creciente perfecta, tanto en color como en forma.

–Oh, Dios –murmuró Gideon.

–¿Qué pasa? –le preguntó Hope.

Gideon corrió hacia la puerta mientras se sacaba el teléfono móvil del bolsillo, y Hope lo siguió.

–Tabby dijo «ellos» –le explicó Gideon–. Y temía por su propia vida si no me mataba. Claro que tenía miedo. También quería a Echo. Eso fue lo que dijo en el apartamento de tu madre.

–Raintree –le preguntó Hope mientras bajaban las escaleras a toda velocidad–. ¿De qué estás hablando?

–Se llama Tabby Ansara. Pensábamos que estaban derrotados, indefensos y… maldita sea. Esto lo cambia todo.

Mientras se alejaba del edificio para ver si conseguía tener buena cobertura, su móvil sonó. En vez de dárselo a Hope para que respondiera ella, se lo puso en el oído.

Era Dante. Gideon no entendió todas las palabras debido a las interferencias, pero sí oyó claramente lo que más necesitaba saber.

Ansara.

Santuario.

Gideon se volvió hacia Hope. La quería, y aunque a ella no le gustaba mucho que él quisiera protegerla, no podía ponerla en medio de lo que se avecinaba. No podía y no estaba dispuesto a hacerlo.

–Tengo que irme a casa. Al hogar de los Raintree.

–Voy contigo –dijo ella al instante.

–No.

–¿Cómo que no?

–Hay problemas, o pronto los habrá. Unos problemas que no puedes imaginar. Quiero que Emma y tú estéis a salvo.

–Tengo una pistola, y sé usarla –argumentó ella.

¿Cómo podía explicarle que ni siquiera con una pistola en cada mano podría luchar en la batalla que se cernía sobre ellos.

–Por favor, quédate aquí.

Hope suspiró y aceptó su orden, pero no la aceptó con facilidad. ¿Lo haría alguna vez?

–Llámame cuando llegues.

–Lo haré.

«Si puedo», pensó.

–De todos modos, no entiendo por qué no puedo ir contigo –refunfuñó–. Ya sé lo de tu familia, así que no tienes por qué ocultarme nada.

Él le tomó la cara entre las manos.

–Te quiero. Te quiero tanto que me da miedo. No pensaba que nunca nadie pudiera importarme tanto como tú. Todo ha ocurrido tan deprisa que me da vueltas la cabeza. Es muy importante, y quiero que tú y yo tengamos una oportunidad. Un día te llevaré a Santuario, te lo prometo –le dijo–. Pero no hoy.

–No lo entiendo –dijo ella suavemente.

–Lo sé, y lo siento.

Gideon la besó largamente, aunque no tanto como hubiera querido, y después entró rápidamente en el Mustang.

–Llama a Charlie y dile que te lleve a casa. Yo me pondré en contacto contigo tan rápidamente como pueda.

Gideon dejó a Hope en el aparcamiento. Ella no era una mujer que estuviera acostumbrada a esperar, Gideon lo sabía, pero lo esperaría. No tenía ninguna duda al respecto.

Aquel día era el solsticio de verano. Eso no era una casualidad. Los intentos de Tabby de matarlos a Echo y a él tampoco eran una coincidencia. Los Ansara querían tomar Santuario, querían hacerse con el poder que allí reinaba. Siempre lo habían querido.

No iban a conseguirlo.

Un día, su mujer y su hija descubrirían la belleza y el poder de la tierra de los Raintree. Gideon tenía el deber de proteger aquella tierra, el Santuario de los Raintree, como también era su deber proteger a Hope y a Emma, y a cualquier otro pequeño Raintree que llegara con el paso de los años. Era su deber y un honor para él proteger todo lo suyo, y si aquel privilegio llegaba acompañado de fantasmas y descargas eléctricas, y de alguna batalla, debía aceptarlo.

Gideon condujo a toda la velocidad que le permitía el Mustang cuando llegó a la autopista. El viento le azotaba el pelo, y a cada segundo que pasaba, Santuario estaba más y más cerca.

Cuando una tormenta inesperada se aproximó desde el sur y cubrió el cielo sobre el coche, no había nadie más en kilómetros a la redonda.

Mercy Raintree

BEVERLY BARTON

Prólogo

Domingo, 9:00 de la mañana

Aquel extraordinario día de junio, a tan sólo una semana del solsticio de verano, Cael Ansara observaba y esperaba mientras el cónclave se reunía en su sala de juntas privadas, en Beauport. Él, y sólo él, sabía lo memorable que iba a ser aquel día para los Ansara y el futuro de su gente.

Doscientos años antes, su clan había perdido la gran batalla con su enemigo acérrimo, y su familia había resultado prácticamente aniquilada. Los pocos que habían conseguido sobrevivir buscaron refugio allí, en la isla de Terrebonne y, generación tras generación, habían crecido en fuerza y número. Como el Ave Fénix, habían renacido de sus cenizas, más fuertes y poderosos que nunca.

Uno por uno, los miembros del consejo se reunieron aquella mañana de domingo tal y como hacían una vez al mes, hablando en voz baja entre ellos, comparando anotaciones sobre las variadas empresas de la familia, mientras esperaban al Dranir. Judah Ansara, el todopoderoso cabeza del clan, respetado y temido en la misma medida, había heredado aquel título de su padre. Del padre de los dos.

¿Qué diría el noble consejo cuando supiera que el Dranir había muerto? Cael sabía que tendría que actuar con toda rapidez para tomar el control y asegurar lo que era suyo en cuanto tuvieran la noticia de que Judah había sido asesinado.

Naturalmente, él fingiría tanto dolor como los demás, y haría una gran actuación condenando el brutal homicidio de su hermano. Incluso juraría venganza en nombre de Judah.

Cael sonrió ligeramente. Él mismo había enviado al guerrero adecuado para que eliminara aquel último obstáculo en su camino hacia el poder. Él mismo había otorgado un hechizo de suprema fuerza y astucia a aquel guerrero, para que fuera igual, si no superior, a su oponente. Pronto, todos sabrían que Judah, el Invencible, había sido derrotado.

Por fin, después de toda una vida de ser el hijo bastardo, de esperar, planear y maquinar, ocuparía su lugar como Dranir. ¿Acaso no era él el primogénito del difunto Dranir Hadar? ¿No era él tan poderoso como su hermano menor, Judah, o quizá más? ¿No estaba mejor preparado para liderar al gran clan Ansara? ¿No era su destino destruir a sus enemigos, borrar a todos los Raintree de la faz de la tierra?

Judah afirmaba que aquél no era el momento adecuado para atacar, que el clan de los Ansara aún no estaba preparado. En la última reunión del consejo, Cael se había enfrentado a él por aquel motivo.

–Somos poderosos y fuertes. ¿Por qué debemos esperar? ¿Tienes miedo de enfrentarte a los Raintree, hermano mío? –le había preguntado Cael–. Si es así, cédeme tu lugar y yo conduciré a nuestra gente a la victoria.

En el momento en que se había enfrentado a Judah, Cael ya tenía hechos sus planes, y había estado preparando encargos para los Ansara que estaban bajo su guía. Había dotado a cada uno de los jóvenes guerreros de un hechizo protector. Primero, el más temible de sus seguidores, Stein, mataría a Judah. Después Greynell daría un golpe letal en el corazón del reino de los Raintree, en Santuario, el que había sido hogar de la familia durante siglos. Después de eso, Tabby eliminaría a la profetisa del clan, Echo, para evitar que viera las tragedias devastadoras que iban a abatirse sobre ellos.

Por desgracia, sólo un miembro del consejo había estado de acuerdo con él. Uno de doce: Alexandria, la mujer más bella y poderosa de la familia real, tercera en la línea de sucesión al trono. Era prima carnal de Cael y de Judah; siempre había sido una fiel aliada de Judah, pero cuando Cael le había prometido que ocuparía un lugar a su lado si él se convertía en Dranir, ella había cambiado su lealtad en secreto. ¿Qué importaba que, en realidad, él no tuviera intención de compartir su poder con nadie, ni siquiera con Alexandria? Cuando él fuera el Dranir de los Ansara, nadie osaría desafiarlo.

–No es propio de Judah llegar tarde –les dijo en aquel momento su prima a los demás.

–Estoy seguro de que tendrá un motivo –dijo Claude Ansara.

Claude era otro de sus primos, el confidente de Judah desde que eran niños. Claude era segundo en la sucesión, después del mismo Cael. El padre de Claude, que había muerto poco tiempo atrás, era un hermano menor del padre de Cael y Judah.

Los asistentes comenzaron a preguntarse por Judah y a demostrar cierta preocupación por su tardanza. El Dranir nunca había acudido tarde a una reunión del consejo.

¿Por qué no habían recibido una llamada de teléfono?, se preguntó Cael. ¿Por qué no se había hecho pública todavía la muerte de Judah? Cael le había dado a Stein la orden de desaparecer en cuanto matara a Judah, y no reaparecer hasta que Cael estuviera al mando de los Ansara y pudiera darle permiso para volver y luchar contra los Raintree. Pronto. El día del solsticio de verano.

De repente, las puertas de la estancia se abrieron con violencia. En el vano apareció un hombre de ojos grises, heladores, escrutadores. Llevaba unas botas negras, pantalones del mismo color y una camisa blanca manchada de sangre. Los ventanales que daban al océano vibraron a causa de la furia de Judah Ansara.

Cael notó que se quedaba pálido, y el corazón se le detuvo durante un terrorífico momento, cuando se dio cuenta de que Judah había sobrevivido a su intento de asesinato. Había sido capaz de vencer a un guerrero a quien Cael había dotado de un hechizo con su increíble poder mágico, lo cual significaba que Judah era mucho más fuerte de lo que él pensaba. Sin embargo, aquello no era lo importante en aquel momento. Lo que necesitaba saber Cael era si Stein había vivido lo suficiente como para traicionarlo.

–Judah –dijo Alexandria–. ¿Qué ha ocurrido? Parece que has estado en una batalla.

Él la miró con los ojos entornados, centelleantes.

–Alguien de mi propio clan me desea la muerte –dijo, en el tono de voz intenso de un hombre que apenas podía controlar su ira–. El guerrero Stein entró en mi habitación al amanecer e intentó asesinarme mientras dormía. La mujer que compartía el lecho conmigo era su cómplice, y había querido drogarme la noche anterior. Sin embargo, los dos fueron unos estúpidos al creer que no iba a notar el peligro y a actuar en consecuencia, pese al fuerte hechizo mágico que protegía a Stein. Cambié mi copa por la de la dama, de modo que fue ella la que consumió la droga y quedó profundamente dormida, mientras yo estaba vestido y preparado para la batalla cuando llegó Stein. Por cierto, entró por el pasadizo secreto que lleva a mi dormitorio, pasadizo cuya existencia sólo conocen los miembros de este consejo.

Cael se dio cuenta de que debía hablar, reaccionar con indignación, o de lo contrario, las sospechas recaerían inmediatamente sobre él.

–¿Quieres decir que...

–No quiero decir nada –respondió Judah, al tiempo que atravesaba a Cael con una mirada implacable–. Pero con el tiempo, hermano, descubriré la identidad de la persona que envió a Stein a hacer el trabajo sucio, y en su debido momento, me vengaré.

Judah se frotó el hombro herido, y en su camisa blanca apareció una nueva mancha de sangre.

–Dios mío, aún estás sangrando –dijo Cael, y se acercó a él, observándolo de pies a cabeza para cerciorarse de que no tuviera más heridas.

–Tengo algunos cortes, nada más –dijo Judah–. Stein fue un oponente notable. Quien lo eligiera, lo eligió bien. Sólo unos cuantos Ansara tienen una destreza similar a la mía en la batalla. Stein se acercaba a mí.

–Nadie tiene tu nivel de habilidad –dijo el consejero Bartholomew, mientras los demás miembros del consejo rodeaban a Judah–. Eres superior en todos los sentidos.

–Si tu lucha con Stein fue al amanecer, ¿por qué todavía estás sangrando? –le preguntó Alexandria–. ¿No has tenido tiempo de curarte, bañarte y cambiarte de ropa antes de la reunión?

Judah se rió sin alegría.

–Cuando mis hombres retiraron el cuerpo de Stein y el de su cómplice, la prostituta Drusilla, tenía intención de bañarme, pero recibí una llamada de teléfono de Estados Unidos que me lo impidió. Lo que me han dicho requiere mi inmediata atención. Hablé directamente con Varian, el director del equipo Ansara que está dedicado a vigilar el santuario de los Raintree.

Los miembros del consejo murmuraron entre sí. Después, una de las ancianas habló por los demás.

–Dinos, Judah, ¿era una llamada en referencia a los Raintree?

Judah asintió y miró fijamente a Cael.

–Tu protegido, Greynell, está en Carolina del Norte.

–Te juro que yo no…

–¡No jures en vano!

Cael se echó a temblar de miedo, odiándose a sí mismo por no ser capaz de soportar la furia de su hermano. Irguió los hombros y miró a Judah a los ojos para enfrentarse a él.

–¿Sabías que Greynell había ido a Carolina del Norte? –le preguntó Judah.

–Lo sabía –admitió Cael–. Pero yo no lo envié. Él actuó por cuenta propia.

Judah gruñó.

–Y tú no sabes cuál es su misión, ¿verdad?

–Sí, Judah. Sé que algunos de tus guerreros más jóvenes se están impacientando. Ellos no quieren esperar para declarar la guerra a los Raintree. Unos cuantos han decidido actuar por sí mismos en vez de esperar a que tú les digas cuál es el momento oportuno.

Judah emitió una violenta imprecación, y Claude le puso la mano en el hombro y le habló en voz baja.

Judah suspiró largamente.

–Greynell se propone entrar en el santuario Raintree.

Cael también soltó un juramento.

–¿Quién es su objetivo? –preguntó Judah.

¿Mentiría y juraría que él no lo sabía? ¿O confesaría? Cael notaba que Judah estaba intentando penetrar en su mente, que buscaba una forma de atravesar la barrera que él apenas podía mantener en pie. Si Cael no fuera tan poderoso, nunca habría soportado la brutal fuerza psíquica de su hermano.

–Mercy Raintree –dijo Cael, con reverencia.

Aquella mujer era una Raintree, pero sus habilidades eran legendarias entre los Ansara, tanto como entre los de su propio clan. Ella era la empática más poderosa del momento.

Judah se enfureció.

–Mercy Raintree –dijo, con la voz letalmente calmada– es mía. Yo la reclamé. A mí me corresponde matarla.

1

Domingo, 9:15 de la mañana

Sidonia estaba preparando el desayuno, como todas las mañanas, moviéndose con lentitud por la enorme cocina. Como el resto de la casa, la cocina se había construido doscientos años antes, cuando los Raintree se habían establecido en las colinas de Carolina del Norte. Poco después de La Batalla. Dante y Ancelin Raintree habían comprado una vasta finca en la que habían creado un hogar para el clan de los Raintree, un refugio donde pudieran recuperarse y reconstruir sus vidas después de la terrible guerra con los Ansara. A lo largo de los años, la casa se había reformado varias veces, pero ciertas cosas nunca cambiarían allí, como el honor, el deber y el amor por la familia.

La casa principal estaba en las estribaciones de uno de los montes, rodeada de bosques, con riachuelos, árboles centenarios y abundancia de vida salvaje. En la finca había también una docena de casas de campo, algunas ocupadas por parientes, y otras vacías durante una buena parte del año, pero preparadas siempre para recibir a los miembros del clan. La familia siempre era calurosamente acogida.

Sidonia, una pariente lejana de la familia real, había comenzado a trabajar para ellos a los dieciocho años. La había llevado a la casa el Dranir Julian cuando su esposa, Vivienne, estaba embarazada de su primer hijo. El joven príncipe Michael había sido hijo único varios años, durante los cuales había forjado un fuerte lazo de cariño con Sidonia, que se había convertido en su segunda madre. Era natural que cuando se hiciera un hombre, se casara y se convirtiera en padre, la eligiera como niñera de sus hijos. Y, cuando Michael y su amada Catherine habían sido brutalmente asesinados, diecisiete años antes, había recaído sobre ella la responsabilidad de cuidar de los príncipes, Dante, Gideon y Mercy.

Dante vivía en Reno, Nevada, y era propietario de un casino. Estaba soltero todavía, pese a que sabía perfectamente que debía engendrar un heredero. Él era el Dranir; debía supervisar al clan Raintree y manejar las finanzas. Durante los pasados diez años, había multiplicado por dos la fortuna de la gran familia.

Su hermano menor, Gideon, vivía en Wilmington y era detective de homicidios. Gideon también estaba soltero, y había dejado bien claro que no tenía intención de casarse ni de tener hijos.

Mercy permanecía en Santuario. Era su guardiana. Como su tía abuela Gillian, Mercy era una poderosa empática y debía velar por la familia y por todas las cosas Raintree.

Mucho tiempo antes, una tríada de Raintree reales habían extendido un velo protector de hechizos sobre la tierra del clan, y anualmente, Mercy, Gideon y Dante renovaban aquellos hechizos, el día del equinoccio vernal, a principios de primavera. Sólo alguien que poseyera el mismo poder, o más grande que el de los miembros de la familia real de los Raintree, podría atravesar la barrera invisible que protegía el Santuario de los intrusos.

Sidonia se estremeció al recordar las historias de los Ansara y la leyenda de La Batalla, que había barrido de la tierra al malvado clan guerrero. Todos, salvo a unos cuantos que habían conseguido escapar, y de los cuales nada había vuelto a saberse.

Mientras hacía la masa de las galletas, Sidonia fingió que

no veía a la niña que entraba de puntillas en la cocina. Quizá fuera la debilidad de la edad anciana, después de todo, Sidonia tenía ochenta y cinco años, pero quería a aquella niña con toda su alma. La princesa Eve Raintree, una pilluela preciosa y encantadora, le había robado el corazón a Sidonia desde el primer momento en que la había visto.

La princesa Mercy, su madre, había dado a luz allí mismo, en su habitación, acompañada sólo por Sidonia, tal y como deseaba. El parto había sido largo, pero no difícil. La recién nacida era un espécimen de belleza femenina perfecta, con el pelo dorado de su madre y sus rasgos delicados. Y con los fascinantes ojos verdes de los Raintree, un rasgo hereditario dominante que marcaba a aquellos que los poseían como verdaderos miembros de la familia.

Sidonia se negó a pensar en aquella otra marca de nacimiento que poseía la niña, una marca que sólo Mercy y ella conocían. Aquel único detalle separaba a Eve de todos los demás de un modo muy especial que debía mantenerse en secreto, incluso de Gideon y de Dante.

Eve se acercó sigilosamente a Sidonia, que contuvo el aliento a la espera de la travesura que la niña estuviera preparando. De repente, el rodillo se le escapó de las manos y salió danzando por el aire, hasta que cayó en mitad del suelo de la cocina con un golpe seco. Sidonia se dio la vuelta con la mano sobre el corazón, fingiendo que se había llevado un buen sobresalto.

–Me has dado un susto de muerte, princesita.

Eve se rió con una carcajada que era como una música dulce.

–Es nuevo. Acabo de aprenderlo. Mi madre dice que se llama levitación. Creo que se me va a dar muy bien, ¿verdad?

Sidonia se limpió las manos en el delantal y le dio un pellizquito a la niña en la nariz.

–Creo que se te darán bien muchas cosas, pero debes aprender a controlar tus poderes y usarlos con inteligencia.

–Eso es lo que dice mi madre.

–Tu madre es una mujer muy sabia.

Sí, Mercy era sabia. También era buena, amable y cariñosa. Y la persona con la capacidad de curación más fuerte del mundo. Podía sentir el dolor de los demás, sacarlo de su cuerpo y sanarlos. Sin embargo, el precio que pagaba era muy alto: a menudo, la agonía personal que le causaba hacerlo le privaba de energía durante horas, incluso días.

–Y es muy guapa –prosiguió Eve–. Yo también.

Sidonia se rió. No estaba mal que la niña conociera sus puntos fuertes.

–Sí, tu madre y tú sois muy guapas.

Mercy era tan bella por dentro como por fuera, pero Sidonia tenía miedo de que quizá aquello no pudiera decirse también de la preciosa niña. Era buena y tenía un gran corazón, pero algunas veces, cuando su temperamento estallaba incontrolablemente, Sidonia y Mercy habían sido testigos del increíble poder que poseía Eve.

–¿Dónde está mi madre? ¿No va a desayunar hoy conmigo? –preguntó la niña mientras se sentaba en la barra de granito que separaba la cocina de la sala de desayunos.

–Ha ido a meditar a Amadahy Point. Volverá pronto –dijo Sidonia, y volvió a su tarea. Recogió el rodillo, lo lavó y siguió extendiendo la masa de las galletas.

–¿Le ha ocurrido algo? –preguntó Eve.

Sidonia titubeó. Después, como sabía que Eve podía leerle el pensamiento si quería, dijo:

–Que yo sepa, no le ha ocurrido anda. Sólo sintió la necesidad de meditar.

Sidonia cortó la masa y puso las galletas crudas sobre una bandeja. Después, introdujo la bandeja en el horno ya caliente.

–¿Puedo tomar un vaso de zumo de manzana mientras espero a mamá? –preguntó Eve, mirando a la nevera.

–Claro que puedes.

De repente, la puerta del refrigerador se abrió, y la jarra de zumo salió flotando por el aire. Eve se rió.

Sidonia agarró la jarra en mitad del vuelo y la puso sobre la barra.

–Eres un poco fardona.

–Mi madre dice que la práctica lleva a la perfección, y que si no practico mis habilidades, no conseguiré dominarlas. Me lo dijo con el ceño fruncido. Creo que se preocupa por mí. Piensa que tengo unos poderes asombrosos.

–Sí, tu madre y yo lo sabemos. Y las dos nos preocupamos, porque eres muy pequeña, y todavía no sabes dirigir tus poderes. Por eso Mercy te dice que debes practicar. Con tus tíos y tu madre fue igual. Tuvieron que aprender a controlar sus poderes.

–Pero yo soy diferente. Yo no soy como mamá, ni como el tío Dante, ni como el tío Gideon.

Sidonia se sobresaltó de verdad. ¿Era posible que la niña conociera el secreto de su concepción? No, no podía ser cierto. Quizá leyera los pensamientos de los demás, pero no tenía por qué entender siempre lo que oía.

–Claro que eres diferente –le dijo Sidonia–. Eres miembro de la familia real. Tu tío es el Dranir, y tu madre tiene la capacidad empática más grande del mundo.

Eve sacudió la cabeza.

–Yo soy más que una Raintree.

Sidonia se estremeció de miedo. La niña presentía la verdad, aunque no supiera cuál era aquella verdad. Sidonia tomó un vaso de un armario y le sirvió zumo de manzana. Después puso el vaso ante Eve.

–Sí, eres más que una Raintree. Eres muy, muy especial. Única.

Mercy Raintree estaba sentada en la hierba, con los ojos cerrados y las manos descansando sobre el regazo. Siempre que estaba preocupada acudía a Amadahy Point a meditar, a ordenarse el pensamiento y a renovar sus fuerzas. El sol la cubría con sus rayos, como si fueran un abrigo invisible, y la envolvía en calor y luz. Mercy sentía la caricia de la brisa suave. Con los ojos cerrados y el alma abierta a la energía positiva que obtenía de aquel lugar sagrado, aquel santuario dentro del santuario, se concentró en lo más importante para ella.

La familia.

Mercy presentía un peligro inminente. Sin embargo, no sabía de quién, ni de qué, podía provenir. Aunque sus dones más potentes eran los de la empatía y la curación, también poseía cierto poder de precognición, menos imprevisible que el de su prima Echo, pero no tan fuerte. También había sido maldecida con la habilidad de sentir el estado emocional y físico de los demás a distancia.

De niña, el don de la empatía le había resultado agotador, pero con el tiempo, año tras año, había aprendido a controlarlo. Y en aquel momento, pese a que Dante y Gideon sabían cómo bloquearla para que no interceptara sus pensamientos y sus emociones, Mercy aún era capaz de percibir algo en los límites de la consciencia de sus hermanos.

Dante y Gideon tenían problemas, pero ella no sabía por qué. Quizá no fuera otra cosa que el estrés de sus profesiones. O quizá fueran problemas de su vida personal.

Si sus hermanos necesitaban su ayuda, se la pedirían. El hecho de saber aquello le resultaba consolador. Sus hermanos eran, tal y como ellos le habían dicho en numerosas ocasiones, hombres adultos, perfectamente capaces de cuidarse sin la ayuda de su hermana pequeña.

Cuando sus hermanos necesitaban reponer su alma, alimentar su espíritu, iban a casa, a la tierra de los Raintree, en las montañas de California del Norte. Dentro de los límites de aquella enorme finca no podía entrar nadie sin alertar a la guardiana. Mercy Raintree era aquella guardiana, la protectora del hogar de la familia, igual que lo habían sido su tía abuela Gillian, y antes, la madre de Gillian, Vesta, la primera guardiana de Santuario.

Después de respirar profundamente una vez más, Mercy abrió los ojos y miró al valle que se extendía bajo sus pies. Finales de primavera en el valle. Un cielo azul, interminable. Árboles tan altos como torres. Multitud de flores de colores, llenas de perfume.

Mercy no sabía con seguridad qué era lo que le ocurría, pero tenía una molesta sensación de inseguridad, que quizá no tuviera nada que ver con sus hermanos ni con nadie del clan Raintree. No, la inquietud estaba dentro de su alma. Era un anhelo que sólo podía controlar por quién era, por su deber para con su familia y su gente. Siempre que la asaltaban aquellas extrañas emociones, subía a aquel pico sagrado a meditar hasta que la intranquilidad desaparecía. Sin embargo, aquel día, por algún motivo desconocido para ella, la ansiedad no cesó.

¿Era una advertencia?

Siete años antes había permitido que aquella hambre que sentía por dentro la condujera hacia territorios peligrosos, a un mundo para el que no estaba preparada, a una relación que había alterado su vida. No podía sucumbir al miedo. Y, salvo las breves visitas que les hacía a sus hermanos, no volvería a salir del Santuario de los Raintree. Nunca jamás.

Domingo, 3:15 de la tarde

El jet privado había aterrizado en Asheville, Carolina del Norte, media hora antes. A Judah lo aguardaba un coche alquilado, así que pudo ponerse en camino inmediatamente. No sabía cuánto tiempo le quedaba antes de que Greynell atacara, no estaba seguro de si podría salvar a Mercy Raintree. Sabía que su primo menor era un bala perdida, y que como otros guerreros jóvenes del clan Ansara, estaba ansioso por entrar en batalla. Sin embargo, hasta aquel momento no se había dado cuenta del alcance del poder de Cael sobre el chico, y tampoco de lo desequilibrado que había llegado a estar Greynell.

Judah sabía que Cael intentaría ponerse en contacto con Greynell para advertirle de lo que iba a ocurrir. Sin embargo, Cael ya se habría dado cuenta de que su poder de telepatía había sido bloqueado. Temporalmente, no podría usarlo. ¿Se habría imaginado también que había subestimado el poder de Judah? Cael había pensado que era superior a su hermano menor. Idiota. Quizá el hecho de saber que Judah le había privado de su poder telepático le demostraría que estaba confundido.

El hecho de que fueran hermanos era la única razón por la que Judah no había retado a Cael a un duelo a muerte. Sin embargo, cuando se hubiera ocupado de Greynell, Judah tendría que enfrentarse a su hermano para terminar de una vez por todas con los intentos de Cael para destronarlo.

Judah condujo a toda velocidad por la autopista setenta y cuatro, la que llevaba al sur, hacia las colinas occidentales de las Grandes Montañas del Humo. El Santuario Raintree bordeaba la reserva cherokee. Varios miembros del clan se habían casado con indios de la tribu antes del Camino de las Lágrimas, unos ciento setenta años antes, y la familia había ayudado a los cherokees que habían escapado de los soldados y se habían refugiado en aquellas montañas.

Desde su niñez, Judah había estudiado a los poderosos enemigos de los Ansara, sabiendo que su destino era llevar a cabo la venganza por la derrota que les inflingieron en La Batalla, dos siglos antes, y exterminar a todos los Raintree. Sin embargo, aquél no era el momento adecuado.

Era una pena que Mercy Raintree también tuviera que morir junto a sus hermanos y los demás de su clan. No obstante, sabía que ninguno de ellos podía quedar con vida. Ni siquiera Mercy.

Greynell, sin embargo, no era quien tenía el derecho de matarla. Todos los miembros del clan Ansara sabían que Mercy Raintree le pertenecía a Judah. Él la mataría, como a Dante Raintree. Los poderes que poseían su hermano y ella serían absorbidos por Judah cuando murieran. Y el otro hermano, Gideon, le pertenecía a Claude. Cael se había puesto furioso cuando Judah le había concedido a Claude el derecho de matar al tercer príncipe Raintree.

Cael llevaba demasiado tiempo siendo una espina en el costado de Judah. Él le había permitido muchas cosas a su hermano, le había perdonado sus pecados una y otra vez, pero ya no podía seguir haciéndolo. Cael se había convertido en alguien muy peligroso, no sólo para Judah, sino para todos los

Ansara. Judah ya no podía posponer más el momento de enfrentarse a su hermano, que estaba hambriento de poder.

La llamada se produjo a las siete y cuarenta y dos minutos del sábado por la tarde, mientras Mercy, Eve y Sidonia estaban sentadas en el gran porche trasero de la casa, disfrutando de la serenidad y la paz del atardecer.

Durante todo el día, Mercy se había sentido inquieta. Y una vez que recibió la llamada, supo el motivo de su preocupación. Ella casi nunca salía de la finca. A medida que había crecido, sus poderes de empatía se habían hecho tan grandes que le resultaba difícil estar entre la gente. El mero hecho de caminar por la calle en Waynesville era extenuante. Los pensamientos y las emociones de los demás la bombardeaban con tan sólo establecer contacto visual. Y si alguien la rozaba accidentalmente... oía sus pensamientos, sentía su dolor, experimentaba su alegría. Además, cualquier hechizo protector que pudiera usar tenía sus límites y sus desventajas, así que sólo los utilizaba cuando era imprescindible.

Cuando era adolescente, después de que sus padres hubieran sido asesinados, ella había tenido el deseo de ser médico, de salvar a la gente, como habían intentado hacer los doctores de Asheville con sus padres. Había creído, equivocadamente, que su don de empatía la ayudaría a ser mejor médico. El doctor Huxley, el médico más anciano de la zona, que había sido amigo de su padre, le había dado clases e incluso había conseguido que Mercy pudiera acompañarlo en sus salidas para atender emergencias, en las que el don de Mercy a menudo había servido para salvarles la vida a los pacientes. El doctor Huxley había crecido cerca de Santuario y sabía que los Raintree eran una gente especial, y que Mercy tenía uno de los talentos más notables de todos ellos. Los Raintree confiaban en el médico como no confiaban en ningún otro humano. Sabían por instinto que no los traicionaría.

Mercy, después de haber recibido clases del médico, decidió dejar las montañas, a los dieciocho años, para asistir a la

Universidad de Tennessee. Aquello había sido emocionante, pero también angustioso, debido a la densidad de población. Con la ayuda de su familia, y de Dante en especial, que había hecho que varios jóvenes Raintree asistieran a la misma universidad, Mercy había conseguido graduarse. Sin embargo, vivir lejos de Santuario le había demostrado que no podría terminar la carrera y convertirse en médico. Su empatía era a la vez una bendición y una maldición.

A partir de entonces, el doctor Huxley sólo se ponía en contacto con ella para pedirle ayuda en raras ocasiones. Aquella tarde era una de esas ocasiones. Se había producido un accidente de tráfico a tan sólo un kilómetro y medio de la finca, y el doctor Huxley sabía que ella llegaría al lugar antes que ningún equipo de emergencia.

Mercy se subió a su coche y, mientras salía a la carretera desde el garaje, vio a Sidonia y a Eve por el espejo retrovisor, despidiéndose de ella con la mano. Se concentró en el camino que tenía por delante y apretó el acelerador; la vida de los accidentados podía estar en sus manos.

Menos de cinco minutos después, se encontró con dos vehículos mutilados que habían chocado frontalmente. Mercy aparcó en la cuneta, abrió la puerta y salió corriendo con el corazón acelerado. El primer vehículo era un coche deportivo rojo que estaba completamente aplastado. No tuvo que tocar el cuerpo de su conductor para saber que había muerto.

Le deseó a su alma un viaje tranquilo a su otra existencia. No podía hacer nada más por él. Sin embargo, percibió señales de vida en el otro coche. Cuando se aproximó al Ford plateado oyó gemidos y llanto. El conductor era un hombre de mediana edad que estaba atrapado tras el volante. La mujer que estaba a su lado era quien gemía. Tenía la cara pálida manchada de sangre, de su sangre y de la de su marido.

Con ambas manos, Mercy atravesó la ventanilla destrozada y tocó a la mujer. La herida gritó, y de repente se quedó silenciosa, inmóvil, mientras Mercy conectaba con ella y comenzaba a absorber el dolor de su cuerpo. Sin decir una palabra, Mercy se comunicó con ella, haciendo todo lo que podía por reconfortarla.

–Me llamo Mercy y he venido a ayudarte.

La mujer, finalmente, consiguió hablar.

–Soy Darlene y... oh, Dios, mi marido... Keary...

Mercy levantó una mano del cuerpo de Darlene y tocó a Keary en el hombro derecho. No sintió vida. El hombre había muerto.

Volvió a la tarea de sanar a Darlene, de impedir que se desangrara hasta morir. Mercy se concentró completamente en mantenerla con vida, en librarla del dolor canalizándolo hacia su propio cuerpo.

Mercy tembló al sentir aquella agonía. El dolor era insoportable. Sin embargo, debía permanecer consciente; con su fuerza personal y con todos los dones poderosos que había recibido al nacer, comenzó a dejar fluir su magia.

Judah había percibido la esencia de Greynell a unos treinta kilómetros de distancia, pero sabía dónde estaba desde el momento en que su avión había aterrizado en Asheville.

Dejó su coche a cierta distancia de donde su primo estaba esperando y vigilando, y se adentró en el bosque con sigilo. Dejó que su olfato de depredador lo guiara hasta una zona boscosa anexa a una carretera secundaria que estaba a poca distancia de las tierras de los Raintree.

De repente, sin previo aviso, Judah sintió una sacudida de reconocimiento. Fue algo tan fuerte que, por un momento, quedó helado, inmóvil. Aquella conexión tan fuerte provenía de cerca, y no de un Ansara. Aquella magia todopoderosa irradiaba de su enemiga, Mercy Raintree.

La sentía dentro de su alma, como si fuera parte de él. Estaba cerca; tan cerca como Greynell. Y estaba practicando una potente curación. Mercy no era una empática cualquiera; poseía el raro don de la curación a través de la psiquis; y, fuera cual fuera el motivo, en aquel momento estaba usándolo para salvar una vida humana. Al hacerlo, iba a perder su fuerza y su poder, y sin saberlo, iba a quedar completamente indefensa ante Greynell. Aquél era, exactamente, el objetivo del joven guerrero, motivo por el que había provocado el accidente que había hecho salir a Mercy de la seguridad del Santuario de los Raintree.

Incapaz de hacer caso omiso de la energía increíble que Mercy desprendía, Judah se limitó a absorberla. Se sintió bombardeado por su bondad y por su ternura. Era mucho más poderosa que siete años antes. A los veintitrés años, Mercy no era oponente para Judah. En el presente, sin embargo, quizá fuera la única persona del mundo que podía considerarse su igual.

Judah se envolvió en un manto de invisibilidad y bloqueó su presencia física y psíquica. Siguió avanzando hasta que llegó a su destino. Se detuvo al ver a Pax Greynell acercarse a Mercy y rodearle el cuello con un cordón negro. Ella, que había estado en un trance de empatía, no había sentido la proximidad de su atacante. Se agarró al cordel e intentó aflojarlo, pero no pudo.

Judah corrió hacia ellos con su daga en la mano. Al llegar junto a Greynell, se la hundió en la espalda y lo mató sin titubear. Mercy jadeó para recuperar la respiración cuando el cordel cayó de su cuello. El cuerpo de su asaltante cayó a sus pies, sin vida.

Judah lo redujo a polvo con una descarga de energía. Había cumplido su misión, y era hora de marchar. Sin embargo, sintió que Mercy tenía problemas. Había quedado muy débil tras la curación que acababa de llevar a cabo, y luchar con Greynell la había privado de todas sus fuerzas. Rápidamente, se estaba sumiendo en un estado de inconsciencia del que quizá no saliera.

Por un instinto de posesión, Judah agarró a Mercy antes de que cayera. La mujer del coche accidentado estaba viva, sanada por la magia de Mercy. Dormía apaciblemente junto al cuerpo de su marido.

La sirena de la ambulancia que se acercaba le advirtió a Judah que debía alejarse. Sin embargo, no podía dejar así a Mercy; ella podía morir. Él, y sólo él, podía revivirla.

Sidonia pensó que, si Mercy no había vuelto antes de la medianoche, llamaría a Dante. El doctor Huxley había llamado dos horas antes para preguntar si Mercy había llegado sana y salva a casa.

–Sé que ha estado en el lugar del accidente, porque la mujer que sobrevivió me dijo que Mercy le salvó la vida –le había contado el médico–. No entiendo por qué no me esperó. Ella sabe que yo me habría asegurado de que alguien la llevara a casa si estaba demasiado débil como para conducir.

–Estás preocupada por mi madre, ¿verdad? –preguntó Eve.

Sidonia se sobresaltó. Al darse la vuelta, vio a la niña en el vano de la puerta que comunicaba el vestíbulo con el salón principal.

–Creía que te había acostado hace horas. ¿Te has despertado por algo?

–No estaba dormida.

–Son más de las once, y es hora de que las niñas buenas estén dormidas.

–No soy una niña buena. Soy una Raintree –dijo Eve–. Soy más que una Raintree.

Sidonia se estremeció.

–Eso ya me lo has dicho, y yo estoy de acuerdo, así que no hablemos de ello otra vez –le dijo, y la tomó de la mano–. Ahora, vamos a tu habitación. Tu madre se disgustará con las dos cuando llegue a casa si no estás en la cama.

–Vendrá a casa pronto. Antes de la medianoche.

Sidonia arqueó una ceja inquisitivamente.

–¿Y cómo lo sabes?

–Porque la veo. Está dormida, pero se despertará pronto.

–¿Y sabes dónde está? ¿Sabrías decirme dónde puedo encontrarla?

–En el coche. Está aparcado en un sitio oscuro, pero ella

está bien. Él está con ella, acariciándola. Cuidándola. Dándole algo de su fuerza.

–¿Quién? –preguntó Sidonia con la voz temblorosa–. ¿Quién está con tu madre? ¿Quién le está dando algo de su fuerza?

Eve sonrió con un gesto a la vez dulce y pícaro.

–Mi padre, claro.

2

Mercy Raintree era incluso más bella que a los veinte años, y mucho más peligrosa. Pese a su estado de debilidad, Judah sentía en ella una tremenda energía. Tal y como había sospechado, ella era su igual.

Era extraño que él, quien la destruiría, le hubiera salvado la vida, y que en aquel momento estuviera devolviéndole la fuerza, cuando podría romperle el cuello con facilidad, o absorber todo su poder con un simple pensamiento. Y la mataría, cuando llegara el momento. Cuando los Ansara atacaran a los Raintree y aniquilaran a todo el clan. Al contrario que los Raintree, los Ansara no dejarían a nadie con vida. Sin embargo, él sería clemente con la bella Mercy y le quitaría la vida rápidamente, causándole tan poco dolor como fuera posible.

Mientras la tenía entre sus brazos, inconsciente, intentó penetrar en su mente, pero le resultó imposible. Ella había levantado una barrera entre sí y el mundo exterior, un escudo que impedía que nadie pudiera escuchar sus pensamientos. Si Judah lo intentara con determinación, seguramente podría destruir la barrera, pero ¿para qué iba a molestarse? No necesitaba información de ella. De no haber sido por las estúpidas maniobras de Greynell, no estaría allí con Mercy Raintree. Durante los siete años anteriores, Judah se había asegurado de que sus caminos no se cruzaran. Había permanecido alejado de las montañas del Norte de Carolina y del Santuario de los Raintree.

Si Greynell hubiera conseguido matarla, se habría desencadenado un infierno. El Dranir de los Raintree y su hermano habrían averiguado que Mercy había muerto a manos de un Ansara, y aquello los habría advertido del resurgir de sus enemigos.

Judah miró a Mercy. Estaba descansando apaciblemente contra su pecho, sentada sobre su regazo, en el asiento del pasajero. Tenía la cabeza apoyada en su hombro, y su respiración era constante y profunda.

Él le acarició la mejilla con el dorso de la mano.

Entonces, los recuerdos que él se había borrado de la mente por pura fuerza de voluntad años atrás volvieron a resurgir y lo llevaron a otro momento, a otro lugar en que él había tenido a aquella mujer entre sus brazos. La había acariciado, la había enseñado, la había guiado...

Cuando se conocieron, él sabía quién era ella. El mero hecho de saber que era una princesa Raintree había avivado su apetito por ella. Mercy no conocía la verdadera identidad de Judah, y el hecho de que ella hubiera sucumbido con tanta facilidad a sus encantos le había resultado divertido. Ella había sido un libro abierto para él, incapaz de ocultar su mente completamente. Sus habilidades eran inmaduras y sólo estaban parcialmente modeladas. Él, por otra parte, se había protegido y había mantenido ocultas su identidad y su naturaleza. Habían pasado menos de veinticuatro horas juntos, pero en aquel corto periodo de tiempo, ella se había convertido en una fiebre para él. Por muchas veces que la hubiera tomado, seguía deseándola.

–Eras una virgen cautivadora –le dijo Judah a Mercy–. Dulce. Exquisita. Madura para caer entre mis brazos.

Mientras le acariciaba el cuello esbelto, deslizó los dedos por su pulso.

«Judah... Judah...».

Al oír a Mercy llamarlo telepáticamente se quedó asombrado. Ella sentía su presencia, y eso no era bueno. ¿Cómo iba a explicarle qué estaba haciendo allí, en una carretera secundaria de Carolina del Norte, exactamente en el mismo momento en que un loco había intentado matarla?

Tenía que llevarla a casa y dejarla en buenas manos antes de que despertara. Si recordaba algo de él, quizá creyera que todo aquello había sido un sueño, sencillamente.

¿Soñaría alguna vez con él? ¿O no era más que un vago recuerdo para ella?

«¿Y por qué iba a importarme? Esta mujer no significa nada para mí. No significó nada entonces, y ahora tampoco. Sólo fue un entretenimiento pasajero».

Un entretenimiento que lo había tenido obsesionado durante mucho tiempo después de haber pasado una sola noche con ella. No había sido capaz de olvidar el hecho de despertarse y encontrar la cama vacía. Se había enfadado por que ella hubiera huido, y había sentido una intensa curiosidad. ¿Por qué se había marchado así?

Sin embargo, el sentido común le había advertido que era mejor no seguirla. Y, durante muchos meses después de aquella noche, Judah se había preguntado si ella no se habría dado cuenta de que él era su enemigo acérrimo, y habría huido a contarles a sus hermanos que existía un poderoso Dranir Ansara. Sin embargo, ni Gideon ni Dante lo habían perseguido desde entonces, ni habían buscado venganza contra él por haberle arrebatado la virginidad a su hermana.

«Ella no sabía quién era yo».

Judah depositó con cuidado a Mercy en el asiento y él se colocó tras el volante. Puso en marcha el coche para llevar a Mercy a su casa. La dejaría allí y volvería a Asheville. No tenía ganas de permanecer en Estados Unidos más tiempo del necesario. Su sitio estaba en Terrebonne, el hogar de los Ansara durante los últimos doscientos años.

Cuando hubiera llegado a la isla, convocaría una reunión extraordinaria del consejo. Debía detener a Cael y a sus seguidores antes de que sus estupideces pusieran en peligro a los Ansara y destruyeran los planes futuros de Judah para destruir a los Raintree.

Siguiendo sus instintos, Judah llegó en cinco minutos a la finca Raintree. Apretó el botón interior del vehículo que abría las enormes puertas de la valla. Siguió la carretera privada que llevaba a la cima de la colina más alta, donde se erguía la casa de la familia real.

Las luces encendidas de la casa informaron a Judah de que alguien estaba esperando a Mercy, posiblemente preocupado por su bienestar. ¿Un marido? ¿Se habría casado con otro miembro del clan Raintree, o habría elegido a un mortal común como compañero?

Judah aparcó el coche, salió y lo rodeó. Abrió la puerta de Mercy y la tomó en brazos. Instintivamente, ella se acurrucó contra su pecho, como si sintiera que estaba a salvo, protegida.

Judah endureció su corazón. No podía permitir que aquella maravillosa criatura lo tentara. Sólo era una mujer, una de tantas. Él se había acostado con ella como se había acostado con incontables mujeres. No era mejor que las demás. No era distinta.

«Mentiroso», le susurró una voz interior.

Cael soltó una retahíla de imprecaciones mientras destrozaba el salón de su casa en la costa, en Beauport, un lugar que él había llamado hogar desde que el Dranir Hadar lo había reconocido como hijo suyo. Como hijo no deseado e ilegítimo. Era fruto de una relación que el Dranir había tenido antes de casarse con su adorada Dranira Seana. La madre de Judah había muerto de parto, después de sufrir varios abortos. Aquellos abortos eran resultado de una maldición que la madre de Cael, Nusi, una hechicera, le había lanzado a Seana. Después de enterarse de los trucos perversos de Nusi, Hadar había condenado a muerte a su antigua amante, y había ordenado una ejecución pública.

Cael apretó los dientes lleno de rabia por su niñez y por la situación presente, que lo estaba consumiendo. ¿Cómo era posible que Judah hubiera congelado su capacidad telepática?

¡Cómo había osado hacer semejante cosa! Su hermano era mucho más peligroso de lo que Cael había sospechado. Sus poderes eran mucho más grandes de lo que él creía. Si Judah podía controlar los dones innatos de Cael, entonces Cael tenía que encontrar la manera de protegerse de las maquinaciones de su hermano menor.

Gruñendo como un oso herido, Cael dio un puñetazo en la pared y la traspasó, destrozando el yeso como si fuera papel.

–Calma, calma –dijo Alexandria en tono burlón.

Cael se dio la vuelta y le lanzó una mirada fulminante. Ella estaba en el vano de la puerta doble que daba al jardín.

–Eres como una serpiente, prima. Te has acercado muy lentamente, como si yo fuera una víctima desprevenida.

Alexandria se rió.

–Tú no eres mi víctima, pero tal y como te estás comportando, creo que debes de ser víctima de algún hechizo que ha ideado el Dranir para impedir que avisaras a Greynell.

Cael atravesó la habitación hasta llegar junto a su prima.

–¿Qué sabes?

–Oh, querido. Judah congeló tus poderes, ¿verdad?

–¡No!

–Quizá sólo tu poder telepático, de modo que no pudiste avisar a Greynell.

–¿Has hablado con Judah?

–No, no he hablado con él, pero Claude recibió un mensaje telepático de nuestro Dranir, y casualmente, yo estaba con Claude en ese momento.

–Si esperas que te suplique que me des la información…

–No te preocupes, no espero nada de ti. Pero cuando seas el Dranir, espero reinar a tu lado.

–Así será –respondió Cael. Se acercó a ella, la tomó por la nuca y la acercó a él lo suficiente como para que sus labios se rozaran–. Serás mi Dranira.

Con un suspiro de satisfacción, Alexandria le rodeó el cuello con los brazos.

–Greynell ha muerto. Judah lo mató para evitar que él asesinara a Mercy Raintree.

–Idiota. Maldito idiota. Ha destruido a uno de los suyos para salvar a una Raintree. El consejo…

–Judah convocará al consejo cuando regrese.

–¿Para qué? ¿Para investigar el intento de asesinato en su persona? No averiguará nada. No dejé pistas.

–Claude me dijo que nosotros, los miembros del consejo, debemos alinearnos con Judah para detener a las facciones rebeldes del clan Ansara. Judah cree de veras que no estamos listos para enfrentarnos a los Raintree. ¿Y tú, crees con certeza que podríamos ganar la guerra el día del solsticio de verano?

–Judah ya no puede detenernos. Los guerreros ocupan sus puestos y están listos para atacar. Aunque Judah haya conseguido detener a Pax Greynell, no podrá detener a los demás. Ni siquiera él puede estar en dos sitios a la vez.

–¿Qué as tienes guardado en la manga? –le preguntó Alexandria con el corazón acelerado. Cael notó su excitación.

–Tabby está en Wilmington para ocuparse de Echo Raintree. Y después, siguiendo mis órdenes, eliminará a Gideon.

–Tabby es imprevisible. ¿Y si no puedes controlarla? Ella siente un placer perverso asesinando. Puede que atraiga toda la atención.

–Tabby sabe lo que le haré si falla.

–Nuestro éxito depende de la desaparición de los tres miembros de la familia real Raintree antes de la batalla. Sin embargo, los tres continúan con vida.

–Pero no durante mucho tiempo –dijo Cael con una sonrisa–. Dante se va a llevar una sorpresa esta noche. Y cuando Judah vuelva a Terrebonne y esté ocupado en otros asuntos, yo enviaré a un guerrero para que se ocupe de Mercy.

Sidonia oyó llegar el coche. Había acostado a Eve por segunda vez, pero no creía que la niña se hubiera dormido. Eve estaba preocupada por Mercy, igual que ella.

Salió al vestíbulo y abrió la puerta. Para su sorpresa, vio acercarse a un hombre grande y moreno, con Mercy inconsciente en brazos. El único coche que había a la vista era el de Mercy, así que, ¿quién era aquel hombre?

Sidonia dio un paso hacia delante y se enfrentó al extraño. Él se detuvo como si lo esperara, y sus miradas chocaron. No era un Raintree: tenía los ojos grises y fríos, sin ninguna señal de emoción.

–He traído a tu señora a casa –le dijo él, con una voz profunda y autoritaria.

Sidonia se echó a temblar. Si él no era Raintree y no era humano...

–Exactamente –dijo él–. Soy Ansara.

–¿Qué estás haciendo con Mercy? –le preguntó ella rápidamente–. ¡Se le has hecho daño, toda la ira de los Raintree caerá sobre ti...

–Cállate y enséñame dónde puedo dejar a tu señora para que descanse y se recupere. Esta noche ha curado a una mujer moribunda.

Confundida por la preocupación que aquel Ansara demostraba por Mercy, Sidonia titubeó. Después se apartó de la puerta y lo dejó entrar. Era un demonio muy guapo. Tenía los hombros anchos y el pelo negro recogido en una trenza que le caía por la espalda. Sus rasgos faciales eran marcados, como si estuvieran tallados en piedra.

–Su habitación está arriba, pero creo que será mejor que tú no...

Sin prestarle atención a Sidonia, el hombre se encaminó hacia la escalera.

–¡Espera!

El hombre no esperó. Comenzó a subir los escalones de dos en dos. Sidonia lo siguió tan rápidamente como pudo. Cuando llegó al segundo piso, él ya había abierto la puerta de la habitación de Mercy, parecía que guiado por el instinto. Sidonia lo alcanzó justo cuando él depositaba a Mercy sobre la cama. Desde el umbral, lo observó mientras a su vez, él miraba a Mercy durante un minuto. Después, el hombre se dio la vuelta y caminó hacia la puerta.

–¿Quién eres? ¿Cómo te llamas? –le preguntó Sidonia. Aquel hombre no podía ser un Ansara.

–Soy Judah Ansara.

A Sidonia se le escapó una exclamación de horror.

Él sonrió perversamente.

–Me pregunté una vez si Mercy había sospechado que yo era un Ansara, y si aquélla fue la razón por la que huyó tan rápidamente de mi lado aquella mañana.

–¡Deja de leerme la mente!

Que Dios la ayudara; tenía que impedir que aquel demonio Ansara escuchara su pensamiento. No podía dejar que averiguara que... cerró los ojos y comenzó a recitar un antiguo encantamiento, uno que la protegiera del sondeo mental de aquel hombre.

–No te preocupes, Sidonia –le dijo Judah–. No me inmiscuiré en tus pensamientos. Pero me temo que, cuando me marche, debo borrar de tu mente el recuerdo de mi visita de hoy.

–No vuelvas a tocar mi mente, bestia malvada.

Judah se rió.

–Te parezco divertida, ¿verdad? No creas que porque tenga más de ochenta años mis habilidades han perdido agudeza.

–Yo nunca te insultaría subestimando tus poderes.

–¿Por qué estás con Mercy? –le preguntó Sidonia–. ¿Qué estás haciendo en las tierras de los Raintree? ¿Cómo...

–El motivo por el que estoy aquí no tiene importancia. Encontré a Mercy inconsciente y la traje a casa. Deberías estarme agradecida.

–¿Agradecida a una escoria Ansara como tú? ¡Nunca!

–¿Mercy siente lo mismo que tú hacia mí? ¿Me odia?

–Por supuesto. Ella es una Raintree. Tú eres un Ansara. No puedes quedarte. Debes irte inmediatamente.

–No tengo intención de quedarme –le dijo Judah, mirando a Mercy–. La dejo en tus manos.

–Sí, sí. Márchate ahora mismo.

Cuando Judah estaba a punto de marcharse, concentrado en

desplegar un hechizo que borrara los recuerdos de aquella visita de la mente de Sidonia, vio una pequeña sombra detrás de la anciana. Esperó, con la sospecha de que la niñera Raintree hubiera conjurado a un espíritu letal para que lo escoltara fuera de la casa. Sin embargo, la sombra rodeó a Sidonia y entró en la habitación. La luz del pasillo iluminó desde detrás a la figura y le confirió un color blanco dorado, como el de la luz de la luna.

La sombra era una niña.

Judah la miró y se dio cuenta de que sus ojos eran del verde de los Raintree. Tenía el pelo rubio, suavemente rizado, y largo hasta la cintura. Si su vista no le hubiera dicho que era hija de Mercy, su visión interna se lo habría confirmado.

Así que Mercy se había casado y tenía hijos. Al menos, aquella niña. Aquella preciosa niña que era tan parecida a su madre, y sin embargo…

¿Qué tenía aquella niña, que le causaba tanta confusión? Era una Raintree, sin duda. Pero era distinta.

Sidonia agarró a la niña e intentó ocultarla detrás de sí nuevamente, pero la pequeña se zafó de su niñera y se acercó sin miedo a Judah.

–¡No, hija mía, no! –le dijo Sidonia–. Apártate de él. Es malo.

La niña se detuvo ante Judah, alzó la cabeza y lo miró directamente a los ojos.

–No me da miedo –dijo–. No me hará daño.

Judah sonrió, impresionado por su valentía.

Cuando Sidonia se adelantó con la intención de agarrarla, la niña alzó el brazo y extendió su mano diminuta. Entonces, la anciana quedó inmovilizada por su magia.

Asombroso. Las habilidades de la niña estaban muy avanzadas, para ser alguien tan joven.

–Eres muy poderosa, pequeña –le dijo Judah. Nunca había conocido a un Ansara ni a un Raintree que poseyera tanto poder a tan temprana edad–. No conozco a ningún niño de cinco años que…

–Tengo seis años –respondió ella, con los hombros erguidos y la cabeza alta. Una verdadera princesa.

–Mmm… pero incluso a los seis años, estás más adelantada que otros niños Raintree, ¿verdad?

Ella asintió.

–Sí. Porque soy más que una Raintree.

–¿De veras?

–No sabes quién soy, ¿verdad? –le preguntó la pequeña. Cuando ella le sonrió, a Judah se le encogió el estómago. Aquella sonrisa tenía algo terriblemente familiar para él.

–Creo que eres la hija de Mercy Raintree, ¿no es así?

Ella asintió.

–¿Y sabes quién soy yo? –le preguntó él. La precocidad de aquella niña había aguijoneado su curiosidad. Percibía una fuerza sobrenatural en ella… y un parentesco imposible.

Ella asintió de nuevo, con una sonrisa más amplia.

–Sí, lo sé.

–Si sabes quién soy, ¿cómo me llamo?

–No conozco tu nombre –admitió ella.

Extrañamente atraído por ella, Judah se puso de rodillas para estar a su altura.

–Me llamo Judah.

Ella extendió su manita.

Él miró aquella mano. Al pensar en que tendría que matar a aquella niña, a la hija de Mercy, sintió una rara tristeza. Se aseguraría de que su muerte fuera rápida e indolora, como la de Mercy. Tomó su mano, y sintió una descarga eléctrica que nunca había experimentado antes. Un poder de reconocimiento y posesión insólitos para él.

–Hola, papá. Soy tu hija, Eve.

Un grito estridente resonó en la habitación cuando Mercy Raintree se despertó de su sueño reparador.

3

El sonido de su propio grito rebotó por la mente de Mercy. Durante un segundo, creyó que aquélla era la peor pesadilla que hubiera tenido en su vida. Mientras los ecos de su grito de terror temblaban a su alrededor, se despertó a la realidad de su pesadilla. Abrió los ojos y rápidamente su visión se adaptó a la penumbra.

–¡Mamá!

El grito de preocupación de Eve hizo que Mercy se pusiera en acción. Telepáticamente llamó a su hija, y en segundos se levantó de la cama y tomó a su hija entre sus brazos.

–¿Qué te pasa, mamá? –le preguntó Eve–. No te asustes.

Mercy siempre había rezado para que aquello nunca sucediera, pero aquel momento maldito había descendido sobre ellos como una plaga maligna del infierno. Judah Ansara, un príncipe de la oscuridad, estaba ante su hija y ella, mirándola con los ojos grises, helados, llenos de preguntas.

–¿Sidonia? –dijo Mercy, temiendo que Judah hubiera matado a su adorada niñera.

–¡Oh! –exclamó Eve. Después se salió del abrazo de su madre, se dio la vuelta y agitó la mano.

Mercy siguió la línea de visión de su hija y vio a Sidonia cobrar vida.

–Eve, ¿has…

–Lo siento, mamá, pero Sidonia no quería que conociera a mi padre. No me dejaba que hablara con él.

Mercy volvió a mirar a Judah. Aquellos ojos fríos estaban llenos de ira.

«¡Es mía!».

Aquellas palabras silenciosas de Judah explotaron por la habitación, expandiéndose, haciendo que vibraran las paredes y las ventanas.

–¡Basta! –le dijo Mercy, escondiendo a Eve tras ella–. No conseguirás nada con tu rabia.

Judah tomó a Mercy por los hombros y le hundió los dedos en la carne. Cuando Mercy gimió de dolor, Eve le puso la mano a Judah sobre el brazo.

–Tienes que ser bueno con mi madre. Sé que no quieres hacerle daño.

Judah aflojó la presión y desvió la mirada del rostro de Mercy al de Eve, y después al de Mercy de nuevo.

–No le haré daño a tu madre –le dijo a la niña. Giró la cara hacia Sidonia, que le devolvió una mirada llena de odio, y le dijo a Eve–: Ve con tu niñera. Tengo que hablar a solas con tu madre.

–Pero no quiero… –gimoteó Eve.

«Obedece». Mercy oyó el mensaje silencioso que Judah le envió a la niña, y se dio cuenta de que él sabía instintivamente que Eve oiría su pensamiento.

Eve miró a su madre. Mercy asintió.

–Ve con Sidonia y acuéstate. Tú y yo hablaremos por la mañana.

Eve le dio un beso a Mercy en la mejilla.

–Buenas noches, mamá.

Entonces, le tiró del brazo a Judah para que se inclinara hacia ella, cosa que él hizo después de soltar a Mercy. Eve también lo besó en la mejilla.

–Buenas noches, papá.

Ni Mercy ni Judah dijeron una palabra hasta que Sidonia se llevó a Eve y cerró la puerta de la habitación.

En cuanto estuvieron a solas, Judah se giró hacia Mercy.

–¿La niña es mía?

–Eve es mía. Es una Raintree.

–Sí, es una Raintree. Pero es algo más. Ella misma me lo dijo.

–Eve tiene un poder enorme que aún no comprende bien, porque es muy pequeña. Decir que es más que una Raintree le ayuda a explicarse cosas para poder aceptarlas con su mente de niña.

–¿Niegas que es mía?

–Ni lo niego ni lo confirmo.

–Me reconoció al instante.

¿Habría algún modo de mentirle a aquel hombre y convencerlo de que Eve no era suya?

–¿Qué estás haciendo en las tierras de los Raintree? –le preguntó Mercy.

–¿No te acuerdas?

Mercy no respondió. Intentó recordar su último pensamiento coherente antes de desmayarse. No era extraño que perdiera el conocimiento, o que se quedara dormida, después de una curación. Sin embargo, en aquella ocasión, su sueño había sido mucho más profundo de lo normal.

Recordó el accidente de coche, y cómo había salvado a la única superviviente absorbiendo su terrible dolor y transmitiéndole la cantidad necesaria de su propia fuerza y poder de curación para mantenerla con vida.

De repente, tuvo el recuerdo de una presión en el cuello, una presión que le había cortado la respiración. Mercy jadeó y miró a Judah. Respiró profundamente varias veces para recuperar la calma, y capturó aquellos momentos terroríficos que habían estado profundamente enterrados en su inconsciente. Entonces, se dio cuenta de que alguien había intentado borrarle aquellos recuerdos.

–No querías que recordara que alguien intentó matarme.

Judah la miró fijamente.

–¿Querías que pensara que tú fuiste quien intentó estrangularme? Sé que no fuiste tú.

Él no dijo nada.

–¿Por qué no quieres que recuerde a mi atacante? ¿Y qué estabas haciendo tan cerca del Santuario de los Raintree cuando ocurrió?

–Coincidencia.

–No, no te creo. Sabías que alguien iba a... Viniste a salvarme, ¿no es así? Pero... no lo entiendo...

–¿Por qué no iba a salvar a la madre de mi hija?

–Tú no sabías que Eve existía.

–El motivo por el que he venido aquí no tiene importancia en este momento. Lo que importa es que tuviste una hija mía y me lo ocultaste durante seis años. ¿Cómo has podido hacerlo?

–Eve es mi hija. No importa quién sea su padre.

Oh, Dios, ojalá aquello fuera cierto. Ojalá...

–El hechizo con el que protegiste a Eve debe de ser muy poderosos. Seguramente, debes de verte obligada a infundirle una gran parte de tu fuerza para mantenerlo activo.

Mercy se estremeció.

–Yo haría cualquier cosa por Eve. Ella es...

–Es una Ansara.

–Eve es una princesa Raintree, la nieta del Dranir Michael, la hija de la princesa Mercy.

–Una niña única –dijo Judah–. No ha habido mezcla de linajes durante miles de años, desde la primera gran batalla en la que los Ansara y los Raintree se convirtieron en enemigos. Cualquier niño nacido de miembros de ambos clanes era inmediatamente eliminado.

–Si tienes algo de decencia, no la reclamarás. El hecho de verse obligada a elegir entre los dos clanes podría destruirla.Y tú sabes tan bien como yo que tu gente no la aceptará. Intentarían matarla.

La sonrisa de Judah le provocó un escalofrío de terror a Mercy.

–Entonces, admites que es mía.

–No admito nada.

Judah se acercó y la agarró por la nuca con fuerza, entrelazando los dedos con su pelo. Si ella quisiera, podría luchar con él en aquel momento, allí mismo, física y mentalmente. Sin embargo, había aprendido desde muy joven a elegir sus batallas, a ahorrar fuerza para los momentos en que más la necesitara. Ella se mantuvo firme, sin aceptar ni rechazar su gesto, encarando con calma a su enemigo mortal.

–¿Cuándo supiste que yo era un Ansara? –le preguntó Judah.

–En cuanto concebí a tu hija –confesó ella.

Él la atrajo hacia sí hasta que sólo un centímetro separó sus labios de los de ella.

–Entonces debió de ser la última vez que hicimos el amor. Si hubiera sido antes, cualquiera de las veces anteriores, me habrías dejado.

«Ni siquiera te dejé la última vez, cuando tu semilla arraigó en mí y supe que traería a este mundo a una Ansara. Me quedé contigo hasta que caíste dormido a causa de un antiguo encantamiento que me había enseñado Sidonia. Cuando supe que no ibas a despertar durante horas, busqué y encontré la marca de los Ansara en tu cuello, bajo tu pelo largo».

Judah le rozó los labios con los suyos. Ella respiró profundamente.

–Yo supe que eras una Raintree desde el primer momento en que te vi. Y no hice caso del sentido común, que me decía que me alejara de ti porque sólo me causarías problemas. Pero no pude resistirme. Eras la criatura más bella que había visto en mi vida.

«Y yo no pude resistirme a ti. Te deseaba como nunca había deseado a otro hombre. Eras un extraño, y de todos modos me entregué a ti. Te quise».

Incluso en aquel momento, a Mercy le resultaba difícil admitir toda la verdad, porque era algo atroz. La simple idea de haberse enamorado de un Ansara era una abominación, una traición imperdonable hacia su gente.

Si Gideon y Dante supieran que su adorada sobrina era medio Ansara…

–Fuiste un entretenimiento delicioso –le dijo Judah, y ella

sintió su respiración cálida contra los labios–. Pero no creas que he vuelto a pensar en ti durante estos siete años. No fuiste nada para mí entonces, y ahora tampoco. Pero Eve...

–La única manera que tendrás de conseguir a Eve será matarme.

–Podría matarte tan fácilmente como aplastaría a un insecto con la bota.

Aquellas palabras proclamaban indiferencia, pero sus acciones hablaban un lenguaje distinto. Judah besó a Mercy posesivamente, sorprendiéndola, y al mismo tiempo, despertando el hambre que sólo había sentido por aquel hombre. Intentó resistirse a él, pero se vio impotente contra su fuerza masculina y también contra su propia necesidad.

¿Cómo podía desearlo sabiendo quién era?

Cuando ambos tuvieron la respiración entrecortada, cuando ambos estaban excitados, él interrumpió el beso y alzó la cabeza.

–Aún eres mía, ¿no es así? Podría tomarte aquí mismo, y no protestarías.

Mercy se apartó de él bruscamente, humillada por sus propias acciones.

–Soy una Raintree. Eve es una Raintree. No puedes exigirnos nada a ninguna de las dos.

–Tú no eres importante. No has sido más que el recipiente que acogió a mi hija. Pero Eve sí es muy importante para mí. Es una Ansara, y cuando llegue el momento preciso, la reclamaré.

Mercy notó una verdad pavorosa cuando tuvo un atisbo de la mente de Judah. En cuanto él se dio cuenta de que ella había invadido su pensamiento, se protegió y la expulsó. Sin embargo, ella pudo ver su propia muerte. La muerte a manos del padre de su hija.

–Si me matas, Dante y Gideon...

–Dante y Gideon son la menor de mis preocupaciones en este momento.

–Si me haces daño o si intentas llevarte a Eve, mis hermanos lucharán contigo hasta la muerte.

–No es momento para que nadie más sepa de la existencia de Eve. Tengo un enemigo que mataría a Eve si supiera que es hija mía. Y muchos otros querrían aniquilarla sólo porque es una mezcla de sangre.

–Tú has traspasado la barrera que protege a Eve desde antes de que naciera –le dijo Mercy–. Si de veras deseas que esté a salvo, tendrás que ayudarme a reforzar esa barrera. Ahora que te conoce, y que tú la conoces a ella, será necesario que los dos la protejamos. ¿Me ayudarás?

–¿De veras vas a confiar en mí para que la proteja? –le preguntó Judah–. Después de todo, los Ansara tenemos la obligación de destruir a los niños como ella.

–Yo la quiero con toda mi alma, pese a que sea Ansara, y haría cualquier cosa por protegerla.

–¿Y por qué crees que yo haría lo mismo?

–Porque los lazos de sangre son muy fuertes.

–Si crees que yo no le haría daño a Eve, ¿por qué me has ocultado su existencia durante siete años?

–Tenía miedo de que me la quitaras –respondió Mercy–. No podía permitirlo. Si lo hubieras intentado… si lo intentaras ahora… Dante y Gideon se unirían a mí, y los tres impediríamos que te la llevaras.

–Puede que lo intentaran, pero…

Mercy se dio cuenta de que Judah se había dado cuenta de todo. Él sonrió lentamente, especulativamente.

–Dante y Gideon no saben que Eve es Ansara, ¿verdad? Tenías miedo de su reacción, quizá temieras que la mataran.

–¡No! Mis hermanos nunca le harían daño a Eve. Los Raintree no asesinan a niños inocentes.

–Entonces, ¿a quién estabas protegiendo ocultando la verdad?

–Quería proteger a Eve de la verdad. Debería haber sabido que pronto se daría cuenta de que era más que una Raintree, y que finalmente te buscaría y te encontraría.

–Los lazos de sangre son muy fuertes –dijo Judah, repitiendo sus palabras.

–Entonces, ¿estamos de acuerdo en que la protegeremos?

–Nosotros nunca estaremos de acuerdo –replicó él–. Pero por el momento, sí, te ayudaré a mantener el secreto. Será difícil, ahora que Eve sabe que soy su padre. Al ser tan pequeña, aún no tiene completo dominio de sus poderes, y sólo eso la pone en peligro. Como ella es incapaz de dominar su poder, nosotros debemos hacerlo por ella. Por su propio bien.

–Puedes intentarlo. Yo he tratado de subyugar su poder de vez en cuando, de mantenerlo bajo control, pero... –Mercy no quiso admitir la verdad ante aquel hombre, aquel Ansara que podía intentar usar los insólitos dones de Eve contra los Raintree.

–¿Su poder es tan grande? –preguntó él.

Mercy no respondió. Tenía miedo de haber hablado demasiado.

–Eve tiene un poder que suma los de un Raintree y un Ansara –dijo Judah con asombro–. Heredó tu poder y el mío, ¿no es así? Dios Santo, ¿te das cuenta? Nuestra hija posee más poder que nadie más en los dos clanes.

–Más que tú y yo –dijo Mercy. Después, bajó la cabeza y, en silencio, comenzó a recitar un antiguo hechizo.

Al instante, él la agarró por los brazos. Ella se sobresaltó. No se había dado cuenta de que Judah, de algún modo, había averiguado lo que pretendía.

–No funcionará –le advirtió a Mercy–. No puedes usar tu magia conmigo. No lo permitiré.

Mercy se concentró y le lanzó un fuerte golpe mental al cuerpo de Judah, directamente al estómago. Él gruñó de dolor, y después entrecerró los ojos y abrasó el escudo protector de Mercy para vengarse, inflingiéndole un intenso dolor en el vientre. Ella gritó, y después extinguió el fuego que la quemaba por dentro.

–¿De veras crees que eres tan fuerte como yo, que puedes vencerme? –le preguntó Judah.

–Sí.

Entonces, él la miró con escepticismo.

–Eres diferente –dijo él–. Y no es sólo porque hayas madurado y hayas desarrollado todo el poder de empatía que posees. Ése fue siempre tu destino. Tener a mi hija te cambió –prosiguió Judah–. Dar a luz a Eve aumentó tu poder. Tú también eres más que una Raintree, ¿verdad?

–No, yo no…

–¡Calla! –le ordenó Judah–. Controla tus pensamientos y tu lengua.

–¿Por qué? ¿De qué tienes tanto miedo? ¿Tu enemigo es tan poderoso como para amenazar tu vida?

En aquel preciso instante, Cael había empezado a luchar contra el hechizo con el que Judah había bloqueado su capacidad telepática. Sus maldiciones estaban bombardeando a Judah, que sabía que no podía enfrentarse al mismo tiempo a Mercy Raintree y a Cael Ansara. Los dos eran muy poderosos, y los dos eran sus enemigos.

Los pensamientos de Cael eran un caos de rabia e histeria, pero mientras luchaba contra el encantamiento de Judah, reveló más de su mente de lo que hubiera deseado. Cael estaba decidido a precipitar la guerra con los Raintree, y había puesto en movimiento una serie de acciones que ya no podían detenerse.

A Judah le rebotó por toda la mente la traición de su hermano, no sólo hacia él, sino hacia todo el clan. Los Ansara no estaban listos para la lucha final. Si Cael los obligaba a luchar en aquel momento, serían vencidos, y en aquella ocasión, Judah no contaba con la benevolencia de los Raintree. Doscientos años antes, los Raintree habían dejado con vida a algunos Ansara, entre ellos, la hija más pequeña del viejo Dranir. A través de la Dranira Melisande se había conservado la sangre real.

–¿Judah? –dijo Mercy.

–¡Silencio!

«No me des órdenes», le dijo ella telepáticamente.

«Si deseas que tu hija esté a salvo, no sólo la protejas con las palabras, sino con el pensamiento también», le advirtió Judah.

Ella lo miró fijamente, pero no dijo nada. Entonces, notó una barrera entre ellos. Aunque Mercy no supiera nada de Cael, entendía que alguien, aparte de Judah, representaba una amenaza para Eve.

4

–Esa bestia no pasará la noche en Santuario –declaró Sidonia con vehemencia–. No puedes permitirlo.

–Va a quedarse –respondió Mercy– hasta que decidamos cuál es la mejor forma de proteger a Eve.

Sidonia agarró a Mercy por el brazo.

–Es de él de quien tienes que protegerla. Él es un Ansara, la criatura más vil de la tierra. Pura maldad.

–Calla –le dijo Mercy.

–No me importa que me oiga –dijo Sidonia.

–Yo no quiero que te oiga Eve. Ella sabe que Judah es su padre.

–Pobre criatura.

Mercy suspiró con resignación.

–Judah no se va a marchar tan fácilmente, y me temo que no puedes obligarle a que se vaya si Eve desea que se quede. ¿Me entiendes?

–Sí, te entiendo perfectamente. Quieres decir que si el padre y la hija unen su poder, será mucho más grande que el tuyo. Y como Eve no domina sus poderes, podría ser peligrosa sin querer.

Mercy asintió, y después bajó la voz hasta un susurro.

–Judah está preocupado por un hombre que es su enemigo, alguien que no es Raintree, un hombre que podría matar a Eve si supiera de su existencia. Yo no sé quién es ese hombre, pero estoy segura de que es otro Ansara.

–Deberíamos haber limpiado el mundo de los de su calaña hace doscientos años, cuando tuvimos la oportunidad. El viejo Dranir Dante cometió un error al permitir que algunos de ellos vivieran.

–Todo eso es una vieja historia.

–Ya –respondió Sidonia, mirando con reprobación a Mercy–. ¿Y por qué ha venido aquí Judah Ansara? ¿Y por qué estabas con él esta noche?

–No sé por qué ha venido a Carolina del Norte. Y en cuanto a lo de estar con él, no recuerdo nada. Sólo sé que alguien intentó matarme, y que Judah me salvó.

–¿Y por qué iba un Ansara a salvar a una Raintree? –le preguntó Sidonia desconfiadamente–. No habrás tenido contacto con él desde que concebiste a Eve, ¿verdad?

–¡Claro que no!

–Mmm... Aquí hay gato encerrado. Creo que deberías ponerte en contacto con Dante y contarle que un Ansara ha aparecido en Santuario, que ha podido cruzar la barrera de protección.

–Dante querrá saber que lo han conseguido.

–Seguro que sí.

–Pero no puedo decirle que ha podido ser por Eve... porque ella es medio Ansara.

–Tienes que hacer lo que sea necesario.

–Soy yo la que debe decidir lo que es necesario.

–Ese Ansara es una amenaza para todos nosotros, para todos los Raintree.

–Judah sólo es una amenaza para Eve. Es un solo Ansara, un solo hombre. ¿Cómo va a hacerle daño a todo nuestro clan?

–Llama a Dante.

–No.

–Ya es hora de que les cuentes a tus hermanos la verdad sobre Eve.

–No. Y tú tampoco vas a llamar a Dante, ¿entendido?

Sidonia asintió.

–Este hombre te engañó una vez, te llevó a su cama y te dejó embarazada. No permitas que te engañe nuevamente. Hace siete años quería tu virginidad, pero ahora quiere algo mucho más valioso. Quiere a tu hija.

–Ella también es su hija, por mucho que nos pese.

–Creo que sabía de Eve antes de venir aquí –dijo Sidonia–. Es la única explicación para que haya venido a verte después de tantos años. ¿Es posible que, inconscientemente, tú…

–¡No! Me he protegido de Judah igual que he protegido a Eve.

–Pero no estabas protegida cuando dabas a luz a la niña. Querías que él estuviera aquí contigo. No dejabas de llamarlo.

Mercy apartó la vista y le dio la espalda a Sidonia.

Sidonia se acercó a ella y le pasó su delgado brazo por los hombros.

–Yo hice todo lo posible por protegerte a ti y a tu hija aquella noche, porque tú no podías hacerlo. Y, si por algún motivo, ahora tampoco puedes, debes dejarme que llame a Dante.

–Por favor, vete a la cama y duerme un poco. Necesito estar sola. Necesito pensar.

Sidonia le dio unos golpecitos de afecto a Mercy en la espalda.

–Haré lo que tú digas –dijo Sidonia–. Pero ten cuidado. No puedes permitir que el corazón rija a la cabeza.

Sidonia se marchó y dejó a Mercy sola. Sin embargo, no fue a su habitación. Antes, pasó por el dormitorio de Eve. La princesita estaba dormida en su cama, con los rizos rubios extendidos por la almohada. Dormida, Eve era la imagen de la inocencia. Despierta, era una pequeña traviesa.

Ser traviesa no era lo mismo que ser mala, se dijo Sidonia. Acarició suavemente la mejilla de la niña mientras recordaba la noche en que nació. Mercy le había pedido a Sidonia que no hubiera nadie más presente, y le había pedido que jurara que nunca desvelaría el secreto de la paternidad de Eve antes de ponerse de parto.

Eve había llegado al mundo aullando, como si quisiera proclamar alto y claro que estaba allí. Era un bebé gordito, sonrosado, con una pelusilla rubia por la cabeza y el rasgo hereditario de todos los Raintree: los asombrosos ojos verdes. La niña era una perfecta Raintree, salvo por la marca de nacimiento que tenía en la cabeza, justo en la última vértebra. Una luna creciente de color azul. La marca de los Ansara.

Mercy le había agarrado la mano a Sidonia aquella noche y le había suplicado que nunca le dijera a nadie que su bebé era medio Ansara.

–¿Cómo es posible? Tú nunca te habrías entregado a sabiendas a uno de esos demonios.

–No sabía que Judah era un Ansara hasta que... hasta que hube concebido a su hija.

–Lo llamaste cuando estabas de parto. Incluso sabiendo lo que es, sigues anhelando su presencia.

Mercy había apartado los ojos. Unos ojos llenos de lágrimas.

Fue entonces cuando Sidonia supo que Mercy amaba al padre de su hija. Que Dios la ayudara.

Mercy sintió la presencia de Judah. No estaba junto a ella, pero sí estaba cerca. Fuera.

Atravesó la habitación, descorrió la cortina y miró por la ventana hacia el jardín. Judah estaba en la terraza de piedra, a la luz de la luna, rígido como una estatua. Era muy guapo, e irradiaba un aura de fuerza y masculinidad que ninguna mujer podría resistir.

Una vez, ella había sido incapaz de resistirse. Durante el breve periodo de un día y una noche, había creído sus mentiras, se había rendido a sus encantos, se había entregado libre y completamente.

Por Eve, había albergado la esperanza de no volver a ver a Judah. Y, por sí misma, también. Por mucho que lo despreciara, ella no lo odiaba. Odiarlo habría sido como odiar a una parte de Eve.

Sin embargo, sabía que Judah era su enemigo, y que también era el enemigo de su hija. Los Ansara habían decretado mucho tiempo atrás que cualquier niño nacido de una unión entre miembros de los dos clanes debía morir.

¿Había ido Judah hasta allí para matar a Eve?

No, aquello no era posible. Él se había quedado verdaderamente impresionado al conocer la existencia de su hija.

Pero, una vez que ya lo sabía…

Mientras observaba la oscura espalda de Judah, sus hombros anchos y su pelo negro, Mercy se preguntó en voz alta:

–¿Cómo es posible que te haya amado alguna vez?

De repente, Judah se volvió hacia ella y miró hacia arriba, hacia ella. Mercy se sobresaltó, pero no se acobardó, ni huyó de su intensa mirada.

Mercy.

Ella oyó cómo la llamaba telepáticamente.

«Ciérrate a él», se dijo. «No lo escuches».

Y entonces, oyó su risa. Su risa profunda y grave. A él le había divertido su reacción.

«¡Maldito seas, Judah Ansara!».

Sin previo aviso, la sensación de unos dedos acariciándole la piel envolvió a Mercy. Durante unos instantes, aquellas caricias seductoras la hipnotizaron.

«Recuerda».

Oír aquella palabra de labios de Judah rompió el hechizo y le permitió a Mercy alzar una barrera protectora contra la tentación.

Judah se dio la vuelta para no ver a Mercy y se alejó por el patio trasero de la residencia de la familia real de los Raintree. Los Ansara sabían desde al menos cien años antes dónde estaba aquel Santuario, pero hasta que la generación de Judah había llegado al poder, los Ansara no se habían atrevido a provocar a sus archienemigos. Cuando era un niño, su padre le había dicho a Judah que cuando se convirtiera en el Dranir, su destino sería conducir a su gente contra los Raintree.

Su destino, no el de Cael.

Pero aún no había llegado el momento. Faltaban cinco años para que los Ansara estuvieran preparados para alzarse contra su enemigo y vencer. Si los Ansara se exponían nuevamente a una derrota, los Raintree no serían tan benevolentes como en el pasado. Lo sabía porque sabía quién era su Dranir: Dante Raintree, un hombre muy parecido a Judah en muchos sentidos. Un oponente a su altura, alguien que podía ser tan salvajemente brutal como el propio Judah.

Y era el hermano mayor de Mercy.

Judah había establecido su derecho de matarlos a los dos. A Dante, porque era su derecho de Dranir luchar a muerte con el Dranir de los Raintree. A Mercy, porque…

Porque era suya, y nadie más tenía derecho a quitarle la vida.

¿Y Eve?

Eve sólo era una niña de seis años. Y era su hija.

Como Dranir, él tenía el poder para derogar el decreto que condenaba a muerte a todos los niños nacidos de un miembro de los Raintree y de uno de los Ansara. Sin embargo, ¿quería hacerlo?

¿No sería mucho más fácil matar a Eve en aquel momento, antes de que desarrollara todos sus poderes?

«Pero, ¿cómo voy a matarla? Es mi hija».

Si su muerte significara el bien de los Ansara, ¿sería capaz de asesinar a su propia hija? ¿Podría hacerlo?

Eve era una complicación que él no esperaba. Y en aquel momento, él ya tenía suficientes problemas intentando controlar a Cael. Sabía que, sin duda, era su hermano quien había ordenado que lo mataran. Judah sabía también que debía proteger la monarquía y el clan de una fuerza tóxica como la de Cael.

Debería regresar a Terrebonne a primera hora de la mañana. Cuanto más tiempo permaneciera lejos de allí, más caos provocaría Cael.

Pero… ¿y Eve?

Mercy la había protegido durante seis años, y continuaría protegiéndola. Aparte de ellos dos y de la niñera, nadie más sabía que Eve era medio Ansara y medio Raintree.

Eve lo sabía.

¿Quién protegería a Eve de sí misma?

Sólo sería cuestión de tiempo que ella pudiera atravesar las barreras protectoras de su madre, si quería. ¿Y si Eve intentaba ponerse en contacto con él? ¿Qué podría ocurrir? Si ella comenzaba a enviar vibraciones al universo, no había manera de saber quién podría interceptarlas…

Si Cael supiera de la existencia de Eve… la usaría contra Judah.

En aquel momento, Judah se dio cuenta de que no quería que le ocurriera nada malo a aquella niña. Tener una hija le había hecho vulnerable. El mero hecho de tener una debilidad lo encolerizaba, pero no podía dar marcha atrás en el tiempo. No podía impedir la concepción de Eve.

Cuando llegara el momento propicio y los Raintree fueran derrotados, Eve ocuparía su lugar de princesa Ansara. Mientras, Judah la dejaría allí con Mercy. Antes de irse, no obstante, se aseguraría de que estaban a salvo.

Sí, las dos. Madre e hija. Hasta que él se encargara de Cael y supiera que Eve estaría a salvo con su gente, necesitaba que Mercy cuidara y protegiera a la niña.

Sin embargo, ¿cómo podría llevarse a Eve sin matar a Mercy y sin provocar la furia de Gideon y Dante?

Aquella pregunta no era fácil de responder, si es que existía la respuesta.

Siempre que estaba intranquilo, cuando los problemas eran una pesada carga sobre sus hombros, Judah caminaba. Algunas veces, recorría kilómetros. Necesitaba más que nunca sentir el aire fresco de la noche, aclararse la cabeza y trazar un plan antes del día siguiente.

Cael abrió las puertas que conducían a la terraza de su casa de la playa. La rabia que había sentido hacia su hermano había quedado reducida a amargura. Judah era orgulloso y arrogante, y estaba muy seguro de su posición de Dranir. El hijo amado. El elegido.

Los días de Judah estaban contados. Cael había pasado los últimos años plantando poco a poco la semilla de la anarquía en el clan Ansara. La mitad de los guerreros jóvenes estaban preparados para la batalla, ansiosos por demostrar lo que eran capaces de hacer, pero sólo unos pocos eran leales a Cael. Judah poseía una gran ascendencia sobre el clan. Sin embargo, estaba cerca el día en que Judah y él tendrían que enfrentarse a su futuro. Un destino. Ganar y perder, las caras opuestas de la moneda. La derrota de Judah. La victoria de Cael.

¿Por qué seguía su hermano en América, en Carolina del Norte, cerca de las tierras de los Raintree? ¿Qué lo mantenía allí más tiempo del necesario?

Cuando había estado comunicándose con Judah, Cael había captado una visión de algo, sólo un destello, antes de que su hermano hubiera establecido una barrera entre ellos y hubiera protegido sus pensamientos.

No, no una visión de algo, sino una visión de alguien.

Unos ojos verdes. Los ojos de los Raintree.

«Tengo que averiguar qué es lo que me está ocultando Judah. Hay algo que no quiere que sepa. Un secreto. Un secreto de ojos verdes».

5

Lunes, 5:00 de la madrugada

Judah se detuvo en la cima de una pequeña colina, a un kilómetro de la casa Raintree, rodeado por la oscuridad, intentando tomar la decisión más acertada. De repente, su pequeño teléfono móvil vibró. Él se lo sacó del bolsillo y miró la pantalla. Claude.

Su primo y él se comunicaban a veces telepáticamente, pero aquel tipo de comunicación requería un gasto de energía considerable, y además, cualquiera que tuviera las mismas habilidades podía interceptar los pensamientos que se transmitían. Así pues, era mejor telefonearse. Lo último que necesitaba Judah en aquel momento era que Cael escuchara sus conversaciones privadas.

–Te has levantado muy temprano –le dijo Judah a su primo.

–¿Dónde estás? –le preguntó Claude.

–¿Ocurre algo?

–No estoy seguro. Quizá no sea nada. Bartholomew me llamó hace un rato –le contestó Claude–. Sidra ha tenido una visión.

Aquellos dos ancianos miembros del consejo llevaban más de cincuenta años casados. Bartholomew poseía muchos poderes en diferentes grados de intensidad, y su mujer era una vidente de gran talento. A Judah se le encogió el estómago.

–Cuéntamelo.

–Vio fuego y sangre. En el centro del incendio había una corona de Dranir. Un Dranir Raintree. Y dentro del charco de sangre había un arma que disparaba rayos.

–Sabemos que Dante Raintree posee muchas de las mismas capacidades que yo, incluido el dominio del fuego.

–Sí. Por eso pensamos que la visión de Sidra estaba relacionada con él y... –Claude titubeó durante un instante–. El príncipe Gideon es detective de homicidios, ¿no? Y creo que su don está relacionado con la electricidad y sus manifestaciones, como los rayos.

–Has pensado que la visión de Sidra tiene que ver con los hermanos Raintree, pero no me has dicho por qué es importante para nosotros, los Ansara.

–El fuego y la sangre venían de Cael. Sidra lo vio. Antes de sumirse en un profundo sueño, le dijo a Bartholomew que no era una profecía, sino que era algo que ya había ocurrido. Cree que Cael ya ha atacado al Dranir de los Raintree y a su hermano.

La tierra se abrió bajo los pies de Judah. Sintió una rabia que le provocó fuego en las yemas de los dedos. Apretó los puños y extinguió las llamas. De sus manos salieron unas volutas de humo.

–Hay que detener a Cael –dijo.

–Tiene un grupo de seguidores pequeño, pero leal. También tendremos que enfrentarnos a ellos.

–Necesitamos movernos con rapidez. Habla sólo con aquellos de tu confianza. Reúne información. Yo estaré en casa esta tarde.

–¿Y por qué te retrasas? Sidra cree que deberíamos contraatacar rápidamente para mitigar el efecto de lo que haya podido hacer Cael.

–Aquí hay complicaciones.

–¿Dónde estás?

–En el Santuario de los Raintree.

–¿Dentro del Santuario?

–Sí.

–¿No está ese lugar rodeado por un campo de fuerza? ¿Cómo has entrado sin alertar…

–Te lo explicaré cuando te vea esta tarde.

–¿Esas complicaciones de las que hablas tienen algo que ver con Mercy Raintree?

–¿Cómo?

–Fuiste a Carolina del Norte a salvarla de Greynell, ¿no es así?

–Él no tenía derecho a matarla. Ella es mía. Pensaba que tú y el resto de los miembros del consejo entendíais mis razones para venir a salvarle la vida.

–No cuestiono tu derecho a matarla a ella y a su hermano Dante cuando llegue La Batalla, pero… te conozco, Judah. Te conozco mejor que nadie. He visto el interior de tu mente.

–Y yo también he visto el interior de la tuya, pero no entiendo adónde quieres llegar.

–He visto a Mercy Raintree en tu mente en varias ocasiones, antes de que fueras capaz de bloquear tus pensamientos sobre ella.

Judah no podía negar la acusación de Claude.

–Ya sabes que me acosté con ella hace años –le dijo Judah–. Yo tomé la virginidad de la princesa Raintree.

–Entonces, ¿continúas allí por ella? –gruñó Claude–. No hay duda de que ella tampoco te ha podido olvidar a ti.

–Ella no tiene importancia. Lo único que ocurre es que debo resolver algo con Mercy Raintree antes de volver a Terrebonne.

–Muy bien –respondió Claude–. Hablaré con Benedict y Bartholomew. Convocaremos una reunión privada para esta noche y haremos planes para detener a Cael antes de que haga otro movimiento prematuro contra los Raintree y haga que su ira caiga sobre nosotros.

–Cuídate –le advirtió Judah–. No le des la espalda a Cael ni un segundo. Si está lo suficientemente crecido como para enviar a un asesino a matarme, tú tampoco estás seguro. Nadie que me guarde lealtad está seguro.

Lunes, 5:35 de la madrugada

Cuando sonó el teléfono, Mercy descolgó el auricular de su mesilla de noche, se incorporó en la cama y miró el número llamante en la pantalla de identificación. Era Gideon.

–¿Qué ocurre?

–No te asustes –le dijo rápidamente su hermano–. Estoy bien, y Dante también.

–¿Pero?

–Ha habido un incendio en el casino de Dante.

–¿Un incendio grave?

–Me ha dicho que pudo ser peor, pero que ha sido importante.

–¿Estás seguro de que está bien?

–Sí. Me llamó hace un par de horas y me pidió que te llamara a ti. No quería que ninguno de los dos lo leyéramos en el periódico o lo viéramos en las noticias.

–El incendio ha debido de ser grave si Dante piensa que informarán de él en las noticias nacionales.

–Sí. Probablemente.

–Ojalá no me ocultarais las cosas constantemente. Si...

Gideon refunfuñó entre dientes.

–Eres nuestra hermana pequeña. No nos gusta que te metas en nuestras cabezas y que te involucres en nuestra vida privada.

Mercy hizo omiso de aquella explicación, como tantas veces antes, y preguntó:

–¿Vas a ir a Reno para asegurarte de que está bien y ayudarle en lo posible?

Si ella no tuviera aquella situación en el Santuario, iría en persona a Reno en el siguiente avión. Sin embargo, en aquel momento no tenía más remedio que enfrentarse a Judah Ansara.

–Dante dijo que no nos preocupáramos, que puede resolver las cosas por sí mismo. Pero va a estar muy ocupado durante los días siguientes, así que no te preocupes si no nos llama durante un tiempo.

–Si vuelves a hablar con él, dale un beso de mi parte. Dile... ¿Gideon?

–¿Qué ocurre?

–Nada –mintió ella–. Es sólo que... me preocupo por Dante y por ti.

–Somos mayores. Sabemos cuidarnos. Tú cuida de Santuario y de Eve.

–Muy bien.

–Tengo que colgar.

–Te quiero –le dijo Mercy.

–Sí, yo también.

Mercy colgó el auricular y suspiró. ¿Sería capaz de cuidar realmente de Eve teniendo que protegerla de su propio padre? No había vuelto a ver a Judah desde la noche anterior, y no tenía idea de dónde estaba aquella mañana. No percibía su presencia en la casa, así que al menos por el momento, Eve estaba a salvo. Sin embargo, ¿dónde estaba Judah, y qué estaba haciendo? Probablemente, ideando un plan para llevarse a Eve.

O algo peor.

7:00 de la mañana

–¿Cómo que no sabes adónde ha ido? –preguntó Sidonia, lanzándole a Mercy una mirada de enfado–. ¿No se quedó aquí anoche?

Mercy estaba poniendo la mesa para cuatro. Sabía, instintivamente, que Judah iría a desayunar con ellas. Estuviera donde estuviera, no había salido de Santuario. De ser así, ella lo habría sabido. Mercy percibía la presencia de todas las criaturas vivientes que había dentro de los límites de las tierras de los Raintree. Era su dominio. Su responsabilidad.

–No se quedó dentro de la casa –respondió Mercy–. Pero aún está aquí.

–Vaya –refunfuñó Sidonia.

Después siguió preparando el desayuno, mirando de vez en cuando a Mercy para comprobar su estado de ánimo. Mientras sacaba los ingredientes de los armarios, de espaldas a Mercy, dijo:

–He oído sonar el teléfono muy temprano esta mañana...

–Llamó Gideon. Ha habido un incendio en el casino de Dante. Él está bien, pero parece que ha habido daños materiales, tantos como para que informen del incendio en las noticias nacionales.

Mercy sintió la presencia de Judah en cuanto él entró en la cocina, un segundo después de que ella hubiera hablado.

–Me sorprende que ninguno de los adivinos de los Raintree haya sido capaz de predecir el incendio –dijo.

Mercy no respondió. Sidonia lo atravesó con una mirada venenosa, pero tampoco dijo nada.

–Tenemos que hablar –le dijo Judah a Mercy–. En privado.

–Sidonia está preparando el desayuno. ¿Vas a desayunar con nosotras? Eve bajará pronto, y supongo que querrás verla antes de marcharte.

Judah sonrió ligeramente, como si Mercy le divirtiera.

–Interesante. Una Raintree siendo hospitalaria con un Ansara.

–No con cualquier Ansara. Después de todo, tú eres el padre de Eve.

–Algo que tú preferirías olvidar, dado que lo has mantenido en secreto para mí y para tus hermanos durante más de seis años.

–Puedo ser razonable si tú también lo eres.

–¿Y qué implica ser razonable?

–Estoy dispuesta a permitir que visites a Eve. Podemos organizar...

–No.

–Si prefieres no verla, es...

–Prefiero llevármela.

–No.

–No he dicho que vaya a llevármela, sólo que eso es lo que preferiría hacer.

La puerta de la cocina se abrió de par en par. Eve apareció en pijama, con un león de peluche en una mano. Primero se acercó a Mercy, que la tomó en brazos y le dio un beso. Con Eve sobre la cadera, miró a Judah.

–Terminaremos la conversación después de desayunar.

–¿Va a desayunar papá con nosotras? –preguntó Eve.

–Sí –respondió Mercy.

Eve se retorció hasta que su madre la dejó en el suelo. Entonces, la niña se acercó a Judah.

–Buenos días –le dijo.

–Buenos días –respondió Judah, observando a su hija.

Eve esperó. Mercy sabía que la niña quería que Judah la respondiera de algún modo paternal, acariciándole el pelo, o dándole un beso en la mejilla, o conversando con ella. Como Judah no lo hizo, Eve tomó las riendas de la situación. Le mostró el león de peluche.

–Tengo muchos animales y muchas muñecas –le dijo–. Éste es mi favorito. Lo elegí yo misma cuando era pequeña, ¿verdad, mamá? –miró a Mercy, que asintió–. Se llama Jasper.

La expresión de Judah se endureció como si Eve hubiera dicho algo que le había disgustado.

–¿Te has enfadado conmigo, papá? –le preguntó Eve.

–No.

–¿Qué estás pensando? No puedo leerte la mente, pero no importa. Mamá tampoco me deja que lea la suya.

–Cuando era pequeño, tenía un león por mascota. Uno de verdad –dijo Judah.

–Y se llamaba Jasper, ¿verdad? –preguntó Eve, con una sonrisa de oreja a oreja, como si hubiera resuelto un rompecabezas muy complicado.

–Sí –respondió Judah.

Eve alzó el brazo y tomó a su padre de la mano. Durante un instante, sus ojos parpadearon y su color varió del verde al dorado. Después, volvieron a ser verdes. A Mercy se le paró el corazón durante una fracción de segundo.

«Me lo he imaginado», se dijo.

Sin embargo, sabía que no era cierto. Había ocurrido algo muy poderoso entre Judah y Eve, aunque ninguno de los dos se hubiera dado cuenta.

Mercy lo sabía. Lo sentía en el alma.

Durante todo el desayuno, Eve parloteó como un papagayo, informando a Judah de todo lo que le gustaba, lo que no le gustaba, y de lo que hacía diariamente. Le contó la historia de su vida. Mercy jugueteó con la comida del plato, pero Judah comió con apetito.

–Si has terminado, vayamos al despacho –le dijo Mercy a Judah mientras se levantaba de la mesa.

Él miró a Sidonia.

–El desayuno estaba delicioso. Gracias.

Sidonia gruñó y le lanzó una mirada asesina.

Él se rió. Después dejó la servilleta sobre la mesa y se levantó. Le cedió a Mercy el paso con un gesto caballeroso y dijo:

–Adelante.

Eve saltó de la silla al suelo.

–Yo también.

–No –dijo Mercy–. Tú te quedas aquí con Sidonia. Judah… tu padre y yo necesitamos…

–Vais a hablar de mí –dijo Eve, con las manos en las caderas y el ceño fruncido–. Yo también tengo que estar ahí para decir lo que pienso.

–No –repitió Mercy.

–Sí –dijo Eve, y dio una patada en el suelo.

–Te quedarás con Sidonia.

Eve miró a Judah.

–Yo también quiero ir. Por favor, papá.

Antes de que Judah tuviera oportunidad de responder, Mercy dijo:

–Ya está bien, jovencita. Te quedarás con Sidonia.

Después miró a Judah fijamente, como si estuviera desafiándolo a que la contradijera.

De repente, un vaso vacío voló de la mesa y chocó contra la pared. Después otro, y otro. En un minuto, todos los platos, los vasos y las tazas de la mesa volaron por el aire en un remolino frenético. Todos terminaron hechos añicos.

Mercy se concentró en su hija y usó sus poderes para contrarrestar los de Eve y terminar con aquella rabieta. Cada año que pasaba, los poderes de su hija eran más fuertes, y Mercy sabía que llegaría un día en el que la superarían. Deseaba con todas sus fuerzas que, para entonces, Eve fuera lo suficientemente madura como para dominarse.

–Harás lo que dice tu madre –le ordenó Judah a Eve–. Te quedarás con tu niñera.

Sabiendo que había sido derrotada, Eve frunció los labios y se las arregló para dejar caer una lágrima.

–Sidonia, que Eve limpie todo lo que ha roto –le dijo Mercy–. Y no quiero que la ayudes.

–¡Papá! –dijo Eve, mirando a Judah, para que la salvara del castigo.

Haciendo caso omiso de Eve, Judah tomó del brazo a Mercy y la guió hacia fuera de la cocina. En cuanto llegaron al pasillo que conducía al despacho, Mercy tiró del brazo para zafarse de él y se detuvo un instante para recuperar la compostura.

–Es muy traviesa, ¿verdad? –le preguntó Judah.

–Parece que te enorgulleces de ello.

–¿Preferirías que fuera un ratoncito llorica y débil?

–Me imagino que tú también eras travieso de niño, ¿no?

–Aún lo soy –respondió él en tono burlón.

Aquél era el Judah que ella recordaba, un hombre encantador con sentido del humor. Ojalá hubiera sabido, todos aquellos años atrás, que bajo aquel encanto había una bestia salvaje que era capaz de arrancarle el corazón.

Mercy se apartó de él y, sin mirar atrás, comenzó a caminar por el pasillo. Cuando llegaron al despacho, ambos tomaron asiento, y ella comenzó a hablar.

–Eve es mi hija. Es una Raintree. No permitiré que le hagas daño, y nunca permitiré que te la lleves.

–Así no podemos llegar a ningún compromiso.

–No.

–Entonces digamos que, por ahora, estoy de acuerdo contigo. Dejaré a Eve aquí contigo, porque sé que seguirás cuidando a mi hija como has hecho desde que nació.

Mercy no confiaba en Judah, y tenía buenos motivos. Él había dicho que dejaría a Eve con su madre por el momento. ¿Significaba eso que tenía intención de reclamar a Eve en el futuro?

–Eve se quedará aquí conmigo hasta que sea adulta –dijo Mercy. Quería que Judah lo entendiera con claridad.

–Ahora no quiero discutir de cuándo y cómo –respondió Judah–. Me marcharé esta tarde, y Eve se quedará aquí contigo.

–Pero tienes pensado volver.

–Algún día.

–No.

–¿Que no me marche? –preguntó él en un tono burlón.

–Que no vuelvas nunca.

–Se me había olvidado lo enérgica que eres –dijo Judah, mirándola de pies a cabeza–. En realidad, se me habían olvidado muchas cosas deliciosas sobre ti.

Mercy se obligó a no responder a sus provocaciones, a no mostrar ninguna señal de emoción. Lentamente, se puso en pie.

–No veo necesidad de que te quedes un minuto más. Si te parece bien, puedo hacer que te lleven adonde quieras inmediatamente.

Judah se acomodó en la silla.

–Me marcharé esta tarde. Y yo mismo arreglaré el asunto de mi transporte.

–¿Y por qué quieres quedarte?

–Quiero pasar unas horas con mi hija.

–No.

–No hagas de esto un concurso de poderes –le dijo Judah. Se levantó del sofá y se enfrentó a Mercy–. No queremos que las cosas sean desagradables, ¿verdad? Y menos ante nuestra hija.

–Si te permito que pases unas horas con Eve, ¿prometes no hacerle daño de ningún modo? Y eso incluye cualquier clase de adoctrinamiento mental o emocional. Además, quiero que te marches de aquí sin ella y no vuelvas más.

–Te prometo que me marcharé sin ella. Y no hay necesidad de que yo intente debilitar la parte Raintree de la naturaleza de Eve. Su parte Ansara está dormida en su interior, pero un día se hará dominante y Eve será una verdadera Ansara.

Mercy odió a Judah por pintar una escena tan horrible en el futuro de Eve, pero él no había dicho nada sobre lo que ella no hubiera pensado mil veces desde que había nacido su hija.

–Puedes pasar unas horas con Eve, pero no a solas –le dijo–. Sidonia os acompañará.

–No, Sidonia no –replicó Judah–. Si no quieres que esté a solas conmigo, entonces tú puedes quedarte con ella. Con nosotros.

Terrebonne, lunes, 10:30 de la mañana

Cael estaba disfrutando de su desayuno en la terraza, solo. Aunque Alexandria y él habían consumado su relación y ella creía que un día sería su Dranira, él no tenía intención de serle fiel, ni en aquellos momentos, ni en el futuro.

Mientras tomaba un vaso de zumo de naranja, miró hacia el interior de la casa a través de las puertas dobles, y fijó la vista en la pantalla de la televisión. El canal de noticias mostraba nuevamente imágenes del incendio del casino de Reno. El casino de Dante Raintree.

Cael sonrió.

Había enviado a algunos de sus mejores guerreros a Raintree con un objetivo: destruir a Raintree. Dante aún estaba vivo, pero le habían dado un duro golpe. Habían conseguido, en parte, llevar a cabo la misión.

Además, Cael había enviado a una Ansara muy especial a Wilmington, en Carolina del Norte. Tabby era una perversa psicópata, perfecta para el trabajo que él le había asignado. Antes de que se librara La Batalla contra los Raintree, cosa que ocurriría en una semana, Cael quería que todos los hermanos de la familia real hubieran muerto. Desafortunadamente, aún estaban con vida, pero sólo por el momento. Al menos Echo, la primera vidente de los Raintree, sí había muerto, gracias a Tabby.

Cael había lanzado un hechizo que cegaba la visión de los demás videntes y adivinos, pero Echo era demasiado poderosa para verse afectada por aquel hechizo, así que habían tenido que eliminarla. Aunque Cael creía que los Ansara estaban bien preparados para vencer en la guerra contra los Raintree, quería tener el factor sorpresa de su lado, y eso sería mucho más sencillo con Echo Raintree muerta, incapaz de profetizar la aniquilación de su clan.

Venganza contra los Raintree. Que victoria tan dulce sería.

Los planes de Cael se estaban llevando a cabo con precisión, aunque sólo tuviera un puñado de fieles seguidores. Ya era demasiado tarde para echarse atrás, demasiado tarde para que Judah pudiera detener lo inevitable. Con los golpes que ya les habían asestado a los Raintree, sólo sería cuestión de tiempo que se dieran cuenta de que los Ansara eran los responsables. El consejo se daría cuenta de que era el momento perfecto para atacar, antes de que los Raintree sospecharan que los Ansara eran nuevamente un clan poderoso y fuerte. Y las súplicas de Judah para esperar otros cinco años sólo encontrarían oídos sordos. Incluso él, el Dranir supuestamente invencible, tendría que lanzarse a la batalla al lado de Cael.

Judah moriría en la guerra, por supuesto. Cael se aseguraría de ello. Y la gente lloraría su pérdida. Pero tras aquella dulce victoria, pondrían a Cael en el puesto que le correspondía por derecho: en el trono del nuevo Dranir.

No podía permitir que nada interfiriera en sus planes. Estaba demasiado cerca de conseguir lo que siempre había deseado, y no debía permitirse ninguna duda.

Sin embargo, no podía evitar recordar lo que había visto,

por un segundo, en la mente de Judah la noche anterior. Ojalá hubiera podido percibir más antes de que Judah lo expulsara y protegiera sus pensamientos. No obstante, había visto lo suficiente como para preocuparse. ¿Por qué no había vuelto Judah a casa? ¿Qué era lo que le retenía en América? ¿Quién?

Fuera quien fuera, tenía los ojos verdes de los Raintree.

Quizá Mercy Raintree.

¿Habría hecho Judah algo más que salvarle la vida a la princesa?

Cael tenía intención de averiguar cuál era el secreto de Judah. Tomó el teléfono móvil y marcó el número de Horace, uno de sus leales subalternos. Cuando Horace respondió, le dijo:

–Necesito que averigües todo lo posible sobre Mercy Raintree y cualquiera que viva en Santuario. Tu investigación debe ser discreta. No podemos arriesgarnos a que Judah lo sepa, ¿entendido?

–Sí, señor, lo entiendo.

–Necesito esa información inmediatamente.

Cael colgó el teléfono, tomó el tenedor y comenzó a devorar los huevos Benedict que le había preparado su cocinera. Perfectos. De acuerdo a sus especificaciones. Cuando fuera el Dranir, todo se haría de acuerdo a sus órdenes. No sólo por parte de los Ansara, sino también por parte de todos los humanos. Todo ser viviente adoraría al dios en quien iba a convertirse.

6

Lunes, 11:00 de la mañana

Judah siempre había sabido que, como Dranir de los Ansara, debía tener un hijo, un vástago que heredara el trono. Sin embargo, nunca había pensado en la paternidad, y si lo hubiera hecho, habría imaginado un hijo varón. Las mujeres eran diferentes. Una hija necesitaba una protección que un hijo no precisaba. Protección de los hombres como el que él mismo había sido siempre.

Mientras observaba cómo Eve recogía flores en la pradera, pensó en lo que representaba aquella niña, no sólo para él, sino para los Raintree. Ningún niño que fuera mezcla de ambos clanes había nacido durante siglos, y a ninguno se le había permitido vivir desde hacía miles de años. Cuando era joven, durante sus estudios, siempre había pensado que las antiquísimas historias sobre aquellos niños no eran más que invenciones de los venerables escribanos Ansara.

Supuestamente, aquellos niños heredaban el talento de cada uno de sus padres, y se hacían más poderosos que ellos. Sin embargo, si los progenitores eran de la familia real, un niño nacido de ambos clanes poseería la capacidad de crear un clan nuevo y único, que no sería Raintree ni Ansara.

«¿Eso eres tú, mi pequeña Eve? ¿La madre de un nuevo clan?».

¡Tonterías! Llegaría el día en que Eve sería una Ansara, y aunque él tuviera otros hijos en el futuro, ella podría convertirse en la Dranira de su clan. Él debería hacer la elección.

Sin embargo, ¿querría Eve regir al clan que había exterminado a la familia de su madre? ¿Estaría dispuesta a unir sus fuerzas con el hombre que había matado a su madre?

–¡Papá, mira! –dijo Eve, mientras dejaba caer el ramo de flores al suelo–. Sé dar volteretas.

–Ten cuidado –le advirtió Mercy–. No hagas tonterías.

Eve no hizo caso a su madre y comenzó a hacer volteretas, cada vez más rápidamente, hasta que se movía con tanta velocidad que su imagen se transformó en un borrón blanco.

Judah sonrió. La niña estaba presumiendo para él.

–¡Eve! Para antes de que te hagas daño –le pidió Mercy.

–Déjala –le dijo Judah–. Se está divirtiendo. Yo también hacía todo tipo de cosas para llamar la atención de mis padres.

De repente, Eve se detuvo, pero la fuerza que había usado para alcanzar tanta velocidad la impulsó hacia arriba, y llegó a diez metros de altura.

–¡Oh, Dios mío! –gritó Mercy.

Antes de que Eve cayera, se detuvo a pocos centímetros del suelo, donde se habría golpeado de no ser por la intervención de sus padres. Mercy miró a Judah y él la miró a ella, y Judah se dio cuenta de que los dos habían usado sus poderes para proteger a Eve.

Judah atravesó la pradera mientras con el pensamiento mantenía a Eve suspendida sobre el suelo. Ella le sonrió al ver que se acercaba. Él la tomó en brazos.

–Mamá está enfadada –dijo Eve.

–Yo hablaré con ella.

Mercy se acercó a Judah y miró con severidad a su hija.

–Te he dicho que no hagas eso. No puedes controlar tus poderes, y hasta que sepas hacerlo, debes restringir…

–Pero tiene que practicar, ¿no? –intervino Judah mientras dejaba a Eve en el suelo.

Eve miró a Judah con absoluta adoración. Mercy se encogió por dentro.

–Hay modos mucho más seguros de practicar –argumentó.

Eve le tomó la mano a Judah, como si supiera que él la protegería de la reprobación de su madre.

–Papá me enseñará.

–No.

–¿Por qué no? –gimoteó Eve.

–Porque tu padre se marcha hoy –le dijo Mercy.

–No, por favor, papá, no te marches –le pidió Eve, tirándole de la mano–. Quiero que te quedes.

–No puedo quedarme.

–¡Tú lo estás obligando a marcharse! –le gritó Eve a Mercy–. ¡Te odio! ¡Te odio!

Eve apretó los dientes y entrecerró los ojos, concentrándose en su madre. Repentinamente, el cielo se puso gris y se levantó un fuerte viento. Varios rayos cayeron alrededor de Mercy.

«¡Basta!», le ordenó Judah a su hija. «Sé que estás enfadada, pero puedes hacerle daño a tu madre. Y tú no quieres hacer eso, ¿verdad?».

Inmediatamente, el viento amainó, aunque los truenos siguieron retumbando repetidamente. En un momento, el cielo se aclaró y el sol volvió a brillar.

Judah comenzó a comprender el verdadero poder de su hija. Nunca había visto a un niño de seis años hacer lo que acababa de hacer Eve. Y también entendía la preocupación de Mercy por la niña. Un poder como el que poseía Eve, sin la debida instrucción, podía resultar muy peligroso, no sólo para los demás, sino para ella también.

Con los ojos llenos de lágrimas, Eve corrió hacia Mercy y le rodeó las rodillas temblorosas con los brazos.

–Lo siento, mamá. No quería hacerlo. Nunca te haría daño. Te quiero. No te odio.

Mercy tomó a Eve en brazos y la apretó con fuerza contra su pecho.

–Lo sé, lo sé –dijo Mercy, calmando a su arrepentida hija con lágrimas en los ojos–. Tienes que prometerme que intentarás controlar tu temperamento y que no usarás los poderes cuando estés enfadada.

–Te lo prometo. Te prometo que lo intentaré –dijo Eve, abrazando a su madre.

Judah se volvió y se alejó.

–¡Papá!

Él se detuvo y miró hacia atrás por encima del hombro. Eve estaba apoyada en la cadera de su madre, con los verdes ojos de los Raintree brillantes por las lágrimas.

–¿Vendrás pronto a verme?

–Vendré cuando llegue el momento oportuno –respondió Judah.

2:00 de la tarde

La casa estaba en silencio. Sidonia estaba trabajando en el huerto, y Eve estaba durmiendo la siesta. Mercy estaba sola en su despacho, pensando en su situación. Judah se había ido, pero, ¿durante cuánto tiempo permanecería lejos? No habían resuelto nada entre ellos. En menos de veinticuatro horas, él le había salvado la vida, había descubierto que tenía una hija y había alterado por completo su mundo.

¿Quién había intentado matarla la noche anterior, y por qué? ¿Cómo podía saberlo Judah? ¿Y por qué se había molestado en salvarle la vida? ¿Era posible que, como ella, no hubiera sido capaz de olvidar el breve tiempo que habían pasado juntos?

Mercy sospechaba que Judah no sentía hacia ella tanta indiferencia como proclamaba. Y quizá, si aquello fuera cierto, Mercy pudiera usarlo en su provecho. Sin embargo, ¿hasta dónde estaba dispuesta a llegar para proteger a su hija? Tan lejos como fuera necesario, incluso si eso significaba seducir a Judah y usar sus encantos femeninos con él.

No. No debía engañarse. Debía ser completamente sincera

consigo misma. Sólo había una manera segura de proteger a Eve de su padre. Aunque Eve nunca la perdonara, Mercy no tenía más remedio que matar a Judah.

Miró hacia la chimenea. Sobre ella colgaba una espada dorada. Era la espada de la Dranira Ancelin, la que había usado en La Batalla contra los Ansara. Su antepasada había poseído también el don de la empatía, y había usado sus poderes de curación para hacer el bien. Sin embargo, cuando se hizo necesario defender a su clan, había luchado junto a su marido. Cuando los dos llegaron a las montañas de Carolina del Norte y construyeron aquel refugio para su gente, Ancelin colgó la espada sobre la chimenea del salón de su hogar. La espada, cuya empuñadura estaba cubierta de piedras preciosas, no se había movido de allí durante dos siglos.

–Esta espada tiene un gran poder –le había dicho a Mercy su padre–. No puede usarse con otro propósito que no sea el de defender a los Raintree, y sólo una descendiente femenina de Ancelin puede tomarla de la pared.

Ella siempre había sabido que la espada era suya, y había presentido que un día se vería obligada a usarla. Sin embargo, nunca había pensado que la utilizaría para matar al padre de su hija.

«Judah. Oh, Judah...».

«¿Mercy?».

Ella oyó la voz de Judah con tanta claridad como si él estuviera a su lado.

¿Había oído sus pensamientos? ¿Cómo sabía él que ella...

«¿Judah?».

«¿Por qué te has puesto en contacto conmigo?», le preguntó él telepáticamente.

«No he sido yo la que ha establecido el contacto, sino tú».

Silencio.

Apresuradamente, Mercy protegió sus pensamientos, aunque ella pensaba que ya estaba a salvo del sondeo mental de cualquiera.

De repente, oyó la risa de Judah.

«No quiero hablar contigo», le dijo. «Déjame».

«Lo haría si pudiera».

«¿Qué quieres decir?».

«Habla con tu hija. Dile que no debe ponernos en contacto nunca más».

«¿Lo ha hecho Eve?», preguntó Mercy. «Esa niña traviesa... Eve, ¿estás escuchando? Corta la conexión mental ahora mismo. Tú padre y yo no queremos...».

«Tendréis que hablar más tarde o más temprano», dijo Eve.

Silencio. Eve había cortado la comunicación con sus padres.

Mercy suspiró. Después atravesó la estancia y se detuvo ante la chimenea. Levantó la mano hasta la espada de Ancelin y acarició las gemas del intrincado dibujo de la empuñadura.

Cuando Judah volviera, y ella sabía que un día volvería por Eve, haría lo que cualquier madre estaría dispuesta a hacer para proteger a su hija de cierta maldición.

Lucharía con el diablo por el alma de su hija.

Beauport, en la isla de Terrebonne.
Lunes por la tarde, 8:15

Cuando Judah llegó a casa de Claude, a un kilómetro de su mansión, la esposa de Claude, Nadine, lo estaba esperando en la puerta. Le dio la bienvenida y un beso en la mejilla y lo acompañó a la gran sala donde todo el mundo lo estaba esperando. Al entrar, los asistentes se pusieron en pie. Claude y Nadine eran para Judah como sus hermanos. Además, Judah respetaba mucho a los consejeros Bartholomew y Sidra. Observó con atención a los demás, Galen, Tymon, Felicia y Esther. Su prima Alexandria no había recibido aviso; sin duda, Claude sospechaba que Alexandria se había unido a Cael.

Finalmente, Judah miró a su primo.

–¿Qué has averiguado?

–Como sabes, tenemos varios espías en el entorno de Cael –respondió Claude–. Cada uno informa a un miembro diferente del consejo, con la excusa de persuadir a los consejeros de que simpaticen con la causa de Cael.

–Sí, sí –respondió Judah con impaciencia.

Claude miró a Galen, que le hizo una ligera reverencia a Judah antes de dirigirse a él.

–He sabido que Cael le ha prometido a Alexandria que la convertirá en su Dranira cuando él sea el Dranir. No hay duda de que ella está trabajando con Cael contra usted, señor.

Judah asintió. Aquello no le resultó una sorpresa.

Claude se volvió a Tymon.

–Aunque no tenemos pruebas fehacientes, sabemos que Cael envió a Stein a matarlo, señor –dijo Tymon–. Y todos estamos de acuerdo en que ese crimen no puede quedar impune.

–No quedará impune –prometió Judah.

–Derrotar a Cael significa someter a otros –intervino Claude–. A su grupo de guerreros leales, a Alexandria y a otros dos miembros del consejo.

–Todos recibirán su merecido –le dijo Judah a su primo.

–¿Cuándo? –preguntó Galen.

–Pronto.

Galen inclinó la cabeza en señal de respeto.

Claude miró entonces a Felicia, que se adelantó e hizo una reverencia.

–Señor, su hermano no sólo envió a Greynell a matar a la gran empática Raintree, la princesa Mercy, sino que ordenó asesinar también a sus dos hermanos. Además, ordenó acabar con Echo Raintree. Estos intentos han fracasado. El casino de Dante Raintree fue consumido por las llamas, pero el Dranir está vivo. Tabby debía acabar con Echo y Gideon. Desafortunadamente, mató a la compañera de piso de Echo por confusión, y ahora Echo está escondida.

–Malditos estúpidos –dijo Judah, con la voz reverberando como un trueno–. Las acciones de Cael alertarán a los Raintree de que los Ansara han resurgido de las cenizas después de doscientos años, y que están dispuestos a un nuevo enfrentamiento. Sólo es cuestión de tiempo que averigüen quién los ha atacado, si es que no lo saben ya.

Claude le puso la mano en el hombro a Judah.

–Me temo que es peor de lo que pensábamos. Creemos que Cael tiene intención de atacar Santuario muy pronto.

–No estamos listos –dijo Judah–. Ahora no podremos ganar una guerra contra ellos.

–Cael cree que estamos listos –dijo Bartholomew–. Él no quiere esperar hasta que tú decidas que somos lo bastante fuertes como para vencer. Va a atacar cuando él decida.

–¿Y cuándo será eso? –preguntó Judah.

–No lo sabemos, pero creemos que no queda mucho tiempo. Quizá sólo meses, o semanas –respondió Bartholomew.

–Quiere forzarme a actuar –dijo Judah, que apenas podía contener la furia–. Mi hermano está loco, y desafortunadamente, ha contagiado a otros su locura.

–¿Y qué vamos a hacer? –preguntó Sidra, hablando por primera vez–. Si arrestas a Cael, sus seguidores se levantarán contra nosotros y habrá una guerra civil. Además, no podremos mantener nuestra existencia en secreto para los Raintree. Sin embargo, si decides luchar contra los Raintree cuando Cael decida, veo el fin de nuestro clan.

Judah caminó hacia Sidra y le tomó ambas manos.

–Tú eres la sabia de nuestra gente. Tus visiones nos han servido durante toda tu vida. Las únicas dos opciones que tengo ahora predicen el fin de los Ansara.

Sidra cerró los ojos y comenzó a temblar de pies a cabeza. Judah intentó soltarse, pero ella se aferró a él con fuerza.

–El día de los Ansara se acaba.

Judah se zafó de ella, y Sidra abrió los ojos.

–Tienes que tomar una decisión muy difícil. Decidas lo que decidas, nosotros te apoyaremos.

Judah no estaba seguro, pero tenía el presentimiento de que Sidra conocía el secreto de la existencia de Eve.

–El Dranir está cansado después del viaje –les dijo Claude a los demás–. Como Sidra ha dicho, tiene decisiones muy difíciles que tomar, que requerirán tiempo y reflexión.

En unos minutos, los miembros del consejo se habían

marchado y Nadine se había retirado a su dormitorio, dejando a Judah a solas con Claude.

–Creo que necesitas un trago –le dijo Claude a su primo.

–No, gracias.

Claude se detuvo y se volvió para encarar a Judah.

–Quizá Sidra esté confundida, o quizá esté interpretando incorrectamente sus visiones. No es infalible.

–Elegir entre luchar contra Cael o luchar contra los Raintree según el plan de Cael no es la única decisión que tengo que tomar –dijo Judah, y sondeó el pensamiento de Claude para saber si se atrevería a compartir su secreto con su primo.

–¿Tiene algo que ver esa otra decisión que tienes que tomar con el hecho de que fueras capaz de entrar en el Santuario Raintree y con que te quedaras allí después de haber evitado que Greynell acabara con Mercy Raintree?

–Mercy Raintree tiene una hija de seis años.

Claude lo miró inquisitivamente.

–Mi... mi aventura con Mercy ocurrió hace siete años.

Claude lo entendió.

–¡La niña es tuya! –exclamó Claude–. ¿Es una mezcla de Ansara y Raintree?

–Exactamente –dijo Judah–. Mi hija posee un poder increíble. Podría convertirse en nuestra arma secreta contra los Raintree.

–O podría ser nuestra ruina –respondió Claude.

Cael recibió a Horace y lo guió hacia su despacho. Contaba con que le llevara buenas noticias, una revelación que pudiera usar contra su hermano. Hasta aquel momento, los dos primeros días de aquella semana tan importante habían sido muy decepcionantes. Stein no había conseguido asesinar a Judah, Dante y Gideon Raintree continuaban con vida, y también Echo. Tabby había matado a la mujer equivocada. Nada había salido según los planes.

–Me complace que hayas trabajado tan rápidamente para

compilar información sobre Mercy Raintree –le dijo Cael a Horace cuando ambos se hubieron sentado en el despacho.

–Me temo que no es mucho. En el mundo exterior se sabe muy poco de ella. Apenas sale de Santuario, salvo para atender emergencias o hacer una visita ocasional a sus hermanos. Nuestros adivinos han intentado estudiarla, pero ha establecido un manto protector muy fuerte a su alrededor, como sus hermanos. Sólo sabemos que es la Guardiana de Santuario y la gran empática de los Raintree.

–Es la poseedora de la empatía más fuerte que existe, tanto de los Raintree como de los Ansara –le corrigió Cael.

–Sí, señor.

–¿Ha salido de sus tierras este año?

–No, señor. El Dranir Dante y el príncipe Gideon la visitaron en marzo, como todos los años, pero ella no ha ido a verlos desde el año pasado. Su último viaje se produjo cuando ella y su hija fueron a ver al príncipe Gideon a Wilmington.

«¿Su hija?».

–¿Has dicho su hija?

–Sí, señor.

–¿Mercy Raintree tiene una hija?

–Sí, señor. Una niña de seis años.

–¿Y su marido?

–No hemos encontrado pruebas de la existencia de un marido.

–¿Me estás diciendo que la princesa Raintree dio a luz a una bastarda?

–Eso parece.

–¿Quién es el padre?

–No lo sé.

–Mmm...

–Si lo desea, puedo enviarle un correo electrónico para completar la información –dijo Horace con cierto nerviosismo. Cael Ansara no era conocido precisamente por su benevolencia.

–Antes de que naciera esa niña, ¿dónde vivía Mercy? ¿Quiénes eran sus amigos? ¿Y en qué hospital nació la niña?

–No hay ningún registro en ningún hospital. Hemos supuesto que nació en su casa, en el Santuario –dijo Horace, y tragó saliva–. La princesa Mercy creció allí, como sus hermanos. Recibió su formación escolar en la finca. Cuando fue a la universidad, la acompañaron varios Raintree, para protegerla.

–¿Protegerla de qué? Los Raintree no han considerado una amenaza a los Ansara desde hace doscientos años.

–Es una tradición que una princesa menor de edad tenga acompañantes. Y como todos nuestros empáticos, debe protegerse del mundo exterior con la ayuda de otros de su clan, que puedan absorber los pensamientos y los sentimientos de los humanos antes de que alcancen al poseedor de la empatía e inunden sus sentidos.

–Sí, claro. ¿Sabes si la princesa estuvo sola alguna vez, digamos hace siete años, antes de convertirse en la Guardiana?

–No, señor, pero si lo desea, puedo seguir investigando para averiguarlo.

–Sí.

Horace asintió.

–¿Hay alguna fotografía de la niña?

–No, señor.

–¿Alguna descripción?

–No, pero puedo conseguirla también, si lo desea.

–Sí, hazlo.

Cuando hubo despedido a Horace, Cael se puso en pie y salió al jardín. Hasta sólo unos momentos antes, había pensado que no existía un heredero Raintree, y que si todos los miembros de la familia real morían antes de la gran batalla, habría una guerra entre los primos más cercanos que reclamaran el trono. Sin embargo, acababa de averiguar que la princesa Mercy tenía una hija, una heredera.

La niña era bastarda.

Aquel detalle no tenía importancia. Ella no sería la primera bastarda que se convirtiera en monarca. Él también lo era, y un día sería el Dranir.

Cael no sabía con seguridad por qué la noticia de la existencia de aquella niña lo preocupaba tanto... De repente oyó una voz. La oyó con tanta claridad como si le estuvieran hablando al oído.

«La niña... la niña... Podría ser nuestra ruina».

¿De dónde procedían aquellos pensamientos? No eran suyos. ¿De quién eran los pensamientos que acababa de interceptar? ¿Era posible que otro Ansara supiera que Mercy Raintree tenía una hija y que estuviera pensando en ella? Y, de ser así, ¿por qué creería alguien que la niña Raintree era una amenaza para los Ansara?

7

Lunes, 10:30 de la noche

Mercy miró hacia abajo desde la ventana de su habitación, hacia el jardín donde la noche anterior estaba Judah Ansara. Lo veía mirándola, y recordó cómo sus ojos la habían recorrido apasionadamente de pies a cabeza. Recordó que había hecho que se sintiera deseada. Saqueada. Avergonzada. ¿Cómo podía sentir algo, todavía, por aquel hombre? ¿Cómo era posible que su cuerpo traidor aún anhelara sus caricias?

Hasta unos momentos antes, cuando por fin Eve se había quedado dormida y Sidonia se había retirado a su dormitorio, Mercy había estado demasiado ocupada como para pensar en sus sentimientos hacia Judah. Después de que él se marchara, había tenido que calmar las lágrimas de Eve. En su corazón de madre, Mercy entendía la tristeza de su hija por haber perdido al padre que acababa de conocer. Y Mercy no tenía modo de explicarle a Eve la clase de hombre que era Judah. ¿Cómo iba a decirle a su hija que su padre era un Ansara, un miembro de un clan maligno, uno de los enemigos de los Raintree?

Cuando había conseguido que Eve se tranquilizara, había tenido que tratar con una crisis de la familia. Las hermanas Lili y Lynette habían acudido a Santuario para decirle a Mercy que habían perdido sus poderes adivinatorios. Mercy había trabajado con ellas y había llegado a la conclusión de que alguien les había lanzado un hechizo para cegar su visión del futuro. ¿Quién podía haber hecho algo así, y con qué propósito? No había podido hacer más que asignarles una de las casas de la finca y prometerles que el día siguiente seguirían trabajando para que se recuperaran.

Por si todo aquello no hubiera sido suficiente, Mercy había tenido que sanar a un humano que había intentado entrar en Santuario. Al intentar atravesar el campo de fuerza que protegía la finca, había quedado inconsciente. Ella lo había curado, lo había convencido de que había recibido una fuerte descarga eléctrica y había depositado en su mente el recuerdo falso. No era el primer humano que intentaba colarse en sus tierras, y probablemente no sería el último.

Mercy estaba mental, emocional y físicamente agotada. Sin embargo, no creía que pudiera dormir mucho aquella noche. Necesitaba trazar un plan para enfrentarse a Judah.

El teléfono sonó y la sacó de su ensimismamiento. Sobresaltada, descolgó el auricular y respondió.

–¿Diga?

–Hola, ¿qué tal estás? Tienes la respiración entrecortada.

–¿Echo?

–Sí, soy yo.

–Yo estoy bien. Pero tú no, ¿verdad? –Mercy había sentido la inquietud de su prima–. Dime cuál es el problema.

–Antes de empezar, sólo quiero decirte que estoy perfectamente. Estoy en Charlotte, en casa de un amigo. Dewey. Te he hablado de él.

–¿El saxofonista?

–Sí, exacto. De todos modos, Gideon sabe dónde estoy. De hecho, fue él quien me envió aquí. Verás... anoche, alguien mató a mi compañera de piso, Sherry, y... ya sabes que Gideon puede hablar con los espíritus y...

–¿Necesitas venir a Santuario?

–¡No, no! De verdad. Es sólo que existe la posibilidad de que mataran a Sherry por error. Verás, ella se había teñido el pelo de rubio y rosa, como yo, y...

–¿Has tenido visiones últimamente en las que percibías peligro?

–No lo sé. Ya sabes cómo soy. Siempre tengo esas visiones tan raras…

–Ven a casa –dijo Mercy.

–No, no. Me quedaré aquí durante unos días. Después, ya veremos.

–Echo, ten cuidado.

–Claro.

Absorta en sus pensamientos, Mercy tardó unos instantes en colgar el auricular después de que Echo y ella se hubieran despedido. Su prima era un espíritu libre, independiente. Mercy se preocupaba por ella porque sus padres no lo hacían. Estaban demasiado ocupados viajando por el mundo.

¿Quién querría matar a una muchacha tan buena como Echo? Quizá hubiera tenido una visión que resultara amenazadora para alguien…

–¡Mamá!

A Mercy le dio un vuelco el corazón al oír el grito de terror de Eve. Llegó a su habitación en un instante, y cuando abrió la puerta, vio que Sidonia trataba de calmar a la niña. Sin embargo, Eve estaba resistiéndose a Sidonia no sólo con la fuerza física, sino también con la magia. Los libros, las muñecas y los peluches volaban por la habitación, girando y formando remolinos como si los impulsara la fuerza de una tormenta.

–¡Mamá!

Mercy se concentró en romper la energía que mantenía la levitación de los objetos. Eve no se lo impidió, así que en segundos, todo había caído al suelo. Sidonia se apartó cuando Mercy se sentó al borde de la cama y abrazó a Eve.

–No pasa nada, cariño. Mamá está aquí. Mamá está aquí.

Eve se aferró a Mercy temblando incontrolablemente.

–¿Has tenido una pesadilla?

–No ha sido una pesadilla –respondió Eve entre gimoteos.

Cuando Mercy le quitó a Eve el pelo de la cara, se dio cuenta de que la niña estaba sudando. Tenía la cara húmeda de transpiración.

–Mi papá tiene problemas. Tenemos que ayudarlo.

Mercy intercambió una mirada de profunda preocupación con Sidonia, y después se concentró en su hija nuevamente.

–Debe de haber sido una pesadilla. Estoy segura de que tu padre está perfectamente.

–Él quiere matar a mi padre.

–¿Quién?

–El hombre malo. Odia a mi padre y quiere matarlo.

–¿Qué?

–No dejaré que le haga daño a mi padre –insistió Eve, y tomó la mano de Mercy–. Tenemos que ayudarle.

–Está bien –dijo Mercy–. Por la mañana, nos pondremos en contacto con él y podrás advertirle de que alguien malo quiere hacerle daño.

–¿Y por qué no podemos hablar con papá ahora?

Sabiendo lo obstinada que era Eve, Mercy se dio cuenta de que era la única forma de tranquilizar a su hija.

–Si necesitas ponerte en contacto con Judah ahora, adelante.

–¡No! –gritó Sidonia–. ¿Cómo vas a dejar que contacte con ese hombre?

Mercy miró a Sidonia.

–Eve ya ha hablado con su padre. De hecho, conectó mi mente con la de Judah y escuchó la conversación. ¿No es así, Eve?

–Que Dios nos ayude –murmuró Sidonia.

–Ve a acostarte –le dijo Mercy–. Yo pasaré la noche con Eve.

Farfullando entre dientes todo tipo de advertencias, Sidonia sacudió la cabeza con tristeza y salió del dormitorio de Eve.

La niña miró a Mercy y le preguntó:

–¿Puedo hablar ahora con papá?

–Sí.

Mercy no dudaba que había alguien más, aparte de ella misma, que quería ver muerto a Judah. Aunque sabía muy poco de él, sí sabía que posiblemente era muy rico. Cuando se habían conocido, siete años antes, su estilo de vida le había parecido el de un hombre con una enorme fortuna. Él le había dicho que era banquero internacional. Sin embargo, siendo Ansara, seguramente tenía negocios turbios. No podía saberse cuántos tratos ilegales habría hecho ni cuántos enemigos se habría ganado con el paso del tiempo.

Eve cerró los ojos y se concentró.

«Papá».

No hubo respuesta.

«Papá, ¿me oyes?».

Silencio.

Eve abrió los ojos y miró a Mercy.

–No me responde.

Mercy percibió que su hija estaba al borde de otro ataque de nerviosismo. Apretó la mano de Eve y le dijo:

–Lo intentaremos juntas.

La preciosa sonrisa de Eve le derritió el corazón. Era la sonrisa de Judah.

Después de que Eve hubiera cerrado los ojos, Mercy lo hizo también, y juntas llamaron al mismo hombre.

«Papá».

«Judah».

Beauport, Terrebonne, palacio real. 11:00 de la noche

Judah estaba a solas en su habitación, incapaz de descansar, con la mente llena de pensamientos sobre la reunión secreta del consejo que había tenido lugar aquella tarde. Pese a lo que se había dicho en aquel cónclave, tenía que haber un modo de detener a Cael sin llevar al clan a la guerra civil…

«Papá».

«Judah».

¿Qué demonios…

Oía la voz de Eve. Y la de Mercy.

«Papá, por favor. Respóndeme. Tengo que advertirte de algo».

«¡Dejadlo ahora mismo!».

Judah envió aquel mensaje mental con una fuerza severa, lo suficientemente dura como para sobresaltar a Mercy sin hacerle daño a Eve.

«Si queréis poneros en contacto conmigo, usad el teléfono móvil».

Judah recitó el número y después, usando todo su poder, bloqueó a su hija y a Mercy completamente.

Al instante, su teléfono comenzó a vibrar. Él respondió inmediatamente.

–¿Sí?

–Judah, Eve está empeñada en hablar contigo –le dijo Mercy.

–No debes permitirle nunca que vuelva a llamarme telepáticamente, ¿entendido?

–No, no lo entiendo –respondió Mercy–. Explícamelo.

Judah soltó un resoplido. Él era el Dranir de los Ansara. No le daba explicaciones a nadie.

–Tengo enemigos.

–¿Enemigos capaces de interceptar un mensaje telepático?

–Sí. Tengo un hermanastro. Antes éramos socios de negocios. Ahora somos enemigos.

–Entonces, él debe de ser el hombre malo al que se refiere Eve. Ella cree que tiene intención de hacerte daño.

Judah oyó que Eve decía:

–Deja que se lo cuente yo, mamá.

–Eve quiere hablar contigo.

La siguiente voz era la de su hija.

–¿Papá?

–Sí, Eve.

–Te odia, papá. Quiere matarte, pero yo no se lo permitiré. Mamá y yo te ayudaremos.

Pese a sentir una ligera reverencia hacia la niña que Mercy y él habían concebido en una sola noche de pasión, Judah no pudo evitar sonreír al pensar en cuánto debía detestar Mercy el que su hija se hubiera aliado con él. Con su padre, el Dranir de los Ansara.

Sin embargo, Mercy no sabía que él era el Dranir, ni que los Ansara habían vuelto a ser el clan poderoso, ni que pronto volverían a ser tan fuertes y tan numerosos como los Raintree.

–Eve, no quiero que te preocupes por mí. Sé quién es ese hombre, y puedo luchar contra él por mí mismo. No necesito que me ayudes.

–Lo necesitarás, papá. Lo necesitarás.

–Que tu madre vuelva a ponerse al teléfono –le dijo Judah.

–Ten mucho cuidado –le recomendó Eve.

–¿Judah? –preguntó Mercy. ¿Tenía su voz un tono de preocupación? No era posible. Ella lo odiaba, ¿no?

–No permitas que Eve vuelva a ponerse en contacto conmigo.

–¿Y si no puedo impedírselo?

–Convéncela.

–Quizá si la llamaras de vez en cuando…

–Creía que me querías fuera de su vida. ¿Has cambiado de opinión?

–No, no he cambiado de opinión, pero Eve no quiere perderte, y yo no quiero que esté siempre disgustada.

¿Qué clase de juego estaba jugando Mercy, dándole una de cal y otra de arena? Le pedía que se marchara, y después, que volviera. Que no volviera a ver a Eve, y después, que la llamara de vez en cuando.

–Dile a Eve que la llamaré pronto.

–Se lo diré. Y, Judah…

–¿Sí?

–Sabes lo que pienso de ti.

Judah sonrió.

–Lo sé. Soy un Ansara y tú eres una Raintree. Somos enemigos mortales.

–Exacto. Sólo quería asegurarme de que nos entendemos.

–Que duermas bien, Mercy. Y sueña conmigo.

Martes, 1:45 de la tarde

Cael había sido informado de que Judah había llegado a Terrebonne la noche del día anterior, y que había pasado aquella mañana trabajando en su oficina. De hecho, aún estaba allí. Por desgracia, Cael no tenía espías entre los empleados de su oficina, así que no podía saber qué ocurría tras aquellas puertas cerradas.

Cael había malgastado toda la mañana haciendo esfuerzos por descubrir la identidad de la persona cuyos pensamientos había percibido la noche anterior. «La niña… la niña… Podría ser nuestra ruina». Era una voz masculina, y le resultaba ligeramente familiar, pero no conseguía reconocerla.

¿Por qué podía significar aquella niña una amenaza para los Ansara? ¿Qué niña podía poseer el poder suficiente como para amenazar a su clan?

¿Mi hija?, se preguntó Cael.

Sin embargo, él no tenía hijos. Se había asegurado de ello.

¿La hija de Judah?

¿Y por qué iba a representar la hija del Dranir una amenaza para los Ansara?

«¿Estás ahí, pequeña?».

Cael se preguntó si Judah se habría casado en secreto y realmente tenía una hija oculta en algún lugar. No podía imaginarse a su hermano engendrando a un vástago bastardo.

¡Mercy Raintree tenía una hija bastarda!

¿Podría ser que aquella niña fuera la amenaza para los Ansara?

«Princesita Raintree, abre tu mente, permíteme la entrada».

Nada.

«Hija de Mercy Raintree, deseo hablar contigo».

Silencio.

Ojalá supiera el nombre de la niña.

«Si quieres saber los nombres de tus mayores enemigos, repite estas palabras nueve veces, y nueve nombres aparecerán en tu mente. El último de los nombres será el que debas temer más».

–Gracias, madre –dijo Cael.

Después, recitó el antiguo hechizo que ella le había enseñado cuando era niño.

Esperó a que aparecieran los hombres. El primero, y después el segundo, y el tercero y el cuarto desfilaron por su mente. Todos eran nombres de miembros del consejo, leales a Judah. Apareció el quinto: Nadine. El sexto: Claude. El séptimo era Sidra. No era sorprendente.

Sin embargo, el octavo nombre sí le sorprendió: Judah.

Creía que su hermano era su mayor enemigo. ¿Cómo era posible que existiera alguien más peligroso para él que Judah?

Entonces, apareció el noveno nombre, un nombre que Cael no reconoció.

Eve.

¿Quién era Eve?

Aquella visión terminó, y la mente de Cael se aclaró.

«Eve, ¿quién eres? Si me oyes, abre tu mente».

Una vigorosa descarga de energía mental lo atravesó e hizo que cayera de rodillas. Mientras el dolor lo doblegaba y se dispersaba rápidamente, Cael maldijo con violencia, maldiciendo a la fuerza que lo había atacado.

Alguien no quería que contactara con Eve. ¿Sería aquella persona la misma Eve?

«Me has sorprendido fuera de guardia», le dijo Cael. «Soy más poderoso que ningún Ansara. No puedes ganar una lucha contra mí. ¿Me oyes, Eve?».

Cael recibió otro golpe. En aquella ocasión, el impacto fue tan brutal que lo mandó volando al otro lado de la habitación y lo estampó contra la pared.

«¡Maldita seas! Te lo advierto, no me conviertas en tu enemigo. Lo lamentarás».

«No te tengo miedo», respondió la voz de una niña. «No dejaré que le hagas daño a mi padre».

A Cael se le aceleró el corazón.

«¿Quién es tu padre?».

«¡Yo soy Eve, y te odio!».

Aprovechando la ira de la niña, Cael le devolvió un golpe psíquico y estalló en carcajadas al oír sus gritos de dolor.

Gritando, Eve se desplomó en el suelo como si la hubiera golpeado un puño gigante. Sidonia, que estaba sentada en el porche, vigilando a la niña, corrió hacia ella tan rápidamente como se lo permitieron sus viejas piernas.

Mercy, que estaba en el bosquecillo de frutales recogiendo melocotones, supo al instante que alguien había atacado a su hija. Mientras corría con todas sus fuerzas hacia ella, envió algunas descargas poderosas de venganza, interrumpiendo el flujo que se dirigía hacia la niña y revirtiendo los golpes de modo que cayeran sobre quien los había enviado.

Cuando Mercy llegó junto a Eve, la encontró en brazos de Sidonia.

Su vieja niñera la miró directamente a los ojos y le dijo:

–Esto es la maldad de los Ansara.

–Mamá –susurró Eve.

–Estoy aquí, cariño. Aquí mismo –dijo Mercy, y tomó a su hija de brazos de Sidonia.

–Es un hombre muy malo.

–¿Quién, cariño? ¿Quién te ha atacado?

–El hombre que quiere matar a mi papá.

A Mercy se le encogió el corazón. ¡No! Por favor, Dios, no. ¿Cómo era posible que el hermanastro de Judah hubiera sabido de la existencia de Eve? ¿Tenía aquello alguna importancia, en realidad? Parecía que aquel hombre, fuera cual fuera su nombre, pensaba que podía herir a Judah a través de su hija.

Media hora más tarde, cuando Eve estaba más calmada, Mercy le preguntó qué había ocurrido. Sólo había una manera de que alguien hubiera traspasado la barrera de protección que Mercy mantenía alrededor de su hija.

–¿Por qué le dejaste entrar? –le preguntó Mercy a Eve.

–No lo hice, de verdad, mamá. Sólo oí que me llamaba. Dijo Eve. Y supe quién era. Lo golpeé para que se marchara, pero no lo hizo.

No, no era posible. Sólo alguien tan poderoso como Dante, Gideon y ella misma podría haber roto aquella barrera.

–Yo sabía quién era, el enemigo de papá, así que lo golpeé varias veces.

–Oh, Eve, no.

–Sí lo hice, y le advertí que no permitiría que le hiciera daño a mi padre.

–Oh, Eve, ¿qué voy a hacer contigo?

–Él cree que es más poderoso que mi padre, pero no lo es. Yo se lo demostraré.

Mercy sacudió a Eve por los brazos ligeramente.

–No volverás a comunicarte con ese hombre, ¿entendido?

–Sí, mamá –dijo Eve, agachando la cabeza.

–Ahora, ve a la cocina y pídele a Sidonia que te dé té y galletas.

–Ven conmigo, mamá.

–Está bien. Iré ahora mismo.

–De acuerdo.

En cuanto Eve desapareció por el pasillo, Mercy se fue a su despacho. Cerró la puerta e hizo una llamada con el teléfono móvil.

Una voz ronca de hombre respondió:

–¿Qué demonios…

–Tu hermano sabe lo de Eve –le dijo Mercy a Judah–. Hace menos de media hora ha estado luchando mentalmente con él.

8

Martes, 3:00 de la tarde

Cael había convocado a dos profetisas leales: Natalie y Risa. Después de explicarles que necesitaba cierta información que no podía conseguir por métodos corrientes, les hizo jurar que no revelarían a nadie lo que averiguaran aquella tarde.

–Quiero que trabajemos juntos para encontrar la respuesta a mi pregunta. Necesito que busquéis a una niña llamada Eve. Creo que es la hija de Mercy Raintree –les dijo. Después les advirtió–: La niña tiene poderes, así que sed cuidadosas.

Ambas muchachas asintieron sin decir ni preguntar nada. Sabían que cualquier muestra de curiosidad podría resultar peligrosa para ellas.

–Preparáos para vincular vuestras mentes a la mía.

Las dos mujeres se sentaron una frente a la otra. Risa tomó las manos Natalie y la miró a los ojos.

–Id a lo más profundo y viajad a través del océano hasta el Santuario de los Raintree, pero no proyectéis vuestro pensamiento al futuro. Quiero que os concentréis solamente en la niña llamada Eve.

Natalie y Rise obedecieron.

–Yo despejaré vuestro camino para que podáis alcanzar la mente de la niña –añadió Cael.

Estaba seguro de que, si había conseguido contactar con Eve una vez, podría romper de nuevo la barrera protectora que había a su alrededor.

Aquella certidumbre le produjo euforia.

Judah estaba paseando por la playa, con Claude a su lado, como hacía frecuentemente. Su primo había estado siempre junto a él, desde que eran niños. Habían compartido muchas cosas durante la vida; la niñez, los estudios, los amores y los negocios.

–¿Y no será algún truco? –le preguntó Claude.

–¿Para qué? A Mercy no le serviría de nada que yo creyera que Cael conoce la existencia de Eve si no es cierto. Y tampoco que creyera que mi hermanastro ha estado luchando con la niña.

–Quizá para atraerte de nuevo a Carolina del Norte.

–No. Esa mujer me desprecia, y me ha dejado bien claro que no quiere que me acerque a Eve.

–Perdona que te lo pregunte, pero, ¿estás seguro de que la niña es hija tuya? ¿No sería posible que…

–Es mía.

–Si Cael sospecha que Eve es tu hija, intentará matarla. Y nadie podrá detenerlo ni juzgarlo por sus acciones, porque sólo estaría obedeciendo el antiguo decreto que obliga a exterminar a los niños con mezcla de sangre.

–Esta noche voy a convocar una reunión del consejo, y anunciaré la derogación de esa ley.

–Pero el consejo querrá saber por qué…

–Soy el Dranir. No estoy obligado a dar explicaciones, ni siquiera al consejo.

Claude le puso la mano sobre el hombro a su primo.

–¿Es ahora el mejor momento para enemistarte con los miembros del consejo, aunque sólo fuera con uno? Cael se está preparando para la guerra con los Raintree. Cuantos más consejeros estén en tu contra, más fácil le resultará llevar a cabo sus planes. Tu hermano no parará hasta que te mate, o hasta que tú lo mates a él.

Judah se apartó de su primo.

–¿Estás diciendo que no debo proteger a mi hija?

–Estoy diciendo que tu prioridad debería ser mantener controlado a Cael. Sólo tú puedes evitar que nos destruya.

–¿Y tú crees que debería estar dispuesto a sacrificar la vida de mi hija? ¿No crees que puedo proteger a Eve y a la vez salvaguardar al clan de la locura de mi hermano?

–¿Por qué es tan importante para ti esa niña? Tú no querías engendrarla. Hace dos días ni siquiera sabías que existía. Y no olvides que es una Raintree.

Judah se enfureció.

–¡Eve es Ansara!

–No, no lo es. Sólo es medio Ansara. Su otra mitad es Raintree. Y durante los seis primeros años de su vida se ha criado en el Santuario Raintree, con la princesa Mercy. Si tu hija tuviera que elegir entre su madre y tú, entre los Ansara y los Raintree, ¿a quién crees que elegiría?

De la arena de la playa surgieron remolinos que se alzaron en el aire. El suelo tembló bajo los pies de Judah.

–Está bien. Lo entiendo –dijo Claude–. Estás enfadado conmigo por decirte la verdad.

Claude entendía a Judah como nadie más podía entenderlo, y lo aceptaba sin reparos. En vez de irritarse por las reacciones de Judah, normalmente se divertía. Algunas veces, Judah envidiaba la calma innata de Claude, la paz interior que él no poseía.

A medida que la ira de Judah se calmaba, los remolinos desaparecieron uno por uno. Después, cuando continuó caminando por la playa, Claude lo siguió. Ninguno de los dos dijo una palabra. El sol tropical de junio los envolvía con su calor, y al mismo tiempo, sentían la brisa fresca y salada del mar. Los Ansara vivían en el paraíso.

–No puedo reclamar a Eve hasta después de La Batalla, cuando los Raintree hayan sido derrotados –dijo Judah–. Si intento llevármela antes…

–¿Y qué harás con respecto a la princesa Mercy ahora que sabes que dio a luz a tu hija?

–No ha cambiado nada. Sigue siendo mi derecho acabar con Mercy Raintree el día de La Batalla. Mientras siga existiendo un Raintree, será una amenaza para nosotros.

–No será fácil matar a la madre de tu hija.

–Mi padre condenó a muerte a la madre de Cael, y nunca lo lamentó.

–Tío Hadar odiaba a Nusi por lo que le hizo a tu madre. Nusi era una hechicera perversa, y estaba loca, como lo está su hijo.

–Y Mercy es una Raintree. Sólo eso es razón suficiente para acabar con ella.

Antes de que Claude pudiera responder, ambos se dieron cuenta de que uno de los sirvientes de palacio, un joven llamado Bru, se acercaba corriendo desde la escalinata que comunicaba el palacio real con la playa. Mientras llamaba al Dranir, agitaba los brazos para hacerse ver.

Cuando Bru los alcanzó, hizo una apresurada reverencia y respiró profundamente varias veces antes de decir:

–Señor, la consejera Sidra lo espera. Me pidió que os dijera que debéis acudir inmediatamente a su lado. Tiene una noticia muy grave que comunicaros.

Judah echó a correr, y Claude y Bru lo siguieron. Era indudable que Sidra había tenido otra visión, y si ella decía que era una noticia grave, lo era. Sidra nunca se dejaba llevar por el pánico ni exageraba la importancia de sus revelaciones.

Cuando llegaron a los jardines del palacio, encontraron a la vieja vidente sentada en uno de los jardines, con las manos descansando en el regazo. Su marido, Bartholomew, estaba tras ella, como siempre. Su fiero guardián.

Judah se acercó a Sidra, y cuando ella intentó levantarse, de manera vacilante, la ayudó a sentarse nuevamente y se arrodilló a sus pies. Él era el Dranir, y no tenía por qué inclinarse ante nadie, pero Sidra no era cualquiera. No sólo era la más grande profetisa del clan, sino que había sido una de las doncellas de su madre, y su gran amiga.

Sidra le apretó las manos a Judah.

–He visto a la madre de un nuevo clan. Es la hija de la luz. Tiene el pelo dorado. Los ojos dorados.

A Judah se le encogió el estómago. Nunca olvidaría el momento en el que había visto los ojos de su hija cambiar de color y adoptar un tono dorado, sólo durante una fracción de segundo.

–¿Qué significa la existencia de esa niña para los Ansara?

–La transformación –respondió Sidra.

Judah miró a Bartholomew y a Claude. «¿Transformación? ¿No la aniquilación, ni la ruina? Ni tampoco su salvación».

Sidra le agarró las manos de nuevo. Judah se concentró en ella.

–Si quieres salvar a nuestra gente, debes proteger a la niña de... –la voz de Sidra se debilitó, y los párpados le temblaron de cansancio–. Guárdate de Cael, de su maldad. Debes derogar el antiguo decreto... hoy mismo –dijo Sidra. Al instante, se sumió en un repentino y profundo sueño, como siempre ocurría después de que una visión poderosa consumiera todas sus fuerzas.

Bartholomew le puso una capa sobre los hombros y después miró a Judah.

–Sabes de qué decreto está hablando.

Judah se puso en pie.

–Sí, lo sé.

–Sidra cree que la visión es real –dijo Bartholomew–. Por lo tanto, existe una niña que es mezcla de ambos linajes, medio Ansara y medio Raintree.

–Sí.

–¿Ya conocías la existencia de esa niña? –preguntó Bartholomew.

–Sí.

–Después de lo que ha visto Sidra, creo que se debe proteger a la niña –intervino Claude–. Redacta un nuevo decreto y fírmalo, con Bartholomew y conmigo como testigos. Revoca el antiguo.

–Claude tiene razón –dijo Bartholomew, mirando amorosamente a su esposa–. Sidra cree que Cael intentará matar a la niña, y no debes permitir que suceda. Sin ella, los Ansara estamos condenados a la extinción.

–Juro por el honor de mi padre que no permitiré que le ocurra nada a la niña –dijo Judah.

«Te protegeré, Eve. ¿Me oyes? Nadie te hará daño. Ni ahora, ni nunca».

Mercy percibió que una tríada de mentes estaba intentando penetrar en los límites de Santuario. Eran mentes poderosas que se habían unido para incrementar sus fuerzas. Instintivamente, supo que aquella exploración se originaba muy lejos de ella. Dejó el libro que estaba leyendo y se concentró en aquella energía hostil. Sólo tardó unos segundos en saber de dónde provenía el peligro.

¡Ansara!

Una mente dirigía a las otras dos y las guiaba para que se pusieran en contacto con Eve.

«No lo permitiré».

Cerró los ojos y respiró profundamente. Se concentró en rodear a Eve y en añadir protección adicional a los límites mágicos que la guardaban.

«No pasa nada, mamá. No le tengo miedo. No puede hacerme daño».

«Oh, Eve, ¡no lo hagas! Sea lo que sea lo que estés pensando hacer, no lo hagas».

«Mamá, boba».

«¡Será mejor que me hagas caso, Eve Raintree!».

«No, soy Eve Ansara».

Mientras luchaba por mantener el segundo nivel de protección alrededor de Eve, Mercy abrió los ojos y salió corriendo del despacho, buscando a su hija. Encontró a Eve sentada en un cojín en el suelo del salón, junto un grupo de animales de peluche que marchaban ordenadamente a su alrededor.

–¡Eve!

Eve se sobresaltó. Abrió los ojos de par en par al girar la cara hacia Mercy, y de repente, el hechizo se rompió. Los animales cayeron al suelo.

–Sólo estaba practicando –dijo la niña con una sonrisa de picardía.

–Ese hombre, el enemigo de tu padre...te ha dicho o ha hecho algo?

–No te preocupes –dijo Eve–. Lo eché a él, y a las otras dos. Querían saber quién era mi padre y...

–No se lo has dicho, ¿verdad?

–Claro que no –respondió Eve–. Los bloqueé. Él se enfadó.

La niña miró a su madre fijamente, con una engañosa inocencia en los ojos.

Eve había sido obstinada y difícil de controlar antes de conocer a Judah, pero siempre había sido la niñita de Mercy. Aunque se resistiera a obedecer, terminaba por hacerlo. Mercy no era capaz de señalar con exactitud el momento en que Eve había dejado de estar bajo su control. Quizá hubiera ocurrido de todos modos, cuando Eve fuera mayor, aunque no hubiera conocido a su padre. Sin embargo, el hecho de conocer a Judah había cambiado a la niña, y había alterado para siempre su relación con Mercy.

–Yo te quiero tanto como siempre –le dijo Eve a su madre, y le rodeó la cintura con los brazos.

Mercy le acarició la cabeza.

–Yo también te quiero.

–Siento que estés triste porque yo sea una Ansara.

Mercy se mordió el labio inferior para impedirse a sí misma gritar o llorar. Con un largo suspiro, miró a Eve.

–Yo soy Raintree. Tú eres mi hija. Eres una Raintree.

–Mamá, mamá –dijo Eve, sacudiendo la cabeza–. Yo nací en el clan Raintree, pero nací para los Ansara. Para mi padre.

Mercy se estremeció incontrolablemente al oír la verdad que siempre había temido de labios de su hija. Al instante, Eve le tomó la mano para calmarla. Cuando hubo recuperado la compostura, Mercy dijo:

–El clan de tu padre, los Ansara, y nuestro clan, los Raintree, han sido enemigos durante siglos. Sidonia te ha contado las historias de nuestra gente, de cómo derrotamos a los Ansara en una terrible batalla y cómo sólo sobrevivieron unos cuantos de su clan.

–Me encanta que Sidonia me cuente esas historias –dijo Eve–. Ella siempre me dice lo malos que son los Ansara, y lo buenos que son los Raintree. ¿Eso quiere decir que yo soy buena y mala a la vez?

–Todos lo somos.

–¿Mi padre también?

–Sí, quizá.

Mercy no fue capaz de decirle a su hija que Judah era perverso, como todos los de su linaje.

«¿Pero cómo sabes que eso es cierto?», le preguntó una burlona voz interior. «Judah es el único Ansara que has conocido».

El conocimiento que los Raintree tenían sobre los Ansara estaba recogido en escritos históricos de doscientos años atrás.

Y de un instinto que Mercy no podía negar.

Martes, 8:45 de la noche

Cael estaba en su habitación, aún furioso por lo que había ocurrido aquella tarde. Risa y Natalie lo habían decepcionado amargamente. Les había dicho a ambas mujeres que desaparecieran de su vista, echándoles toda la culpa de su fracaso al no poder penetrar en la mente de Eve Raintree.

Un sirviente llamó a la puerta y, cuando Cael ordenó que pasara, le anunció temerosamente que Alexandria había ido a visitarlo. Cael la recibió de inmediato, con la esperanza de que le llevara información valiosa. Y así fue.

–He sabido –le dijo su prima sin preámbulos–, que el Dranir ha mantenido una reunión secreta con tres miembros del consejo.

–¿Cuándo?

–Esta tarde.

–¿Quién se reunió con Judah, y para qué?

–Claude, Bartholomew y Sidra.

–¿Sidra?

–No sé quién convocó la reunión, pero Sidra y Bartholomew aparecieron en el palacio y permanecieron allí varias horas.

–Seguramente, esa vieja bruja tuvo alguna visión. He sido muy cuidadoso protegiendo mis planes de los demás. Por eso sólo yo sé el momento exacto en el que atacaremos a los Raintree. No puedo arriesgarme a que Sidra…

–Tenemos una preocupación más grande que el hecho de que Sidra profetice tus planes –le dijo Alexandria, interrumpiéndolo–. Judah ha hecho algo impensable.

Cael sintió miedo y odio a la vez. Detestaba el hecho de que su hermano pudiera causarle semejante temor.

–¿Qué ha hecho?

–Ha derogado el antiguo decreto que condena a muerte a los niños engendrados por un miembro de los Raintree y otro de los Ansara. Firmó el acta de derogación con Claude y Bartholomew como testigos.

–¿Y por qué iba Judah a…

«La niña… la niña… Podría ser nuestra ruina».

–¿Qué ocurre? –le preguntó Alexandria–. ¿Qué sabes?

–Existe una niña así, sin duda. Y para que Judah derogue un decreto promulgado hace miles de años, esa niña debe de ser muy importante para él.

–¿Quieres decir que Judah ha procreado con una mujer de los Raintree?

Cael gruñó.

–No con cualquier mujer Raintree, sino con una princesa Raintree. Mercy Raintree tiene una hija llamada Eve, una niña de extraordinario poder.

Miércoles, 1:49 de la madrugada

Mercy se debatía entre varias opciones: intentar manejar la situación por sí misma, llamar a Dante y contarle la verdad sobre la paternidad de Eve, o confiar en que Judah protegiera a su hija.

Ojalá tuviera otra salida.

Sin embargo, fuera cual fuera su decisión, debía tomarla rápidamente. Antes del día siguiente.

Sidonia llamó antes de entrar al despacho.

–Eve se ha quedado dormida por fin –dijo Sidonia–. Y ya es hora de que tú te acuestes también.

–No puedo descansar hasta que decida lo que voy a hacer.

–Llama a Dante.

–Me temo que, por mucho que tema confesarle a mi hermano mis pecados, no tengo otra opción.

–Se enfadará, sin duda. Querrá dar caza a Judah Ansara y matarlo. ¿Es eso lo que te detiene? ¿No quieres que Dante mate a Judah?

–También es posible que Judah mate a Dante.

–No. Sabes tan bien como yo que Dante posee poderes individuales únicos, y además, posee las habilidades inherentes a un Dranir. Judah no sería un oponente peligroso para él.

–No sabemos qué poderes posee Judah. Sin embargo, deben de ser grandes para que Eve tenga unos dones tan asombrosos.

Sidonia se acercó al escritorio y levantó el auricular del teléfono.

–Llama a Dante. Ahora.

Mercy se quedó mirando fijamente el auricular, sin saber qué hacer.

La puerta del estudio se abrió de repente, y Eve apareció en pijama, con una gran sonrisa. Corrió hacia su madre, la tomó de la mano y dijo:

–Vamos.

–¿Adónde? –preguntó Mercy, atónita.

–A la puerta, a recibir a mi padre. Va a llegar muy pronto.

9

–¿Judah?

–Vamos, ya casi está aquí –dijo Eve, y tiró de su madre.

–Echa a ese demonio de esta casa –le dijo Sidonia.

Haciendo caso omiso de la advertencia de Sidonia, Mercy siguió a su hija hacia el vestíbulo. La niñera las siguió, murmurando toda clase de miedos en voz alta.

Justo cuando llegaban al recibidor, Eve agitó la manita y la puerta principal se abrió. Judah Ansara tenía la mano en alto para llamar. Estaba en mitad de la entrada.

–¡Papá! –gritó Eve. Se soltó de la mano de Mercy y corrió directamente hacia su padre.

Judah entró en el vestíbulo, acompañado por el viento de la noche, con el pelo largo ligeramente revuelto y la vista clavada en su hija. Sin vacilación alguna, dejó caer la maleta que llevaba al suelo, tomó a Eve en brazos y cerró la puerta de una patada tras él.

Eve le rodeó el cuello con los brazos y le dio un beso en la mejilla.

–Sabía que volverías. Lo sabía.

Mercy observó con una respetuosa fascinación el saludo entre padre e hija. Incluso sin su don de la empatía, habría sido capaz de percibir el vínculo que se estaba formando entre ellos. El hecho de saber que era impotente para detener lo que estaba sucediendo la asustaba.

Las palabras de Eve resonaron en su cabeza.

«Nací para los Ansara».

Incapaz de hacer caso omiso de los constantes murmullos de Sidonia, Mercy se volvió hacia ella y le clavó una mirada fulminante mientras le ordenaba telepáticamente que se callara. Sidonia le devolvió la mirada y sacudió la cabeza, aunque quedó en silencio antes de volverse y comenzar a subir lentamente las escaleras.

Mercy dio unos pasos vacilantes hacia Judah y él, como si acabara de percatarse de la presencia de ella, se colocó a Eve sobre la cadera y la miró.

Ella no entendió lo que sentía. Despreciaba a Judah y rechazaba su presencia en Santuario y en la vida de su hija. Sin embargo, al mismo tiempo, el hecho de que él estuviera allí la reconfortaba, y también que se preocupara por Eve y que estuviera dispuesto a ayudarla a proteger a su hija. Sus miradas se quedaron atrapadas durante unos instantes. Entonces, Judah volvió a concentrarse en su hija.

–Quiero que me prometas una cosa –le dijo a Eve.

–¿Qué?

–Prométeme que, hasta que yo no te diga lo contrario, no volverás a hablar telepáticamente con nadie más, salvo con tu madre y conmigo.

La niña lo miró fijamente a los ojos.

–Es un hombre malo, ¿verdad, papá? Quiere hacernos daño.

–Sí, es un hombre malo –respondió Judah con el ceño fruncido–. Y ahora, prométeme que…

–Te lo prometo –dijo Eve.

Había accedido a la petición de Judah con tanta facilidad, que Mercy suspiró por dentro. Temía que Eve nunca pusiera en cuestión las órdenes de su padre.

Judah dejó a Eve en el suelo. Ella lo tomó de la mano. Él bajó la vista y la miró con una sonrisa.

–Es muy tarde. Deberías estar durmiendo.

–Estaba durmiendo, pero cuando oí que me llamabas, me desperté para dejarte entrar. Eso es lo que querías, ¿no?

–Sí, eso es lo que quería –admitió él–. Pero ahora quiero que subas a tu habitación y vuelvas a acostarte. Tu madre y yo tenemos que hablar.

–Yo también quiero que me prometas una cosa: que no vais a pelearos –dijo Eve, y miró a su padre y a su madre alternativamente–. Sed simpáticos, ¿de acuerdo?

–Sí –respondió Judah.

Eve sonrió triunfalmente y miró la maleta de Judah.

–Vas a estar aquí cuando me despierte por la mañana, ¿verdad?

–Si, voy a estar aquí.

Eve comenzó a subir las escaleras a saltos, llena de energía y felicidad.

Cuando Mercy y Judah estuvieron a solas, ella dijo:

–Pediré que te arreglen una de las cabañas de la finca.

–No. Me quedaré aquí en la casa. Necesito estar cerca de Eve… y de ti.

A Mercy se le aceleró el corazón. «Es un encantador de serpientes», se recordó. Diría cualquier cosa que creyera que ella quería oír con tal de conseguir lo que quería. Y ella no podía permitirse olvidar, ni durante un segundo, que quería a Eve.

–No puedes quedarte mucho tiempo –le advirtió–. Será imposible mantener tu presencia en secreto durante más de uno o dos días. Hay otros Raintree en Santuario. Más de la mitad de las casas están ocupadas. Lo que tengas que hacer para proteger a Eve de tu hermano, hazlo rápidamente y márchate.

–Me temo que las cosas son más complicadas de lo que crees.

–¿Va a intentar hacerle daño a Eve? ¿Es que va a venir a Santuario para intentar matarla? Por eso has venido, ¿no? ¿Para asegurarte de que no le haga nada?

–Mi hermano tiene los días contados. Era inevitable que me viera forzado a matarlo.

–No me imagino cómo se puede odiar tanto a un hermano como para pensar en matarlo.

–Es el odio de Cael lo que me obliga a terminar con él. No me ha dejado otra alternativa.

–¿Y tus padres? ¿No pueden…

–Nuestro padre murió. Y la madre de Cael asesinó a la mía.

–Oh.

Judah tomó su maleta.

–Llévame a una habitación que esté cerca de la de Eve.

–La habitación más cerca de la de la niña, aparte de la de la niñera, es la mía.

–¿Eso es una invitación? –le preguntó Judah, con una sugerente sonrisa.

–Quizá lo sea –dijo Mercy, imitando burlonamente su sonrisa–. Pero si vienes a mi cama, tendrás que dormir con un ojo abierto para impedirme que te mate.

–Por muy tentadora que sea la oferta…

–Hay una habitación de invitados al final del pasillo. Puedes quedarte allí esta noche.

–¿Y mañana por la noche?

–Te habrás ido –afirmó Mercy–. Tú y yo resolveremos este asunto mañana. Después te marcharás de Santuario y no volverás.

Mientras Judah la observaba, Mercy notó que intentaba leerle el pensamiento.

«Ni lo intentes», le advirtió.

«Si te dejo ver un poco del mío, ¿me dejarás ver un poco del tuyo?».

«¡No!».

«¿No sientes ni una ligera curiosidad?».

«¡No!».

«Mentirosa».

–Vamos al piso de arriba. Te enseñaré tu habitación –dijo Mercy para zanjar la conversación telepática–. Y cuando te despiertes por la mañana, no te alejes de la casa. Si te viera alguien, se preguntaría quién eres.

–¿No crees que podría pasar por un Raintree?

–No con esos ojos grises tan fríos.

–Buena observación –dijo Judah.

Mercy lo guió por las escaleras hasta el segundo piso. Él se detuvo cuando pasaban junto a la habitación de Eve y empujó suavemente la puerta para mirar a su hija dormida.

–¿Por qué piensas que tiene los ojos del color verde de los Raintree?

–Porque es una Raintree –respondió Mercy.

Cuando Judah entró en la habitación de Eve, Mercy lo siguió, pero no intentó detenerlo. Él se detuvo junto a la cama. Eve estaba tumbada boca abajo, con los brazos estirados sobre la almohada, a ambos lados de la cabeza. Él le acarició el pelo largo, rubio.

Mercy contuvo el aliento. Judah alzó el pelo de Eve y lo separó con los dedos para dejar a la vista la media luna azul de su nuca, la que proclamaba su ascendencia. La marca de los Ansara.

Judah dejó que el pelo de Eve cayera sobre su espalda. Le acarició la cabecita y después se volvió, miró a Mercy y sonrió. Y en aquel momento, Mercy vio amor en los ojos de Judah. Amor por su hija.

Miércoles, 8:45 de la mañana

El teléfono de Judah comenzó a sonar y lo despertó.

–¿Claude?

–Cael se marchó de Terrebonne esta mañana.

Judah se incorporó rápidamente en la cama.

–¿Cuándo?

–Hace una hora.

–¿Iba solo?

–No.

–¿Con cuántos?

–No estamos seguros, pero Sidra dice que sólo ve a otros tres.

–¿Quiénes?

–Creemos que se ha llevado a Risa, Aron y Travis.

–Pueden llegar a Carolina del Norte esta misma tarde.

–Pero no pueden entrar a Santuario, ¿no?

–Creo que no. A menos que...

–¿A menos que qué?

–Que consigan usar a Eve de algún modo.

–¿Es posible eso?

–No puedo saberlo con certeza. Es posible que su presencia haya comprometido el escudo que protege la finca del mundo exterior.

–¿Quieres que envíe a alguien a perseguir a Cael y a los otros? –le preguntó Claude–. O yo mismo podría...

–No. Quédate allí. Necesito que estés en Terrebonne. No creo que Cael aparezca aquí en persona. Enviará a Aron y a Travis. Cuando lleguen, estaré esperándolos, y si intentan penetrar en la finca, le enviaré a Cael lo que quede de ellos en una caja de regalo.

–Quizá debieras haber esperado antes de derogar ese antiguo decreto –dijo Claude–. Cuando Cael se enteró de lo que habías hecho, debió de darse cuenta de que había un niño de ambos linajes por ahí. Un hijo tuyo.

–No me quedaba elección. Si no lo hubiera hecho, muchos Ansara habrían requerido la muerte de mi hija.

–Siento haber cuestionado tu decisión. Si Sidra dice que la niña debe ser protegida, entonces debemos protegerla.

–Mantén a Cael bajo vigilancia como sea. Y no importa que se de cuenta de que lo están vigilando. De hecho, sería mejor.

La puerta del dormitorio de Judah se abrió de repente, y Eve entró como un rayo de sol de la mañana, alegre y brillante.

–Buenos días, papá.

¡Demonios! Judah dormía sin pijama, y estaba sentado al borde de la cama, completamente desnudo. Mantuvo el teléfono pegado a la oreja con una mano, y con la otra se puso la sábana sobre el regazo, cubriéndose desde la cintura a las rodillas.

–¿Con quién estás hablando? –le preguntó Eve, que saltó sobre la cama sonriéndole.

Él agarró la sábana con fuerza para mantenerla en su lugar mientras ella se acercaba a él.

–Después te llamo –le dijo Judah a Claude.

–No cuelgues –le pidió Eve a su padre–. Quiero decirle hola a tu amigo.

Judah negó con la cabeza. Después le preguntó:

–¿Dónde está tu madre?

Eve hizo caso omiso de la pregunta y se irguió sobre las rodillas para alcanzar el teléfono móvil. Judah la miró con severidad. Ella titubeó, y después dijo en voz alta:

–Hola, Claude. Soy Eve.

Claude se rió.

–¿Tienes un problema de disciplina? Parece que es un poco adivina, porque ha sabido intuitivamente mi nombre –dijo.

–Quiero hablar con Claude –dijo Eve.

–Los poderes de mi hija son bastante impresionantes –admitió Judah–. Mira, dile hola, ¿de acuerdo?

Entonces, le tendió el teléfono a Eve.

Ella sonrió.

–Gracias, papá.

Se puso el teléfono al oído y dijo:

–Hola. Llamas desde muy lejos, ¿verdad?

Judah siguió telepáticamente la conversación.

–Sí, exacto –dijo Claude–. ¿Cómo lo sabes?

–Sé cosas. Tengo muchos poderes, pero mi madre no me deja usar la mayoría de ellos porque no siempre consigo que me obedezcan –le explicó Eve. Después, susurró–: Igual que ella no consigue que yo siempre la obedezca.

Se rió. Claude también se rió.

–Una vez, conocí a un niño como tú. Tenía grandes poderes, pero cuando era de tu edad, tampoco podía controlarlos, y su padre tampoco podía controlarlo a él.

Eve se rió de nuevo.

–Era mi papá, ¿verdad? –dijo, y miró a Judah con ojos de adoración.

¡Malditos ojos Raintree!

Tan parecidos a los de Mercy.

–Dile adiós al primo Claude –le dijo Judah a Eve.

–Adiós, primo Claude –dijo Eve–. Nos veremos muy pronto.

Le entregó el teléfono a Judah y se acurrucó contra él, mientras él mantenía la sábana en su sitio y le enviaba un mensaje telepático de socorro a Mercy.

–Tu pequeña Eve es muy zalamera –le dijo Claude a Judah–. De tal palo tal astilla, ¿no?

–Podría ser.

–¿Por qué piensa que me va a ver pronto? ¿Le has dicho que vas a traerla a Terrebonne?

–No. Ese tema no se ha mencionado.

Eve le dio un golpecito a Judah en el hombro. Él la miró.

–¿Qué?

–Dile al primo Claude que voy a verlo pronto porque él va a venir a Santuario.

Judah observó a su hija fijamente.

–¿Y por qué piensa que... –comenzó a preguntar Claude.

–Eve Raintree, ¡ven aquí inmediatamente! –dijo Mercy desde el umbral de la puerta, con las manos en las caderas y cara de pocos amigos.

Eve saltó de la cama al suelo y corrió hacia su madre.

–He hablado con el primo Claude. Va a venir a Santuario muy pronto, y lo conoceremos.

Mercy intercambió una mirada de preocupación y desconcierto con Judah.

–Hablaremos después –le dijo Judah a su primo–. Mantenme informado sobre ese asunto del que hemos hablado.

No esperó una respuesta antes de colgar, y dejó el teléfono sobre la mesilla de noche.

–Eve, ¿por qué no vas con tu madre mientras yo me doy una ducha y me visto?

Mercy pasó la mirada por el pecho y los hombros desnudos de Judah, admirando su cuerpo fibroso, aunque no era consciente de lo que estaba haciendo. Él también la miró con deleite. Mercy era muy guapa. La primera vez que él la había visto, siete años antes, se había quedado asombrado de su belleza. Incluso antes de ver sus impresionantes ojos verdes y saber que era una Raintree, la había deseado.

Mercy carraspeó y tomó a Eve de la mano.

–Es de mala educación entrar en la habitación de alguien sin haber sido invitado –dijo, y miró a Judah–. Siento que te haya incomodado. No volverá a ocurrir.

Cuando tiró de la mano de su hija, Eve se resistió.

Judah sonrió.

Eve hizo que su madre se inclinara hacia ella y le susurró:

–Voy a ir a mi habitación a jugar un rato. Papá y tú tenéis que hablar más sobre mí.

Mercy no tuvo ocasión de responder a Eve antes de que la niña saliera de la habitación a toda velocidad y cerrara la puerta.

–Es un poco mandona, ¿no? –le preguntó Judah.

–Es una princesa Raintree. Dar órdenes es innato en ella. Por desgracia, aún no ha aprendido el arte de la diplomacia.

–La diplomacia está valorada en exceso. Yo prefiero la acción a las palabras, y espero que mi hija piense lo mismo.

–A Eve le gusta salirse con la suya. Pero es joven, y aprenderá que no siempre puede tener todo lo que quiera.

Judah apartó la sábana que le cubría el cuerpo y se levantó de la cama. Mercy jadeó. Él sonrió.

–Si ves algo que te guste, puedes tomarlo. Ahora mismo.

Mercy se quedó mirándolo como hipnotizada, pero consiguió reaccionar.

–Algunas veces lo que queremos es malo para nosotros, y sabemos por experiencia que debemos evitar el peligro.

Judah se acercó a ella lenta y provocativamente. Ella se mantuvo firme y no se retiró, sin apartar la vista de su rostro.

Cuando Judah llegó hasta ella, le acarició la mejilla con el dorso de la mano, y Mercy cerró los ojos.

–Aún me deseas –dijo él.

Ella no respondió.

Con aquella breve caricia, él había sentido su pasión.

–Yo también te deseo –le dijo.

Deslizó la mano hasta su nuca e inclinó la cabeza. Ella suspiró. Sus respiraciones se mezclaron, y Mercy abrió los ojos. Durante un instante, ajena a su vulnerabilidad, dejó caer la barrera que protegía sus pensamientos.

Él aprovechó para apretarla contra su cuerpo, íntimamente. Si Mercy estuviera tan desnuda como él…

–No ha habido nadie más, ¿verdad? Eres tan mía como lo fuiste aquella noche.

Cuando él la besó con un apetito voraz, ella se mantuvo rígida y fría. Sin embargo, cuando el beso se suavizó, Mercy comenzó a gemir suavemente. Él saqueó su boca con una pasión tierna, pero ella apoyó ambas manos en su pecho e intentó empujarlo hacia atrás.

Judah la agarró y la trasladó hasta la cama. Tomarla en aquel momento sería como tomarla por primera vez. Ningún otro hombre la había tocado, ni enseñado: era prácticamente virgen.

Hizo que cayera de espaldas sobre la cama y él se tendió sobre ella, agarrándole los brazos levantados a ambos lados de la cabeza mientras ella luchaba contra su fuerza superior. Se colocó a horcajadas sobre ella y con las rodillas mantuvo inmóviles sus caderas. Así, miró su rostro ruborizado, y percibió tanto deseo como cólera en su expresión.

–¿Crees que voy a permitir que me violes? –le preguntó con rabia.

–No sería una violación, y ambos lo sabemos. Me deseas.

Con la respiración entrecortada, Mercy entornó los ojos y se concentró en él.

Judah gritó de dolor y rodó por la cama hasta quedar tumbado de costado. ¡Maldición…! Ella le había propinado un puñetazo mental exactamente en la parte más vulnerable de su anatomía. Mientras Judah intentaba recuperar el aliento y murmuraba juramentos, Mercy se levantó de la cama y caminó hasta la puerta. Se detuvo un instante y miró hacia atrás.

–La única razón de que te permita vivir es Eve –le dijo.

Él le lanzó una lluvia de flechas de fuego, cuyas puntas brillantes dibujaron el espacio que rodeaba el cuerpo de Mercy. Ella las extinguió antes de que quemaran la puerta que había tras ella.

–Puede que desees mi muerte, pero no me matarás –dijo él con frialdad–. Y yo no te mataré a ti. No hasta que te haya tomado de nuevo.

10

Judah había pasado la mañana entera con Eve, bajo la estricta supervisión de Mercy, por supuesto. Ver a padre y a hija juntos le había proporcionado una visión de Judah que ella no quería admitir. Él había jugado con Eve, la había observado mientras la niña practicaba algunas de sus habilidades y la había instruido sobre cómo canalizar y usar apropiadamente sus poderes.

La amabilidad, la paciencia y la capacidad de amar no eran rasgos que ella hubiera asociado nunca con Judah Ansara. Desde que había huido de su cama siete años antes, había pensado que era un seductor, un canalla sin sentimientos. Y lo había odiado por ser un Ansara, miembro de un clan que sus mayores le habían enseñado a temer y a detestar desde pequeña.

Cuando se había cansado de jugar, Eve había propuesto que comieran al aire libre; después de llenar una cesta de sándwiches y fruta, caminaron hasta un prado cercano y se sentaron bajo la sombra de un roble centenario, en una manta extendida en el suelo. No había una sola nube en el cielo, y el sol vespertino de junio se filtraba por entre las hojas de los árboles, derramando luz dorada a su alrededor.

Eve parloteó como un loro mientras comía su sándwich de pollo y sus patatas fritas. Judah intervino pocas veces, y parecía muy divertido por la interminable charla de su hija. Varias veces, durante la comida, Mercy notó que él consultaba su reloj de pulsera. Y, cuando Judah creía que ella no lo estaba mirando, la observaba. Mercy fingía que no se daba cuenta.

Después de comerse dos galletas de chocolate con un vaso de leche del termo, Eve se puso en pie de un salto y miró a Judah y a Mercy.

–Quiero practicar un poco más –afirmó, y se alejó a varios metros–. Mira, mamá. Mírame, papá.

Sin pedir permiso, Eve se concentró y, poco a poco, comenzó a elevarse sobre el suelo. Unos centímetros. Después medio metro. Después un metro entero.

–Ten cuidado –le dijo Mercy.

–Papá, ¿cómo se llama esto? –preguntó Eve.

–Levitación –respondió Judah, mientras Eve seguía subiendo hasta tres metros por encima del suelo.

–Ah, sí. Mamá me lo dijo. Levitación.

Mercy, conteniendo la respiración, se inclinó hacia delante, preparándose inconscientemente para atrapar a su hija en el aire si caía. Ojalá Eve no fuera tan atrevida y tan obstinada.

–La proteges demasiado –dijo Judah, tomando a Mercy por la muñeca–. Deja que se divierta. Sólo quiere que le prestemos atención y que aprobemos lo que hace.

Mercy lo miró con desdén.

–Eve ha sido el centro de mi existencia desde que nació. Mi trabajo como madre es aprobar el buen comportamiento y reprochar el mal comportamiento. Y, sobre todo, mi deber como madre es protegerla, aunque eso signifique que tengo que protegerla de sí misma.

Judah refunfuñó.

–Siempre has tenido miedo de que la Ansara que hay en ella se manifestara, ¿verdad? Cada vez que se ha portado mal o ha tenido una rabieta, te has preguntado si era una señal del mal innato que había en su naturaleza. El mal de los Ansara.

–¡He subido más! –dijo Eve–. ¡Miradme!

Cuando Eve estaba a más de diez metros del suelo, Mercy se puso en pie de un salto y corrió hacia su hija.

–Ya es suficiente, cariño. Es estupendo –dijo, y aplaudió varias veces–. Ahora, vuelve a bajar.

–¿Tengo que hacerlo? –preguntó Eve–. Esto es muy divertido.

–Baja y jugaremos a algo –le dijo Judah.

Eve bajó lentamente, con cuidado, como si quisiera demostrarle a Mercy que no tenía de qué preocuparse. En cuanto tocó el suelo, Eve corrió hacia Judah.

–¿A qué vamos a jugar?

Él miró a Mercy, como si estuviera desafiándola a interferir.

–¿Has jugado alguna vez con el fuego?

–Mamá dice que soy demasiado pequeña para jugar con el fuego como hace el tío Dante. Dice que cuando sea mayor...

–Si tienes el dominio sobre el fuego, cuanto antes aprendas a ejercerlo, mejor –argumentó Judah, mirando directamente a Eve mientras posaba una mano sobre el hombro de Mercy–. Mi padre comenzó a enseñarme cuando yo tenía siete años.

–Oh, por favor, mamá, por favor –rogó Eve–. Deja que papá me enseñe.

Cualquier decisión que tomara podría ser incorrecta. Mercy no podía estar segura de que una respuesta negativa no estuviera basada en el resentimiento que le profesaba a Judah por entrometerse en sus vidas.

Mercy asintió.

–Está bien. Sólo por hoy –dijo, mirando a Judah con severidad–. Tienes que controlarla con atención. Cuando tenía dos años... –Mercy se interrumpió, sin saber si debía hacerle partícipe de aquella información. Sin embargo, finalmente lo hizo–. Eve incendió la casa.

Judah abrió los ojos de par en par debido a la sorpresa. Después, sonrió.

–¿Fue capaz de hacer eso cuando tenía dos años?

–Tengo mucho poder –dijo Eve–. Mi madre dice que es porque soy muy especial.

Judah sonrió lleno de orgullo paternal.

–Tu madre tiene razón. Eres especial.

Tomó la mano de su hija y le dijo:

–Vamos, acerquémonos al estanque y lancemos fuegos artificiales. ¿Qué te parece?

Eve sonrió de oreja a oreja y comenzó a saltar de emoción.

Pese a su reticencia, Mercy los siguió al estanque. Para vigilar. Y para censurar, si Judah le permitía a Eve hacer algo verdaderamente peligroso...

Eve había quedado agotada después de practicar un talento después de otro, todos ellos bajo supervisión de Judah. Él había constatado, con todos aquellos juegos, que su hija tenía el potencial para convertirse en la criatura más poderosa de la Tierra, más poderosa que cualquier Ansara o Raintree.

Miró a Eve, que dormía profundamente acurrucada sobre la colcha. Sintió algo que nunca había experimentado en lo más profundo de su ser. Aquélla era su hija. Bella, lista y llena de talento. Y ella lo había reconocido al instante como su padre, y lo había aceptado como parte de su vida sin una sola duda.

Recordó las palabras de Sidra: «Si quieres salvar a nuestro clan, debes proteger a la niña».

En aquel momento, Judah se dio cuenta de que protegería a Eve para salvar a los Ansara, pero sobre todo, la protegería porque era su hija y la quería.

Paseó la mirada por la pradera mientras intentaba aceptar todo lo que le estaba pasando en tan poco tiempo. Estaba absorto en sus pensamientos cuando oyó la voz de Mercy, que se había acercado silenciosamente después de dar un corto paseo.

–¿Judah?

Él la miró.

–No hemos hablado de la razón por la que volviste a Santuario –le dijo ella–. Te he permitido pasar tiempo con Eve, pero no puedes quedarte aquí. No puedes ser parte de su vida.

–Eve está amenazada por mi hermano. Hasta que esté a salvo de Cael, seré parte de su vida, con o sin tu permiso. No intentes obligarme a que me marche.

–¿O qué harás?

Judah suspiró.

–No deberíamos discutir –le dijo, intentando conciliar posturas–. Tenemos el mismo objetivo: proteger a Eve.

–La única diferencia en nuestro objetivo es que yo quiero protegerla de ti, además de protegerla de tu hermano.

–Verdaderamente piensas que soy la reencarnación del diablo, ¿no?

–Eres un Ansara.

–Sí. Y estoy orgulloso de serlo. Pero parece que tú piensas que debería sentir vergüenza por pertenecer a un linaje antiguo y noble.

–¿Los Ansara, nobles? No.

–Los Raintree no tenéis el monopolio de la nobleza –replicó Judah.

–Si crees que los Ansara sois nobles, entonces nuestra definición de esa palabra debe de ser distinta.

–Es la lealtad a nuestra familia, amigos y clan. Es el hecho de usar nuestras habilidades para mantener y proteger a la gente que está a nuestro cargo. Es respetar a los ancianos, que poseen un gran conocimiento. Y defendernos de nuestros enemigos.

Mercy se quedó mirándolo con desconcierto. ¿Había hablado demasiado? ¿Sospecharía ella que Judah era algo más que un Ansara corriente, con un poder igual al de cualquier Raintree? ¿Se estaba preguntando cuántos más como él había en el mundo?

–Los Ansara usaron sus poderes para tomar todo aquello que querían, tanto de los humanos como de los Raintree. Si hubieran continuado su camino y perseguido sus objetivos, finalmente habrían subyugado a todo ser viviente de la Tierra, en vez de vivir en armonía con los humanos, como han hecho los Raintree durante siglos.

–Vosotros, los Raintree, os empeñasteis en ser los salvadores de la raza humana. Elegisteis a los humanos por encima de aquellos de vuestra propia raza. Esa decisión fue la que enzarzó a nuestros clanes en una guerra interminable.

–Los Ansara no son de nuestra raza. Incluso vuestros antiguos Dranires lo entendieron. Por eso dictaron el decreto que condenaba a muerte a todo hijo nacido de ambos linajes.

«¡Yo he derogado ese decreto!», pensó Judah. Sin embargo, no podía decírselo a Mercy, porque aquello le revelaría que él era el Dranir Ansara.

–¿Estás diciendo que apruebas ese decreto? –le preguntó para provocarla–. ¿Crees que esos niños deben morir?

–¡No! ¡Claro que no! ¿Cómo puedes hacerme semejante pregunta?

–Eve es Raintree –dijo Judah–. Es de tu clan. Pero también es Ansara, lo cual significa que es de mi clan. Su linaje se remonta a miles de años atrás, a aquella gente de la que provienen los Ansara y los Raintree. Una vez, fuimos el mismo pueblo.

–Y por esa razón, el Dranir Dante y la Dranira Ancelin no exterminaron a todos los Ansara después de La Batalla de hace doscientos años. Se perdonó la vida de los pocos Ansara que sobrevivieron, con la esperanza de que aprendieran a coexistir con los humanos, y encontraran la humanidad que un día habían compartido con los Raintree. Sin embargo, al conocerte veo que esa esperanza no se cumplió. Tu hermano y tú os odiáis. Su madre mató a tu madre. Y él quiere matarte ahora. Quiere hacerle daño a Eve, y tú quieres apartarla de mí y llevártela. Los Ansara seguís siendo violentos, crueles, despiadados y…

Judah la agarró por los hombros. Mercy se quedó en silencio inmediatamente.

–Me juzgas sin conocerme –le dijo él–. Mi hermanastro no es un ejemplo de nuestra raza, ni lo era su madre. Cael está loco, como ella.

Cuando notó que Mercy se relajaba, aflojó la presión de las manos, pero no la soltó. Se observaron durante varios minutos, intentando percibir lo que estaba pensando el otro.

Mercy no cedió terreno; mantuvo sus barreras defensivas en alto. Él hizo lo mismo; no se atrevía a arriesgarse a que ella averiguara su identidad verdadera.

–Me gustaría creerte por Eve –le dijo Mercy–. Me gustaría saber que su parte de Ansara no se convertirá nunca en algo completamente desconocido para mí. Sé que es obstinada y traviesa pero... –Mercy tragó saliva–. Lo que me hiciste fue cruel y desconsiderado. ¿Vas a negarlo?

Judah le pasó las manos por los brazos, desde los hombros hasta las muñecas. Después, la soltó.

–En aquel momento no pensé que fuera cruel. Yo te deseaba, y tú me deseabas a mí. Hicimos el amor varias veces. Tú me diste placer, y yo te di placer a ti. No nos hicimos promesas. No te declaré mi amor eterno.

La expresión de Mercy se endureció. Se quedó pálida.

–No, pero yo sí te dije que te quería –susurró. Después, bajó la cabeza, como si mirarlo le causara dolor–. Debió de parecerte divertido. No sólo habías tomado la virginidad de una princesa Raintree, sino que además, te dijo que te quería.

Judah le tomó la barbilla e hizo que alzara la cabeza para mirarlo.

–Sabía que no estabas enamorada de mí. Sólo estabas enamorada del modo en que había hecho que te sintieras. Las buenas relaciones sexuales pueden provocar esa reacción en una persona que no tiene experiencia.

–Si hubiera sabido que eres un Ansara...

–Habrías salido corriendo –dijo él con aspereza–. En realidad, eso fue lo que hiciste cuando te diste cuenta, ¿no? –Judah la observó con suma atención durante un instante, y después le preguntó–: ¿Por qué no abortaste? ¿Por qué no te deshiciste de mi hija?

–Ella también era mi hija. Yo nunca habría podido...

Mercy se quedó inmóvil como una estatua. Los ojos se le quedaron en blanco, y comenzó a estremecerse. Judah se dio cuenta de que estaba entrando en trance.

–¿Mercy?

Él había visto que a las profetisas de su clan les ocurrían cosas similares. No la tocó. Se limitó a esperar.

Tan rápidamente como ella se había hundido en el trance, salió de él.

–Alguien está intentando traspasar el escudo protector de Santuario. Y no está solo.

–Es Cael –dijo Judah rápidamente.

–¿Tu hermano? ¿Cómo lo sabes tan seguro?

–Lo sé.

–¡Tenemos que detenerlo! Está intentando ponerse en contacto con Eve mientras ella duerme.

–Está jugando –le dijo Judah–. Está intentando demostrarme lo vulnerable que es mi hija.

Mercy lo tomó del brazo con fuerza.

–¿Y hasta qué punto es vulnerable? ¿Hasta qué punto es poderoso tu hermano?

–Lo suficiente como para causar problemas –respondió él–. Quédate aquí y protege a Eve con cualquier método que sea necesario. Conjura el hechizo más fuerte que conozcas para frustrar los intentos de Cael por entrar en sus sueños. Tiene la capacidad de entrar telepáticamente en la mente de alguien que duerme y afectar a su bienestar.

–¿Y tú? ¿Qué vas a hacer?

–Voy a hablar con Cael.

–Debería ir contigo.

–No. Yo me enfrentaré a mi hermano. Tú cuida a Eve.

–Necesitas un vehículo para llegar hasta la entrada de la finca. Hay una vieja camioneta aparcada en el garaje. Tómala. Las llaves están en el contacto –le dijo Mercy.

Compartieron un momento de completo entendimiento, unidos por una causa común que superaba cualquier rivalidad o antagonismo personal.

Mercy reforzó el campo que protegía a Eve de las fuerzas externas, y después colocó una guardia especial alrededor de sus sueños. Finalmente, lanzó un encantamiento sobre su hija, algo suave que la mantendría sumida en un sueño profundo y tranquilo durante un corto periodo de tiempo, sin dejar ningún efecto secundario. No había modo de saber lo que podía hacer Eve si pensaba que sus padres estaban en peligro.

Luego, con sumo cuidado, Mercy tomó a su hija en brazos y la llevó hasta la casa.

Después de dejarla al cuidado de Sidonia, Mercy volvió a salir y se encaminó al garaje. Allí tomó su coche y se dirigió hacia la puerta principal de Santuario.

Cuando llegó a la entrada, vio la vieja camioneta aparcada dentro de las puertas de hierro, pero no vio a Judah. Se le aceleró el corazón. Frenó detrás de la camioneta y aparcó. Después bajó del vehículo y se quedó inmóvil.

Judah había salido de la finca. Estaba más allá de las puertas cerradas, de espaldas a ella. Había cuatro extraños, tres hombres y una mujer, rodeando a un hombre alto, delgado, rubio y con ojos tan grises y fríos como los de Judah.

Cael. El hermanastro asesino.

–Veo que no estás solo –le dijo Cael a Judah, que no movió un músculo–. Tu fulana Raintree piensa que necesitas ayuda.

Judah no respondió.

Mercy se acercó a la puerta y permaneció a la izquierda de Judah. Sólo los separaban las puertas y menos de dos metros.

–La niña no está a salvo –dijo Cael–. Yo puedo abrir una brecha en la pantalla protectora que rodea este lugar, así que eso significa que otros también pueden hacerlo. Vosotros, sus padres, deberíais estar alerta. Nunca se sabe cuándo alguien podría intentar hacerle daño a Eve.

–Quien intente hacerle daño a mi hija tendrá que enfrentarse a mí –dijo Judah.

Cael esbozó una sonrisa fría, calculadora y siniestra. Y llena de sed de sangre, más de la que Mercy hubiera percibido en ninguna otra persona. Se dio cuenta de que aquel hombre era diferente a Judah como lo era de Dante o de Gideon. Tenía lo que ella había pensado siempre que tenía un Ansara: pura maldad.

–Supongo que no quieres invitarme a entrar y presentarme a tu hija –dijo Cael. Después miró a Mercy durante un instante–. Ya entiendo por qué te acostaste con ella, hermano. Es muy bella. ¿De qué disfrutaste más, del hecho de tomar la virginidad de una princesa Raintree o de burlarte de ella?

–Márchate –le dijo Judah–. Si no lo haces... podemos terminar con todo esto ahora mismo. ¿Es eso lo que quieres?

Cael sonrió.

–Todavía no. Pero terminaremos pronto –dijo, y volvió a mirar a Mercy–. ¿Te ha contado que mató a uno de los suyos para salvarte la vida?

Después, entre carcajadas, se dio la vuelta y se dirigió a una limusina negra que estaba aparcada un poco más allá, en la carretera. Los demás lo siguieron como si fueran mascotas.

Judah no se movió ni habló hasta que el vehículo desapareció. Después se volvió hacia Mercy. Las puertas de la finca permanecían cerradas entre ellos.

–No preguntes –le dijo.

–¿Cómo no voy a preguntar? Sé que alguien intentó matarme el domingo y que tú se lo impediste. ¿Cómo lo sabías? ¿Por qué quisiste salvarme?

–Te he dicho que no preguntaras –dijo Judah, y miró las puertas cerradas–. Podría entrar al Santuario sin tu ayuda, pero malgastaría una gran cantidad de energía. Y no quiero inquietar a Eve.

Mercy abrió la puerta y extendió la mano. Judah la tomó y pasó a través del escudo protector que separaba las tierras de los Raintree del mundo exterior. Una vez dentro, él no la soltó. En vez de eso, la atrajo hacia su cuerpo y la miró fijamente a los ojos, atravesando las barreras que protegían su mente de las intrusiones. Ella no intentó detenerlo, porque sabía que mientras él trabajaba tan febrilmente para averiguar lo que ella pensaba, dejaba su propia mente sin protección.

Percibió una gran preocupación y una preocupación verdadera por aquellos a los que quería. ¿A los que quería? ¿Era Judah capaz de amar realmente?

–¿Te sorprende? –le preguntó él, que se había dado cuenta de que Mercy había descubierto sus emociones.

De nuevo, ella se protegió y zanjó la conexión mental entre ellos. Después se soltó de un tirón y le dio la espalda.

–Quiero que te marches enseguida. No puedes quedarte. Si los demás averiguan que estás aquí, será peligroso para ti.

–No puedes proteger a Eve sin mi ayuda.

Ella se giró hacia él.

–Entonces, persigue a tu hermano y haz… haz lo que tengas que hacer para proteger a tu hija. No entiendo por qué no lo has matado ahora mismo.

–Porque no estaba solo –respondió Judah–. Podría haberme deshecho de los tres que lo acompañaban, pero… había otros diez, una pequeña banda de Ansara leales a mi hermano. Están cerca, esperando que Cael los llame. Si lo hubiera desafiado a una lucha a muerte, yo habría estado en desventaja.

–Yo hubiera pedido ayuda –dijo Mercy, y exhaló un suspiro de exasperación al pensar en lo absurdo de la situación–. Si hubiera llamado a los Raintree que están en Santuario, tú también habrías sido el enemigo para ellos, además del de tu hermano.

–No tengo ganas de ser un hombre solo entre un grupo de Ansara y un grupo de Raintree.

–Entonces, ¿qué hacemos ahora?

–Mantener a salvo a Eve.

11

Cael y sus guerreros llegaron a la finca privada en que estaban alojados, entre Asheville y el Santuario de los Raintree, antes del atardecer. Mientras los demás comían, bebían y se desfogaban sexualmente, preparándose para la batalla para la que sólo restaban días, Cael se encerró en sus habitaciones privadas para pensar en su próximo movimiento. Había alquilado aquella propiedad dos años antes, cuando había decidido la fecha en la que tendría lugar el asalto a la tierra sagrada de los Raintree. Lenta, secreta, cautelosamente, había buscado por el mundo a todos los Ansara renegados que estuvieran dispuestos a obedecerlo y luchar a su lado el día elegido. Había reunido un ejército de cien guerreros, pequeño en comparación al ejército que capitaneaba Judah, pero adecuado para el ataque que había planeado Cael. El sábado, todos habrían llegado a aquel lugar escondido, armados y listos para la batalla.

El elemento sorpresa era primordial para que su estrategia tuviera éxito. Cael conduciría a los guerreros Ansara contra un puñado de visitantes Raintree y contra la princesa Mercy, la Guardiana del Santuario, el día del solsticio de verano.

Antes de que los demás Raintree recibieran el aviso, la noticia ya habría llegado a Terrebonne, y a los demás guerreros Ansara no les quedaría más remedio que unirse a Cael para librar la gran batalla final entre los dos clanes. En aquella ocasión, los vencedores serían los Ansara, y exterminarían a los Raintree. Él mataría personalmente a Judah y a su hija, Eve. Después se ocuparía de que todos los supervivientes Raintree fueran ejecutados.

Él sería el líder supremo. Sería un héroe conquistador y su gente lo adoraría. Los humanos se convertirían en los esclavos de los Ansara y deberían arrodillarse ante él.

Aquellas visiones eran verdaderamente dulces. Victoria. Aniquilación de los Raintree, Judah muerto. La humanidad subyugada.

«Seré un dios».

«Pero sólo cuando Judah esté muerto».

Qué oportuna había sido la divina providencia concediéndole la distracción perfecta para su hermano. La pequeña Eve Raintree. Judah era posesivo y protector. Demasiado noble para el gusto de Cael. Se quedaría con su hija para protegerla día y noche. Se concentraría sólo en mantenerla a salvo de Cael, y mientras, descuidaría los asuntos de Terrebonne, y Cael podría reunir a su ejército y extender la anarquía entre los Ansara.

«Asaltaremos el Santuario en Alban Heruin, cuando el sol esté en su momento álgido y yo también esté ahíto de fuerza. Mataré primero a tu hija y a tu mujer, para tener el placer de verte presenciar cómo mueren. Y después, yo mismo acabaré contigo».

Aquel día, al atardecer, el cielo estaba coloreado de rosa, naranja y oro, y una neblina traslúcida rodeaba los picos de las montañas. Judah estaba en mitad del jardín, con un frasco de cristal en las manos, observando cómo Eve perseguía a las luciérnagas. Había varias cautivas brillando dentro del frasco, que tenía agujeros en la tapa de metal.

Eve se lanzó por otro de los insectos y lo atrapó con las palmas de las manos ahuecadas sobre la hierba.

–¡La tengo! ¡La tengo! –exclamó, y corrió hacia Judah,

que abrió un poco la tapa, lo justo para que Eve pudiera meter a su rehén en la prisión de cristal.

Cuando Eve sintió la presencia de su madre en el porche, se giró hacia ella y sonrió.

–Papá nunca había cazado bichos, ni siquiera cuando era pequeño, y he tenido que explicarles cómo no hacerles daño. Después de que vea cuántas luciérnagas puedo cazar, las dejaré libres otra vez.

Mercy, que había estado en la cocina con Sidonia, oyendo nuevamente todas las advertencias y reproches de la anciana por permitir que Judah permaneciera en Santuario, suspiró con inquietud.

–Bien, me parece que llegó el momento de que las liberes –dijo–. Son más de las ocho. Tienes que bañarte antes de acostarte, hija mía.

–No, todavía no. Por favor, sólo otra hora –dijo Eve, y unió las dos manos como si se dispusiera a rezar–. Papá y yo nos estamos divirtiendo mucho –argumentó, y se giró hacia su padre–. ¿Verdad, papá? Díselo. Dile que no tengo que irme a la cama ahora mismo.

Judah le entregó a Eve el frasco de luciérnagas.

–Suéltalas.

Eve ladeó la cabeza y lo miró fijamente.

–Supongo que eso significa que tengo que hacer lo que me ha dicho mamá.

Él le revolvió el pelo suavemente.

–Supongo que sí.

De mala gana, Eve destapó el frasco y lo agitó suavemente para que los insectos echaran a volar. Cuando él último de ellos escapó, ella se acercó al porche, le entregó el frasco a Mercy e hizo un mohín de tristeza, el que siempre utilizaba para causar pena.

Con un profundo suspiro, Eve dijo dramáticamente:

–Ya estoy lista para irme. Si es obligatorio...

Mercy se esforzó en contener la sonrisa.

–Entra a la cocina y dile a Sidonia que te ayude a bañarte. Yo subiré más tarde para darte un beso de buenas noches.

–¿Papá también?

–Sí –dijeron Judah y Mercy al unísono.

En cuanto Eve entró en la casa, Mercy dejó el frasco vacío en el porche y bajó a la hierba. Judah estaba mirando el cielo y a las altísimas montañas que los rodeaban. Después, miró a Mercy.

–Precioso anochecer –dijo–. Estas montañas están llenas de paz. ¿No te aburres nunca?

–Estoy ocupada –respondió ella.

–¿Curando el cuerpo, el corazón y el alma de los de tu clan?

–Sí, siempre que es posible. Mi trabajo, como Guardiana del Santuario, es usar mi don de sanadora empática para ayudar a los que se dirigen a mí. De todos modos, tú ya lo sabías, ¿no? Sabías, el día que nos conocimos, quién era yo.

–En cuanto vi tus ojos supe que eras una Raintree. Conseguí penetrar en tu mente lo suficiente para saber que eras una princesa y que estabas destinada a convertirte en una especie de guardiana –admitió Judah–. Sólo percibí algunos fragmentos de tu pensamiento antes de que me diera cuenta de que la mayor parte de tu mente estaba protegida.

–Tú también usaste un escudo. Uno muy poderosos. Yo no me di cuenta en ese momento –dijo ella–. Me pareció extraño el hecho de no poder percibir lo que pensabas en absoluto, y que cuando te acaricié, sólo sentí que podía confiar en ti. Me bloqueaste completamente y me enviaste un mensaje engañoso.

–Hice lo necesario para conseguir lo que deseaba.

–Y me deseabas.

–Mucho.

¿Por qué hacía Judah que su respuesta sonara como si estuviera hablando del presente y no del pasado? Aunque él la deseara en aquel momento, sólo deseaba usar su cuerpo, como aquella noche de siete años atrás.

–¿Por qué no usaste ningún método anticonceptivo aquella noche? –le preguntó Mercy.

Él sonrió irónicamente.

–¿Y por qué no lo usaste tú?

–Podría decir que fue porque era inexperta y estúpida, y me dejé llevar por unos sentimientos que nunca había experimentado. Pero la verdad es que, cuando supe que iba a pasar la noche contigo intenté conjurar un hechizo de protección temporal. Parece que no funcionó.

–Eso parece.

–¿Y cuál es tu excusa?

–Yo creía que tú usabas protección –admitió él.

Mercy abrió los ojos de par en par.

–¿Tú también tenías un hechizo de protección?

Judah asintió.

–Una especie de hechizo. Es un regalo que nos hicimos mi primo Claude y yo cuando éramos adolescentes. Funcionó perfectamente con las mujeres humanas, y con las Ansara.

–Si los dos estábamos protegidos, entonces… ¡Oh, Dios mío! Los hechizos y los regalos mágicos de protección no deben de funcionar cuando un Raintree se relaciona con un Ansara.

–Al menos, en nuestro caso no.

–No lo entiendo. Deberían haber funcionado.

–La única explicación que se me ocurre es que Eve estaba destinada a nacer.

–¿Me estás diciendo que crees que un poder superior ordenó la concepción de Eve?

–Es posible. Quizá naciera con un objetivo concreto.

–¿Acaso alguien te ha dicho que Eve está destinada a…

–Nadie sabía nada de la paternidad de Eve, salvo Sidonia y tú, hasta hace tres días. ¿Cómo iba a haberme hablado alguien de ella?

–Sí, claro.

–Nuestra pequeña Eve es una niña asombrosa.

Mercy apartó la vista de él.

–Si, por casualidad, te encuentras a otros Raintree mientras estás en Santuario, diles que te llamas Judah Blackstone y que eres un viejo amigo mío de la universidad. Hemos recibido otras visitas antes, amigos de la familia que necesitaban paz y tranquilidad. Nadie te hará más preguntas.

–¿Y si Eve le dice a alguien que soy su padre?

–Hablaré con ella y le explicaré que por el momento debemos guardar el secreto.

–Judah Blackstone, ¿eh?

–Es un nombre tan bueno como otro cualquiera –dijo Mercy. Se volvió hacia los escalones del porche y le dijo–: Voy a desearle buenas noches a Eve, ¿vienes conmigo?

–Sí, voy contigo –respondió él. La siguió al interior de la casa y, una vez dentro del vestíbulo, le preguntó–: ¿Tuviste un novio que se apellidaba Blackstone? ¿Tengo que ponerme celoso?

Aquella pregunta la tomó por sorpresa. Se dio la vuelta y lo miró con el ceño fruncido.

Judah se rió.

–¿Es que los Raintree no tenéis sentido del humor?

–No veo nada gracioso en nuestra relación. Tú y yo somos enemigos que estamos temporalmente unidos por una causa común: salvar a nuestra hija. Pero una vez que ya no esté en peligro… –Mercy no terminó la frase. Se alejó de él y comenzó a subir las escaleras.

Él la alcanzó y la agarró por el codo. Inclinó la cabeza y le susurró:

–Sabes muy bien que, cuando Eve ya no esté en peligro, ya no podremos compartirla. Ella será Raintree o Ansara, y el resultado lo decidirá aquél de nosotros dos que quede con vida. Eso es lo que estabas pensando, ¿verdad?

–Si juras que te irás y nos dejarás en paz, que nunca intentarás ponerte en contacto con Eve, las cosas no tendrán que terminar de esa manera. La niña no tendrá que crecer sabiendo que su madre mató a su padre.

–O que su padre mató a su madre –dijo él.

Entonces, Mercy cerró los ojos y respiró profundamente. Judah no tendría ningún reparo en matarla para obtener la custodia de su hija. Ojalá ella fuera tan despiadada. Ojalá ella pudiera matar a Judah sin lamentarlo también.

Angustiada, Mercy se dio la vuelta y siguió subiendo las escaleras hacia la habitación de Eve.

Más tarde, en su dormitorio, Mercy era incapaz de conciliar el sueño. No dejaba de darle vueltas a la conversación que había tenido con Judah. El hecho de que hubieran concebido a Eve durante una breve noche de relaciones sexuales era prácticamente un milagro, teniendo en cuenta, además, que ella estaba usando un hechizo temporal de protección sexual y que él también contaba con la protección que su primo le había regalado cuando eran adolescentes. Con aquellas medidas, el embarazo debería haber sido imposible.

¿Una protección que le había regalado su primo? ¡Regalado! ¿Cómo era posible que Mercy no se hubiera dado cuenta inmediatamente de lo que implicaba aquella afirmación de Judah?

En el clan de los Raintree, sólo los miembros de la familia real tenían el poder de regalar dones o amuletos. ¿Por qué iba a ser distinto con los Ansara? Aquella capacidad era muy antigua, provenía del tiempo en que sus ancestros formaban parte de una gran familia a la que pertenecían ambos clanes.

¿Era Judah un miembro de la familia real Ansara?

Si lo era, Mercy tenía muchas más cosas que temer, aparte de que un hombre de aquel clan estuviera reclamando a su hija. Si Judah era un príncipe…

No, no podía ser. Los Ansara ya no eran un gran linaje con un Dranir y una Dranira, con una familia real formada por hijos, hermanos, tíos, tías y primos. Quizá Judah tuviera sangre real, y de haber vencido los Ansara la batalla que se había librado doscientos años antes, sería un poderoso príncipe en el presente. Eso explicaría por qué tenía la capacidad de regalar encantamientos y talismanes o intercambiarlos con su primo.

Pero ella no tenía intención de dejar ningún detalle al azar. Al día siguiente, se enfrentaría a él y le pediría una explicación.

Por el bien de Eve, debía averiguar la verdad.

12

Mercy esperó hasta después del desayuno antes de pedirle a Judah que hablara con ella en privado. Para mantener ocupada y alejada de la casa a Eve, Mercy envió a su hija con Sidonia a llevar bollos y galletas recién horneados a los Raintree que ocupaban las casas de la finca. Semejante novedad fue algo muy interesante para Eve, que aceptó encantada la sugerencia.

Cuando estuvo a solas con Judah en su despacho, Mercy se preparó para resistir el magnetismo que él ejercía sobre ella. No podía negar la atracción sexual que había entre los dos; aquella extraordinaria química que aún la debilitaba y la ponía en una posición vulnerable, dos cosas que un Raintree nunca desearía que ocurrieran cuando un Ansara estaba cerca.

–Adelante –le dijo Judah–. ¿Sobre qué querías hablar conmigo?

–¿Cómo es posible que tu primo y tú podáis intercambiaros hechizos o amuletos?

–¿Cómo? Ah. Estás hablando de la protección sexual que Claude me regaló cuando…

–Exacto. Sólo los miembros de la familia real tienen esa capacidad. ¿Tienes sangre real? De ser así, eso significa que existe una familia real Ansara, ¿no es así?

Él no respondió inmediatamente, lo cual molestó a Mercy. Judah estaba pensando mucho su respuesta. ¿Estaría intentando dar con una respuesta plausible?

–Debes saber que siempre ha habido una familia real Ansara. Una de las hijas del viejo Dranir, la princesa Melisande, sobrevivió a La Batalla, se casó y tuvo hijos, nietos, etcétera. Para responder a tu otra pregunta, sí, Claude y yo tenemos sangre real, o eso nos dijeron nuestros padres.

–¿Eres príncipe?

–No.

–¿Dónde vives?

–¿Y por qué ese repentino interés por mi vida personal? Si estás preguntándolo por Eve, entonces puedo decirte que soy fuerte, sano física y mentalmente y que poseo todos los poderes de un miembro de la familia real.

–¿Por qué no quieres decirme dónde vives?

–Vivo por todo el mundo. Soy un hombre de negocios internacional, un banquero que tiene intereses en muchos países.

–¿Y cuántos Ansara más hay? ¿Dónde viven su Dranir y su Dranira? ¿Está tu gente dispersa por el mundo, como los Raintree?

–Somos pocos, y mantenemos una existencia discreta. No estamos preparados para enfrentarnos a los Raintree, y nunca haríamos nada para llamar la atención.

–Pero tú sí lo hiciste. Hace siete años sedujiste deliberadamente a una princesa Raintree. Yo diría que eso es llamar la atención.

–En ese momento, tú no sabías que yo era un Ansara. Y si no hubieras concebido una hija mía, no lo sabrías ahora.

–¿Y vuestro Dranir? –insistió Mercy.

–Demasiadas preguntas –dijo Judah, acercándose a ella.

Mercy no se movió del sitio. Se negaba a acobardarse ante él.

–El Dranir Ansara es soltero –explicó Judah–. Algunos lo consideran un mujeriego. Tiene una villa en el Caribe y otra en Italia, además de casas y apartamentos en otros lugares del mundo. Posee un yate y un avión privado, y las mujeres caen rendidas a sus pies.

–Parece un tipo encantador –respondió Mercy con sarcasmo–. Y tú eres pariente suyo. Por lo que has dicho de él, veo que hay un fuerte parecido entre los dos.

–Somos como dos gotas de agua –dijo Judah con una sonrisa petulante–. Yo también gestiono su fortuna, pero… ¿no podríamos invertir el tiempo que pasamos juntos en otra cosa que no sea hablar? –preguntó. Estaba tan cerca de ella que sus bocas casi se rozaban–. Según recuerdo, ninguno de los dos necesita las palabras para expresar lo que siente.

Estremeciéndose por dentro, ella apenas pudo evitar que su cuerpo también temblara. Se le aceleró la respiración, y sintió una fuerte excitación.

–¿Por qué te odia tanto tu hermano como para querer matarte?

Aquella pregunta fue un disuasorio muy efectivo. Judah alzó la cabeza y se alejó de ella, al menos lo suficiente como para que Mercy pudiera respirar con libertad.

–Te dije que la madre de Cael mató a mi madre. Siempre hemos tenido mala relación.

–Si su madre mató a la tuya, entonces tú deberías ser quien lo odie a él, el que quiera matarlo a él. ¿Por qué es al revés?

–Yo soy el hijo legítimo de mi padre. Cael no lo es. Es tan sencillo como eso. Una mente enferma no necesita motivos para actuar irracionalmente.

–¿Cuántos años tenías cuando murió tu madre?

Judah apretó la mandíbula.

–Mi madre fue asesinada.

Sin hacer caso de su voluntad, la mano de Mercy voló hasta el pecho de Judah y se extendió sobre su corazón. Durante una pequeñísima fracción de segundo, mientras la emoción lo hacía vulnerable, Mercy absorbió sus pensamientos más íntimos. Él era un niño muy pequeño cuando su madre había muerto. Demasiado pequeño como para recordar su rostro o el sonido de su voz. Dentro de Judah había tristeza y hambre del amor de una madre. También, una fuerte negativa a aceptar que necesitara el amor de alguien.

–Siento mucho la muerte de tu madre –le dijo Mercy–. Ningún niño debería crecer sin una madre que lo quiera incondicionalmente.

Judah apretó los labios y, con la tensión reflejada en el semblante, le agarró con fuerza a Mercy la mano que ella le había posado en el pecho.

–Ni necesito ni quiero tu compasión.

Mercy sintió el bombardeo de su ira y su resentimiento, y tuvo que jadear para poder tomar aire. La rabia que hervía dentro de Judah se derramó sobre ella, la envolvió, la ahogó con su intensidad. Aquello era culpa suya y no de él, pensó. Debería haber sabido que no serviría de nada ofrecerle comprensión y amabilidad, cuando él no entendía ninguna de las dos cosas.

Y no debería haberlo tocado.

Mercy luchó por salir del caos peligroso que la furia de Judah había creado en su interior. Sin saber cómo, había conectado por empatía con él, y no era capaz de cortar el vínculo. Sintió una abrumadora opresión en el pecho, un peso que le cortó el aliento. Siguió jadeando para recuperar el ritmo de la respiración, para poder decirle que la soltara.

Judah la agarró por los hombros.

–¿Qué te pasa?

Mercy gimió.

–¡Mercy!

Judah la agitó.

Ella se sentía más y más débil a cada segundo que pasaba, debido a la falta de oxígeno.

«Ayúdame, Judah, por favor».

«Dime lo que tengo que hacer».

Al borde de la pérdida de conocimiento, Mercy se desplomó contra él.

«No sigas enfadado conmigo. No me odies».

«¿Yo te he hecho esto?».

Entonces, Judah tuvo que sujetarla, porque a ella le fallaron las rodillas. Él la tomó en brazos.

–Mi dulce Mercy.

Ella se sumergió en un nivel por debajo de la consciencia, con los ojos cerrados. Judah bajó la cabeza y apretó la mejilla contra la de ella mientras la sujetaba. Tan rápidamente como su energía negativa había invadido la mente y el cuerpo de Mercy, se disipó de ambos. Ella sintió una ráfaga de preocupación y de arrepentimiento antes de que Judah erigiera rápidamente una barrera protectora entre ellos.

Mercy, debilitada a causa de la experiencia, abrió los ojos y se encontró con la mirada de inquietud de Judah.

–No quería que ocurriera esto –le dijo él.

–Ha sido culpa mía –respondió–. He bajado la guardia.

–Eso es peligroso, sobre todo cerca de mí.

Mercy asintió.

–¿Te importaría dejarme en el suelo? Estoy bien.

–¿Seguro? Puedo…

–No, gracias. Déjame en el suelo.

Él obedeció. Cuando la soltó, ella se tambaleó, y tuvo que agarrarla por los brazos para que no perdiera el equilibrio.

–¿Quieres que avise a Sidonia?

–No, no. Estaré bien. Por favor… –Mercy se retorció para que él la soltara.

Y él lo hizo.

–Necesito estar a solas durante un rato –le dijo.

Después se dio la vuelta. Tenía miedo de sucumbir a su debilidad por un hombre que no sólo era peligroso para ella, sino también para su hija. Segundos después, la puerta de su despacho se cerró, y Mercy supo que Judah había salido de la habitación.

Después de pasar media hora al teléfono con Claude, hablando sobre el hecho de que Cael no hubiera regresado aún a Terrebonne y que hubiera escapado de la vigilancia de los Ansara, Judah había ido en busca de su hija. Necesitaba construir lazos fuertes con Eve tan rápidamente como fuera posible. Sólo si la niña se sentía unida a él, si confiaba en su padre plenamente, podría convencerla para que dejara Santuario y se marchara con él. Así que pasó horas con ella aquel jueves, por la mañana y por la tarde, todo el tiempo bajo la atenta mirada de Sidonia.

Aquella mujer lo vigilaba como un halcón, como si esperara que en cualquier momento a él fueran a salirle cuernos y rabo. ¿Y no se quedaría en estado de shock si ocurriera?, pensó Judah. Él podía hacer aquel truco. Al menos, podía crearle a Sidonia la ilusión de que veía unos cuernos y un rabo, y de aquel modo, la espantaría. Le estaría bien empleado.

Sin embargo, podía asustar a Eve, y darle una impresión errónea de su padre. Judah estaba seguro de que la vieja niñera ya le había hablado mal sobre él a Eve y le había contado historias imposibles sobre los perversos Ansara.

Eve le tiró de la mano, mientras Sidonia llamaba a la niña en un tono agitado.

–Date prisa, papá, o nos alcanzará –le dijo Eve, para que caminaran más rápidamente y consiguieran escapar de la niñera con la excusa de estar jugando al escondite.

Judah tomó a Eve en brazos.

–Agárrate fuerte –le dijo él.

Cuando ella le rodeó el cuello con los brazos, Judah corrió y se llevó a su hija lejos de una supervisión que ninguno de los dos deseaba. Cuando estaban lejos de las amenazas de Sidonia, la dejó en el suelo.

–¡Nos hemos escapado! –exclamó Eve con una enorme sonrisa, y aplaudió–. Ella no sabe dónde estamos, y no puede encontrarnos.

–¿Y qué quieres hacer ahora que estamos solos?

–Mmm –Eve pensó en sus preferencias durante unos instantes, y después se rió con emoción–. Quiero enseñarte una cosa muy especial que sé hacer –dijo, y lo miró con los ojos muy verdes y muy brillantes. Como los de Mercy.

–¿Algo nuevo? –le preguntó él–. Ya me has enseñado lo habilidosa que eres.

–Es algo que no he intentado nunca, pero que sé que puedo hacer.

Judah miró a su alrededor y constató que no estaban cerca de la casa principal ni de ninguna de las otras casas de la finca. Al norte y al este se extendía un prado verde, al sur corría un riachuelo y al oeste había una zona boscosa. Si Eve intentaba probar una nueva habilidad y fallaba, no haría mucho daño a nadie. Además, él estaba con ella y podría contrarrestar cualquier efecto secundario.

–Adelante, princesa Eve. Prueba tus poderes. Enséñame lo que sabes hacer.

Eve sonrió nuevamente. Después se quedó inmóvil y se concentró. Pasaron los segundos, y mientras reunía todo su poder, el suelo comenzó a temblar a sus pies.

Extendió la mano, y sus dedos comenzaron a moverse cada vez con más rapidez. En la palma comenzó a formarse un pequeño círculo de energía, una esfera de luz dorada y brillante, que aumentó de tamaño hasta que le llenó la mano.

Eve había creado una bola de energía, la más poderosa y mortal que él hubiera visto en su vida.

–Eve, ten cuidado.

–¿No te parece preciosa?

–Es muy bonita, pero es muy peligrosa.

–Oh –susurró Eve, con los ojos abiertos de par en par y con una expresión de curiosidad–. ¿Qué hace?

Judah pensó en lo que podía hacer. Probablemente, podía disolver la bola, pero si lo hacía, quizá le dañara la mano a Eve. También podía pedirle que le entregara la bola, y deshacerse de ella. O podía permitirle que averiguara por sí misma, bajo su estricta supervisión, lo que podía hacer con semejante poder.

–Vuélvete hacia aquellos árboles –le dijo Judah. Ella obedeció–. Ahora, elige un árbol.

–Aquél –dijo la niña, señalando un altísimo olmo.

–Apunta con la bola de energía hacia él y lánzasela.

Eve levantó el brazo derecho sobre su cabeza y lanzó la bola de energía mental en dirección al árbol. Judah y ella contemplaron cómo erraba el tiro y explotaba contra un grupo de pinos de ocho metros de altura. Como poco, una docena de ellos quedaron reducidos a astillas.

–He fallado, papá, he fallado –dijo Eve con un mohín de disgusto.

Él se arrodilló ante ella e hizo que lo mirara a la cara.

–No has acertado el tiro, pero mira qué explosión has provocado. Lo único que tienes que hacer es practicar, y serás capaz de acertar todos los blancos.

Eve tenía los ojos llenos de lágrimas, pero sonrió y abrazó a Judah.

–Te quiero, papá.

Judah tragó saliva.

«Yo también te quiero».

Ella lo abrazó con más fuerza.

–Viene mamá.

–Era de esperar.

–¿Eh?

–Nada.

Poco a poco, Judah hizo que Eve aflojara el abrazo y se puso en pie.

–Deja que yo arregle las cosas, ¿de acuerdo? Cuando tu madre nos encuentre no va a estar contenta, así que le diremos que he sido yo el que ha disparado la bola de energía. Así no se enfadará contigo.

–Pero eso es mentir, papá, y mentir está mal.

Judah gruñó. Lógica Raintree.

–En realidad, será una mentira muy pequeña para que no tengas problemas.

–Mamá sabrá que lo hice yo. Ella lo sabe todo.

Judah no pudo reprimir una sonrisa.

–¿Por qué no lo comprobamos?

Cuando Eve lo miró, él le guiñó un ojo.

Ella lo imitó.

–De acuerdo.

Cinco minutos después, Judah sintió que Mercy se acercaba a ellos. Estaban sentados a la orilla del riachuelo, con los pies metidos en el agua fresca. Él miró hacia atrás y la vio a veinte metros de distancia.

Cuando se volvió hacia Eve, ella le dijo:

–Mamá está muy enfadada.

–Recuerda, deje que hable yo.

–Creo que mi madre es la que va a decirlo todo.

Mercy llegó hasta ellos, y los dos se volvieron a mirarla simultáneamente.

–Hola, mamá. Papá y yo nos estamos refrescando. Hoy hace mucho calor.

Mercy le lanzó una mirada fulminante a Judah.

–¿Qué le has dejado hacer?

Judah se encogió de hombros.

–Eve no ha hecho nada. Lo hice yo. Estaba luciéndome un poco delante de mi hija.

–¿Es eso cierto? –le preguntó Mercy a Eve con severidad.

Eve se ruborizó intensamente.

–Sí…

Mercy miró en todas las direcciones. Cuando divisó el claro que había dejado en el bosque la explosión causada por Eve, se sobresaltó.

–Quiero que me digas la verdad, jovencita. ¿Quién ha hecho eso?

–¿Qué? –preguntó Eve.

Mercy volvió a atravesar a Judah con la mirada.

–No sólo le has permitido hacer algo muy peligroso, sino que además la has enseñado a mentir.

–No, mamá, por favor. No te enfades con papá –le rogó Eve. Se puso en pie y se acercó a ella–. Yo lo hice. He liquidado unos árboles. Sólo quería romper uno, pero no acerté. Mi bola de energía se volvió loca y se desvió.

–Oh, Dios mío –murmuró Mercy, y se giró hacia Judah–. ¿La has ayudado a crear una esfera de energía?

Judah se puso en pie.

–Nuestra hija no ha necesitado ayuda. Es perfectamente capaz de crear una bola de energía por sí misma. Y por si no te habías dado cuenta, se ha llevado seis árboles de golpe.

–Ella… ¿ha…? claro que sí –dijo Mercy, que se acercó a Judah encolerizada–. Y tú estás orgulloso, ¿no?

–Por supuesto que sí. Y tú también deberías estarlo.

–Yo estoy orgullosa de Eve, pero… podría haberse hecho daño, o haber herido a alguien.

–Yo no habría permitido que sucediera eso.

–¡Mercy! –gritó Sidonia, mientras se acercaba por el prado cercano al riachuelo, seguida de tres personas–. ¿Está bien Eve? ¿Ese demonio…

–Está bien –gritó Mercy en respuesta.

–Me estoy hartando de que me llame demonio –murmuró Judah.

–Oh, estupendo. Magnífico –dijo Mercy con un suspiro de exasperación–. Ha avisado a Brenna, a Geol y a Hugh.

–Un grupo de linchamiento Raintree, sin duda –dijo Judah, y se volvió a mirar a sus verdugos.

–Tú mantente en silencio –dijo Mercy, y miró a Judah y a Eve con severidad–. Los dos. Yo hablaré.

Resoplando y con la respiración entrecortada, Sidonia se detuvo a medio metro de Mercy.

–Me di la vuelta dos segundos, y él se escapó con ella.

–No pasa nada –dijo Mercy–. No volverá a ocurrir. ¿Verdad que no? –les preguntó al padre y a la hija.

Eve negó con la cabeza, y después la bajó en señal de arrepentimiento. Un arrepentimiento falso, por supuesto. Judah no respondió.

–¿Qué ha ocurrido ahí? –preguntó Hugh, un Raintree robusto de pelo gris, que señaló al claro causado por la esfera de energía de Eve–. No estás cortando leña, ¿verdad, Mercy?

–Ha sido un accidente psíquico –respondió Mercy–. Fue culpa mía.

Hugh dio un paso adelante, miró a Judah y le tendió la mano.

–Soy Hugh Sullivan. ¿Y usted es…

–Judah Blackstone –respondió Mercy–. Es un antiguo compañero de universidad que ha venido de visita.

Hugh estudió a Judah con sus ojos verdes de Raintree.

–Vaya, es usted un demonio muy guapo –dijo entre risas–. No entendía por qué Sidonia no dejaba de llamarlo demonio.

–Me temo que Sidonia y yo hemos empezado con mal pie desde que llegué –dijo Judah, y después miró a la niñera–. Siento que el juego del escondite la haya preocupado. Eve y yo nos estábamos divirtiendo tanto que no reparé en que usted podría asustarse.

–Ya –respondió Sidonia, con una mirada de condenación.

Judah miró a los demás, un hombre y una mujer que parecían muy intrigados por su presencia. Él asintió a modo de saludo.

–Hola –dijo la mujer–. Soy Brenna Drummond, una prima lejana de Mercy.

El hombre alzó la mano.

–Hola, yo soy Geol Raintree, un primo no tan distante.

–Perdónenos, señor Blackstone, por ser tan curiosos, pero que Mercy traiga de visita a un antiguo novio es una novedad –dijo Brenna, mirando con complicidad a Mercy.

–Judah no era mi… –antes de que Mercy pudiera terminar la frase, Judah le rodeó la cintura con el brazo. Ella se quedó rígida como una tabla.

Y Eve aprovechó la oportunidad para colocarse al otro lado de Judah.

–Bien, parece que a nuestra pequeña Eve le cae bien, señor Blackstone –observó Hugh–. Siempre es una buena señal que al hijo de una mujer le caiga bien uno.

–Hugh va a asar truchas esta noche, y yo haré helado –le dijo Brenna a Mercy–. ¿Por qué no venís todos a mi cabaña a cenar?

–Gracias, pero me temo…

De nuevo, Judah interrumpió a Mercy en mitad de la frase.

–Nos encantaría, ¿verdad?

–¡Yupi! –gritó Eve–. Brenna hace el mejor helado del mundo.

Mercy sonrió forzadamente. Después de que el grupo siguiera su camino, y ella enviara a Eve a casa con Sidonia, se enfrentó a Judah.

–¿Qué piensas que estás haciendo al aceptar una invitación de mis parientes?

–Estaba haciendo un esfuerzo por ser amable para que no sospecharan que soy un lobo entre las ovejas. ¿No era eso lo que querías que hiciera?

–Lo que quiero que hagas es desaparecer de mi vida y no volver nunca.

–Si me marchara, me echarías de menos.

–Sí, como a la peste bubónica.

–Me marcharé pronto.

«Volveré a casa a luchar con mi hermano y matarlo», pensó.

–Cuando hayas terminado con Cael, por favor, no vuelvas aquí. Déjanos en paz. Eres un mal ejemplo para Eve. Debes de haberte dado cuenta.

–Entiendo que, al ser una princesa Raintree, estés acostumbrada a dar órdenes y a que se te obedezca, pero yo no soy uno de tus súbditos. Entre nosotros, soy el amo. Y tú eres mi esclava obediente.

–¡Y un cuerno!

13

Viernes por la tarde,
en la guarida de Cael Ansara, Carolina del Norte

Cael había intentado, sin éxito, romper el escudo que protegía la mente de Eve Raintree. Todos los hechizos podían anularse. Todos los encantamientos podían debilitarse, y todos los poderes podían invalidarse. Con el tiempo suficiente, encontraría la manera de penetrar en el pensamiento de Eve e influenciarla.

Cael proyectó su mente hacia un solo objetivo.

«¿Me oyes, pequeña Eve? ¿Estás escuchando? Soy tu tío Cael. ¿No quieres hablar conmigo?».

Silencio.

«Háblame, niña. Dime por qué no debería matar a tu padre. Escucharé lo que tengas que decirme. Quizá consigas que cambie de opinión».

No hubo respuesta.

«Quieres ayudar a Judah, ¿verdad? Si me hablas, te escucharé».

Un trallazo de energía psíquica golpeó la mente de Cael. El sonido fue ensordecedor, y las vibraciones le atravesaron el cuerpo e hicieron que cayera al suelo de rodillas. Mientras estaba doblado de dolor en su habitación, la voz llena de indignación y furia de Judah le advirtió:

«Aléjate de mi hija. Está fuera de tu alcance. No intentes ponerte en contacto con ella otra vez».

El dolor se mitigó tan rápidamente como había llegado. Cael se puso en pie, blandió un puño y maldijo a su hermano.

«Prepárate. Voy por ti. ¿Me oyes, Judah? Y cuando mueras, nuestra gente se alegrará de tener un dirigente de verdad, uno que consiga que, como en los viejos tiempos, gobiernen el mundo».

Judah oyó las amenazas de Cael como un eco lejano. Lo que captó toda su atención fue la suave voz de Eve.

«¿Papá?».

«No, Eve. No me hables a través del pensamiento».

«Lo siento. Es que ese hombre malo intentó...».

«Shh. Voy a ir a verte».

Sin duda, su hija había oído el discurso de Cael. ¡Maldito fuera su hermano! Judah bajó a toda prisa las escaleras y encontró a Eve a solas en el salón, sentada en el suelo, entre multitud de ceras de colores, con un bloc de dibujo entre las manos.

–Lo he visto, papá –dijo Eve–. Lo he dibujado cuando intentaba hablar conmigo. Mira.

Judah atravesó la habitación de dos zancadas y miró el dibujo de Eve. Todos los músculos de su cuerpo entraron en tensión al ver el notable parecido con Cael, a quien Eve había plasmado en pie, con el puño en alto y una expresión de locura en el rostro, que empañaba la perfección de sus rasgos.

–Asombroso –dijo Judah, impresionado por el talento artístico de su hija–. Eres una magnífica pintora.

Eve lo miró con una sonrisa.

–¿De verdad? Mamá dice lo mismo. Pero ella me dijo que no sabe de dónde he sacado la facilidad para pintar, porque los tíos Dante y Gideon no saben dibujar tan bien, y ella tampoco.

–Mi madre era una artista –dijo Judah–. El palac... mi casa está llena de pinturas suyas.

–Ella no era la madre de tu hermano –comentó Eve con seguridad–. Su madre era mala, como él.

–Sí, Nusi era una mujer muy mala.

Eve se puso en pie junto a Judah.

–No te preocupes. Yo no permitiré que él le haga daño a mi madre como Nusi hizo daño a mi abuela Seana.

Judah miró con asombro a su hija, nuevamente asombrado de su capacidad.

–¿Cómo sabes lo que le ocurrió a mi madre?

Eve se puso una mano sobre el corazón.

–Lo sé aquí dentro. Eso es todo. Lo sé.

–¿Qué sabes? –preguntó Mercy, que acababa de entrar en el salón.

Eve corrió hacia su madre.

–¿Sabes una cosa? Ya sé de dónde he sacado la facilidad para dibujar. Es de mi abuela Seana.

Mercy miró a Judah inquisitivamente.

–Mi madre era una gran artista –le explicó él.

–¿Y has dibujado algo para papá? –le preguntó entonces Mercy a su hija.

–Sí, he dibujado al hermano de papá.

Eve tomó su dibujo y se lo enseñó a Mercy.

–¿Cuándo has visto a este hombre tan malo? –preguntó Mercy, observando el increíble parecido del retrato con el modelo. Judah se dio cuenta de que estaba haciendo un gran esfuerzo por no dejarle ver a Eve lo disgustada que estaba.

–Ha intentado hablar conmigo otra vez –dijo Eve–. No deja de llamarme y de decirme que si hablo con él, me escuchará. Pero yo no he hablado con él, y mi padre le dijo que no volviera a molestarme. ¿Verdad, papá?

Judah carraspeó.

–No hay forma de que Cael pueda invadir el pensamiento de Eve a menos que ella se lo consienta. El escudo con el que la has protegido es muy fuerte.

–Sí, lo sé –respondió Mercy. Después le dijo a Eve–: Vamos, cariño. Ve a la cocina. Sidonia ha preparado la comida.

Es tu plato favorito: macarrones con queso. De postre hay melocotones con nata.

Eve titubeó. Miró a sus padres alternativamente y después les dijo:

–No vais a pelear otra vez, ¿verdad?

–No –le dijo Mercy.

–Eso espero –respondió la niña. Con un suspiro, salió de la habitación.

Judah no esperó a que Mercy atacara.

–Va a venir por mí. Pronto.

–Ya lo sé. Supongo que Eve oyó cómo te lo decía.

–Ella no me ha dicho que lo oyera, pero creo que sí.

–Cuando venga, no puedes luchar contra él en Santuario. Eve percibirá su presencia, y querrá hacer algo para ayudarte.

–No podemos permitir que se acerque a Cael. Tenemos que conseguir que entienda que la lucha debe ser entre mi hermano y yo.

–Ella escuchará lo que le digamos, pero que obedezca es otro asunto diferente. Tienes que conseguir que entienda que no puede interferir.

–Encontraré el modo de explicárselo. ¿Puedo estar un rato a solas con ella, sin la vigilancia de su perro guardián?

–Sí. Le diré a Sidonia que te he permitido llevarla a dar un paseo mientras yo estoy trabajando.

Judah se dio cuenta de que Mercy tenía aspecto de estar cansada.

–Has estado fuera toda la mañana. Sidonia no quiso decirme dónde estabas, pero Eve me dijo que estabas curando a gente enferma.

–No es ningún secreto que yo soy sanadora. Esta mañana he estado con dos videntes Raintree que han perdido la capacidad de ver el futuro.

–¿Y pudiste restablecer su poder?

–Aún no. Eso sucede a veces, sobre todo cuando se usa demasiado un don o… creo que, con meditación y descanso, lo recuperarán.

–¿Y qué vas a hacer esta tarde?

–Ayer llegó una nueva visitante. Es una mujer que perdió a su marido y a sus dos hijos en un accidente de tráfico hace seis meses, y está agonizando de dolor emocional.

–Y tú vas a absorber su dolor. ¿Cómo puedes soportarlo? ¿Por qué te expones a semejante tormento, si no tienes por qué hacerlo?

–Porque está mal no usar el don que uno posee para ayudar a los demás. Yo soy una sanadora empática. No es sólo lo que hago; es lo que soy.

–Sí, tienes razón. Es lo que eres. Lo entiendo.

Judah se preguntó si Mercy entendería que su hija había nacido para salvar a su clan.

Después de cenar con su hija y con Sidonia, Judah le dijo a Eve que iba a dar un paseo y que volvería para darle las buenas noches antes de que se acostara. Habían pasado muchas horas juntos aquel día, y él tenía la impresión de que había conseguido convencerla de que no interfiriera en su batalla con Cael si percibía la situación. Judah quería ir a buscar a Mercy y decirle que Eve lo había escuchado, y que llegado el momento, obedecería sus órdenes.

Mientras se dirigía hacia la puerta, Eve le dijo:

–Ojalá fueras a ver a mi madre. Ella siempre viene a cenar, y hoy no ha venido. Meta debe de estar muy enferma para que mamá se haya quedado tanto tiempo con ella.

–Tu madre está bien –dijo Sidonia, mirando con inquina a Judah–. Ella no necesita nada de él. Cuando haya terminado el trabajo, volverá a casa.

–No te preocupes por tu madre –le dijo también Judah–. Estoy seguro de que Sidonia tiene razón.

–No, papá. Yo creo que mamá te necesita.

Una vez fuera de la casa, Judah pensó en la preocupación que Eve sentía por Mercy. Él se había preguntado por qué no había ido a cenar a casa con su hija, y sospechaba que lo que Eve pensaba era cierto; sin duda, aquella mujer llamada Meta estaba muy enferma. ¿Acaso Mercy se había empeñado tanto en mitigar el dolor de aquella mujer que había absorbido demasiada de su agonía y estaba tan debilitada que no había podido volver a casa? ¿Tendría razón Eve y Mercy lo necesitaba?

Demonios, ¿y qué importaba? ¿Por qué iba a importarle a él que Mercy estuviera retorciéndose de dolor, o quizá inconsciente y sufriendo por otra persona?

Judah se apartó a Mercy de la cabeza, diciéndose que debía pensar en Cael.

Una hora después, durante la que Judah había estado paseando a solas, se encontró con Brenna y Geol, que también estaban caminando por la finca. Después de conversar unos instantes con la agradable pareja, les preguntó dónde estaba la cabaña de Meta, y les explicó que había pensado en ir a recoger a Mercy para acompañarla de vuelta a casa.

Brenna le explicó cómo llegar a la casa de la enferma, y después se despidieron. Brenna y Geol desaparecieron, tomados del brazo, envueltos en la suave luz del atardecer.

La casa de Meta estaba a doscientos metros; era una de las tres viviendas que había en la ladera de una montaña, con vistas a una pequeña catarata. Cuando Judah se acercó a la casita, se dio cuenta de que las ventanas y las puertas estaban abiertas, y que una luz verde escapaba por ellas. Se detuvo a observar aquella extraña visión e intentó recordar si alguna vez había presenciado algo similar. No. Aunque había algunos Ansara que poseían el don de la empatía, sólo uno o dos cultivaban el aspecto sanador de su personalidad. Hacía falta mucha generosidad para dedicar la vida a curar a los demás.

Judah se acercó silenciosamente a la puerta principal, que estaba abierta de par en par, pero se detuvo en seco al ver a Mercy de pie sobre una mujer que estaba sentada en el suelo. Las dos tenían los brazos estirados y abiertos. La extraña luz verde provenía de Mercy. La rodeaba, la envolvía, manaba de ella como el agua manaba de una fuente de la montaña. Meta, la mujer de pelo negro, tenía los ojos cerrados y las mejillas llenas de lágrimas.

Mercy hablaba suavemente, en un idioma antiguo. Judah

entendía aquella lengua porque poseía el don de hablar y comprender todos los idiomas del hombre. Escuchó la voz calmante de Mercy mientras atraía el dolor insoportable de Meta, para que abandonara su corazón y su mente, y entrara en el cuerpo de Mercy. De los dedos de la mujer salieron unas volutas de vapor verde que flotaron hasta Mercy y entraron en ella por sus dedos.

Cuando Mercy gritó y maldijo aquel sufrimiento, Judah se quedó rígido. Y cuando ella gimió, se estremeció y se retorció de dolor, Judah tuvo que hacer un esfuerzo ímprobo por no entrar en la habitación y detenerla. Pero el momento pasó, y la luz verde salió de Mercy y se disipó con un brillo turquesa. Judah suspiró de alivio.

Mercy tomó las manos de Meta y la ayudó a ponerse en pie. Hablando aquella antigua lengua de nuevo, Mercy otorgó tranquilidad a la mente de Meta, serenidad a su corazón y paz a su alma.

Judah observó y esperó.

Finalmente, Mercy soltó las manos de Meta y dijo:

–Ahora descansa. Mañana te prepararás para comenzar la siguiente fase de tu vida.

–Gracias –le dijo Meta, enjugándose las lágrimas de las mejillas–. Si no hubieras… Nunca podré pagarte lo que has hecho por mí.

–Págame viviendo una vida larga y completa.

Judah se dio cuenta, por el susurro en que se había convertido la voz de Mercy, de que ella estaba exhausta. Cuando Mercy se volvió y caminó hacia la puerta, se movía lentamente, como si le pesaran los pies. Judah la esperó fuera. Al salir al aire fresco, Mercy se tambaleó y tuvo que agarrarse al marco de la puerta para conservar el equilibrio. Cuando pasó aquel instante de debilidad, cerró la puerta. Entonces vio a Judah.

–¿Qué estás haciendo aquí?

–Esperándote para acompañarte a casa.

Ella lo miró con cara de pocos amigos.

–Es impresionante lo que has hecho ahí –le dijo él.

–¿Cuánto tiempo llevas aquí fuera?

–Sólo unos minutos, pero lo suficiente para ver lo que estabas haciendo. Se va a poner bien, ¿verdad?

–Sí. Ahora necesito volver a casa a descansar. Estoy muy cansada. Si querías hablarme de algo, tendrás que esperar unas horas hasta que me haya recuperado.

–Sólo he venido para acompañarte a casa.

Ella lo miró desconfiadamente, y empezó a andar. Judah se puso a su lado sin decir nada más. Caminaron durante unos cuantos metros en silencio, pero de repente, Mercy se detuvo.

–¿Judah?

–¿Sí?

–Yo… no creo…

Ella se tambaleó ligeramente y después cayó al suelo. Judah la llamó mientras ella se desplomaba a sus pies como un ángel sereno que había perdido la última brizna de energía. Judah se arrodilló y la tomó en brazos. Después miró hacia la montaña, a una de las cabañas que había en su ladera.

Mercy se despertó repentinamente y se incorporó de golpe, jadeando, desorientada y asustada. ¿Dónde estaba? No estaba en casa. Palpó la superficie en la que estaba sentada. Era una cama, pero no la suya.

–¿Cómo te encuentras?

–¿Judah? ¿Dónde estamos?

–En una de las casas que hay junto a la cascada.

–¿Qué ocurrió? –preguntó Mercy. Después alzó la mano–. No, no me lo digas. Me acuerdo. Me mareé y… ¿por qué me trajiste aquí en vez de llevarme a casa?

Él se acercó a ella, y Mercy se sentó al borde de la cama y se puso en pie.

–Pensé que necesitábamos estar un rato a solas. Sin Sidonia. Sin Eve.

–Eve estará preocupada por que no hayamos llegado a casa todavía.

–La avisé de que estás bien y de que estamos juntos. Ahora está dormida.

–No voy a quedarme aquí –sentenció Mercy. Dio unos cuantos pasos y después, vaciló.

Judah la agarró antes de que cayera y la rodeó con sus brazos para que se mantuviera en pie.

–¿Por qué luchar contra lo inevitable? Yo te deseo, y tú me deseas.

Cuando ella intentó zafarse de su abrazo, él no se lo permitió.

–Tú eres un Ansara –le dijo–. Yo soy Raintree. Nos odiamos. Cuando hayas matado a tu hermano, entonces tú y yo lucharemos por Eve, y te mataré.

–Y te molestará haberte acostado conmigo y después intentar matarme. Qué ingenua eres todavía, dulce Mercy.

–Suéltame. No hagas esto. No me obligues a luchar contigo esta noche.

–No quiero luchar.

Ella se retorció contra su poder físico superior, y no pudo hacer nada.

–¿Es que tienes intención de forzarme?

Como respuesta, él aflojó los brazos y la liberó. Entonces, Mercy consiguió llegar a la salida antes de que le fallaran las rodillas. Tuvo que apoyarse en la puerta para no caer. Judah se acercó a ella por detrás y apretó su cuerpo, suavemente, contra el de ella, atrapándola entre sí y la madera. Cuando Mercy sintió su respiración cálida en el cuello, se echó a temblar.

–Ni siquiera te he tocado y ya te estás desmoronando –le dijo él, con una voz sensual.

–Te odio.

–Ódiame todo lo que quieras.

Judah le pasó la mano por el hombro y por la cintura, hasta llegar a su trasero. Incluso a través del vestido y de la ropa interior, ella sintió el calor de su caricia. Y lo deseaba. Por completo.

Cuando él llegó abajo, agarró el bajo de su falda y lentamente tomó un puñado de tela. Ella cerró los ojos y gimió. Él metió la mano bajo el vestido y por encima de sus braguitas.

Mercy sólo pudo decir una palabra:

–No.

–Shhh… –susurró él, mientras encontraba con las yemas de los dedos el suave hueco de su espalda, bajo la cintura, un punto muy sensible que había sobre sus nalgas–. Relájate, Mercy. Déjame que te haga sentir placer.

«Judah, por favor… por favor…».

Él le pasó el dedo índice por el sacro, más y más deprisa, con más fuerza cada vez. Mercy contuvo la respiración mientras sentía cómo las sensaciones se intensificaban en su cuerpo. De repente, Judah emitió una descarga eléctrica con los dedos, directamente hacia la vértebra de Mercy.

Temblando incontrolablemente, ella gritó mientras alcanzaba el clímax.

14

¿Cómo podía haber permitido que sucediera aquello? Podía haber escapado. Podía haberlo detenido. ¿Por qué no lo había hecho?

«Porque deseas esto. Porque deseas a Judah».

Judah sacó la mano de debajo de su vestido y dejó que la falda volviera a deslizarse por sus piernas. Sin embargo, no la soltó; la mantuvo atrapada entre la puerta y su pecho, permitiendo que su miembro erecto latiera contra su nalga.

A medida que las réplicas del orgasmo se mitigaron, en el interior de Mercy tuvo lugar una batalla: el corazón contra la mente. Su corazón le susurraba deseos apasionados, y su pensamiento racional le ordenaba que huyera.

Pero no lo hizo. No huyó. No se resistió cuando él metió la rodilla izquierda entre sus muslos y deslizó la pierna alrededor de las de ella, para hacerle perder el equilibrio. Ambos cayeron al suelo, Mercy de espaldas, y Judah sobre ella, amortiguando el golpe con las manos. Después, él metió la mano entre sus piernas y comenzó a bajarle la ropa interior. Mientras se la quitaba, Mercy arqueó el cuerpo inadvertidamente, y él aprovechó aquel momento para introducir dos dedos en sus pliegues femeninos y acariciarle con el pulgar la zona más sensible.

Ella gimió suavemente mientras los remolinos de pura sensación le recorrían el cuerpo.

Judah le abrió el vestido y le quitó el sujetador para dejar a la vista sus pechos, e inmediatamente cubrió con la boca su pezón izquierdo, lamiéndolo con la punta de la lengua. Aquella acción provocó más gemidos de placer en Mercy; mientras seguía acariciándola con el pulgar y explorando su cuerpo con los dedos, succionaba hambrientamente su pecho.

Mercy alzó el brazo derecho y le rodeó el cuello, sujetándole la cabeza con la mano para que no la separara de su seno. Después bajó la mano izquierda y la metió entre los dos cuerpos para acariciarle, con la palma, la erección.

Judah emitió un gruñido de excitación. Le apartó la mano y se desabrochó los pantalones para liberar su sexo. Cuando retiró la mano de entre los muslos de Mercy y alzó la cabeza, ella protestó entre murmullos.

Judah la miró. Sus miradas quedaron atrapadas. La pasión que ardía entre ellos causaba chispas de energía en sus cuerpos. Cuando ella le sacó la camisa del pantalón, él le sujetó ambas caderas y la alzó para que acogiera su penetración rápida y fuerte. La tomó con dureza, embistiêndola repetidamente, completamente fuera de control. Ella se colgó de su cuerpo y aceptó todo lo que él le daba, tan salvajemente hambrienta de él como él lo estaba de ella. Mercy respondió a cada movimiento, a cada beso profundo, a cada palabra erótica y primitiva que él pronunció.

Una pasión tan intensa debía quemarse rápidamente, porque de lo contrario, los habría destruido. Mercy llegó primero al clímax, deshaciéndose, abandonándose a un placer que casi fue doloroso, una sensación que ella hubiera deseado tener siempre. Mientras ella se estremecía bajo él, jadeando y gimiendo, él tuvo un orgasmo tan fiero que provocó un temblor de tierra bajo ellos. Judah se desplomó sobre ella. Su cuerpo largo y delgado la mantuvo cerca, deseando capturar aquel momento perfecto mientras todavía eran uno y sus cuerpos estaban unidos.

Él alzó la cabeza y la miró.

–Mi dulce, dulce Mercy.

Ella le acarició la mejilla.

Entonces, Judah rodó y se tumbó en el suelo, a su lado. Cuando ella lo miró, se dio cuenta de que estaba observando el techo de la cabaña. Ella no supo qué decir, ni cómo comportarse. ¿Había significado algo para él lo que acababa de suceder, o sólo era otra conquista sexual? Una vez que ya la había conseguido, ¿volvería a desearla?

–¿Judah?

Él no respondió.

Mercy se quedó inmóvil durante unos minutos. Después se incorporó y comenzó a arreglarse el vestido. Se levantó, miró a Judah y salió de la cabaña, sin preocuparse de la dirección que tomaba.

Cuando llegó a la cascada, tomó un camino que llevaba a la pequeña cueva que había detrás de la cortina de agua. Se quitó el vestido y se metió bajo el chorro fresco para lavarse la esencia que Judah Ansara le había dejado en el cuerpo.

Querer a un hombre debería causarle alegría a una mujer, no tristeza. Los momentos posteriores a una relación sexual deberían ser para estar juntos. ¿Cómo era posible que ella amara a Judah con tanta intensidad y desesperación, si él era un Ansara? ¿Y cómo podía anhelar estar con él, ser su mujer para siempre, cuando ella no significaba nada para él?

¿Dónde estaba su orgullo? ¿Su fuerza? ¿Su sentido común?

De repente, Judah apareció en la cascada. Totalmente desnudo, se metió con ella bajo el agua y, bajo la luz de la luna, la tomó entre sus brazos. Ella no se resistió, y él la besó para decirle que la deseaba de nuevo, que no había terminado ni de lejos con ella. El beso se hizo cada vez más profundo a medida que el deseo se avivaba, Él la levantó, agarrándole ambas nalgas con las manos. Ella se aferró a sus caderas mientras él salía de la cascada y se trasladaba a la cueva que había detrás. Apoyó a Mercy en una roca y se hundió en su cuerpo. Ella jadeó al sentir el puro placer de estar completamente llena.

Judah volvió a embestir una y otra vez mientras Mercy se

aferraba a su cuerpo, y en pocos momentos llegaron al clímax nuevamente. Entonces, Judah la posó en el suelo, dejando que su cuerpo se deslizara sobre el de él con lentitud, sin separar la boca de sus labios, de sus mejillas, de su pelo, de su cuello. Sin dejar de devorarla.

–No puedo conseguir lo suficiente de ti –dijo con un gruñido lleno de resentimiento.

–Lo sé –respondió ella, incapaz de separarse de él–. Yo me siento igual. ¿Qué vamos a hacer?

Él le tomó la cara con las manos.

–Durante el resto de la noche, vamos a olvidar quiénes somos. Tú no eres la princesa Mercy Raintree, y yo no soy Judah Ansara. Sólo somos un hombre y una mujer, sin pasado y sin futuro.

–¿Y mañana?

Él no respondió, pero ella conocía la contestación a su pregunta.

Por la mañana volverían a ser enemigos, guerreros inmersos en una batalla eterna, clan contra clan, Raintree contra Ansara.

Judah se despertó al amanecer al oír el sonido de la voz de su primo Claude en su mente. Rodó por la cama y notó un cuerpo suave y desnudo tendido a su lado. Mercy. Habían pasado la noche haciendo el amor una y otra vez hasta que habían quedado agotados. Y con sólo verla de nuevo, volvía a sentirse excitado.

«Judah, respóndeme», insistió Claude.

«¿Qué ocurre?».

«Por favor, contesta al teléfono».

Sin esperar un instante, con cuidado de no despertar a Mercy, Judah se levantó y buscó sus pantalones. Estaban en el suelo, donde los había arrojado cuando Mercy y él habían vuelto a la cabaña después de su encuentro en la catarata. Los recogió y se los puso. Después, sacó el teléfono móvil de uno de los bolsillos y, mientras marcaba el número de su primo, salió de la cabaña al sol de la mañana.

–¿Claude?

–Ya era hora de que respondieras.

–¿Qué ocurre?

–Tenemos un problema muy grave en Terrebonne. Los secuaces de Cael han estado muy ocupados haciendo correr el rumor de que el Dranir Judah ha tenido una hija con una Raintree.

–Desgraciado –murmuró Judah–. ¿Hasta qué punto está extendido ese rumor?

–Se está extendiendo como el fuego. Para la hora de comer lo sabrá toda la isla. Cael espera que esto incite a todo el mundo a la rebelión.

–Debemos contrarrestar el efecto de esta noticia rápidamente. Convoca una reunión de emergencia del consejo. Dile a Sidra que necesitaré que se dirija a la gente esta noche, y que les hable de su profecía.

–Tienes que volver a casa, Judah. Tienes que estar junto a Sidra cuando confirme el rumor de que tienes una hija mestiza.

–No puedo dejar a Eve –dijo él–. Cael espera que yo regrese a casa corriendo cuando sepa de este rumor. Una de las razones por las que lo ha hecho ha sido que yo deje a Eve desprotegida.

–No sé cómo recibirá la gente la profecía de Sidra. Dijo que Eve será la madre de un nuevo clan, que ella transformará a los Ansara.

–La gente sabe que, durante sus noventa años de edad, Sidra sólo ha profetizado grandes verdades sobre el futuro. Los Ansara la reverencian y creen sus profecías.

Claude permaneció en silencio durante unos instantes.

–Si crees que debes quedarte allí y proteger a tu hija, entonces, yo estaré junto a Sidra esta noche cuando hable con el pueblo Ansara –dijo por fin–. Y ya que tú no puedes volver a Terrebonne por el momento, ¿puedo hacer una sugerencia?

–Quieres que establezca conexión psíquica contigo y hable a través de ti con la gente.

–Yo me pondré en contacto más tarde contigo, cuando nuestros planes estén terminados y sea el momento de la intervención de Sidra. Éste es un momento muy peligroso para los Ansara. No sería inteligente que bajaras la guardia, sobre todo con alguien de los Raintree.

Claude colgó, y Judah se quedó intentando descifrar aquel mensaje críptico. Podía referirse a Eve, que era medio Raintree. Sin embargo, lo más seguro era que Claude estuviera refiriéndose a la princesa Mercy. Sin duda, pensaba que aquélla era la Raintree a la que Judah podía resultar más susceptible.

Cuando Mercy se despertó y se encontró sola en la cabaña, lo consideró una bendición. ¿Cómo iba a enfrentarse a Judah a la luz del día y aceptar el hecho de que ya no eran amantes, sino que otra vez eran enemigos acérrimos? Se levantó de la cama y se envolvió en una de las sábanas para entrar al baño. Allí se lavó la cara con agua fresca y se miró al espejo. Tenía la cara de una mujer que acababa de pasar toda la noche haciendo el amor.

No podía dejar de pensar en Judah, en las horas de placer que habían compartido, en lo mucho que lo quería.

A los pocos instantes, oyó pasos al otro lado de la puerta del baño. ¿Judah? Abrió la puerta y lo vio en mitad de la habitación. Se miraron el uno al otro durante un instante. Después él se acercó a ella sin titubear. Cuando estuvo frente a Mercy, agarró el borde de la sábana con la que ella se había envuelto y de un fuerte tirón, se la quitó.

–Ha amanecido –dijo ella.

–Entonces, será mejor que no esperemos.

La tomó en brazos y la llevó de vuelta a la cama. Después se quitó los pantalones y se tendió junto a ella. Hicieron el amor con la misma exaltación que la primera vez, aquella noche.

¿Sería aquélla la última ocasión?, se preguntó Mercy.

¿Nunca volvería a estar entre sus brazos, a pertenecerle, a poseerlo y a ser poseída con tanta pasión?

Cuando llegaron a la casa, Mercy se las arregló para entrar por la puerta trasera sin que nadie se diera cuenta. Se duchó y se vistió antes de que Sidonia se levantara, y comenzó el día con normalidad. Aunque Sidonia no le había preguntado nada de por qué no había vuelto a casa el día anterior, le lanzó varias miradas de reprobación durante el día, sobre todo, cuando Judah estaba cerca.

Y para complicar más las cosas, parecía que Eve pensaba que sus padres se habían convertido en una pareja. Era demasiado pequeña para entender las relaciones sexuales, pero era intuitiva y se había dado cuenta de que las cosas habían cambiado entre ellos.

Aquella noche, Judah salió de la casa sin dar ninguna explicación. Eligió una zona aislada a dos kilómetros de la casa y alejada del resto de las cabañas. A solas, apartado de todo lo que era Raintree, se conectó telepáticamente con Claude. Oía lo que oía su primo, y veía lo que él veía. Escuchó cómo Sidra hablaba al consejo, a los oficiales de mayor rango, a los nobles y a todos los congregados en el gran vestíbulo del palacio. A través de un circuito cerrado de televisión, su mensaje llegaba también a todos los hogares de Terrebonne.

–He visto a una niña de pelo y ojos dorados. Nació para el clan de su padre, para llevar a los Ansara de la oscuridad a la luz. Siete mil años de sangre noble Ansara y Raintree corren por sus venas.

De los presentes surgieron gruñidos y gritos de indignación.

Judah habló a través de Claude.

–¿Acaso os atrevéis a poner en cuestión las visiones de Sidra? ¿Dudáis de su amor por nuestra gente? ¿Es que la locura de mi hermano se os ha contagiado a todos?

La mayoría de los congregados se puso en pie. Sus gritos de fe en Sidra y de lealtad hacia Judah ahogaron a los de aquellos que disentían.

Sidra habló de nuevo. Sus palabras de sabiduría aseguraron a los Ansara que la hija de Judah era más prodigiosa que cualquier otro ser.

–Eve es la hija de nuestros ancestros, la semilla de un pueblo unido. Es más que una Ansara, más que una Raintree. Nuestro destino está en sus manos. Su vida es más valiosa para mí que la mía.

La asamblea escuchó con respeto, y a través de Claude, Judah sintió sus dudas y preocupaciones, pero también su aceptación y su esperanza.

De numerosos Ansara surgió una sola petición. Querían saber si, cuando Judah volviera a Terrebonne, llevaría consigo a la princesa Eve.

–La princesa Eve irá a Terrebonne cuando llegue el momento de que asuma su papel de Dranira –respondió Judah a través de Claude.

Cuando los vítores se apagaron, una mujer solitaria salió de entre la multitud e hizo otra pregunta.

–¿Y la madre de la niña? –preguntó Alexandria Ansara–. ¿Podemos creer que la princesa Mercy entregará a su hija a los Ansara?

Un silencio ensordecedor se adueñó del vestíbulo. Todos esperaban la respuesta de Judah.

«Debes responder, Judah», le urgió Claude.

Mientras pensaba en la respuesta, Judah sintió la mano de Sidra en el brazo de Claude, y supo que quería hablar con él a través de su primo.

«Tu destino está atado al suyo. Su futuro es tu futuro, su vida, tu vida. Si tú mueres, ella morirá. Si ella muere, tú morirás».

Judah sintió una abrumadora tensión. Todos los nervios de su cuerpo se cargaron de energía eléctrica. Entendió que si Sidra hubiera podido explicarle algo más, lo habría hecho. Su profecía estaba abierta a una interpretación, pero Judah supo que hablaba de Mercy, no de Eve, y de que si Judah y Mercy luchaban por la posesión de su hija, el que sobreviviera moriría mil veces durante su existencia.

–Cuando llegue el momento, haré lo que deba hacerse –le dijo Judah a su pueblo.

El atardecer teñía el cielo de colores mientras Mercy buscaba a Judah. Él había salido de la casa poco después de la cena y no había vuelto. Mientras ella estaba bañando a Eve, la niña había dejado de jugar con sus juguetes de baño y había tomado la mano de su madre.

–A papá le ocurre algo. Está muy triste. Ve a verlo, mamá. Te necesita.

Mercy lo encontró a solas en un claro aislado del bosque, sentado en una piedra y absorto en sus pensamientos.

–¿Judah?

Él se volvió a mirarla, pero no dijo nada.

Mercy dio varios pasos hacia él.

–¿Estás bien?

–¿Por qué has venido? –le espetó él.

–Eve me ha enviado a buscarte. Está preocupada por ti. Dice que estás muy triste.

–Vuelve a la casa. Dile a Eve que estoy bien.

–Pero no es cierto. Eve tiene razón. Te ocurre algo y...

De un golpe mental, Judah empujó a Mercy hacia atrás con la suficiente fuerza como para advertirle que no se acercara, pero no como para derribarla. Ella se tambaleó durante un instante.

–Entiendo el mensaje –le dijo.

–Entonces, déjame solo.

–¿Es por Cael? ¿Ha ocurrido algo? Si me lo dices, podré ayudarte.

–¡Déjame! –le gritó Judah. Se levantó de la piedra y la miró con los ojos llenos de furia.

–No te deseo –masculló, pero se acercó a ella y la agarró por los hombros con fuerza–. No te necesito. ¡Maldita seas, Mercy Raintree!

Comenzó a agitarla con frustración, con ira, con pasión.

Ella sintió lo que él sentía, y se dio cuenta de que la odiaba por haber conseguido importarle.

–Mi pobre Judah.

Él le tomó la cara entre las palmas de las manos y le dio un beso profundo, de posesión. Una pasión insoportable se adueñó de ellos, y Mercy se rindió en cuerpo y alma.

15

Domingo, 11:08 de la mañana. Solsticio de verano

Eve saltó a los pies de la cama de Mercy y dijo en voz alta:

–Llevo horas despierta, Mamá. ¿Es que papá y tú vais a estar dormidos todo el día?

Mercy abrió los ojos. Sobresaltada por el alegre saludo de su hija, se despertó de un sueño profundo.

–¿Eve?

La niña gateó y se colocó entre Mercy y Judah. Después dijo:

–Sidonia me dijo que no te molestara, pero me he cansado de esperar, así que me he escapado y he subido cuando ella no miraba.

–¿Qué demonios... –Judah abrió un ojo y después el otro–. ¿Eve?

Se incorporó instantáneamente en la cama y dejó a la vista su torso desnudo.

Cuando Mercy se sentó también, la sábana que la cubría se deslizó hacia abajo y de repente, ella recordó que estaba tan desnuda como Judah. Agarró el borde de la sábana y se cubrió el pecho.

–Hola, papá.

–Hola, Eve –respondió Judah, y miró a Mercy, preguntándole en silencio cómo iban a salir de aquella situación tan incómoda.

–No vais a quedaros en la cama todo el día, ¿verdad?

–No, nosotros... eh... –tartamudeó Mercy–. ¿Por qué no vas a tu habitación, o bajas con Sidonia, y papá y yo...

Sidonia se acercaba por las escaleras, gritando:

–Eve Raintree, creía que te había dicho que no molestaras a tu madre. Ven aquí en este mismo instante...

Sidonia se detuvo en seco en la puerta, con los ojos abiertos como platos, mirando al trío que había sobre la cama de Mercy.

–Esto no saldrá bien –murmuró–. No saldrá bien –dijo, y sacudió la cabeza en señal de desaprobación.

–Eve, ve con Sidonia –dijo Mercy.

Eve miró el pelo revuelto y los hombros desnudos de su madre.

–¿Por qué no llevas el camisón? –después se volvió también hacia Judah–. Papá, ¿por qué tú también estás desnudo?

Judah carraspeó, pero no pudo reprimir una ligera sonrisa. ¿Cómo se atrevía a encontrar divertida aquella situación? Mercy le lanzó una mirada fulminante. Él sonrió.

–Vamos, niña –dijo Sidonia, y le tendió la mano–. Ya está empezando el verano, y hace calor. Tu madre se quitó el camisón anoche para dormir más fresca.

Si las miradas hubieran podido matar, Sidonia habría reducido a Judah a cenizas en aquel momento. Gracias a Dios que la vieja niñera no tenía la capacidad de enviar descargas psíquicas.

Eve no hizo ademán de separarse de sus padres.

–¿Tú también tenías calor anoche, papá?

–Eh... sí... algo así –respondió Judah.

–Eve, ve con Sidonia –insistió Mercy–. Ahora.

Por fin, Eve obedeció. Volvió a los pies de la cama y bajó al suelo.

–Está bien, me voy. Pero antes, ¿puedo hacer una pregunta, papá?

–Claro.

–El tío Dante no tiene corona, aunque sea el Dranir –preguntó la niña con los ojos brillantes de expectación–. Me preguntaba si tú tienes corona.

¿Cómo? ¿A qué se refería Eve? Mercy no entendía lo que su hija estaba preguntando.

¿Por qué iba Judah a tener corona?

–En realidad, lo que quiero saber es si, como soy una princesa Raintree y una princesa Ansara –continuó Eve–, voy a tener dos coronas. A lo mejor puedo tener una de oro y otra de diamantes. O sólo una corona muy grande.

Mercy se giró hacia Judah, que se había quedado en completo silencio.

–¿De qué está hablando?

Judah hizo caso omiso de Mercy y respondió a su hija.

–No, yo no tengo corona. Pero si tú quieres una corona, o dos coronas, o media docena de coronas, yo te las daré.

Eve sonrió como un gato que acababa de comerse un canario. Después se volvió hacia Sidonia y acompañó al pasillo a la atónita niñera.

Mercy saltó de la cama, encontró su bata en el suelo y se la puso. Miró a Judah, que también se había levantado y estaba poniéndose los pantalones. Se acercó a él y lo miró directamente a los ojos.

–¿Por qué cree Eve que necesitas corona? ¿Y por qué cree que es una princesa Ansara?

Él se encogió de hombros.

–¿Quién sabe las ideas que puede tener una niña?

–No, señor. Eso no va a servirte de nada conmigo.

–Me muero de hambre. ¿Tú no? Después de la noche tan ajetreada que hemos tenido… –dijo Judah, intentando desviar la cuestión con una sonrisa muy sexy–. Necesito recuperar fuerzas.

Mercy lo agarró por el brazo.

–Respóndeme. Y será mejor que me digas la verdad.

Él no intentó ocultar sus pensamientos completamente. Permitió a Mercy que usara su habilidad empática durante un instante.

Entonces, ella retiró la mano bruscamente.

–Me mentiste. Eres el Dranir Ansara.

–Sí, lo soy, y Eve es una princesa Ansara. La heredera del trono. Según nuestra profetisa, Sidra Ansara, Eve nació para mi clan. Por eso he revocado el antiguo decreto que ordenaba la muerte de cualquier niño de los dos linajes. Para proteger a mi hija.

–¡No! Eve es mi hija. Es una Raintree.

Mercy oyó las palabras de Eve resonando en su cabeza.

«Nací para los Ansara».

–Sólo sobrevivieron unos cuantos Ansara después de La Batalla. ¿Cuántos Ansara hay ahora? ¿Miles? ¿Cientos de miles?

–No sigas –le dijo Judah–. No sirve de nada, no cambia nada.

–Dios mío, ¿cómo puedes decir eso? Los Raintree creen que los Ansara están dispersos por el mundo y… ¡no! ¡No! Cael quiere ser el Dranir –dijo Mercy— Por eso quiere matarte. Y a Eve. No puede permitir que tu hija siga con vida, porque amenaza su camino al trono. Dios mío, ahora todo tiene sentido. Mi hija está en el centro de la guerra civil de los Ansara.

–No cometas una equivocación –le pidió Judah–. Te juro que proteger a Eve es mi prioridad. No permitiré que Cael le haga daño.

–¡Tú nos has traído a ese demonio! –gritó Mercy–. Si no hubieras venido a Santuario…

–Tú estarías muerta –le dijo Judah–. Greynell te habría matado.

–¿Y por qué le impediste que lo hiciera?

Judah titubeó. Tenía una mirada de angustia.

–Ningún otro Ansara tiene derecho a matarte.

A Mercy se le cortó la respiración. Durante un instante, pensó que iba a desmayarse.

–Entiendo. El Dranir Judah me ha reclamado como víctima.

Los chillidos de Sidonia llegaron a la habitación desde el piso de abajo.

–¡Eve! –gritó Mercy, y salió corriendo de la habitación.

Judah la siguió escaleras abajo. Cuando entraron en la cocina, vieron al instante qué era lo que había asustado tanto a Sidonia. Eve estaba suspendida en el aire, con la boca abierta y el cuerpo rígido, rotando lentamente.

Su pelo largo flotaba a su alrededor, y se le separaba en la nuca, dejando a la vista la luna azul, la marca de los Ansara. El color de sus ojos cambiaba del verde Raintree a un dorado amarillento, y después, al verde de nuevo. De cada una de las puntas de sus dedos emanaba una luz suave y dorada.

Mercy corrió hacia su hija, pero no pudo tocarla. Eve estaba protegida por una barrera que la sellaba completamente de todo lo que la rodeaba.

Judah apartó a Mercy e intentó también romper aquella pantalla.

–Es impenetrable –dijo.

–Esto nunca había sucedido –susurró Mercy–. ¿Lo estás haciendo tú?

Judah negó con la cabeza.

–Sidra dice que Eve es una niña de luz, nacida para los Ansara. Yo nunca le haría daño. Como padre, moriría por protegerla. Como Dranir, debo protegerla por el bien de mi pueblo.

Mercy no sabía si podía creerlo.

–Tenemos que hacer algo para detener esto –dijo con angustia.

–No creo que sea necesario –respondió Judah, con la mirada fija en Eve–. Mírala. Parece que recobra la normalidad.

Eve descendió lentamente al suelo y aterrizó con facilidad. Tenía el pelo sobre los hombros, y la luz de sus dedos había desaparecido. Miró a Judah y a Mercy, con los ojos completamente verdes de nuevo.

–¿Eve? Eve, ¿estás bien? –le preguntó Mercy, conteniendo las lágrimas a duras penas.

La niña corrió hacia Mercy. Mercy la tomó en brazos y la abrazó posesivamente. Eve se aferró a su madre y apoyó la cabeza en su hombro. Cuando Judah se aproximó, Mercy le lanzó una mirada de advertencia.

De repente, Eve alzó la cabeza y jadeó.

–¡Oh, mierda!

–¿Qué? –preguntaron Mercy y Judah al unísono.

–¿Quién te ha enseñado esa palabra tan fea? –le preguntó Sidonia con enfado.

Eve miró a su niñera.

–He oído al tío Dante decirla. Y al tío Gideon.

Mercy tomó a Eve por la barbilla para ganarse su atención.

–¿Cuándo has oído a tus tíos…

–Hace un minuto –respondió Eve–. Los dos la han dicho. El tío Dante la ha dicho cuando ha averiguado que un Ansara malo provocó el incendio de su casino. Y el tío Gideon la ha dicho cuando averiguó que quien mató a la amiga de Echo era una Ansara muy mala.

–¿Cómo sabes lo del incendio? –le preguntó Mercy–. ¿Y lo de la amiga de Echo?

Ella no le había contado a su hija ninguna de las dos cosas.

–He oído lo que estaban pensando el tío Gideon y el tío Dante y he oído que decían «oh, mierda», justo antes que yo.

Si Eve había oído correctamente lo que pensaban sus tíos, aquello sólo podía significar una cosa.

–Están intentando matarnos –dijo Mercy al percatarse de la horrible realidad–. Los Ansara han ido por nosotros, por Dante, por Gideon, por mí… ¡Oh, Dios! ¡Echo! –exclamó con espanto, y miró a Judah–. Tú sabías lo que estaba sucediendo, ¿verdad? ¿Todo ha sido una mentira? ¿Sois aliados tu hermano y tú?

–No saques conclusiones apresuradas. Todo lo que te he contado sobre mi hermano es cierto.

Judah dio varios pasos hacia ella.

–¡Alto! –le gritó Mercy–. Lo digo en serio. No te acerques a Eve ni a mí.

–Mamá, no te enfades con papá –le pidió Eve.

De repente, sonó el teléfono.

–Responde, Sidonia –dijo Mercy.

Sidonia se apresuró a descolgar el auricular.

–¿Diga? Gracias a Dios, eres tú. Sí, está aquí –dijo, y le tendió el teléfono a Mercy–. Es Dante.

–¿Dante? –dijo Mercy al ponerse el auricular en el oído.

–No hables, sólo escucha –le dijo su hermano–. Los Ansara nos están atacando. No me preguntes los detalles. Sólo es cuestión de tiempo que asalten Santuario. Será pronto. Creo que hoy, porque es el solsticio de verano.

–Alban Heruin –dijo ella–. El punto de poder más intenso del sol.

–Acabo de tomar el avión, y estamos saliendo de Reno. Voy a casa. Gideon también ha salido de Wilmington. Los dos llegaremos esta tarde.

–Bien…

–Debes resistir y controlar la situación hasta que lleguemos.

–Lo entiendo.

–Y si una mujer llamada Lorna intenta ponerse en contacto contigo… es mía.

La comunicación se cortó.

–¿Dante?

Mercy dio un golpe con el auricular sobre la encimera de la cocina y se volvió para enfrentarse a Judah.

–Papá se ha ido –le dijo Eve.

Mercy miró por toda la habitación. Judah se había marchado. ¿Cuándo había salido y adónde había ido?

Mientras Dante hablaba con Mercy, Judah había oído la llamada telepática de su primo y había subido a la habitación por su teléfono móvil.

–¿Qué está ocurriendo? –le preguntó a Claude en cuanto aquél respondió.

–Hemos sabido que Cael está en algún lugar de Carolina del Norte.

–No me sorprende.

–Creemos que tiene a cien guerreros a su disposición, y

que están en algún punto entre Asheville y el Santuario de los Raintree.

–¡Cien guerreros! ¿Cómo demonios… ¡Ha estado reclutando gente durante mucho tiempo!

–Probablemente. Pero lo peor de todo es que, según nuestro informador, tiene intención de atacar Santuario durante las próximas doce horas.

–¡Maldita sea! ¿Qué dice Sidra? ¿Por qué no ha profetizado esto?

–No está segura, pero sospecha que Cael ha protegido los detalles de su plan para que ningún vidente Ansara pudiera preverlos. Seguramente, también lo hizo con los Raintree.

–No podemos permitir que suceda –dijo Judah.

–No es posible evitarlo.

–Lo intentaremos. Avisa a la Guardia Selecta. Tráelos a todos a Carolina del Norte en el jet privado. Aterrizad en Asheville. Ponte en contacto conmigo cuando estés llegando a las puertas de Santuario y yo os esperaré allí. Mientras, cuando esté seguro de que Mercy puede proteger a Eve durante la batalla, haré mis propios planes.

–Sé que tu prioridad es proteger a la princesa Eve, pero cuando ella ya no esté en peligro, no habrá vuelta atrás. Habrá estallado la guerra entre los Ansara y los Raintree. Cael no nos ha dejado otra opción que luchar.

–Entonces, lucharemos –respondió Judah.

–¿Dónde está mi papá? –preguntó Eve mientras Mercy se arrodillaba frente a ella–. ¿Adónde ha ido?

–No lo sé –mintió Mercy. Sospechaba que Judah había ido a unirse a Cael–. Pero tú no debes preocuparte por tu padre. Escúchame, cariño, y haz exactamente lo que yo te diga.

–De acuerdo –respondió Eve con la voz temblorosa–. Va a pasar algo muy malo, ¿verdad?

–Sí. El hermano de tu padre va a venir con otros hombres muy malos, hija. Así que yo voy a enviarte con Sidonia a las

Cuevas de Awenasa, y voy a invocar un hechizo para ocultaros a las dos y protegeros.

–Pero yo tengo que estar aquí –dijo Eve–. Contigo y con papá. Tú me necesitas.

Mercy tenía un nudo de emoción en la garganta.

–No puedes quedarte. Tu padre y yo no podremos hacer lo que tenemos que hacer si tú estás aquí. Estaríamos muy preocupados por ti. Por favor, Eve, ve con Sidonia y quédate con ella hasta que el tío Dante, o el tío Gideon, o yo, vayamos a buscarte.

Eve miró fijamente a Mercy, con una expresión conmovedora.

–Dime que me has entendido y que vas a hacer lo que te he pedido.

Eve rodeó el cuello de su madre y la abrazó con fuerza.

–Iré con Sidonia a las Cavernas. Tú conjura el hechizo. Yo no te lo impediré.

Mercy suspiró de alivio.

–Gracias, mi amor.

Después, le devolvió el abrazo a Eve con la fuerza de una guerrera que sabía que quizá se enfrentara a la muerte, que quizá no volviera a ver a su hija.

Cuando, finalmente, Mercy soltó a Eve, se puso en pie y se volvió hacia Sidonia.

–Te confío lo más precioso que tengo.

–Sabes que la protegeré con mi vida.

Eve tomó la mano de su niñera. Las dos esperaron mientras Mercy recitaba un antiguo encantamiento, el hechizo de ocultación más fuerte que conocía y que haría imposible que nadie encontrara a Sidonia y a Eve.

Mercy se quedó junto a la puerta de la cocina, viendo cómo Sidonia y Eve se alejaban por el campo hacia las montañas. Las Cavernas de Awenasa estaban a tres kilómetros de distancia, ocultas en el bosque que cubría la ladera oeste de las colinas. En pocos minutos, las dos desaparecieron, envueltas por el encantamiento que las protegería de cualquier mal.

Con la seguridad de que Eve estaba a salvo, Mercy subió

apresuradamente las escaleras hacia su habitación. Debía prepararse para la batalla que se avecinaba.

Quince minutos más tarde, vestida de negro, bajó las escaleras y se encaminó hacia su estudio. Desde allí llamó a la cabaña de Hugh, que respondió al tercer tono del teléfono. Ella le pidió que reuniera a todos los Raintree que estaban visitando Santuario en aquel momento y que los llevara a la casa principal tan rápidamente como fuera posible.

Después colgó.

Y ya sólo pudo preguntarse por qué Judah no estaba allí con ella, dándole explicaciones.

«¡Maldito seas, Judah! ¡Maldito seas!».

Reno, Nevada, 9:15 de la mañana

Lorna no había tenido tiempo de hacer ninguna llamada mientras había estado en casa de Dante. En vez de eso, había tomado su agenda personal y había buscado los teléfonos de Mercy y de Gideon antes de salir corriendo hacia su coche. Mientras estaba de camino hacia el aeropuerto, llamó al jefe de seguridad del casino de Dante.

Él respondió con la voz somnolienta.

–¡Soy Lorna Clay! –dijo gritando–. Dante se ha ido... ¡Hay problemas en Santuario! Tengo que llegar hasta allí. ¿Cómo puedo alquilar una avioneta?

–¡Vaya! Espera, ¿qué has dicho?

–Que hay problemas en Santuario. ¡Necesito una avioneta!

–Ve al aeropuerto –dijo Al rápidamente–. Dante tiene dos aviones. Él se habrá llevado el más grande, el más rápido. Yo llamaré para que preparen el pequeño para ti. Tardará más, pero sólo irás una hora por detrás de él.

–Gracias –dijo ella, casi sollozando de alivio–. No creía que...

–¿No creías que te ayudaría? –le preguntó Al, consciente de que, desde el principio, su relación no había sido fácil–. Has dicho la palabra mágica.

–¿Por favor? –preguntó Lorna. No creía que hubiera pronunciado aquella palabra, aunque sí le había dado las gracias.
–Santuario –respondió él.

Wilmington, Carolina del Norte, 1:00 de la tarde

Hope Malory estaba recorriendo la cocina de un lado a otro, nerviosamente, mientras esperaba a que sonara el teléfono. Gideon se había ido sólo una hora antes, así que ella no pensaba que llamara tan rápidamente, pero de todos modos... estaba ansiosa. Él le debía una explicación seria.
Cuando, por fin, el teléfono sonó, se lanzó a descolgar el auricular.
–¿Diga?
Al oír una voz de mujer, a Hope se le cayó el alma a los pies.
–¿Es la residencia de Gideon Raintree?
–Sí, pero él no...
–Lo sé, no está en este momento –la interrumpió su interlocutora–. Me llamo Lorna Clay. Dante y Gideon nos necesitan. Voy en un jet que aterrizará en el aeropuerto de Fairmont, al oeste de Asheville, a las seis de la tarde de hoy. Si tú puedes ir allí y recogerme, te contaré lo que sé de camino a la finca de los Raintree.
Hope miró el reloj de la cocina e hizo unos rápidos cálculos mentales, teniendo en cuenta la potencia del coche de Gideon.
–Estaré allí.

Al principio de aquella tarde, Mercy habló con los dieciocho Raintree que se encontraban en Santuario de visita, y juntos comenzaron los preparativos para la batalla. Un poco después, llegaron otros diez Raintree que vivían cerca de Santuario, incluyendo a Echo, que había llegado derrapando con el coche y tocando la bocina. Sus habilidades de clarividencia eran muy fuertes, pero aún no había conseguido dominarlas, y sus predicciones eran a menudo un caos de visiones, sonidos y sentimientos. Mercy sabía que muy pronto Echo se convertiría en la gran profetisa que estaba destinada a ser. También poseía una empatía latente.

En cuanto Echo entró en la casa, comenzó a llamar a Mercy. Cuando llegó al despacho y la vio, se aferró a su mano.

–De camino aquí me estaba volviendo loca. He visto cosas, he oído cosas... Ayúdame, por favor –le pidió–. He tenido que parar dos veces en la cuneta.

Mercy le agarró las manos temblorosas a Echo.

–Cálmate. Te necesitamos. Quiero que te concentres. ¿Puedes hacerlo?

Echo se tranquilizó.

–Puedo... puedo intentarlo.

–Buena chica. Concéntrate en los Ansara, piensa en los guerreros que van a atacar el Santuario. Intenta encontrarlos. Concentra tus visiones en Cael Ansara. Él es el hermano del Dranir de los Ansara.

Echo asintió y cerró los ojos.

Mercy siguió mentalmente a Echo. Echo se sumergió lentamente en sí misma, mientras Mercy la acompañaba y la guiaba con delicadeza por un camino marcado.

«Un convoy de camiones llenos de hombres y mujeres, flanqueados de jeeps, circulan por la autopista. Cael Ansara, vestido de negro, va en el primer coche».

El odio abrumador y la sed de sangre que Echo percibió en aquellos Ansara la asustó, y Mercy no consiguió que siguiera concentrada. Al darse cuenta de que no podía forzarla más, ayudó a Echo a salir de sí misma mientras absorbía las emociones de su prima.

–¡Dios mío! –exclamó Echo mientras abría los ojos–. Hay cien, como mínimo. Y todos estaban pensando en llegar aquí y matar a todos los Raintree que encontraran en su camino.

Mercy vaciló ligeramente mientras luchaba por expulsar las emociones malignas que había atrapado. Oía a Echo habléndole, sentía que la agitaba por los hombros, pero no podía responder hasta que se hubiera deshecho de todas aquellas partículas de energía negativa.

Varios minutos después reaccionó, muy debilitada a causa de la batalla interna que acababa de librar. Echo la agarró antes de que cayera al suelo.

–Demonios, me he asustado mucho –le dijo Echo–. Te había visto hacerlo antes, pero no es nada fácil.

Mercy sonrió.

–Estoy bien.

–Has visto lo mismo que yo, ¿verdad? Son muchos, y vienen hacia acá.

–Lo sé. Tenemos que estar preparados. Dante y Gideon están de camino. Espero que lleguen entre las cinco y las seis.

–¿Cuántos Raintree hay en Santuario? –preguntó Echo.

–No suficientes –respondió Mercy–. Muy pocos para tantos Ansara.

5:40 de la tarde

Al final de la tarde del día del solsticio de verano, los Raintree estaban listos para defender Santuario.

El cielo claro y azul fue oscureciéndose con nubes de lluvia que ocultaron el sol. Sin embargo, Mercy sabía que no era la Madre Naturaleza la que había provocado aquella inminente tempestad. Las fuerzas de Cael Ansara habían roto el escudo protector que rodeaba las tierras de los Raintree y, en aquel mismo momento, se dirigían hacia ellos.

Mercy había enviado a Helen y Frederick como exploradores, porque poseían la fuerza telepática más intensa de los Raintree presentes en Santuario, y podrían enviar informes instantáneos sobre la posición y los movimientos de las tropas de Cael.

Hasta que llegaran Dante y Gideon, ella era quien debía dirigir a su gente contra los Ansara. Después, debería luchar junto a sus hermanos, combinando sus poderes.

Finalmente, los refuerzos de las ciudades y pueblos cercanos a Santuario se habían unido al grupo de Santuario y, en total, sumaban cuarenta y cinco guerreros para hacer frente a los Ansara.

Mercy estaba sola en su despacho, preparándose mental y espiritualmente para la lucha, concentrándose en el desafío al que debía enfrentarse. No sólo el Santuario estaba amenazado; también la vida de su hija.

Se acercó a la chimenea y pasó la mano por la espada de la Dranira Ancelin. Sólo una mujer de la familia real con el poder de la empatía podía empuñar aquella arma tan poderosa, y sólo para combatir el mal. Con ambas manos, levantó la espada de su lugar de descanso mientras recitaba las palabras de honor que le había enseñado Gillian. Una vez en su poder, la espada aligeró su peso inmediatamente, y Mercy fue capaz de sujetarla con facilidad en ambas manos.

Sabiendo que Eve estaba a salvo en las Cavernas de Awenasa, protegida por el encantamiento y por Sidonia, Mercy se concentró sólo en guiar a su gente a la victoria.

Una vez que estuvo preparada, salió a encontrarse con sus tropas.

Iba a librarse la gran batalla.

16

El fragor de la batalla reverberaba por las colinas. La fuerza física y la fuerza psíquica de los combatientes habían dejado cuerpos mutilados y muertos, y mentes aturdidas y destruidas. Las cenizas de los Raintree y Ansara desintegrados cubrían el suelo. Menos de una hora después de que Cael y sus guerreros hubieran entrado en Santuario, Mercy había perdido a cuatro de los suyos en la batalla. Su único consuelo era saber que los Ansara habían tenido igual número de bajas.

En la lucha, ella no había visto a Cael Ansara, ni tampoco a Judah. ¿Acaso habrían enviado los hermanos a sus tropas a luchar mientras esperaban a que se les unieran más Ansara? No se imaginaba a Judah mirando la batalla desde lejos mientras sus guerreros morían. Pensaba que más bien actuaría como ella: dirigiendo a los suyos en la lucha.

Entonces, ¿dónde estaba?

Mercy no debería estar preocupándose por Judah. Él era el enemigo.

Durante la batalla, Mercy había empleado sólo algunos golpes psíquicos, porque sabía que requerían una gran cantidad de energía y quería conservarla. Por suerte, sólo se había cruzado con dos Ansara con aquella habilidad, y había rechazado sus golpes con la espada de Ancelin. Una de las propiedades mágicas más fuertes del arma era proteger a la mujer que la llevara de todos los ataques y hacerla prácticamente invencible.

Mientras dos guerreros Ansara se aproximaban, ella se concentró en enviarles una descarga de energía paralizante para incapacitarlos permanentemente. Una vez que se hubo librado de ellos, se volvió hacia una mujer que se le acercaba por la derecha. Mercy giró, blandió la espada y le asestó un golpe mortal a su atacante, una rastreadora con agudos sentidos animales. Cenizas a cenizas. Polvo al polvo. Como ocurría a menudo con aquellos que morían en la tierra sagrada de los Raintree, su cuerpo quedó desmenuzado y volvió a la tierra.

Mercy alzó la cabeza de repente y miró hacia el este. Sus hermanos estaban cerca. Sentía su cercanía. Por primera vez desde que eran niños, aparte de las ocasiones en las que se reunían para reforzar el hechizo que protegía Santuario, Dante y Gideon le habían abierto sus mentes para conectarse con ella y compartir su fuerza y su poder. La tríada real Raintree poseía una energía combinada insólita. Juntos podían lograr lo imposible. Tenía que lograrlo. La alternativa era demasiado insoportable como para pensar en ella.

Más de veinte minutos después, mientras la batalla se recrudecía, Mercy vio por primera vez a Dante, y después atisbó a Gideon. Una hora después de la llegada de sus hermanos, se unieron a ellos más Raintree. Los Ansara seguían siendo superiores en número, pero los Raintree resistían utilizando cualquier recurso disponible.

Y entonces, en aquel momento, llegó lo que más había temido. Cael Ansara apareció de la nada, y sus ojos grises y fríos le recordaron que era el hermano de Judah. Sus miradas se cruzaron en el campo de batalla, y ella percibió su grito de guerra.

«Muerte al Dranir Dante. Muerte al príncipe Gideon. Muerte a la princesa Mercy. ¡Muerte a todos los Raintree!».

Gideon disparó un fino rayo azul al más amenazador de los Ansara que lo rodeaban.

La electricidad danzaba en su piel, coloreando su cuerpo y todo lo que estaba cerca de él, y desviando casi todos los ataques que recibía. En la mano derecha tenía una espada, y la izquierda la usaba para rechazar las descargas de energía letales.

Al menos, ninguno de aquellos tres era capaz de enviarle golpes psíquicos, de modo que Gideon conservaba la mayor parte de su energía mental. Con la electricidad era más que suficiente para defenderse de sus atacantes.

Eran tres: dos hombres y una mujer. Se las habían arreglado para separarlo de sus hermanos, pensando, evidentemente, que él obtenía fuerza de ellos. Lo que no sabían era que juntos o separados físicamente, la fuerza de su hermano y su hermana continuaría alimentándolo hasta el final de la lucha.

La mujer Ansara tenía la habilidad de disipar el calor del aire. Intentó congelarlo con todo su poder, pero Gideon estaba generando tanta energía que le resultó imposible. El hombre pelirrojo que estaba a su lado tenía algún tipo de poder mental. Llevaba una espada en una mano y un cuchillo pequeño en la otra, pero no había exhibido su habilidad mágica. Aquél era el menos amenazador, así que Gideon se concentró en la mujer y le lanzó un rayo mortal, el más fuerte que pudo crear, a la frente. Al instante cayó fulminada.

El tercer compañero, que parecía acobardado, levantó la espada contra Gideon, y Gideon hizo lo mismo. Necesitaba un momento para recargarse y poder usar de nuevo la electricidad. Cuando iba a lanzar un mandoble contra su enemigo, alguien gritó su nombre con una voz asustada, familiar. Hope.

Gideon se alejó de su oponente y volvió la cabeza hacia la voz. Hope apareció corriendo por la cima de una colina, pistola en mano, con los ojos muy abiertos y llenos de horror a causa de lo que había visto.

Por el rabillo del ojo, Gideon percibió un movimiento del Ansara pelirrojo, que le gritó al que había estado luchando con Gideon:

–¡Mátala! Es suya.

Sin dudarlo, Gideon acabó con el hombre pelirrojo de una cuchillada en el estómago. Debía de ser un adivino, porque había sabido identificar a Hope. Gideon retiró la espada sanguinolenta de su cuerpo y, al girarse, vio al otro guerrero correr hacia ella. Gideon estaba demasiado lejos como para poder reducirlo con una descarga eléctrica, y comenzó a correr con todas sus fuerzas hacia la colina.

–¡Dispáralo! –le gritó a Hope–. Vamos, Hope, ¡ahora!

Para llegar a aquel punto, Hope había visto lo suficiente como para saber que aquella orden era en serio. Antes de que el Ansara la alcanzara, apuntó y disparó dos veces.

Las balas no detuvieron al guerrero, pero ralentizaron su paso. Gideon continuó corriendo hasta que estuvo lo suficientemente cerca como para lanzarle un golpe psíquico que redujo al Ansara a cenizas.

Hope corrió hacia Gideon. Él neutralizó el escudo eléctrico con el que se protegía y ella se lanzó a sus brazos.

–¿Que… –comenzó a decirle, sin aliento, con el corazón latiendo aceleradamente–. Esto no es… Dios mío… él ha… –Hope intentó respirar profundamente y recuperar la compostura, y entonces dijo–: Estás sangrando otra vez, maldita sea.

No hubo tiempo de explicaciones, porque dos Ansara se acercaron a ellos. Uno portaba una espada, y el otro mantenía una llama encendida en la palma de la mano. Gideon pensó que primero debía librarse de la luciérnaga.

–Quédate conmigo –le ordenó a Hope, mientras la colocaba a su espalda.

Cuando él elevó su propia espada y erigió una barricada de electricidad que los rodeó a los dos, ella murmuró:

–No voy a ir a ninguna parte.

Dante esquivó un golpe de energía mental que hizo astillas el árbol que había tras él. Mientras corría, lanzó a su oponente una descarga de venganza, con la esperanza de que el

Ansara se viera obligado a cubrirse mientras él encontraba un peñasco en el que refugiarse.

Antes de que lo consiguiera, una mujer salió de detrás de un árbol y le lanzó una cadena a los tobillos, con intención de hacerlo caer. Dante disparó a la mujer, pero ella fue muy rápida y consiguió esconderse nuevamente.

A unos metros a su izquierda, otros tres Ansara salieron de su escondrijo y rápidamente, Dante le lanzó al hombre de en medio una ráfaga de energía que lo desintegró. Sin embargo, los otros dos continuaron corriendo hacia él, y Dante no tenía tiempo de recuperar suficiente energía como para despacharlos a los dos.

Se sintió alarmado. No se detuvo a pensar, no se preguntó qué había tras él. Instintivamente, se echó al suelo y rodó hacia la derecha, y se puso en pie mientras una espada de dos metros cortaba el aire que él acababa de ocupar. Una altísima mujer blandía el arma como si fuera un palillo de dientes. Él saltó hacia atrás una vez más, pero la punta del filo le cortó diagonalmente desde las costillas, pasando por el abdomen, hasta la cadera.

El corte le causó un gran dolor, pero no era mortal. Desesperadamente, Dante intentó erigir barreras mentales que contuvieran el fuego y le envió una larga llama que la rozó. Ella cayó hacia atrás en su intento por escapar de la hambrienta bestia roja. Dante volvió la cabeza hacia la derecha y la izquierda para detectar a sus otros dos atacantes, que se dirigían hacia él por ambos flancos, aunque a una distancia cautelosa.

El fuego era algo demasiado peligroso como para usarlo en una batalla. Controlarlo requería grandes dosis de energía, y cabía la posibilidad de que las llamas se descontrolaran y acabaran por consumir a su propia gente. Nadie usaba el fuego en una batalla.

La mujer se puso lentamente en pie con una fría sonrisa. Sujetando la espada con ambas manos, se unió a los otros dos guerreros y comenzaron a rodear a Dante.

Él pensó que había llegado su hora; pero, al menos, se llevaría a aquellos tres consigo.

No quería dejar a Lorna. Aquel pensamiento lo atravesó como una lanza. Lamentó no haberle dicho otra vez que la quería, no haberle explicado lo que debía hacer en caso de que él no volviera. Quizá estuviera embarazada; la posibilidad era pequeña, pero existía. Él ya nunca lo sabría. Recordó el sonido de su voz, llena de indignación, gritándole:

–¿Adónde vas?

Deseó con todas sus fuerzas poder volver a oírla. Y la oía, en realidad. Estaba gritando de verdad.

–¿Qué demonios estás haciendo?

Todo el vello del cuerpo se le puso de punta. Aterrado, miró a su alrededor y estuvo a punto de desmayarse de miedo. Lorna corría a través del campo, hacia él, sin mirar a la izquierda ni a la derecha; su pelo flotaba en el aire como una llama roja.

–¡Fríeles el trasero! –le gritó. Debía de estar preguntándose por qué no estaba usando el más poderoso de sus dones.

Él había recuperado la energía suficiente como para descargar otro golpe mental, y sin aviso previo, se lo lanzó a la mujer alta. Ella gritó de dolor y cayó de rodillas, muerta. Dante ni siquiera la miró; siguió moviéndose en círculo, intentando conservar a Lorna tras él, fuera de la zona letal, sin perder de vista a los dos Ansara que lo acosaban. Si pudiera mantenerlos a raya mientras recuperaba la energía...

Súbitamente, uno de ellos le lanzó una descarga psíquica que lo alcanzó en un momento de debilidad.

Sin detenerse, Lorna se agachó para agarrar un pedrusco del tamaño de un puño.

–¡Fuego! –le gritaba con furia–. ¡Usa el fuego!

Estaba a pocos metros de distancia, acercándose cada vez más al círculo de muerte. A él se le heló la sangre en las venas.

–Sí, Raintree, usa tu fuego –le dijo uno de los Ansara para provocarlo, sabiendo que no lo haría. Entonces, se volvió y le lanzó un rayo a Lorna.

Sin embargo, hizo mal los cálculos, porque no tuvo en cuenta su velocidad. Ella emitió un sonido de rabia y le lanzó la piedra al Ansara, haciendo que se agachara y errara el tiro.

–Amateur –murmuró Dante, intentando lanzarle una ráfaga al Ansara. Sin embargo, estaba demasiado cansado y no tuvo fuerzas.

Los lobos Ansara cerraron el círculo, sonriendo, disfrutando de su indefensión mientras esperaban a recargar sus propias energías. Habían usado mucho menos poder que él, y no tardarían mucho en recuperarse.

–¡Conéctate conmigo! –le gritó Lorna–. ¡Conéctate conmigo!

El corazón de Dante estuvo a punto de detenerse. Ella sabía el dolor que eso podía causarle...

No hubo tiempo para preparaciones, ni para mezclar gradualmente psique y energía. Dante sólo tuvo tiempo para penetrar como una tromba en su mente y alimentarse de la inmensa reserva de fuerza que atesoraba Lorna. El flujo de energía que lo atravesó encontró salida por sus manos en forma de rayos simultáneos. Gideon y Mercy, que también estaban vinculados con él, sintieron la intensa corriente y se nutrieron de ella.

Dante disparó furiosamente descarga tras descarga. Las lágrimas le quemaban los ojos, pero nunca llegaron a caer; la humedad se evaporaba debido a la cascada de energía que lo recorría.

¡Lorna! La veía en el suelo, inmóvil, pero su poder seguía fluyendo hacia él como si no tuviera límite. Dante no necesitaba tiempo para recuperarse; la energía era inmediata y salía de sus dedos en forma de ráfagas de calor blanco.

Al comprobar que se había convertido en una máquina de matar, los Ansara se retiraron para reagruparse. Dante cortó el vínculo con Lorna y corrió hacia el lugar donde ella yacía inmóvil, blanca como el papel. Se arrodilló a su lado y la tomó en brazos.

–¡Lorna!

Ella no respondió. Se retorció ligeramente en sus brazos, golpeándolo con una mano flácida, y él se dio cuenta de que la estaba aplastando contra su pecho. El corazón se le subió a la garganta y estuvo a punto de ahogarlo. Con delicadeza, volvió a posarla en el suelo y observó cómo ella tragaba saliva e intentaba hablar varias veces.

–¿Estás bien? –le preguntó, pero Lorna siguió en silencio.

Él le tomó la mano y se la posó en la mejilla, deseando que hablara. Si la oía hablar, sabría que su cerebro se estaba recuperando.

–Lorna, ¿sabes quién soy?

Ella asintió.

–¿Puedes hablar?

Ella alzó la mano como si fuera un guardia de tráfico para indicarle que no la presionara. Lenta, laboriosamente, rodó hasta colocarse de costado y apoyó ambas manos en el suelo para incorporarse. Él la ayudó, en silencio, hasta que por fin ella consiguió sentarse. Dante le frotó la espalda y los brazos y volvió a preguntarle:

–¿Puedes hablar?

Lorna parpadeó y volvió a asentir. Se sentía como si la cabeza le pesara veinte kilos.

Él esperó una frase, una palabra, algo, pero ella continuó callada.

Después de unos minutos, Lorna se puso en pie, de manera vacilante. A su alrededor había una carnicería, y Dante hubiera hecho cualquier cosa por ahorrarle aquella visión de cuerpos mutilados.

–Cariño, por favor –le pidió suavemente–. Si puedes, di algo.

Ella parpadeó un poco más y frunció el ceño. Después pasó la mirada por los cadáveres que los rodeaban. Tomó aire, lo soltó y sentenció:

–Esto es como Jonestown, pero sin el cianuro.

Durante la lucha, Mercy había perdido la pista de Cael y temió que hubiera ido en busca de Gideon o de Dante, a los cuales no había visto en bastante tiempo. Sabiendo que Dante estaba al mando de los Raintree desde que había llegado, ella se concentró en luchar pero también en curar, que era su principal tarea.

Percibió la presencia cercana de Geol, malherido y agonizante. Si lo encontraba, podía salvarlo. Siguiendo el débil parpadeo de energía que emitía, Mercy buscó por el prado cubierto de cenizas donde los cuerpos ensangrentados de los Ansara y los Raintree se entremezclaban, unidos de nuevo, aunque en la muerte y no en la vida.

Un gran y musculoso Ansara de pelo plateado levantó su espada con ambas manos para descargar un golpe mortal contra Geol, que yacía en el suelo. Mercy creó al instante una ráfaga de poder mental y lo lanzó hacia la espalda del guerrero, que explotó y se dispersó en fragmentos de polvo. Ella corrió hacia Geol, se arrodilló y posó las manos en su cuerpo, absorbiendo su poder y curando sus heridas. Sin embargo, como con cada curación, Mercy pagó un precio muy alto. Cuando el proceso de experimentar el dolor del otro y de convertirlo en energía positiva terminó, dejó escapar aquella energía al universo nuevamente.

Se levantó, débil pero revitalizada, para continuar su búsqueda de heridos, pero de repente notó que alguien estaba intentando conectar con ella. Entonces, sin previo aviso, escuchó la voz de Eve.

«Papá va a llegar».

«¿Eve?».

Un rugido atronador sacudió el suelo cuando cientos de soldados uniformados de azul aparecieron en el prado, tomando el campo de batalla. Mercy dejó escapar un jadeo de horror cuando vio al hombre que dirigía aquella fuerza ingente: Judah Ansara. Había llevado refuerzos. Cientos de hombres y mujeres Ansara, listos para entrar en combate. No había ninguna posibilidad de que los Raintree que estaban reunidos en Santuario pudieran hacerle frente a aquel ejército.

Sin embargo, deberían intentar resistir el mayor tiempo posible, hasta que llegaran más Raintree para continuar la lucha. Aquella noche. Mañana. Lucharían hasta el último aliento para defender su tierra sagrada.

La pelea languideció, y finalmente se detuvo por completo. Cael reapareció, y sus soldados lo alzaron sobre los hombros. Con el brazo en alto en señal de victoria, blandió la espada, manchada con sangre de los Raintree.

Las tropas de Judah formaron un semicírculo alrededor de su Dranir. Entonces, una mujer anciana, al menos de la misma edad que Sidonia, apareció junto a Judah. Mercy sintió de inmediato una oleada de respeto y reverencia hacia aquella mujer, y supo que era Sidra, la gran profetisa Ansara.

Los agotados Raintree siguieron a Dante y a Gideon y se congregaron al otro lado de la pradera. A esperar, a vigilar, a prepararse. Mercy se dirigió hacia sus hermanos todo lo rápidamente que pudo. Mentalmente, les aseguró que Eve estaba a salvo.

Un silencio letal se apoderó del valle cuando los Ansara se enfrentaron a los Raintree en el campo de batalla.

Mercy se colocó entre Dante y Gideon. Las dos mujeres que estaban con sus hermanos, Lorna y Hope, según había leído en sus mentes, estaban a cinco metros por detrás. Mercy no podía negar que sentía miedo. Podía morir aquel día, pero sentía más miedo por Eve que por sí misma. Si sus hermanos y ella no sobrevivían a aquella batalla...

Dante no hizo ademán de comenzar la lucha. Los Raintree continuaron esperando y vigilando, ganando tiempo para recuperarse mentalmente y poder afrontar lo que se avecinaba.

Cael les indicó a sus hombres que lo depositaran en el suelo. Entonces marchó hacia su hermano como un gallo de pelea y se detuvo frente a él.

–Te saludo, Dranir Judah –le gritó.

Los secuaces de Cael repitieron su grito. Los guerreros de Judah permanecieron en silencio.

–Hoy lucharemos, hermano –dijo Cael–, para vengar a nuestros antepasados.

Sidra le puso la mano en el brazo a Judah, pidiéndole con la mirada permiso para hablar. Judah asintió.

–Elegid en este día a quién serviréis en el futuro –dijo Sidra, cuya voz se oyó por todo el valle y llegó a oídos de todos los Ansara y los Raintree–. ¿Elegís a Cael, el hijo de la maligna hechicera Nusi? De ser así, lo seguiréis al infierno.

Cuando Cael se lanzó hacia Sidra, Judah alzó la mano como advertencia. Cael se detuvo.

–¿O elegís al Dranir Judah, hijo de Seana y padre de Eve, la niña de luz, nacida de una princesa Raintree, pero nacida para otorgarle al clan Ansara el regalo de la transformación?

Aunque Cael comenzó a renegar violentamente, Mercy apenas lo oyó por encima de los latidos de su propio corazón. Sidra acababa de compartir su secreto con todos los Ansara y los Raintree que había en Santuario, con Dante y con Gideon. Sus hermanos la miraron; Gideon, atónito, y Dante, furioso.

–Dime que no es cierto –le ordenó Dante.

–No puedo –respondió Mercy.

–¿Eve es medio Ansara? ¿Es la hija del Dranir? –le preguntó Gideon.

–Sí –respondió Mercy–. Cuando lo conocí no sabía quién era.

–¿Desde cuándo lo sabes? –inquirió Dante.

–¿Que es un Ansara? Desde que concebí a su hija.

–¿Y por qué no nos lo dijiste?

El sonido de Sidra reverberó por el valle y se extendió con el viento, capturando la atención de todos los presentes.

–Es vuestra elección: vivir y morir con honor al lado de vuestro Dranir, o ser destruidos con este loco que reclama un trono ajeno.

Resonaron gritos de lealtad mientras los Ansara elegían bando. Ninguno de los soldados rompió la formación, y sólo unos cuantos secuaces de Cael lo abandonaron para pasarse al grupo de Judah.

–¿Qué le pasa a la profetisa Ansara? –preguntó Dante–. Es como si estuviera instigando a un hermano contra otro –dijo, y miró a Mercy–. A ti no te sorprende, lo cual me hace creer que sabes lo que está ocurriendo, el motivo por el que los Ansara han detenido la batalla para ventilar asuntos familiares.

Mercy se dio cuenta de que sabía, al menos hasta cierto punto, lo que estaba ocurriendo.

–Los hermanos y sus guerreros van a luchar muerte.

–¿Y cómo lo sabes?

–Eso no importa. Lo que importa es que debemos estar preparados para enfrentarnos al vencedor.

En un minuto, Mercy se dio cuenta de que había subestimado la locura de Cael. Había esperado ver una lucha fratricida entre Judah y Cael, entre los guerreros de uno y de otro; sin embargo, lo que ella había esperado se alteró dramáticamente cuando Cael ordenó a sus secuaces atacar a los Raintree.

Tras la sorpresa inicial, Dante se recuperó rápidamente y comenzó a impartir órdenes, primero a Mercy y después a sus guerreros. Le dijo a Mercy que buscara y curara a todos los heridos Raintree que pudiera y que los enviara de nuevo a luchar.

–Para poder resistir y conservar Santuario hasta que lleguen refuerzos, necesitaremos todos los luchadores que queden con vida.

Mientras la batalla continuaba a su alrededor, Mercy, que tuvo que usar ocasionalmente su espada para defenderse, peinó el campo de batalla en busca de sus familiares heridos. Encontró a nueve, incluida Echo, que había sido congelada, y a Meta, a quien habían cercenado un brazo. Con el calor de sus manos, derritió el hielo que mantenía atrapada a Echo. Antes de que Mercy se hubiera recuperado de la curación, Echo ya había salido corriendo a continuar con la lucha.

Más tarde, Mercy consiguió reimplantarle el brazo a Meta; sin embargo, le recomendó que no lo usara para luchar, puesto que no se curaría por completo hasta después de veinticuatro horas.

Después de haber invertido energía en hacer nueve curaciones, Mercy no tenía fuerzas. Apenas podía mantenerse en pie. Necesitaba descansar a toda costa, necesitaba horas de sueño reparador; pero no tenía tiempo.

Mientras continuaba con la búsqueda de heridos, las piernas comenzaron a flaquearle, tuvo temblores en las manos y no pudo seguir con su tarea. Se tambaleó y cayó de rodillas. Se agarró con fuerza a la espada, pero notó que la empuñadura se le resbalaba de la mano.

«¡No pierdas la espada de Ancelin!».

Por mucho que lo intentara, no consiguió mantener los ojos abiertos, no pudo luchar contra la imperiosa necesidad de descansar.

Se desplomó de cara al suelo y la espada se le deslizó de entre los dedos. Oía el fragor de la batalla y percibía el olor de la muerte que la rodeaba en aquel estado de semiinconsciencia, pero no podía reaccionar. Estaba agotada e indefensa.

Tenía que encontrar un lugar donde esconderse hasta que recuperara la energía. Se obligó a abrir los ojos, pero cuando lo hizo, encontró una mirada gris, helada.

Cael Ansara.

Supo al instante que no podía luchar con él, así que envió un grito mental de socorro. Era todo lo que podía hacer.

Él se tumbó sobre ella y le puso una daga en la garganta. Después posó su mejilla sobre la de Mercy y se rió.

–La bella princesa Raintree de Judah –dijo, y le lamió el cuello.

Mercy se encogió de repugnancia.

–Es una pena que no tengamos tiempo para que te demuestre que supero a mi hermano en todos los aspectos –añadió él.

Ojalá Mercy pudiera reunir fuerzas y agarrar la espada de Ancelin. Entonces, podría…

–¡Suéltala! –dijo una voz autoritaria desde detrás.

Antes de que Cael pudiera darse la vuelta, la mano con la que sostenía la daga se le abrió, y el cuchillo cayó al suelo. Asombrado por la aparición de un hombre que no estaba allí un segundo antes, Cael se concentró momentáneamente en él, y no en Mercy. Mientras Cael estaba distraído, ella dirigió su núcleo de fuerza interna en un solo objetivo: liberarse de él.

Justo cuando ella lo había conseguido, Judah agarró a Mercy del brazo y la atrajo hacia sí. Cael gruñó de rabia mientras Judah la colocaba a sus espaldas. ¿De dónde había salido Judah? ¿Cómo había llegado tan rápidamente hasta allí?, se preguntó ella.

Mientras Judah se enfrentaba a Cael, habló telepáticamente con Mercy.

«No fue a Dante a quien llamaste pidiendo socorro», le explicó. «Fue a mí».

¿Realmente le había pedido auxilio a Judah, y no a Dante?

«¿Y cómo has llegado…».

«Eve me transportó», le dijo Judah. «Ella oyó tus gritos de socorro y me envió hacia ti».

–Qué conmovedor –intervino Cael con una sonrisa despreciativa–. Llamaste a mi hermano para que te salvara. Debes de ser una idiota, princesa Mercy. ¿No sabes que la única razón por la que ha venido a luchar contra mí es que no quiere que yo tenga el placer de matarte? Es un gusto que se reserva.

Judah no negó la acusación de su hermano. De hecho, hizo caso omiso. En vez de eso, le dijo a Mercy que apoyara la mano en su hombro. Cuando ella vaciló, él dijo:

–Confía en tu instinto.

Mercy lo hizo, y puso la mano sobre el hombro de Judah. Inmediatamente, notó un flujo de energía hacia su cuerpo, proveniente de Judah. No era mucho, pero lo suficiente para que ella pudiera recoger la espada de Ancelin y permanecer en pie.

Cael envió una primera andanada de golpes mentales muy potentes hacia Judah, pero él los esquivó sin problemas y se los devolvió. Mercy se retiró, y Judah entendió que podía protegerse a sí misma y que él podía concentrarse en el duelo a muerte que iba a librar con su hermano.

Cael usó todas las armas de su arsenal, y su magia negra, para neutralizar las habilidades superiores de Judah. Mercy observó la lucha de los hermanos, los golpes y las descargas que destruían la vegetación y los árboles circundantes. Y después, cargaron el uno contra el otro en un combate físico mortal, espada contra espada, mente contra mente.

Mercy contuvo el aliento cuando Cael acuchilló el costado de Judah, rasgándole la camisa y la carne. Judah maldijo, pero la herida no afectó a la agilidad de sus maniobras. Siguió luchando hasta que consiguió hacer retroceder más y más a Cael, hasta que consiguió cortarle la mano con la que manejaba la espada. Aullando de dolor mientras su espada caía al suelo junto con la mano, Cael dio unos pasos atrás y, reuniendo todo su poder, lanzó un fuerte golpe psíquico. Judah lo desvió y se lo devolvió a Cael, que se las arregló a duras penas para escapar. Cuando él cayó al suelo y rodó, Judah se acercó, y sin darle oportunidad de incorporarse, le hundió la espada en el corazón. Cael chilló como una arpía. Después, Judah sacó la espada del pecho de su hermanastro y, con rapidez, lo decapitó.

El cuerpo de Cael se estremeció y quedó reducido a polvo. Judah se mantuvo en silencio, inmóvil. La sangre de su hermano cubría la hoja de la espada. Mercy corrió hacia él para reconfortarlo y sanarlo. Con la espada de Ancelin en la mano izquierda, le pasó los dedos de la mano derecha por la herida, pero se dio cuenta de que su cuerpo ya había comenzado a regenerarse.

Judah atrajo a Mercy hacia sí y le pasó el brazo por la cintura. Cada uno de ellos sujetaba en el aire su espada de batalla.

–¡Judah Ansara! –gritó Dante Raintree.

Angustiada, Mercy elevó la vista hasta que la cruzó con la de su hermano.

–Suéltala –le dijo Dante a Judah–. Esta lucha es entre nosotros.

Judah agarró a Mercy con más fuerza.

–¿Es que piensas que quiero matarla?

En aquel momento, Mercy entendió que Judah no tenía intención de hacerle daño. No le habría dado la fuerza suficiente para tomar la espada de Ancelin si no hubiera querido que sobreviviera.

–Me salvó de Cael cuando yo estaba demasiado débil como para luchar –dijo Mercy.

–Sólo porque quería matarte él –le dijo Dante–. ¿Has olvidado que estamos en guerra con los Ansara?

–Sólo con los guerreros de Cael –precisó Judah–. ¿O es

que estabas tan ocupado luchando que no has podido darte cuenta de que mi ejército estaba matando más soldados de Cael que los Raintree? He traído mi ejército aquí para vencer a Cael y defender a mi hija... y a su madre.

Mercy y Judah se miraron, y sus mentes se fundieron en una durante un breve momento, lo suficientemente prolongado como para que ella se diera cuenta de que Judah decía la verdad.

Dante lo miró con los ojos entrecerrados.

–Mientes.

Mercy se dio cuenta de que su hermano no iba a retirarse de aquella lucha, de que tenía la intención de enfrentarse a Judah a muerte. Cuando dio un paso adelante con la espada en alto, Judah apartó a Mercy e hizo lo propio.

–¡No, Dante! Yo... ¡lo quiero! –gritó Mercy. Su hermano le hizo caso omiso, así que se dirigió a Judah–. Por favor, no hagas esto. Es mi hermano.

Ambos la ignoraron. Ojalá no hubiera gastado todas sus fuerzas, de lo contrario, ella misma podría haber terciado en aquel enfrentamiento, pero...

Tan repentina y misteriosamente como Judah había aparecido de la nada para salvar a Mercy de Cael, una luz brillante se materializó entre Judah y Dante. Los dos quedaron inmóviles, paralizados por aquella visión.

Cuando la luz se mitigó, Eve se reveló en ella, levitando a varios centímetros del suelo, con el cuerpo brillante y el pelo flotando a su alrededor. Tenía los ojos brillantes como topacios, y su marca de nacimiento Ansara había desaparecido.

–¡Dios mío! –exclamó Dante al ver a su sobrina.

–Soy Eve, hija de Mercy y Judah, nacida en el clan de mi madre, pero nacida para el pueblo de mi padre. Soy Rainsara.

Un murmullo extraño se extendió por todo el prado, el último campo de batalla de una vieja era de guerras. Raintree y Ansara abatieron las armas y cesaron la lucha, y todos se dirigieron hacia Eve, que los esperaba.

Cuando los guerreros se hubieron reunido, los Raintree detrás de Dante, y los Ansara detrás de Judah, Eve extendió los brazos a ambos lados del cuerpo e hizo levitar a sus padres junto a ella.

Judah y Mercy se miraron y reconocieron la verdad. Judah ya no era Ansara. Sus ojos habían tomado el mismo color dorado que el de su hija. Mercy ya no era una Raintree. Sus ojos, también, eran de oro.

La mirada de Eve recorrió la pradera e iluminó a los guerreros con su luz. Pasó primero por los Ansara, y al menos veinte de ellos se desintegraron y se convirtieron en polvo. Los demás se transformaron y sus ojos se volvieron como los de su Dranir: dorados. E igual que él ya no era Ansara, no lo eran ellos tampoco. Cuando Eve fijó su atención en los Raintree, un puñado de ellos, incluyendo a Sidonia, a Meta y a Hugh, también se transformaron. Ya no eran Raintree.

–Los Ansara ya no existen –sentenció Eve–. Y desde este día, los Rainsara y los Raintree serán aliados.

Dante y Judah se lanzaron miradas fulminantes. Ninguno de los dos estaba dispuesto a firmar un tratado de paz, pero los dos eran lo suficientemente inteligentes como para saber que la decisión no estaba en sus manos.

–Mi padre es ahora el Dranir de los Rainsara y mi madre su Dranira –prosiguió Eve–. Iremos a casa, a Terrebonne, y construiremos una nueva nación.

Después se volvió hacia sus tíos.

–Tío Dante, tú regirás a los Raintree durante muchos años, y tu hijo lo hará después. Y tío Gideon, tú nunca tendrás que ser el Dranir.

Eve dejó a sus padres en el suelo y se unió a ellos. Después condujo a su padre hacia su tío y dijo:

–La guerra ha terminado para siempre.

Ninguno de los dos hombres se movió ni habló.

Simultáneamente, Mercy tomó la mano de Judah y se colocó a su lado, mientras que Lorna se adelantó y le tomó la mano a Dante.

Judah extendió la otra mano. Con cierta tensión, Dante lo miró de mala gana. Durante un minuto vaciló, pero finalmente estrechó la mano de su antiguo enemigo.

Y por toda la pradera se oyó un susurro respetuoso.

«Envía a casa a nuestra gente», le dijo telepáticamente Judah a su primo. «Pídeles a Sidra y a los demás miembros del consejo que permanezcan aquí por el momento. Tendremos que reunirnos con el Dranir Dante y su hermano. En pocos días, me llevaré a mi Dranira y a mi hija a Terrebonne. Mercy y Eve necesitan tiempo para despedirse, pero nuestra gente también necesitará a la familia real Rainsara para que los guíe en el periodo de transición, hacia el futuro».

Claude siguió sus indicaciones. El nuevo clan Rainsara comenzó su éxodo desde el Santuario, todos con la cabeza alta, mientras los Raintree se reunían alrededor de Dante, Lorna, Gideon y Hope.

Judah tomó a Eve en brazos y se la colocó en la cadera. Después agarró por la cintura a Mercy.

–Si necesitáis más tiempo... –dijo Judah.

–No –respondió Mercy–. He oído lo que le has dicho a Claude. Tienes razón. Nuestra gente nos necesita. A ti, a mí, y a Eve.

Epílogo

Eve se acercó a Hope y le puso la manita sobre el vientre.

–Hola, Emma. Soy tu prima, Eve. Te va a gustar ser la princesita del tío Gideon.

Los adultos observaron con fascinación cómo Eve se comunicaba con la niña nonata de Gideon y de Hope. Sólo con oír la parte de Eve, se daban cuenta de que las dos niñas estaban manteniendo toda una conversación.

Mercy había aceptado el hecho de que su hija de seis años era la criatura más poderosa del mundo, y también sabía que Judah y ella tenían una gran responsabilidad con ella. Pero tendrían a Sidonia y a Sidra para ayudarlos; las dos ancianas ya estaban comportándose como abuelas rivales.

Eve miró a Gideon, y tío y sobrina se sonrieron.

–Me alegro de haber podido practicar contigo –le dijo Gideon–. Espero que Emma no sea ni la mitad de traviesa de lo que tú has sido.

–No lo será. Te lo prometo. Emma será la Guardiana del Santuario –anunció Eve, y después miró a Echo–. Pero, hasta que ella esté preparada, tú ocuparás ese lugar.

–¿Quién, yo? –preguntó Echo con los ojos abiertos de par en par.

Eve se rió.

–Vas a tener que practicar mucho con tu don –le dijo a Echo–. Deberías haber adivinado cuál sería tu nuevo puesto.

–No se me da bien profetizar mi destino.

Sidra puso su mano sobre el hombro de Echo.

–Ni a mí tampoco, querida. Y considero que eso es una bendición.

Durante los dos días siguientes a la batalla final, Judah y su consejo se reunieron con Dante, Gideon, Mercy y los miembros más prominentes del clan Raintree. Todos sabían ya que los Ansara se habían transformado en un nuevo clan, los Rainsara, y que serían aliados de los Raintree.

También hubo otra reunión, la de Mercy con sus futuras cuñadas. En el mismo instante de conocerlas, Mercy había sabido que Lorna era perfecta para Dante, y que Hope lo era para Gideon. Sabía también que dejaba a sus hermanos en manos de mujeres que los querían, y a quienes ellos adoraban. Y Santuario quedaría bajo la responsabilidad de Echo, de cuya capacidad Mercy no tenía ninguna duda. Por lo tanto, se sentía libre de marcharse con Judah y emprender una nueva vida.

–Pasará un tiempo antes de que vuelva a ver a mis hermanos –les dijo Mercy a Lorna y a Hope–. Por ahora, Dante y Gideon sólo toleran a Judah, y él a ellos. No sé si llegarán a ser amigos, pero... –Mercy carraspeó–. Nuestros hijos serán amigos además de primos, y entonces, los Raintree y los Rainsara estarán verdaderamente unidos.

Al final del día, poco antes de marcharse de Santuario, Mercy intentó dejar la espada de batalla en su lugar de honor, sobre la chimenea, pero el arma permaneció en su mano.

–Se ha convertido en tu espada –le dijo Gideon a su hermana.

–Llévatela –añadió Dante–. Y reza para no tener que usarla nunca más.

Lorna puso la mano sobre el hombro de Dante. No dijo nada. No tuvo que hacerlo. Mercy percibió el cambio inmediato en su hermano, percibió cómo su espíritu se suavizaba.

Judah le pasó el brazo por los hombros a Mercy.

–¿Estás lista para que nos marchemos?

Con los ojos llenos de lágrimas, Mercy asintió.

Cuando se dieron la vuelta para marchar, Dante dijo:

–Cuídalas bien.

Sin girarse hacia él, Judah respondió:

–Tienes mi solemne promesa.

Horas después, mientras el jet privado de Judah conducía a la familia real Rainsara a Beauport, Eve dormía plácidamente, y Sidonia iba roncando a su lado. En aquella tranquilidad, a tanta distancia sobre la Tierra, Judah tomó a Mercy entre sus brazos y la besó.

–Sabes que te quiero –le dijo ella–. Te he querido desde que nos conocimos. Durante todos estos años, y pese a todo lo que ha ocurrido… nunca dejé de quererte.

Él le acarició los labios con los dedos con una mirada de adoración. Sin embargo, no habló. Mercy posó la mano sobre su corazón y se conectó con él.

«No te permitiré que me leas el pensamiento, y tampoco quiero leer el tuyo», le dijo él. «Pero mira dentro de mí y averigua lo que siento».

Entonces, ella se acurrucó entre sus brazos y él la abrazó.

«Eres mía. Yo soy tuyo, ahora y para siempre. Te necesito igual que necesito el aire que respiro. Te quiero, mi dulce Mercy».

Títulos publicados en Top Novel

Resplandor secreto – Sandra Brown

Una mujer independiente – Candace Camp

En mundos distintos – Linda Howard

Por encima de todo – Elaine Coffman

El premio – Brenda Joyce

Esencia de rosas – Kat Martin

Ojos de zafiro – Rosemary Rogers

Luz en la tormenta – Nora Roberts

Ladrón de corazones – Shannon Drake

Nuevas oportunidades – Debbie Macomber

El vals del diablo – Anne Stuart

Secretos – Diana Palmer

Un hombre peligroso – Candace Camp

La rosa de cristal – Rebecca Brandewyne

Volver a ti – Carly Phillips

Amor temerario – Elizabeth Lowell

La farsa – Brenda Joyce

Lejos de todo – Nora Roberts

La isla – Heather Graham

Lacy – Diana Palmer

Mundos opuestos – Nora Roberts

Apuesta de amor – Candace Camp

En sus sueños – Kat Martin

La novia robada – Brenda Joyce

Dos extraños – Sandra Brown

Cautiva del amor – Rosemary Rogers

www.ingramcontent.com/pod-product-compliance
Lightning Source LLC
LaVergne TN
LVHW030215230826
846093LV00010B/468

* 9 7 8 8 4 6 7 1 6 2 1 8 9 *